AS CRÔNICAS DA ILHA DOS CRISTAIS

Lucas G. Azambuja

TALENTOS DA LITERATURA BRASILEIRA

ns grupo novo século

SÃO PAULO, 2019

As crônicas da Ilha dos Cristais

AQUISIÇÕES
Cleber Vasconcelos

EDITORIAL
Bruna Casaroti • Jacob Paes • João Paulo Putini • Nair Ferraz
Renata de Mello do Vale • Vitor Donofrio

REVISÃO: Daniela Georgeto • Tássia Carvalho
CAPA E DIAGRAMAÇÃO: Bruna Casaroti

Texto de acordo com as normas do Novo Acordo Ortográfico da Língua Portuguesa (1990), em vigor desde 1º de janeiro de 2009.

Dados Internacionais de Catalogação na Publicação (CIP)

Azambuja, Lucas G.
Crônicas da ilha dos Cristais / Lucas G. Azambuja.
Barueri, SP: Novo Século Editora, 2019.

1. Ficção brasileira I. Título.

19-0991 CDD-B869.3

Índice para catálogo sistemático:
1. Ficção brasileira B869.3

grupo novo século

Alameda Araguaia, 2190 – Bloco A – 11º andar – Conjunto 1111
CEP 06455-000 – Alphaville Industrial, Barueri – SP – Brasil
Tel.: (11) 3699-7107 | Fax: (11) 3699-7323
www.gruponovoseculo.com.br | atendimento@novoseculo.com.br

À minha mãe, ao meu pai
A todos que contribuiram com o livro
A Deus
E a você, leitor

capítulo 1

ALEX

– Rápido! Rápido! Eles estão acordando!

– Não podemos ainda, ainda não está pronta!

– Por que a demora? A incompetência de vocês atrapalha?

– Está quase tudo pronto, chefe, apenas alguns…

Alex começa a acordar, seus olhos estão pesados demais para abrirem e seu corpo está paralisado.

Estou morto?

Lentamente Alex começa a se lembrar da noite anterior em que tudo se parece um grande e confuso sonho: lembra-se de estar em uma festa com os amigos, único solteiro devido ao seu grave problema de comunicar-se com mulheres, alguns colegas de faculdade e sua irmã.

Ou morri ou estou com a pior ressaca já vista neste mundo.

Alex começa a ouvir vozes conversando em um tom baixo, como se demonstrassem preocupação e não quisessem acordá-lo; as palavras "novatos", "azar" e "sobrevivam" eram apenas escutadas e logo perdidas em seu cérebro. Ele permaneceu em estupor até ouvir um grito feminino seguido de uma luz branca. Os olhos pesados abriram só um pouco, mostrando uma luminosidade de nascer ou pôr do sol, seu corpo só teve força para rolar no chão e encarar a grama onde estava caído. Sua movimentação foi o suficiente para os sussurros pararem e todos prestarem atenção nele. Alex lembrou-se da presença de pessoas, então se virou de barriga para cima e ergueu a cabeça, conseguindo enxergar mais três corpos caídos perto de si e cinco pessoas de pé próximas aos corpos: a oito metros à sua direita havia um homem um pouco mais velho que ele, porém mais forte; na frente de todos os corpos, havia um jovem, talvez vinte anos, preocupado e ansioso; uma mulher jovem com o rosto selvagem, nervoso e desconfiado parecia pronta para atacar; e, no meio, um idoso com um sorriso amigável e preocupado, conversando baixo com o mais jovem; bem na esquerda de todos, havia outro homem idêntico ao jovem que estava à sua direita, Alex perguntou-se se não eram irmãos gêmeos antes de desmaiar.

Era de tarde quando acordou, olhou bem ao redor e viu que estava sozinho em um pequeno quarto com três camas encostadas na parede e três baús na parede da frente, o espaço de circulação era pequeno e em apenas uma das paredes um buraco fora aberto para entrada de ar e luz. Ao lado dos baús havia a porta e uma mesa com um balde com água e pequenas canecas de madeira. Bebeu um pouco daquela água para matar a sede. Antes de sair, olhou para si e percebeu que suas roupas eram as mesmas da noite anterior, então concluiu que a festa não era um sonho. Com pouca força e sentindo-se tonto, esforçou-se para manter-se em pé e saiu pela porta.

– Olá, jovem – disse uma voz vinda de outro cômodo da casa.

Alex levou um susto, mas logo se recompôs.

– Olá! – ele quase gritou.

– Por favor, venha até mim que temos que conversar, só falta você.

Alex seguiu por um corredor e entrou em uma grande sala, notando um espaço amplo para reuniões. A porta de entrada era só a inexistência da parede, havia corredores para outros cômodos e viam-se pequenos bancos de madeira em círculos – havia três círculos formados com seis bancos cada e um círculo maior com dez bancos – e, timidamente, Alex sentou-se junto do idoso e de outro homem e uma mulher mais velhos em um dos círculos menores.

– Olá, jovem – disse o idoso, com o sorriso amigável sempre no rosto. – Meu nome é Tadeu e estes são Daniela e Carlos. Qual é seu nome?

– A-Alex – gaguejou.

– Prazer em conhecê-lo – murmuraram Daniela e Carlos.

– Sinto informar a vocês que a outra moça não sobreviveu – disse Tadeu. Alex percebeu que seu sorriso amigável continuava. – Infelizmente é comum acontecer fatalidades quando vocês aparecem, não sabemos como evitar que isso ocorra.

– Co-como assim aparecemos? – perguntou Daniela tremendo de medo.

– Bem, não sei uma forma simples de dizer isso, mas todas as pessoas desta vila simplesmente apareceram aqui. Compreendem?

Tadeu esperou a confirmação antes de continuar, todos apenas assentiram com a cabeça.

– Não se conheciam antes, não possuem ligação alguma, são de estados diferentes, concluímos que chegam aqui aleatoriamente. Somos todos azarados! Eu realmente gostaria de dar mais explicações a vocês, mas não as tenho. Temos passado anos aqui sempre tentando viver em harmonia, mas parece que, quando as coisas estão indo bem, acontece algo para provocar desordem. Ou faltam alimentos ou somos atacados durante a noite por sombras e mortes estranhas e coisas bizarras acontecem!

Alex tentou assimilar tudo o que Tadeu dizia. Não encontrava motivos para o idoso mentir, apesar de ser algo impossível acreditar em vila assombrada.

– Esta vila é amaldiçoada e até hoje nunca conseguimos impedir acontecimentos bizarros! – esbravejou Tadeu. – Vamos torcer para que não ocorra algo assim novamente e que nós descubramos algo importante para o bem de todos, o mais rápido possível.

Nesse momento, Daniela, Carlos e Alex estavam com o coração saltando pela boca e com a cabeça cheia de perguntas, porém Tadeu não dava sinais de que iria parar de falar pelo menos nas próximas horas.

– Por isso precisamos ser fortes! Todos vocês são muito bem-vindos aqui e terão uma função a ser escolhida para o melhor funcionamento da nossa pequena vila. E não pode escapar das responsabilidades, tá? Quem administra as tarefas é o Eduardo e ele vai escolher o trabalho de vocês e como cada um vai ajudar a nos tornarmos mais fortes e unidos. O irmão gêmeo dele, Fernando, é o responsável pela segurança de todos, e ele vai ensinar vocês a se defenderem caso algo ataque a vila, como já aconteceu.

Esse cara é doido, não pode ser verdade algo assim. Não sei por que ele quer nos assustar, mas vai pagar caro se estiver mentindo.

– A jovem Andressa vai ajudar vocês a caçar animais, identificar frutas e pescar, e eu não a incomodaria caso fosse vocês, dizem que os ferimentos no rosto dela são decorrentes da luta contra um urso, apesar de ninguém ter visto algo muito maior que um coelho por aqui. Brincadeiras à parte, o Ezequiel vai precisar de ajuda com os animais, temos cavalos para nos ajudar na locomoção e ovinos para alimentação. Já a Daniela aqui disse que vai substituir o antigo construtor, que infelizmente foi vítima de uma das coisas bizarras que acontecem por aqui. E, por último, eu, minha função é tentar organizar da melhor maneira todos os moradores e dar apoio a todos os novatos.

Quando Alex achou que o velho finalmente iria fechar a boca, Tadeu falou em um tom baixo como se não quisesse ser ouvido.

– Por favor, não hesitem em conversar comigo caso algo esteja incomodando, estou aqui para ajudar a todos e sei como a adaptação ao nosso estilo de vida pode ser demorada.

Vamos, véio, para de falar...

– Agora se sintam à vontade para conhecer as pessoas e nossa linda vila. Vou lhes mostrar rapidamente o lugar. Vocês vão começar as atividades amanhã, então aproveitem o dia de hoje e tentem se recuperar da viagem.

Quando Tadeu finalmente parou de falar, ele se levantou e fez sinal para que os outros fizessem o mesmo, então acompanhou os novatos até a saída da grande cabana onde estavam. Lá fora, Alex finalmente percebeu a construção rústica de onde saíra: a grande cabana era a única construída de forma mais habilidosa, formada por grandes troncos deitados e amarrados entre si, com o telhado feito de folhas largas de uma planta presente perto da entrada da mata à esquerda da cabana e com chão. Já as outras cabanas, onde moravam as pessoas da vila, eram mais simples, construídas com caules grossos de plantas e telhado do mesmo tipo de folha, mas muito menores; a maior casa devia ter espaço para quatro camas e só, não havia chão, apenas terra batida. Os recém-chegados acompanharam Tadeu pela vila, todas as cabanas de moradia eram próximas e estavam em volta de uma grande árvore, uma das maiores já vistas por Alex em toda sua vida.

A caminhada seguiu pelo caminho contrário à floresta, em direção a um grupo de pessoas que estavam discutindo.

– Essas coisas sempre acontecem por aqui... – murmurou Tadeu enquanto seguia em frente, dedicado a terminar com a farra.

Chegando mais perto do grupo, Alex reconheceu a jovem com as marcas de garras de urso, Andressa, discutindo com mais quatro pessoas, entretanto Alex não sabia quem eram eles, pois não estavam presentes quando acordou na vila. Além de Andressa, a outra mulher era mais nova que Daniela, mais alta e mais magra, estava procurando confusão e a encontrou. Os homens tinham idades variadas e gritavam mais alto; o homem mais velho estava prestes a explodir, seus vasos sanguíneos saltavam pelo pescoço e testa enquanto os dois homens restantes tentavam acalmar a situação. O clímax da discussão ocorreu segundos antes de os novatos e Tadeu chegarem mais perto, quando o homem mais velho deu um soco no rosto do mais novo e um chute na barriga do outro e agarrou Andressa pelo pescoço, o último erro de sua vida; pelo calor do momento, o homem esqueceu uma característica marcante sobre a caçadora: sempre andava armada, e uma das mãos dela foi rapidamente para trás.

– Não! – gritou Tadeu desesperado, mas foi em vão.

Andressa achou o lugar exato onde escondia um dos seus amigos, um punhal leve e afiado, entre a saia e a camiseta de couro leve que estava vestindo, e bastou um golpe preciso do punhal para o homem gritar, largar o pescoço dela e segurar o local do corte. Uma fissura de quinze centímetros jorrando sangue foi aberta na parte inferior do antebraço do homem, que nada pôde fazer quanto ao ferimento; sua última ação foi encarar Andressa com os olhos já sem brilho e murmurar suas últimas palavras.

– Vadia...

– Por que você fez isso? Doida! Idiota! – gritou a mulher mais velha, mas ela não estava desesperada.

– Por que você acha que eu fiz? Ele ia me matar, e para de agir assim! Você causou a morte dele e agora acha que sendo falsa não terá o sangue dele em suas mãos? Eu apenas fiz o seu trabalho.

– Cala a boca! Eu nunca desejaria a morte de alguém! – Então a mulher começou a chorar e saiu correndo de perto do corpo.

O grupo chegou quando a mulher estava saindo, Tadeu foi rápido para prendê-la, entretanto não teve forças e a mulher o empurrou. Alex rapidamente segurou o idoso e Carlos agarrou com toda sua força o punho da mulher.

– Aonde pensa que vai? – perguntou Carlos.

– Me deixa! – gritou a mulher como se fosse a única vítima da situação toda, entretanto só fez Carlos usar mais força.

Tadeu agradeceu a Alex e dirigiu-se lentamente em direção ao grupo, os olhos fixos em Andressa, que fingiu não perceber a aproximação do grupo de novatos.

– Henrique, por favor, vá correndo chamar Eduardo ou Fernando e traga um deles aqui para ajudar Alessandro a retirar o corpo.

– Sim... – O jovem saiu correndo em direção à praça em busca de um dos homens. Alex se deu conta de que ele estava presente quando acordou no gramado.

O homem mais velho, que levara o chute, arregalou os olhos para Tadeu. Claramente não gostou da ideia de carregar o corpo.

– Eles devem estar no galpão! – gritou Andressa.

Henrique parou. Pensou se a caçadora estaria brincando ou falando sério e decidiu ir pelo caminho ao qual Tadeu e o grupo de novatos se direcionavam.

– Então... – Tadeu foi o primeiro a começar a falar. – Alguém me conta o que aconteceu aqui?

– Foi simples, o idiota agarrou meu pescoço, eu me defendi e o matei. Simples, né? Posso ir embora? – retrucou Andressa sem vontade.

– Claro que não! – esbravejou Tadeu. – Só vão sair daqui quando me contarem o que aconteceu desde o início!

Os envolvidos na discussão trocaram olhares e permaneceram em silêncio. Toda a situação estava tirando a paciência de Tadeu, que já não sorria mais, dando lugar a um rosto sério e carrancudo, sem sinais daquele idoso bondoso que Alex tinha como imagem.

A situação conseguiu piorar quando o corpo teve espasmos e Daniela se assustou, desmaiando em cima do falecido. Andressa não se segurou e caiu na risada, Carlos foi rápido e retirou Daniela de cima do corpo e a puxou até uma árvore, onde a sentou e ficou abanando seu rosto. Todos observaram a cena com cara de nojo, pois havia muito sangue no rosto dela. Andressa aproveitou a oportunidade e escapou em direção à grande árvore. Nesse momento, Henrique e um dos gêmeos chegaram sem fôlego e sem entender o que estava acontecendo.

Tadeu aproveitou a chegada dos dois e chamou a atenção para si.

– Muito bem – começou a falar Tadeu. Alex ficou com medo de que novamente o idoso não parasse de falar. – Obrigado, Henrique, por chamar Fernando e obrigado, Fernando, por vir o mais rápido possível. Quero começar falando sobre a possibilidade da remoção do corpo. Fernando, alguma chance de usá-lo para atrair as feras para longe da vila?

Como ele sabia qual dos gêmeos era?

– Olha, agora está meio tarde, seria melhor amanhã bem cedo, mas temo que deixar o corpo até amanhã acabe atraindo-as para cá. Minha sugestão é cortar o corpo, armazenar as partes em caixas e baús e enterrar tudo rapidamente. Amanhã levamos até o local onde a jovem foi enterrada ontem.

– Ontem?! – gritou Alex. – Como assim ontem?

– Meu jovem, você dormiu muito desde que chegou aqui, não me culpe se o apelidarem de algo como "Bicho-preguiça" – respondeu Fernando.

Alex ficou vermelho e achou melhor não contestar, apenas olhou para o chão.

– Vou chamar meu irmão e daremos um fim ao corpo. Mas, afinal, o que aconteceu e como ele morreu? – perguntou Fernando.

– Você viu Andressa correndo, não viu? – questionou Tadeu.

– Vi...

– Então isso responde à sua pergunta sobre como ele morreu. O que aconteceu para ela matá-lo eu ainda não sei. Quando terminarem com o corpo, enterrem atrás do galpão, onde a terra é mais macia, e vão descansar porque amanhã cedo quero que levem o corpo embora. Não podemos arriscar!

– Certo! Estou indo! – afirmou Fernando.

Ele saiu em busca do irmão e o principal motivo da conversa finalmente começou a ser desenrolado sob olhos e ouvidos atentos do ancião.

– Muito bem, Manuela, comece a contar e sem enrolar! – disse Tadeu encarando a mulher.

– Eu estava comentando com os dois que a carne da caça estava estranha, senti um gosto amargo insuportável, mas eles me chamaram de fresca e disseram que estava com o gosto normal. Então insisti que estavam colocando veneno na minha comida porque supostamente eu sou insuportável!

Sim, você é!

– Eu os ouvi dizendo isso de mim outro dia e logo depois o gosto da carne ficou estranho. – Então Manuela começou a chorar.

Nossa! Mal a conheço e já sinto que é falsa.

– Manuela, acalme-se, por favor – murmurou Henrique, que queria sentir-se útil naquela situação toda.

– Henrique – Tadeu dirigiu-lhe o olhar –, acredito que você já fez o possível ou há algo importante que gostaria de relatar?

– Não, senhor, eu estava colhendo algumas frutas quando ouvi os primeiros gritos e decidi vir, mas a discussão já estava pegando fogo. E, para ficar claro, eu e Alessandro chegamos quase ao mesmo tempo, ele um pouco depois.

Alessandro assentiu para confirmar.

– Obrigado, Henrique, pode voltar às suas atividades ou vá ver esse machucado.

Na confusão toda, Henrique não parecia sentir a dor física do soco, entretanto estava inchado e muito vermelho.

Henrique assentiu com a cabeça e dirigiu-se ao pomar; enquanto Tadeu observava o rapaz tomar distância, Fernando e Eduardo chegavam. Eles carregavam uma espécie de maca improvisada feita do mesmo caule usado nas cabanas, e a parte do meio era feita das mesmas folhas usadas nos telhados.

– Cuidado com o sangue – alertou Carlos, agachado ao lado de uma Daniela consciente. – Acho que tem muito e não queremos outro acidente.

Daniela riu de forma irônica e deu um leve tapa no peito de Carlos. Os gêmeos colocaram o corpo muito ensanguentado na maca e seguiram em direção ao galpão. Alessandro os acompanhou.

– Voltando ao assunto da discussão, foi por culpa de comida que aquele homem morreu? – perguntou Tadeu apontando para os gêmeos carregando o corpo.

– Olha, senhor, eu comentei sobre a possibilidade do veneno, então me acusaram de estar mentindo e me chamaram de ingrata! Eu não ia deixar barato e disse que, se eles fizessem o trabalho deles da forma certa, sem a intenção de me matar, eu não iria comentar com eles sobre a forma de alimentar a todos nós.

– E você tem provas de que eles queriam te envenenar?

– Eu tenho! Ouvi eles conversarem sobre como sou insuportável.

Isso não é prova alguma! Apesar de ser verdade.

– Mas isso não prova nada, nem é evidência. Comentar sobre as pessoas é permitido ainda – disse Tadeu.

– Mas não acha estranho comentarem algo sobre eu ser insuportável e a comida ficar com gosto estranho? – perguntou Manuela chocada.

– Não. Eles podem muito bem ter comentado sobre isso várias vezes sem você ter ouvido.

– Está me chamando de insuportável?

– Não estou te chamando de nada, só disse que esta pode ter sido a primeira vez que você ouviu e o gosto foi coincidência. Além disso, se eles quisessem te matar, já teriam feito isso sem dificuldade alguma.

– Eles não poderiam me matar porque iria levantar suspeitas.

– Mas ninguém sabia disso. Agora chega, tenho uma leve desconfiança do motivo de o sabor estar diferente. Quero saber por que ele te atacou.

– Pois então, eu ameacei contar tudo ao senhor antes de o veneno fazer efeito e me matar, mas nenhum dos dois gostou da ideia e me ameaçaram de vez. Entretanto, Andressa disse que isso não aconteceria se o falecido cuidasse da comida caçada da maneira correta. Ele ficou irritado e Henrique chegou nessa hora para tentar acalmar a todos, sem sucesso. Apesar de chegar depois,

Henrique ouviu a conversa e comentou sobre o gosto normal da carne, e eu pirei porque minha teoria estava certa.

– Não enrola! – gritou Tadeu completamente sem paciência. – E sua teoria não faz sentido!

– Desculpa, estou tentando! – justificou-se Manuela. – O falecido nos chamou de ingratas, Andressa não deixou barato e falou para ele caçar a própria comida, mas ele não gostou e se irritou muito, discutiu ainda mais, atraindo Alessandro para cá, depois não aguentou a provocação de Andressa e atacou o pescoço dela, e então...

– Sim, sim, a partir desse momento eu vi tudo. Obrigado por contar todos os detalhes, amanhã me pronunciarei a respeito desse incidente e sobre o motivo do gosto da carne.

Manuela ficou parada, não acreditando na impunidade da assassina de seu colega de vila. Tudo o que restava do falecido na vila era uma poça de sangue escuro sendo sugada pela terra enquanto o corpo dele era cortado de uma forma inumana pelos gêmeos. No fundo, ela sabia da agressividade de Andressa e se arrependeu de como desenrolou a confusão, mas era a vida dela contra a vida de um deles.

Tadeu despediu-se de Manuela e disse que fosse visitá-lo mais tarde para contar como se sentia e se havia algo a ser feito para animá-la. Rapidamente ele seguiu em direção ao galpão; a construção mais antiga e feia da vila, onde a madeira já havia perdido o brilho, o telhado não sabia o significado de manutenção e havia grandes buracos, além de as laterais estarem encardidas de terra nas partes mais baixas e o portão feito de madeira mais leve estar, literalmente, caindo aos pedaços. A dúvida consumia Alex, ele estranhava a conclusão silenciosa de Tadeu.

Como ele chegou a alguma conclusão? Será que ele está certo?

Como se lesse pensamentos, Tadeu parou de caminhar, inclinou a cabeça para a frente e deu uma calma inspirada, ele não queria tomar decisões precipitadas, mas queria avisar aos novatos sobre os perigos enfrentados por todos e decidiu ir aos poucos.

– Muito bem, novatos, sabem como eu cheguei à conclusão?

Tadeu esperou os novatos dizerem algo, mas só obteve como resposta cantos de pássaros e barulhos de insetos.

– Muito bem – continuou ele. – Acredito que esta foi mais uma das coisas bizarras daqui.

Os novos azarados entreolharam-se. Cada vez mais os mistérios da vila eram estranhos, não entendiam como acontecimentos bizarros resultariam em mortes causadas por outras pessoas.

– Novamente o silêncio, é? – ironizou Tadeu. – Eu explico: a ilha sabe do comportamento estúpido de Manuela, da irritabilidade do falecido e da agressividade de Andressa, provocando a discussão. A ilha queria ele morto por algum motivo ou, espero estar muito enganado, por diversão.

ILHA?!

– Como assim ilha? – perguntou Alex. – E por que vocês não o chamam pelo nome?

Tadeu sorriu em resposta.

– Mais tarde falo mais sobre isso.

Daniela se segurou em Carlos, estava pálida e parecia prestes a desmaiar novamente. Carlos a amparou com rapidez e a ajudou a se sentar na grama. Alex não acreditava no que ouvia e no que estava vendo: o idoso ainda com um sorriso amigável.

Ele acabou de ver uma pessoa ser assassinada e conta teorias doidas sobre o lugar onde estamos e consegue sorrir.

– Algum dia vou fazer vocês dizerem algumas palavras – brincou Tadeu. – Enquanto isso, venham conhecer Eduardo e Fernando.

– Hã... Será que podemos esperar um pouco? – perguntou Daniela ainda pálida no chão. – Ainda mais se tiver sangue naquele galpão.

– Vamos aguardar um pouco, sim – respondeu Tadeu, com um sorriso.

O idoso pensou na possibilidade de haver sangue espalhado e entrou sozinho no galpão; quando voltou, os gêmeos o acompanhavam.

Como Alex esperava e agora via com mais clareza, os gêmeos eram decididamente idênticos e não havia algo para ajudar a diferenciar cada um. Até o corte de cabelo era o mesmo. E, julgando pelas manchas de sangue nos braços, peito e rosto, a situação lá dentro era idêntica a um filme de terror.

– Muito bem, novatos! Estes são Fernando e Eduardo.

– Eu sei: foi chato como nos vimos das duas últimas vezes, mas espero não passar mais por isso com vocês – declarou um dos gêmeos, talvez Fernando.

– Espero não repetir o que aconteceu hoje, mas finalmente é bom sermos apresentados oficialmente – disse Eduardo, ou talvez Fernando.

– O Eduardo aqui – retrucou Tadeu colocando a mão sobre o ombro do gêmeo à direita – vai esperar vocês amanhã cedo para levarem o corpo e, se voltarem vivos, vai mostrar as tarefas.

– Calma aí, seu velhote, não vai querer espantar eles já no primeiro dia. Lembra-se daquele casal de adolescentes? Será que estão vivos por aí?

– Eu lembro, mas ouvi dizer que foram comidos vivos pelos ursos na floresta – respondeu Fernando, entrando na brincadeira.

– Ursos? Eu pensei ter ouvido falar sobre canibais – disse Eduardo fazendo força para não rir.

– Ei! Isso não é engraçado! – gritou Carlos, ainda preocupado com Daniela.

– Estou bem! Para de se preocupar tanto comigo, parece meu pai... – retrucou Daniela levemente irritada com o comportamento protetor de Carlos.

Alex sentiu em si quando Daniela se irritou com Carlos; afinal ele estava muito assustado em um local desconhecido. Sem amigos e sem ninguém para conversar, acabou descontando o medo de ficar sozinho, mantendo-se sempre ao lado de Daniela. Ele a viu e logo sentiu um interesse físico na mulher loira de olhos azuis, formada em engenharia civil, muito inteligente e, aparentemente, simpática. Ele esperava sair da ilha o quanto antes, entretanto, sem saber quanto tempo iria permanecer e se seria aceito pelos outros moradores, tentou uma aproximação mais afetiva com a mulher passando pela mesma situação. Carlos sentiu-se estranho, perguntou-se se estava sendo precipitado e nem sabia como Daniela vivia antes da ilha.

Ao menos ele fala com mulheres.

– Desculpe-me – murmurou Carlos.

– Só me deixe em paz, eu sei me cuidar, ok?

– Hã... Tá.

– Os dois pombinhos aí, prazer em conhecer vocês – disse Eduardo, e dessa vez foi Fernando quem fez força para não rir.

– Prazer. – Fernando acenou tentando ficar sério.

– Eu estou dando uma volta com eles pela região, tentando evitar uma segunda impressão marcante como a primeira. Vocês viram Ezequiel por aí? Só falta ele dos responsáveis.

– Acho que alguns cavalos fugiram, e ele saiu correndo atrás, foi engraçado – disse Fernando.

– Engraçado mesmo – complementou Eduardo.

– Então, sabem a última direção por onde ele correu? – Tadeu voltou a perder a paciência com os moradores; definitivamente aquele não estava sendo um bom dia.

– Alguns cavalos foram por aqui – disse Eduardo apontando com as duas mãos para direções opostas.

– E outros por ali, ele eu não lembro – complementou Fernando, apontando para dois sentidos diferentes.

– Chega disso... – disse Tadeu indo para longe dos gêmeos.

– Nós devemos segui-lo? – perguntou Carlos, e, dessa vez, deixou Daniela se levantar sozinha.

– Poderia ter me ajudado a levantar, né? – falou Daniela irritada.

– Mulheres... – murmuraram os gêmeos ao mesmo tempo.

– Venham! – gritou Tadeu, perdendo a paciência com todos.

Os três novatos correram em direção a Tadeu e permaneceram em silêncio até estarem distante dos gêmeos.

– Entendem por que aqui precisa de alguém para botar ordem? Só querem saber de piadinhas! Se eu não estivesse aqui desde sempre, talvez estivessem todos mortos!

Desde sempre?

– Senhor, como assim desde sempre? – perguntou Carlos.

– Esqueci-me desse detalhe – começou Tadeu; Alex estremeceu. – Escutem bem, eu fui uma das primeiras pessoas a ter o azar de aparecer aqui. Quando cheguei, havia apenas outras cinco pessoas, era uma vila bem pequena. Funcionava de um modo simples: quatro pegavam comida e os outros dois pegavam água, porém tudo mudou quando eu e os outros três fomos caçar e, quando voltamos, encontramos as duas mulheres responsáveis pela água mortas. Elas estavam deitadas, uma ao lado da outra, uma única perfuração no coração, não tentaram se defender, não lutaram pela vida, simplesmente se entregaram ao destino cruel.

– Nossa, que horror – disse Daniela, baixinho.

– Foi horrível! Nunca tínhamos visto uma cena tão cruel e desnecessária. E nós estávamos juntos o tempo inteiro, e elas não tinham uma faca ou algo para cometer suicídio, então chegamos à conclusão de assassinato. Por quem? Nunca descobrimos.

Daniela começou a tremer novamente e Carlos a deixou, não iria passar pela mesma situação de antes. Tudo dito por Tadeu parecia assustar a todos, aquele senhor do sorriso amigável era o mistério maior, e Alex não queria saber o porquê de estar na ilha ou de ter sido selecionado para estar lá, a vontade de resolver o enigma do homem sinistro na frente dele, e à frente de toda a vila, era enorme. Havia algo de muito errado.

O trio seguia Tadeu para dentro da floresta, a escuridão já começava a tomar conta do céu, porém o ancião parecia ter decorado o caminho.

– Ficamos alguns meses montando guarda para dormir, cuidados redobrados para caçar e passamos a montar armadilhas para pessoas em volta da vila. E, depois de todo nosso esforço e paranoia, as primeiras pessoas a aparecer na vila foram azarados como eu e vocês. Entendem meus motivos para ser tão cuidadoso, e ao mesmo tempo tão frio, para com tudo o que acontece na vila?

– E o que aconteceu com todos eles? – perguntou a voz medrosa e desesperada de Daniela.

– Por alguns meses vivemos tranquilamente, então alguns morreram em acidentes de caça. Sim, é possível morrer caçando coelhos. Apenas dois morreram de morte natural, eu acredito. E, por último, vimos nossos companheiros morrerem na nossa frente em brigas bobas, por motivos estúpidos, algo despertava o lado mais assassino e sanguinário nas pessoas, resultando em lutas mortais entre si.

Se ele diz a verdade, foram anos cruéis mesmo.

– Como o senhor sobreviveu? – perguntou Carlos interessado em cada detalhe da conversa.

– Foi difícil, vi a morte várias vezes, entretanto sorte e competência me mantiveram vivo por muito tempo. Aqui é natureza na forma mais bruta, ou você aprende a sobreviver ou morre, não tem meio-termo. Mas não se preocupem, pois Fernando treinou todos os habitantes daqui e a maioria tem se saído muito bem.

O caminho na floresta dava adeus aos sons da vila, e barulhos da natureza eram ouvidos pelos quatro. Grilos, pássaros, árvores balançando e água descendo a correnteza.

– A maioria? – perguntou Alex desconfiado.

– Sim, a maioria. Você não viu alguém morrer hoje?

Alex percebeu que a ficha ainda não havia caído, ele realmente presenciara a morte de alguém poucos minutos atrás e preferiu negar tudo de ruim visto em um curto período de tempo para não acreditar na realidade da ilha, como se ele fosse acordar em algum instante.

– Alex! Alex! – chamou Tadeu.

– Oi, oi, hã?

– Acorda – pediu Carlos.

– Me desculpem, eu realmente vi alguém morrer hoje e não parece verdade. Só isso.

– Torça para não se acostumar com isso, infelizmente eu já me acostumei. Se me perguntar os nomes dos meus amigos mortos, não vou saber responder a metade. Presenciar tantas mortes, algumas brutais, deixou-me frio.

– E você não tem medo de ser o próximo?

– Não. Não tenho. A ilha tem um sistema estranho de quem deve sobreviver: a partir dos quarenta anos você ganha um enorme alvo nas costas. O falecido tinha quarenta e um, sabia do alvo e, mesmo assim, agia daquela maneira, por isso eu disse ter suspeita do motivo do gosto estranho na comida da Manuela.

Ele não pode estar falando sério.

– Mas, senhor, você tem bem mais de quarenta! – exclamou Daniela.

– Sim, Daniela, eu tenho setenta e oito, para ser exato – esclareceu Tadeu –, mas não há outra pessoa com mais de quarenta na vila. E sempre teve alguém da terceira idade, até morrer de causas naturais, então não estou preocupado.

– Então aqueles dois mortos de causas naturais, eles eram as pessoas mais velhas da vila? – deduziu Carlos.

– Exatamente.

– Então faz quantos anos que o senhor está aqui? – perguntou Daniela claramente não acreditando na conversa.

– Chegamos! – exclamou Tadeu fugindo da conversa. – Este é o nosso único rio e temos regras para melhor utilizar a água.

Alex olhou em volta, o rio era cristalino, longe da poluição humana. Deveria ter aproximadamente um metro de profundidade e viam-se claramente pequenas pedras de todas as cores no fundo. Os peixes, de todos os tamanhos, eram visíveis nadando sem se importar com a presença humana. Do outro lado da margem, a cerca de cinco metros, começava uma floresta mais densa comparada às arvores solitárias crescidas do lado do grupo. A favor do fluxo da água, o rio seguia um percurso sinuoso, onde plantas altas impediam uma visão maior e, contra a correnteza, uma estaca estava cravada no chão, delimitando algo.

– As regras são simples – começou Tadeu, olhando discretamente para Alex, que lhe retribuiu um olhar desconfiado.

Nao, por favor, não! Não comece a falar sem parar! Espera, ele sabe que não suporto suas longas falas?

– Antes daquela estaca – disse apontando para a estaca cravada no chão. – É permitido apenas para limpeza de roupas, pratos, facas, punhais, adagas, espadas, flechas, ou seja, as armas usadas por vocês. A partir da estaca está permitido o banho corporal, simples, não? As mulheres podem se esconder atrás daquelas plantas – dessa vez apontou na direção das plantas altas – e, por último, para pescar e retirar água, vamos andar um pouco.

Tadeu puxou o grupo no sentido contrário da correnteza, logo passaram pela estaca e Alex não percebeu, pois estava hipnotizado pelo rio, o movimento dos peixes e das algas era de uma natureza nunca vista por ele, acostumado com rios poluídos e escuros perto da sua cidade; nunca tinha visto aquele ambiente tão intocado e puro.

– Alex – chamou Tadeu.

– Terra para Alex – chamou Carlos.

– Alguém o acorda – murmurou Tadeu.

Carlos passou a mão na frente dos olhos de Alex.

– Pois não? – perguntou um Alex perdido em um local um pouco diferente de onde estava.

Dessa vez, o rio era cerca de três vezes mais largo e bem mais escuro porque o fundo não era visto, mas viam-se peixes nadando perto da superfície.

– Desculpa acordar você, mas preciso mostrar esta parte do rio para todos – justificou-se Tadeu. – Aqui é a área de pesca e de coleta de água, não há interferência nossa e os peixes são maiores e menos desconfiados. Os caniços, rede e arpões estão no galpão da vila e devem ser devolvidos ao terminar a pesca. As minhocas para iscas estão atrás do galpão, onde nós jogamos fora restos de alimentos. A umidade e a matéria orgânica da terra as atraem. Como tudo é presente da natureza, pescar e devolver é proibido, inclusive peixes muito pequenos. Os baldes de madeira que vocês já devem ter visto são usados para pegar a água daqui, temos um pequeno depósito para guardar os baldes cheios e vazios, então quem for responsável pela água pegará os baldes vazios e os encherá, colocando-os no mesmo lugar. Muito simples, não?

– Acho que sim – respondeu Alex.

– Sim – disse Carlos.

Daniela abriu a boca e todos imaginaram um "sim" saindo dela.

– Muito bem! Agora voltem ao lugar de banho e limpem-se, vocês estão fedendo, e, quando voltarem à vila, estaremos esperando com um pequeno banquete de boas-vindas e roupas iguais às de todos. Espero que vocês saibam o caminho de volta.

Tadeu afastou-se do grupo dando risada, pois pregar peças nos novatos era sempre uma diversão e o primeiro dia de novas pessoas sempre era de muita alegria para todos na vila. No fundo, conhecer novas pessoas e vê-las precisando de alguém para lhes orientar nesta ilha era sua atividade preferida, jamais gostou de pescar, de caçar, coletar alimentos, gostava mesmo era de contato humano. Por ser mais velho, era uma peça fundamental na vila, assim todos paravam seus afazeres para ouvir histórias de sobrevivência e como viver naquele lugar. As pessoas precisavam ouvir a realidade cruel e, ao mesmo tempo, as incríveis aventuras vividas pelas pessoas naquela ilha.

Os três novatos encontraram o lugar marcado pela estaca e decidiram refrescar-se, era final de tarde e um banho era necessário. Alex e Carlos tiraram a roupa e pularam na parte do rio destinada ao banho masculino. Após gritar com os dois e dizer que se comportassem na presença de damas, pois ninguém merecia ver aquela cena, Daniela escondeu-se atrás das plantas, retirou as roupas e mergulhou na água fresca.

Alex chegou à conclusão da necessidade de banhos como aquele, pois duvidava da presença de produtos de higiene na ilha, e sentiria falta de sabonete, xampu, desodorante e escova de dente.

– AAAHHH! – Alex e Carlos ouviram Daniela gritar por detrás das plantas, mas, antes de entenderem a situação, uma sombra passou correndo por entre as árvores e roubou as roupas dos dois homens.

– Ei! Espere! Volte aqui! – Alex saiu em disparada atrás do ladrão de roupas, entretanto o homem estava preparado, pois, ao passar entre duas árvores, revelou outro homem escondido com uma armadilha preparada: ele amarrou uma corda em uma árvore e a puxou, em seguida, a corda se esticou na altura dos pés de Alex, que não a viu. Ele caiu de cara no chão, nu, enquanto os dois homens fugiam com as roupas dos três novatos. Derrotado, Alex voltou para o rio, encontrando os novos amigos indignados com a situação. Ambos evitavam olhar para suas partes.

– Acho que foram os gêmeos – disse Alex.

– Não foram – complementou Carlos. – Eram mais baixos e não tão fortes.

– Mas por que fariam uma coisa dessas? – perguntou uma Daniela irritada e com vontade de chorar.

– Ora, esse foi nosso trote, é óbvio – respondeu Alex.

– Trote? Como assim?

– Quando Tadeu nos levou para conhecer o ponto de pesca, eles vieram aqui e ficaram nos esperando. Quando baixamos a guarda, roubaram nossas roupas.

– Eu não acredito! – gritou Daniela indignada e se sentindo injustiçada. – Como vamos voltar à vila?

– Ou pelados ou improvisamos – respondeu Alex. – Alguma ideia?

– Com folhas podemos nos cobrir e com capim podemos fazer os nós e a armação – sugeriu Carlos.

– Ele está certo, mas vamos logo porque está anoitecendo e a gente pode não encontrar o caminho de volta – disse Daniela.

– O caminho é fácil, basta seguir o cheiro da comida, não estamos tão longe assim da vila.

– Que tal apenas nos cobrirmos com folhas, sem fazer a armação, e irmos por caminhos diferentes? – sugeriu Alex.

– Por quê? – perguntaram Carlos e Daniela ao mesmo tempo.

– Eles roubaram nossas roupas e estão, supostamente, nos esperando na vila. É óbvio que essa foi apenas a primeira brincadeira estúpida e pode haver mais.

– Tem razão – concordou Carlos. – Uma brincadeira estúpida e infantil. Gostaria de participar quando vierem os novos novatos.

– Então como faremos? – perguntou Daniela perdida.

– Nós procuramos folhas grandes e firmes para nos cobrir, nos separamos e vamos por três caminhos diferentes. Quem for por aqui vai ter mais chance de ser alvo de outra brincadeira idiota deles. Por isso eu vou. Daniela, vá para onde eles buscam água. Como mais pessoas passam por aquela região, deve ter uma trilha formada. Procure por galhos quebrados e até mesmo plantas maiores e vigorosas, talvez derrubem água quando passarem. Quanto a você, Carlos, estou sem ideia.

– Não se preocupe, Alex, eu consigo me localizar bem, como o sol está se pondo atrás de nós, vou seguir a direção das estrelas, pelo menos estarei indo mais ou menos no sentido certo.

– Inteligente – elogiou Alex. – Mas agora vamos correr!

Dito isso, Alex atravessou para a outra margem e arrancou algumas folhas de um galho caído, as quais estavam em boas condições e serviriam para a ocasião. Daniela conseguiu suas folhas perto da estaca de madeira e Carlos seguiu a correnteza. Agora estava cada um por si. O início da corrida de Alex foi lento, seus pés doíam em contato com gravetos e pedras pontiagudos encontrados pelo caminho, entretanto o medo de ficar sozinho naquela situação lhe dava a adrenalina necessária para continuar, não iria parar por motivo algum: o vento nas árvores dava um cenário assustador para seus olhos e ouvidos. Cada movimento visto com o canto dos olhos fazia seu coração saltar, não havia como saber se era humano, animal ou apenas árvores balançando. O risco de cair em outra armadilha estava deixando Alex cada vez mais nervoso, e ele evitava passar perto de árvores e por áreas abertas. Estava quase chegando à vila quando ouviu um grito à sua direita, e logo reconheceu a voz de Daniela. Seu sangue gelou, suas pernas pararam e começaram a tremer, seu cérebro o mandava ir verificar o grito, pois Daniela poderia estar machucada, mas seu medo o mandava ir em frente, pois cada segundo parado fazia dele uma presa fácil para as brincadeiras das pessoas da vila: finalmente ele decidiu ser corajoso e seguiu o grito.

Começando a correr na direção do grito, Alex notou nas árvores ao redor: elas estavam ficando mais densas, com certeza seria alvo de alguma das feras ditas por Tadeu.

– Daniela! Cadê você?! – gritou Alex desesperado.

O silêncio foi a resposta.

Ela deve estar morta! Melhor continuar correndo!

Outro grito mais perto.

Com certeza ela morreu e eu serei o próximo.

Dessa vez, Alex percebeu a direção do grito e correu ao encontro, a maior quantidade de galhos no chão fazia seus pés sangrarem, faltava pouco, ele já não enxergava mais de dois metros à sua frente. Ouviu risadas próximas e olhou para cima.

Droga!

Havia uma mulher e um homem em cima de uma árvore dando risadas, e ambos pareciam se divertir muito com toda aquela situação. Alex só foi perceber o que era tão engraçado quando algo o atingiu, vários objetos compridos e da grossura de um dedo o estavam abraçando, quanto mais ele se mexia, mais preso ficava.

Palmas começaram a ecoar pela floresta enquanto mais três homens surgiam por entre as árvores, risadas eram ouvidas ao fundo e Daniela apareceu, toda envergonhada e usando a mesma roupa das outras pessoas.

– Alex, eles me pegaram – disse muito envergonhada.

– Não acredito nisso! Eles te machucaram? Quem são eles? – perguntou Alex furioso, esquecendo-se de cobrir as partes.

– Calma, amigo, bem-vindos à vila. Vocês caíram na nossa brincadeira de boas-vindas. Meu nome é Michel e passei pela mesma situação há um mês, fiquem tranquilos que chegará o dia de vocês fazerem o mesmo.

As palmas cessaram e deram lugar às risadas e "vivas!" por parte das outras pessoas.

– Agora, me diga onde está seu outro amigo – pediu educadamente Michel.

Alex cuspiu no chão, em sinal de total desaprovação da brincadeira, e deu de costas a todas as pessoas felizes por terem o capturado.

– Pessoal, temos um mau perdedor aqui! – gritou alguém lá do fundo, arrancando mais risadas.

– Agora vamos andando porque estou com fome – disse Michel.

A caminhada de volta para a vila foi humilhante, pois, apesar de ter recebido roupas idênticas às do pessoal da vila, Alex estava se sentindo um otário. Ele sabia da importância de brincadeiras assim para se enturmar rapidamente com todos, entretanto não gostava de perder e muito menos de ser feito de bobo. Durou apenas cinco minutos o trajeto de volta à vila, onde encontrou Carlos, vestido como as pessoas da vila, e Tadeu dando risada da situação.

– Olá, Alex e Daniela, como estão? – perguntou Tadeu com um sorriso amigável no rosto.

– Estou bem e muito decepcionada com essa brincadeira sem graça de vocês – disse Daniela irritada, tentando levar tudo no bom-humor.

– Desculpem-me por isso, mas algum dia vão me agradecer – disse Tadeu em uma tentativa de acalmar Alex. – Agora vamos todos comer.

Tadeu bateu palmas e surgiram algumas outras pessoas carregando bandejas com alimentos diversos, uma variedade considerável de frutas, folhas, sopas e carnes, fazendo o estômago vazio dos três novatos roncar.

Ao se sentarem nas longas mesas de um quiosque atrás da grande cabana, Alex ficou ao lado de Carlos.

– Brincadeira muito estúpida, não acha?

– Vai ser boa para nós, amanhã vamos rir da situação e teremos desejo de nos vingar dos próximos, e vai ser assim por um bom tempo. Como vocês foram pegos?

– Capturaram Daniela e fizeram-na gritar, então fui na direção dela pensando no pior e jogaram uma rede de pesca em mim. E você, foi pego como?

– Não fui. Corri feito louco e improvisei uma proteção para os pés usando casca de árvore, funcionou por alguns minutos. Na metade do caminho, pensei ter ouvido um grito e ignorei, pois achei que a minha mente estava pregando peças, me senti mal por isso, mas depois lembrei de alguém me dizendo para não a proteger, então segui meu caminho. Cheguei aqui e encontrei Tadeu nos esperando, ele me deu roupas e disse para aguardar vocês.

– Continuo não acreditando nessa brincadeira sem graça, pelo menos agora vamos comer.

Alex, Carlos e Daniela comeram em abundância, estavam com muita fome e sede. As pessoas vinham cumprimentá-los e pedir desculpas pela brincadeira, porém Alex não queria saber das pessoas ou da brincadeira, sua única vontade era comer. Nunca havia comido coelho e algumas espécies de frutas presentes, mas teve espaço na barriga para experimentar todos os pratos e ainda repetir alguns.

Após o jantar, Alex estava mais calmo e decidiu prestar atenção na conversa em volta. Ouviu apenas relatos de como as pessoas poderiam ser felizes ali. Também lhe passaram uma pasta verde pegajosa e disseram-lhe que esfregasse bem nos dentes para limpá-los. Continuou sentindo a sujeira, mas, como todas as pessoas ali tinham todos os dentes, talvez valesse a pena usar.

Tadeu chamou a atenção de todos batendo um osso de carneiro na mesa.

– Povo! Obrigado por participarem da brincadeira de hoje. Obrigado por estarem tão interessados em proporcionar aos novatos uma boa estada e um rápido entrosamento. Não será hoje, nem amanhã, mas algum dia eles vão nos agradecer por isso. Agora vamos deixá-los dormir, tiveram um dia cheio e complicado e precisam organizar os pensamentos. Eu, como líder da vila, dou boas-vindas a vocês três, Alex, Carlos e Daniela. Sintam se em casa.

Os moradores bateram palmas e, em coro, deram boa noite aos novatos e saíram todos juntos da mesa, deixando apenas os três sentados.

– Que gente esquisita – murmurou Daniela.

– Também acho, mas creio que estão pensando em nós, precisamos mesmo ir dormir e não ficar de conversa a noite inteira.

– Por enquanto vocês vão ficar no quarto da grande cabana! – gritou Tadeu.

Obrigado por avisar só agora.

– Então, vamos dormir? – perguntou Carlos.

– Não sei vocês, mas eu vou – disse Alex, levantando-se e indo em direção à cabana. Seus pensamentos não estavam organizados, e ele precisava organizá-los o quanto antes. Havia algo o incomodando além do sorriso de Tadeu, era algo não explicado e sem sentido. As pessoas o incomodavam de uma maneira estranha, como se tudo enxergado por ele fosse falso, como se tivesse um filtro em seus olhos.

Espera um pouco.

Era isso, ele não estava enxergando as pessoas, ele estava apenas sentindo a presença delas, por isso não conseguia descrevê-las. Era tudo falso, não havia o físico, como em um sonho, os detalhes eram passados despercebidos e, muitas vezes, não havia detalhes. A falta de olhar nos olhos de uma pessoa e ler o rosto foi passada em branco o dia inteiro. Ele não se lembrava da cor do cabelo de Daniela ou da altura de Carlos, quando ele pensava em Tadeu, o único detalhe era o sorriso, e nos outros não havia algo para lembrar.

Estou ficando maluco. Devo estar morto, uma coisa destas não é possível.

Esse pensamento acompanhou Alex até o momento de dormir, quando começou a se lembrar do dia e de todos os acontecimentos, e a dúvida sobre o lugar e como ele foi parar na ilha era de matar. Em uma ilha deserta com acontecimentos bizarros.

Caso estejamos em uma ilha mesmo, como não encontraram as pessoas que mataram as duas mulheres? Procuraram por todos os cantos e não encontraram sinais de mais pessoas? Muito estranho. Talvez não tenham procurado. Então como ele sabe que estamos em uma ilha?

capítulo 2

DENISE

Preciso me apressar ou vou perder o momento mais tedioso do mês.

Denise apostava corrida contra sua melhor amiga, Débora, o prêmio da aposta era não precisar participar das boas-vindas aos novos azarados do mês; ninguém gostava de cuidar das novas pessoas, de verificar se estavam todos bem e, muito menos, de ser babá quando aparecia uma criança. Os caminhos através dos túneis e labirintos da mina eram complicados para quem estava começando a vida naquele lugar, tudo era muito escuro e parecido, extremamente fácil de se perder. Denise tinha essa vantagem contra Débora, estava há mais tempo naquele lugar e conhecia muito bem os atalhos e melhores caminhos para o centro da grande mina. Entretanto, Débora possuía a sorte do seu lado. Em brincadeiras ou apenas exercitando-se para passar o tempo, acabava descobrindo novos lugares e caminhos diferentes para chegar aonde quisesse. A corrida entre a esperta e a novata era sempre muito bem disputada, às vezes aconteciam acidentes com ferimentos graves nas outras pessoas, porém as Dedé, como eram chamadas, quase nunca se machucavam.

Os caminhos se abriam para Denise passar, seu corpo atlético era visto como um borrão pelos desavisados que insistiam em permanecer no caminho dela. Denise estava quase chegando ao centro da mina e Débora não dava sinais de aparecer, talvez fosse ganhar a corrida e se livrar de alguns afazeres do mês. Faltando poucas curvas e ramificações de túneis para vencer, ela entrou em disparada por uma curva e não conseguiu frear, acertando em cheio uma pessoa. Com o impacto da colisão, Denise acabou derrubando um homem no chão e bateu contra a parede, e ameaçou continuar a corrida quando tudo piorou. Débora também veio pelo mesmo túnel e, para evitar a colisão com Denise, optou pelo outro lado do corredor onde ela pensou ter visto apenas um saco de batatas caído; acabou pisando com força no saco de batatas e tropeçou, sendo jogada para a frente, mas conseguindo proteger o rosto ao chocar-se contra o chão.

As duas meninas e o homem estavam parados no estreito corredor, Denise rindo da queda de Débora que, por sua vez, gostaria de ser engolida pela terra, enquanto o homem não dava sinais de melhoras e continuava deitado.

– Aquele saco de batatas estúpido me derrubou! – gritou Débora.

– Saco? Que saco? – disse Denise. – É uma pessoa, se você não reparou.

– Pessoa? Como assim? Quem é? – O pavor tomando conta do corpo.

Denise foi em direção ao homem caído com o rosto virado para o chão e, lentamente, começou a virá-lo. O rosto de um senhor de quase oitenta anos começou a aparecer, as fragilidades nas feições corporais evidentes, a falta de peso, os cabelos brancos e finos, o nariz grande e frágil, todos os fatores assustaram Denise, fazendo-a recuar para longe.

– Essa não. Não – murmurou Denise. – Estamos fritas.

– Como assim? – perguntou Débora.

– Matamos Décio.

– Não! O velho não! – Dessa vez, Débora estava prestes a ter um ataque de pânico.

– Eu não morri, suas estúpidas – disse uma voz muito fraca vinda do homem.

– Vou chamar os médicos! – gritou Débora.

– Eu sou a médica, sua estúpida! – exclamou Denise. – Agora me ajude a virá-lo.

– Certo! – Débora agachou-se ao lado do ancião e ajudou Denise a virá-lo. – E agora? Ele vai sobreviver?

– Agora fique aqui – disse Denise, encarando Débora. – Senhor, você bateu a cabeça?

– Não, apenas bati o braço na parede, o outro braço na queda e uma estúpida me chutou enquanto eu estava no chão! – respondeu Décio bravo.

– Ótimo! Agora fique parado enquanto checo seus ossos.

Denise começou a apalpar os braços em busca de ferimentos mais graves, mas estava tudo bem com os braços do senhor. A parte mais complicada foi verificar o efeito do chute de Débora naquele frágil corpo.

– Senhor, onde você foi atingido pelo chute?

– No quadril.

Os dois lados do quadril estavam machucados pela queda, mas Denise acreditou na sobrevivência do senhor.

– Olha, senhor, seus braços estão bem e seu quadril está lesionado, recomendo descansar bastante por alguns dias.

– Ótimo – ironizou Décio. – Vamos adiar a chegada dos azarados, eles vão entender se forem abandonados.

– Nós ferramos com tudo, né? – perguntou Débora, saindo de um transe.

– Ainda não! Senhor, vamos chamar ajuda para você e nós duas ajudaremos os azarados na adaptação. – Denise olhou para Débora. – Vamos procurar Rodrigo e dizer para ele vir aqui com urgência enquanto nos responsabilizamos por lá. Décio, por favor, aguenta firme.

Ambas as garotas se levantaram e correram em direção à casa de Rodrigo, a casa mais afastada do centro, que, no entanto, compensava pelo espaço extra. As "casas", como as pessoas da mina diziam, eram entradas nos túneis que não possuíam saída, portanto os moradores construíam as portas e fechavam a passagem. Após passarem por vários túneis, entradas, depósitos e residências, sem choques com outros moradores ou objetos, as duas garotas chegaram à casa de Rodrigo e bateram na porta.

– Rodrigo! Precisamos… de ajuda! – gritou Denise sem fôlego.

As duas bateram mais forte na porta e nenhum sinal da presença dele.

– Vamos, Rodrigo! – gritou Débora.

– Meninas, ele foi para a cerimônia dos novatos – disse um homem passando por perto.

Denise e Débora se entreolharam, haviam esquecido esse detalhe importante e estavam perdendo tempo.

– Décio tinha razão, você é uma estúpida – disse Denise.

– Eu não sou. Você é! – retrucou Débora.

A correria começou novamente, em direção ao túnel onde Décio estava caído, pois precisavam ver como ele estava e se alguém já o tinha socorrido. Com menos fôlego ainda, elas estavam indo mais devagar e a necessidade de se apressarem era maior, os novatos chegariam a qualquer momento e só Rodrigo estaria presente para transportá-los.

Chegando ao túnel onde Décio fora deixado, elas encontraram Rodrigo e mais dois homens ajudando a carregar o homem ferido para a casa do ancião.

– Foi bom encontrar vocês, agora vão diretamente para o local dos novatos! – disse Rodrigo, um homem com trinta e dois anos, sem barba, com sinais de calvície, baixo, magro e sem força física, porém compensava com uma enorme força na voz e inteligência muito superior à dos outros moradores.

– Desculpa, foi sem querer – murmurou Débora.

– Não me interessa, uma queda naquela idade pode ser grave. E, além disso, ele não foi o primeiro a ser vítima da estupidez de vocês.

Por que todo mundo diz isso? Não somos estúpidas.

– Não somos estúpidas – murmurou Débora.

– Vão lá! – ordenou Rodrigo. – Agora!

Mais uma vez, as garotas começaram a correr, talvez os novatos já tivessem aparecido e precisassem de ajuda o quanto antes. Dessa vez, foram mais devagar, sem fôlego e cuidando para não ocasionar mais acidentes, demoraram mais do que gostariam.

Chegando ao centro da mina, entraram no túnel da sala por onde os azarados eram teletransportados. Faltavam poucos metros quando viram o clarão branco refletir nas paredes de rocha. O clarão indicava a chegada dos novatos e elas puderam respirar, apesar de estarem muito curiosas para saber quem eram os azarados; diminuíram o ritmo e foram caminhando para a sala. Dessa vez, havia apenas duas mulheres recém-chegadas, normalmente apareciam três ou quatro pessoas. Essas duas mulheres eram mais velhas que Débora e Denise juntas. Denise checou os sinais vitais e achou provável a sobrevivência delas.

Após analisar a aparência das duas mulheres, ela percebeu as letras de "AMOR" tatuadas em cada dedo da mão esquerda da mulher aparentemente mais velha. Depois pegou uma maca improvisada com folhas e gravetos e, com a ajuda de Débora, colocou em cima uma das mulheres. Então pegou outra maca e colocou a segunda mulher. O transporte para o centro da mina foi difícil, as duas meninas não eram fortes para carregar e estavam cansadas de tanto correr. Quando colocaram a segunda mulher no meio de uma pequena sala, apareceram Rodrigo e mais quatro homens.

Podiam ter aparecido cinco minutos antes.

– Só duas pessoas? – murmurou ele.

– Sim – respondeu Denise. – E acredito que vão sobreviver.

– Mas não adianta sobreviver ao teletransporte e morrer aqui.

– Deve haver um motivo – comentou Débora.

– Espero descobrirmos logo – disse Denise –, não quero ficar olhando para elas até a morte decidir levá-las.

– Você tem certeza de que vão morrer logo? – perguntou Débora.

– Sim, infelizmente elas vão morrer logo, e há alguma razão para isso. Não quero falar sobre isso, vou arranjar o melhor lugar para elas passarem seus últimos dias de vida.

Dito isso, Rodrigo disse para seus homens carregarem as mulheres e seguirem-no, pois ele sabia exatamente onde estabelecer as duas.

– E agora? O que faremos? – perguntou Débora, sem acreditar na sorte de não ser responsável direta pelas azaradas.

– Vamos ser úteis e pegar água e frutas para Décio e para elas – respondeu calmamente Denise.

– Vamos caminhando, por favor.

O caminho até a sala de depósito foi estranho e desagradável para as duas garotas, nenhuma gostaria de comentar sobre o ocorrido e estavam nervosas até para brincar com suas piadinhas e fofocas sobre os moradores. Chegando ao destino, encontraram um dos homens de Rodrigo, o qual segurava três baldes empilhados e fora mandado buscar água; as meninas já sabiam da impossibilidade de os homens comandados por Rodrigo tomarem as próprias decisões, todos pareciam capangas e usavam apenas força bruta.

– Hãã... Oi – começou Débora.

– Vieram buscar água? Já estou fazendo isso, podem ir embora – respondeu o homem, sem olhar para as duas garotas.

– Não, estamos aqui para pegar frutas. Agora licença – retrucou Denise, esgueirando-se para passar entre o homem e a porta.

Ela entrou no depósito e procurou pelas maiores cestas para o transporte das frutas; após achá-las, juntou-se a Débora e foram em direção à saída da mina.

Conforme caminhavam em direção à saída, o ar ficava mais leve, uma suave brisa era sentida, o cheiro de ar puro preenchia seus pulmões e a iluminação de tochas não era mais obrigatória durante o dia.

Por mais afastada da superfície que fosse a mina, algumas entradas de luz natural existiam, e graças a elas era possível enxergar quando acabava o combustível das tochas e respirar um ar oxigenado. Um mural de agradecimento destinado aos "Sábios Construtores Anônimos" que cavaram a mina e se preocuparam com as entradas foi feito utilizando uma das paredes do centro da mina, na cerimônia de comemoração de um mês de mina, e os moradores escreviam seus nomes nele para agradecer.

As jovens estavam chegando perto do portão de entrada, onde sempre havia alguém a postos para proteger a mina de perigos inexistentes.

– Olá, garotas – disse o guarda.

– Oi, Gustavo – cumprimentou Débora, ficando levemente envergonhada.

Gustavo tinha apenas vinte anos, mas era forte, ágil e inteligente. Todos sabiam de suas habilidades e de como seria útil na parte interior da mina, entretanto a timidez dele não o permitia conviver com as pessoas, muito menos ter conversas longas. Ele não era um jovem bonito, mas a falta de opções de homens mais novos na mina fez Débora logo ter um interesse repentino, mas, infelizmente para ela, ele sempre inventava tarefas dadas por Rodrigo para evitar conversas.

– Gustavo, estamos indo pegar frutas, tem algum problema? – perguntou Denise.

– Não – respondeu Gustavo rapidamente, querendo terminar a conversa logo. – Podem ir.

Ele abriu o portão e Denise saiu da mina, deixando Débora para trás.

– Então, Gustavo, tá tudo bem por aqui? – Débora tentou puxar assunto.

– Sim, está tudo tranquilo e sem perigos.

– Posso ficar tranquila? – insistiu ela.

– Claro – respondeu ele. – Por que não?

– Tenho medo de que invadam a mina.

– Quem vai invadir a mina?

– As pessoas más da montanha.

– Elas nem sabem da nossa existência. Ei, olha, sua amiga está te chamando. – Gustavo terminou a conversa empurrando Débora enquanto fechava o portão.

– Cara, eu não entendo ele – queixou-se Débora quando estava longe.

– Ninguém entende – respondeu Denise. – Ele vai precisar se soltar mais por aqui ou logo será conhecido como o "cara do portão".

– Será que ele me acha feia?

Denise posicionou a mão em forma de concha em seu queixo, fingindo analisar cada centímetro de Débora. A jovem de vinte e um anos tinha cabelos castanho-escuros ondulados, olhos verde-escuros, bochechas, nariz e orelhas vermelhos em sua pele clara, algo como um metro e setenta e sobrancelhas perfeitamente encaixadas no rosto.

– Você precisa de um banho – concluiu Denise.

– Você também, seu fedor espantou Gustavo, não eu – retrucou Débora.

Então as duas meninas continuaram caminhando para o sul, carregando as cestas, rindo como se não houvesse amanhã.

O pomar das mais variadas frutas estendia-se por vários metros e era visto de longe, centenas de árvores criavam uma grande barreira verde na vista das garotas, árvores vigorosas esbanjavam seus frutos mesmo fora de época, árvores que nunca precisaram de adubação, ficaram doentes ou foram atacadas por enxames de insetos. Como sempre faziam, Denise coletava os cítricos e Débora, as frutas tropicais, e as garotas já estavam com os olhos treinados para achar as mais saborosas e suculentas frutas. Levaram apenas alguns minutos para encher duas cestas cada quando Débora lembrou-se de algo.

– Ei, vamos ao descarte? – perguntou.

– Como assim? – retrucou Denise.

– Naquele lugar onde encontramos os corpos.

– Por que você quer ir lá? – quis saber Denise, intrigada.

– Porque chegaram mais pessoas na ilha – respondeu Débora, com cara de que a resposta era óbvia. – Talvez a gente descubra algo a mais sobre eles.

– Olha, é desnecessário.

– Algo me diz para irmos lá, só isso.

– Não me agrada ver cadáveres.

– Eu sei, mas eu preciso ir lá.

– Não acredito, mas vamos – concordou Débora.

Trocando apenas um olhar, as duas meninas colocaram as cestas no chão e correram em disparada ao lugar onde o povo da montanha descartava seus corpos.

Houve dois relatos de moradores da mina terem visto alguém na montanha, ambos disseram que pessoas com estranhas roupas roxas estavam subindo a montanha caminhando normalmente em uma parte muito íngreme, algo humanamente impossível de se fazer. Algum tempo depois, um jovem explorador encontrou um local onde eram jogados cadáveres e, pelo estado deles, chegou-se à conclusão de que eram jogados de uma grande altura. Com o passar do tempo, Rodrigo percebeu algo estranho em relação aos corpos: eles apareciam no dia dos azarados, ou seja, eram pessoas que morriam ao serem teletransportadas para a vila do povo da montanha, então se livravam dos corpos em vez de enterrá-los.

A tarde estava uma delícia para Denise, aquela liberdade de correr em espaços abertos era rara para ela, o vento no rosto era refrescante, o cheiro lembrava-a da infância na casa da avó, os cabelos curtos pareciam flutuar atrás de sua cabeça e o suor escorrendo por sua pele escura deixava-a mais brilhosa. Por um breve momento, olhou para trás e viu Débora tentando, sem sucesso, puxar seu cabelo; com o tempo, Denise optou pelo corte mais curto após enganchá-lo tantas vezes em objetos inanimados como tochas e galhos de árvores.

Algum dia ela vai ter de cortar.

A decisão de cortar os cabelos foi a mais difícil tomada na mina, mas ela sabia dos perigos de mantê-los compridos e de como seria mais tranquilo correr sem medo pelos corredores, embora sempre tenha adorado seus longos cachos.

Chegando ao local de descarte, elas olharam para os cadáveres recém--destroçados por animais, havia pedaços de roupas espalhados, assim como carne humana, sangue escuro jazia sobre a pedra ao lado dos três corpos, e alguns pedaços de ossos estavam à mostra, quebrados por mandíbulas de feras. A cena era horrível, e as duas estavam paralisadas pelo horror e com tanto medo de estarem acompanhadas dos animais que só voltaram a si quando o cheiro finalmente chegou a suas narinas; o cheiro pútrido de sangue misturado ao de carne humana trouxe ambas de volta.

– Que fedor! – exclamou Denise.

– Como isso foi acontecer? Coitados!

Denise olhou para cima e encontrou a resposta. Logo acima dos corpos, havia um quarto corpo vestido em uma túnica roxa cravado em uma estalagmite, o sangue descia pela formação rochosa até o chão, formando uma poça irregular.

Os quatro!

– O cheiro de sangue deve ter chamado lobos – concluiu Denise.

– E se eles voltarem?

– Espero estarmos longe daqui – respondeu Denise, dando pequenos passos para trás, afastando-se da cena sangrenta a sua frente.

– Vamos embora…

– Meu! – Denise gritou e jogou-se em direção a um membro destroçado.

Não havia muito além de uma mão e o antebraço, ossos quebrados e vasos sanguíneos estavam pendurados pelo lado contrário.

– O que está fazendo? – perguntou Débora, curiosa e medrosa.

– Que coisa linda – murmurou Denise em resposta.

– Larga esse braço! – gritou Débora. – Que nojo!

– Vou ficar com isso.

Denise cuidadosamente colocou o braço no chão e, com as duas mãos, retirou uma corrente prateada dele.

A corrente era muito leve e dava três voltas ao redor do punho dela. Também continha a imagem da cabeça de um unicórnio com olhos brilhantes em alto relevo. Atrás, uma inscrição: De A para A. Denise não queria saber quem eram aquelas pessoas, apenas concluiu que uma delas tinha bom gosto.

– Que lindo – disse enquanto vestia a pulseira.

– Não acredito nisso! Roubando de uma morta.

– Não estou roubando, apenas pegando algo pertencente a uma morta.

– Para mim é roubo. E você sabe que não podemos usar nada além de nossas roupas.

– Eu sei, por isso vou esconder muito bem.

– Como?

– Vou precisar de um pouco de couro, assim vou usar uma tira por cima da pulseira e só eu vou ver.

– Ainda não acredito nisso! E vamos embora logo antes de sermos surpreendidas pelos lobos.

Denise e Débora retiraram o olhar dos cadáveres, uma cena marcante na vida das duas, e o clima de risadas e de bom humor das meninas foi removido em um golpe de monstruosa agressividade. Queriam logo pegar as frutas e voltar para a mina, para seus lares e esquecer o dia.

As duas foram lentamente se afastando dos corpos, de cabeças baixas e tristes, sem perceber a movimentação e os barulhos nos arbustos por perto. O primeiro ataque veio pela esquerda, um lobo pulou sobre Débora, porém a garota ágil conseguiu desviar. O segundo ataque pegou as meninas por trás, dois lobos pularam sobre elas, derrubando-as de cara no chão.

– NÃO! – gritou uma voz masculina perto delas.

Os lobos subitamente procuraram pela voz e encontraram Gustavo brandindo uma espada e um escudo. Aquela situação era o único momento de sobrevivência já enfrentado pelo guarda solitário, que nunca havia agredido alguém, apenas machucado seus vizinhos nos treinos de luta, onde erros podem ser cometidos.

Gustavo correu na direção das meninas, que aproveitaram a distração da alcateia e se levantaram rapidamente. Os lobos estudavam a nova presa e não ousaram atacar até estarem preparados. Chegando próximo às meninas, Gustavo e as duas rapidamente assumiram posição de combate como faziam nos treinos, formando um triângulo para cobrir uma área maior e ninguém ser atacado pelas costas.

– Aqui no meu cinto – disse Gustavo. – Peguem!

As meninas olharam para o cinto e encontraram duas adagas amarradas de qualquer maneira; rapidamente empunharam as armas e ficaram prontas para o combate.

Os lobos rodeavam as presas, quatro pares de olhos focados em quaisquer movimentos rápidos. Após estudar muito, três lobos pararam de frente para as meninas, acreditando serem presas mais fáceis. Porém, foi o quarto lobo o primeiro a atacar, ele correu em direção a Gustavo, rosnando alto, atraindo atenção para si, e funcionou. Os três jovens se distraíram por breves segundos, suficientes para os outros lobos perceberem e atacarem. Com um rápido movimento, Gustavo acertou o lobo em cheio usando o escudo, acreditando estar protegido pelas garotas, entretanto os lobos planejaram bem o ataque, investindo um em cada garota e o terceiro passando por elas e cravando as grandes presas no braço direito de Gustavo, o braço da espada, fazendo-o bater em retirada. Denise desviou da mordida do lobo e retribuiu atacando com sua adaga o flanco esquerdo do animal, porém, infelizmente para ela, a arma apenas cortou de modo superficial, e o lobo se afastou com rapidez. Débora não teve a mesma habilidade para desviar e parar o lobo que atacou suas pernas com as garras, arranhando-a de leve e retornando para os outros lobos.

Os quatros lobos não desistiram de suas presas e, apesar de um estar mancando, prepararam-se para mais uma investida. Dessa vez, dois lobos atacaram Denise e os outros dois, Débora. Gustavo intrometeu-se no meio delas, protegendo-as com a espada no braço fraco, mas dessa vez obteve sucesso em matar um dos animais; a espada entrou no meio do crânio da fera, partindo sua cabeça em vários pequenos fragmentos. O barulho assustou a todos, as meninas se assustaram com o estalo dos ossos se partindo e os lobos recuaram após ver a morte do companheiro.

O suor escorria pelo rosto de Denise, a adrenalina fazia seu coração disparar, os batimentos ecoavam em seus ouvidos e seus olhos estavam fixos em uma cabeça estraçalhada de lobo.

Aquilo é o cérebro dele?

– Cara, quanta agressividade – comentou Débora.

Gustavo ficou calado, aliviado por salvar a vida das meninas e ter sobrevivido ao encontro. Sentiu toda a adrenalina sair de seu corpo, dando espaço a uma dor agoniante em seu braço. Mesmo assim, conseguiu limpar a espada antes de guardá-la na bainha e pegar seu escudo no chão.

– Preciso ver isso – disse Gustavo, apontando para o braço. – Vamos voltar.

Denise finalmente conseguiu movimentar-se, aproximou-se do corpo do lobo com a adaga, puxou os pelos do animal e fincou-lhe a arma no dorso. Com movimentos curtos e rápidos, conseguiu retirar uma tira da pele do animal, um retângulo de pelos cinza de poucos centímetros de altura, porém de comprimento considerável. Ela havia achado como esconder a pulseira.

Acho que vai dar certo.

– Depois eu corto e costuro para encaixar-se no meu punho e ninguém vai reparar – disse Denise sorrindo, satisfeita em manter a pulseira escondida.

– Reparar no quê? – perguntou Gustavo.

– Nada não, fica tranquilo – respondeu Denise ainda com o sorriso no rosto.

– Não me interessa mesmo, eu estou voltando para a mina e vocês só vão conseguir entrar comigo, então melhor irmos.

Gustavo terminou sua fala e deu as costas às garotas, estava com dor no braço e não aguentaria esperar as duas terminarem seus jogos.

– Espere! Temos cestas com frutas e precisamos pegá-las – falou Débora.

– Eu preciso ver o meu ferimento, e alguém vai cuidar do portão – respondeu Gustavo sem olhar para trás.

– E agora? – perguntou Débora à Denise.

– Vamos sair daqui antes que mais lobos apareçam.

As garotas apressaram os passos para sair do local, não aguentavam ver mais sangue e precisavam voltar para a mina e cuidar de Décio.

– Denise, espera um pouco – pediu Débora. – Estou machucada.

– Esqueci, é muito feio?

– Não, mas não consigo caminhar rápido.

– Então aproveita a situação enquanto eu pego as frutas.

– Qual situação?

– Talvez Gustavo te ache muito desligada, e não fedida.

– Como assim?

– Sério mesmo? Os dois machucados indo para o mesmo lugar, ele salvou nossas vidas e mesmo assim não vai agradecer?

– Hum... É... Não pensei nisso.

– Tá esperando o quê?

Denise viu Débora corar muito antes de gritar pedindo a Gustavo que esperasse, e correndo na direção dele. Sem Débora seria difícil carregar as cestas, mas ela conseguiria.

Até a testa dela ficou vermelha?

Mais aliviada por estar armada, ainda que depois de ter encontrado os lobos, Denise caminhou lentamente até o pomar, tomando cuidado a cada barulho e cada sombra. Acostumada a correr e sentir-se livre, dessa vez a garota estava apreensiva e, pela primeira vez em muito tempo morando na mina, com medo.

A caminhada demorou mais do que o normal, e já estava anoitecendo quando chegou ao pomar; não encontrou as cestas onde estavam da última vez que as viu.

Ótimo.

Denise decidiu encerrar o dia o mais rápido possível, comeu algumas frutas e seguiu em direção à mina. Aproveitou para retirar a pulseira do braço antes de chegar e a segurou firme na mão com a tira de pele do animal. Enquanto retirava a pulseira, aproveitou para olhar bem antes de os últimos raios de sol se esconderem atrás da montanha. O brilho dos olhos do unicórnio parecia ter vida própria e acompanhava cada movimento dela, a pulseira parecia ser muito nova e de ótima qualidade.

Enquanto estava hipnotizada pelo objeto, as pernas de Denise a levaram de volta para o descarte de corpos; o unicórnio parecia comandar tanto suas pernas como sua moral.

Preciso enterrar estes corpos.

Sem enxergar muito, Denise decidiu voltar à mina e retornar no dia seguinte mais equipada para a tarefa. Agora, mais desesperada por não enxergar, a garota decidiu olhar fixamente na possível direção de onde estaria a entrada da mina e correr sem se importar com os acontecimentos ao redor de si. Ela correu.

O luar refletia em algumas árvores e arbustos, o vento os fazia chacoalhar, seus ouvidos ouviam barulhos inexistentes e pregavam peças em sua mente, enquanto o medo e o pavor tomavam conta de todo seu corpo e emoções. Após apenas alguns minutos, que pareceram vários correndo na escuridão,

Denise encontrou a entrada da mina graças às tochas colocadas pelo guarda. Chegando ao portão, lágrimas acumuladas em seus olhos foram finalmente percebidas por ela.

Estou chorando! Não acredito! Que merda de dia!

– Ora, ora. Finalmente – disse Rodrigo decepcionado com a menina.

– Abre, por favor. – O pavor tomava conta de todo o corpo dela.

– Você tem muita coisa para explicar, sabia?

– Não me importo, só quero entrar.

– Décio piorou e precisou de um médico, mas a única pessoa capaz de fazer algo estava colhendo frutas! Aliás, não colheu frutas, meus homens colheram e entregaram a ele e às mulheres.

– Você sabe que não sou médica. Deixa eu entrar.

– Vá à ala hospitalar.

Rodrigo abriu as travas do pesado portão de madeira e ferro, porém precisou da ajuda de Denise para erguê-lo.

– É a idade – murmurou Rodrigo. – Dói tudo.

Conta outra.

Com Denise dentro da mina, Rodrigo trancou o portão e retirou as tochas das paredes laterais do túnel, dando uma para a garota e ficando com a outra.

– Décio piorou – disse ele –, está com febre.

– Impossível. Ele não tem infecção.

– Ele está mal.

– Vou ver, depois tento curá-lo. Não posso sair para pegar ervas agora à noite.

– Eu sei, mas, se for o caso, precisaremos ir.

– Talvez tenha no depósito.

Não trocaram mais uma palavra até chegar à ala hospitalar, talvez o cômodo mais ventilado na mina, onde havia espaço de sobra e um desvio do rio passava no canto. Somando a ventilação e a água gelada corrente, a temperatura daquela sala era a melhor possível para os doentes, pois muitos precisavam de toalhas molhadas e ar puro.

Rodrigo abriu a porta para Denise passar. Ela entrou preocupada na sala e observou o lugar. Nas camas no lado esquerdo da sala estavam Gustavo e Débora, os dois enfaixados nos seus ferimentos e descansando, após a médica mandar ambos dormirem na ala por uma noite. Nas camas maiores ao lado direito, Décio era o único paciente, e estava dormindo.

– Finalmente! – exclamou a médica, sem se importar com o idoso.

Debochada.

Denise ignorou os comentários da médica e correu para ver seus amigos.

– Como estão? – perguntou ela.

– Bem – responderam ao mesmo tempo Gustavo e Débora.

Amanhã posso ir para casa, mas tenho de ficar em observação – disse Débora.

– Menos mal, ainda bem que o corte foi superficial.

– A situação dele é pior, os dentes foram cravados bem fundo.

Denise olhou para Gustavo, mas o garoto desviou o olhar.

– Você vai ficar bem, só vai ficar em observação para ver se terá febre.

– Márcia nos contou – Débora começou a falar. – Há grande chance de infeccionar.

Denise sentiu-se mal, aquele garoto salvara a vida das duas e agora poderia sofrer graves consequências.

– E tem alguma erva medicinal? Lembro-me de ter visto no estoque.

– Tem, mas apenas para febre, caso precisemos de outro tipo, alguém vai ter de coletar – respondeu Débora.

– Fiquem tranquilos, eu mesma vou – garantiu ela. – E Décio?

– Ele dormiu, ouvi dizer que está com febre.

– Mentira deles, não é possível.

– Como assim? – perguntou Gustavo, entrando na conversa.

– Ele não está com infecção. Para haver infecção, há de existir uma entrada de bactérias, porém ele está intacto. Estão dizendo para nos sentirmos mal.

– Se for verdade, está surtindo efeito – comentou Gustavo.

– Vou verificar.

Denise afastou-se dos amigos, mas ainda não sabia como considerava Gustavo um. Aproximando-se de Décio, ouviu o idoso dormindo, porém ele contraía o rosto em sinal de dor e transpirava muito. Denise ficou com receio de acordá-lo, mesmo assim aproximou a mão do rosto do ancião e o contato foi algo assustador para ela. A testa dele estava muito gelada e o suor escorria de seu rosto.

– Alguma ideia? – perguntou uma voz atrás dela; era a médica.

– Não, infelizmente não – Denise respondeu enquanto balançava a cabeça.

Gostaria que tivesse um médico, e não duas enfermeiras.

– Melhor deixá-lo descansar, amanhã buscarei ervas com Rodrigo – completou Denise.

– Vou rezar para ele sobreviver. Agora, por favor, saia, acabou o horário de visitas e todos precisam descansar.

– Geralmente eu bateria o pé e ficaria mais um pouco, mas hoje foi um péssimo dia.

Denise andou até seus amigos, deu um abraço e um beijo neles.

– Tenham juízo e boa noite pra vocês.

– Obrigada – agradeceu Débora –, para você também.

A iluminação ambiente não esclarecia muito, mas Denise teve certeza de ter visto os dois ficarem vermelhos. Não esperou Gustavo responder, sabia que a carga social recebida por ele estava nos limites do mês. Em seguida caminhou para a saída da ala hospitalar, onde Rodrigo estivera observando cada movimento dela.

– Satisfeita?

Insuportável.

Denise entrou novamente no seu estado de pavor, ignorando as pessoas e pensando nas piores possibilidades do dia caso Gustavo não tivesse aparecido. Imagens suas sendo devorada pelos lobos pulavam em seus olhos, lobos de olhos vermelhos e sedentos por sangue, com a boca aberta espumando saliva.

Suas pernas a levaram ao depósito, onde encontrou linhas e uma agulha. A agulha era grossa e sua ponta estava redonda, mas teria de fazer sua função, então a garota foi para seu quarto. Com a ajuda de uma tocha, ela acendeu as outras tochas do quarto, olhou para a cama vazia de Débora e preocupou-se com a amiga.

Espero vê-la fora da ala hospitalar amanhã.

Quando se sentou para costurar a tira de pele, Denise percebeu a adaga no cinto e a pôs em cima da mesa. Finalmente abriu a mão para retirar o conteúdo de dentro; a mão estava dura e os dedos doíam, a tira estava fedendo a sangue e suor, e a pulseira estava muito suja. Ela se aproximou de um balde com água e gastou todo o líquido para limpar tanto a pele quanto a pulseira, voltando, em seguida, para a mesa.

Usando a adaga, Denise cortou o excesso de pele da tira, certificando-se de deixá-la o mais retangular possível. Após cortar, mediu o tamanho do pulso e retirou alguns centímetros da tira, deixando uma folga para conseguir retirar e lavar o objeto. Por último, costurou as duas extremidades.

Estava pronta. Denise colocou a pulseira no pulso e posicionou por cima a tira de pele.

Funcionou.

Agora a garota tinha no braço a pulseira de prata de unicórnio de cuja existência só ela e Débora sabiam, os outros perceberiam apenas a tira de pelos cinza.

Cansada, levantou-se, apagou as tochas, retirou as roupas e caiu de barriga para baixo na cama. Sem se preocupar com mais nada, só queria terminar o dia e torcer para melhorar tudo no dia seguinte, havia tantas preocupações com seus amigos, com Décio, com o comportamento diferente de Rodrigo, com os corpos para enterrar e com as azaradas. Antes de pegar no sono, a garota sentiu o pavor crescendo dentro si e lágrimas escorrendo pelo rosto.

Em seus sonhos, a escuridão tomava conta de seu caminho, olhos vermelhos a perseguiam, os barulhos de vento e arbustos mexendo-se eram seus companheiros, às vezes ouvia estalos de galhos partindo-se ou uivos ao longe. A imagem de Gustavo sendo mordido pelo lobo repetia-se diversas vezes enquanto ela corria de lugar nenhum para lugar algum, e flashes de lobos com bocas abertas prontas para atacar piscavam diante de seus olhos. Denise não aguentava mais, fechava os olhos para que as imagens cessassem e via a si mesma sendo devorada pelos animais.

Após minutos angustiantes sonhando, a garota acordou sentando-se de susto, ensopada de suor e sentindo-se péssima. Deixou medos tomarem conta de sua mente e agora não conseguia dormir; além disso, sabia que não conseguiria fechar os olhos pelo resto da noite. Denise levantou-se e acendeu uma tocha na parede, seus olhos buscaram se ajustar à claridade súbita enquanto olhava para a cama vazia de Débora.

Ela tem de estar melhor.

Sonolenta, triste e levemente apavorada, a garota vestiu-se, colocou a pulseira e a tira no braço, então pegou o balde e saiu de seu lar para buscar água. Assustando-se com as sombras dançantes nas paredes da mina, Denise precisava recompor-se o quanto antes, não gostaria de ser vista pelas pessoas naquele estado. Chegando à parte superior da mina, onde a água era mais fresca e limpa, os raios solares começavam a invadir pelos respiradores, fazendo Denise sentir-se mais aliviada, pois dormira uma quantidade considerável de horas. Ela encheu o balde perto da entrada do curso de água e dirigiu-se à outra extremidade, onde lavou o rosto e conseguiu arrumar o cabelo todo erguido e duro por causa do suor.

Outra pequena vantagem.

E permaneceu ali, sentada vendo a água seguir seu curso natural, o caminho destinado ao rio. Era uma maneira de tranquilizá-la. Começava a imaginar a água saindo da nascente, seguindo o curso da correnteza até chegar a algo maior: o mar, fazendo parte de todos os oceanos. Era aonde ela gostaria de chegar, deixar de fazer o que todos esperavam para, um dia, ter a liberdade de estar em qualquer lugar do mundo.

Poderia estar em qualquer lugar do mundo, mas estou nessa ilha. Ó, vida.

Cansada de ficar parada perdida em seus pensamentos, decidiu levar o balde até sua casa e ir à ala hospitalar, pois ver Débora bem alegraria seu dia e ela ainda poderia verificar como estavam Décio e Gustavo.

Carregar um balde de madeira cheio de água por um longo trajeto não era uma tarefa fácil, qualquer descuido e a água seria derrubada. Felizmente para a jovem, as pessoas ainda estavam dormindo e ela não precisou concentrar-se em desviar dos vizinhos naqueles túneis estreitos. A passagem em sua casa foi rápida: uma olhada na cama de Débora, colocar o balde ao lado da porta e pegar a chave da ala hospitalar. Uma das vantagens de trabalhar como médica na mina era ter uma das três cópias da chave; como Márcia também era responsável pela saúde de todos, ela tinha uma em mãos e ainda dormia na ala. A outra estava com Décio, entretanto a chance de, a essa altura, Rodrigo tê-la pegado era alta. Então ela continuou seu caminho.

Com muito cuidado para não acordar tanto os doentes como Márcia, ela andou silenciosamente no túnel de acesso, e, chegando à porta, encostou a orelha nela para ouvir se havia movimentação dentro.

Nada, nem um pio.

Com muito cuidado para não fazer barulho, inseriu a chave na fechadura, tentou abrir sem precisar usar a enferrujada e barulhenta trava improvisada, porém não obteve sucesso, ela precisaria de força para entrar na ala. O movimento foi rápido e curto, e o barulho acordou metade dos moradores da mina.

Porcaria de trava!

Enquanto permaneceu no mesmo local sem mover um músculo, concentrando-se em ouvir barulhos de pessoas acordando ou de algum guarda verificando a fonte da explosão, a porta abriu e revelou Márcia nua e com uma cara mista de sono e irritação, encarando-a.

– Qual é o motivo de me acordar e acordar os pacientes?

– Inspeção médica – respondeu ela rapidamente. – Dá licença.

Dizendo isso, Denise empurrou Márcia e percebeu seu velho humor de volta – esperava manter isso pelo resto do dia.

– Como eles passaram a noite? – perguntou Denise em voz baixa. – Apro veita e se veste antes que alguém te veja assim.

– Já volto.

Márcia afastou-se de Denise, arrastando os pés até sua cama. A garota aproveitou esse momento para acender as tochas perto da entrada da ala hospitalar e sentar-se ao lado de Débora.

– Então – começou Márcia, já vestida –, como começamos o dia sem café?

– Não sei como nos acostumamos a isso.

– Eu nunca vou me acostumar. – Márcia fez uma pausa para organizar seus pensamentos. – De forma resumida, a noite foi péssima.

– Como assim?

– A sua amiga Débora foi a única a dormir, vou esperar mais algumas horas e já a libero. Entretanto, Gustavo teve febre e um pouco de incômodo, mas dei um pouco de ervas e ele conseguiu dormir, mesmo assim vou observar mais ele, talvez só seja liberado amanhã. A pior situação foi a de Décio, que acordou no meio da noite e não conseguia dormir devido às dores e febre alta. Estou suspeitando de trabalho interno, ele não tem motivo para febre.

– Como assim? Alguém o envenenou?

– Não exatamente, penso mais em tirá-lo da jogada, estão tramando alguma.

– Rodrigo?

– Não, ele e seus homens foram de madrugada coletar algumas ervas para dor. Caso tenha sido ele, duvido ter ido fazer isso após saber dos riscos.

– Riscos?

– Lobos – respondeu Márcia, em tom sério. – Estão vindo para cá, disseram ter matado dois perto da entrada da mina ontem à noite.

– Acredita neles?

– Tenho minhas dúvidas, estavam todos armados e não havia sangue nas armas, mas sabe como são os homens, né? Qualquer gota de sangue na espada já é o suficiente para despertar uma mania exacerbada de limpeza neles. Limpar o banheiro? Nunca. Limpar uma gota minúscula na espada? Sempre.

– Verdade. – Denise deu um sorriso sem jeito. – Mas e então?

– Passei a noite acordada preocupada com Décio, e administrei as ervas até ele dormir e a febre passar.

– Vocês podem falar mais baixo, por favor? – perguntou uma voz sonolenta na cama ao lado.

– Débora! – disse Denise um pouco mais alto do que gostaria.

– Oi, Denise – respondeu ela, com muita voz de sono. – Como vai?

– Melhor agora, estava preocupada com você.

– Ora, mas não precisava. – Ela sorriu. – Foi só um arranhão superficial.

– Mesmo assim, então acordei bem cedo e vim ver você.

– Já me viu, agora me deixa dormir. Boa noite. Tchau.

Ingrata e estúpida.

– Você ouviu – disse Márcia. – Precisa ir e deixá-los descansar.

– Ela estava brincando!

– Se não for por ela, seja pelos outros dois. Eles não dormiram muito.

– Posso ficar aqui sentada? Já amanheceu e daqui a pouco vão chegar moradores para ver Décio. Prometo ficar quietinha.

– Por favor, retire-se.

Denise levou um dedo à boca pedindo silêncio e balançou negativamente a cabeça. Isso irritou Márcia, a responsável pelo bem-estar de todos ali, que foi até sua cama e pegou um galho de árvore.

– Vai pelo bem ou pelo mal? – perguntou a sonolenta mulher.

Novamente Denise levou o dedo à boca e pediu silêncio.

– Se você não sair daqui agora...

– Vocês podem me deixar dormir? – perguntou uma voz masculina ao lado de Débora. Gustavo acordara com a conversa.

– Diga para ela ir embora, então terá todo o dia para descansar – respondeu Márcia.

Em respeito a Gustavo e lembrando-se de enterrar os corpos, Denise levantou e foi embora da ala hospitalar. Quando estava saindo, virou-se para Márcia e fez o sinal de silêncio para ela. Então saiu e correu em direção ao centro da mina onde a comida era servida todos os dias.

Em um dos mais diversos mistérios, as pessoas da mina nunca entendiam como havia sempre trigo e outros grãos tanto para fazer pães como para alimentar os animais, sendo assim, proteína nunca faltava na mesa. Os grãos eram colhidos todos os dias para fazerem os pães, enquanto o resto da planta era colhido semanalmente para servir de alimento aos animais e, no dia seguinte, já estavam de bom tamanho e com grãos formados.

Após um café da manhã reforçado com pães, frutas e bacon, Denise agradeceu a quem cuidava da cozinha e correu em direção ao depósito. Infelizmente para ela, as pessoas já estavam acordando e a movimentação ágil ficou comprometida, então ela decidiu caminhar como os outros moradores sempre faziam. No meio do caminho resolveu passar em casa para pegar a adaga.

Melhor ir prevenida.

Novamente olhar para a cama vazia de Débora fez seu coração apertar, e olhar para a própria cama a fez querer dormir por horas.

Agora não, talvez de tarde.

Chegando ao depósito e encontrando mais um dos homens de Rodrigo, cujos nomes ela não sabia e tinha medo de perguntar, Denise decidiu evitar aquela parede de músculos e não prestar atenção nele nem pensar no porquê de ele estar ali. A garota pegou uma pá para cavar e saiu do local o mais rápido possível.

No portão da mina, encontrou mais um guarda, mas dessa vez era um rosto familiar.

– Oi, Denise! – gritou ele quando a viu.

– Charles! Não acredito! Você apareceu!

Ela se assustou ao ver o homem de vinte e nove anos. Apesar de estar no auge de sua forma física, parecia ter perdido muito peso durante a expedição.

Durante um forte abraço, a longa barba raspou nos poucos cabelos na cabeça de Denise.

– Verdade! Eu andei explorando algumas áreas aqui perto e cheguei esta madrugada. Assustei-me com alguns lobos no caminho, mas felizmente não tive problemas.

– Foi uma péssima noite, nem me lembre.

– Você está com uma cara horrível.

– Obrigada. Você também.

– Disponha. Estou aguardando alguém vir me render, preciso ir dormir e depois haverá reunião sobre minhas descobertas.

– Muitas?

– Muitas. Você vai gostar.

– Espero que sim. Bem, vou indo, de tarde quero saber de tudo, você vai me contar, né?

– Claro, sinto falta de nossas conversas.

Charles abriu o portão c deixou a garota passar. Estava desenhado na cara dele que não estava a fim de conversar naquele momento, e Denise o respeitou. Mais tarde ela descobriria tudo.

Chegando ao local de descarte, Denise olhou para os corpos estraçalhados e voltou a sentir-se mal. O cheiro estava ainda pior. Entretanto seu sangue congelou, pois sentiu algo de errado apenas observando a cena. Então olhou para cima para pensar em como iria retirar o corpo empalado na estalagmite. O corpo desaparecera.

CAPÍTULO 3

JOÃO

O frio o estava afetando de diversas maneiras, porém seu raciocínio era o mais prejudicado, seus músculos rígidos e contraídos lhe passavam a ideia de esmagamento, ele tinha de acordar e sair daquele lugar. Entretanto, o cansaço como nunca havia sentido estava provocando sua morte, nunca alguém tão cansado assim juntaria forças necessárias para levantar e procurar abrigo, comida e água.

Quando João estava perdendo as esperanças e entregando-se à morte, ouviu vozes de diversos homens e mulheres que pareciam preocupados com ele. Passos correndo foram ouvidos ao longe, junto com batidas de uma bengala em concreto.

Igual ao meu avô.

– Como eles estão? – perguntou alguém.

– Todos estão vivos, senhor – uma mulher respondeu. – Felizmente nenhum foi teletransportado para fora da torre.

– Nem me lembre – murmurou alguém. – Só de pensar já me dá calafrios.

– Ótimo! Levem eles daqui – disse quem fez a pergunta.

João ouviu alguns passos ao seu redor, tinha a impressão de estar com os sentidos mais apurados enquanto não conseguia abrir os olhos. As pessoas ao seu lado o ergueram alto e colocaram-no no ombro de alguém como um saco de batatas. Todo o trajeto foi horrível, suas pernas balançavam no vazio enquanto estava indo para o desconhecido e seus olhos nada enxergavam.

Durante o percurso, João ouvia a conversa de todos ao seu redor e não entendia o que estava acontecendo, seu melhor palpite era que tudo não passava de um sonho estranho e logo iria acordar em sua confortável e quente cama.

– Temos espaço para eles? – perguntou a mesma voz feminina.

– Devemos ter espaço para mais quarenta pessoas, mas podemos economizar muito se colocarmos eles nos mesmos aposentos – respondeu o mesmo homem.

– São todas crianças, mas esta parece ter quase vinte anos. Vamos colocar menino com menino e menina com a criança.

– Pode ser, inclusive vai ajudá-los a se adaptarem mais rápido. Não quero estar por perto quando a menina chorar com saudades de casa.

– É bom ter um coração às vezes, sabia?

– Só se for coração de galinha assado – respondeu ele. – Venham.

João sentiu seu carregador fazendo uma curva para a esquerda, seus batimentos cardíacos estavam disparando, e seus pensamentos, perdidos em meio a filmes de terror com monstros.

Monstros não existem, só existem pessoas com comportamento de monstros.

– Cuidado com as escadas – pediu a mulher. – Não entendo por que não teletransportam os novos escravos lá embaixo.

Teletransportam? Novos escravos? Como assim?

Quanto mais caminhavam, os corredores de pedra tornavam-se mais frios e menos convidativos para João querer permanecer naquele lugar horrível.

– Escravos passando! – gritou o homem da bengala.

As escadas não terminavam, cada lance descido aumentava a angústia de João. Sua vontade de morrer e acabar logo com aquilo era enorme, mas pensamentos negativos nunca eram bem-vistos pela família de João, então o jovem de dezoito anos decidiu recompor-se e esperar seu corpo acordar.

Seu corpo, porém, não dava sinais de reagir, mesmo tentando provocar o despertar, como fazia durante sonhos lúcidos. Mostrou sinal de vida quando desceram por mais um lance de escada – João não fazia ideia de quantos desceram – e chegaram a um lugar muito frio. Esquecendo-se de todo o cansaço, ele tremeu e soltou um sonoro suspiro.

– Senhor, talvez ele acorde logo – disse o homem carregando João.

– Não se preocupe, vamos usar os dois quartos antes da curva.

– E quanto aos mais próximos? – perguntou uma mulher.

– Os da direita estão interditados – grunhiu o homem que carregava João. – Você não presta atenção quando o rei fala?

Rei?

O homem aumentou a velocidade, possivelmente todos estavam cansados de descer escadas e queriam terminar logo com a tarefa dada pelo homem insensível.

– Eles no quarto da esquerda e elas no quarto da direita – disse o homem fazendo um barulho de metal com metal, possivelmente inserindo uma chave na fechadura da porta.

Após ouvir a porta abrindo, o homem carregando João entrou no quarto e deu alguns passos para dentro, largando-o em uma cama desconfortável e fria. João torceu para acordar logo ou alguém cobri-lo. Alguém leu seus pensamentos e decidiu cobri-lo com um cobertor de cheiro horrível, entretanto era melhor aguentar o cheiro do que o frio.

– Ele estava congelando! Você gostaria de ver ele doente? – perguntou a mulher.

– Não é minha obrigação. Não me importo – respondeu o homem com desdém na voz.

Espero não precisar dele no futuro.

– Agora vamos deixá-los dormir, eu ficarei no corredor esperando alguém acordar – disse a mulher, preocupando-se com os novos escravos. – Alguém me traga um cobertor, está muito frio aqui.

– Denílson, faça isso – disse o homem insensível.

– Sim, senhor! – exclamou o homem antes de sair o mais rápido possível daquele lugar frio.

– Muito bem, inúteis, agora quero todos lá em cima! – exclamou o homem grosseiro.

Conforme os passos afastavam-se e o cheiro da coberta tornava-se suportável, João ficou aliviado por ainda estar vivo e decidiu dar um tempo de descanso para dormir de verdade. Antes de adormecer, ouviu os passos apressados de Denílson levando uma coberta para a mulher no corredor.

Acordou sendo balançado por alguém, via um vulto agarrando seus ombros com os braços.

– Acorda. Por favor, acorda – dizia o vulto desesperado.

– Ei, me larga! – gritou João, empurrando a sombra que caiu na cama ao lado.

Sentiu uma brisa morna entrando pela janela no quarto ainda gelado, começou a perceber os objetos ao seu redor enquanto seus olhos habituavam-se à luz do sol penetrando pelas persianas.

Finalmente posso enxergar.

O quarto era composto de duas camas e um criado-mudo entre elas, com uma jarra cheia de água e duas canecas. Recuperado do cansaço, João se sentou na cama para tomar água e observou o movimento no corredor. A mulher, ainda sentada em uma cadeira com uma coberta cobrindo todo seu corpo, acordou com o barulho, espreguiçou-se e olhou para João.

– Bom dia, flor do dia – disse, sorrindo e se levantando, jogando a coberta no chão.

A mulher começou a caminhar para dentro do quarto. Seu corpo esguio e pálido, cabelos curtos, lisos e bem pretos emolduravam penetrantes olhos verdes que lhe davam uma primeira impressão assustadora.

– Onde estou? – conseguiu perguntar João, olhando nos olhos da mulher enquanto se servia de água em uma das canecas.

– Eu sei, há muitas dúvidas em sua cabeça. Infelizmente terá de esperar outras pessoas acordarem – respondeu a mulher, sentando-se aos pés da cama.

– Outras pessoas?

– Sim – respondeu a mulher, indicando com a cabeça para a porta aberta do quarto em frente –, além de vocês dois, temos mais duas meninas no outro quarto.

– Quem é você? – perguntou o menino deitado na cama.

– Essa eu posso responder. Meu nome é Maria Eduarda, porém me chamam de Duda. Podem fazer o mesmo.

– Prazer, Duda, meu nome é João. – O garoto molhou a garganta e colocou a caneca vazia perto da jarra.

– Quantos anos você tem, João?

– Tenho dezoito.

– E você, garotinho, qual é sua idade e seu nome? – perguntou Duda.

– Meu nome é Luciano e fiz quatorze anos semana passada. – Ele sorriu. – Cadê meu pai e minha mãe? – perguntou o garoto, forçando os olhos para enxergar melhor.

– Calma, já reúno todos vocês e explico com mais detalhes. Vou ver como as garotas estão.

A mulher saiu do quarto dos meninos, deixando-os cheios de dúvidas e receios.

– Onde estamos? – perguntou o menino mais novo.

– Não sei, porém gostaria muito de saber – respondeu João, que levantou da cama e olhou pela janela.

De seu quarto, conseguia enxergar apenas árvores e, muito longe de onde estava, uma grande montanha com o topo nevado. Indignado por não ter um ponto de referência do local onde estava, decidiu sair do quarto. Na tentativa de sair do aposento, encontrou um homem esquelético barrando-o enquanto Duda tentava acalmar as meninas no outro quarto.

O homem esquelético era um dos homens mais magros que João já vira, seus olhos negros eram buracos cavados em poças de piches, seu cabelo preto estava com falhas e completamente despenteado, os ossos de seu rosto, pescoço e braços eram visíveis com a falta de músculos e gordura.

– Vocês dois, venham comigo! – bradou o homem.

Luciano pulou da cama e decidiu obedecer, mas João ficou paralisado ao ver a aparência do homem e preferiu ter continuado dormindo na cama.

O homem esperou os dois novos escravos e os conduziu ao jardim do local onde estavam, passaram por diversos quartos no mesmo andar e por quartos maiores e luxuosos nos andares superiores. Por um breve momento, João pensou ter visto e sentido o cheiro de mar. Quando finalmente chegaram ao espaçoso jardim, encontraram pessoas reunidas conversando sob gazebos espalhados por ali. Então João olhou para trás para ver por onde viera.

A porta por onde acabara de passar era de madeira, muito alta e ornamentada, com desenhos de Sol, Lua, animais místicos, como unicórnio e dragão, algumas armas medievais e outros parecidos com tatuagens tribais. O mais incrível era onde as portas estavam instaladas, todo feito de pedra com janelas de vidros coloridos enormes, com curvas delicadas nas beiradas, passarelas com gárgulas assustadoras uniam a base de seis torres altas de alturas diferentes com topos cinza-claro.

Isso é um... CASTELO?

João parou e ficou admirando a construção de pedras cor de grafite por minutos, completamente apaixonado pela sua nova casa, moraria em um castelo como grandes reis e viveria como um príncipe. Não conseguindo guardar para si a alegria, comemorou solitariamente no meio do jardim, descalçando seus pés e pisando na grama macia.

Então percebeu o outro lado da vista, correu para o portão de ferro que guardava o castelo, agarrou duas barras com as mãos e olhou para fora. Havia divisões de flora até onde sua vista alcançava, à sua esquerda havia várias árvores frutíferas e pessoas colhendo seus frutos, no seu lado direito a vegetação era baixa e fina, com pessoas cortando as plantas enquanto outras as coletavam do chão, e, de frente para João, pinheiros estendiam-se até a base da montanha nevada. A beleza da vista resultou em um suspiro longo e apaixonado do garoto.

Não acredito! É tudo tão lindo!

Virando-se para olhar com mais cuidado o jardim, percebeu fileiras de flores coloridas por todas as margens, borboletas voavam tranquilamente entre as pessoas e pássaros faziam rasantes para beber água da grande fonte com uma estátua de sereia. O caminho central, do portão até a grande porta, era feito de pedras brancas e surgiam caminhos laterais na metade do percurso com o destino até os quatro gazebos, dois de cada lado e de frente para o outro.

Encantado com sua nova realidade, João não percebeu a aproximação do homem magro.

– Ei, garoto. Acorda! – disse Denílson, enquanto balançava a mão na frente do jovem. – Todos já estão de pé, então os treinamentos vão começar.

– Treinamentos?

– Sim, vocês precisam aprender como manter todos satisfeitos aqui. – Então pegou o braço de João e puxou o garoto. – Agora venha.

Em um gazebo, estavam sentados Luciano, duas meninas e Duda. Todos aguardando João e Denílson.

– Muito bem, aqui está ele – disse o homem, empurrando João para o centro do gazebo, depois virou as costas e seguiu em direção ao castelo.

– Pessoal, esse é João – disse Duda, indicando o garoto com a mão.

João cumprimentou a todos com um rápido aceno de mão, não gostava de ser o centro das atenções, ainda mais rodeado de desconhecidos com todos olhando para ele.

– João, estes são Luciano, Victória e Giovana. Eles também apareceram aqui ontem, do mesmo jeito que você.

João olhou para as duas jovens na sua frente e sentiu um soco no estômago. A menina mais nova, Victória, aparentava ter apenas doze anos e estava com os pequenos olhos azuis inchados de tanto chorar. Já Giovana era mais velha, por volta dos vinte anos, cabelo preto e liso na altura do ombro e vestia uma blusa dourada com saia preta, possivelmente estava em uma festa na noite anterior. Em seu ombro havia uma estrela tatuada.

João decidiu se sentar ao lado de Luciano antes de a conversa continuar.

– Vocês devem estar se perguntando o porquê de estarem aqui, certo? – perguntou Duda. – Já respondo que ninguém sabe.

– Como assim? – perguntou Giovana.

– Nós somos teletransportados para cá e aqui tentamos viver em paz e harmonia com todos os moradores do castelo. É praticamente esse nosso modo de vida.

– E como voltamos para casa? – perguntou Victória.

– Infelizmente vocês morarão alguns dias aqui antes de voltar para casa.

– Quanto tempo? – questionou Giovana.

– Um pouco mais de um mês, se vocês fizerem tudo corretamente. – Após responder, Duda esperou Victória olhar para o lado e fez um sinal de não com o dedo para os outros jovens.

– Antes de eu responder mais perguntas, vocês devem me ajudar – continuou a falar Duda. – Talvez tenham reparado em nós, todos magros, aparentemente sem vida. Estou certa?

– Sim – murmuraram João e Giovana enquanto Luciano apenas balançou a cabeça.

– Eu quero a ajuda de vocês para procurar alguém de cabelo cinza aqui no castelo.

– Não entendi – comentou Giovana.

– Nos primeiros dias após o teletransporte, vocês enxergam nosso estado de espírito em vez de nosso corpo físico. É difícil de explicar, mas acho possível de entender após passar alguns dias aqui.

– Continuo sem entender – disse Giovana.

– Quando você vir nossos corpos físicos, entenderá – retrucou Duda com convicção.

– E qual é o significado do cabelo cinza? – perguntou João.

– É alguém prestes a perder a cabeça. Morar aqui não é maravilhoso depois de alguns meses.

– E o que acontece com quem perde a cabeça? – perguntou Luciano preocupado.

– Nós ajudamos o mais rápido possível, porém, às vezes, as pessoas têm vergonha de pedir ajuda.

– Eu vou ficar magra como vocês? – perguntou Giovana, claramente preocupada com a questão estética de seu corpo.

– Fiquem tranquilos, aqui há comida para todos.

– Estou com fome – murmurou Luciano, entretanto as pessoas o ignoraram.

– Falando em comida, o único trabalho de vocês será coletar comida. Sejam frutas, hortaliças ou grãos. Aqui, todos trabalham e ninguém tem folga.

– E por causa do estilo de vida de camponês, no campo e sem luxo, vocês estão tristes – deduziu João.

– Mais ou menos isso, João, o problema aqui é a hierarquia adotada pelo nosso rei. Você precisa ser extremamente útil para o castelo ou puxa-saco do rei para ter aposentos melhores, comida melhor, banho melhor.

– A diferença de como vocês vivem afeta muito vocês – continuou deduzindo João.

– Exatamente! – exclamou Duda. – Mas não se preocupem, poderia ser pior.

– Agora entendi por que somos os novos escravos. – Dezenas de pensamentos passavam pela cabeça de João. – Faremos todo o trabalho pesado do castelo, viveremos aqui de favor porque sabem que morreremos em uma semana lá fora.

– Não é assim – retrucou Duda sem jeito.

– É, sim! Ficaremos coletando frutas para sempre! Olhem para nós. – João colocou-se de pé no meio do gazebo. – Duas crianças facilmente descartáveis pelo programa de vocês e dois jovens sem conhecimento algum em uma área específica! Não há como sermos úteis no futuro!

Duda começou a rir, uma risada irônica, estragando todo o momento do jovem rebelde que esbravejava contra as regras do lugar.

– Pode até ser verdade, porém você se esqueceu de algo, queridinho. – Após deixar o rosto mais sério, ela prosseguiu. – Nós treinaremos vocês e daremos condições de sobreviver longe desse portão para sempre, quem quiser ir embora pode ir. Ninguém é obrigado a ficar.

Queridinho?

– E por que vocês não fazem isso?

– Eu não trocaria uma cama desconfortável por um chão de caverna. Outros não gostam de pensar em tomar banho gelado. Alguns preferem a segurança das paredes de pedra. Todos têm motivos para permanecer aqui, por pior que seja.

– Mas...

– Nada de "mas"! Agora vou mostrar as áreas acessíveis de vocês dentro do castelo e vocês observarão a cor do cabelo das pessoas.

– Quero ficar aqui – disse Victória, olhando para baixo e segurando a barra de seu vestido com os dedinhos.

– Querida – Duda abaixou-se na frente da menina –, logo será noite e ficará muito frio, você não quer ficar doentinha, quer?

– Quero meus pais. – Dessa vez lágrimas estavam nascendo nos olhos.

Cuidar dela vai ser complicado, ainda bem que Giovana está no mesmo quarto.

Giovana levantou-se e estendeu a mão para a menina.

– Vi, posso te chamar assim? – perguntou a ela.

– Sim – disse enquanto limpava o nariz com a gola do vestido.

– Vi, vamos nos aventurar no castelo como princesas?

– Como princesas? – Os olhos da menina brilharam com a possibilidade de ser como uma princesa que ela tanto admirava e invejava.

– Sim, como lindas princesas. Você gostaria de ser uma princesa?

– Sim! Muito! – desta vez os olhos brilharam de empolgação.

– Muito bem, princesa, vamos conhecer seu castelo.

Não precisou mais insistir, Victória pulou do banco do gazebo e agarrou a mão de Giovana enquanto todos olhavam espantados para a cena. Quando voltou a si, João certificou-se de fechar a boca.

O que foi isso?

– Por favor, fiquem de olho em cabelos cinza – disse Duda enquanto caminhavam em direção ao castelo.

Entrando pela grande porta já aberta, João olhou ao redor e encontrou as escadas por onde veio, uma pequena sala com poltronas luxuosas e um grande salão de refeições com bancos compridos de madeira em cada mesa e uma porta na outra extremidade, os vitrais eram enormes e permitiam a entrada de luz natural em todo o refeitório.

– Nesta sala acontece a despedida de quem quiser sair do castelo – disse Duda, apontando para a sala com poltronas de luxo. – E espero não ver vocês aqui.

O grupo continuou caminhando até o meio do salão.

– Ficou óbvio que as refeições são aqui, né? – Duda perguntou e nem esperou a resposta. – Ali naquela porta fica a cozinha, se alguém souber cozinhar bem, talvez se una aos cozinheiros.

João ficou analisando os vitrais, conseguia perceber imagens de animais, plantas, árvores, pedras preciosas e mais armas medievais; a única figura humana era a de um homem segurando uma espada em direção ao céu, parecendo voar.

– Ei, João! Vamos! – gritou Victória empolgada com o passeio no castelo.

João apressou o passo e seguiu o grupo escadas acima.

– Como eu estava dizendo, os quartos mais simples estão descendo as escadas, além dos quartos há uma saída lateral nunca utilizada e sempre muito bem trancada. Há também uma masmorra para prender nossos prisioneiros, se tivéssemos um.

O andar superior dava boas-vindas com uma grande estrutura logo no acesso às escadas; em seis cantos, havia uma porta de madeira simples, e atrás de cada porta estavam escadas para subir nas torres – João se perguntou como era em cima de cada uma delas; por último, havia duas salas do lado direito e uma do lado esquerdo. A iluminação vinha de várias janelas esculpidas na pedra.

– Vocês ainda não podem subir nas torres, terão de esperar alguns dias – disse Duda. – Mas garanto não ser legal lá em cima para quem tem medo de altura.

– Se eu estou certo, nós descemos as escadas de uma delas ontem – disse João.

– Sim! Você está! Parabéns! Temos um gênio entre nós! – exclamou ironicamente Duda. – Foi pela torre a nossa direita, é a única torre vazia. Serve para vocês aparecerem e, como é frontal, para observação.

– Observar o quê? – perguntou Luciano.

– Nada, querido – respondeu rapidamente Duda.

Não gostei disso.

– Atrás dessa parede – continuou ela – há uma sala para reuniões, mas infelizmente está trancada hoje e geralmente permanece assim. Apenas em casos importantes é utilizada.

Continuaram circulando pelas paredes até chegar a três portas.

– Na primeira porta à direita há um depósito de baldes, cestas, pás, machados e coisas assim. Na sala à esquerda há uma oficina para quem quiser se arriscar a construir móveis ou melhorar os do quarto, a madeira vocês devem trazer e nunca usar a de outra pessoa sem autorização. Na última porta está uma sala, em minha opinião, desnecessária, que serve para guardar troféus de batalhas.

– Como assim? – perguntou Luciano.

Será possível alguém não entender tanta coisa?

– Se você matar um urso, poderá guardar a cabeça lá – explicou João.

– Obrigada – murmurou Duda.

– Onde estão as pessoas? Não moram quase duzentas neste castelo? – perguntou Giovana.

– Duzentas e cinco, para ser exata – respondeu Duda. – Como você sabia?

– Eu ouvi. Agora me diga onde estão todos.

– Paciência, querida. Temos vinte na cozinha mais quarenta nos campos coletando comida. Há alguns explorando os arredores do castelo, outros pegando água para nós bebermos.

– E aquelas pessoas no jardim? Achei que não fosse permitido tirar folga.

– Estavam tomando decisões sobre o futuro do castelo.

– Conversando tranquilamente em um jardim?

– Não há armas lá. E falei brincando sobre não haver folga, existe, sim. Em breve vocês vão entender melhor.

Quando João percebeu, estava de frente para as escadas principais do castelo e subiu junto com Duda. Ao subir um andar, se deparou com Denílson sentado em uma cadeira ao lado de uma porta.

– Neste andar estão os melhores quartos, mais espaçosos e com elevador manual direto da cozinha. Eu moro neste andar, espero ver algum de vocês morando aqui em alguns dias.

– Como podemos ser promovidos pra cá? – perguntou Giovana feliz com a possibilidade de parar de dividir os aposentos com Victória.

– Aqui mora quem ajuda na parte de relacionamentos. Temos psicólogos, psiquiatras e outros médicos e quem mais puder ajudar para o bem-estar dos moradores.

– Agora me explica por que você mora aqui – disse Giovana debochando de Duda.

– Cuido dos novos moradores e os organizo.

– Deve ter feito mais coisas – murmurou Giovana em resposta.

– Tipo o quê? – perguntou Duda indignada.

– Falei nada.

Vou gostar de ver essas duas discutindo.

Duda abriu a porta e tocou um sino na parede do corredor. João ouviu um barulho de portas se abrindo e passos se aproximando. Depois de alguns instantes, algumas pessoas começaram a sair pela porta, ficando lado a lado.

– Como tradição, fazemos a verificação dos moradores com cabelo cinza – explicou a mulher, tentando organizar os moradores. – Então, alguém de cabelo cinza?

João observou os rostos parados em sua frente, viu cerca de cinquenta homens e mulheres de até quarenta anos. Notou que, com exceção de duas mulheres, todos estavam muito magros e com profundos olhos sem brilho. Entretanto todos os cabelos eram pretos, não havia loiros, ruivos ou castanho-claros.

Estranho. Muito estranho.

– Ninguém – murmuraram Giovana e Luciano ao mesmo tempo.

– Dispensados – disse Duda, dirigindo-se aos moradores do castelo.

Enquanto alguns desciam as escadas e outros retornavam aos seus aposentos, Duda subiu as escadas e tocou o sino em mais dois andares superiores ao atual. Retornou momentos depois seguida por mais um grande grupo de moradores, mas esses não estavam todos magros, pareciam mais alegres e cheios de vida, vestiam uma túnica muito mais confortável do que as roupas de couro dos moradores comuns e em seus rostos moravam sorrisos raros naquele castelo de pedra.

A inspeção foi rápida, todos pareciam confiantes com a cor do cabelo, apenas desciam as escadas e caminhavam em volta do grupo dos novos escravos, então alguns desciam e outros voltavam para os quartos. Já estavam habituados com o ritual mensal e sem sentido.

– Possivelmente ninguém com cabelo cinza, né? – perguntou Duda.

– O cabelo daquele homem não está totalmente preto – disse Giovana, apontando para um homem baixo entre dois homens gordos e altos.

A multidão parou e olhou para onde a jovem apontava, o homem tentou sair descendo as escadas, porém outros o seguraram firme.

– Vou chamar o rei – disse Duda, descendo as escadas.

Aonde ela vai?

O homem se debatia para libertar-se das mãos que o agarravam, o desespero estava estampado em seu rosto e o pânico tomava conta de seu corpo. Mais homens aproximaram-se para imobilizar o enlouquecido homem que gritava muito.

– Os homens nunca mais voltam os mesmos depois de irem – cochichou Denílson para os quatro. – Ouvi falar em lavagem cerebral e tortura.

– Qual é a razão disso?

Victória começou a chorar, assustada com a cena.

– Quando perdem a cabeça, muitos fazem coisas horríveis com os outros – respondeu Denílson. – Melhor inutilizar um do que perder dois ou mais.

– Coisas horríveis? – perguntou Giovana, tapando os ouvidos de Victória.

– Surtam, desenvolvem paranoias, ameaçam outros moradores. Coisas assim.

Giovana ficou pálida com a resposta, talvez a maneira como o castelo funcionava afetasse muito as pessoas, e começou a tremer.

– Vou tirar ela daqui – disse para Denílson e caminhou para a porta ao lado do homem.

– Ninguém pode entrar! – gritou o homem, colocando a mão na espada. – Temos ordens aqui.

Depois tudo ocorreu muito rápido. Victória berrou alto e começou a chorar, o homem agarrado notou a brecha aberta e se libertou com facilidade, empurrando alguns homens escada abaixo. Então desceu aos tropeços pela escada, sendo seguido por João e outros curiosos, e não foi parado até chegar ao jardim, onde abriu os portões e correu para fora do castelo. Ninguém ousou segui-lo.

Achei que o portão ficasse sempre trancado.

– Quem abriu o portão?! – Uma voz rouca e afiada cortou o céu, o impacto da voz chegou a dar calafrio na coluna de João, e ele mal teve coragem para ver quem era o dono da voz.

O homem chamava atenção por ser o único obeso e por ser mais velho, em torno dos setenta anos, tinha as costas levemente curvadas e dava a impressão de ter sido um homem musculoso anos atrás; vestia uma túnica cinza com bordados em dourado, cuja barra chegava a centímetros do chão. Uma coroa dourada com uma pedra cinza jazia em sua cabeça careca e lustrosa. Sua mão esquerda era a única parte do corpo à mostra, e nela ostentava anéis grandes e segurava uma bengala pesada de madeira escura.

O rei desceu o único degrau depois da porta e atravessou lentamente o jardim, olhando nos olhos de todos os presentes à procura de culpa. A demora do homem fazia João suar frio; ele se sentia angustiado e desejava estar dentro do castelo para observar o rei de longe. O rei parou na frente de João e olhou em seus olhos, fazendo o garoto engolir em seco, mas logo continuou seguindo o caminho do jardim.

Cara, ele deve ter quase um metro e noventa.

Chegando ao portão, o rei encostou a bengala na grande estrutura de ferro e a empurrou com toda sua força. O portão estava trancado.

– Quero todos em seus quartos agora! – bradou o homem.

Foi o suficiente para quase todos os curiosos entrarem no castelo, João e poucos homens e mulheres estavam curiosos demais para se mexerem.

– O que ainda estão fazendo aqui?! – O rei pegou a bengala e ameaçou atirar na plateia.

Duda agarrou a mão do garoto e o retirou do jardim. João olhou para trás e viu o belo pôr do sol acontecendo ao seu lado, ficando mais maravilhado ainda com o castelo.

Chegando ao andar inferior, Duda e João encontraram os três novos escravos parados em frente aos seus quartos.

– Aproveitem para descansar agora, talvez o rei faça interrogatórios amanhã, vai querer saber como aconteceu isso – disse Duda.

– Qual é o nome do rei? – perguntou Victória.

– Não sei, sempre fui instruída a chamá-lo assim – respondeu Duda. – E hoje não haverá banho para todos.

– O quê?! – exclamou Giovana.

– Você me ouviu, sem banho até amanhã e aproveite para dar tchau para suas roupas, amanhã serão queimadas e terão que usar roupas de couro como todos.

– Não... – Giovana murmurou.

– São as normas, acostume-se. Agora entrem em seus quartos e trancarei a porta. Caso precisem de algo, é só bater, haverá duas pessoas cuidando deste corredor até o amanhecer e então todas as portas serão destrancadas.

– Por quê? – perguntou Luciano.

– Para evitar revoltas e manter controle sobre os moradores menos favorecidos – respondeu João enquanto encarava Duda.

– Exatamente – disse ela. – Agora entrem em seus quartos.

O desânimo tomou conta dos quatro enquanto entravam nos aposentos. João de certa forma ficou feliz ao dividir aquele quarto gelado com alguém, apesar de gostar mais da presença de Giovana. Os garotos ouviram a porta fechar e uma chave trancar a fechadura.

O quarto estava gelado e, como era virado para o sul, quase escuro.

– Sacanagem conosco – murmurou João.

– Verdade, não temos culpa, e deviam acender a luz!

– Não há eletricidade aqui.

– Como assim?

– Sem celular, computador, micro-ondas, essas coisas.

João teve a impressão de ouvir o garoto começar a chorar.

– Ei. Fica tranquilo, nós vivíamos sem essa tecnologia anos atrás e todos sobreviveram.

– Estou chorando pelos meus pais.

João sentiu-se mal após a declaração do garoto, pois nem pensara em seus pais o dia inteiro e em como eles estariam agora, nem em como o desaparecimento dele havia assustado seus amigos e familiares. Então se ajeitou melhor na cama e começou a chorar.

– Boa noite – murmurou Luciano.

– Boa noite – respondeu João.

– Fome – murmurou o mais novo.

Alguém bateu na porta e a abriu devagar. Era Duda segurando um prato grande com dois pães, carne de porco e algumas frutas. A porta se fechou novamente e comeram no escuro.

– Pode comer minhas frutas – disse João a Luciano, que colocou o máximo de alimento possível em sua boca.

Quero escovar os dentes.

Ficou de pé e bateu na porta. Após alguns instantes apareceu um homem cujo nome não sabia e estendeu uma tigela com um creme dentro.

– É para escovar os dentes. Duda mandou – disse ele.

– Obrigado.

– Apenas esfregue nos dentes, não é necessário cuspir – então o homem fechou a porta.

Luciano pediu um pouco do creme e ambos esfregaram nos dentes aquela pasta cinza, as sensações de limpeza e refrescância logo foram notadas por ambos e ficaram aliviados.

Então João serviu, aos poucos, um pouco de água em cada caneca e bebeu; novamente limpou os dentes e colocou a cabeça no travesseiro. Seu coração disparou.

Porcaria de ansiedade.

O jovem convivia com o distúrbio há anos, era amigo íntimo de seus efeitos no organismo, porém necessitava de remédios para manter sob controle. Dormir sem as drogas era um pesadelo acordado; coração acelerado e medo de enfartar eram seus companheiros até o dia amanhecer.

Controla a respiração e tenta dormir.

João liberou-se de pensamentos e ignorou o corpo, o dia fora cansativo e necessitava dormir, afinal gostaria muito de explorar o castelo nos próximos dias e de descobrir mais maravilhas.

No entanto, teria de esperar. A cada sonho, uma pressão era aplicada em seu peito e alguém gritava em seu ouvido; perdendo as esperanças de dormir até amanhecer, o jovem ficou de pé e olhou para fora da janela. A brisa vinda da floresta o acalmava, o cheiro de natureza lhe dava paz interior. Após alguns minutos de pé enxergando apenas pelo luar, João percebeu seu coração mais calmo e tentou dormir novamente.

Em um de seus pesadelos, uma vampira de capa cinza o seguia pelo castelo, era uma cena repetida, uma mulher de trinta e poucos anos estava desesperada e precisava de ajuda. João estendia a mão para ajudá-la, mas ela limpava as lágrimas e seu rosto se transformava no da criatura assustadora, conseguindo capturá-lo sempre.

Maldita ansiedade.

Finalmente era hora de acordar, alguém bateu na porta de seu quarto e mandou os dois saírem para participar do ritual. Ao saírem do quarto, os garotos foram recepcionados por homens vestindo longas capas pretas e carregando tochas. Um dos homens entregou a eles roupas de couro e os mandou segui-los.

Ao sair do castelo e entrar no jardim, João viu as duas garotas na mesma situação, acompanhadas por mulheres vestidas com as capas.

– Bom dia! – exclamou uma mulher em frente à fonte, João reconheceu Duda.

Ele olhou para o leste e viu os primeiros raios de sol penetrarem na atmosfera terrestre.

– Nos reunimos aqui para dar boas-vindas aos novos moradores do castelo! – continuou em tom normal. – Digam olá para Luciano e João! Victória e Giovana!

Os moradores do castelo permaneceram em silêncio, aumentando o clima assustador provocado pelas capas e sombras dançantes. Algum engraçadinho estava balançando o portão para provocar mais tensão nos novos escravos.

– Victória, troque suas roupas pelas dadas a você.

Dois homens agarraram a criança e a conduziram ao castelo enquanto outro homem acendia uma fogueira ao lado esquerdo de Duda.

Após alguns instantes, Victória apareceu vestindo a roupa de couro habitual dos moradores e carregando as roupas do dia anterior nos braços. Sem dizer uma palavra e muito menos olhar para João, ela caminhou até a fonte e jogou as roupas no fogo, fazendo os moradores gritarem em aprovação. Então Duda lhe estendeu uma capa idêntica à que vestia. Victória, tremendo muito, vestiu a capa, provocando mais dois gritos dos presentes, e permaneceu à direita de Duda.

– Luciano! Sua vez! – exclamou Duda.

O garoto tentou virar-se e ir em direção ao castelo por conta própria, mas foi agarrado e conduzido pelos mesmos homens. Ao retornar, fez o mesmo ritual que Victória e permaneceu ao seu lado.

– João! Já sabe! – disse Duda, provocando risinhos.

João nem lutou, apenas esperou ser carregado pelos homens até dentro do castelo onde foi conduzido até a sala com cadeiras luxuosas.

– Se troca aí – disse um dos homens.

João entrou na sala, fechou a porta e começou a despir-se.

Eu fico com a cueca?

– Você caminhará reto para a fonte, não olhará para os lados e não falará com ninguém. Entendeu? – perguntou o mesmo homem.

Qual é o motivo de tantas regras?

– Ahãm – murmurou João sem vontade.

– Então colocará as roupas velhas no fogo e ficará de pé ao lado do menino anterior. Fui claro?

– Ahãm.

João terminou de vestir-se – decidiu ficar com a cueca – e saiu da sala, sendo acompanhado de perto pelos homens. O jovem parou de frente para a porta do castelo e começou a caminhar em direção à fonte, sentiu muita vontade de olhar o nascer do sol, porém conteve-se.

Adeus, calças, adeus, tênis, adeus, camiseta e adeus, meias.

Titubeou perante o fogo, pois era muito apegado a seus bens materiais e não gostaria de se despedir dessa maneira. Entretanto pensou melhor e chegou à conclusão de que todos haviam feito aquilo e não seria diferente com ele. Para não ver seus pertences queimando, jogou-os ao fogo e virou-se rapidamente para ficar ao lado de Luciano enquanto uma lágrima escorria por seu rosto e Duda lhe entregava a capa. Não ouviu os gritos.

– Giovana!

A cena repetiu-se e a jovem foi agarrada pelos homens e levada ao castelo.

Realmente é necessário isso?

Depois de alguns minutos, ela retornou e João observou como ela ficava bem em qualquer roupa, mesmo vestindo aquela de couro sem graça. Ele notou uma devolução de olhar acompanhada com um sorriso.

Após os gritos de aprovação dos moradores do castelo, todos retiraram as capas e João percebeu que ainda enxergava o estado de espírito das pessoas, e a cena de várias pessoas magras com cabelos escuros o assustou.

– Dispensados! – gritou Duda, e todos voltaram para o castelo, deixando Duda e os quatro de costas para a fonte enquanto João assistia a uma das maiores maravilhas da vida: o nascer do sol.

– Meninos e meninas, comam algo e voltem a dormir. De tarde haverá o treinamento para colheita de grãos e vocês precisarão de energia – disse Duda.

– Dormir mais um pouco seria uma boa – disse Giovana, segurando a mão de Victória e puxando-a à frente.

– Também acho – concordou João e seguiu as meninas, fazendo Duda e Luciano os acompanharem.

– Em vez de escravos, vamos chamar vocês de dorminhocos – disse Duda.

– Muito engraçado – retrucou Giovana, já entrando no castelo.

O grupo desceu as escadas e seguiu em direção aos quartos, Duda despediu-se e falou em ter assuntos importantes para resolver, mandando um guarda segui-los.

– Ei, qual seu nome? – perguntou Luciano ao homem.

– É Mário.

– Muito prazer, Mário, meu nome é Luciano.

O homem sorriu, mas o ignorou pelo resto do caminho até parar em frente aos dois quartos.

– Muito bem – disse ele, sem vontade –, chegamos. Entrem nos quartos para eu trancar as portas.

Contra a vontade, João entrou no quarto e foi direto para a cama, torcendo para pegar no sono sem problemas.

Apesar dos sonhos com a vampira, ele descansou mais em poucas horas comparado à noite anterior e acordou mais disposto quando alguém bateu na porta os chamando para almoçar.

Luciano abriu a porta e viu Mário e Duda esperando os quatro se levantarem.

– Não se preocupem, a primeira semana é a mais cansativa, depois vocês voltam ao sono normal.

Ao subir as escadas e chegar ao refeitório, os pratos com pão, carne e frutas já estavam servidos lado a lado para os quatro, enquanto um quinto prato com adição de feijão estava em frente aos outros. Duda sentou-se para comer aquele prato e gesticulou para os escravos juntarem-se a ela.

– Como eu disse, temos algumas vantagens – disse Duda, comendo uma garfada de feijão.

O grupo sentou-se à mesa e atacou a comida, comendo com pressa e sem mastigar o alimento.

– Então – falou Giovana com a boca cheia –, e o treinamento?

– Hoje de tarde, quando o sol não queimar tanto – respondeu Duda.

– Entendi. – Dessa vez, Giovana cuspiu um pouco de alimento em Duda.

Será que foi de propósito?

Após o almoço e ir descansar no gazebo, o grupo dos novos escravos ficou aguardando durante horas por novas instruções de Duda, entretanto foi o rei quem apareceu.

– Ora, ora. O que temos aqui? – disse o homem, olhando torto para eles.

Ninguém respondeu.

– Eu sei como abriram o portão aquele dia – continuou ele. – Quando eu descobrir quem foi, vai pagar caro!

– Deixe-os em paz! – pediu Duda, saindo do castelo, sendo ouvida por todos no jardim.

– Como é, mocinha? – questionou o rei após Duda entrar no gazebo.

– É hora do treinamento e eles estiveram o dia inteiro comigo, não foram eles!

O rei acertou a bengala no rosto de Duda.

Desgraçado!

– Duda! – gritaram João e Giovana.

O grito dos jovens fez o rei acertar novamente o rosto da mulher, mas dessa vez ela caiu no chão com o rosto ensanguentado.

– Se essa idiota acha que pode dirigir a palavra para mim sem permissão, ela está enganada. – Então o rei saiu do gazebo, deixando o grupo sem reação.

Já era o quarto dia dos novos escravos no castelo, o segundo após Duda ser agredida pelo rei. Ela, além de ser rebaixada para os quartos comuns nos andares inferiores do castelo, recusava-se a sair de seu aposento. A vida do grupo não estava fácil e a exaustão física tornava tudo mais complicado. Ainda não estavam acostumados com o horário do castelo, e João estava tomado por seus distúrbios de ansiedade e pesadelos com a mulher vampira.

Como era de costume, após passar o dia coletando os grãos prontos das plantas de trigo sob o sol forte, eles tinham direito a descansar por uma hora sob o gazebo, tomar banho, jantar e ficar presos em seus quartos.

Felizmente no quinto dia algo mudou.

Durante o café da manhã, João notou a grande quantidade de pessoas feridas pelo rei durante o interrogatório de como alguém abriu o portão e logo após o trancou sem tocá-lo. Eram ferimentos diversos, tanto em rostos, braços e dedos; ninguém escapava da brutalidade do homem e ninguém ousava se impor. Mas uma pessoa se destacava sobre o clima sombrio; ele ouvia uma voz feminina dar bom dia a todos por ali. Então Giovana chamou sua atenção para o grupo.

– Amanhã finalmente teremos um dia de descanso – disse ela, tentando alegrar a todos.

– Não acredito nisso, mas estou sentindo falta de Duda – disse João, pensando na garota, sem se importar com o comentário da amiga.

– Só quero meus pais – murmurou Victória, enchendo os olhos de lágrimas.

Quem mais sofre aqui é ela, e me sinto mal por não poder ajudar.

Um guarda aproximou-se do grupo.

– Vão – grunhiu ele, indicando a porta do castelo com a ponta da espada.

Com medo de sofrer represália, João seguiu seu caminho quieto e parou para observar o campo de trigo e as árvores frutíferas.

Este lugar ainda tem certo encanto.

O guarda cutucou o jovem usando a ponta da espada, porém João preferiu curtir o momento. Foi o suficiente para o homem dar um empurrão nele, segurar seus cabelos e bater sua cabeça na fonte.

Nada importava para João, estava decidido a desmaiar e descansar. Queria estar longe dali, vivendo como os pássaros ou os mamíferos vistos rondando o castelo, até mesmo um peixe, negando quaisquer compromissos com a realidade brutal de seu novo lar. Gostaria de desaparecer no ar, sumir e avisar a todos que não se importassem com ele, pois estaria feliz.

A dor surgiu mais forte quando o guarda o acertou na fonte pela terceira vez e o sangue pingou na água cristalina. Como João estava longe do castelo em seus pensamentos, o guarda decidiu fazer uma demonstração de tortura por afogamento ali mesmo, diante de várias testemunhas. O ar dos pulmões do jovem começou a sair e tudo passou a escurecer ao seu redor; infelizmente para João, alguém interveio.

João não olhou para seu salvador, não olhou para seus amigos, não fez questão de indicar estar vivo; estava olhando para o reflexo de seu rosto na água, mais precisamente seu cabelo, a cor de seu cabelo. Cinza.

capítulo 4

CRIS

Apesar de estar sentindo ar quente entrar em seus pulmões e penetrar em cada célula do seu corpo, o garoto de vinte e dois anos estendido no chão de pedra da caverna subterrânea estava sentindo frio. A escuridão o abraçava em seus cinco sentidos, fazendo-se presente em cada partícula daquele asqueroso lugar.

Na mente dele, o lugar era completamente diferente: seus amigos estavam com ele, o sol brilhava alto no céu azul de verão e o barulho de alguém se atirando na água era ouvido frequentemente.

Como vim parar aqui?

Com um pouco de força, agarrando-se firme no chão duro e quente, Cris levantou a cabeça e abriu os olhos. Nada. Escuridão total.

Onde estou?

– Garoto, não se mexa muito – Cris ouviu uma voz rouca ecoar pela caverna.

– Onde estou? – conseguiu perguntar, apesar de sua boca seca.

– Aqui – disse o estranho, segurando sua cabeça com uma mão enquanto lhe servia um copo de água.

A mão do estranho era gelada, muito calejada, e suas unhas compridas o arranharam ao mais leve toque.

– Ai! – exclamou Cris.

– Me desculpe, foi sem querer – justificou o estranho.

– Você pode se desculpar respondendo minha pergunta.

– No momento, não posso dizer onde você está, mas tenho algo para lhe oferecer. São as regras daqui.

– Você me sequestrou?

– Não, você foi sequestrado por alguém.

– E cadê o desgraçado que me sequestrou?

– Eu gostaria de saber, pois fui sequestrado também.

Cris conseguiu levantar, o corpo doía ao menor movimento, entretanto ficar deitado com um estranho em um quarto escuro não parecia a melhor ideia.

– Eu disse para ficar deitado.

– Eu quero respostas.

– Ao menos se sente para conversarmos.

– Não. Estou bem assim – retrucou rispidamente Cris, começando a dar sinais de desespero, afinal gostava de ter o controle da situação e, naquele momento, não o tinha.

– Vou lhe alcançar mais água. Estique o braço, por favor.

Cris esticou o braço perguntando-se como o estranho iria enxergar naquela escuridão. Infelizmente, o sutil toque do copo em sua mão o assustou e, em reflexo, derrubou-o.

– Tudo bem – disse calmamente o homem. Estava acostumado a lidar com situações como aquela.

Como ele sabia onde estava minha mão?

– Qual é a sua oferta? Quero sair logo daqui.

– Eu tenho uma poção mágica para você enxergar no escuro, entretanto possui efeitos colaterais indesejados. – O homem parou e esperou o garoto mostrar interesse.

– Continua – pediu Cris.

– Também é a única forma de morar aqui.

– Ou eu bebo e vivo ou não bebo e morro? Fácil, né? – debochou Cris.

– Não, ou você bebe e mora conosco ou você não bebe e é expulso daqui.

– Posso morar aqui sem beber a poção?

– Você enxerga algo? A poção prepara seu metabolismo para sobreviver aqui.

– Onde é exatamente "aqui"?

– Uma comunidade composta por cento e trinta e um homens e dezessete mulheres, nós moramos no subsolo, onde temos fácil acesso à água e à comida, mas infelizmente o lugar é escuro e o oxigênio, rarefeito. Você precisa decidir logo.

– E o exílio não seria uma opção melhor?

– Depois da libertação, nunca mais vimos aqueles que saíram.

– Prefiro ir embora. Não vou viver em um lugar sob regras.

– Garoto, deixe-me reformular a oferta. Ou bebe ou mato você agora.

– Ué. Cadê a liberdade?

– Não tem. – Ao dizer isso, o homem agarrou o pulso de Cris com força, rasgando-lhe a pele com suas unhas afiadas.

– Ah! Me solta! – Cris tentou inutilmente agredir o homem, mas ele era rápido e desviava com facilidade dos golpes no escuro.

O homem puxou Cris para si e o jogou no chão, esvaziando todo o ar dos pulmões do garoto; rapidamente se sentou sobre o peito dele e segurou sua boca aberta. Lutando pela vida, Cris segurou o punho do homem com a mão direita para tentar fechar a boca antes que o homem pudesse derrubar uma gota da poção em seus lábios.

– Me larga! – esbravejou Cris enquanto esperneava e tentava inutilmente sair de baixo do homem.

– Abre. A. Boca. Agora! – disse, entredentes, o homem sem paciência.

– Nunca! – gritou Cris, abrindo a boca para falar.

Uma chama surgiu diante dos olhos do garoto. No início, parecia um isqueiro tentando acender em um lugar com bastante vento, mas logo depois se tornou uma chama forte e viva que dançava em câmera lenta em frente aos olhos. O homem pareceu não notar a chama.

A chama continuou dançando, balançando conforme o olhar de Cris focava, lentamente começava a ganhar vida própria e desceu até sua mão direita. A força adquirida pelo jovem foi momentânea, com um rápido puxão ele retirou a mão gelada do homem e o empurrou para longe de si. Agora era a raiva tomando conta do corpo dele, esquecendo-se do medo e do desespero, só queria sua vingança e sair daquele lugar.

Rapidamente ele se levantou e olhou em volta, encontrando breu total e nenhum sinal do homem. Enquanto procurava concentrar-se em ouvir algo ou até mesmo identificá-lo pelo cheiro, Cris levou um forte soco no rosto, fazendo-o cambalear até atingir uma parede quente atrás de si. Talvez movido pela raiva, ou por sentimentos ruins, ele enxergou um ponto vermelho brilhoso espalhando partículas de luz vermelha na sua frente.

O coração dele?

O ponto aproximava-se e as partículas uniram-se longe do ponto mais brilhoso, formando um braço de luz. Mesmo unidas, as partículas flutuavam no ar.

– Pode vir! – gritou Cris, confiante.

O braço de luz aproximou-se de Cris e inclinou-se para trás, fazendo o movimento de um soco cruzado. Então o tempo desacelerou, o soco vinha em uma velocidade muito baixa e as partículas de luz quase não tremiam. Era a hora de revidar.

O tempo movia o inimigo mais devagar, entretanto Cris sentia-se mover na mesma velocidade de sempre e facilmente se esquivou do golpe. O contra-ataque atingiu o oponente com um soco com toda sua força na barriga. Porém aconteceu algo imprevisível: no impacto da sua mão com o rosto do homem, uma explosão de fogo iluminou todo o lugar e a velocidade voltou ao normal; entretanto, chamas exalavam pelo corpo do garoto, e o homem percebeu isso.

– Que merda é essa?! – gritou o homem espantado.

Foi quando Cris reparou no ser à sua frente. Ele tinha um tom vermelho de pele, seus cabelos cresciam apenas no topo da cabeça porque nas laterais crescia um par de chifres brancos com pontas pretas começando logo acima das sobrancelhas, contornando a lateral do crânio, e então subia inclinado para a frente logo após as orelhas; o homem também apresentava olhos negros com íris amarelas, dentes afiados em formato de presas e unhas negras.

Se eu chegasse assim em casa, minha mãe só ia reparar nas unhas e me mandar cortar. Não acredito nisso.

– Efeito colateral? Você chama isso de efeito colateral?! Vou te mostrar o efeito do meu soco nos seus dentes!

– Eu posso explicar...

Cris não deixou o homem chifrudo terminar, sua raiva queimava dentro de si como nunca havia sentido, e então agrediu-o novamente com toda sua força. Algo estava acontecendo em seu corpo e o efeito disso era a agressividade exagerada e a sede por vingança; o garoto enxergava as chamas voando em frente aos seus olhos.

O homem voou para trás com o golpe, atingindo a parede com força enquanto sangue escorria pelo canto da boca onde faltavam dois dentes. Ele olhou para o jovem e ergueu o braço pedindo clemência.

– Por favor, pare – murmurou.

– Como as coisas são engraçadas, não?

Cris aproximou-se do homem enquanto o encarava nos olhos e reuniu muito mais força na sua mão, deslocando as chamas para o local. O terceiro soco dado por Cris foi fatal, o golpe partiu a têmpora em vários fragmentos e as chamas oriundas da mão do garoto torraram os lábios e a bochecha esquerda do homem.

Atingido por uma súbita dor de cabeça, Cris caiu de joelhos no chão e gritou enquanto segurava a cabeça com as mãos em uma tentativa inútil de acalmar a dor que só diminuiu após as chamas acalmarem-se e possuírem um tom azulado.

Ao analisar melhor o ambiente, o jovem percebeu, na parede, uma única porta feita pelo homem, diferente das outras de rochas, e saiu do aposento vazio, deixando para trás o corpo do homem.

Quando foi abrir a porta, alguém a abriu de forma abrupta e ficou encarando Cris tentando sair do local.

– Que gritaria é essa? – perguntou um homem de chifres, mais alto que Cris, porém não encorpado, que parecia estudar cada movimento do jovem enquanto esfregava a mão em um queixo sem barba. As marcas de expressões faciais indicavam estar próximo dos quarenta anos, porém Cris não sabia como funcionavam as rugas em um estado de pessoa-touro.

Outro desses? Será que todos são assim? Ele não enxerga as flamas azuis?

– Fui eu e estou de saída. – Cris empurrou levemente o homem enquanto fechava a porta atrás de si.

– Cadê o Ricardo?

Ops!

– Ele me exilou porque não tomei a poção, então falou para eu ir embora e nunca mais voltar e, por último, me agrediu.

Por favor, caia nessa.

– Típico dele – murmurou o homem, então se dirigiu para Cris. – Acompanhe-me até a saída, por favor.

Beleza!

– Por favor, me mostre.

O homem começou a andar e Cris o seguiu ao seu lado.

– É uma pena você não ter ficado aqui. Sempre precisamos de mais homens.

– Tenho meus motivos, e, se vocês são em cento e trinta homens, por que a necessidade de terem mais?

– Não temos atividades aqui, então torneios de luta são diários e o efeito da poção te deixa sedento por ver sangue derramado.

– Os instintos mais primitivos vêm à tona?

– Sim, mas os benefícios são enormes. Enxergamos no escuro, nos regeneramos mais rapidamente, podemos até recriar membros amputados, alguns venenos são inofensivos e nossos corpos e mentes ficam mais resistentes em relação a doenças e condições adversas.

– Não me falaram tudo isso. Talvez devessem melhorar a propaganda para recrutar mais sequestrados.

– Então, garoto, qual é seu nome?

– Meu nome é Cris, e o seu?

– Cris de Cristiano?

– Não, meus pais acharam legal me dar um apelido como nome.

– Pelo menos foram criativos. A propósito, meu nome é Marcelo, e eu não sei como você está enxergando, mas bem-vindo ao nosso lar!

Marcelo escancarou uma porta dupla com ambas as mãos, mostrando uma grande sala com um trono na outra extremidade. Dos dois lados do trono escorria um líquido vermelho brilhoso do teto até o chão.

Lava? Não, não está tão quente aqui.

Para acessar o trono seria necessário subir nove degraus baixos e largos; no trono sentava-se um dos homens mais obesos já vistos por Cris. De cada lado do homem estavam presentes dois homens fortemente armados, os quais certamente passavam sufoco segurando uma lança e usando uma armadura extremamente pesada.

Ao entrar na grande sala, Cris percebeu duas fileiras de homens segurando lanças enormes, claramente indicando onde o jovem deveria ficar para falar com o grande homem sentado no trono.

– Ei, chefe! Trouxe o novato! – gritou Marcelo para ser ouvido pelo rei.

– Aproximem-se! – urrou o rei, fazendo o sangue de Cris congelar apenas com o timbre de sua voz.

Cris perdeu a sensibilidade nas pernas, porém conseguiu caminhar até ficar entre os homens armados; já Marcelo subiu as escadas e conversou com o homem obeso.

– O quê?! – ele exclamou, dando um forte soco no braço de ferro do trono, mas pareceu não sentir dor após socar algo tão duro. – Suba aqui agora!

Merda, caso fosse apenas um, talvez eu conseguisse, mas são tantos. Sou um homem morto e preciso fugir daqui.

Cris engoliu em seco e, encarando o homem nos olhos, subiu a escada até o penúltimo degrau, onde os homens armados apontaram suas lanças para ele, e observou melhor o grande homem. As características da poção eram as mais marcantes: olhos negros com íris amarela, chifres por volta do crânio e inclinados para a frente; um rosto redondo, inchado e sem barba.

– Quero ir embora daqui – disse Cris.

– Coragem não falta em você, moleque – riu o homem. – Mata um dos nossos e quer sair como se nada tivesse acontecido? Deve ser burrice.

– E qual é a diferença? As duas andam lado a lado. Você me chama de burro e seus homens me chamam de corajoso.

Cris ouviu as risadas ecoarem por todo o salão, fazendo seus ouvidos doerem.

Essa sala tem uma acústica terrível, espero poder usá-la em meu favor.

– Se você não tem medo de morrer, talvez realmente seja corajoso.

Mais risadas atrás de si.

Vou terminar com eles, vou acabar com todos e rir sobre a pilha de seus corpos na linha tênue entre a vida e a morte.

As chamas esquentaram e tornaram-se vermelhas. Ira.

– Eu realmente não me importo quantos homens morram aqui, desde que sejam fracos, e o homem morto era um dos mais fracos e inúteis entre nós. – O rei fez uma pequena pausa. – Para viver, você deve matar alguém e provar ser útil.

– Apenas me mostre onde fica a saída e nunca mais me verá! – gritou Cris.

– Posso te mostrar onde fica o calabouço de onde você nunca sairá.

Mais risadas atrás de si.

Desgraçados.

– Vou te propor algo e você escolherá seu destino, combinado?

– O último homem a me dizer isso está morto. Para seu bem-estar, não me engane – rebateu Cris, encarando com raiva os olhos do rei.

– Eu não estou nesta posição por ser cruel ou por tomar utilizando força, estou nessa porque os homens democraticamente me elegeram para tal. Se eu mentir para você, eles podem achar que mentirei para eles também e ninguém gostaria disso.

– Se mentir para mim, eles não serão sua maior preocupação. – Cris cruzou os braços. – Agora me diga sua oferta.

– Te manterei sob custódia e vamos te preparar para um combate até a morte, e, caso você ganhe, será um homem livre.

– Que tal me libertar agora e nenhum de seus homens morre?

O homem apenas repousou a palma da mão esquerda sobre o braço do trono, e rapidamente os dois guardas largaram suas armas no chão e aproximaram-se de Cris, cuja reação foi permanecer parado sem medo deles. Mesmo quando Cris foi atingido no estômago com um soco de cada guarda, ele se recusou a queixar-se de dor e dar prazer a eles. Os guardas continuaram atingindo-o no estômago até ele cair no chão.

– Que tal você morrer agora e eu não ter de me preocupar com você mais tarde?

Cara idiota, vai se arrepender de mexer comigo.

– Guardas, levem-no daqui para a cela e o preparem para lutar amanhã.

Dois guardas parados na entrada da sala subiram as escadas, pegaram Cris pelos braços e o arrastaram por um longo caminho, passando por túneis, outras salas, pessoas-touro curiosas até chegarem à outra sala, onde havia várias armas e armaduras, de todos os tamanhos e formas possíveis.

No canto da sala estava um simples banquinho caindo aos pedaços, onde os guardas o deixaram ali de qualquer maneira. Assim que saíram, entrou Marcelo.

– Garoto, vou resumir: você está enrascado.

– Digo o mesmo para todos. Assim que eu sair daqui, vou causar um caos inimaginável nesta caverna e terei todos de joelho implorando por perdão.

– Eu estou sozinho aqui, desarmado, nada está te impedindo de me matar e fugir.

– Espere e verá, vou pensar em algo primeiro e então vão se arrepender de tentar me empurrar aquela poção idiota.

– Sim, sim. É óbvio – ironizou Marcelo.

– Nunca imaginei matar uma pessoa antes, mas achei fácil e mataria novamente sem problemas. – Então Cris levantou-se e incendiou a mão com chamas vermelhas.

– Perfeito! Espera um pouco! – exclamou Marcelo com brilho nos olhos, então foi até onde as lanças estavam escoradas e pegou uma.

Hein?

– Tente incendiar o cabo – disse Marcelo, estendendo o cabo de madeira da lança para Cris.

– Você está brincando, né?

– Se você ganhar, eu ganharei mais prestígio e talvez seja promovido para professor de lutas, e não recepcionista de guerreiros.

– Recepcionista de guerreiros?

– Todos os trazidos para cá são chamados de novos guerreiros e eu tenho que cuidar de vocês para que tomem a poção sem problemas. Eu cuidei de outro rapaz mais cedo e fui verificar como você estava e senti o cheiro de sangue na sala.

– Então você sabia de tudo? – Cris pegou no cabo da lança e concentrou-se.

– Óbvio! Eu fiquei esperando o desfecho da luta na sala e uma guerreira passou por mim, então disse para ela ir correndo até Edgar para avisá-lo sobre a possível morte de Ricardo e dizer a ele que eu levaria seu assassino para lá em breve.

– Guerreira? Edgar?

– Edgar é nosso chefe, ele vai me matar se descobrir que estou te contando isso, mas ele é uma figura, não se intimide pelo jeito durão, eu o atendi quando chegou aqui e ele era um típico pai de família: pouco cabelo, barriga caindo por cima do cinto e contador de piada sem graça. – Marcelo sorriu, estava se divertindo ao entregar o chefe para um novo guerreiro.

– Mesmo? Não esperava isso.

– Mesmo. E sobre a guerreira, como são dezessete mulheres entre nós e homens cujo passado alguns escondem, as mulheres preferem esconder sua natureza e tentam se misturar aos homens.

– Isso é injusto – comentou Cris com tristeza na voz.

– Sim, então qual é a melhor forma para resolvermos isso? Apenas os guardas e mulheres podem andar armados livremente por aqui, assim elas podem se defender. Entretanto, algumas preferiram se esconder em vez de mostrar seu orgulho em ser mulher. – Marcelo ficou triste em ter de dizer isso, mas logo gritou com Cris. – Queima este cabo! Quer morrer amanhã?

– Não consigo, vamos ter de usar outra estratégia.

– Vamos torcer para o inimigo usar outra arma. – Marcelo levou a lança de volta para seu lugar, sem reparar em um pequeno brilho vermelho consumindo lentamente o cabo.

– Como será a luta? Com quem vou lutar? – perguntou Cris.

– Vocês escolherão a arma que quiserem e se querem usar armadura ou não.

– Mas eu não sei lutar! – queixou-se Cris.

– Não sabe, mas matou aquele homem. Estranho, né?

– Usei as mãos, e como você sabia do fogo? – Cris percebeu que Marcelo ainda escondia muita informação dele.

– Um dos guardas me contou sobre o rosto desfigurado pôr fogo de Ricardo e eu não espero nada normal deste lugar mágico. Por mais estranho que pareça, acredito em algo muito maior e no seu envolvimento. Por isso tenho de te ajudar a sair vivo desta, e Edgar concorda comigo nisso. Vai ser difícil de você acreditar, porém tenha calma e confie em mim e em Edgar apenas, vamos dar um jeito de você sair daqui.

– Vai ser difícil acreditar e confiar em você – ironizou Cris. – Cara, eu tenho vontade de matar vocês.

– Deixe-me ajudar você a ganhar a luta de amanhã e estará livre, sem muito sangue derramado.

– Quem será meu oponente? – perguntou novamente Cris.

– O nome dele é Borges, e está preso por ter matado um idoso que cuidava dos assuntos cuidados agora por Edgar. – Marcelo botou a mão no queixo e continuou. – Pense em dois presos lutando pela liberdade. Assim será a luta de amanhã.

– E se eu ganhar? E se ele ganhar?

– Se ele ganhar, será exilado e nunca mais poderá voltar. Caso você ganhe, estará livre para conviver conosco sem tomar a poção ou pode ir embora. Se pedir com jeito, pode ser que a gente te deixe voltar quando bater saudades.

– Engraçadinho – murmurou Cris.

– Obrigado, eu tento ser – disse Marcelo em tom frio.

Não consigo acreditar no que ele diz, imagina confiar.

Cris se levantou e caminhou até algumas espadas presas em uma estrutura de madeira.

– Vou tentar esta. – Cris começou a puxar uma das grandes espadas da estrutura, ele não sentia o peso e estava confiante em poder manejar e aprender o básico rapidamente. Mas não.

Ao realizar um giro para dar força ao último puxão para remover a lâmina, Cris sentiu o enorme peso dela. Era uma espada muito pesada e dificilmente alguém a manejaria com destreza utilizando as duas mãos. A arma caiu com um baque no chão enquanto Cris caía para trás em cima de uma estrutura para espadas de uma mão, a qual se partiu e Cris acabou soterrado por madeira e espadas.

– Vou fingir não ter visto isso e continuar pensando em como derrotaremos seu inimigo – comentou Marcelo, segurando o riso.

– Muito engraçadinho você.

– Quem fez a palhaçada foi você. – E então Marcelo completou com um sorriso no canto da boca. – Pensando melhor, não vi alguém fazendo palhaçada aqui.

Cris levantou-se e arrumou as espadas no chão em frente à destruída estrutura de madeira enquanto Marcelo só observava.

– Já sei! Use isto! – Marcelo correu até uma estante com vários escudos de tamanhos diferentes.

Esse cara não pode estar falando sério.

– Um escudo? Sério?

– Além de ter chances de se defender, você deve atacar a arma e a mão de seu adversário até ele não poder mais segurá-la e então a derrubar; nesse momento, pegue a arma e a jogue longe, pode ser na plateia, de preferência em alguém torcendo por sua morte.

– E então usarei a vantagem de meus punhos em chamas para vencer! Faz sentido! Só falta eu conseguir incendiar meus punhos! – ironizou Cris.

– Essa parte é com você, a minha eu já fiz.

– Você não está ajudando.

– Ajudei com a estratégia. Agora vamos embora daqui.

Ao saírem do arsenal, nenhum dos dois percebeu a pequena chama na lança, espalhando-se para a estrutura de madeira, e logo toda a sala estava tomada em chamas e fumaça, derretendo espadas e queimando escudos.

Cris e Marcelo caminharam por túneis apertados e subiram rampas.

– Você deve estar se perguntando como tudo é feito de ferro por aqui, certo?

– Não.

– Vamos esclarecer sua curiosidade – continuou falando Marcelo.

Após subirem uma longa rampa, eles estavam olhando para um abismo com chamas no fundo, onde havia algumas pessoas com picaretas e outras carregando carrinhos com um minério.

– Temos uma jazida aqui e eles estão removendo ferro. O minério é derretido e, assim, limpo de impurezas, então são despejados por aquelas duas estruturas ali. – Nesse momento, Marcelo apontou para estruturas em forma de cone com a base maior voltada para cima. – Talvez você tenha reparado nas colunas brilhosas na sala do trono, era ferro derretido.

Eles são muito estranhos.

– Qual é a necessidade disso? – perguntou Cris.

– Imagina transportar o ferro até os ferreiros e depois retornar com o carrinho. Seria totalmente inviável.

Faz um pouco de sentido.

– Permanecendo conosco, terá de trabalhar um dia por semana aqui. Alguma dúvida?

– Não, já que não vou permanecer aqui.

– Muito bem, vamos conhecer o lugar onde lutará.

Os dois deram meia-volta e Cris acompanhou Marcelo. No caminho até a arena Cris começou a olhar mais para as pessoas-touro e reparou na existência de mulheres tentando se passar por homens.

Então era verdade.

– Na arena são disputados torneios diários porque, com o perdão da palavra, temos bosta nenhuma para fazer aqui. Fique tranquilo, pois as armas utilizadas nos torneios são cegas, apenas deixam uns hematomas feios, mas nunca alguém morreu.

– Você se esforça para ser engraçadinho, hein.

– Não me esforço, eu sou.

Acho que mato ele primeiro.

– Tem algum prêmio para o vencedor? – perguntou Cris.

– Tem, sim, e é excelente. Você escolhe o que quiser e dura uma semana: comida de qualidade, dormir em uma cama mais confortável, sexo. Se quiser, pode até pedir para sair daqui.

– Sexo? – espantou-se Cris.

– Sim. Entre os homens, apenas os vencedores têm direito a fazer sexo aqui. Isso dá motivação extra para alguns e as batalhas são melhores.

– Mas e as mulheres? Isso não é estupro?

– Não, eles têm o direito de se candidatar para fazer e apenas têm o desejo realizado caso alguma mulher também deseje. Após sair o vencedor e ele pedir por isso, eu pergunto de forma discreta a todas as mulheres daqui se alguma quer fazer e, caso alguma queira, o vencedor é avisado e o encontro é realizado com discrição.

– E se as mulheres quiserem fazer com alguém que nunca vence?

– Aí elas dão um jeito, afinal mulher consegue tudo o quer quando realmente vai atrás.

Seguindo por túneis idênticos que Cris não sabia diferenciar um do outro, os dois chegaram a um cruzamento com um caminho para a esquerda e outro para a direita. Diante deles havia uma caixa de areia de cerca de dois por dois e, ao lado, uma porta dupla que Marcelo escancarou. Dessa vez, eles estavam no alto de uma sala circular, levemente inclinada em direção a um círculo de quinze metros de diâmetro de areia no meio com apenas uma cerca para separar as várias fileiras de cadeiras ao redor. Cris reparou em uma cadeira maior e mais ornamentada na primeira fila. Era a cadeira de Edgar.

Marcelo desceu os poucos degraus até o centro da arena e indicou uma porta à sua esquerda e outra à sua direita.

– Os lutadores vêm por elas e se encontram aqui, geralmente rolam algumas provocações ou intimidações antes da batalha começar. Como é uma luta até a morte, vocês escolhem as armas aqui na frente de todos para provarem não estar com modificações e muito menos terem chances de sabotar a do oponente.

A voz grossa e tranquila do homem-touro estava incomodando muito Cris. O homem não se importava com o jovem, gostaria apenas de vê-lo vencer e ser mais respeitado na comunidade. Infelizmente para Cris, era morrer ou vê-lo se dar bem.

– As regras serão explicadas na hora, mas, possivelmente, a única ação proibida é jogar areia nos olhos do oponente, não me pergunte o motivo – continuou falando Marcelo enquanto encarava o chão da arena com certa melancolia.

Uma chama roxa desceu como uma lágrima pelo olho de Marcelo e Cris percebeu, tocando-a enquanto planava no ar. O toque com a chama despertou em Cris sentimentos de tristeza enquanto um flashback em seus olhos mostrava um homem ser cruelmente assassinado com um mangual naquele lugar, gritos chamando por Sérgio eram dirigidos ao homem morto enquanto o dono da voz corria em sua direção saltando pela cerca e caindo na areia. Cris voltou a si triste pela cena.

– Sérgio… – a continuação dos gritos saiu pela boca de Cris em tom inaudível.

– Você disse algo? – perguntou Marcelo, parecendo ter visto um fantasma.

– Não. Eu ouvi a porta rangendo – mentiu Cris, apontando para a porta por onde entraram na arena momentos antes.

Espero que ele acredite.

– Sabe de algo? Você mente muito mal – Marcelo deixou as palavras no ar.

Droga!

– Eu tive uma visão, de um homem morto chamado Sérgio e alguém indo abraçá-lo. Não sei a razão de ter visto isso, mas foi desagradável.

– Meu irmão chamava-se Sérgio, estranho você ter dito o nome dele logo aqui.

Cris olhou nos olhos de Marcelo e observou as chamas em seus olhos mudando de roxo para marrom enquanto o homem entrava cada vez mais profundamente no abismo negro de suas memórias.

– As lutas aconteceram hoje mais cedo, por isso está tudo tão tranquilo por aqui – disse Marcelo para trocar de assunto.

– A minha de amanhã será a primeira? – perguntou Cris.

– Não. Será a última, logo após o grande vencedor do dia ser declarado.

– Posso ficar treinando até que chegue o momento?

– É óbvio! Por acaso quer morrer sem ter tentado sobreviver? Sabe o que acontece com homens como você nesta arena? Ou morrem ou mudam! Você vai achando que sairá numa boa somente por ser pacifista? Não durará dez segundos aí dentro! – Marcelo esbravejou e a cor das chamas em seus olhos mudou para o vermelho.

As lágrimas estão carregando sentimentos.

– Este homem, o tal de Borges, ele não matou somente o ancião, né?

Marcelo encarou a arena e ficou em silêncio. Cris não tinha ideia de como reagir a uma situação tão delicada como aquela.

– Vamos embora daqui – disse, por fim, Marcelo.

Puxando a frente em passos pesados, Marcelo passou pelas portas sem se importar em fechá-las. Cris ficou sem reação e com um pouco de medo de acompanhar a pessoa-touro, entretanto foi atrás.

Marcelo caminhou pelos túneis da caverna de uma maneira que parecia não ter destino, porém Cris ficou chocado com o que via. Estava finalmente na cidade ou em um protótipo de uma; aquela parte da caverna era um domo alto e comprido, permitindo muita expansão na horizontal ainda. Onde estava, um dos acessos àquele lugar, era o ponto mais elevado da cidade. As casas tinham o pé direito de aproximadamente três metros e não possuíam telhados, podia-se enxergar tudo dentro das construções retangulares sem graça, e tudo se resumia a algumas camas e uma mesa com cadeiras. Então Cris percebeu que os habitantes daquele lugar vestiam apenas calças ou bermudas de couro e uma corda como cinto – ocasionalmente ele via alguém usando um colete.

Talvez seja para as mulheres poderem se misturar melhor.

– Ei, Marcelo! – chamou Cris.

– O que foi? – perguntou sem paciência.

– Nada a declarar? – perguntou Cris, indicando a cidade com a palma da mão.

– Na verdade, eu tenho, aqui é a cidade onde todos os moradores vivem.

– Só isso?

– Você dormirá na prisão hoje.

– E algo útil como onde arranjarei comida, água e um local para necessidades?

– Se você tivesse tomado a droga da poção, não estaria passando por isso! Agora venha comigo.

Eles desceram uma pequena rampa de acesso para entrarem definitivamente na cidade e Marcelo guiou Cris sem dizer uma palavra até chegarem a uma construção totalmente fechada e com um cheiro desagradável saindo pela porta de madeira.

– Tranca a respiração e vai.

Cris puxou o ar antes de entrar no local, mas o cheiro pútrido e azedo da latrina pública penetrou em seus pulmões, provocando náusea imediata no jovem. Entretanto, o cheiro piorou após ele entrar no espaço, e, mesmo sem respirar, o cheiro de necessidades alheias entrou em seu corpo e contaminou suas roupas.

O que eles comem aqui? Que horror!

Após concluir seu objetivo, saiu correndo do banheiro e só teve coragem de respirar a uma distância segura. Marcelo e outras pessoas-touro riam do jovem.

– Qual é a graça?

Mais risadas.

Terei de matar todos daqui?

Marcelo aproximou-se lentamente do jovem enquanto as risadas atrás de si tentavam cessar, porém sem sucesso.

– Cara, obrigado por me alegrar um pouco.

– Do que você está falando?

– É óbvio que ali não é o banheiro.

Se ele falar "é óbvio" de novo, eu esgano ele.

– Me dê um bom motivo para não queimar esta cidade. – A fúria de Cris incendiou em suas mãos e duas bolas de fogo estavam prontas para queimar ao seu redor.

– A saída está escondida por aqui – respondeu calmamente Marcelo. – E veja bem, suas mãos estão pegando fogo, tente ficar assim até amanhã.

– O que é aquilo? – questionou Cris.

– Um pequeno trote. Aquele cheiro é apenas uma poção extremamente fedida cuja única utilidade é feder muito. É óbvio que você também está fedendo.

Deu!

Cris contentou-se com um soco na barriga desnuda de Marcelo e logo sentiu o fedido cheiro exalando de suas roupas.

Desgraçados!

– Agora alguém terá de se vestir como nós – disse Marcelo com um sorriso irônico. – Então trate de se livrar dessas coisas fedidas.

– Não!

– Calça ou bermuda? Pode ficar com seus tênis.

– Algum dia, matarei todos vocês.

– Boa sorte, você acabou de me acertar com a mão em chamas e não me queimei.

Cris arregalou os olhos ao notar a barriga de Marcelo, estava normal; totalmente diferente do rosto torrado de Ricardo.

– Tem alguma explicação para isso? – perguntou Marcelo. – Melhor ter, porque eu não tenho.

– Ao menos doeu o soco?

– É ób... Sim. Doeu muito.

Esperto, muito esperto.

Cris arrancou a camisa com um único puxão, acertando os botões em alguns espectadores curiosos, e a incendiou; então caminhou lentamente para o local onde havia feito suas necessidades e atirou a bola de fogo lá dentro. Ninguém ousou se mexer enquanto apenas o chão do local pegava fogo.

– Caso seu desejo fosse queimar tudo, você errou feio e está passando vergonha – comentou Marcelo ao seu lado.

– Me tira daqui – rosnou Cris entredentes.

– Venha! Você deve estar com fome, vamos comer! – anunciou Marcelo mais para os espectadores do que para Cris.

Marcelo passou a mão sobre o ombro do jovem e o fez acompanhá-lo por entre o corredor formado pelas pessoas-touro.

– Só tem um pequeno problema – cochichou Marcelo. – Nós não precisamos de água nem de comida com tanta frequência como você.

– Isso significa algo?

– Sim. Espero que goste de cogumelos e de raízes.

– Já sei, é outra brincadeira.

– Não. E a água é enlameada, espero que não se importe.

– Muito engraçado.

Espero que seja brincadeira.

Ao sair dos olhares curiosos, Cris retirou o braço de Marcelo e fez sinal para ele continuar caminhando. O caminho foi rápido e, como a notícia da bomba de fedor ainda não tinha se espalhado por todos os moradores, Cris foi alvo de olhadas curiosas sem risadas.

– Você ainda me paga por aquela brincadeira – disse Cris sério.

– Vou mandar costurar bermudas para você.

– Por que estou passando por isso? – queixou-se Cris.

– Deve haver um motivo.

– Não quero saber, só quero ir embora.

– Você só se queixa, tente relaxar um pouco.

– Na próxima vez, não me sequestrem e me coloquem em uma caverna com pessoas-touro esquisitas.

– Nós todos fomos sequestrados e não estamos nos queixando.

– A poção deixou vocês mansos, algum dia sentirão esse efeito.

– Sabe um efeito da poção? Isso fica saboroso! – Marcelo escancarou uma porta de madeira improvisada e quase a arrancou da parede cavernosa.

Cris olhou dentro da sala, estavam sob uma árvore gigante e suas incontáveis raízes estendiam-se como estalactites até o chão. Das raízes cresciam inúmeros cogumelos brancos com manchas verdes.

Eles comem isso?

– Cadê a carne? – perguntou Cris.

Marcelo apenas riu.

– Eu não vou comer isso! Deve ser venenoso e morrerei antes da luta.

– Os cogumelos não são, fica tranquilo. Já as raízes eu não tenho certeza.

– Vocês comem isso todos os dias? – perguntou Cris ao pegar um cogumelo.

– Sim, e apenas alguns. Graças ao nosso metabolismo, aproveitamos todos os nutrientes dos cogumelos e da raiz, creio que não seja por acaso a presença desta árvore.

Cris mordeu o cogumelo.

Vou morrer. Pensando melhor, vou fingir estar morto.

O jovem fingiu engasgar-se com o cogumelo e caiu no chão; felizmente para ele, havia uma poça de lama para amortecer o choque do nariz com o chão.

Não posso ser tão azarado assim.

– Cheguei a uma conclusão: você é um desastre em pessoa – comentou Marcelo.

Preciso segurar um pouco mais a respiração.

– Não me enganou, já vi pessoas normais comendo o cogumelo.

Cris socou o chão ao seu lado e levantou-se com o rosto todo coberto de lama.

– Fazendo tratamento de beleza facial com lama? Já ouvi falar sobre isso – observou Marcelo segurando o riso.

– Engraçadinho.

Marcelo juntou um pouco da lama e segurou sobre o rosto, logo após apertou e começou a beber a água marrom que descia da bola de terra.

– Tem gosto doce e não precisamos beber muita água, mas sempre é bom manter-se hidratado.

– Você só pode estar brincando comigo.

– Não! – disse Marcelo com um sorriso enorme no rosto. – Mas se quiser tem um riacho um pouco menos enlameado ali no canto, você pode se lavar e fazer as necessidades quando ninguém estiver por aqui.

– Meu banheiro é o mesmo local de onde vou beber água?

– Tem correnteza, beba água por onde o riacho entra nesta caverna e alivie-se na saída.

– E aquela latrina?

– Algum otário incendiou-a, não sei se construirão outra tão cedo.

– Eu odeio ficar aqui e odeio vocês.

– Nós gostamos de todos os novos guerreiros.

Cris pegou uma porção de cogumelos e colocou nos bolsos, de modo que tivesse para mais tarde e para a manhã do dia seguinte. Então foi até o riacho e olhou-se, tentou imaginar seus cabelos loiros com um par de chifres saindo por cima das orelhas, seus olhos azuis transformados em olhos negros, o contraste da pele vermelha com sua barba levemente mais escura que seu cabelo e seu rosto um pouco mais alongado; iria estragar tudo. Cris sabia que era um homem bonito e pretendia continuar daquele jeito. O jovem não teve escolha e bebeu muito da água com tom marrom.

Espero sobreviver.

– Terminei aqui – disse Cris.

– Ótimo, vou leva-lo à prisão onde você dormirá e amanhã de manhã vou te levar um escudo para treinar um pouco antes da luta.

Cris acompanhou Marcelo até sua cela e não gostou da decoração de seu cubículo cercado por grades de ferro: só havia um retângulo de madeira de dois metros de comprimento e um metro de largura cheio de palha seca.

– Coma bem e descanse. Amanhã você vai ser um homem livre – falou Marcelo.

– Vou tentar.

– Boa noite. – Marcelo fechou Cris na cela e virou-se, queria ir logo para casa.

– Ei, Marcelo! – gritou Cris.

– Diga. – Marcelo parou na porta de entrada do calabouço e olhou para trás.

– Obrigado! – Cris esticou o braço para mostrar um sinal de positivo com o polegar.

Marcelo sorriu e fez um sinal com a cabeça antes de sair.

Cris acordou no dia seguinte sentindo-se melhor e mais calmo, talvez pudesse aguentar mais um dia naquele lugar assustador. Comeu seus cogumelos e esperou pacientemente Marcelo chegar com um escudo, porém as mãos do homem estavam vazias quando ele apareceu no calabouço.

– Algum imbecil tacou fogo no arsenal – disse Marcelo de cara fechada. – E bom dia!

– Eu? – espantou-se Cris.

– Óbvio! Sobraram poucas armas, mas o melhor escudo em condições de uso restante já está reservado para você.

– E agora?

– Vou fazer algumas coisas antes das lutas começarem e mais tarde voltarei para te buscar. Tente dormir e não se desesperar nas horas ociosas até o momento de lutar por sua liberdade.

– Não acredito nisso.

– Nem eu. Até depois. – Então Marcelo saiu apressado do calabouço, deixando Cris sozinho.

Bem, vou dormir.

Após esperar horas naquela cela sem saber como estava o mundo fora do calabouço e sua nova realidade na caverna, Cris começou a ficar ansioso e sua visão começou a ficar cinza.

Nota mental: chamas cinza representam ansiedade.

Sua visão voltou ao tom azulado ao ver Marcelo entrando no calabouço.

– O torneio começou agora, vamos nos preparar.

– Vamos – disse Cris nervoso.

Marcelo apenas abriu a porta, sem usar chave alguma.

– Você não trancou a porta? – perguntou Cris incrédulo.

– Óbvio que não, além de você não apresentar perigo, precisava se hidratar. Aposto que nem bebeu água hoje.

– Me avisa da próxima vez! Estou me segurando para não mijar nesta cela faz horas e estou com muita sede!

– Da próxima vez, veja se eu tranquei a porta.

Cris saiu correndo da cela e acabou esbarrando com força em Marcelo enquanto corria até o lugar da grande árvore. Ele não soube como, mas encontrou o lugar com extrema facilidade.

Talvez seja meu dia de sorte.

Cris finalmente bebeu água e guardou cogumelos nos bolsos da calça que ainda fedia graças à poção fedorenta.

Ainda bem que o cheiro não deixa gosto.

Após aliviar-se no riacho, o jovem olhou para trás e encontrou Marcelo parado na entrada do lugar.

– Fui informado sobre seu oponente, ele usará uma lança e ela já está bem frágil por causa do fogo.

Cris ficou tenso, era o momento de sua luta e ele torcia para ser igual à luta com Ricardo, com direito ao tempo passar mais devagar e o adicional de que agora ele sabia como criar os mesmos efeitos. As chamas que via em si e nos outros eram criadas por emoções e ele precisava ter vontade de vencer ou seria apenas mais um morto por aquele homem.

– Vamos – disse Marcelo. – Vou te levar para a arena.

capítulo 5

ROBERTO

Enquanto lutava para recobrar por completo a consciência, Roberto sentia apenas o contato de sua pele em um chão macio e áspero, seus ouvidos lhe permitiam identificar sons de pássaros e de ondas quebrando a alguns metros, seu olfato indicava um cheiro muito conhecido por ele: água do mar. Um gosto metálico em sua boca era muito mais estranho do que o fato de estar paralisado. Já sua visão não existia no funcionamento de sua mente debilitada – ele enxergava o vazio.

Por alguns segundos, ele sentiu seu corpo ser erguido pelos pés e mãos, entretanto não conseguiu pensar como isso estava acontecendo. Seu corpo desceu lentamente até repousar em uma superfície macia e lisa, mais confortável.

"Vamos deixá-los dormir por mais algumas horas", ele acreditou ter ouvido antes de sua mente apagar completamente por horas.

Roberto sonhou algo assustador, não tinha certeza o que era e muito menos pôde explicar algo, afinal ele se esqueceu de todo seu sonho ao acordar, sentando-se enquanto suava e tremia de frio.

– Senhor, tenha calma – uma voz jovem disse em tom baixo.

– Onde estou? – perguntou Roberto para a escuridão.

– O senhor sofreu um acidente e está em repouso.

– Eu... Eu perdi meus olhos? – perguntou trêmulo.

– Não, o local está escuro mesmo. Pode relaxar.

Roberto analisou o lugar em volta e reparou em um feixe de luz tímido tentando adentrar o ambiente sob uma possível porta. Outros pontos de luz eram presentes em lugares variados na parede.

Frestas deixadas por não dar melhor acabamento na construção. E qual hospital tem paredes de madeira?

– Onde eu estou? – perguntou Roberto, tentando manter a paciência.

– Senhor, você está em condições de caminhar? – Dessa vez quem fez a pergunta era uma mulher.

– Sim – mentiu Roberto.

– Então me acompanhe, por favor – a primeira voz falou novamente e a porta se abriu devagar, revelando uma mão empurrando-a pelo lado de dentro enquanto a luz solar penetrava de forma vigorosa naquela sala.

Roberto não pensou duas vezes e tentou ficar em pé, porém logo veio uma sensação de tontura e o homem acabou por fazer um encontro acidental de seu rosto com a areia do chão da sala.

Hospital com chão de areia? Que droga é esta?

– Gérson, vá buscar água enquanto eu cuido deles – disse a voz feminina.

– Claro – disse o jovem saindo pela porta.

– Você está bem? – perguntou a voz feminina.

– Sim, sim. Estou. Deve ter baixado minha pressão.

Roberto virou-se de costas para o chão e permaneceu espraiado na areia áspera e fria.

– Não tem problema permanecer aqui nesta sala. Aconselho somente sair daqui quando estiver bem.

– Onde é aqui?

– É um lugar diferente. Preciso que o senhor mantenha a calma.

– Como vim parar aqui?

– Já foi dito, aconteceu um acidente.

– Se realmente foi um acidente, como meu corpo está cansado, mas não machucado?

– Você não deve lembrar, porém passou algumas semanas em coma. Lembra-se de algo como um gosto metálico?

Será verdade? Não pode ser!

– Lembro. Porém eu realmente acreditaria nessa história se eu estivesse em um hospital!

Alguém gemeu próximo aos dois.

– O que foi isso? – perguntou Roberto.

– Alguém também envolvido em algum acidente.

– Estamos mortos?

– Não – respondeu a mulher após uma risada abafada.

A porta se abriu e o jovem entrou na sala escura com um jarro.

– Fecha a porta rápido que o garoto com o punho quebrado deve estar acordando – ordenou a mulher.

Antes de fechar a porta, Gérson entregou a jarra para Roberto.

– Algum progresso? – cochichou.

– Não, mas ele suspeita de algo.

– Eu estou aqui caso vocês não tenham percebido.

– Quando ele puder caminhar, imagina a reação dele – comentou o jovem.

– Quero muito ver – concordou a mulher.

– Ele tem nome e o nome dele é Roberto. Entenderam?

– Prazer, Roberto, meu nome é Gérson e serei seu orientador.

– Orientador?

– No momento em que sair daqui, você entenderá tudo.

– Confie em nós – complementou a mulher.

Roberto decidiu permanecer calado, pois não confiava neles e, como tinha uma sensação de algo ruim prestes a acontecer, também decidiu continuar deitado na areia. Quem quebrou o silêncio constrangedor foi o garoto do punho quebrado.

– Ai, minha cabeça – murmurou ele.

– Ei, garoto! Você está bem? – perguntou a mulher.

– Só mais cinco minutinhos, mãe – respondeu com a voz lenta e calma, provocando risadas em Gérson e na mulher.

Se quisessem nos matar, já o teriam feito, eu acho.

Roberto decidiu tentar levantar mais devagar e se apoiando na parede, seus olhos estavam mais acostumados à luz e enxergavam alguns detalhes da sala. O cubículo onde estava não devia ser maior que quatro por quatro, o chão era todo de areia e havia três folhas gigantes servindo como colchonete para quem acordava ali; Gérson e a mulher estavam escorados na parede ao lado da porta.

– Pode caminhar? – perguntou Gérson preocupado.

Roberto ensaiou alguns passos antes de confirmar.

– Talvez.

– Então venha. – Ele abriu a porta e a claridade abrupta cegou momentaneamente Roberto, fazendo-o proteger seus olhos com a mão.

Ele estava no paraíso. Sobre sua cabeça via o telhado feito de folhas de um grande quiosque com diversas divisões internas, entretanto não havia paredes externas. À sua frente ele viu algo que imaginava existir apenas nos resorts mais caros do mundo: várias casas conectadas entre si por incontáveis pontes de madeira, e tanto as casas como as estruturas de reforço estavam instaladas em diversas pequenas ilhas espalhadas por todos os lados.

Que maravilhoso.

– Eu morri e estou no céu? Agora tenho certeza.

– Seria uma má notícia se eu disser que você está vivo? – perguntou o jovem.

– Não.

– Você está vivo.

– Entendo. Mas quanto tudo isso está custando? E cadê minha família?

– Eu ia chegar nessa parte em breve. – Gérson parou para medir as palavras com calma e continuou. – Não sabemos onde estamos.

– Como assim? – Com o choque das palavras de Gérson, Roberto olhou para o jovem e percebeu que, apesar de a voz parecer de alguém novo, Gérson tinha um pouco menos de quarenta anos.

– Eu acordei aqui exatamente como você um mês atrás.

– E você descobriu como veio parar aqui?

– Eu vi acontecendo hoje, pois quando me contaram que fui teletransportado para cá eu não acreditei. Hoje mudei de ideia – disse Gérson, adotando um tom frio na voz.

– Teletransporte? Como nos filmes de ficção? – perguntou Roberto incrédulo.

– Sim – disse Gérson como se não acreditasse em sua própria resposta.

– Eu devo estar sonhando, não vou surtar. Em breve acordarei ao lado de minha esposa – murmurou Roberto para si, porém Gérson ouviu.

– Caso você realmente pense assim, no mínimo aproveite e entre no mar ou pesque um pouco para aproveitar.

– Não é uma má ideia.

– Fique bem à vontade para conhecer os outros moradores ou para tentar clarear seus pensamentos – concluiu Gérson. – Quando o garoto acordar, nós te chamaremos.

Ao completar sua frase, Gérson entrou novamente na sala escura, deixando Roberto cheio de dúvidas e com sede. O homem reparou em duas mulheres jovens sentadas em esteiras de folhas idênticas às da sala escura, a mais velha chorava histericamente enquanto a mais nova tentava consolá-la sem sucesso. A mais nova lembrava-o vagamente de sua filha, uma mulher alta, com postura determinada, pontas do cabelo tingidas de loiro e facilmente deixava o desespero tomar conta. Se a consoladora fosse sua filha, ele tinha certeza de que as duas iriam estar abraçadas chorando juntas.

Talvez elas tenham aparecido aqui como eu.

Roberto decidiu aproximar-se das duas jovens.

– No início é ruim, depois a gente se acostuma. – Tentou consolar a mais nova e recebeu palavras intercaladas com choro como resposta.

– Ei, garotas! – Roberto chamou a atenção das duas. – Não me digam que vocês acreditam nessa história de teletransporte e outros absurdos.

– Vejo que está acordado. – A mais nova levantou-se e estendeu a mão. – Muito prazer, meu nome é Amanda.

– Prazer, Roberto – disse o homem enquanto dava um aperto de mãos.

– Está tudo bem com você? – perguntou ela enquanto analisava, com olhos castanho-claros, a possibilidade de o homem sofrer um infarto em sua frente.

– Sim, está. Não vou mentir que senti muita tontura ao acordar, mas agora estou bem.

– Seus olhos estão estranhos, sempre foram assim?

– Assim como?

– Tipo, inchados e bem vermelhos.

Roberto arregalou os olhos surpreso com o comentário de Amanda.

– Não sinto nada, para mim estão normais.

Amanda abriu um sorriso sarcástico.

– Mesmo? E onde estão seus óculos?

Roberto passou a mão no nariz e não encontrou a armação dos óculos, então olhou para o horizonte e focou com facilidade nas casas sobre as ilhas.

Mas o quê?

– Estranho, não? – comentou Amanda.

– Minha visão está...

– Normal? Excelente? Como de quarenta anos atrás?

– O que fizeram comigo? – perguntou Roberto, as mãos tremendo de medo.

– Não foi só com você. Eu uso óculos desde sempre e não preciso deles aqui.

– Mas como? – Dessa vez observava suas mãos como se fossem algo de outro planeta.

– Comece a acreditar em nós, os orientadores.

– Não até me darem algumas respostas.

– Para não repetir a todos, vamos contar tudo quando os três estiverem juntos.

– Os três?! – espantou-se Roberto.

– Você, a Ticiana aqui e o garoto do punho quebrado.

– Como sabem do punho dele?

– A gente não sabe, só vimos a proteção de punho que ele está usando e esse será o apelido dele.

– Qual é a razão de não o chamar pelo nome?

– Tem apenas uma: não sabemos.

– Acordem-no e perguntem. Fácil.

– Nunca. Mas nunca acorde um recém-chegado antes de ele acordar por conta.

– Mesmo? Acontece algo?

– Não sei. Dizem que sim.

– E você acredita em tudo? Já pensou em ter opinião própria?

– Senhor, acreditando ou não, estamos todos presos aqui.

Presos?!

– Quem disse tais coisas para você?

– Minha orientadora, assim como eu sou orientadora da Ticiana e Gérson é o seu.

Novamente essa estória de orientadores.

– Não preciso de orientador, posso cuidar de mim sozinho.

Amanda riu. Ela riu de torcer o abdômen e lacrimejar, o sentimento de deboche era visível e ela sentia prazer em ver alguém na pior.

– Olha – disse enquanto fingia enxugar uma lágrima no olho –, não é ameaçar, mas certamente você precisará de nossa ajuda mais cedo do que pensa e se arrependerá de ter dito isso.

– Você é uma criança muito idiota. – Roberto saiu a passos pesados e apressados daquele quiosque, querendo ver o mar mais de perto. Ele logo se ofereceria para construir um segundo quiosque mais próximo ao mar, mas antes teria de descobrir se alguém faria redes, muitas redes.

Ele parou para descalçar os sapatos e molhar os pés no mar enquanto o observava, a água cristalina e calma dava muito mais impressão de tudo aquilo na sua frente ser um grande e tranquilo lago, porém definitivamente o cheiro entregava o sal presente na água. Olhou para trás e viu como estava separado do mundo: a areia terminava em uma grande parede rochosa que dividia toda a praia, de ponta a ponta, do mundo atrás dela. O único ponto diferente de todo o resto era uma pequena estrutura de madeira, após uma suave subida, construída em uma larga fissura na parede.

Roberto continuou encarando o mar e via seu reflexo encarando-o de volta, analisou a expressão facial de seu rosto cansado pelos cinquenta e oito anos vividos em estresse e difíceis batalhas – algumas pessoas costumavam pensar que Roberto já era sessentão –, já a falta de cabelo certamente seria muito infeliz caso o sol permanecesse queimando sua pele.

Gostaria de pescar um pouco.

Roberto deu uma olhada rápida em seu corpo barrigudo e forte, procurando por machucados ou sinais do acidente, porém ele estava intacto.

Gostaria de saber o porquê de eu estar aqui.

Uma grande onda quebrando em seus joelhos o trouxe de volta à realidade misteriosa daquele lugar. Onde estava? E sua família? Como iria sair dali? Quem eram aquelas pessoas? Suas dúvidas apenas aumentavam e ninguém parecia querer ajudá-lo. Por pior que Amanda fosse, ao menos Ticiana estava com alguém ao seu lado enquanto soluçava de tanto chorar; já Roberto estava sozinho naquele pedaço de paraíso com águas cristalinas onde carpas e trutas nadavam tranquilamente a poucos metros de distância.

Carpas? Trutas? Como assim?

Roberto ajoelhou-se e fez uma concha com as mãos, estava com sede e iria arriscar tomar aquela água. Ao sentir a água tocar em seus lábios, o gosto salgado invadiu sua boca, provocando tosse e cuspidas para todos os lados.

Alguém viu?

Próximo a Roberto havia apenas Ticiana e Amanda, cuja mão estava na frente da boca para esconder o riso. Outras pessoas caminhavam pela praia e algumas estavam sentadas com as pernas balançando nos caminhos entre as casinhas, mas felizmente elas aparentaram não terem visto Roberto beber água salgada.

– Há peixes de água doce aqui – disse uma voz atrás dele –, pois eles acabam caindo na correnteza e são trazidos para cá.

Roberto olhou para trás e viu Amanda trazendo Ticiana para perto do mar.

– Não gosto de mar – reclamou Ticiana.

– Não vou te obrigar a entrar na água, apenas veja os peixes.

– Há um rio com peixes a oeste daqui. – Amanda estava com uma rede de mão e começou a tentar pegá-los. – Às vezes eles aparecem aqui como nós:

sem saber como e por quê. Não gosto de vê-los sofrendo, então logo os retiro da água salgada.

Roberto não tinha vontade de conversar com elas, mas ficou tranquilo ao ver que Ticiana parara de chorar para observar Amanda pegar os peixes.

– Os peixes de água salgada ficam mais afastados da praia, então grupos de pesca são formados para pescá-los – Amanda continuou falando.

Roberto permaneceu calado.

– Como são nossa única fonte de proteína, todos os moradores comem muito peixe todos os dias.

– Eu adoro peixe! – exclamou Ticiana. – Vou comer sempre.

– Espero que goste, há cozinheiros muito bem preparados para cozinhar para todos – disse Amanda. – Vou apresentá-los a você agora, vem.

Roberto observou as duas jovens caminhando em direção ao quiosque, Amanda com a rede cheia de peixes que seriam a janta de alguns mais tarde. O estômago do homem roncou quando ele imaginou o cheiro de um peixe assado com ervas.

E então Roberto percebeu algo diferente em Amanda, ela estava vestindo roupas de folhas, as mesmas folhas usadas como colchonetes na sala escura. As vestimentas cobriam suas partes íntimas e pareciam bem firmes, as pessoas ao seu redor também vestiam folhas; apenas ele, Ticiana e o garoto do punho quebrado estavam com roupas da civilização.

Não quero usar essas roupas ecológicas. Aliás, não vou usar porque vou acordar logo. É isso!

Roberto beliscou-se na tentativa de acordar daquele sonho estranho, porém foi em vão.

Enquanto permanecia de pé olhando para o horizonte sob forte sol, Roberto perdeu-se em seus pensamentos e foi trazido de volta quando alguém mais baixo chegou ao seu lado.

– Desculpe-me – começou ela. – Não tivemos oportunidade para nos apresentarmos decentemente. Meu nome é Camila.

Roberto parou e observou-a e, se estivesse certo, a mulher baixa, de longos cabelos castanho-claros que chegavam até a lombar e olhos de uma cor entrelaçada entre castanho e verde, deveria ter trinta anos.

– Prazer, Roberto – disse ele, estendendo a mão.

– Devo pedir desculpas também por Gérson, ele não sabe lidar com pessoas e está evitando você a todo custo.

– Ele me pareceu estar sendo obrigado a falar comigo enquanto lida com a realidade daqui.

– Exatamente. Como todos os outros, ele teve de abrir mão de toda sua vida ao vir para cá, entretanto ainda não caiu a ficha de que aqui é real.

– Eu ainda acho que isto não passa de um sonho.

– Quando você dormir, sonhar e acordar no dia seguinte no mesmo local, você ainda achará que é um sonho?

– Sim, eu tive um sonho dentro de um sonho.

Camila soltou um riso espontâneo e sincero.

– Após um mês você teria trocado de ideia, né?

– Provavelmente.

– Ele ainda não mudou e cada dia está mais triste e sem esperança.

– Só espero não me desanimar, afinal aqui é o paraíso. Sempre desejei estar em um local assim e agora que estou em um fico perdido em meus pensamentos e não aproveito.

– Você terá de decidir se prefere ser forte e viver com tranquilidade ou se deixará o pavor tomar conta.

– Ei! – A voz de Gérson cortou a praia e vários rostos olharam em direção ao quiosque.

– O garoto acordou. Vamos até lá.

Camila ficou um pouco tensa, nitidamente não gostaria que aquele momento estivesse acontecendo.

– O que houve? – perguntou Roberto.

– Não estou pronta para minha função.

– Ser orientadora?

– Sim.

Roberto pegou seus sapatos e os entregou ao mar – não ia precisar usá-los – e acompanhou Camila. Após ficarem protegidos do sol pelo quiosque, Roberto e Ticiana foram orientados por Amanda a esperar em um longo banco de madeira em frente a uma mesa de madeira. O calor de uma chama fazia suas costas e nuca ferverem.

Aqui é o refeitório? Eles nunca apagam esse fogo?

– Está mais tranquila? – perguntou ele.

– Como você consegue estar tranquilo? Não pensa na sua família e amigos?

– Claro que penso, mas ficar triste e instável emocionalmente pode piorar a situação. Vamos deixá-los falar e depois iremos embora.

– Quero ir embora logo, preciso ir ao meu casamento.

Mais uma vez Roberto ficou calado, certamente iria dizer algo insensível e a mulher ao seu lado choraria ainda mais. Então ele apenas ficou encarando a porta da salinha onde estavam as quatro pessoas, torcendo para elas saírem logo.

– Sabe o assunto da conversa? – perguntou Roberto.

– Só sei que estamos presos aqui, mas deve ser mentira. – Ticiana ainda tinha soluços esporádicos e isso os deixava mais desconfortáveis ainda.

– Eu quero ir embora ou trazer minha família para cá. Não parece um lugar ruim de passar alguns dias.

– Meu noivo iria adorar estar aqui, ele gosta muito de praia, sol e calor. Eu odeio praia, imagina como foi negociar nossa lua de mel.

– Mesmo? E decidiram o quê?

– Mochilão pela Europa, algo que nunca fizemos e que pode ser agradável para ambos.

– Se os dois concordaram, está...

Roberto não terminou sua frase, pois ainda estava de olho na porta da sala e ela abriu devagar. O primeiro a sair foi Gérson, seguido por Amanda e então pelo garoto do punho quebrado, tentando caminhar em linha reta enquanto ajustava os olhos, e por último Camila. Gérson estava visivelmente arrependido de se encontrar ali e gostaria de distância da praia.

Os três orientadores caminharam em fila indiana sem trocar palavras entre si, estavam todos apreensivos e com medo de algo que pudesse ocorrer nos instantes seguintes. O jovem do punho quebrado carregava uma expressão de surpresa agradável no rosto, possivelmente o único a aparecer naquele lugar e não ficar assustado com nada ao seu redor; o sorriso em seu rosto era sincero e inocente, seus olhos brilhavam de felicidade, sua cabeça não parava de girar para todos os lados enquanto seus olhos observavam tudo ao seu redor e ele não se importava em carregar grãos de areia na barba.

– Marcel – anunciou Gérson. – Estas são as pessoas que vieram junto com você.

O jovem de vinte e três anos parou diante do grupo e travou, talvez por timidez ou por analisar quem eram aquelas pessoas na sua frente, e viu um senhor baixinho, careca, com uma barriga saliente e braços fortes. A outra pessoa era uma mulher mais velha do que ele, muito atraente, sua pele tinha o tom mais escuro entre os seis, tinha olhos inchados de tanto chorar e uma marca entre eles deixada pela armação de óculos; seu nariz fino, pontudo e levemente erguido completava seus traços delicados e belos.

– Prazer, Roberto – disse o homem enquanto levantava e estendia o braço.

– Prazer, Marcel. – Mas o garoto estendeu a mão esquerda, levantando a direita para mostrar sua proteção de punho.

– Desculpe-me, foi o hábito – murmurou enquanto os dois se cumprimentaram.

– Relaxa. Eu nem ligo mais – disse ele com um sorriso amarelo.

Nem liga mais? Há quanto tempo ele precisa do protetor?

– E qual seu nome, bela dama?

– Todos me chamam de Ticiana, incluindo meu noivo.

Ai, meus dedos.

Marcel sorriu sem graça enquanto Ticiana o cumprimentava com beijos no rosto e ficou mais sem graça ainda ao dar apenas um beijo e a mulher ter tentado dar o segundo.

Estranho... Somos todos de estados diferentes?

– Vou ser sincero: não gostaria de conversar sobre isto com vocês, mas são normas do lugar. – Gérson sempre pensava com cuidado nas palavras.

– Ninguém gostaria mesmo – complementou Amanda. – Mas será muito necessário que vocês mantenham a calma sempre.

– Por favor – disse Camila assustada.

– Só acho que vocês deveriam se acalmar antes de tentar acalmar a gente – disse Marcel na tentativa de acalmar os orientadores.

– Desculpe-me, mas aconteceu algo terrível recentemente – justificou-se Camila. – Ainda estou meio apavorada.

– Camila, ainda não é hora de assustar nossos orientados – Gérson interrompeu friamente a mulher.

– Mas eles têm de saber a verdade!

– Camila, eu concordo com Gérson, a hora certa vai chegar – Amanda intrometeu-se.

– Por favor – Gérson suplicou olhando para ela com olhos frios.

– Tudo bem! Agora ainda não é a hora, mas se demorar eu contarei! – Camila ficou brava e cruzou os braços em sinal de desaprovação.

Tudo ocorre de um jeito mais estranho do que eu pensei.

O clima ficou pesado entre os orientadores e eles esqueceram os seus orientados por completo. Gérson olhava com desdém para o mar, na expectativa de alguém tomar a iniciativa e explicar tudo para aquelas pessoas desorientadas e com medo, Camila estava com lágrimas nos olhos, possivelmente efeito da raiva, e Amanda não sabia se conversava com seus amigos orientadores ou se com as três pessoas sentadas pacientemente esperando para ter suas perguntas respondidas.

– Eu tenho uma dúvida! – disse Marcel. – Onde estamos?

Amanda suspirou aliviada.

– Não sabemos, estamos morando nestas ilhas desde que chegamos aqui igual a vocês. – Amanda parou, pensou e indicou com o dedo. – Dizem que estamos em uma ilha, mas nunca passamos pelo portão.

Roberto acompanhou o dedo indicador da jovem. O ponto marrom que enxergara antes, na verdade, era um portão de madeira e, segundo Amanda, talvez a única saída por terra daquele vilarejo.

– Como assim? E se eu quiser ir embora? Eu tenho um casamento! – Ticiana estava prestes a explodir em lágrimas.

– Todos nós queremos ir embora daqui. É um saco, não temos nada para fazer, o tempo não passa e só comemos peixes e frutas – Gérson falou com o canto da boca.

– E como vamos embora? – Marcel estava desesperado. – Odeio praia.

– Não sei. Tem um idoso morando aqui e ele jura que nunca viu ninguém ir embora desta vila, pelo menos com vida – Camila respondeu.

– Esperem. Vamos com calma, pouca informação, mas difícil de processar algo tão impactante – pediu calmamente Marcel.

– Ele está certo – concordou Roberto. – Por favor, nos deem respostas mais leves.

– Então, me responda: o que há para fazer aqui? – Ticiana estava tentando recompor-se, mas seus olhos já lacrimejavam muito.

– Você pode descansar nas redes, jogar futebol, pescar no trapiche e praticamente é isso – Amanda respondeu sem esperanças.

– Onde vamos morar? – perguntou Marcel.

– Nas cabanas. Vocês podem optar por construir uma cabana para vocês ou morar em uma já construída, há cabanas para até quatro pessoas e divididas como vocês quiserem – Camila respondeu, agora mais tranquila.

– Exatamente! Eu e Camila moramos em uma cabana para quatro pessoas e não há divisões, então, se Ticiana quiser se juntar a nós, ela será bem-vinda – complementou Amanda, esperançosa de ganhar uma companheira de quarto.

– Eu moro sozinho e não divido com ninguém – disse Gérson com desdém enquanto encarava sua cabana no horizonte. – Com ninguém.

– Como se alguém fosse querer dividir algo com você, né? – retrucou Camila.

– Não comecem! – a voz de Ticiana ecoou pelo quiosque.

Surpresos, os orientadores trocaram olhares e fingiram que estava tudo bem.

– Ei, eu ouvi sobre cozinheiros e pescadores, há ocupações aqui? – Roberto perguntou antes que um clima tenso pudesse surgir.

– Sim! – exclamou Amanda. – Ainda bem que perguntou, vocês podem ajudar a vila com suas habilidades! Pescadores, cozinheiros e exploradores são as "profissões" mais bem vistas por aqui.

Marcel levantou a mão esquerda.

– Diga – sorriu Amanda.

– Esclareça melhor isso, por favor?

– Sim! – Amanda parecia feliz por finalmente ajudar alguém. – Os pescadores têm duas funções: a de procurar novos lugares de pesca e a de pescar em lugares já descobertos, tanto no trapiche como em alto-mar.

Alto-mar? Será que podemos fugir daqui pelo mar?

– Exploradores têm a chance de passar pelo portão, mas geralmente eles voltam machucados e de mãos vazias. Às vezes eles nunca mais voltam e seus corpos são encontrados semanas depois. E, por último, os cozinheiros recebem peixes e frutas, trazidos pelos exploradores, então são responsáveis pela alimentação de todos.

– E se eu quiser ter uma "profissão"? – Marcel imitou Amanda ao gesticular aspas imaginárias.

– Comece por baixo e mostre serviço, apenas fale antes com Flávia, pois é ela quem organiza as "profissões".

Ela está me irritando com essas aspas imaginárias.

– Há alguma outra? – perguntou Roberto.

– Você pode ser construtor e sua função será construir novas cabanas e reparar os danos causados por tempestades.

– Obrigado. Vou pensar e depois me candidatarei – agradeceu Roberto.

– Disponha! – Amanda estava sinistramente feliz por ajudar.

– Posso saber por que vocês nos recepcionaram? – perguntou Marcel.

– Porque aparecemos aqui um mês atrás e nossos orientadores nos recepcionaram. É a norma daqui – Gérson respondeu sem vontade.

– E nós seremos orientadores? – Marcel não gostou da ideia.

– Sim, se aparecer alguém. – Gérson não tirou o olhar do horizonte.

– E como saberemos se aparecerá alguém? – perguntou Roberto.

– Daqui um mês vocês descobrirão. – Gérson olhou com o canto do olho para Roberto. – Torçam para ninguém mais aparecer.

– Um mês? – Ticiana voltou para a conversa.

– Dizem que novas pessoas aparecem a cada mês. E vocês não devem acordá-las, apenas as coloquem nas esteiras e deixem-nas dormir – Camila respondeu.

– Por quê? – Ticiana estava curiosa.

– Porque sim! – Gérson gritou com raiva. – Será um ciclo e vocês ficarão aqui até o final da insignificante vida de vocês! Perderão todos os luxos da civilização e terão de usar essas estúpidas roupas de folhas!

Roberto demorou a reparar nas roupas de Gérson, que vestia apenas folhas da cintura para baixo, semelhante a um kilt. Seu peito estava descoberto e exibia uma pele muito clara para alguém que estava há um mês na praia.

– Imaginem uma vida em que não verão seus filhos crescerem, abandonarão seus amigos, deixarão de fazer o que gostam e nunca encontrarão resposta do motivo de estarem aqui contra a vontade de vocês! – Gérson estava vermelho.

– Gérson! Para! – Camila recolheu um pouco de areia do chão e atirou nos olhos do homem.

– Desgraçada! – O homem saiu correndo em direção ao oeste, onde havia o rio por onde alguns peixes passavam e água potável era recolhida.

– Ele nem estava nervoso de verdade – disse Camila em voz baixa, pois, embora o homem já estivesse longe, ela não gostaria que ele ouvisse. – Ele age assim, tentando controlar as pessoas pelo medo.

– Duvido que dure em alguns minutos de porrada comigo – disse Marcel sorrindo.

Ticiana riu. Marcel sentiu-se melhor ao ver a reação de sua nova amiga, afinal todos precisariam se unir rapidamente para não sucumbir à solidão e ao tédio da ilha.

– Ele quer intimidar as pessoas... – Roberto formou uma linha de raciocínio.

– Assim nem todos se sentirão à vontade aqui nas ilhas, e ele liderará um grupo para sair daqui – continuou Camila.

– O pior é que ele tem seguidores – acrescentou Amanda.

– E qual é a intenção deles? Tomar tudo à força? – Marcel estremeceu.

– Não sabemos, e ele não conversa conosco. A gente o vê acompanhado por algumas pessoas reunidas de madrugada sob as pontes para conversarem, mas nunca fizeram algo além de conversar – respondeu Camila.

– Todo esse ódio vem de onde? – Roberto perguntou.

– Alguns dizem que ele era assim fora da ilha, outros garantem que despertá-lo antes da hora provocou o comportamento – respondeu Amanda sem saber em qual acreditar.

– Desculpem por ter tomado esse assunto, acabamos fugindo da preparação de vocês à nova vida aqui. – Camila parecia perdida nas palavras.

– Nem nós estamos habituados ainda – acrescentou Amanda.

– Vocês têm alguma dúvida ainda? – pediu Camila.

– Várias. – Marcel sorriu. – Como viemos parar aqui? Por que eu?

O ânimo de Amanda diminuiu com as perguntas do jovem.

– Também gostaria de saber e também gostaria de saber – a mulher suspirou.

– Tudo o que contamos para vocês é o que contam para nós, os moradores não conversam muito entre si assuntos sobre a ilha. Eles focam apenas na sobrevivência individual e do grupo – complementou Camila.

– Deve ser difícil aliviar as tensões e fazer amizades sem cerveja no final da tarde. – Marcel baixou a cabeça e passou a mão pelos cabelos com a mão ruim.

Destro, é?

– Posso propor algo? – Roberto disse e esperou todos os olhares para si. – Vamos combinar de nos reunir a cada dois dias e conversar sobre tudo, exceto as ilhas.

– Já fazemos isso, uma vez por semana tem um grande banquete ao qual todos são obrigados a ir e quem conversar sobre as ilhas fica enterrado na areia apenas com a cabeça de fora – disse Camila.

– Era assim, até um dia em que alguém foi enterrado muito perto do mar e a maré subiu. Nunca encontraram o corpo dela, dizem que, como ela tinha mais de…

– Amanda! Não assusta eles! – Camila interrompeu a amiga.

Amanda olhou para Camila sem entender o motivo da interrupção e, ao passar os olhos pelos três novos moradores, ela recuou a cabeça quando percebeu algo em Roberto. Então disfarçou e começou a procurar palavras para pedir perdão.

– Me desculpem – começou ela. – Às vezes me empolgo e acabo dizendo coisas inapropriadas.

– Marcel e Ticiana, eu acredito que nossos orientadores estão passando por algo desnecessário. Podemos deixá-los livres desse fardo e nos instalar antes de escurecer?

Mas nós cinco vamos nos encontrar ou não?

– Ótima ideia, Roberto! – Camila agradeceu com um gesto de cabeça.

– Ticiana, nós fazemos questão que você venha morar com a gente! Tem espaço para mais duas mulheres na nossa casinha e, de brinde, você não precisa dar um toque feminino a ela, pois eu e a Camila já a decoramos!

– Vocês não se importam? – Ticiana parecia com receio de morar com elas.

– Não – disseram Camila e Amanda juntas.

– Tá bom. – Ticiana conseguiu mostrar sua expressão mais simpática.

– E você, Marcel? – perguntou Roberto.

– Tenho minhas dúvidas. Prefiro dividir a cabana com alguém da minha idade, mas tenho medo de ser rejeitado por ser um novato aqui.

– Vocês podem escolher uma cabana com divisões, assim cada um terá seu espaço – sugeriu Camila.

– Pode ser – disse Marcel.

– Por mim tudo bem – Roberto concordou.

– Vamos todos juntos até eles dois encontrarem uma cabana e depois levamos Ticiana para a nossa cabana – Camila disse, encerrando os assuntos de boas-vindas.

– Vamos. – Roberto levantou-se, levando Ticiana e Marcel a levantarem-se junto.

O caminho até o começo das pontes foi estranho, seus pés não estavam acostumados ao calor da areia e logo se arrependeu de ter atirado seus sapatos longe. Viu Camila e Amanda usando sandálias de folhas que protegiam seus pés e imediatamente quis um par.

O toque do pé com a madeira foi mais tolerável. Apesar de a madeira estar quente e cheia de farpas, ele preferia continuar o caminho por ali.

– Como já devem suspeitar: as cabanas mais perto da praia já estão ocupadas – Camila disse sorrindo. – Mas, caso queiram uma mais próxima à praia, vocês podem construir sem problema algum.

– Dispenso! – exclamou Marcel.

– Não seria má ideia, afinal fui pedreiro minha vida inteira – disse Roberto.

– Você vai mesmo construir uma cabana dessas sozinho? – perguntou Marcel.

– Gostaria de sua ajuda – respondeu Roberto.

– Ofereça-se para ser construtor e ajudar as ilhas – retrucou Marcel.

– Talvez, mas eu gosto de pescar também – Roberto sorriu.

– Eu sempre quis pescar, mas meus pais nunca me levaram. – Marcel ficou triste. – O que podem estar fazendo agora?

– Eu evito pensar na minha vida fora daqui. – Camila pareceu abalar-se. – É muito triste saber que estou há um mês aqui e eles não têm notícias de mim.

Novamente o clima ficou pesado, Roberto já estranhava que tantos assuntos pudessem afetar as pessoas da praia, e cada vez mais ele estava decidido a sair de lá e ir para sua família. O mais rápido possível.

A cabana vista por fora era simples, e por dentro era mais simples ainda. Seu exterior era totalmente de madeira desbotada, coberto pelas mesmas folhas usadas como roupa e esteiras, e janelas quase quadradas. Já seu interior tinha um pequeno corredor que ia até o meio da cabana onde havia quatro portas ao final; cada quarto continha uma pilha de folhas para usar como cama, um pequeno criado-mudo e uma tábua para fechar a janela.

– Marcel, escolha o quarto com menos frestas para você. Depois eu escolho um e faço alguns reparos. – Roberto decidiu facilitar a vida do jovem, e trabalhar em seu quarto seria um ótimo passatempo.

– Tem certeza? Não quero abusar.

– Por favor, eu insisto.

– Vou escolher após uma chuva, assim saberei qual é o melhor.

– Boa ideia, eu vou reformar todos e depois escolho um. Assim, quem sabe me destaco e a tal da Flávia me chama para trabalhar.

– Desde que o senhor repare o meu também.

– Apenas se você pedir por favor.

– Mesmo?

– Não. Somente agradeça depois.

Os dois saíram da cabana e encontraram Amanda e Camila bombardeando Ticiana com mais e mais perguntas, deixando-a totalmente constrangida, envergonhada e muito corada.

– De onde você veio? – Camila perguntou.

– Qual sua profissão? – Amanda perguntou.

– Gosta de pescar? – Roberto não sabia de quem era a voz.

– E de jogar futebol? – Talvez Camila.

– Seu noivo é bonito? – Agora com certeza foi Camila.

– Ele tem amigos gatos pra Camila? Se uma baleia encalhar na praia, pode ter certeza de que a Camila será a mais encalhada daqui! – Amanda brincou com a amiga.

– Meninas, voltamos – anunciou Roberto.

– Obrigada – murmurou Ticiana totalmente corada.

– Vamos ver a tal cabana com toques femininos. – Roberto teve certeza de ouvir um tom sarcástico na fala de Marcel.

Roberto logo não gostou da ideia de conhecer a cabana das meninas, pois não havia ligação entre as pontes e mais da metade do caminho foi a pé na areia escaldante. Quando finalmente subiram em uma das estruturas de madeira, Roberto viu de longe a cabana com os toques femininos; a parte exterior era toda enfeitada com diversas folhas de tons diferentes, a porta de madeira tinha algo entalhado e ao lado havia uma escada que descia para a pequena ilha de areia.

Só podem estar brincando.

– Ela é... – Ticiana travou tentando encontrar a palavra certa.

– Linda? – palpitou Amanda.

– Bela? – sugeriu Camila.

– Fiasquenta? – Marcel levou um leve soco de Amanda no estômago ao sugerir um adjetivo para a estranha moradia a alguns metros de distância.

– Maravilhosa! – Ticiana concluiu o pensamento e foi correndo em direção à cabana mais colorida da vila.

Ao chegar mais perto da cabana, Roberto notou que a escada lateral levava ao pequeno jardim, onde corais coloridos anulavam a cor da areia e duas redes – feitas de folhas – haviam sido amarradas nos pilares de sustentação.

– Afinal, do que são feitas essas folhas? Estão presentes nas roupas, sandálias, teto e até redes! – O mais misterioso em todo o seu dia não foi aparecer naquele lugar, e, sim, as folhas úteis para tudo.

– As folhas são resistentes, sim, mas o que as faz úteis é a cola usada.

– Cola?

– Sim. Dizem que Nestor desenvolveu essa cola especial, com alta aderência e resistência.

– Eu fiquei mais chocada com a cola do que com a resistência das folhas – comentou Camila.

– Eu também – concordou Amanda balançando a cabeça.

– E como é feita essa cola? – perguntou Marcel.

– Nunca vi fazerem, apenas sei que fede a peixe – respondeu Amanda.

– Quando eu achava que nada poderia ficar mais estranho, vocês me dizem isso. – Roberto precisava parar de pensar que o local não poderia surpreendê-lo mais.

– Eu acredito que tudo aqui tem função para nossa sobrevivência, ou seja, não está aqui por acaso – disse Camila.

– Você crê em algo maior por trás de tudo? – perguntou Roberto.

– Sim! Se não fosse por essa cola e pelas folhas, nós já teríamos morrido – respondeu Camila.

– Não! Vocês teriam ido morar além dos portões e descobririam como sair daqui – Marcel pareceu irritado.

Concordo.

– Ficar esperando animais selvagens nos atacarem? Dispenso. – Camila estava segura de sua resposta.

– Alguém já viu algum animal selvagem? – perguntou Ticiana.

– Alguns pescadores alegaram terem visto tubarões e baleias. Já Flávia garante que foi atacada por um tigre – disse Amanda sem ter certeza na voz.

– E como ela sobreviveu? – perguntou Roberto.

– Pergunte a ela – Amanda respondeu sorrindo.

Roberto preferiu não entrar na cabana, apenas observou a escrita "melhores amigas para sempre" entalhada profundamente na porta enquanto ouvia gritos histéricos de Amanda e Camila. Durante toda a visita, Marcel ficou em silêncio ao seu lado, sentindo vergonha alheia das três.

Já era de noite, e um banquete de boas-vindas feito com peixes e diversas frutas fora preparado para tentar fazer os três novos pescadores sentirem-se em casa, entretanto nenhum deles se sentiu bem. Rodeado de pessoas desconhecidas e muitos com olhares como se temessem o pior ao olhar para Roberto, o senhor mentiu estar cansado e foi para sua cabana cedo, porém ele sabia que nunca dormiria tão cedo. Os moradores da praia – ou das ilhas, como tinha sido instruído por todas as pessoas com que conversara – dormiam cedo, pois estavam acostumados com a rotina. Talvez em algum futuro distante Roberto arrumasse os ponteiros de seu relógio biológico, mas não seria naquela noite. Atrás de sua cabana, o homem descobriu um pequeno espaço para sentar-se, permitindo ver o reflexo da lua no mar sem obstáculos no caminho.

Seus pés, ainda descalços, ardiam enquanto balançavam devido à falta de um apoio. Olhando para baixo, Roberto pensou haver quase três metros de altura até a areia. Por mais que fizesse calor durante o dia e o sol ardesse como em qualquer praia, durante a noite esfriava muito e o vento era insuportável.

– O que está fazendo aqui? – Uma voz o surpreendeu.

Roberto olhou para o lado e identificou o rosto de Camila.

– Nunca dormi cedo na vida e talvez nunca durma – respondeu ele.

– Uma espécie de insônia? – perguntou Camila.

– Não sei, e também nunca quis descobrir as causas.

– Entendo.

Roberto e Camila ficaram em silêncio por alguns instantes.

– Então... Qual é o motivo de sua vinda? – Roberto quebrou o silêncio.

– Eu também não conseguia dormir.

– E por que não?

– Porque eu preciso contar a alguém aquilo de hoje.

– Já é hora de contar?

– Sempre foi, mas aconteceu o que eu disse: Gérson controla as pessoas pelo medo e Amanda está sendo manipulada por ele.

– É grave a situação dela?

– Não sei, eu queria a Amanda de três semanas atrás, aquela que gostaria de ir comigo conhecer tudo além do portão e, quem sabe, voltar para nossos lares. – Camila estava com lágrimas nos olhos. – Mas então ela começou a mudar, achando que estava sendo perseguida por sombras, e deixou os sonhos para trás.

– Mas aconteceu algo de grave?

– Sim. – Camila soluçava e chorava. – No nosso primeiro dia aqui, acordaram Gérson antes de ele acordar por conta.

– Vocês me contaram.

– Então, na nossa orientação, aconteceu algo parecido com o que ocorreu hoje. – Ela chorava cada vez mais.

– E? – perguntou Roberto, curioso.

– Ele ficou irritado com o orientador dele, uma explosão de raiva apenas porque o homem brincou com algo que o ofendeu. – Camila parecia não aguentar a pressão daquela conversa, entretanto precisava desabafar.

– Ele machucou alguém?

– Pior! Ele matou o orientador dele na nossa frente.

Camila botou as duas mãos no rosto, enquanto as lágrimas encharcavam seus braços e peito. Cada uma parecia retirar uma tonelada de seus ombros.

capítulo 6

OSVALDO

O homem estava de olhos fechados descansando em sua cama improvisada de alguns galhos e folhas, pois sua idade não permitia dormir no chão duro e levantar disposto como alguém mais jovem. A cama, feita por alguns moradores preocupados com a saúde do homem há alguns anos, provava sobreviver ao tempo naquele lugar; seus construtores já haviam perecido em razão do ambiente hostil que apenas um lugar amaldiçoado e esquecido por qualquer divindade proporcionava a quem tinha o azar de estar lá. O homem deitado na obra de tais homens e mulheres já havia esquecido seus nomes.

A maior prova de sobrevivência daquele lugar era a própria natureza: uma natureza selvagem, despertando instintos de todos os mais de cem moradores. Ou seriam mais de duzentos? O homem já não sabia mais.

Apesar de seus olhos descansarem, eles não refletiam as ações de seus ouvidos que estavam funcionando a todo vapor; a idade lhe tirou parte da audição, mas para sobreviver ali seus instintos primitivos lutavam contra o envelhecimento corporal. O homem, prestando muita atenção a qualquer som, ouvia passos calmos na lama a alguns metros de distância da cabana resultante de chuvas incessantes; o pisoteio contínuo não dava brechas para a natureza fazer seu trabalho. Os passos pararam diante da porta improvisada com uma casca gigante de árvore e logo deram lugar ao som de batidas.

– Senhor? – chamou uma voz masculina.

O homem abriu lentamente os olhos e logo começou a piscar forte freneticamente, gostaria de parecer estar dormindo até aquele momento.

– Entra! – gritou o homem, simulando a voz embargada e rouca.

A porta abriu lentamente, qualquer força desnecessária poderia quebrá-la e o homem atrás dela sabia disso.

– Bom dia, senhor – o homem cumprimentou.

– Bom dia, Felipe – respondeu o outro deitado.

Felipe era um de seus homens mais leais, qualquer problema relacionado aos moradores e ao ambiente dócil do vilarejo era resolvido por ele. O homem estava quase na casa dos quarenta anos e demonstrava um espírito jovem, cheio de vontade e nunca dizia não para novas aventuras e momentos de aprendizados. Se possível, o homem deitado gostaria de mantê-lo perto por muito tempo, entretanto sabia que essa relação não duraria muito, pois a ilha teria planos para o homem após ele completar seus quarenta anos.

O homem deitado abriu lentamente os olhos e tentou focá-los no outro adentrando sua casa.

– Por favor, traga boas notícias – resmungou o homem, fingindo acordar.

– Desculpe-me, senhor, trago apenas notícias ruins.

O homem mais velho permaneceu deitado na cama, tentando encontrar motivos para começar outro dia insignificante naquele lugar. O motivo estava em algum lugar dentro de sua cabeça, porém os anos não foram gentis com sua memória e cada vez mais elas e as esperanças do homem eram reduzidas.

Felipe caminhou até o centro da pequena cabana feita de folhas – apesar de primitivas, proporcionavam segurança contra animais selvagens e proteção contra o clima – e sentou-se em um pequeno banco diante de uma mesa feitos de tronco de árvore.

– Osvaldo, o senhor está bem? – perguntou Felipe olhando para o homem na cama.

– Sim, só estou procurando um motivo para acordar.

Felipe permaneceu sentado em seu toco de árvore, pois sabia que o homem deitado na cama não gostava de ajuda e nunca iria passar a impressão de não ser independente por causa da idade.

– Eu ainda não pensei em um – continuou o homem que, apesar do pessimismo, começou a se sentar na cama.

– Eu trouxe pão e ovos. – Felipe tentou motivar.

– Comer é um bom motivo para acordar. – O homem já estava com os pés no chão e juntava forças para se levantar.

– Vai esfriar – Felipe incentivou.

– Se eu me machucar, a culpa será toda sua. – O homem pôs-se em pé e caminhou até outro toco de árvore localizado diante da mesa. – Quero cadeiras estofadas no lugar desses bancos duros.

– Vou tentar providenciar uma almofada para sua bunda – retrucou o homem mais novo.

– Mais respeito com os mais velhos – retrucou o homem olhando para Felipe do outro lado da mesa enquanto sua mão buscava o prato com os alimentos.

Seus olhos encontraram um homem de quase quarenta anos com um sorriso jovem, de quem nunca perdeu as esperanças de algum dia sair do lugar amaldiçoado, seus olhos castanho-escuros brilhavam com disposição mesmo tendo dormido pouco nas últimas noites devido aos temporais que destruíam algumas cabanas dos moradores. Seu cabelo castanho-escuro cortado bem curto mostrava entradas e parecia ficar mais escasso e sem cor. Por existir apenas um objeto de aço cortante no vilarejo, muitos homens tinham preguiça de manter o rosto livre de pelos, resultando em homens de cabelos compridos e barbas gigantescas, mas não era o caso de Felipe, que cortava tanto a barba como o cabelo com uma habilidade incrível. O nariz, há pouco quebrado ao bater com o rosto em uma árvore durante uma perseguição, apresentava sinais de melhora, mas continuava torto para a direita.

Voltando para a realidade após terminar de comer e olhando fixamente para Felipe, o homem fingiu não ter passado alguns minutos encarando acidentalmente o homem mais novo.

– Conte-me tudo – mandou Osvaldo.

– As chuvas não estão dando trégua e seus danos são grandes. – O homem ficou triste em dar a notícia. – Cerca de oito cabanas foram destruídas e vinte pessoas estão dormindo em cabanas improvisadas ou em vizinhos.

– Vou visitá-las depois.

– Senhor, elas não têm como prioridade a sua visita. Elas precisam de abrigo da chuva agora mesmo, e com esse tempo não tem como construir cabanas.

– Eu entendo, mas preciso dar forças a elas e passar a mensagem de que todos precisam se ajudar.

– Espero que dê tudo certo – Felipe suspirou. – Outra notícia ruim é que algum animal nos atacou durante a noite e por causa das chuvas não podemos identificar as pegadas.

– Sabe se foi uma onça ou um urso? – perguntou Osvaldo.

– Não, senhor. – Felipe hesitou e sua garganta fechou. – Perdemos dois coelhos e um menino de dez anos.

Osvaldo estremeceu.

– Não gosto dessas chuvas, os animais ficam mais atrevidos.

– Deve faltar comida na selva e eles procuram alimentos aqui.

– Tem certeza de que ele morreu? – perguntou Osvaldo.

– Sim, senhor. Encontramos o cadáver destroçado dentro da selva.

– Reforce a segurança noturna. Mande seus homens protegerem as galinhas e os coelhos enquanto outros farão rondas entre as cabanas.

– Farei isso.

– Alguma notícia boa? – perguntou Osvaldo com esperanças de uma manhã um pouco melhor, ou algo relacionado.

– A chuva enfraqueceu, talvez amanhã pare.

– Espero que sim.

– Reze para isso.

– Torcerei.

– Você nunca muda.

– Algo mais? – perguntou Osvaldo torcendo para acabarem as notícias ruins.

– Não, senhor, apenas não esqueça que mais tarde teremos mais moradores.

– Não esqueci.

– Até logo – despediu-se Felipe. – Antes que eu esqueça: emprestei homens para Antônio e Sabrina. Eles lhe explicarão melhor.

Felipe levantou-se e abriu a porta, pelo espaço aberto Osvaldo viu que a chuva dera espaço a uma garoa fina facilmente levada pelo vento. Outro detalhe visto por Osvaldo foi o colete usado por Felipe, o homem vestia uma única peça de roupa para cobrir seu tórax e os rumores eram de que ele matara um urso e arrancara o couro como troféu, enquanto outros afirmavam que o urso estava dormindo, que o urso era filhote, que o urso já estava morto, sendo este o mais forte deles. O colete acabou tornando-se marca registrada de Felipe e o homem sempre o vestia, incomodando várias pessoas, pois seu cheiro era insuportável.

Osvaldo apoiou os cotovelos na mesa e esperou mais um chefe entrar em contato. Como seus assuntos são mais urgentes, Felipe, o chefe de segurança, como Osvaldo o chamava, era sempre o primeiro a falar com o idoso.

Após alguns instantes, uma mulher entrou na cabana de Osvaldo. Era Sabrina, a chefe dos caçadores, a responsável por trazer comida, ensinar novas pessoas a caçar, cuidar dos animais em cativeiro, identificar frutas comestíveis na natureza e cuidar da horta.

– Bom dia, senhor. – A mulher era mais fria e não tinha olhar amigável. Apesar de ser muito útil na vila e possivelmente todos estarem comendo graças a ela, muitos moradores não gostavam dela.

A mulher de cabelos castanhos cacheados e compridos e pele de tom levemente escuro sentou-se no banco diante da mesa.

– Bom dia, Sabrina – o homem respondeu, ensaiando um sorriso. – Por favor, traga-me notícias boas.

Os olhos verde-escuros da mulher encararam o homem idoso.

Os olhos do idoso analisaram por completo a vestimenta padrão das mulheres da vila. A parte superior era feita de folhas escuras e resistentes, desempenhando bem a função de segurar os seios das mulheres sem atrapalhá-las durante corridas e caçadas; a parte inferior dependia de cada mulher, deixando para elas a escolha da quantidade de folhas utilizadas, comprimento e folhas cortadas em faixas ou inteiras. Sabrina preferiu fazer duas camadas de folhas, a interna era mais curta e de folhas inteiras, escondendo suas partes íntimas; a parte exterior quase alcançava seus joelhos e estava cortada em tiras verticais. Essa combinação de camadas interna e externa era a preferida pelas mulheres, pois poucas gostavam de chamar atenção usando apenas tiras, considerando que qualquer vento já revelava suas partes íntimas e as mulheres que vestiam folhas inteiras reclamavam sobre como tais folhas dificultavam a corrida.

– Só trago uma única notícia boa: as armadilhas funcionaram e capturamos três javalis noite passada. – Ela esfregou a mão em seu nariz grande demais para seu rosto fino.

– Três é muito pouco para tanta gente.

– Eu sei, mas não podemos domesticá-los. A parte boa é que há mais oito javalis domesticados prontos para o abate. Podemos fazer um banquete e comê-los quando a chuva parar.

– Vou torcer para comê-los amanhã à noite.

– Todos estão. Ninguém aguenta mais essa chuva.

– E as notícias ruins? – Osvaldo perguntou.

– Perdi dois coelhos esta noite e temo perder mais.

– Felipe contou-me, mas você acha que foi o mesmo animal que matou o garoto?

– Não, os coelhos foram mortos por algum animal pequeno, como um cachorro do mato ou uma raposa, no máximo um lobo. Já o garoto foi arrastado até a selva por algum animal grande, como um urso ou uma onça. – Sabrina parou pensativa. – Porém, se considerarmos que ele já estava lá ao ser atacado, podemos incluir outros animais.

– E os rastros?

– Sinto muito, mas a chuva de ontem e a movimentação de pessoas impediram que chegássemos a uma conclusão.

– Já pedi para Felipe reforçar a segurança nos animais e colocar homens de ronda no vilarejo.

– Pode ser uma boa saída, mas, se continuar chovendo, pode ser que animais selvagens venham buscar alimentos aqui.

– Monte armadilhas.

– As armadilhas que montarei com os novos selvagens nos próximos dias só capturam animais pequenos.

– Falando neles, eles chegarão mais tarde.

– Eu sei, e já estou com material pronto. Frutinhas, cogumelos, armadilhas e todo o resto. Tudo está pronto.

– Gostei de saber disso.

– Antes de terminar, gostaria de informá-lo sobre a horta.

– Aconteceu algo? – perguntou Osvaldo, realmente preocupado.

– Não, graças a Felipe, que me emprestou alguns homens.

– Ele apenas me informou, não deu detalhes.

– Cavamos canais em volta da horta para desviar uma possível água descendo por causa do desnível.

– Deu tudo certo?

– Desconsiderando a briga sobre cavar mais fundo ou mais largo, deu tudo certo, e as hortaliças estão salvas porque realmente ocorreu uma enxurrada de água. – Sabrina pensou antes de acrescentar. – É impossível parar a chuva direta sobre a horta, e logo danos mais graves vão ocorrer.

– Fico aliviado que alguém pensou nisso antes de acontecer algo.

– Não sei como não havia canais antigos no local. – Sabrina olhou de forma curiosa para Osvaldo, tentando compreender como ele sobrevivera ao local por trinta anos. – E eram esses meus assuntos. Algo mais que o senhor gostaria de falar?

– Não. Muito obrigado, Sabrina.

A mulher assentiu com a cabeça e saiu da cabana para chamar outro responsável. Durante seu trajeto, olhos azuis afetados pela catarata acompanharam cada movimento de suas nádegas.

Após a mulher sair da cabana, Osvaldo aguardou pelo próximo responsável. Restava a visita de mais três durante a parte da manhã e a quarta seria no período da tarde, antes de os novos selvagens aparecerem.

Perdido em seus pensamentos sobre o futuro da ilha e como sobreviveria para ver tudo acontecer e, finalmente após anos, obter o que lhe foi prometido, Osvaldo se lembrou do motivo de estar ali, sorriu e desejou que acontecesse logo.

– Posso entrar, senhor? – A voz veio de trás da casca de árvore.

– Pode, sim! – gritou Osvaldo em resposta.

A porta abriu lentamente e Douglas entrou abaixado na cabana. O homem muito alto, musculoso, de olhar penetrante – de certa forma maliciosa –, com longos cabelos amarelos secos e sem brilho, uma barba cor de areia molhada que cobria boa parte do pescoço – para esconder uma tatuagem – andou curvado até Osvaldo, que percebeu a vermelhidão da pele clara e sensível de Douglas; não fazia sol forte há duas semanas, e sua pele continuava castigada.

– Bom dia! – exclamou o homem estendendo a mão.

– Por favor, sente-se. – Osvaldo indicou o toco de árvore sem cumprimentar o grande homem.

– Sabe, já matei por muito menos.

– Já matou galinhas apenas por elas não cumprimentarem você de volta?

– Você sabia...

– Sei de várias coisas – interrompeu Osvaldo. – Porém uma que eu não entendo é como um homem como você é chefe dos cozinheiros daqui!

– Longa história, senhor.

– Eu lembro. Você venceu na vida.

– Se eu venci na vida, como vim parar neste lugar? – perguntou Douglas.

– Não me pergunte isso. Talvez você ainda esteja pagando pelos seus crimes.

– Pergunto-me isso todos os dias e chego apenas a essa conclusão.

Douglas baixou os olhos pensativo, era mais uma das vítimas que apareciam no lugar amaldiçoado. Nem todos davam conta de permanecer forte como ele; porém, apesar de possuir uma casca grossa, seu interior remoía-se em arrependimento e mágoas. Osvaldo notou que o homem estava preso ao passado e interveio.

– Me dê notícias, principalmente boas.

– A chuva castigou as plantas frutíferas e perdemos algumas, principalmente as menores. O replantio vai demorar, e a colheita, mais ainda.

– E as árvores frutíferas? – perguntou Osvaldo.

– Por enquanto não sofreram com as chuvas. – O homem baixou a cabeça. – Entretanto, metade das áreas está inacessível. Rios transbordaram, árvores caíram, ocorreram deslizamentos de terra.

– E somente vamos arrumar quando parar de chover – complementou Osvaldo, fazendo uma cara pensativa e preocupada.

– Sim, senhor – confirmou Douglas.

Osvaldo engoliu em seco, preocupado.

– Vamos ter de racionar? – perguntou Osvaldo, torcendo por uma resposta negativa, porém sabia que não viria.

– Se não parar de chover hoje, talvez seja necessário.

– E os animais?

– Os menores estão comendo frutinhas, mas teremos de comê-las também.

– Sugere algo?

– Abatemos os prontos e os quase prontos hoje mesmo. Assim a comida irá para nós e para os em reprodução.

– E os filhotes e os mais fracos? – perguntou Osvaldo temendo a resposta.

– Sacrifício em nome da espécie.

– Sacrifício?

– Descarte – riu Douglas. – Porém não gostaria de fazer isso pessoalmente, darei a ordem para alguém.

– Não estou mais aguentando notícias ruins hoje. – Osvaldo ficava cada vez mais abatido, pois a responsabilidade de alimentar todas as bocas do vilarejo era dele.

– Então não contarei dos animais maiores.

– Falei para Sabrina abater alguns junto com os capturados.

– Vou deixá-los separados e prontos para o abate.

– Tem comida para os animais?

– Tem para mais alguns dias, entretanto considero melhor diminuir a quantidade de grãos dada até colhermos mais.

– Misture os descartes com os grãos e dê para porcos e javalis, talvez eles comam.

– Talvez – concordou Douglas.

Uma rajada forte de vento atingiu a cabana e foi possível ouvir as chuvas fortes voltando a atacar o vilarejo. Douglas estremeceu.

– Racione comida para nós. Descarte os animais pequenos, poupando os reprodutores. E eu falarei com Ivete para ela providenciar maneiras de nos dar acesso a tais áreas afetadas.

– Sim! – concordou Douglas, disposto a ajudar Osvaldo e todos os moradores daquele lugar.

– Liberado – Osvaldo terminou a conversa.

Douglas se levantou do desconfortável toco de madeira e olhou no fundo dos olhos de Osvaldo, passando confiança em suas ações.

– Se alguém reclamar da comida ou do racionamento… – Osvaldo parou de falar, fingindo estar intimidado pelo homem. – Encare-o dessa forma e ele nunca mais reclamará.

Douglas sorriu e saiu lentamente pela porta. Osvaldo raramente via o homem sorrir, ele sabia de seu passado como presidiário, o motivo de ter sido preso e o que Douglas sofrera na prisão. No fundo, Osvaldo importava-se com o homem, porém não o via sendo muito útil no futuro.

– "Sacrifício pelo bem da espécie" – repetiu Osvaldo para si. – Às vezes os inúteis podem ser úteis.

Osvaldo organizou mentalmente todas as conversas e decisões tomadas em prol do vilarejo. As chuvas castigavam diversas áreas da região e afetavam os moradores do local; Osvaldo nunca tinha visto isso em mais de trinta anos de ilha e estava preocupado.

Uma leve batida na porta chamou sua atenção, despertando-o de sua viagem pela sua mente cansada e dando sinais de que começava a falhar.

– Posso entrar? – perguntou uma voz.

– Sim, Antônio – respondeu Osvaldo.

O homem abriu a porta e entrou na cabana do idoso. Antônio queria manter seu status de limpo, então era um dos poucos a tomar banho todos os dias e ter seus pelos faciais aparados toda semana; seus cabelos castanhos estavam encharcados e bagunçados, a marca pessoal dele. O nariz comprido e fino andava sempre empinado, tentando passar a superioridade que ele afirmava ter apenas por vestir um jaleco – apesar de não existir jalecos na ilha – e, então, poderia se dar o prazer; todos da vila condenavam o comportamento dele. O homem recém-formado em medicina estava com vinte e seis anos e ainda não tinha feito especialização, mas mostrava ser muito capaz em atender a todos que recorriam a sua ajuda, curando desde ferimentos graves, como ossos quebrados, a escoriações superficiais. Como ele salvou a vida de oito pessoas desde que apareceu na ilha, afirmava que todos os moradores tinham ou teriam débitos para com ele, então os selvagens tinham o dever de lhe servir como ele bem queria.

Antônio se sentou no toco de árvore em frente a Osvaldo, sem cumprimentar fisicamente o ancião.

– Bom dia – disse Antônio.

– Nada de bom ainda – respondeu Osvaldo. – Espero mudar meu humor.

– Você quer notícias boas? – Antônio cruzou os braços. – De minha parte terá.

Osvaldo suspirou.

– Finalmente.

– Por onde eu começo? – perguntou Antônio.

– Me conta dos esmagados pela árvore.

– O quadro melhorou e as lesões não apresentam infecções, basta monitorar e esperar. Depende deles agora, a minha parte eu já fiz.

– E aquele que caiu no buraco?

– O braço apenas deslocou e foi fácil de arrumar. A perna teve fratura exposta, porém está reagindo bem aos medicamentos de ervas e não infeccionou. Novamente já fiz minha parte, é só esperar.

– Parabéns! – disse Osvaldo sem sinceridade.

– A propósito, pense em uma maneira de retirar as pessoas de um buraco de forma mais rápida.

– Vou pedir para Ivete, ela saberá como fazer uma maca mais segura.

– Tivemos sorte ao retirar ele com vida do local sem ninguém se machucar.

– Eu sei. – Osvaldo fechou os olhos e franziu a testa, fingindo estar lembrando-se de algo. – Em trinta anos aqui, não me lembro de alguém que caiu em um buraco como ele.

– Aquele buraco, na verdade, foi um desmoronamento que se formou por causa das chuvas e está cada vez maior.

– O que eu ainda não entendi é como a terra desmoronou daquele jeito em um lugar cheio de árvores ao redor.

– Eu não entendi como ele não viu aquele buraco.

– Felipe afirmou que a terra desmoronou no momento em que o homem estava passando.

– Agora entendi como ele se machucou tanto – concluiu Antônio.

– A propósito, quantos anos ele tem?

– Perguntei a ele e não acreditei na resposta. Ele disse ter quarenta e dois.

– A ilha querendo fazer novas vítimas... – Osvaldo não concluiu o raciocínio, pois seu pensamento estava no rosto do homem. – MAIS DE QUARENTA?!

– Sim, senhor – confirmou Antônio com um sorriso no rosto, pois já esperava a reação confusa do idoso.

– COMO ASSIM?! – Osvaldo se lembrou do rosto do homem e pensou que ele tivesse menos de trinta e cinco. – Ele realmente parecia mais novo.

– Verdade.

– Gostaria muito de envelhecer tão devagar como ele.

O sangue de Osvaldo congelou ao perceber que, se um desmoronamento daquela proporção acontecesse no precipício perto de sua cabana, ele e a cabana seriam engolidos.

– Senhor? – Antônio chamou a atenção do homem mais velho.

– Desculpe-me, estava pensando se poderiam ocorrer outros desmoronamentos como aquele, porém perto da vila.

– Espero que não.

– Bem – Osvaldo mordeu o lábio. – E as doenças?

– Minha equipe e alguns homens de Felipe, subindo o rio, encontraram um cadáver de cervo e o retiramos de lá, pode ter sido a causa do mal-estar em alguns.

– Até eu fiquei meio enjoado.

– Espero ter resolvido. – Antônio apoiou a mão no queixo, pensativo. – Creio que terminei meus assuntos com você.

– Agradeço por ter compartilhado apenas notícias boas.

– Sou bom no que faço. Apenas isso.

– Fico feliz por ter você como médico chefe.

– Você e a vila inteira – disse enquanto se levantava.

O homem idoso aproveitou o resto da manhã para deitar na cama e descansar. Por mais que as notícias fossem ruins, elas não iriam tirar seu sono e preocupá-lo, pois havia anos ele deixara de se importar com seus vizinhos e não seria agora que iria direcionar seus pensamentos a outras pessoas, independentemente das adversidades não controláveis.

O homem esticou o braço para debaixo da cama onde, no chão, estava uma tigela com uma gosma verde, então pegou um pouco da gosma com dois dedos e passou nos dentes, sentindo o buraco deixado por dentes retirados de forma medieval, sem anestesia, por dentistas da ilha; depois de perder seis dentes em acidentes de caçadas – seja por parte dele ou por parte de um javali –, ele desistiu delas em prol de sua saúde. Após minutos na cama, o sono atingiu o idoso e seus olhos fecharam sem ele perceber, pois já estava com a mente limpa de pensamentos e só restava esperar a chefe de construções.

Uma batida na porta o despertou de seu sonho, e, embora o homem não se lembrasse do sonho em si, lembrava que tinha de fazer algo importante relacionado às chuvas.

A segunda batida na porta, mais forte dessa vez, o acordou para valer.

– Senhor! – gritou uma voz feminina.

– Vivo! – respondeu o homem deitado. – Espera um pouco.

O homem levantou da cama mais rápido do que de costume e se sentou no toco de árvore.

– Pode entrar – disse em voz alta.

Ivete, a chefe de construções da vila, entrou na cabana do idoso. A mulher formada em engenharia civil ganhou a confiança de Osvaldo após fazer uma leve modificação na estrutura das cabanas, deixando-as mais resistentes sem aumentar a madeira utilizada, já que galhos em condições ideais para cabanas e lanças são os mesmos, tornando-os escassos.

– Bom dia, Osvaldo – disse ela com um sorriso educado no rosto, mostrando perfeitos dentes brancos.

– Bom dia, Ivete, como vai?

– Estou bem e trago notícias boas e ruins – respondeu a mulher.

Ivete aproximou-se de Osvaldo e ele reparou que ela raspara a lateral esquerda de sua cabeça, deixando-a com aparência mais intimidadora. O resto de seus cabelos loiros estava bagunçado e jogado para a direita.

– Vou querer as ruins primeiro, por favor.

Os olhos castanho-escuros da mulher brilhavam mesmo sob pouca luz, o jeito meigo dela era evidente e prevalecia sobre a tentativa de parecer intimidadora.

– Como você quiser – disse ela enquanto se sentava e um par de olhos azuis fixou-se por alguns instantes em seus implantes de silicone que, graças à única vestimenta disponível, insistiam em pular ao menor movimento. A jovem de vinte e cinco anos recém tinha feito um ano de ilha e foi teletransportada com menos de seis meses de formada.

– A ruim é que precisamos construir cabanas para as pessoas o quanto antes. – Ela parou e esperou alguma reação de Osvaldo, porém, como não houve, continuou. – As árvores com melhores galhos estão em áreas inacessíveis.

– É possível improvisar? Eles só querem um teto…

– Não quero me responsabilizar por algo que pode machucar alguém – indignou se Ivete.

– Mas…

– Nada de "mas"! – Ivete ficou mais indignada. – É perigoso. Imagina se a cabana desmontar e cair sobre alguém?

– São apenas folhas, não vão machucar.

– Minha resposta é não.

Osvaldo inclinou-se para trás, pensativo.

– Quando haverá cabanas para os desabrigados?

– Quando parar de chover e eu estiver com os galhos em mãos.

– E até lá?

– Deixe-os dormindo no refeitório ou com vizinhos. – Ivete olhou em volta. – E devem caber duas camas aqui.

– Vou verificar a situação de todos durante a tarde.

– Você vai reparar em algo interessante – sorriu Ivete satisfeita consigo.

– Devo perguntar o que é?

Ivete sorriu ainda mais.

– São as boas notícias, senhor – respondeu Ivete calmamente, seus olhos brilhando de forma sinistra. – As cabanas feitas com minhas alterações estão resistindo.

Satisfeito, Osvaldo sorriu.

– Não esperava menos de você ao nomeá-la como chefe de construção.

– Obrigada. – A mulher da cabeça raspada corou.

– Tem mais notícias?

– Há material para os novos selvagens construírem uma cabana. – Ivete mordeu o lábio inferior. – Entretanto não há para duas nem condições climáticas para construção.

– Então haverá mais selvagens dormindo sem um teto próprio por uns dias.

– Sim – concordou Ivete.

– Eles ficarão juntos na cabana do teletransporte até o clima dar condições a eles para construírem a própria cabana, após metade das existentes estar reforçada.

– É sacanagem com eles, mas justo.

– Não se preocupe com eles no momento.

– Vou tentar. – O desânimo atingiu Ivete em cheio, tirando o brilho de seus olhos.

– Ei – Osvaldo chamou a atenção de Ivete. – Não fica assim.

– Desculpe-me, mas eu quero ajudar a todos e não posso. – Ivete continha as lágrimas.

– Graças a você há várias pessoas morando sob um teto resistente.

– Não é o suficiente.

– Não viva querendo ajudar e agradar os outros, você já fez sua parte e há vários agradecidos. Deixar os outros ajudarem a si é a melhor maneira de ajudá-los. Claro que você pode ajudar, inclusive creio que devemos pensar mais nos outros, porém se preocupe mais consigo.

Ivete soluçou e seus lábios tremeram.

– Nunca choveu tanto como tem chovido nos últimos dias – Osvaldo tentava acalmá-la. – Isso vai servir de lição para nós.

– Improvável. – Ivete levantou-se. – O senhor está aqui há mais de três décadas e ainda não tem planos de emergência.

– Como eu disse: nunca choveu tanto!

– O senhor deveria ter planos para um mês inteiro de chuvas! – As lágrimas escorriam do rosto irritado da jovem. – Sou eu, você e outras duzentas e vinte pessoas passando necessidade por sua causa!

– Cala a boca! – Osvaldo bateu no toco de árvore usado como mesa. – São apenas vinte pessoas desabrigadas.

– Hoje chegam mais! – Ivete estava com os ânimos exaltados. – E pensa se a chuva continuar por mais alguns dias! Serão trinta ou cinquenta desabrigados!

– Não vai haver! – Dessa vez Osvaldo bateu com ambas as mãos na mesa, estava cansado de uma conversa que os levaria a lugar nenhum. – E sabe por quê? Porque você deixou as cabanas resistentes!

– São apenas dezessete de todas as setenta e oito cabanas! – A voz de Ivete estava falhando, sua garganta arranhada a machucava a cada argumento gritado. – Certamente o senhor não sabe que há setenta e oito cabanas aqui!

Osvaldo sentiu o suor escorrendo pela sua nuca, ele não sabia mesmo a resposta e talvez ela estivesse blefando.

– São oitenta e três! – arriscou. – Agora cala a boca e se senta aí.

– Errou. – Um sorriso sinistro nasceu nos doces lábios de Ivete. – São noventa cabanas e apenas dezessete podem suportar chuvas como estas.

– Não importa!

– Nunca importa para o senhor! – A raiva tomou conta de todo o corpo de Ivete e ela começou a gesticular enquanto gritava sem perceber. – Eu sempre pedi mais material para construir novas cabanas e você sempre negou!

– Precisamos para armas – disse calmamente Osvaldo.

– Armas? Você quer armas?! – perguntou Ivete, incrédula. – Vai se foder! Prefere matar animais a proteger moradores e animais domesticados!

– Um garoto morreu ontem, sabia?

A pergunta do idoso atingiu a jovem como um soco no estômago.

– Não… não sabia.

– As armas estão com homens treinados e estão em busca do animal. – O homem parou e olhou para a mesa. – Graças à quantidade de armas, estão cobrindo uma grande área e mesmo assim talvez não o encontrem.

O homem se levantou, caminhou até perto da janela na parede contrária à sua cama e olhou para dentro de um balde. Encontrando-o vazio, abriu a janela e colocou o balde em uma tábua cujo único propósito era segurá-lo. Em alguns minutos teria um balde cheio de água limpa para acalmar sua garganta. Mentir lhe dava sede.

– Vou pedir para Felipe liberar material para construção de mais duas cabanas, e você acompanhará as construções com o mínimo de interferência.

Ivete parecia mais calma, porém não se sentou.

– Só duas? O senhor está louco!

– Precisamos comer, precisamos nos defender, precisamos captar água e tudo envolve material. A não ser que a senhorita encontre armas de aço em cima das árvores.

– Seu povo enfrentando adversidades e o senhor ainda encontra tempo para debochar? Por isso estão sofrendo do jeito que estão. – Ivete cruzou os braços, parando de gesticular freneticamente.

– Nunca pedi para liderá-los e todos sabem disso.

– Percebo isso desde o primeiro dia aqui. Um líder sem liderança. – Ivete sorriu do seu jeito macabro novamente. – A melhor parte é que o senhor não pode me tirar ou os selvagens vão ficar muito descontentes. E ACEITO DUAS.

Ivete deu de costas ao idoso e seguiu em direção à porta. Após dar o primeiro passo, posicionou sua mão esquerda para trás na altura de suas nádegas, esticou o dedo do meio e sorriu: ela sabia que o homem ficaria babando sem disfarçar. Ela também se sentia mais leve, pois, desconsiderando a briga, tivera uma ótima conversa com Osvaldo, conseguindo material para construir cabanas de qualidade, ajudando algumas pessoas.

– Desgraçada – murmurou Osvaldo para si após a jovem sair de sua cabana.

Com raiva, ele agarrou o balde com água pela metade e o largou sobre a mesa, servindo-se com uma caneca feita de madeira.

Após beber água e se acalmar, o idoso percebeu que, se a chuva não acalmasse nos próximos dias, a população poderia ficar muito agressiva e descontar nele.

A chuva ainda castigava toda a vila e Osvaldo aproveitou o tempo que faltava até o almoço para descansar e relaxar, afinal as chuvas amenizaram a temperatura e a vontade de ficar deitado ouvindo as gotas de água batendo em sua cabana era irresistível. Entretanto, não conseguiu relaxar, ele sabia que sua cabana era a mais resistente a quaisquer adversidades e estava firme após aproximadamente três décadas, mas as outras não, e havia moradores com medo de o teto desabar sobre eles; apesar de o desabamento de folhas e galhos não machucar, o medo de ficar desabrigado era muito real.

O idoso se levantou da cama e vestiu sua capa de chuva feita a partir do couro de diversos pequenos animais, a qual ainda incluía, além de bolsos internos, pequenas botas costuradas na capa. Usar tais botas diminuía o tamanho de suas passadas e a velocidade de locomoção, mas mantinha seus pés e calçados secos e limpos.

A fina garoa limitava seu campo de visão, então a enorme construção retangular do refeitório só foi vista a poucos metros de distância. Sob o teto de folhas, o grupo de cozinheiros comandado por Douglas estava trabalhando a todo vapor para terminar o almoço para mais de duzentas pessoas, tudo acompanhado de perto por Beatriz – a responsável pelo apoio psicológico. Beatriz já havia passado dos quarenta anos e Osvaldo perguntava-se quando a ilha a levaria.

– Bom dia – disse Osvaldo para todos.

– Bom dia – responderam em uníssono diversas vozes.

Osvaldo olhou para os cozinheiros cujos nomes, apesar de cozinharem seu alimento todos os dias, não sabia e nunca fizera esforço para aprender.

O calor das fogueiras utilizadas para cozinhar o alimento em nove caldeirões gigantes, feitos de ferro havia muitos anos, era reconfortante. Osvaldo percebeu que faltava um caldeirão. Percebeu também que não lembrava se os caldeirões haviam sido feitos por algum selvagem ou encontrados.

– Douglas, já começou a racionar?

– Sim – respondeu ele sem tirar os olhos de seus funcionários.

– Ainda existem outros caldeirões ou são apenas dez?

– Você não lembra? Quebrou um mês passado. – Douglas mordeu o lábio, preocupado. – Não seria agradável perdermos mais.

– Osvaldo – Beatriz chamou sua atenção.

O fogo refletia no rosto dela, revelando uma mulher de idade, cansada da falta de luxo da ilha. Os olhos castanhos estavam cercados por rugas e seus cabelos, que já foram mais escuros, estavam quebradiços e sem brilho.

– Olá – respondeu o idoso.

– Podemos conversar? – A mulher apontou para uma mesa longe dos ouvidos dos cozinheiros.

– Sim – concordou Osvaldo.

Os dois caminharam em silêncio até se sentarem. Osvaldo não gostou de se distanciar do fogo.

– Tenho notícias não muito agradáveis, mas acho que o senhor já deve ter ideia – Beatriz quebrou o silêncio.

– Devo imaginar.

– A morte do garoto assustou algumas pessoas, porém pedi sigilo até encontrar mais respostas.

– Quantas pessoas sabem?

– Vinte, se ninguém contou.

– Vinte e uma, contei para Ivete. – Osvaldo parou para pensar. – Converse com ela, deve estar assustada.

– Conversarei com ela e mais de trinta devem estar sabendo agora.

– Não duvido. – Sorriu. – Aquela fofoqueira.

– Vou também pedir silêncio sobre isso para não assustar os novos selvagens.

– Vão ficar desesperados se descobrirem.

Um dos cozinheiros trouxe uma tigela para cada um e retornou aos seus afazeres. Osvaldo olhou para o grude em sua tigela e virou um pouco do conteúdo quente em sua boca.

– Coelho, frango, batata e cenoura – concluiu.

– Senti gosto de cebola também – acrescentou Beatriz.

– Verdade. – O idoso ingeriu mais um pouco do grude. – Os novos selvagens dormirão na sala do teletransporte por alguns dias.

– Vou providenciar colchões de palha mais confortáveis.

O homem terminou o grude e sentiu-se melhor com o alimento quente em seu estômago.

– Como estão todos?

– Com medo das chuvas.

– Imaginei. Eu também estou com medo por eles.

– Se houver algo que eu possa fazer.

– Diga para não entrarem em pânico desnecessariamente e que a chuva deve parar logo.

– Vou tentar, alguns estão cada vez mais impacientes.

– Mais alguma queixa da população? – perguntou Osvaldo ansioso para terminar a conversa e correr para sua cabana para abrigar-se.

– Falei com algumas pessoas e elas comentaram sobre dores de barriga, então repassei para Antônio e Felipe.

– Antônio me contou sobre isso, ele disse que talvez tenha resolvido quando removeu o cadáver de um cervo na beira do rio.

– Fico aliviada – disse Beatriz sorrindo. – Mas o cervo morreu de quê?

– Não perguntei. Talvez um animal o tenha atacado. – Bem – Osvaldo bocejou –, preciso descansar.

– Fique à vontade, senhor.

– Com licença – disse o homem enquanto se levantava.

Beatriz disse algo, porém ele não ouviu. Fez questão de colocar o capuz rapidamente e sair do refeitório antes que outras pessoas aparecessem.

O idoso passou perto do fogo para aproveitar o calor convidativo, porém ele sabia que a tarde seria difícil e nada poderia atrapalhar seus planos.

Algo em sua mente lhe disse que visitasse Felipe após cuidar dos assuntos mais importantes. Mas não era exatamente Felipe, era a cabana dele. Algo relacionado às chuvas estaria lá e somente ele saberia como pará-las.

Porém, a curiosidade falou mais alto e decidiu ir logo até a cabana do seu chefe de segurança. Os pensamentos de assuntos urgentes foram deixados de lado, os novos selvagens foram arquivados em algum lugar distante e o dia chuvoso logo pareceu estar apenas nublado.

Ao passar pelo meio da vila – local onde havia maior concentração de cabanas –, Osvaldo percebeu as várias cabanas iguais, parecendo corredores de iglus verdes. As cabanas mais resistentes ficavam exatamente no centro da vila, ele lembrou; faltava lembrar onde era a cabana de Felipe.

Como nunca visitava seus chefes, sempre os mandava até sua cabana, a tarefa do idoso ficou mais complicada. Não havia sinais nem placas indicativas sobre quem morava nas cabanas, porém a de Felipe tinha algum objeto relacionado.

Um objeto relacionado ao chefe de segurança. Osvaldo estava caminhando sem rumo entre as cabanas e a garoa fina não lhe permitia enxergar mais de duas cabanas de distância.

Não era um objeto. Era um par de objetos. Seus olhos percorriam rapidamente a entrada de todas as cabanas em busca deles.

Duas estacas estavam cravadas na frente de uma cabana afastada do centro e Osvaldo percebeu, atraindo a atenção de seus olhos e de suas pernas.

Chegando mais perto, as estacas deram lugar a um par de lanças posicionadas para indicar um caminho lamacento até a porta da cabana.

Osvaldo bateu na porta de casca de árvore e esperou resposta. Não obtendo, removeu a casca da entrada e logo estava dentro do local seco, porém nada aconchegante que era a cabana de Felipe. O homem dormia em um fino colchão de palha sobre o chão; não havia mesas, apenas uma cadeira malfeita; a janela à esquerda da entrada insistia em bater e fazer barulho.

Um objeto estava em exposição na cabana: uma lança com cabo de madeira e ponta de aço. A ponta era utilizada para fabricar lanças de madeira, afiando pontas de galhos grossos, e para aparar pelos dos moradores da vila – nessa ocasião, raramente, a lâmina fazia o seu propósito e entrava em contato com sangue. O cabo era grosso e de madeira escura e brilhante, com dois ornamentos onde havia espaço para os cinco dedos de cada mão.

Algo na mente de Osvaldo estalou, trazendo as memórias mais profundas e esquecidas de sua mente bagunçada e envelhecida. A arma era uma das respostas, a outra estava próxima de onde ele dormia todas as noites: em uma cama confortável sob a sua cabana.

– Babacas – murmurou para si, com um sorriso macabro. – Como é fácil enganar babacas.

CAPÍTULO 7

LIZETE

– Ei.

Lizete olhou para trás em busca da voz misteriosa que a chamava. Encontrou uma bela jovem de vinte e quatro anos, olhos verdes, cabelo castanho-escuro na altura dos ombros e uma pele outrora clara que agora estava cheia de manchas devido ao sol forte do deserto.

– Oi, fofa – respondeu ela, com os olhos fixos na jovem subindo uma das diversas dunas formadas perto da praia.

– Feliz ilhaversário – disse a jovem, sorrindo de um jeito desengonçado.

– Digo o mesmo para você – retrucou Lizete, dando tapas na areia ao seu lado, indicando o lugar para a jovem se sentar.

– Quinze anos já – disse, enquanto se sentava.

– Como o tempo passou – observou Lizete enquanto encarava o horizonte.

– O que você aproveitou nesses quinze anos? – perguntou a jovem.

– Não sei o que responder, parece que toda minha vida se resume em areia e apreciar esta bela paisagem. E você?

– Eu te entendo, sabia? – A jovem pensou um pouco antes de responder. – Quinze anos é muito tempo, eu quase não tenho lembranças de antes da ilha.

– Sinto falta dos meus pais, amigos, marido. – Ela mordeu o lábio. – Acho que até de trabalhar como arquiteta.

– Sua paixão.

– Era minha paixão até eu começar a lidar com os clientes.

Estava quase terminando o horário favorito de Lizete. Sempre ao nascer do sol, por todos os dias, ela subia as dunas da praia – apesar de odiar praias e tudo relacionado – para apreciar a paisagem. Estava quase na ponta da ilha e enxergava toda a parte em forma de "U". Ao norte, a mulher mais velha via pedras de formatos estranhos que quinze anos atrás ela dizia serem cabanas, porém, com o passar do tempo e o enfraquecimento de sua visão, as cabanas foram substituídas por borrões estranhos. Atrás da praia com as pedras, uma montanha arranhava o horizonte – apesar de não ser consideravelmente alta, a presença de neve em seu topo inquietava a todos que a olhavam. Um dos fatores que embelezavam todo seu campo de visão era o contraste de cores causado por água do mar, praias, o azul do céu, árvores com diferentes tons de verde e tudo encoberto pelo laranja do sol dando indícios de um novo dia.

– Lizete? LIZETE! – gritou a jovem ao seu lado.

– Desculpa! Eu estava distraída.

– Presa no passado?

– Muito pelo contrário.

– Me explica – pediu a jovem.

– Infelizmente não possuo uma memória fotográfica, então estou tentando memorizar cada metro de terra na nossa frente para sempre me servirem de inspiração.

– Para quando você voltar?

– Para quando *nós* voltarmos – afirmou a mais velha.

– Você sabe o que dizem sobre quem tem mais de quarenta anos, não?

– Estão dizendo que estou com os dias contados desde quando coloquei os pés aqui na ilha. Há quinze anos escuto isso e nada me aconteceu. – Lizete pôs-se de pé. – Vamos, Bianca, temos de ir.

– Temos mesmo? – perguntou a jovem, apreciando a paisagem.

– Sim.

Lizete olhou para Bianca e percebeu como a natureza fora gentil com ela. Ambas apareceram na ilha no mesmo dia, acompanhadas por mais um homem e uma mulher; a mulher já estava morta ao aparecer na ilha, entretanto o homem faleceu três dias depois de completar seus quarenta anos – ele foi atacado por um escorpião enquanto dormia, sendo encontrado horas após sua morte. Depois de quinze anos, a pequena menina de nove anos se tornara uma mulher madura e de bela aparência.

A jovem se levantou e veio ao seu encontro, dando-lhe um abraço.

– Achou que eu ia esquecer?

– Você? Nunca.

– Feliz aniversário.

– Obrigada, querida.

No dia de seu aniversário, Lizete foi teletransportada para a ilha, causando nela uma mistura de emoções.

– Sabe, nesses quinze anos eu que devo te agradecer por tudo que você fez por mim. – Bianca sentiu a garganta apertar. – Obrigada, de todo meu coração.

– Não fique toda sentimental assim.

– Como não posso agradecer a você, uma mãe para mim?

– Não sou sua mãe e você sabe disso.

– Não? E para quem eu contei sobre meu primeiro beijo? Quem aturou minhas primeiras cólicas? Quem me dava conselhos para sobreviver à puberdade?

– Para mim, mas…

– Então! – Bianca interrompeu. – São assuntos que as meninas tratam com alguém que consideram como mãe. Você é como uma mãe para mim.

– Não começa. Estou achando que o sol fritou seu cérebro.

– Tá bom, Lizete – disse, rindo. – Mas obrigada mesmo assim.

– Vamos comer, talvez seja por isso que você não está pensando direito.

– Aceito a comida.

As duas deram as costas para o nascer do sol e partiram em direção à vila. As dunas foram um achado de Lizete logo no primeiro dia após ter fugido da vila rumo ao desconhecido. Ela se encontrava desamparada, sentindo-se abandonada, e ouviu conversas do ancião da vila, dizendo que outros começassem os preparativos para lhe darem um final de vida digno e correu, simplesmente correu. Apesar das tentativas de lhe darem algum luxo, ela nunca aceitou o que lhe fora oferecido e sempre trabalhou para si.

As duas foram caminhando até a casa onde moravam, uma casa pequena, porém muito ajeitada, de dois andares na parte sul da vila. Próximo de um pequeno atendimento hospitalar. Devido ao horário, poucos habitantes estavam fora de suas casas e todos se sentiam aliviados por terem sobrevivido mais um dia.

– Alguma expectativa para os novos moradores? – perguntou Lizete com um sorriso provocante no rosto.

– Uma cabeça, dois braços, duas pernas e talvez um cérebro.

– Atualmente esse último está em falta nas pessoas mesmo.

– Sim, lembro-me de uma época em que parecia que todos tinham um exemplar.

– Todos lembram e o nome disso é infância.

– Vou concordar com você.

Em linha reta, as dunas eram próximas à casa de ambas, porém o sobe e desce da areia no deserto e andar pelas ruas malfeitas da cidade dificultavam andar rápido. E a fome de Lizete a fazia querer chegar em casa logo.

Elas atravessaram uma das pontes sobre o rio que cortava a cidade; faltavam apenas quatro casas quando ouviram o uivo de algum animal – provavelmente um coiote.

– Então – Bianca parou de caminhar. – Vai lá e busca nosso dinheiro.

– Você fica aqui enquanto vou avisar Caetano sobre isso. – Lizete estava louca para sair correndo.

– Não, não... Você fica aqui enquanto vou avisar os guardas.

– Era só o que faltava ter um ataque de animais no dia da chegada dos novos tostados.

– Não vai acontecer porque vamos avisar os guardas e...

– PEGUEI!

– AAAAAHHHH! – algo agarrou Bianca nos tornozelos.

– Que isso?! – Lizete estava perdida olhando para os lados.

– Desgraçado! – exclamou Bianca.

– Calma, moça, foi só uma brincadeira. – Tentou justificar um rapaz quase da idade de Bianca, porém mais jovem e com maturidade atrasada.

– Seu desgraçado! – exclamou Bianca novamente.

– Vinícius, isso não teve graça! – concordou Lizete.

O rapaz deu um passo para trás, encheu seus pulmões e uivou o mesmo som ouvido pelas duas instantes antes.

– Vamos? – pediu Bianca.

– Vamos – concordou Lizete.

As duas caminharam em passos rápidos e sem olhar para trás, trocando palavras apenas quando estavam dentro de casa.

– Mas que criança! – exclamou Bianca.

– Você está bem? Parece meio pálida – perguntou Lizete, ignorando a indignação da amiga.

– Aquele desgraçado agarrou meu tornozelo! Eu achei que tinha sido mordida!

– Mas é muita infantilidade da parte dele.

Bianca permaneceu calada.

– Bem, vamos pegar as moedas e ir comer porque estou com fome e você precisa se acalmar.

– Como se comida me acalmasse – disse Bianca, agora indignada com Lizete.

– Você sabe que sim.

Lizete subiu até o andar superior e pegou uma bolsinha de couro sobre o criado-mudo. Ela abriu e pegou duas moedas grandes e devolveu a bolsa para seu lugar original.

A vila possuía um sistema de moedas muito eficaz e todos podiam, de alguma maneira, comprar comida, materiais, móveis, casas maiores, roupas e tudo o que ofereciam. Os artigos de luxo oferecidos pelos moradores eram carne de ovelha, água cristalina de uma fonte escondida em algum lugar do deserto, roupas de linho e algodão, móveis de madeira resistente. Até tapeçarias e quadros eram vendidos. Se houve uma evolução provocada pelos moradores da ilha, foi quando apareceu um idoso que construiu alguns teares antes de falecer, permitindo trabalhar com diversos tecidos de fibras naturais.

– Peguei duas moedas de comida, precisa de mais? – perguntou Lizete.

– Não, obrigada – respondeu Bianca.

As duas mulheres saíram de casa e seguiram pela margem do rio até o grande salão; a cada minuto elas olhavam para trás em busca de Vinícius para ver se ele estava preparando outra brincadeira.

A visão do salão era algo fantástico, ao menos para Lizete, já que ela ajudou na construção e orientou a posição dos pilares desde a base até a finalização. Apesar de não ser uma obra muito bonita visualmente – um retângulo –, o conforto térmico era indiscutível: devido ao forte calor, tijolos foram furados e colocados nas paredes leste e oeste, dando suporte, oferecendo sombra e ao mesmo tempo permitindo a entrada do forte vento matinal que varria a areia do deserto; o pé direito da construção tinha mais de três metros de altura; as paredes norte e sul tinham apenas cinco metros de comprimento, já as de leste e oeste, por volta de cinquenta, permitindo muitos tostados estarem presentes nas raras festividades da vila.

O grande salão ficou rapidamente conhecido como a grande salsicha branca do deserto pelos moradores.

Quando as mulheres entraram, não havia uma dúzia dos moradores no local. Logo todos olharam para Lizete e se perguntaram se aquele seria o último dia dela.

– Bom dia a todos – disseram ela e Bianca ao mesmo tempo.

– Bom dia – murmuraram vozes em resposta.

Lizete caminhou até o cozinheiro responsável pela alimentação da vila.

– Bom dia, Sérgio – disse, entregando-lhe duas moedas.

– Bom dia, Lizete – ele cumprimentou de volta.

As duas recém-chegadas pegaram um prato sobre uma mesa logo na entrada sem portas do salão e começaram a se servir de frutas.

– Parece que as chuvas ao norte deram resultado nas nossas frutas – murmurou Bianca, encarando frutas maiores e mais brilhosas do que de costume.

– Sim, o nível do rio subiu muito. Acredito que utilizaram mais água na irrigação – murmurou Lizete em resposta.

– Gostei – disse enquanto pegava uma banana.

As duas se serviram de pão, queijo de leite de ovelha e algumas frutas e foram se sentar ao lado de um dos vizinhos.

– Ei, vocês ouviram um uivo mais cedo? – perguntou ele.

– Foi o desgraçado do Vinícius – respondeu Bianca, com desdém.

– Ele quis assustar Bianca – disse Lizete.

– Muita infantilidade dele – acrescentou Bianca.

– Mas que criança! Ele me assustou muito. – O homem parou como se não quisesse contar o resto da história, porém continuou. – Eu estava saindo de casa quando ouvi e logo tranquei a porta e corri para o andar de cima.

– Espero que ele não faça mais isso – Lizete finalizou o assunto. – A propósito, Bóris, como está a preparação para os novos tostados?

– Bem – começou ele –, está tudo nos conformes e já tem trabalho para eles.

Como tradição da vila, os novos tostados teriam de fazer algo grandioso em favor de todos para ganharem uma casa. Geralmente a tarefa era descobrir algo novo que poderia ser utilizado por todos ou até mesmo algo inútil, desde que gerasse expectativas de que pudesse ser algo importante.

O feito da Lizete foi encontrar as dunas até hoje visitadas por ela e quinze anos atrás muito visitadas pelos tostados; entretanto caiu no esquecimento do povo e logo se tornou algo exclusivo da descobridora.

Como Bianca tinha apenas nove anos na época, a tarefa dada por Caetano a ela foi trazer de volta a "doida que saiu correndo" e a função do homem, cujo nome era Édson, seria proteger a criança, porém não a acompanhar de perto.

A caminhada de Bianca foi demorada, o medo não a deixava seguir em frente e ela não tinha a mínima ideia de para aonde ir. Logo o desespero tomou conta da criança, ela queria seus pais, queria sair do calor do deserto, queria água gelada, queria saber por que estava lá. O desespero foi tanto que a menina começou a chorar, pingando lágrimas grossas na areia, tanto que Édson não aguentou e interveio, tentando confortar a pequena criança perdida no deserto. "Acalme-se" e "siga os passos dela na areia", dissera ele, dando para ela um pouco de água morna.

Por fim, Lizete acabou encontrando Bianca e Édson perdidos no deserto, completamente desorientados e sofrendo de insolação. Quando chegaram à vila, várias mentiras foram contadas para confirmar que Bianca encontrou Lizete nas dunas e que Édson interveio apenas com água para a menina – acontece que ele teria sido expulso caso não prestasse ajuda a uma menina de nove anos, afinal ninguém iria gostar de morar perto de alguém assim.

Caetano gostou tanto das dunas e do moral provido por elas que decidiu acatar como a descoberta, permitindo aos três pegar uma pequena casa de um piso a oeste do rio.

– Então, Lizete, o que você acha disso? – perguntou Bianca.

– Oi? Desculpa – disse, rindo sem graça.

– Dar uma mão para os novos tostados – respondeu a jovem.

– Eu passo. Prefiro não interferir em assuntos da vila.

– Por quê? – perguntou Bóris.

– Eu ajudo Caetano se ele me pedir para ajudá-los. – Lizete parou para pensar. – Como nós ajudaríamos?

– Nós indicamos algumas áreas para eles investigarem – começou Bóris.

– E, caso eles encontrem algo, vão reportar a nós – acrescentou Bianca.

– Desse jeito podemos tirar proveito antes de Caetano – terminou Bóris.

Não me parece certo.

– Se algo der errado, vai sobrar para nós.

– O que poderia acontecer? – perguntou Bianca.

– Eles terão de caminhar pelo deserto por muito tempo. Imaginem as possibilidades.

– Me diga algo – desafiou Bianca.

– Ataque de chacais, coiotes, escorpiões, insolação, desidratação. Quer mais?

– É muito exagero, Lizete – comentou Bóris.

– Vai ser pior para eles tentar encontrar algo sem indicações – disse Bianca.

Lizete baixou a cabeça, pensativa.

– Vamos ajudar sem esperar algo em troca.

– Que seja. Outro dia eles nos pagam um churrasco – disse Bianca, irritada com a hesitação da amiga.

Lizete arregalou os olhos.

– Vocês... Vocês não estão pensando em mandá-los para lá, né?

– O quanto da nossa conversa você perdeu viajando em sua cabeça? – debochou Bianca.

– Vamos mandá-los para lá, sim – respondeu Bóris.

– Por quê? Vocês são doidos? – Lizete estava indignada com o caminho que a conversa estava tomando.

O lugar proibido por Caetano era uma pequena caverna ao norte da vila. Muitos corajosos tomavam o caminho para desbravar algo além da entrada, porém relatos de histórias sobrenaturais e luzes estranhas assustavam o mais corajoso dos aventureiros.

– É perfeito! Eles não estão sofrendo pressão psicológica por parte das histórias. Imagina se descobrirem algo de importante! – exaltou-se Bóris.

– Para mim é loucura.

– Qual é?! – Bianca parecia decidida a empurrar os novos tostados rumo à caverna proibida.

– Vou pensar sobre isso – afirmou Lizete, encarando seu prato.

Após terem tomado o café, ambas foram em direção ao sul, rumo ao pomar. Gostariam de checar como estava a produção e se poderiam trabalhar em troca de uma moeda para refeição. Apesar de já estarem com os bolsos cheios de moedas para refeição e moedas de valor – cinco moedas para refeição poderiam ser trocadas por uma de valor –, passar a manhã olhando para as paredes enquanto a temperatura se elevava não era agradável e as fazia se sentir inúteis. Conforme combinaram, iriam trabalhar a manhã inteira até a hora do almoço e, então, esperariam curiosas durante a tarde para conhecer os novos tostados.

A manhã de trabalho foi exaustiva devido ao forte calor e à ausência de vento entre as árvores. Muitas vezes Lizete e Bianca, que já estavam adaptadas ao clima, tiveram de parar para se refrescar bebendo uma água mais marrom e quente do que de costume.

Quando o sol forte estava diretamente sobre todos os trabalhadores, um responsável pela fiscalização mandou todos se recolherem sob a sombra de algumas palmeiras para distribuir moedas de refeição com o lema “recebeu, vaza”.

– Não sei por quanto tempo ainda vou aguentar tudo isso – disse Lizete, enquanto as duas caminhavam exaustas em direção à vila.

– Precisamos juntar mais dinheiro, desse modo você pode se aposentar em breve – confortou Bianca.

– Concordo. A última coisa que eu quero é ter de ver você trabalhar para alimentar a nós duas.

– Os pais cuidam dos filhos e depois os filhos cuidam dos pais. Simples.

– Sem essa conversa, por favor – pediu Lizete, irritada. Bianca percebeu que esse assunto realmente mexia com os sentimentos da mulher mais velha.

Na vila, ambas almoçaram no grande salão e, novamente, sentaram-se ao lado de Bóris.

– Conseguiu convencê-la? – Lizete ouviu Bóris murmurando para Bianca.

– Ainda não tocamos no assunto – murmurou em resposta.

– Ela ainda acha muito errado fazer isso – murmurou Lizete para os dois ouvirem. – Se algo acontecer a eles, vai se sentir muito mal.

– E se eu esperar por eles perto da caverna? – perguntou Bóris.

– Mais um para morrer.

– Qual é, Lizete? Você não acredita no que te contam sobre a ilha matar a todos com mais de quarenta anos, mas acredita em uma caverna com fantasmas? – Bianca começou a falar alto demais e atraiu olhares curiosos.

Acredito em tudo.

– Me contem o plano.

– Eu vou esperar por eles perto da caverna – afirmou Bóris, mesmo sabendo que não precisaria fazer isso. – Bianca vai deixar um bilhete no bolso de um novo tostado pedindo para ir ao encontro dela, seguindo o rio em direção ao sul.

– Com instruções para eles saberem qual sentido é o sul – acrescentou ela.

– Exatamente! Então eles seguem a orla do rio até o momento em que Bianca aparecerá e os indicará o caminho até a caverna – Bóris parou de falar. – Tá acompanhando?

– Sim – respondeu Lizete, balançando a cabeça.

– Ótimo. – Bóris parou para lembrar em qual ponto do plano ele estava. – Eu esperarei por eles perto da caverna e os seguirei para dentro assim que possível. Não se preocupe, pois estarei armado.

– Eles vão ver um cara desses com uma espada e vão sair correndo, isso sim – brincou Bianca.

Bóris apenas olhou com o canto do olho para a jovem.

– Se um fantasma aparecer, eu estarei lá para defendê-los.

– E se você não puder defendê-los?

– Ou eu sobrevivo sabendo que pessoas morreram por culpa minha ou eu morro tentando salvá-las.

– Parece ser muita burrice.

Bianca olhou para Lizete, sabendo que precisava tomar alguma atitude.

– Lizete, por favor. Talvez a gente encontre a saída daqui.

Lizete olhou para Bianca com uma cara de deboche.

– Em uma caverna? Poupe-me disso.

– Lizete, você teria alguma ideia de por que uma caverna recebeu tamanha má fama entre os moradores? Não foi um caso isolado, foram *vários*.

– Fantasmas – Bóris pensou em outros relatos –, raios, objetos voadores.

– Teve aquele que foi eletrocutado – acrescentou Bianca.

– Verdade – confirmou Bóris.

– E vocês querendo enviar pessoas nessa missão suicida! Deixem-me fora disso.

Eu ainda não estou acreditando!

Lizete se levantou do banco de madeira, não acreditando no que estava ouvindo. Logo Bianca, uma filha para ela, fazendo maluquices que poderiam ferir outras pessoas. Para esfriar a cabeça, a mulher foi direto para casa tirar seu habitual cochilo pós-almoço e acordaria mais tarde para verificar os novos tostados.

Novamente, durante o trajeto para sua casa, ela se atentou a movimentos suspeitos de Vinícius e torcia para ele não fazer alguma brincadeira pelo bem dele. Felizmente ninguém se feriu até Lizete fechar, com força, a porta de sua casa. Ela retirou as peças de roupas compridas que a protegiam do sol, vestiu algo mais confortável e sem grãos de areias e então se deitou no sofá, onde tentou retirar da cabeça todos os pensamentos negativos do que poderia acontecer no dia seguinte.

Antes de perceber, ela já estava sonhando com um grande portal que brilhava em nove cores, porém a cor amarela brilhava fortemente, chamando sua atenção. Enquanto estava hipnotizada pelo forte brilho da luz amarela, uma flecha despencou do teto, acertando lentamente o chão a sua frente. O som provocado pela madeira e ferro da flecha causou uma agonia crescente em seus ouvidos, fazendo-a acordar quando atingiu níveis insuportáveis.

Ao seu redor, ela percebeu o sol entrando timidamente pela janela oeste.

Posso dormir mais um pouco.

Entretanto, ela preferiu fazer algo diferente, algo que nunca tinha feito nos quinze anos de ilha: pegou um papel, uma pena e um tinteiro; sentando-se diante da única mesa da casa, começou a escrever uma carta para Bianca. Uma carta com seus sentimentos mais profundos e sinceros. Conforme escrevia, lágrimas pingavam sobre a tinta fresca e ela rapidamente enxugava com um chumaço de algodão.

Ao terminar a carta, a mulher subiu ao andar de cima e a escondeu dentro da fronha de seu travesseiro, na esperança de Bianca nunca a ler antes de ser entregue. Ela conferiu novamente a posição solar e decidiu que já estava na hora de ir em direção à recepção dos novos tostados.

A recepção sempre ocorria dentro da casa de Caetano, os tostados que gostariam de dar uma conferida nos recém-chegados antes de eles acordarem formavam uma circunferência em volta do caminho a ser percorrido pelos homens fortes que carregavam quem dormia da sala do teletransporte até uma sala mais aconchegante com cama e água.

Como de costume, as pessoas mais novas na ilha estavam presentes e dava para contar nos dedos as pessoas com mais de um ano. Bianca estava lá, porém nenhum sinal de Bóris.

– Cadê o Bóris? – perguntou Lizete, rispidamente.

Bianca nem olhou para quem estava falando com ela.

– Ele se candidatou a carregar os tostados – respondeu.

– Ele vai colocar o bilhete no bolso de um deles?

Novamente Bianca fez questão de não olhar para a pessoa que estava falando com ela.

– Não sei do que você está falando.

Ambas ficaram quietas em um silêncio horrível, apenas o som do vento raspando na areia e arrastando os grãos era ouvido, nem sequer as outras pessoas no aposento conversavam.

– Você sabe sim! E o…

Lizete parou de falar quando ouviu um rugido vindo de perto da porta por onde os teletransportados saíam.

– Silêncio!

Todos os presentes olharam para as mulheres que estavam conversando, fazendo Bianca ficar da cor de um pimentão e Lizete esticar as mangas de sua túnica.

– Vocês sabem que eles não podem acordar! – gritou novamente o dono da voz. Lizete sabia quem estava gritando e procurou olhar em seus olhos. Caetano estava ao lado da porta, esperando pelo clarão distinto do teletransporte aparecer na fresta entre o chão e a porta de madeira.

Caetano parecia mais cansado e velho do que nunca, seus olhos estavam profundos e escondidos sob o excesso de pele que era presente em todo seu corpo. A pele nunca estivera tão castigada como naquele momento, anos de descuido e de não dar importância ao sol deixaram manchas e rugas, sua pele era muito ressecada, dando a impressão de que ia se partir a qualquer momento, e seu tom de pele era escuro misturado com vermelho.

– Vocês sabem que silêncio é extremamente importante nesta hora!

Dito isso, ouviu-se um estrondo e o clarão saiu por debaixo da porta e iluminou toda a sala, alguns levaram a mão ao rosto para se proteger.

Exagerados, nem é tão forte assim.

Caetano abriu a porta delicadamente para não fazer barulho, enquanto Bóris e mais cinco homens apareceram carregando macas e entraram na sala fazendo o maior silêncio possível, porém os homens eram grandes e desajeitados, provocando passadas barulhentas que ecoavam pela sala. Alguns dos presentes seguraram o riso.

Bóris saiu pela porta e fez um sinal de "V" com os dedos, todos se entreolharam com o que ele queria dizer com o sinal de vitória. Dando-se conta de seu erro, usou um indicador de cada mão para dizer o que realmente precisava: mais duas pessoas. Uma mulher se candidatou para ajudar e Caetano teve de empurrar um homem ao seu lado para não deixar Bóris esperando.

O primeiro a sair carregado era um jovem de quinze anos com cabelos crespos bem bagunçados e pretos, ele não era muito alto, certamente mais baixo do que Lizete. O segundo era uma criança, não tinha mais de cinco anos, e Lizete sentiu um aperto no peito quando o viu.

O terceiro era alto e musculoso, estava vestindo uma regata que mostrava suas tatuagens em ambos os braços e, devido a um olho roxo, Lizete logo pensou que ele seria problema. O quarto era muito parecido com o terceiro, talvez um primo, porém havia chance de ser apenas coincidência, este estava mais arrumado e não mostrava tatuagens visíveis, seu cabelo estava impecavelmente ajeitado e seu sapato lustroso até demais.

Bem-vindos.

Os presentes ficaram em silêncio enquanto os sete homens e a mulher carregavam os recém-chegados até o quarto feito para todos os novos tostados, inclusive alguns exageraram e prenderam a respiração.

Somente quando as oito pessoas saíram de dentro do quarto que os presentes começaram e se retirar de forma silenciosa do local. Todos sabiam do perigo de acordar alguém antes da hora, alguns presenciaram, e ninguém gostaria de ser responsável pelo que poderia acontecer.

Do lado de fora da casa de Caetano, os homens que estavam carregando trocaram palavras rápidas com o dono da casa. E logo o anfitrião chamou a atenção de todos para si.

– Muito bem! – começou ele, sem se preocupar com os novos tostados. – Como vocês viram, são quatro homens e pelo visto todos vão sobreviver!

A plateia não sabia como reagir nesse caso, nem sequer Lizete que perdera as contas de quantas vezes presenciou tal cena sabia como. Alguns aplaudiram enquanto outros comemoraram timidamente.

– Espero que vocês não tenham feito aquilo – murmurou Lizete no ouvido de Bianca antes de desaparecer entre os presentes.

Lizete pensou em como faria para verificar se o plano de Bianca e Bóris estava em prática. Ela não poderia interferir de forma direta com os novos tostados como seus amigos estavam fazendo, entretanto não havia outra saída. Porém, caso descobrissem o plano de mandá-los até a caverna assombrada, Bianca e Bóris poderiam ser punidos por Caetano, porém uma punição seria algo bem mais leve se alguém morresse na brincadeira deles.

Por fim, Lizete decidiu escrever um aviso para colocá-lo dentro da caverna, entretanto seu plano só daria certo se ninguém a visse colocando a mensagem e se os novos tostados lessem. Não era arriscado e a chance de falhar era pequena.

Naquela noite, Lizete decidiu jantar mais cedo que o habitual para acordar horas antes de o sol nascer, assim ela conseguiria deixar a mensagem na caverna e correr até as dunas para dar a impressão de que estava fazendo o mesmo que fazia todos os dias.

Ela comeu sua refeição calmamente enquanto esperava Bianca chegar ao local. Quando a jovem entrou no grande salão, Lizete fez questão de terminar o prato mais rapidamente para sair do local.

Quando chegou em casa novamente, pegou a pena, papel e tinteiro para escrever em letras garrafais "É UMA ARMADILHA, SAIAM", arrumou sua roupa e equipamentos para o dia seguinte e foi deitar em sua cama, conferindo, de coração partido, se a carta continuava escondida no travesseiro.

Por que você fez isso?

Como não estava habituada a dormir tão cedo, demorou um pouco para pegar no sono, porém ela sabia que, na verdade, estava esperando Bianca chegar em casa.

Ela acordou no meio da noite, não sabia o quanto havia dormido e se já era hora de sair de casa. Preferiu sair da cama tentando fazer o mínimo de barulho possível para não acordar Bianca, vestiu-se, pegou seu equipamento e saiu de casa.

De madrugada era frio no deserto, o vento era forte e gélido, cortando sua face como várias navalhas minúsculas. Depois de quinze anos no deserto, enxergar apenas com o luar e orientar-se pelas estrelas era uma tarefa fácil, desse modo ela tomou o rumo da caverna assombrada.

Quando estava próxima à caverna, decidiu diminuir o ritmo e verificar se havia sinais de Bóris, ficando mais aliviada ao não encontrar o homem no local. A entrada da caverna parecia inocente sob o luar, não condizendo com os rumores que espantavam todos do local. A descida antes da caverna não era íngreme, a formação rochosa crescia sobre o solo por cinco metros, mostrando picos irregulares. Uma única rocha parecendo um pilar estava de frente para a entrada, mais alta do que o pico sobre a caverna. O que mais intrigava Lizete era o fato de a caverna ser subterrânea naquele grande deserto, e ela não sabia se alguém a escavara ou se a natureza fizera o trabalho.

Enquanto admirava aquela entrada rochosa, algo pareceu brilhar de dentro da caverna, porém Lizete não percebeu – ela estava no estado de memorizar cada detalhe daquela formação. Formações parecidas podiam ser encontradas em outros lugares do deserto, mas nenhuma tinha uma caverna subterrânea, ainda mais assombrada. O fato de tudo parecer místico deixava tudo mais atraente.

Lizete não teve ideia de quanto tempo ficou analisando a entrada da caverna, porém, quando se deu conta de onde estava e de como o frio atingira seus ossos, ela correu até a caverna, pegou algumas pedras pequenas para servir de peso e deixou o papel sob elas alguns metros para dentro, de maneira que os novos tostados tivessem mais chances de ver. Quando estava saindo, ela ouviu um trovão atrás de si que fez gelar ainda mais sua pele; reunindo muita coragem, ela olhou para trás e viu apenas escuridão.

Estou imaginando coisas.

Deu alguns passos para fora da caverna enquanto olhava para trás na esperança de descobrir a origem do barulho e, dessa vez, um raio surgiu para atingir o papel que ela deixara. De forma misteriosa, o papel não pegou fogo, e sim levitou por alguns segundos emitindo uma luz amarela igual à de seus sonhos. Em um piscar de olhos, o papel foi arremessado para fora da caverna e ela permaneceu no local assustada demais para correr, sentindo o vento que fez o papel voar. O vento provocava uma sensação única no rosto e nas mãos de Lizete, deixando-a aquecida e protegida, parecia convidá-la para entrar mais fundo na caverna.

Vou esperar a todos e vamos entrar juntos.

Ainda olhando para trás, ela se afastava da caverna, sentindo cada vez menos o calor confortável do vento da caverna para o vento gelado e cortante do deserto. Lizete decidiu se sentar na base da pedra de frente para a caverna para esperar os homens chegarem. O vento acabou levando para as mãos dela o papel em que ela escrevera o aviso. Sem pensar duas vezes, o rasgou em vários pedaços e os jogou para cima a fim de que o vento os carregasse. Ela tomou um gole em seu cantil, que estava quase na metade, cobriu-se com o cobertor que trouxera e permitiu-se descansar até alguém aparecer.

Quando abriu os olhos, o sol já estava brilhando no céu limpo. Ela pôs-se de pé para olhar em volta, verificando se Bóris estava próximo a ela, porém não enxergou o homem. As únicas pegadas presentes na área de entrada da caverna eram suas.

Ela guardou seu cobertor e tomou outros grandes goles do cantil quase o esvaziando. Por experiência própria, ela sempre carregava no mínimo três quando ia passar muito tempo fora da vila e conhecia vários locais de onde poderia retirar água relativamente cristalina. Após algum tempo de pé no alto de uma duna, ela decidiu sentar-se na base da rocha em forma de pilar e esperar.

Lizete esperou mais de hora até alguém aparecer.

– O que temos aqui? – perguntou uma voz atrás da mulher.

Lizete ficou de pé em um salto e olhou na direção da voz. Era Bóris.

– Alguém enfartando!

– Estou falando sério – disse ele, com um tom firme.

– Não se assusta alguém da minha idade desse jeito! – esbravejou ela.

– Não grita, caso contrário vai atrair chacais e não queremos isso.

– Está bem – retrucou em voz baixa.

Bóris caminhou até a entrada da caverna, encarando-a como se estivesse desafiando-a para fazer o primeiro movimento. O interior parecia extremamente calmo e inofensivo, o contrário de horas atrás.

– Você entrou aí? – perguntou ele.

Ele viu as pegadas.

– Sim – confirmou ela.

– Viu algo?

– Não – mentiu.

Bóris saiu de perto da entrada e colocou a mão no queixo, pensativo.

– Eu e Bianca daremos sequência ao plano – disse ele. – Você vai atrapalhar?

Ele levou a mão gentilmente até a espada em sua cintura.

– Muito corajoso da sua parte ameaçar alguém da idade da sua mãe.

Lizete cruzou os braços e seu estômago roncou.

Me esqueci de trazer comida.

Bóris tirou a mochila das costas. Depois de procurar por alguns segundos, retirou um sanduíche enrolado em uma folha de bananeira.

– Se você for ficar, precisará comer – disse ele, esticando a mão com o sanduíche. – Caso contrário, seria melhor você ir embora.

Preciso inventar um motivo para ficar.

– Bem… – começou ela, atrapalhando-se com as palavras. – Vi que você veio armado. Talvez eu fique para ver.

– Tudo bem, apenas não nos atrapalhe. Ok?

– Ok – confirmou ela, assentindo com a cabeça e pegando o sanduíche. – Obrigada.

Eles não sabiam por quanto tempo esperariam os novos tostados chegarem à caverna ou se o plano de Bóris e Bianca estava dando certo. Presumiam que os novos tostados acordariam somente após o meio-dia e considerando uma hora até Bianca abordá-los e colocá-los no caminho certo, por onde seguiriam por mais meia hora.

Aproximadamente quatro horas após o meio-dia, quando o sol estava dando sinais de enfraquecer, Bóris viu alguém caminhando afastado da caverna.

– Os idiotas erraram o caminho! – disse ele, ficando de pé e correndo até a pessoa que estava caminhando para longe da caverna.

Lizete apenas esperou Bóris ir correndo até onde ele disse ter visto alguém caminhando e voltar acompanhado por mais três homens.

– Essa é Lizete – disse ele, apresentando-a.

– Olá – disseram os três em coro.

– Estes são Júlio, Ronaldo e Daniel.

– Júlio – disse o homem mais alto, musculoso e com o olho ainda roxo. Suas tatuagens estavam escondidas sob a túnica.

– Eu sou Daniel – disse o homem parecido com Júlio, porém, vendo-os agora mais de perto, ela não enxergava tantas semelhanças entre os dois.

– Vocês são parentes? – ela perguntou.

– Caetano fez essa pergunta – respondeu Daniel. – Não somos parentes, inclusive não nos achei parecidos.

– Ronaldo – disse o mais jovem, apressadamente. Ele era ainda mais baixo agora que estava de pé, seu cabelo crespo bem escuro parecia deixá-lo mais alto. Lizete reparou como ele tentava se proteger do sol esticando as mangas da túnica o máximo possível. O tom de pele dele era o mais claro entre os três e isso poderia causar desconfortos e vermelhidão nas primeiras semanas.

– A criança se chama Jean – disse Bóris. – Caetano preferiu mantê-lo na vila.

– Compreendo – disse ela.

Os cinco ficaram alguns segundos encarando-se em um silêncio constrangedor.

Bóris resolveu dar um fim a ele.

– Vamos entrando – disse, indicando a caverna com a mão. Com a outra, estendeu uma tocha apagada para Daniel.

Nenhum dos cinco falou nada até estarem todos pelo menos dez metros dentro da caverna. O vento quente batia no rosto de Lizete e ela, misteriosamente, começou a se sentir melhor. Júlio quebrou o silêncio quando começou a se contorcer de dor.

– AAHH! – gritava ele com as mãos na cabeça. – O QUE ESTÁ ACONTECENDO?

Os quatro entreolhavam-se tentando entender o que poderia estar acontecendo com Júlio. Lizete percebeu que sua túnica parecia estar se desmanchando como se estivesse em chamas, porém não havia fogo.

– QUEM ESTÁ FAZENDO ISSO COMIGO? – Sua voz ecoava para dentro da caverna, entretanto o vento a trazia de volta.

O vento.

Sua pele começou a ficar vermelha em alguns pontos, indicando queimaduras leves, enquanto outros pontos menores descascavam e exibiam camadas subcutâneas. Nas queimaduras mais profundas, o sangue escorria.

Rapidamente Lizete parou na frente dele para tentar impedir o vento de acertar o homem com força, porém foi em vão.

– Vá para trás! – ela gritou. – Agora!

Bóris deve ter compreendido o poder do vento, pois logo agarrou Júlio pela gola da túnica, arrastando-o para fora da caverna. Outros correram para ajudar.

Conforme se afastavam da caverna, Júlio parou de gritar desesperado, desta vez gritava apenas pela dor causada dos ferimentos profundos em sua pele. Lizete sentiu-se mal, talvez houvesse julgado errado ele e não sabia se poderia ter a opinião correta sobre sua personalidade.

Enquanto os homens faziam os primeiros socorros fora da caverna, Lizete abriu sua mochila e começou a preparar uma tocha para si com o material que trouxera de casa. Ela sentia que precisava ajudar Júlio, porém estava muito agradável e confortável – até mesmo hipnotizante – permanecer com o vento quente em seu rosto.

Quando olhou para os homens, ela sentiu sua espinha gelar. Bianca aparecera e estava conversando com Bóris.

Por favor, querida, vá embora. Não fique aqui. Vá buscar ajuda.

Em um ímpeto e com uma vontade absurda de se impor e dar um basta na brincadeira dos dois, Lizete saiu correndo da caverna e foi ao encontro da jovem.

– O que você está fazendo aqui? – perguntou ela, controlando a voz.

– Vim ajudar. – Bianca largou sua mochila no chão e retirou uma corda e uma tocha de dentro.

– Você vai voltar e pedir ajuda.

– Com licença – disse Júlio, provocando um olhar irado de Lizete. – Eu estou me sentindo melhor.

Ela olhou para os ferimentos e estavam horríveis, não havia como enfaixar todos, portanto apenas utilizaram faixas nos mais profundos. O sangue ainda escorria por seus braços e pela perna direita. Uma parte da sua orelha esquerda estava em carne viva, porém ele parecia não sentir.

Júlio deve ter percebido a cara horrorizada de Lizete e continuou a falar.

– Eu não sei por que continuei caminhando. – Ele estava tentando consolar a si mesmo. – Algo me dizia para sair dali, pois não era bem-vindo.

– O que você sentia? – perguntou Bianca.

– Algo tentando me impedir de continuar. Então senti um vento gelado cortando minha pele e, quando percebi, você estava diante de mim e logo depois senti um puxão para trás.

Vento gelado?

– Vocês salvaram minha vida. Obrigado – disse ele enquanto olhava para os olhos de todos os presentes.

Bianca mordeu o lábio inferior com força. Um sentimento de culpa a remoía.

– Vou entrar lá – disse determinada.

– Bianca, não! – impediu Lizete.

– Este homem quase morreu por pura curiosidade minha! Você não pode me impedir!

– Vão sem mim – Júlio disse a todos. – Por favor, desvendem essa caverna.

– Você precisa de ajuda médica – disse Ronaldo.

– Eu aguento sem problemas.

– Não banque o herói – disse Bóris.

Subitamente ele se pôs de pé.

– Eu consigo caminhar. Apenas meus braços estão machucados.

– Há sangue em sua perna – observou Lizete.

– Foi quando me arrastaram. – Ele levantou a túnica alguns centímetros. – Raspei em uma pedra.

O machucado em sua perna era um corte profundo e irregular, diferente das queimaduras em seus braços, rosto e peito.

– Vamos? – perguntou Bóris.

Daniel, Ronaldo e Bianca assentiram com a cabeça. Bianca saiu correndo na frente para Lizete não ter tempo de dar um sermão.

– Não entra aí! – Lizete gritou, mas Bianca fingiu não ouvir.

– Você tem de admitir – Bóris estava com um sorriso. – Ela tem coragem.

– Infelizmente, sim – concordou Lizete enquanto todos caminhavam em direção à caverna, deixando Júlio para trás apenas com um facão.

Bóris ateou fogo em sua tocha instantes antes de entrar na caverna.

– Já sabem, se sentirem algo, saiam da caverna – instruiu ele.

Não era preciso dizer, todos sabiam.

Após cerca de vinte metros para dentro, só era possível enxergar graças à tocha de Bóris e, por ordem dele, ninguém mais acenderia uma.

Lizete estava com os ouvidos a mil, tentando ouvir qualquer barulho a sua frente que pudesse indicar perigo, porém tudo o que ouvia além de seus passos era o vento arranhando a areia fora da caverna. O silêncio do grupo foi quebrado por Daniel.

– Impressão minha ou o vento dificulta a caminhada?

– Do que você está falando? – perguntou Bóris.

– Não consigo caminhar rápido – disse ele, protegendo os olhos com os braços enquanto sua túnica tremia violentamente por causa do vento. Lizete notou algo em seu braço esquerdo.

– Seu animal! Sai daí! – explodiu Bóris.

Um barulho na parte superior da caverna chamou a atenção de todos, que olharam para cima a tempo de ver pedras começarem a tremer.

– Corram! – gritou Bóris, puxando Bianca mais para dentro da caverna.

Ronaldo agarrou Lizete pela mão e a puxou também.

Logo após sair de baixo das pedras, Lizete ouviu um estrondo e sentiu o chão tremer. O teto desabara sobre Daniel e agora o grupo estava preso na caverna.

– Seu idiota! – bradou Bóris.

– Estou bem! – gritou Daniel por trás da pilha de pedras. – Não me machuquei. Pulei para trás no último segundo.

– Você devia ter recuado quando bateu o vento – gritou Bianca.

– Achei que vocês também estavam sentindo.

– Agora volte até Júlio e vá buscar ajuda!

– Fiquem tranquilos. Vou fazer isso – garantiu ele.

O grupo ficou em silêncio enquanto ouvia os passos de Daniel ficarem cada vez mais distantes. Com medo, todos se entreolharam em busca de alguém puxar a frente.

– Acho que estamos presos – disse Ronaldo.

– Será? Acho que não – ironizou Bianca.

– Todos lado a lado e se deem as mãos – disse Bóris.

– Por quê? – perguntou Bianca.

– Se alguém estiver com dificuldades para caminhar, solte as mãos, dê um grito para avisar a todos e corra para trás.

– Será que alguém ficará pelo caminho? – perguntou Lizete, logo se arrependendo de ter feito a pergunta. O vento, antes quente, agora era uma brisa gelada que esfriou o suor que escorria por sua nuca.

CAPÍTULO 8

CRIS 2

Marcelo e Cris dirigiram-se até a arena das pessoas-touro. Nenhuma alma viva estava perambulando pelos sombrios corredores feitos na caverna. A perfeição das paredes – que, por algum motivo, estavam cinza – chamou atenção de Cris e ele tocou na que estava mais próxima.

Natural ou alguém escavou tudo isso?

– Você sabe se escavaram aqui? – perguntou curioso.

– Curiosidade ou apenas tirando o nervosismo da cabeça?

– CUSTA ME RESPONDER ALGO?

– Já estava assim quando cheguei.

Desisto.

Eles andaram por poucos metros antes de Cris romper o barulho composto apenas de eco dos passos pesados de cascos de bovinos.

– Não era surpresa a escolha da arma?

– Exatamente. Era.

– E por que mudou?

– Na verdade, foi a única que sobreviveu – explicou Marcelo. – Muitas armas estragaram, derreteram tanto o aço como a empunhadura, perderam o fio e essas coisas.

– E as armas dos guardas?

– Muito boas. São muito afiadas e podem terminar a luta rapidamente. – Marcelo estava escondendo, porém ele parecia alegre contando sobre as armas. – Gostamos de ver lutas demoradas e sangrentas entre nossos prisioneiros.

– Vocês são cruéis – estremeceu Cris.

– E imagina dar uma arma afiada para um assassino. Pense no estrago que ele pode fazer até alguém o desarmar – acrescentou ele.

– Falando assim eu concordo.

A arena estava cada vez mais próxima e Cris ficava mais e mais nervoso.

– Vai ter alguma regra?

– A luta só para quando alguém morrer.

– Posso ver uma antes da minha? Por favor – pediu Cris.

– Estamos com pouco tempo. – Marcelo pôs a mão no queixo, pensativo. – Se demorar muito, a gente sai e vai treinar.

– Obrigado. – O medo na voz foi brevemente substituído por alívio.

Talvez a curiosidade tenha sido mais forte do que o nervosismo e o medo por alguns minutos e Cris finalmente se acalmou pelo resto do caminho até a arena.

Ao depararem com as portas da arena, pela primeira vez, Cris viu Marcelo abrir de leve uma porta dupla, deixando espaço somente para um passar por vez.

– Eles não gostam de interrupções – cochichou Marcelo. – Agora venha e sente-se ao meu lado.

Cris passou pela porta entreaberta e deparou com uma quantia de mais de oitenta pares de chifres assistindo a uma luta entre duas pessoas-touro. Um dos lutadores era forte e de aparência bárbara, já o outro era mais alto, fraco, porém aparentemente mais ágil. Ambos estavam vestindo calça e colete, desarmados e lutando dando socos e chutes.

Marcelo fechou lentamente a porta atrás de si, fazendo um leve estalo.

– A mais alta é mulher – cochichou Marcelo, em tom quase inaudível, no ouvido de Cris. – Quem você acha que ganha?

– Mulher? – cochichou Cris de volta.

– Quieto! Lembra-se do que te falei? – Marcelo olhou indignado e bravo para Cris enquanto tentava cochichar.

Ops!

Cris respondeu com um sorriso amarelo.

Enquanto os dois conversavam, Cris acabou perdendo o fim da luta. Ele não viu o homem atacando a mulher com um chute na lateral da coxa esquerda, ela bloqueou com o cotovelo enquanto inclinava o corpo na direção do chute e contra-atacou com um chute lateral no queixo do homem, que caiu para o lado direito, inconsciente.

Os berros de alegria captaram a atenção de Cris para dentro do círculo de batalhas. Para sua frustração, a mulher estava comemorando euforicamente enquanto a multidão gritava e aplaudia. Entretanto, para sua surpresa, a vencedora aproximou-se do perdedor e lhe deu três tapinhas no peito.

– Ele não vai acordar muito bem-humorado – comentou Marcelo.

– Qual é o motivo dos três tapinhas? – perguntou Cris.

– Um cumprimento que engloba "obrigado pela luta, você lutou bem, vamos lutar novamente, por favor sem ressentimentos e blá-blá-blá" – respondeu Marcelo. – Quanto mais tapas, mais respeito você teve pelo adversário na luta.

– E três representa muito respeito? – perguntou Cris curioso.

– Representa que você gostou da luta e nada mais. Acabou por virar padrão de todos os lutadores que não querem parecer mal-educados.

– E eu faço algo? – perguntou Cris.

– Depende. – Marcelo deu seu sorriso irônico. – Se você morrer, permaneça parado ali, *por favor*. Se sobreviver, erga a cabeça decepada e torrada do seu oponente, como você fez com Ricardo, e ganhará respeito de muitos por aqui.

– Tenho cada vez mais certeza de que vou embora daqui – afirmou Cris.

– Você vai mudar de ideia logo – disse Marcelo, com um sorrisão no rosto. – Ei! Olha só! Acabou a luta, vamos lá treinar.

Marcelo pegou Cris pelo punho e abriu a porta para saírem do local, fechando-a levemente após saírem.

– Nunca fale sobre as mulheres! – dessa vez Marcelo pôde gritar com Cris.

– Esqueci, cara, é sério.

– Espero que ninguém tenha ouvido.

Eles seguiram o caminho da direita para chegarem à sala de preparação de Cris, onde outros lutadores estavam esperando sua vez de lutar.

Era uma sala retangular com diversos bancos de madeira para os lutadores sentarem-se antes das lutas. Quase todos os presentes estavam com machucados no rosto e alguns estavam com braços enfaixados. Poucos deitados com médicos trabalhando em lesões graves.

Quando Marcelo entrou na sala, fez questão de anunciar Cris.

– Guerreiros! Diante de vocês está um guerreiro que lutará pela vida daqui algum tempo!

Cris sentiu os pelos da nuca congelarem ao perceber que todos os lutadores e os médicos estavam olhando para ele. Ele não sabia o que fazer.

Como saio daqui?

Em sua busca para encontrar uma saída do local, Cris percebeu apenas duas: a porta de madeira atrás de si e um pequeno portão na parede direita da sala que dava acesso à arena.

– Hããã… – Ele buscou palavras até sair um som quase inaudível. – Oi.

Reparou que alguns viraram a cara e começaram a conversar entre eles. O motivo da conversa Cris ouviu quando um deles disse alto demais.

– Aposto três dias de trabalho no outro.

– Você está fazendo algo muito errado – disse Marcelo no ouvido de Cris.

– Obrigado por me lembrar – rangeu Cris em resposta.

Marcelo conduziu Cris através da sala sob os olhares curiosos dos homens até uma sacola de couro em um canto. Ali estava seu escudo e dois cantis.

– Pegue seu escudo e vamos treinar um pouco – ordenou Marcelo.

Cris obedeceu sem pensar duas vezes. Dentro da sacola havia um escudo redondo de madeira com as bordas e o centro de ferro. Na parte de madeira estava escrito "Cris, o humano" com uma tinta azul.

– Desnecessária essa escrita – murmurou o jovem.

– Canhoto ou destro? – perguntou Marcelo.

– Sou melhor com a mão direita – respondeu Cris.

– Experimente-o – ordenou Marcelo. Cris imediatamente o segurou na mão direita.

Antes de virar-se para Marcelo, o homem-touro desferiu um chute em suas costas enquanto gritava ordens.

– Não se distraia! Escudo na mão esquerda! Não vire as costas para seu oponente! Você quer morrer?!

– Espera um pou… – Cris tentou parar seu mentor.

Marcelo acertou um cruzado no queixo de Cris, jogando-o para trás e fazendo-o desabar após chocar-se contra a parede.

– Vamos ter trabalho – murmurou Marcelo para si.

Após cinco minutos, Cris finalmente abriu os olhos sem entender onde estava.

– Vamos. – Marcelo estava estendendo a mão. – Você precisa treinar e não dormir. Cada vez mais tenho certeza de que você morrerá.

– Prefiro morrer a viver aqui – retrucou Cris, gerando indignação entre os lutadores presentes na sala.

– Eu te mato agora! – gritou um.

Cris aceitou a ajuda de Marcelo.

– Desta vez esteja pronto. Três, dois, um. Agora!

Marcelo atacou Cris usando apenas as mãos e pernas com o grosso casco bovino. Cris, mais atento, bloqueou todos os socos e chutes com o escudo.

– Muito bem – disse Marcelo após terminar a sequência de golpes. – Faltam alguns detalhes ainda para acertar e você talvez sobreviva.

– Como assim?

– Por que você não me atacou?

– Achei que era só defesa! – justificou-se Cris.

– Escudo na mão esquerda para ficar com a direita livre para atacar. Aproveita e não cansa a mão boa.

– Entendi – disse Cris, determinado a impressionar Marcelo.

Os quarenta minutos seguintes serviram para Cris aprender o funcionamento do escudo e o que a falta dele faria com seu queixo ou têmpora; ele também aprendeu a como continuar caminhando após levar um coice na lateral da perna. Os braços foram submetidos a um esforço maior do que deveriam e estavam machucados e fatigados, o que deixou Cris com medo de não responderem na hora da luta.

Para alívio do garoto, Marcelo pediu aos médicos presentes na sala que lhe massageassem os braços.

– Tenta relaxar e descansar nos próximos... – Marcelo olhou em volta, notando que os dez lutadores aptos a lutar agora estavam em apenas três. – Vinte minutos.

– Vou tentar – disse Cris enquanto médicos relaxavam seus músculos.

– Como você está se sentindo? Acha que está pronto? – perguntou Marcelo.

– Olha, eu nunca matei alguém antes de chegar aqui e em dois dias terei matado duas pessoas! Como você acha que estou?

Um dos lutadores foi chamado e saiu para lutar. Faltavam apenas dois.

– Só mantenha a calma e faça como fizemos no treinamento.

– Depois serei um assassino livre.

A luz de seus olhos mudou para vermelho, demonstrando a ira que ele sentia por estar na sua nova realidade. O ódio estava em todo seu corpo, nunca antes esteve em um lugar tão bárbaro, cruel, com pessoas que matariam por nada, e o medo que sentia parecia uma espada de gelo cravada em sua alma. Lágrimas começaram a escorrer pelo seu rosto.

– Ao menos me dê um celular para falar com minha família.

– Você está brincando, não é? – perguntou Marcelo.

– Como assim? Vocês não têm um telefone ou algo assim?

– Cara, você está a alguns metros de profundidade, num lugar onde só há tecnologia para fabricação de armas de lâmina e algumas roupas de couro.

– Isso significa que não tem um único celular por aqui?

– Exatamente.

– Merda! – Cris sentiu o vermelho intensificar em seus olhos.

– O que fizeram com o meu? Eu tinha um no bolso.

– Todos aparecem apenas com a roupa do corpo – explicou Marcelo.

Espera.

– Há algo de errado – Cris arregalou os olhos.

– O quê? – perguntou Marcelo curioso.

– Eu me lembro de estar em uma festa na piscina. Por que eu estava vestindo uma camisa quando cheguei aqui?

– Do que você está falando?

– Por que mudaram minhas roupas quando me sequestraram? E me vestiram com uma camisa minha! Por isso só notei agora.

– Tem certeza?! – perguntou um médico de cabelo loiro quase raspado.

– Sim! Não há motivos para eu estar de camisa, calça jeans e tênis de corrida!

– Meu nome é Alan – disse o médico. – Por favor, sobreviva a essa luta porque temos muito para conversar.

– Alan – disse Cris. – Também trocaram suas roupas?

– Eu acredito que sim – respondeu ele, enquanto massageava os braços exaustos de Cris. – Em minha última memória, eu estava no hospital, trabalhando. Acordei aqui de pijama.

– Vamos conversar em breve.

O médico apenas assentiu em resposta.

O lutador que acabara de sair chegou cambaleando de volta à sala, ele estava com dois cotovelos no braço esquerdo, porém carregava um sorriso no rosto. Rapidamente trocou algumas palavras com os outros dois lutadores e logo se deitou em uma maca, fazendo três médicos – incluindo Alan – correrem para dar os primeiros socorros.

– O cara teve o braço quebrado e, mesmo assim, derrotou o oponente – comentou Marcelo. – Você conseguiria?

Cris limitou-se a encarar Marcelo como resposta.

– O que está passando pela sua cabeça? – perguntou Marcelo.

– Que estou muito fodido – respondeu o jovem.

– Isso aí! – Marcelo fez o sinal de positivo. – Continua com esse positivismo e vamos ganhar essa luta!

Cris focou o teto da caverna. Se ele morresse nos próximos minutos, sua vida teria valido a pena? Os arrependimentos seriam mais numerosos do que os momentos felizes? Ele não conseguia responder. Toda sua concentração estava tentando transformar as chamas vermelhas de volta para azuis. Olhando para Marcelo, ele não enxergava as partículas vermelhas indicando os membros de seu corpo. Suas mãos estavam frias e suadas, ele não conseguiria incendiá-las no meio da luta. A visão vermelha logo se tornou escura e ele apagou.

Em sua mente, uma imagem embaçada de uma pessoa-touro carregando uma grandiosa e esplêndida espada de duas mãos surgiu devagar, criando foco e vida aos poucos. Quando o guerreiro cravou a espada no chão, liberando uma intensa luz vermelha, Cris acordou do seu sonho.

De volta à sua consciência, Cris estava ensopado de suor e Marcelo e o outro médico o encaravam de forma esquisita.

– Imagina isso na luta – comentou Marcelo.

– Eu não quero ser seu oponente – disse o médico, engolindo em seco.

– O que houve? – conseguiu perguntar Cris, com a voz arranhando sua garganta. Algo que secou completamente suas cordas vocais acontecera.

O médico simplesmente mostrou as palmas de suas mãos para o jovem. Elas estavam queimadas e cheias de bolhas.

– Eu fiz isso? – perguntou Cris apontando o dedo para si.

Marcelo assentiu e apontou para a calça do jovem. Devagar Cris baixou o olhar para verificá-las e a encontrou soltando brasas que não o machucavam.

Cris deu um pulo, pondo-se de pé em instantes e partiu para cima de Marcelo, agarrando, com uma mão, o pescoço do homem. Ele não se deu conta da sua visão em câmera lenta.

– CUSTA ME RESPONDER ALGO?! – ele esbravejou, sentindo suas cordas vocais incendiarem.

Vou descobrir agora se posso cuspir fogo.

– Você dormiu – respondeu o médico. – E, quando tentamos acordá-lo, suas roupas pegaram fogo.

– Quero ouvir Marcelo me responder! – Cris ergueu o homem alguns centímetros do chão. Seu braço direito latejava enquanto a fúria fazia força.

– Você... dormiu... – Marcelo gaguejava enquanto a mão de Cris apertava cada vez mais forte seu pescoço. – Ficou irritado... pegou fogo.

Cris o ergueu mais alguns centímetros do chão antes de finalmente o soltar.

– Da próxima vez você me responde – disse Cris, finalizando o assunto e tomando todo o cantil para molhar sua garganta.

Marcelo caiu sentado no chão, em estado de choque, suas mãos estavam tateando o gelado piso da caverna, certificando-se de não estar mais sendo erguido. O médico rapidamente se aproximou dele e verificou o pescoço, o contorno da mão de Cris deixara uma marca negra na pele vermelha.

Um homem apareceu no portão e chamou o último competidor. Ao perceber que Cris seria o próximo lutador, Marcelo aproximou-se do jovem.

– Ei, cara – disse timidamente tentando chamar sua atenção. – Agora é a semifinal. Então relaxa que você ainda não é o do próximo.

– Por que isso acontece comigo? – Cris estava chorando em pé. – Desculpa, cara. Minhas mais sinceras desculpas.

– Ei. Relaxa. – Ele retirou outro cantil do saco com o escudo e o entregou para Cris. Era água limpa e cristalina como o primeiro.

Cris olhou para Marcelo e encontrou sua visão roxa.

– Não sabia que era possível você ficar mais feio, mas acabou de ficar.

– Não me lembro de estar segurando um espelho.

– Obrigado pela água, babaca... – E então Cris explicou: – Estou com a visão roxa.

– Roxa?

– Roxa, assim como sua lágrima ao se lembrar de Sérgio na arena.

Os ombros de Marcelo desabaram e seu queixo quase tocou o peito. Cris esquecera que aquele era um assunto delicado e certamente Marcelo nunca havia conversado com ninguém a respeito.

– Bota pra fora – convidou Cris, tranquilamente.

Outras lágrimas coloridas escorriam do rosto do homem. Agora ambos estavam com os rostos molhados e olhos inchados.

– Mate o homem que o matou e eu te conto mais sobre meu irmão. – Os olhos de Marcelo estavam frios, porém determinados. – Prometo.

– Vou cobrar.

Marcelo sorriu. Um sorriso triste, entretanto havia esperança embutida. Antes de poder falar mais, vários gritos tomaram conta da sala de preparação.

As lutas haviam acabado e agora estavam coroando o campeão. A próxima luta era a de Cris.

– Não era a semifinal? – perguntou Cris.

– Pelos meus cálculos era, talvez alguém tinha desistido. – Então Marcelo encarou o fundo dos olhos de Cris e perguntou: – Pronto?

– Muito pronto – afirmou Cris com muita certeza na voz.

Os minutos seguintes passaram devagar. Cris recebeu alguns "boa sorte" dos médicos e viu-os carregarem os guerreiros machucados para fora da sala e os encaminharem até a ala hospitalar. Alan cobrou que ele o procurasse no dia seguinte para conversarem sobre as roupas e por qual motivo ocorria a troca.

– Depois da luta espero estar vivo lá na ala do hospital e conversamos sobre isso – afirmou Cris.

– Assim espero – retrucou Alan. – E boa sorte.

– Obrigado.

Com a sala vazia, apenas com Cris, Marcelo, o escudo e o cantil com água cristalina, o som dos batimentos cardíacos de Cris ecoavam entre as quatro paredes. As paredes tornaram-se cinza como horas antes.

Minha visão fica cinza quando estou ansioso e eu me esqueci disso.

Marcelo colocou a mão no ombro de Cris.

– Relaxa e faça como treinamos.

– Pode deixar.

O homem mais velho assentiu com a cabeça enquanto um sorriso confiante nascia em seu rosto.

Um homem entrou na sala pelo portão aberto.

– Cris – chamou ele.

– Vá – disse Marcelo, empurrando o escudo na direção do jovem.

O homem esperou Cris entrar no túnel para trancar o portão. Enquanto isso, Marcelo saiu correndo pela porta por onde entrara, sem fechá-la atrás de si, e já estava procurando lugar para sentar quando Cris pisou na areia fofa manchada de vermelho da arena.

Do outro lado, um homem era trazido acorrentado por outros três homens, ele tinha mais de dois metros de altura, sem contar os chifres, uma enorme cicatriz cortava metade de sua orelha direita até o canto da boca, e veias saltavam dos enormes músculos. Ele estava vestido apenas com trapos para cobrir suas partes íntimas e seus olhos negros pareciam absorver qualquer sentimento bom do local, permanecendo apenas os ruins. Cris sentiu suas pernas bambearem de medo ao ver seu oponente.

Um dos homens liberou uma corrente que prendia sua cabeça aos braços, desse modo Borges pôde erguê-la e analisar seu oponente.

– Só ele? – perguntou Borges com um enorme sorriso no rosto. – Só mato ele e ganho minha liberdade?

Cris desviou o olhar para a plateia enquanto esperava alguém responder. Ninguém respondeu, aumentando o clima pesado que pairava sobre a arena. Enquanto Borges esperava a resposta, o segundo homem abriu as correntes em volta de seus pés.

– Antes de começarmos – anunciou Edgar –, temos de verificar as regras e condições para libertar vocês.

Ambos os lutadores olharam para ele.

– A luta será até a morte, não poderão sair os dois vivos. Fui claro?

Borges assentiu imediatamente. Cris engoliu em seco.

– Fui claro? – perguntou Edgar, diretamente a Cris.

– Sim – murmurou em resposta. Porém deve ter sido o suficiente porque Edgar continuou sua fala.

– Borges – ele olhou para o homem ainda com os braços acorrentados –, caso você vença, será inocentado de seus assassinatos e liberado com a condição de nunca mais voltar ou mataremos você.

– Se eu voltar, será a última notícia que vocês terão antes de morrerem.

– Está de acordo com os termos? – perguntou Edgar, ignorando o homem.

– Pode ser.

– E Cris – ele olhou para o jovem que ainda continuava humano, – você será inocentado pelo assassinato de Ricardo e será livre para fazer o que quiser.

– Concordo com os termos – afirmou Cris.

Agora cala a boca e me deixa lutar.

– A luta começará no instante em que a última corrente de Borges tocar o chão, entenderam?

Os dois lutadores assentiram.

O terceiro homem caminhou até o homem que estava ao lado de Edgar para pegar um objeto comprido. Era a lança que Borges usaria. De longe, Cris não percebeu se o fogo havia causado dano ao cabo de madeira ou à parte de aço. Na volta, o homem largou a lança aos pés de Borges e, segurando com uma mão, abriu a última corrente do assassino. Como agradecimento, Borges o golpeou com a parte externa da mão esquerda, fazendo o homem voar alguns metros para trás antes de cair imóvel na areia; já a corrente voou de sua mão e caiu alguns metros longe. A luta começou.

Merda! Merda! Merda! Merda! Mil vezes merda! Aquilo era um dente?

Sem hesitar, Borges partiu para cima de seu oponente; seus cascos lhe davam mais mobilidade na areia.

O que eu faço? Cadê minha visão? Quero tudo lento, por favor.

De nada adiantou pedir. Borges aproximou-se e começou dando pequenos socos para quebrar a defesa de Cris, que logo ficou cansado. Enquanto se escondia atrás do escudo, o jovem não reparou que o assassino preparara um chute rasteiro que o derrubou com as costas no chão. Com a queda, o ar dos pulmões de Cris saiu, e ele precisava buscá-lo de volta. Em uma tentativa para preencher seus pulmões, o jovem abriu a boca para puxar o ar, porém não contava com Borges chutando areia ao lado de sua cabeça, levantando diversos grãos diretamente em sua boca. A tentativa de buscar ar fracassou quando diversos grãos e poeira entraram em suas vias aéreas. Cris rapidamente tentou sentar e o escudo na frente de seu rosto salvou sua vida, Borges desferiu um chute lateral que iria acertar o rosto do jovem, porém o escudo absorveu boa parte da força, entretanto o braço de Cris não estava firme e acabou batendo com força em seu rosto. O gosto e o cheiro de sangue inundaram os sentidos do lutador.

Desgraçado!

Com o impacto do objeto no rosto, Cris sentiu o cérebro se mexer dentro da cabeça e por pouco não desmaiou.

– Já morreu? – perguntou Borges.

O que eu faço?

Com seu oponente caído, sem reação, Borges caminhou tranquilamente até sua lança, pegando-a. Cris enxergou com a visão coberta pelo escudo, porém seu cérebro parecia não processar tanto a imagem como os próximos movimentos. Borges estava cada vez mais próximo de finalizar a luta, matando Cris, que não esboçava reação.

– Sabe, eu ia te matar com minhas próprias mãos – disse Borges. – Mas não quero sujá-las com o sangue de um inseto tão insignificante como você.

Cris viu os pés de Borges parados próximos ao seu corpo.

– Porra! Seu merda! – alguém gritou da plateia.

Cris reconheceu a voz: era de Marcelo. Algo fez seus pensamentos entrarem em ordem. Estava na hora de virar a luta. Era hora de vingar a morte de Sérgio.

Jogando o escudo para o lado, Cris viu Borges erguer a lança para perfurá-lo e pensou se fora daquela maneira que Sérgio morrera: sozinho, na areia fria, sendo observado por muita gente, enfrentando a sede de sangue de um inimigo do tamanho de um touro. Se foi desse jeito que Sérgio morreu, para Cris não seria assim.

Seus olhos concentraram-se na ponta da lança, a ponta de aço voltada para a barriga dele. Com um movimento desajeitado, ele rolou muito rápido para o lado até encostar-se à cerca e, ao levantar, pegou um punhado de areia na mão direita. Ao passar a adrenalina do movimento, sentiu o sangue escorrendo do nariz e o limpou com a mão esquerda. Vendo seu sangue escuro, sua visão logo escureceu a ponto de ficar tão rubra quanto no seu primeiro assassinato. Era sua vez de atacar.

Rapidamente mergulhou em direção ao escudo na frente de Borges e, ao pegá-lo com a mão esquerda, rolou de frente jogando a areia nos olhos de seu adversário. A plateia não gostou do golpe baixo de Cris e o vaiou.

Hipócritas!

Aproveitando o descuido de Borges, o jovem agarrou sua lança e se concentrou em arrancá-la das mãos do outro, ou tentar incendiá-la.

– Filho da puta! – esbravejou Borges, puxando a lança para si e preparando o ataque.

O tempo começou a passar devagar segundo o único par de olhos azuis no subterrâneo, qualquer movimento era feito em câmera lenta e facilmente previsível. Cris preparou-se para contra-atacar.

Borges investiu com a lança usando toda sua força, dando a Cris oportunidade para preparar seu movimento. Acompanhando a lança aproximando-se lentamente, o jovem esquivou para a esquerda e, em um movimento de meio círculo com a mão esquerda, acertou o escudo no rosto do assassino. Com o impacto, a cabeça de Borges foi jogada violentamente para trás, ele grunhiu e a lança voou de suas mãos.

Como no treinamento!

Rapidamente Cris atirou o escudo na plateia – se desse sorte ele acertava alguém que o vaiara – e pegou a lança ainda no ar. Checando brevemente com os olhos o estado do cabo da lança, ele não encontrou marcas de queimado ou de madeira fraca. Em fúria por aquele homem ter matado Sérgio, Cris reuniu todos os sentimentos de Marcelo: ira, tristeza, depressão e saudades. Sua visão passou de rubra para roxa, tornando-se marrom e terminou em amarelo; sua visão mudou de acordo com os sentimentos do homem que estava contando com ele. Como a lança era comprida e pesada, Cris partiu o cabo de madeira no meio, deixando-a mais leve, então ele não fez força para erguê-la e posicioná-la em uma mão para atirar em Borges.

Agora ou nunca.

Ele atirou com toda a raiva que sentia daquele homem.

O homem simplesmente a agarrou em pleno ar a centímetros de seu rosto.

É... Fodeu. Sério, como ele fez isso?

Uma faísca de esperança ainda estava acesa, literalmente. Onde Cris havia posto toda sua raiva, o cabo estava em chamas que dançavam rapidamente mesmo enxergando em câmera lenta.

Em uma investida arriscada, Cris agarrou a ponta quebrada do cabo com as duas mãos e colocou seus sentimentos ali. O sentimento de vingança, o sentimento de Marcelo finalmente estar em paz, o sentimento do espírito de Sérgio finalmente descansar. Apesar dos sentimentos bons, a visão de Cris continuava vermelha, tudo acabava em raiva, fúria, sangue. Não havia caminho na mente de Cris para a paz sem ser por meio de sangue. O espírito guerreiro das pessoas-touro sempre estivera presente em si.

Suas mãos logo se incendiaram, provocando labaredas gigantes no cabo e queimando tudo até quase atingir a mão de Borges. Para livrar-se do risco de queimar as mãos e de Cris enfiar a ponta em sua testa, Borges pulou e acertou uma voadora com os dois cascos no estômago do oponente, que voou metros para trás. Caído, ainda de costas no chão, Cris viu Borges atirar a lança pegando fogo na plateia.

Desgraçado!

Cris sentiu o golpe no estômago e seria impossível ignorar a dor. Ele ficou tão fascinado ao ver as chamas dançando diante de seus olhos que se esqueceu de seu inimigo e aprendeu a lição de um dos piores jeitos. Ele virou de lado e cuspiu sangue na areia já vermelha.

No ímpeto e contorcendo seu estômago de dor, Cris ficou em pé e deparou com Borges ao seu lado. O homem agarrou seu pescoço com as duas mãos e pressionou os polegares contra a traqueia do humano. Caso o jovem tentasse mover a cabeça para baixo, as garras afiadas do homem perfurariam seu pescoço.

– Vou te matar devagar – disse Borges. – Derramarei tanto sangue seu que a areia ficará vermelha para sempre.

O homem estava gostando.

Os braços de Borges eram mais compridos que os de Cris e o jovem não conseguia acertar socos em seu inimigo. Seus chutes exigiam esforço de seu machucado abdômen e eram inúteis.

No desespero, Cris focou toda sua raiva no pescoço, onde estava sentindo seus órgãos internos se movendo contra sua vontade. Em um piscar de olhos, sentiu uma pequena chama farfalhar até incendiar sua garganta.

Ao sentir a chama dançar entre seus órgãos, Cris abriu os olhos para ver Borges soltá-la com olhos esbugalhados. Tirando vantagem da surpresa do inimigo, o jovem aproveitou o embalo ao tocar os pés no chão e avançou sobre a defesa aberta de Borges; um forte gancho com a mão direita pegando fogo o arremessou para cima enquanto suas mãos exalavam fumaça e cheiro de carne queimada.

O enorme homem caiu inconsciente com as costas no chão e os braços abertos. Em seus pensamentos, Cris não considerou deixar o homem vivo. Aproximando-se lentamente do assassino, ele pousou a mão em seu peito esquerdo e a incendiou, provocando fumaça e cheiro de churrasco no ar. Um pouco de sangue escorreu pelo canto da boca de Borges.

Assim que retirou a mão, Cris verificou o estrago que tinha feito: tanto a pele quanto o músculo viraram cinzas, deixando expostos apenas as costelas e o pulmão queimado. Com força, ele agarrou a mão de Borges e a trouxe para o local do buraco onde segurou o dedo indicador como se fosse um punhal e usou a garra afiada para encontrar os órgãos desprotegidos pela abertura torácica. Com um único movimento de sua mão, ele penetrou entre os órgãos até sentir algo se movendo lentamente e apertou com força. A boca de Borges estava inundada de sangue a essa altura. Certificando-se de ser o coração, Cris o agarrou e puxou com toda a força que tinha. Borges ficou inerte. O órgão do homem estava na mão do jovem.

Caminhando até o centro da arena, com um rastro de sangue atrás de si, Cris cavou um pequeno buraco e largou o coração ali dentro. Seu último ato dentro da arena foi desmaiar.

– Ele está acordando! – gritou alguém próximo a ele.

Sua cabeça doía, seu abdômen mais e seu nariz mais ainda.

Deitado em uma sala em que nunca estivera, o jovem ficou feliz por não estar morto. O médico ao seu lado era um dos que haviam lhe massageado antes da luta, porém não era Alan.

Marcelo entrou correndo na sala. Seu tom avermelhado estava mais próximo a um amarelado.

– Você está bem? – perguntou ele.

Cris assentiu com a cabeça. Só pensar na resposta já lhe doía a cabeça e provocava náuseas.

– Posso fazer algo? – As marcas de preocupação no rosto de Marcelo eram evidentes.

– Sim – murmurou Cris, fazendo-o chegar mais perto. – Que tal silêncio?

– Me desculpe – disse mais baixo.

– Ele precisa descansar por alguns dias – interrompeu o médico.

– Mas ele vai ficar bem?

– O nariz está quebrado e sua cavidade nasal deve estar inchada – disse o médico com o dedo próximo ao nariz de Cris. – E este foi o machucado mais grave.

Marcelo assentiu, retomando um pouco de seu tom avermelhado.

– Por incrível que pareça – o médico tomou fôlego como se não acreditasse no que fosse dizer –, suas mãos estão sem marcas de queimadura.

– Eu já o vi fazendo aquilo antes – comentou Marcelo.

Então o médico removeu uma toalha que estava sobre a barriga de Cris. E sob ela estavam duas marcas de cascos que rasgaram a pele, provocando profundas feridas em seu abdômen.

– Essas marcas precisam de cuidado para não infeccionar – disse o médico.

Marcelo assentiu imediatamente e, antes de dizer qualquer coisa, Cris desmaiou.

Era o dia seguinte, Cris despertou ao ouvir um chacoalhar ao seu lado. Era Marcelo levantando-se de uma cama. O jovem também percebeu que estava amarrado na cama onde dormira.

Cama?! Por que estou amarrado?

– Ei! – gritou Cris. Seu nariz doeu. – Onde estou? E por que estou amarrado?

– Relaxa, Cris – respondeu Marcelo. – Te trouxe para minha casa. E você está amarrado porque não pode sair caminhando por aí até se recuperar.

– E onde eu estava antes? – Cris esfregou os olhos para enxergar melhor em volta. – Aquilo era o hospital?

– Hospital? Aqui? Sério mesmo? – zombou Marcelo. – Aquilo era a sala de preparação onde você esteve antes da luta. Ala hospitalar é só para casos realmente sérios.

– Não parecia.

– Seu nariz não parece o seu, então quer dizer que não é?

– Aposto que continua mais bonito que a tua cara toda.

– Você estava sob efeito de muitas drogas de efeito desconhecido em humanos – explicou Marcelo. – Talvez o tenham atordoado um pouco. Inclusive me admira você já ter acordado.

– Quero água e cogumelos – Cris ignorou Marcelo.

Marcelo apontou para o criado-mudo do outro lado da cama de Cris.

Cris testou as cordas e percebeu que a mão próxima ao criado-mudo estava mais solta, dando-o liberdade para pegar água e alimentos.

– Beba a água suja e usamos a limpa para seus machucados. Não aconselho o contrário.

– Babaca – resmungou Cris enquanto tomava um gole de água suja.

– Vou fazer algumas coisas para Edgar e depois vou trabalhar. – Ele estava saindo da casa pela única porta. – Aproveite para descansar.

– O que eu faço?

– Tente não morrer. – Marcelo pensou um pouco antes de acrescentar: – Vou ver com os médicos se eles têm mais ervas para dor.

– Eu estou bem – respondeu Cris.

– Por enquanto. – Então ele abriu a porta como uma pessoa normal. – Tchau!

E Marcelo saiu pela porta de sua casa.

Deitado na cama, olhando para o teto da caverna, Cris pensou na luta da noite anterior. Os detalhes não eram claros e ele sentia estar faltando a memória de como terminou. Para piorar sua dor de cabeça, pensamentos negativos de que ele poderia estar morto assombravam sua mente.

Borges poderia estar por aí.

Entretanto não poderia se lamentar por muito tempo. Ele gostaria de sair para dar uma volta e conversar com as pessoas que o assistiram. No fim, iria falar com Alan para discutirem sobre a teoria das roupas. Ao perceber que não haveria como tornar o dia útil, Cris fechou os olhos para voltar a dormir.

– Cris! – Um borrão chifrudo o acordou. Seu coração deu um salto.

Preciso me acostumar.

Seus olhos entraram em foco, encontrando Marcelo.

– Hãã... – Cris tentou falar algo com sentido.

– Vou te soltar para ir ao banheiro.

– Certo – confirmou o jovem.

– É rapidinho – explicou Marcelo. – E vamos devagar.

– Posso falar com Alan? – pediu Cris.

– Amanhã cedo você terá a reunião com Edgar. – Marcelo ignorou o pedido de Cris. – Ele gostaria que fosse hoje, mas eu disse que você estava muito machucado e que precisava descansar.

– Amanhã falo com ele. Hoje falarei com Alan.

– Deixe Alan trabalhar – pediu Marcelo.

Cris fez cara feia e esperou Marcelo o soltar. Ele gostaria de ficar com raiva, queimar as cordas e dar o fora dali. Mas no fundo sabia que Marcelo estava certo, ele precisava descansar. E, se o abdômen decidisse doer ainda mais, o jovem ficaria estressado e se tornaria difícil conversar.

Quando Marcelo o soltou, ele percebeu um bilhete escrito "beba" em uma caneca de argila e, sem pensar duas vezes, o pegou para ver o líquido. Era uma substância líquida com algumas gosmas boiando na superfície; o cheiro que exalava era azedo e enjoativo.

Vou ter de tomar isto?

Soltou um suspiro demorado e colocou a caneca de volta.

– É remédio de sono – explicou Marcelo. – Beba na volta.

– Certo – disse Cris.

Marcelo caminhou ao lado de Cris enquanto serpenteavam pelas ruas irregulares, devido às construções retangulares feitas em qualquer lugar, até chegarem às raízes da árvore e seus cogumelos comestíveis.

– Posso ir ver Alan? – pediu Cris antes de voltarem para casa, sendo ignorado por Marcelo.

Ao chegarem em casa, Marcelo trocou as ataduras no abdômen do jovem e o prendeu na cama novamente "apenas por precaução e você sabe que é para seu bem".

– Agora beba o remédio.

Cris assentiu e engoliu todo o conteúdo horrível do remédio, cujo gosto era uma mistura do odor com o aspecto: algo azedo, esquisito e enjoativo.

Espero nunca mais tomar isso.

Depois de alguns minutos, Cris caiu em sono profundo. Durante o dia, teve lapsos de Marcelo alimentando-o, trocando seu curativo no abdômen e levando-o à árvore. Como o remédio teve um efeito devastador no jovem, ele acordou apenas no dia seguinte.

– CARA, ACORDA! – Marcelo o agitava enlouquecidamente cercado por outras pessoas-touro.

Cris abriu os olhos e se viu cercado de diversos pares de chifres, olhos negros e peles avermelhadas. Foi o bastante para o jovem acordar gritando e desmaiar.

O som de várias risadas o acordou alguns segundos depois. Dessa vez preparado, Cris esperou os olhos se ajustarem antes de sair encarando todos ao seu redor. Lá estava Marcelo acompanhado por outras dez pessoas segurando os risos diante do jovem apavorado.

– Muito engraçado – disse Cris em tom de reprovação.

– Obrigado, pessoal! – exclamou Marcelo.

– Desgraçado! – Cris tentou pular da cama, porém estava amarrado e sentiu pontadas em seu abdômen.

– Acorde, coma algo e vamos ter sua reunião com Edgar.

– E minha conversa com Alan? – perguntou Cris.

– Terá de esperar.

– Vamos falar com ele – pediu Cris –, assim ele já confere meu machucado.

– Mais tarde – garantiu Marcelo.

Cris seguiu Marcelo durante o percurso até a sala de Edgar. Ele não saberia ir sozinho nem se sua vida dependesse daquilo. Ao passar por uma porta de madeira, o jovem teve certeza de que fora ali o local onde aparecera no subterrâneo, uma sensação de saudades do tempo de inocência tomou conta dele e a porta foi cercada por chamas amarelas.

Com seu hábito, Marcelo escancarou as portas duplas da sala de Edgar. Como da última vez, os guardas armados estavam usando armaduras pesadas e Edgar estava sentado no trono, porém não havia o líquido escorrendo.

– Senhor – começou Marcelo –, trouxe-lhe o vencedor da luta.

Cris deu um passo à frente.

– Senhor, como eu ganhei…

– Só fale quando Edgar mandar! – gritou um dos guardas ao lado de Edgar.

O silêncio tomou conta do lugar. Edgar estava estudando Cris.

– Garoto, venha até aqui – mandou Edgar, desta vez o timbre não assustou o jovem. Estava mais confiante, mais preparado.

Encarando o homem gordo nos olhos, ele subiu as escadas parando no penúltimo degrau como no primeiro encontro.

– Garoto – Edgar se mexeu na cadeira –, você tem coragem.

– Eu sei – respondeu Cris.

– Coragem e sorte.

– Aquilo não foi sorte – retrucou Cris.

– Caso Marcelo não tivesse gritado da plateia, você teria morrido.

– Estratégia de combate.

– Estratégia de combate em que precisa de sorte não é uma boa estratégia.

– Funcionou, não?

– Pois é. Funcionou.

– Que ótimo. Pois agora sou um homem livre.

– Guardas! – Edgar fez um sinal para os guardas cercarem Cris.

Os dois guardas ao lado de Edgar avançaram com suas lanças na direção do jovem. Dois guardas da entrada subiram as escadas apontando as lanças.

– QUE MERDA É ESTA? – esbravejou Cris. Então sua visão ficou vermelha, porém o machucado em seu abdômen o fez se contorcer.

– Você concordou comigo quando eu afirmei que seria inocentado da morte de Ricardo.

– Eu sou inocente!

– Eu concordo com você – disse pacientemente o homem gordo. – Porém você fez algo muito errado aqui.

– O quê?

– Não foi um crime, mas você terá de pagar pelos danos causados.

– Do que você está falando?!

– Das armas que você incendiou para sabotar sua luta.

– Está de brincadeira, né?!

– Não estou brincando. Será um trabalho de um mês na jazida.

– Você perdeu a cabeça. Não é possível.

– Quem perderá a cabeça será você se não colaborar.

Os guardas se aproximaram ainda mais, não deixando espaço para Cris gesticular enquanto falava.

Merda!

– Eu fico aqui trabalhando por um mês – concordou Cris.

– Excelente!

– Mas eu exijo poder lutar dois dias por semana.

– Lute o quanto você quiser. Afinal, o expediente é de manhã e as lutas são durante a tarde.

– As modalidades de luta eu escolherei.

– Tanto faz. – Edgar fez um gesto para Cris ir embora. – Dispensado.

Furioso, Cris desceu as escadas até Marcelo.

– Que merda é essa? – Cris pediu explicações.

– Estão te acusando de incendiar a sala das armas.

– Foi sem querer! – justificou-se Cris.

– Eu sei, entretanto o dano ocorreu.

– Acordei faz uma hora e parece que ainda estou em um pesadelo!

– Calma!

– Como você quer que eu mantenha a calma?

– É óbvio, respirando fundo – respondeu Marcelo.

– Eu só sinto raiva! Tenho vontade de explodir e socar todo mundo desde que eu cheguei!

– Coma algo e beba água – sugeriu Marcelo.

Comer.

– São os cogumelos! – gritou Cris.

– Como?

– Os cogumelos deixam todos agressivos!

Espera! Eu já cheguei aqui querendo matar a todos. É outra coisa...

CAPÍTULO 9

OSVALDO 2

O homem despertou de seu sono em sua cama, sua verdadeira cama. Onde dormia todos os dias. A cama em um pequeno quarto sob sua cabana feita de galhos e folhas. Sua verdadeira casa com um fogão que não sabia o que era gás há mais de dez anos, uma geladeira que funcionava quando estivesse com vontade, um lustre com poucas lâmpadas restantes disponíveis para trocas, um sofá velho com o estofamento visível do lado de fora. Era deplorável como todo aquele luxo seria sinônimo de depressão alguns anos depois.

Em seu quarto, a escrivaninha não era mais utilizada para anotações em seu diário, muito menos para anotações em geral. Ninguém as lia; não eram dignas de serem escritas. A pesada porta que separava o quarto do resto da morada era resistente e praticamente impossível de abrir do lado de fora com a tecnologia disponível aos outros habitantes da ilha. Ao apertar um botão para ligar um dos monitores, Osvaldo verificou as imagens do lado de fora de seu quarto, a parte interna de sua cabana e o exterior: todos sem presença de movimentos. Era hora de acordar e colocar seu plano em prática.

Abriu os trincos da porta e saiu para a sala e cozinha que tanto lhe deram o conforto que apenas mais seis pessoas da ilha possuíam. No início, eram outros sete, porém uma visita inesperada lhe contou sobre a morte de um deles, restando outros seis.

No meio da sala, um cilindro de vidro de um metro de altura sobre uma central cheia de botões e pequenas lâmpadas coloridas protegia o item mais valioso em um raio de vários quilômetros; o item, um cristal verde-escuro em formato navete – uma lapidação em formato de barco –, flutuava em um líquido verde-claro. O cristal não deveria ser maior do que a última falange de um dedo, porém, com a ilusão causada pelo vidro e o líquido, parecia ter o tamanho de um ovo.

Duas lâmpadas vermelhas acenderam-se tanto no quarto como na sala da pequena casa sem janelas, ligando um monitor na sala e outro no quarto. Com um pulo, Osvaldo olhou no monitor da sala e viu uma pessoa caminhando com dificuldades graças à forte chuva que atingia a vila; a pessoa estava caminhando em direção à cabana de Osvaldo.

Rapidamente o homem trocou de roupa, vestindo a roupa da vila, e subiu as escadas em espiral enquanto suas juntas doíam devido à idade avançada. Felipe o estava visitando mais cedo por alguma razão desconhecida.

Ao subir as escadas, empurrou o teto falso e saiu onde a cama jazia o restante do dia. Uma batida na porta fez seu coração saltar. Fechou o alçapão e colocou a cama por cima para esconder a entrada secreta. Outra batida na porta.

– Você está bem? – A voz de Felipe estava abafada por causa dos fortes ventos.

Osvaldo preferiu manter-se em silêncio, não gostaria que Felipe pensasse que ele estava acordado, muito menos de ter de justificar sua falta de fôlego.

Com passos silenciosos, o homem caminhou até a porta e a destrancou tentando fazer o mínimo de barulho possível. Como o interior da casa era muito escuro, poucas pessoas enxergavam a tranca de chão cuidadosamente pintada e camuflada na terra. Com o pé, Osvaldo jogou terra por cima para esconder ainda mais. A terceira batida na porta foi forte.

– Vou entrar! – Felipe berrou do outro lado.

– Não será preciso. – Osvaldo sorriu ao abrir a porta.

– Você me preocupou. – Felipe parecia aliviado de ver o idoso vivo.

– Queria, ao menos um dia, abrir a porta.

– Ao menos avise que está bem.

– Combinado – concordou Osvaldo. – Algum motivo de ter vindo aqui tão cedo?

– Sim – disse Felipe. – Posso entrar?

– Depende. Você trouxe comida?

– Tentei não molhar. – Felipe puxou um pequeno prato de dentro da capa.

Osvaldo saiu da frente da porta e fez um sinal para Felipe entrar. Antes de fechar a porta, verificou a chuva que caía torrencialmente, pensando se sua decisão faria pará-la.

O idoso sentou-se à mesa diante do prato com uma torrada com queijo e um ovo.

– Você parece diferente – comentou Felipe.

– Eu estava feliz hoje. Até sentar nesse toco horrível.

– Prefere conversar de pé? – perguntou Felipe.

– Prefiro comer – respondeu Osvaldo, mordendo a torrada.

Felipe observou o idoso vagar os olhos enquanto mastigava e não pôde deixar de sentir pena dele, que estava há mais de trinta anos comendo sempre pão, ovo, queijo, as mesmas frutas e as mesmas carnes.

Ao terminar de comer, Osvaldo parecia mais acordado e disposto.

– Pois não? – perguntou ele.

– Então... – Felipe adotou um tom mais sério. – Houve mais um ataque durante a madrugada.

– Foi feio?

– Um grupo de guardas foi cercado por uma alcateia.

– Perdas?

– Dos seis guardas, três morreram e um está sob os cuidados de Antônio.

– Quero ver aguentar ele nos próximos dias – resmungou Osvaldo. – Os guardas estavam protegendo a vila ou os animais?

– Os animais – respondeu Felipe. – Sabrina me acordou hoje para contar.

– Houve perdas de animais ou de civis?

– Os animais estão bem. Mas... – Felipe entristeceu-se.

– Diga.

– Três crianças foram em busca da que desapareceu ontem.

– Não diga que...

– Uma garota retornou e afirmou que um monstro pegou as outras duas.

– Monstro?

– Possivelmente uma onça ou um urso, sabe como são as crianças.

– Ela deu um relato?

– Sim. – Felipe colocou a mão na testa para lembrar. – Disse que um homem encapuzado estava rondando a vila há algumas noites.

– E você acredita?

– Meus homens teriam visto. Ela falou que ele estava armado com uma lança com uma ponta tão brilhante que refletia a luz da Lua.

– A lança da vila?

– Possivelmente ela conhecia a lança e confundiu com as garras do animal – respondeu Felipe. – Pessoalmente eu acho difícil, pois ela está lá em casa.

– E como encontraram a criança?

– Um guarda a encontrou gritando na floresta.

– Encontraram os corpos das outras duas?

– Meus homens estão procurando.

– COMO ASSIM LUZ DA LUA? – espantou-se Osvaldo.

– Você não acorda para mijar de madrugada? – perguntou Felipe.

– Acordo sonolento e faço pela janela – respondeu Osvaldo, indicando a janela com o polegar. – Caso eu acorde e um elefante esteja na minha cabana, com certeza não vou perceber. Por que estamos falando sobre isso?

– Nas últimas quatro noites, as nuvens foram embora e deram lugar a um céu claro e limpo. É incrível.

– Como você sabe?

– Os homens estavam comentando sobre isso hoje, eles achavam que eu já sabia – respondeu Felipe. – Eu nem acordo. Ultimamente estou dormindo feito uma pedra.

– Estranho…

– E vou ficar longe da sua janela.

– Se seus homens não encontraram o corpo das crianças e só encontraram uma após ela gritar por não sei quanto tempo… – Osvaldo olhou sério nos olhos de Felipe. – Reveja a segurança. Com certeza não é um homem encapuzado, mas esse animal já matou três crianças e seus guardas não o encontraram.

– Tudo bem. Vou pensar em uma estratégia durante a tarde e a noite será diferente.

– Vai ser – afirmou Osvaldo.

– Hoje à tarde vá ver os novos selvagens. Por favor, não se assuste com o mais velho.

– Como assim? São quantos?

– São dois homens e ambos sobreviveram. Um é uma criança, não deve ter mais de dez anos. O outro deve estar na faixa dos dezoito anos.

– Vou conhecê-los durante a tarde. Mas o que tem o mais velho?

– Você verá. – Felipe sorriu. – E já disse tudo que precisava.

– Obrigado, Felipe – agradeceu Osvaldo. – Agora, por favor, preciso me deitar por mais alguns minutos. Não deixe ninguém me interromper.

– Pode deixar – Felipe assentiu. – Vou providenciar para ninguém vir incomodar o senhor.

– Obrigado – Osvaldo disse, terminando a conversa.

Felipe levantou-se e saiu pela porta. A chuva parecia mais intensa. Osvaldo caminhou lentamente para fechar a porta e trancá-la, pois não gostaria de ser incomodado.

Agora mais calmo, Osvaldo empurrou sua cama para o lado e desceu pela porta escondida. Precisava de um momento em silêncio com o item sob sua cabana. Ao ficar de frente para o cilindro com o cristal inerte na água, apertou alguns botões aleatoriamente na estação até o líquido verde ser drenado e o cristal estar no fundo. Consciente do botão para liberar o cristal, Osvaldo o apertou e ouviu um leve estalo e o som do cristal atingindo a lataria da estação. Então abriu um pequeno compartimento junto ao cilindro e colocou a mão lá dentro, seus dedos sentiram algo gelado e molhado. O cristal. Finalmente o item valioso estava em suas mãos.

Analisando próximo ao olho, o cristal verde brilhava como uma joia preciosa. Agora Osvaldo precisava descobrir sua função, sua importante função, e como ela ajudaria a parar a chuva. Até lá, optou por tirar um cochilo na sua confortável cama.

Determinado a acalmar a chuva e usar os novos selvagens como isca, Osvaldo decidiu visitá-los após a sesta. Ele ainda não lembrava a utilidade do cristal, nem sabia como faria para ativar e o efeito que causaria. Algo lhe dizia para conversar com Beatriz.

Ao atravessar a vila em busca da psicóloga, Osvaldo teve a impressão de seu bolso interno na capa esquentar consideravelmente após passar na frente da casa de Felipe. Depois de chegar à conclusão óbvia de que Beatriz poderia estar na sala do teletransporte, o idoso seguiu diretamente para o local; caso não encontrasse a mulher, ao menos conheceria os novos selvagens.

Agradecendo a quem construiu o refeitório, Osvaldo ficou sob o teto e sentiu-se convidado a juntar-se ao fogo. Com vários moradores cumprimentando-o ou dando olhadas nada amigáveis, o idoso atravessou o refeitório, passou por Douglas e seus cozinheiros correndo para terminarem de servir os moradores mais atrasados, encarou o fogo uma última vez e viu Beatriz ao lado da porta da sala do teletransporte.

A sala do teletransporte era um cubículo acoplado ao refeitório, fora mal construída e suas paredes apresentavam diversas frestas e diferentes alturas das ripas utilizadas.

– Eu peço para o pessoal fazer silêncio enquanto temos os novos selvagens aqui e eles me ignoram. – A mulher gesticulava e segurou muito a voz para não gritar a plenos pulmões.

– Boa tarde, Beatriz – cumprimentou Osvaldo, segurando o riso.

– Nada de boa. – A mulher estava irritada. – Você quer que eles acordem antes da hora? Claro que não!

– Calma, Beatriz. – Osvaldo fez sinal com ambas as mãos. – É só uma teoria. Talvez nada aconteça mesmo que alguém os acorde.

– Espero mesmo.

– Aliás, quando essa teoria começou? – perguntou Beatriz, um pouco mais calma.

– Anos atrás. – Osvaldo simulou um rosto pensativo. – Alguém acordou o companheiro de teletransporte e as coisas não acabaram bem.

– Você presenciou isso? – Beatriz parecia suspeitar de algo.

– Sim, eu estava presente – afirmou Osvaldo. – Porém creio que o homem que foi acordado era apenas doido.

– E desde então a vila mantém esse tabu – completou ela.

– Certos tabus existem para manter uma paz. Se você quer entrar lá e acordá-los como se não houvesse amanhã, eu não a impediria, mas gostaria de seguranças ao redor de mim.

– Seu pensamento foi egoísta – comentou Beatriz. – Coloque seguranças ao redor deles para proteger a todos.

– Então você concorda comigo? – perguntou Osvaldo, sorrindo de satisfação.

– Neste caso, sim – concordou Beatriz. – Temos de manter a paz.

Um silêncio caiu sobre os dois.

– E como eles estão? – perguntou Osvaldo, quebrando o silêncio.

Beatriz suspirou.

– Dormindo ainda.

– Posso entrar?

– Faça silêncio, por favor.

– Você sabe que farei.

Osvaldo abriu silenciosamente a porta da sala. Apesar de estarem longe das pessoas conversando no refeitório, alguns gritos ainda eram ouvidos. E então ele fechou a porta.

– Não quero arriscar – justificou-se ele.

– Acho uma boa ideia. – Beatriz parecia aliviada e mais relaxada.

– Bem que poderia ser como nos filmes e algum deles acordar bem agora.

– Não força a barra. – Beatriz riu. – Espera aí comigo.

As horas seguintes pareceram minutos enquanto os dois conversavam. O pessoal do refeitório terminou o almoço e o silêncio tranquilizava Beatriz. Douglas e seus ajudantes estavam preparando o jantar e deixaram algumas torradas para Osvaldo e Beatriz comerem enquanto esperavam os novos selvagens acordarem. A chuva caía torrencialmente e o vento gelado empurrava o idoso na direção das brasas da fogueira. Por diversas vezes, Osvaldo ouviu algo dentro da sala, porém os dois continuavam dormindo em um sono profundo.

Quando o sol parecia estar descendo no horizonte e o céu escurecia, um chamado dentro da sala fez os dois interromperem a conversa sobre como Beatriz sempre quis mudar de vida, mas não algo tão radical como a ilha.

– Mamãe? Papai? – uma tímida voz infantil saiu pelas diversas frestas.

Beatriz, sem hesitar, abriu devagar a porta.

– Querido, está tudo bem – disse ela.

– Quem é você? Cadê minha mãe? – perguntou a criança.

– Querido, você pode vir aqui fora? – convidou ela, calmamente.

Osvaldo correu em pequenos passos até os cozinheiros.

– Cadê o Douglas? – perguntou a um deles.

– Ele foi dar uma volta – respondeu uma mulher que cortava cenouras.

– Eu preciso do favor de alguém – pediu Osvaldo.

Os ajudantes de Douglas se olharam em busca de alguém que se candidatasse.

– Eu posso fazer – disse um homem trazendo dois baldes cheios de água.

– Obrigado – agradeceu Osvaldo. – Preciso que você vá buscar crianças com menos de dez anos e as leve até mim e Beatriz ali na sala do teletransporte.

O homem pareceu não acreditar no pedido.

– Sério isso? – perguntou ele.

– Sim. Muito – respondeu Osvaldo. – E o quanto antes.

– Tá bom, então – disse o homem, dando de ombros. – Vou lá.

– Obrigado – agradeceu Osvaldo e voltou ao encontro de Beatriz.

Beatriz parecia acalmar o garoto que chorava pedindo pela mãe.

– Osvaldo – disse ela –, este é Pedro.

– Olá, Pedro – cumprimentou Osvaldo.

O garoto estava com os olhos inchados de tanto dormir, seus curtos cabelos escuros estavam achatados de dormir por horas na mesma posição, as sardas tomavam conta de seu pequeno nariz.

– O... oi – cumprimentou timidamente o garoto.

– Como você está? – perguntou Osvaldo.

O garoto não respondeu à pergunta, simplesmente deu de ombros sem saber o que fazer.

– Vai ser difícil – murmurou Beatriz.

– Já mandei trazerem as crianças aqui.

– Talvez facilite – concordou a mulher.

O tímido garoto limpou o rosto com a manga da camiseta que vestia.

– Onde estão meus pais? – perguntou ele.

– Pedro, vou ser sincera com você porque sei que você é crescido e me entende – Beatriz curvou-se para falar com o garoto. – Estamos em uma situação bem delicada. Seus pais não estão aqui, mas eu quero que saiba que você está em segurança e não está sozinho. No momento confie em mim, por favor.

O garoto hesitou antes de responder.

– Tá bom, mas depois posso ir embora?

– Pedro, eu nunca vou mentir para você e quando o momento certo chegar você vai entender tudo, mas agora não é a hora – ela disse calmamente olhando nos olhos do menino.

O alívio de Beatriz e Osvaldo foi imediato quando ouviram uma gritaria do outro lado do refeitório: algumas crianças correndo para se abrigar da chuva entraram na construção. Para não correr o risco de o outro novo selvagem acordar, Beatriz tomou a iniciativa e levou Pedro ao encontro das crianças, deixando Osvaldo sozinho no cada vez mais escuro refeitório.

Ao entregar o garoto para se divertir, Beatriz falou com um dos ajudantes de Douglas por alguns segundos e logo ele começou a pendurar e acender tochas pelo local.

– Que chuvas, hein – queixou-se Beatriz. – Parece que anoitece seis da tarde.

Osvaldo riu.

– Algo me diz que em alguns dias tudo vai melhorar.

– Tem provas?

– Não.

– Mas pode piorar?

– Não. Espero que não.

Uma tosse do lado de dentro da sala chamou a atenção dos dois conversando perto da porta. Murmúrios e "ais" de dor eram ouvidos. O outro rapaz finalmente acordara e ele estava mal.

– Vou pegar água – disse Beatriz.

Osvaldo assentiu com a cabeça.

– Garoto, você está bem? – perguntou ele para a porta.

– Onde estou? Quem é você? – perguntou a voz vinda de dentro da sala.

– Meu nome é Osvaldo. – O ancião tentou fazer uma voz carismática e convidativa que ele sabia que apenas os avôs e avós conseguiam fazer. – Precisamos conversar sobre muitos assuntos.

O jovem com menos de vinte anos saiu pela porta da sala, chamas dançantes encontraram seu rosto e refletiram em objetos cromados em diversas formas: piercings projetavam-se em variadas localidades do rosto. Objetos pontudos e redondos estavam espalhados pelo rosto magro e longo com um nariz de águia, olhos tão escuros quanto seus cabelos que eram, além de compridos até a metade das costas, impecavelmente cuidados e sedosos. E nas orelhas também estavam presentes alargadores que abriram um espaço para passar um dedo.

Com um piercing na narina direita, uma argola na junção delas, outra no canto esquerdo inferior da boca, mais dois espinhos na orelha direita e apenas um na esquerda, e o último na sobrancelha esquerda, Osvaldo contou sete perfurações.

– Hãã... – resmungou o jovem.

Osvaldo estava em estado de choque, nunca vira algo parecido antes.

– Meu nome é Leonardo – disse o jovem, estendendo a mão.

De maneira automática, Osvaldo o cumprimentou enquanto tentava entender o que acontecia com aquele jovem.

– Onde estou? – perguntou ele.

– BEATRIZ! – gritou o idoso. Felipe havia avisado, porém não o preparara para aquilo.

– Calma! – Osvaldo a ouviu gritar.

– O nome dela é Beatriz e será sua principal estrutura de adaptação.

– Você realmente se referiu a ela como uma estrutura de adaptação?

– Eu quis dizer que ela vai te dar todo o suporte de que necessitará para viver aqui. – Dito isso, deu as costas ao jovem e caminhou sem rumo.

"O que era aquilo?", o homem perguntava-se. Ele não sabia como a sociedade havia evoluído nos últimos trinta anos e não entendia como alguém teria coragem para fazer aquilo com o próprio rosto. "Deve ser uma punição", concluiu, "alguém o puniu colocando todos aqueles objetos."

Já anoitecia e alguns guardas estavam perambulando pelo refeitório para acompanhar as pessoas que chegariam lá para comer e que precisariam voltar para a cabana em segurança. Como era muito cedo e ainda não havia ninguém comendo, Osvaldo sentou-se perto das chamas dos caldeirões e esperou Felipe.

Enquanto alguns cozinheiros preparavam a janta, outros arrumavam uma mesa com frutas e pães para o caso de alguém passar fome durante a noite, já que alguns habitantes tinham o péssimo hábito de acordar Douglas no meio da noite apenas para conseguir um pouco de comida. Havia também algumas tigelas com a gosma verde utilizada por todos para manter seus dentes saudáveis.

O chefe da segurança demorou mais de hora para chegar ao local e fazer sua refeição.

– Felipe, pegue duas tigelas e sente-se aqui – ordenou o idoso ao ver o homem entrando no refeitório. Então chamou uma assistente de Douglas e pediu duas canecas com água.

Felipe estava ensopado e cansado. Pelo modo de olhar para o jantar, parecia que o homem não comera o dia inteiro.

Osvaldo agradeceu pelo prato e olhou para o homem que sentou ao seu lado. O homem retribuiu o olhar sem vontade de conversar.

– Como foi o dia de hoje? – perguntou Osvaldo inocentemente.

Felipe tomou um longo e demorado gole da água que Osvaldo pedira. Abaixou a cabeça ao recolocar a caneca na mesa e olhou para o homem mais velho.

– Difícil – respondeu com uma voz cansada e falhada.

– Resuma.

– Gritar com homens que fingem não entender que enfrentamos uma ameaça que já matou três crianças. Outros parecem não se preocupar em proteger a vila. Alguns querem folga, outros estão assustados e temem outro ataque de alcateias.

– E os corpos das duas crianças?

– Sem sinal, muito menos rastros – lamentou Felipe.

Osvaldo suspirou alto.

– E a criança sobrevivente?

– Está muito assustada – respondeu Felipe. – Beatriz mandou deixá-la dormir se ela conseguir se acalmar.

– Ela disse algo mais?

– Apenas repetiu o que disse. Um monstro, possivelmente um homem, com uma lança levou as crianças – respondeu, comendo um pouco de sua refeição.

– Repete – pediu Osvaldo. – Matou ou levou?

Felipe colocou a mão no queixo, pensando em diversos detalhes ditos pela criança em estado de choque.

– Acredito que ela disse "levou". Mas não tenho certeza.

– Alguém levou as crianças?! Mande seus homens procurarem por cavernas ou abrigos ou qualquer coisa assim!

– Não se preocupe – garantiu Felipe –, tenho equipes procurando pelos corpos. Seria burrice deles não procurarem em algo suspeito.

– Se eles estão com medo de outra alcateia, é mais provável que se acovardem diante de algo suspeito. – Osvaldo suspirou.

Felipe calou-se diante do argumento do homem mais velho.

– Eu não tenho mais homens nem condições físicas para uma grande busca. Vamos rezar para que não haja vítimas esta noite.

– Coloque alguns guardas para vigiarem as crianças de perto e as proíba de procurarem os amigos na floresta – ordenou Osvaldo.

– Vou providenciar agora mesmo. – Felipe ficou em pé, pegou algumas frutas antes de sair e encarou a forte chuva ao deixar o refeitório.

Osvaldo notou que sua tigela estava intocada enquanto Felipe limpara a dele com perfeição. Ele perdera a fome. Por mais que não se importasse com a vila, a vida de inocentes estava em jogo e ele suspeitava de quem estava por trás de tudo. Enquanto pensava na possibilidade de empurrar comida naquele instante para não passar fome mais tarde, uma mulher sentou-se ao seu lado.

– Pedro vai dormir comigo por algumas noites – disse ela.

Osvaldo pegou a colher e mergulhou na tigela.

– Leonardo vai ficar onde ele quiser – continuou ela. – Ele poderá ficar na sala do teletransporte ou na casa de alguém, dei total liberdade a ele.

O estômago de Osvaldo parecia chacoalhar-se ao ver comida.

– Espero que os dois consigam se enturmar. – Beatriz não parava de falar. – Pedro parece ser muito tímido e dependente dos pais, dificultando o relacionamento com outras crianças.

Osvaldo aproximou a colher da boca.

– Mas sabe de algo? – Beatriz perguntou para o vento. – Leonardo parece ser um cara legal, pena que tem aqueles trecos horríveis na cara.

O gosto de comida foi insípido em sua boca, mas acalmou seu estômago.

– Acho que não vai demorar a encontrar alguém que aqueça suas noites chuvosas. – Beatriz riu sozinha.

Osvaldo estava tomando coragem para empurrar a segunda colher na tigela. "Uma criança morta e duas desaparecidas", pensou ele, "desgraçados!", complementou.

– Espero que eles se adaptem ao lugar – Beatriz parecia esperançosa.

Osvaldo olhou para os lados, procurando alguém.

– Felipe, você viu Beatriz? – perguntou ele.

– Não a vi, senhor – debochou a mulher.

Osvaldo ficou rubro ao perceber a mulher ao seu lado, ocupando o lugar de Felipe. Ele não percebeu quando o homem saiu, muito menos quando ela ocupou o lugar

– Ótimo – disse sorrindo. – Posso tratar deste assunto com você.

– Sou toda ouvidos.

– Felipe vai colocar alguns guardas para impedir que as crianças saiam de perto da vila. Vá lá agora e as tranquilize.

Beatriz apenas encarou o homem.

– Temos uma criança em estado de choque e duas outras desaparecidas! – esbravejou ele, atraindo olhares curiosos. – Guardas estarão rondando o acampamento infantil por toda a noite!

– Vou tentar – ela disse se levantando.

– Faça uma noite de diversão para integrar a criança com as outras. Contem histórias, façam brincadeiras ou sei lá. Apenas não as deixem se lembrar do dia de hoje.

Beatriz assentiu.

– Vou levar as crianças para lá imediatamente. Fique tranquilo, senhor.

– Apenas mande Pedro falar comigo um instante – ordenou.

– Certo! – E então a mulher saiu em busca das crianças.

Não demorou muito para uma pequena criança surgir ao lado de Osvaldo. A cabeça baixa para esconder o choro era evidente.

– Olá, Pedro – cumprimentou o idoso com uma voz sutil.

– Olá, senhor – a criança o cumprimentou em tom muito baixo de voz, enquanto se sentava no banco.

– Meus pais não estão aqui e a comida é horrível – queixou-se ele.

– Infelizmente não posso resolver a questão com seus pais, garoto – o desapontamento da criança foi evidente. – Está além de tudo que podemos fazer.

Osvaldo não pôde deixar de sentir pena do garoto.

– Você é capaz de guardar um segredo? – ele perguntou.

– Sim – a criança respondeu, olhando de maneira esperançosa para ele.

– Há um jeito de mudar o gosto da comida.

– Sério?

– Sim. – Osvaldo balançou a cabeça e colocou a mão no bolso. – Fecha os olhos e me dê uma mão.

A criança instantaneamente fechou os olhos com força e estendeu as duas mãos. Osvaldo pegou o pequeno cristal verde em seu bolso e o colocou na mão infantil.

– Abra os olhos – disse ele.

Pedro abriu os olhos e aproximou o objeto verde de seu rosto.

– Esconde isso, garoto! – Osvaldo sussurrou em tom ríspido.

O garoto fechou a mão em volta do objeto.

– Mas o que é isto?

– É um objeto que fará a comida ter gosto melhor – explicou Osvaldo –, entretanto eu tenho apenas ele e não posso dar para todos.

– Mas como eu o uso?

– Infelizmente seu poder demora. Você terá de passar no mínimo uma semana com ele!

– Eu vou morrer de fome até lá! – queixou-se a criança. Osvaldo riu.

– Eu também achei que ia morrer, mas estou vivo. – O idoso sorriu.

– E depois?

– Calma lá! Você terá de ficar com ele próximo ao seu corpo por todo esse tempo e ninguém poderá vê-lo.

– Ninguém?

– Ninguém! Ou ele perderá o poder.

– E depois poderá ficar comigo para sempre? – Os olhos da criança brilharam.

– Exatamente! – Osvaldo sorriu e bagunçou ainda mais os cabelos de Pedro.

– Mas o senhor não sentirá falta?

Osvaldo não pôde deixar de sentir um aperto no peito ao ouvir a pergunta doce e inocente do garoto.

– Já nem estou sentindo mais o gosto da comida – respondeu ele. – Não preciso mais dela. Você, sim.

– Obrigado – disse a criança, finalmente olhando nos olhos do idoso.

– De nada.

– Pedro – Osvaldo fez sinal para o garoto aproximar-se –, se alguém encontrar a pedra, diga que a encontrou na floresta enquanto brincava de esconde-esconde, combinado?

O garoto apertou firme a pedra enquanto tremia animado.

– Sim – respondeu o garoto, segurando o tom de voz.

E de maneira tanto inesperada como desajeitada Pedro o abraçou. Foi um abraço curto e tímido, no sentido mais puro de agradecimento da criança, deixando Osvaldo totalmente sem reação. A chama dançante de alguma tocha perto dos dois refletiu em uma pequena lágrima que se formou no canto de seu olho direito.

– Cuide bem da minha amiga – pediu Osvaldo.

– Vou, sim! – a criança assentiu e saiu correndo do refeitório.

Com a demonstração de afeto de Pedro, as pessoas olhavam espantadas para Osvaldo. A maioria tinha a impressão de o homem ser frio e calculista; agora certamente pensavam algo diferente.

Enquanto olhava para as pessoas, seus olhos encontraram os de Leonardo, o jovem o encarava de maneira brutal. Osvaldo rapidamente desviou o olhar.

Ele terminou sua comida fria e que o deixou com um gosto amargo na boca e decidiu dar o fora dali. A caminho da saída, pegou um prato com três maçãs, pensou ter ouvido um "ele tem medo de mim" dito por Leonardo, que se enturmava com outros jovens da vila, e encarou a chuva fina que dava sinais de parar nas próximas horas. "Finalmente", pensou ele. Enquanto vestia o capuz e afastava-se aos poucos do refeitório, dois guardas começaram a segui-lo a curta distância.

Seu destino ficava a meio caminho de sua cabana: a casa de Felipe. O idoso bateu na porta e esperou alguém atendê-lo.

– Ele pode estar na sala de reuniões – sugeriu um dos guardas.

– Obrigado – agradeceu Osvaldo –, mas vou esperar ele aqui.

A situação agora deixara tanto Osvaldo quanto os guardas constrangidos. O idoso os ouvia enquanto forçavam conversas com assuntos estúpidos como "será que a chuva vai parar amanhã?" e "você viu os novos selvagens?". Ao menos ele estava parcialmente protegido da fina garoa que caía naquele momento, diferente dos guardas que estavam usando apenas folhas para cobrir suas partes íntimas. Logo se imaginou deitado em sua cabana com um teto decente, um colchão muito confortável para os parâmetros da ilha e cobertas, cobertas macias que o aqueciam nas noites geladas e sem companhia.

Ele aproveitou o momento para imaginar a conversa que teria com Felipe; em suma, ele teria de fazer Pedro mostrar o cristal verde e o chefe de segurança perceber uma ligação com o cristal e a lança presente em sua cabana.

A imagem do idoso encapuzado em uma capa de couro parado na chuva deve ter assustado Felipe, pois ele avançou lenta e cuidadosamente em direção à figura misteriosa.

– Você é o homem que sequestra crianças? – brincou ele.

– Você está falando sério? – respondeu Osvaldo.

– Preciso dizer que é muito suspeito e parecido com a descrição.

– Eu não consigo correr com esta capa – disse e apontou para as botas costuradas à capa que impediam movimentos rápidos.

– É só não as calçar. – Felipe sorriu ironicamente, disfarçando seu cansaço.

– Como foi a reunião? – perguntou Osvaldo, seco, ignorando a brincadeira, ou até mesmo uma suspeita, de Felipe.

– Cansativa e estressante, se você realmente duvidava que fosse diferente. – O abatimento estampado na cara de Felipe era muito mais evidente do que na hora do jantar.

– Serviu para algo?

– Sim – respondeu Felipe. – Para me cansar. Os guardas são inúteis.

– Estão com medo de mais ataques?

– Infelizmente sim, e muitos não se afastam mais de duzentos metros da vila para procurar as crianças.

– Vamos procurar candidatos da cidade para uma grande busca – concluiu Osvaldo. – Espero que ainda estejam vivas.

– Estou rezando para que estejam.

– Não adianta rezar. – Osvaldo balançou a cabeça negativamente. – Deus já se esqueceu deste lugar.

– Caso Ele tenha esquecido, te dou um motivo: há pessoas como você que não acreditam Nele.

– Trinta anos aqui e você acha que ainda tenho esperanças de sair? Talvez minha única saída seja a morte.

– Vamos sair daqui. Juntos! – garantiu Felipe.

– Antes disso, encontre as crianças.

– Já estou em busca delas. – Felipe avançou para sua cabana, querendo sair da garoa que o molhava lentamente. – Amanhã vamos encontrá-las.

Felipe parecia mexer em algum mecanismo na parte de dentro de sua cabana, entre as folhas e a casca de madeira, talvez uma espécie de trava na porta que ele tivesse inserido.

– Fácil para alguém abrir – resmungou ele. Tentando justificar a presença da trava, continuou: – Mas um animal não consegue.

E, com um estalo de madeira batendo em madeira, a porta abriu levemente, permitindo a entrada dos dois senhores.

– Algo mais? – perguntou Felipe, com esperanças de poder descansar.

– Sim – respondeu calmamente Osvaldo. – Tem algo com a criança mais nova que chegou...

– Pedro – interveio Felipe.

– Entendi, é Pedro. – Osvaldo tentou forçar uma cara que suspeitava de algo. – Acho que ela está escondendo algo novo.

– Como assim?

– Eu o vi brincando com uma pedrinha verde logo após sair da sala do teletransporte.

– Pode não ser nada.

– Não me lembro de alguém que tenha saído daquela sala com algo nos bolsos.

– É o seguinte, Osvaldo – pediu Felipe. – Eu estou extremamente cansado, não podemos conversar sobre tais teorias amanhã? Por favor.

O idoso olhou para o rosto cansado e desanimado do chefe de segurança.

– Me acorde amanhã – pediu Osvaldo. – Não tão cedo quanto hoje.

– Obrigado e boa noite.

– Boa noite.

Antes que Osvaldo falasse algo mais, Felipe fechou a entrada da cabana e a trancou.

Osvaldo não se sentia cansado, muito menos com vontade de dormir, porém precisava sair da chuva o quanto antes. Acabou indo para sua cabana, sentindo a chuva parar de cair em seus olhos a poucos passos de seu destino. E aquilo o relaxou, talvez fosse um sinal de que ele fizera tudo certo e que as crianças seriam devolvidas em segurança.

Dormir sempre foi angustiante para quem tem algo importante para fazer, porém nada pôde fazer naquele momento. As reviradas sobre a cama indicavam uma pessoa com insônia extremamente ansiosa para acordar em algumas horas, recebendo notícias de que todas as suas preocupações foram em vão e tudo estaria tranquilo e em paz.

Se o homem sonhou, ele não recordou ao acordar. Por causa da demora a dormir, acabou passando um pouco de seu horário natural de despertar e Felipe não o visitara, deixando-o preocupado.

Com o coração na boca, vestiu-se correndo, subiu pelas escadas e logo estava retirando a casca de árvore da entrada de sua cabana. Nunca antes estivera tão aliviado: a claridade solar passava entre diversas nuvens e iluminava tudo que sua vista permitia enxergar. O homem esquecera como algo tão simples podia alegrar a manhã de alguém.

Ao tocar com os pés descalços na terra molhada, a lama subiu entre seus dedos do pé, indicando que permaneceria ali por algum tempo, mas não importava para o homem. Bastava não chover mais tanto quanto estivera chovendo nos últimos dias.

Ele calçou suas sandálias e caminhou para o refeitório o mais rápido que suas pernas permitiam. Precisava falar com Felipe. Precisava saber das crianças. Precisava limpar sua consciência. Precisava expirar toda a angústia cravada em seu peito.

Como suspeitara: Felipe não estava no refeitório. Entre todos os rostos ali presentes, ele notou mais sorrisos, mais risadas, uma atmosfera de bom humor pairava sobre a vila, contagiando a todos.

Como seu chefe de segurança não estava no local, Osvaldo decidiu pegar uma maçã e uma torrada para comer enquanto esperava o homem passar por lá para levar comida ao ancião e se sentou.

Para seu azar, Leonardo estava a poucos metros de distância, sentado no banco oposto ao que estava o ancião. E o jovem ficava encarando-o para provocar constrangimento nele.

Osvaldo terminou seu café da manhã e esperou por Felipe. Ao observar a vila, o homem percebeu que havia poucos guardas fazendo a ronda habitual e decidiu questionar um que passava próximo ao refeitório.

– Com licença – pediu Osvaldo.

– Pois não? – respondeu o guarda.

– Onde está Felipe?

O guarda olhou para os lados em busca de resposta.

– Ele reuniu algumas pessoas assim que o sol apareceu e saíram em busca das crianças. – O guarda parecia fazer esforço para lembrar a direção que o grupo seguira. – Me falaram que a criança que sobreviveu acordou e falou mais sobre o sumiço de seus amigos. Então Felipe acordou metade da cidade e foram em busca delas.

– Algo mais?

– Não, senhor.

– Obrigado – agradeceu Osvaldo empolgado com as notícias.

– De nada.

Ambos assentiram e Osvaldo retornou ao refeitório, aproveitando cada segundo com a pele sendo aquecida pelo sol.

Sentado, o idoso ficou sozinho esperando e esperando pelo seu chefe de segurança. Nem Douglas pôde lhe dar atenção, pois muitos de seus cozinheiros estavam na busca pelas crianças.

Osvaldo observou o fluxo de pessoas chegando e saindo do refeitório para o café da manhã. Muitas estavam com um sorriso estampado no rosto, efeito do clima agradável e cada vez mais ensolarado. Sobre sua cabeça, no céu, as nuvens seguiam a direção do vento para longe da vila e davam espaço ao azul celeste.

Para amenizar o nervosismo, as crianças chegaram todas juntas sendo acompanhadas de perto por Beatriz e guardas. Elas pareciam felizes em poder correr livremente sem ter de se preocupar com a chuva ensopando seus ossos.

Pedro colocou a mão sobre o bolso direito, indicando que escondia o cristal verde nas calças jeans que ainda estava vestindo.

Poucos habitantes pareciam notar a presença de Osvaldo ali, menos ainda conversaram com o idoso. Entretanto, a curiosidade dos moradores que tiveram interesse em conversar era enorme, perguntavam-lhe quando Felipe voltaria e se conseguiria resgatar as crianças. Porém o principal assunto foi o clima.

Extremamente nervoso, batendo a perna, Osvaldo aguardou durante horas Felipe aparecer. Entretanto, nem o homem nem o restante dos moradores apareceram, apenas aumentando o nervosismo e a ansiedade dentro de si.

Uma sombra apareceu por trás do homem.

– Senhor? – chamou ela.

– Pois não? – Osvaldo olhou e encontrou Douglas.

– Gostaria do seu almoço agora?

– Vou esperar mais um pouco – respondeu Osvaldo. – Obrigado.

– Com licença – Douglas pediu antes de se afastar.

Se tinha algo que deixava Osvaldo mais nervoso era a fome, e ficar nervoso lhe deixava faminto, gerando um ciclo sem fim dentro de seu estômago que se revirava, contorcia e roncava.

Após esperar mais meia hora por Felipe, Osvaldo entregou-se para a comida e se dirigiu até Douglas.

– Pode falar? – perguntou.

– Um pouco – respondeu o cozinheiro enquanto mexia um caldeirão com uma colher de pau improvisada.

– Que horas eles saíram?

– Eles saíram cerca de oito e meia.

– E que horas são agora?

– Quando eu lhe ofereci almoço era meio-dia em ponto. Agora eu não sei.

Osvaldo pensou no trabalho de ir até perto da casa de Felipe apenas para olhar o relógio solar. Desistiu, preferindo ficar no refeitório.

Douglas saiu de perto dos caldeirões e foi esmagar algumas batatas e cenouras.

– Vou querer meu almoço agora, se você puder me dar.

– Claro – disse Douglas. – Ei, Fabiano!

Um homem que preparava a mesa de frutas para o lanche da tarde olhou para quem o chamava.

– Sirva Osvaldo – completou Douglas sem tirar os olhos das batatas.

– Sim, senhor – respondeu prontamente o homem.

Fabiano pegou uma tigela e serviu do terceiro caldeirão mais próximo aos bancos. Os outros dois caldeirões já estavam vazios.

– Com licença – dessa vez foi Osvaldo quem se despediu.

Fabiano entregou a tigela para o homem idoso.

– Obrigado – agradeceu ele.

Sabendo que Felipe e sua trupe poderiam demorar a chegar à cidade, Osvaldo caminhou lentamente até a mesa onde comeu com calma o conteúdo de sua tigela, sem pressa. O alimento quente acalmou seu estômago e retirou o nervosismo de seu corpo por alguns minutos.

Após almoçar, Osvaldo encarou o sol forte e seguiu rumo à sua cabana. Ele estava cansado emocionalmente e precisava descansar até Felipe chegar com as boas notícias. Antes de chegar ao seu destino, ele ficou levemente irritado com o sol forte queimando sua pele.

Entrou em sua cabana como sempre fazia, trancou a porta improvisada atrás de si, empurrou a cama e abriu a passagem secreta de sua verdadeira casa, revelando a escada em espiral; desceu a escada e seu coração parou.

Em frente à estação em que o cristal estava sendo mantido, uma figura assombrosa estava de braços cruzados esperando pelo homem.

Osvaldo encarou a pessoa diante de si: uma capa de couro parecida com a sua, porém mais grossa e bem-feita, o rosto estava escondido pelo capuz largo e pontudo.

– Olá, Osvaldo – disse a figura enquanto removia o capuz, revelando uma mulher na casa dos setenta anos com um comprido cabelo grisalho macio e bem cuidado, em cujos lábios havia um batom cor de sangue. A voz feminina da figura atingiu o homem, paralisando-o. – Precisamos conversar.

CAPÍTULO 10

ROBERTO 2

O homem acordou por volta do meio-dia em seu segundo dia consciente na ilha. Sua insônia, que não lhe permitia dormir mais cedo, acrescentada ao medo do desconhecido da ilha, formava uma combinação perigosa que o deixava com os nervos à flor da pele. Ao acordar, olhou atentamente para o teto em busca de possíveis furos, porém não encontrou.

Preguiçoso, vestiu a roupa do dia anterior e ficou sentido pela falta dos sapatos. Caminhou pela casa verificando cada detalhe do teto e não encontrou sinais de luz atravessando-o; ele teria de esperar chover para tomar alguma decisão. Porém no quarto de Marcel havia luz passando por frestas na parede.

Roberto começou sua caminhada. Queimando os pés na madeira quente, seguiu cheiro de peixe até o refeitório, onde Amanda, Ticiana, Gérson, Camila e Marcel pareciam estar tentando se entrosar. Gérson parecia tenso em estar lá.

– Bom dia – resmungou Roberto, ainda sonolento.

– Boa tarde você quer dizer, né? – debochou Ticiana.

– Bom dia – cumprimentou-o Marcel com cara de sono.

– Estamos todos reunidos! Que momento fofo – ironizou Gérson.

– Mais fofo porque você está aqui! – exclamou Amanda, abraçando-o num gesto que claramente deixou o homem ainda mais desconfortável.

– Sai… – resmungou ele, tentando afastar Amanda com a mão.

– Desculpem-me pela pergunta, mas que horas são e onde encontro comida? – perguntou Roberto.

Camila apontou para uma pequena estrutura circular logo ao lado do refeitório, não possuía vinte centímetros de altura sobre a areia nem mais de cinquenta de diâmetro, e um triângulo surgia a partir de seu centro.

Um relógio solar?

Roberto aproximou-se e verificou a estranha estrutura que parecia erguer--se da areia. E seu chute estava correto, era um relógio solar em que a sombra deitava um pouco à frente do número 12 e antes do número 1.

Será que é preciso? Como eu leio isso?

O homem cuja careca estava fervendo retornou ao refeitório.

– Deixe-me ver se eu entendi – começou ele, cheio de dúvidas. – A sombra indica o horário?

– Sim – respondeu Amanda.

– Então passou do meio-dia – concluiu Roberto.

– Exatamente – concordou Camila.

– E como vou saber se está calibrado corretamente?

Camila e Amanda entreolharam-se.

– Roberto – chamou Marcel –, faz diferença?

– Tem razão. – Roberto concordou com a cabeça. – Não é necessário complicar por isso. Estou feliz que temos uma maneira de verificar a hora.

Todos olhavam para Roberto, que assimilava seu primeiro aprendizado na ilha.

– E a comida? – perguntou ele.

– Todos os dias ao meio-dia – respondeu Camila.

– Será servida em breve – acrescentou Amanda.

– Peixe? – perguntou Roberto.

Amanda e Camila assentiram com a cabeça.

– E todos os moradores vêm?

– Por que não viriam? – perguntou Gérson.

– Gostaria de falar com Flávia – respondeu Roberto.

– Não se preocupe – tranquilizou Camila. – Ela vem.

– E vocês me apresentam a ela? – pediu Roberto.

– Ela já deve saber quem você é – respondeu Camila. – Agora você faz sua parte.

– E como ela é?

– Já te disse: procure alguém que sobreviveu a um ataque de tigre – respondeu Amanda.

– E como é alguém que tenha sobrevivido a um ataque de tigre?

– Vai ser fácil – respondeu Gérson, dando risadinhas.

Mas que cara chato.

Alguém gritou do outro lado do refeitório, de onde o aroma de peixe grelhado contagiava toda a praia.

– A comida será servida! – esbravejou a voz.

Diferente da noite passada, onde todos comeram em um único grande banquete, o almoço foi servido já cortado em pedras planas como pratos. Segundo Amanda, cada prato era para alimentar três pessoas, então ela e Ticiana voltaram segurando um prato cada para os seis almoçarem.

– Não vou me habituar a comer com as mãos – queixou-se Ticiana.

– Logo você perde o nojinho – disse Amanda, enquanto pegava uma costela de pacu com as mãos.

– Como eles cortam o alimento? – perguntou Marcel.

– Os exploradores encontraram uma cabana com alguns materiais afiados – respondeu Camila. – É incrível a quantidade de material espalhado por aí.

– Por exemplo?

– Deixe-me pensar – disse ela. – Algumas facas, caniços e redes de pesca, um caldeirão, espetos, lanças. Material de sobrevivência, sabe?

– Que estranho – comentou Marcel.

– Muito – concordou Ticiana. – Eles não têm um garfo para mim?

Ticiana ficou sem resposta.

– Bom apetite – murmurou Roberto para si antes de espremer um limão sobre seu peixe.

Enquanto comia, Roberto ficava de olho nas pessoas em volta, tentando identificar uma mulher que sobrevivera ao ataque de um tigre, porém sem sucesso.

– A Flávia estava presente ontem no banquete?

– Ela chegou mais tarde – respondeu Amanda, escondendo o entusiasmo.

– Pense, Roberto – sugeriu Camila. – Como alguém sobreviveria a um ataque de tigre?

– Então ela realmente sobreviveu?

– Quem sabe – Amanda deu de ombros.

Como seria alguém que sobreviveu a um ataque de tigre? Marcas no corpo? Ágil? Grande força física?

Eram muitas dúvidas para uma cabeça já cheia de dúvidas. E tais dúvidas adicionais apenas apertaram o estômago de Roberto, que estava tentando digerir o almoço.

Após terminar a refeição, ele falou com algumas pessoas sobre onde conseguiria material para reformar sua cabana. Alguns, com pena, se ofereceram para consertar o telhado e a parede da cabana; outras já falaram para ele não se estressar com futilidades, afinal ainda não havia entrado água; as mais inteligentes ofereceram ajuda para trocar o telhado, pois água poderia estar acumulando e apodrecendo a madeira.

De bom humor ao encontrar outros moradores com as mesmas habilidades e hobbies, Roberto começou a sentir-se melhor, porém não deixou de pensar em sua família nem por um minuto sequer.

Um morador sugeriu falar com Nestor, uma espécie de chefe da pequena vila – Roberto teve a impressão de ter ouvido tal nome no dia anterior –, e ele conseguiria material necessário para reformar sua cabana e até mesmo construir algumas novas se a vontade de ajudar a vila fosse enorme. Quando perguntou qual cabana era a de Nestor, o morador indicou a ele a única cabana na areia: a cabana era similar às outras, de madeira e telhado de folhas, porém era visivelmente mais antiga. O principal diferencial da cabana era a presença de uma varanda em forma de L que permanecia, durante a maior parte do dia, sob a sombra de diversas árvores que ficavam entre a cabana e o paredão rochoso. Roberto agradeceu ao morador e foi conhecer Nestor.

Distante alguns metros da cabana, a porta abriu-se com um estrondo e Gérson saiu batendo os pés, parecendo indignado com algo.

– Velho doido – resmungou ao passar por Roberto.

Que cara estranho. Preciso manter distância.

Roberto apressou o passo e encontrou Nestor de pé ao lado da porta. O idoso era um homem fraco, sem gordura e sem músculos no corpo, parecia que envelhecera muito na ilha, sendo até dez anos mais velho do que realmente era. O idoso – que vestia suas folhas parecendo uma grande fralda – apertou os olhos, revelando imensas rugas ao redor dos olhos castanhos. Seu cabelo era um combinado de fios brancos longos e curtos, porém áreas carecas eram mais evidentes. A barba era tão fina quanto o cabelo e de comprimento respeitável, chegando ao peito.

– Roberto? – perguntou ele, abrindo os olhos. – Estou certo?

– Sim – respondeu o homem, estendendo a mão.

– Me desculpe, mas você pode estar transportando bactérias com que nunca tive contato antes. – Nestor não estendeu a mão. – Gostaria que você respeitasse minha decisão. Não é pessoal.

– Entendo – disse Roberto enquanto recolhia a mão.

– Letícia pediu para eu não ter muito contato direto com os novos pescadores – explicou Nestor.

– Letícia?

– Perdão – desculpou-se Nestor. – Creio que você ainda não conhece todos na vila. Letícia é nossa médica.

O idoso continuava de pé ao lado da porta.

– Posso entrar? – pediu Roberto.

O idoso hesitou antes de responder.

– Fique à vontade – disse ao liberar caminho.

O interior da cabana do idoso era mais claro e fresco que o da sua, talvez graças às largas janelas que permitiam o vento entrar e levar o calor gerado pelo sol. No centro, havia móveis como mesas e cadeiras feitas com capricho de um grande carpinteiro e, no canto oposto à porta, uma cama chamava sua atenção. O cheiro de peixe entrou em suas narinas.

Ao ver Roberto encarando a cama, Nestor justificou-se.

– Não tenho força para me erguer do chão.

– Não pude deixar de sentir uma leve inveja após dormir no chão.

Nestor apenas encarou Roberto até ele se sentar. Logo após, o idoso fechou a porta e sentou-se em uma cadeira diante do homem mais novo.

– Como posso te ajudar? – perguntou Nestor.

Roberto não sabia a forma certeira de pedir um favor ao idoso.

– Eu gostaria de materiais de construção – arriscou.

– Muito bem – disse Nestor. – Para quê?

– Reformas na minha cabana.

O idoso alisou a barba, passando os dedos entre os longos fios.

– Você tem experiência?

– Sim, senhor – respondeu Roberto. – Trabalhei a vida toda em construções.

– E de quanto material você precisará?

– Algumas ripas, martelo, pregos – respondeu Roberto. – Uma lixa, se possível.

– Vou pedir para Flávia lhe dar todo o material de que necessite – disse o idoso. – Porém, ela vai fiscalizar toda a obra.

– Obrigado, senhor.

– Ela entrará em contato com você.

– Eu estou procurando por ela faz algum tempo, porém não a encontro.

– Não foi à toa que ela matou um tigre.

De novo isso!

– Como alguém mata um tigre? – perguntou Roberto.

– Você está sendo caçado por um grande felino da natureza – disse Nestor. – O que você faria para despistá-lo?

– Começaria eliminando o meu rastro.

– Muito bem – concordou Nestor. – Como?

– A água esconderia meu cheiro – respondeu Roberto. – Iria para um rio.

– Tigres são excelentes nadadores – retrucou Nestor.

O idoso aproximou a mão do pescoço de Roberto e, em um movimento abrupto, fechou-a.

– Uma mordida na jugular – disse enquanto sorria. – Você morreu.

Roberto estremeceu.

Só tem doido aqui.

– Vou tomar cuidado. – Roberto não sabia como agir. – Obrigado.

– Há algo mais em que eu possa ajudar? – perguntou Nestor. – Qualquer coisa.

Roberto pensou nas suas vinte e quatro horas no local.

– Sim… – respondeu Roberto, porém não sabia como tocar no assunto.

– Pode me dizer – tranquilizou-o Nestor.

– Hã… Bem – começou ele –, meu orientador não está facilitando muito.

Nestor pôs-se de pé e caminhou até uma das janelas de sua cabana.

– Gérson? – perguntou ele de forma ríspida.

– Sim – respondeu Roberto.

Nestor inclinou o corpo para fora, verificando se alguém poderia estar ouvindo.

– Ele está te incomodando? – perguntou.

– Na verdade, não – respondeu Roberto. – Porém eu sinto que meus orientadores poderiam ser mais úteis sem ele para atrapalhar.

Nestor caminhou lentamente até a outra janela, inclinando o corpo para fora e verificando ambos os lados.

– De quais maneiras ele atrapalha? – perguntou.

– Ele é agressivo e instável.

– Isso é da personalidade dele – respondeu Nestor. – Não posso fazer nada sobre isso.

– E sobre o assassinato?

Nestor correu para perto de Roberto.

– Nós evitamos falar sobre tal assunto – respondeu o idoso.

– E como posso me adaptar à praia...

– Ilhas – murmurou Nestor rapidamente.

– ... se um assassino está à solta?

Nestor deu mais uma olhada nas duas janelas da casa.

– Podemos nos ajudar – disse Nestor, ainda desconfiado.

– Como? – pediu Roberto.

– Seja meus olhos e ouvidos lá fora – respondeu Nestor. – Ele planeja algo. Quero que descubra o quê.

– E como você vai me ajudar?

– Eu preciso de provas de que ele cometeu um crime ou que está para cometer um. Compreende?

– E o assassinato não conta como um crime? – perguntou Roberto.

– Não há provas – disse Nestor, lamentando o pequeno porém de não poder julgá-lo. – E provas são necessárias para abrir um julgamento justo.

– Ainda não entendi como o senhor vai me ajudar.

– Você viu alguma prisão por aqui? – perguntou Nestor. – Com certeza não, pois não há. – Nestor estava com um sorriso sinistro no rosto que certamente faria uma doce e inocente senhora desmaiar.

– Vocês matam quem comete crimes? – Roberto parecia assustado.

– Sim e não – respondeu Nestor. – Temos nossas punições. Não te explicaram sobre isso?

– Temo lhe informar que não. – Roberto parecia desapontado com seus orientadores.

Nestor pareceu enfurecer-se com os orientadores de Roberto, entretanto ele fechou os olhos e se acalmou.

– Crimes leves são punidos com nadar algumas centenas de metros até a praia, o máximo que alguém nadou foi um quilômetro e meio. Assassinato é punido com morte, caso seja o único crime cometido – explicou Nestor, guardando o melhor, do ponto de vista dele, para o fim. – Crimes graves, como estupros, conspiração contra minha pessoa ou Flávia, tentativa de homicídio e por aí vai têm como punição algo pior que a morte. – Nestor tomou fôlego. – Você será amarrado a uma árvore, nu, enquanto o sol castiga todo seu corpo e os médicos daqui farão o possível para te manter vivo o máximo que der. No fim, a morte chegará, trazendo dor, humilhação, crueldade e uma mensagem para os outros.

Roberto sentia o coração na boca, não acreditava que alguém pudesse ser tão cruel com outros seres humanos.

– O máximo que alguém resistiu foram dez dias – terminou Nestor.

– E será este o destino de Gérson?

– Se ele estiver conspirando – respondeu Nestor. – E, como eu acredito que ele está, junte dois mais dois e faça as contas.

– NUNCA! – esbravejou Roberto.

– Como não? – Nestor parecia não acreditar na resposta de Roberto.

– Ele deve responder por seus crimes! Mas nunca alguém deve ser torturado!

– É assim que as pessoas pagam pelos seus crimes aqui!

Roberto deu um forte soco na mesa, fazendo um pequeno estranho objeto vermelho voar e cair no chão. Nestor arregalou os olhos para o objeto.

Mas hein?

– Eu vou construir uma prisão – afirmou, a curiosidade de saber o que era e a origem do objeto era maior do que o arrependimento de ter esmurrado a mesa.

Onde foi parar o objeto?

– Uma prisão? – Nestor perguntou debochado. – Prisões de madeira são fáceis de se quebrar tanto por dentro como por fora, além disso, seria necessário mais de um guarda para vigiá-lo, alguém para levar água e comida. Podemos ter essa equipe focada em outro assunto.

– Todos merecem uma segunda chance – disse Roberto antes de sair da cabana de Nestor.

Por ironia, saiu da mesma maneira que Gérson: abriu a porta com força e saiu a passos pesados como um touro.

Um pensamento irrompeu em sua cabeça: *um alvo fácil para um tigre*. Ele não sabia o porquê de ter pensado algo assim naquele momento, mas seu subconsciente tinha razão: precisava ser silencioso e furtivo para matar um tigre ou seria uma presa fácil.

Com o sol deixando sua cabeça ainda mais quente, Roberto caminhou até sua cabana, onde gostaria de um pouco de paz por algumas horas. Ele estava indignado com as leis das ilhas e gostaria de ir embora, passando pelo portão de madeira e nunca mais voltando.

Marcel estava deitado em seu quarto, escondendo-se do sol e de qualquer pessoa.

– Ei – disse ele quando Roberto entrou.

Roberto espiou para dentro do quarto de Marcel e lembrou-se dos consertos que disse que faria.

– Ei – respondeu Roberto por educação. – Consegui materiais para reformar nossa cabana.

– Valeu! – exclamou Marcel. – Com quem?

– Com Nestor – respondeu Roberto. – Você o conhece?

– Ele apareceu ontem com a Flávia no banquete – respondeu Marcel, encarando o teto. – Acho que você já tinha saído.

– Sim – confirmou Roberto. – Falei com ele hoje e Flávia me dará o material para reformar esta cabana.

Roberto pensou em ter ouvido um "dã, ontem que não foi" vindo da boca de Marcel.

– O quê? – perguntou Roberto.

– Flávia já apareceu para você?

Roberto sentiu uma frustração crescer em seu peito.

– Não a conheço – respondeu ele, sem vontade.

– Vou ficar sentado vendo o desenrolar dessa trama.

– Ela tem de aparecer para mim? – perguntou Roberto.

– Como você sobrevive a um ataque de tigre?

– Desisto! – Roberto jogou os braços para cima e foi para seu quarto.

Marcel ria sozinho na esteira de folhas.

Respirando fundo para se acalmar, Roberto concentrou-se apenas no som do mar e da sua respiração. Nada mais importava para ele, apenas o ar entrando e o barulho das ondas; de certa forma, ouvir o mar o acalmava mais rápido.

Posicionando sua cabeça de forma a olhar para cima, Roberto abriu os olhos e a primeira coisa que viu foram as tábuas, desse modo focou em seu objetivo sem intromissões externas.

Em uma criteriosa avaliação, o homem encontrou alguns lugares de madeira podre e que necessitavam ser trocadas urgentemente. Como não havia maneira para marcar as tábuas, Roberto memorizou-as e teve de deixar para completar sua tarefa mais tarde.

Em um momento para si, ele deitou nas esteiras e ficou pensando em sua família: três filhos e uma esposa. Em vez de se deixar tomar pelo medo de nunca mais vê-los, Roberto pensou no reencontro, sentindo-se mais focado em sair daquele lugar e voltar para sua casa. Pensou em seu segundo neto que estava para nascer, em seu filho mais novo que iria se casar em dois meses e em como todos estavam. Ele precisava sair dali.

A voz de Marcel o trouxe de volta para as ilhas.

– Ei, Roberto! – gritou.

– Que foi?! – gritou Roberto, em resposta.

– Eles falaram que há efeitos colaterais do teletransporte!

– O quê? – pediu Roberto. – Não te ouço!

– O quê? Não te ouvi!

– Vem aqui! – pediu Roberto.

– Estou deitado! – gritou Marcel.

– Eu também e sou mais velho!

– Estou indo!

A porta do quarto se abriu lentamente e Marcel esgueirou o rosto pela fresta aberta.

– Está com sono? – perguntou ele.

– Não – respondeu Roberto. – Estou apenas cansado.

– Antes que eu esqueça: Amanda disse que é comum sonolência e cansaço excessivo na primeira semana.

– Obrigado pelo aviso – disse Roberto.

– De nada.

– Marcel – chamou Roberto –, antes que eu esqueça.

– Pois não?

Roberto contou para o jovem sobre as punições para quem cometia um crime ou tentava tirar o poder de Flávia ou de Nestor. E acrescentou o pedido de Nestor para levar Gérson a julgamento. Marcel colocou a mão protegida no queixo, pensativo.

– Se você não se importa – disse Roberto, com a voz calma. – O que aconteceu com seu punho?

Marcel encarou seu punho protegido.

– Nada de mais – respondeu. – Meus ossos do carpo nasceram com um pequeno probleminha.

– Por favor – pediu Roberto. – Me explique de uma forma leiga.

Marcel caminhou até Roberto e pegou sua mão.

– Nossas mãos possuem ossos onde há o encontro da mão com o antebraço. Eles são os ossos do carpo – explicou Marcel. – Eu os chamo de "bolinhas da mão".

– Tá.

– Eu nasci com uma má-formação ali – disse Marcel calmamente. – Eles são frágeis como vidro.

Marcel não parecia triste falando sobre sua condição.

– Deve ser difícil – comentou Roberto.

– Difícil seria não ter a mão.

– Dos males, o menor.

– Exatamente – riu Marcel. – Perdi as contas de quantas vezes eu quebrei o punho quando era criança.

– Deve ser ruim para uma criança ter de usar um protetor desses.

– Eu achava a pior coisa do mundo – lamentou-se Marcel. – Até o dia em que meus pais me levaram em um hospital de câncer infantil.

Roberto arregalou os olhos.

– Desde aquele dia, nunca mais me queixei do protetor.

Roberto balançou a cabeça positivamente.

– Hoje dou graças a Deus por ser saudável e por isto nunca ter me impedido de fazer nada.

Roberto estava boquiaberto com a breve história do jovem diante de si.

– Sabe – disse Marcel –, se não fosse pela condição do punho, talvez eu só me queixasse da vida e não mexeria um braço para mudá-la.

– Às vezes não damos valor à nossa saúde como devíamos – comentou Roberto.

– Quase sempre não damos. Só vamos nos preocupar quando surge algum problema e, então, pode ser tarde demais.

O silêncio reinou naquele pequeno quarto daquela pequena casa sobre uma pequena ilha próxima a uma praia de uma grande ilha. Novamente Marcel o quebrou.

– Não concordo com o autoritarismo de Nestor, mas as punições me parecem justas.

– O quê? – perguntou Roberto espantado.

– Não quero morrer por querer tirar Nestor ou Flávia do poder – respondeu Marcel –, mas as punições são justas.

– Você está louco! Isso é tortura.

– Quem prejudica a sociedade não merece viver em sociedade.

– Torturar alguém não nos trará de volta aqueles que já foram!

– Mas impedirá que ele e outros matem os que estão presentes.

– Gérson merece uma punição, mas ser morto ou torturado? Isso é horrível.

– Gérson? O que ele fez? – perguntou Marcel.

Roberto sentiu que Marcel não sabia de Gérson.

– Ele quer tirar Nestor do poder – respondeu Roberto, com uma meia-verdade.

– E há provas? – perguntou Marcel.

– Deve haver!

– Inocente até que se prove o contrário! Você não pode ser o juiz, o advogado de acusação e o carrasco!

– Gérson matou um cara! – Roberto decidiu jogar a verdade na cara de Marcel.

– O que ele fez? – perguntou Marcel.

– O que EU fiz? – perguntou uma voz atrás deles.

Merda!

Roberto e Marcel olharam para a porta, onde Gérson estava parado encarando-os. O homem estava incrédulo com o que ouvira.

– Onde está seu orientador? – esbravejou Roberto.

– Me deixem fora disso! – Marcel correu, escancarou rapidamente as venezianas da janela e saltou para fora do quarto de Roberto.

– Meus orientadores são os mesmos de Amanda e Camila: Alberto e Luíza – respondeu Gérson, encostando a porta atrás de si. – Eles eram dois e nós três, por isso os dois ficaram responsáveis por nós três.

– Eles eram três e você matou um deles! – Roberto pôs-se de pé.

– Cala a boca! – gritou Gérson.

Fazendo uma rápida verificação, Gérson devia ser mais rápido, ágil e aguentaria muito mais em uma luta corporal, então Roberto teria de ganhar a briga no primeiro soco. Portanto optou por desistir de qualquer violência.

Será que Marcel vai trazer ajuda? Terei de enrolar.

– O que você está fazendo aqui? – perguntou Roberto, tentando manter a calma.

– Eu vim chamar vocês! – berrou Gérson.

– Calma, cara! – pediu Roberto.

– Eu vim chamar vocês a pedido de Flávia e tive de ouvir tais absurdos!

– Flávia? – perguntou Roberto.

– Sim! – esbravejou Gérson. – Ela está no refeitório!

– Ela está nos aguardando. Vamos lá – disse, numa tentativa fraca de sair de seu quarto e ir aonde poderia haver testemunhas.

Roberto olhou pela janela e se perguntou se conseguiria escapar como Marcel.

– Pare de inventar coisas por aí! – Gérson deu três passos em direção a Roberto, faltavam outros dois para os dois homens ficarem cara a cara.

– Eu só quero saber a verdade!

– Mentiras apenas te afastam da verdade! – Outro passo.

Roberto achou ter ouvido vozes perto da casa. Sendo assim, só teria de enrolar um pouco mais.

– Eu quero saber o que aconteceu com seu orientador!

– Eu já disse que eram dois! – gritou Gérson entredentes enquanto dava outro passo em direção a Roberto. Agora os dois homens estavam cara a cara.

– Saia da minha casa – ordenou Roberto.

– Obrigue-me a sair daqui.

Um barulho na porta: o reforço estava chegando. Gérson e Roberto olharam para a porta do quarto, procurando saber quem aparecera.

A porta abriu-se com um estrondo causado por um chute. Em pé, no fim do corredor da cabana, estava presente uma mulher assustadora e selvagem.

– Flávia! – respirou aliviado Gérson. – Ainda bem que você apareceu.

Roberto não sabia como descrevê-la. Ele enxergava uma essência selvagem e mística na mulher. A mulher exibia um lindo tom negro reforçado pelo sol da praia, um olhar felino que captava quaisquer movimentos onde ela estivesse presente, uma única trança escura, caída até o umbigo, abrangia todos os fios de seu cabelo. Os detalhes mais gritantes eram uma grande cicatriz no rosto – três riscos começavam no couro cabeludo e desciam diagonalmente até o fim da bochecha, raspando seu olho direito –, como se um animal com garras a tivesse atacado, e a falta do braço direito.

– Os dois! Na praia! Agora! – esbravejou ela.

A mulher não esperou reação dos homens no quarto, ela sabia que eles obedeceriam sem hesitar. Gérson seguiu-a instantaneamente. Roberto não.

Roberto congelou, o impacto do grito de Flávia ecoou em seus ouvidos. Por um momento ele não ouviu mais nada, não ouviu os passos de Gérson, não ouviu o barulho das ondas batendo na pequena ilha sob sua cabana, não ouviu o vento passeando entre as árvores. Tudo estava silencioso.

Ele não percebeu o tempo passar após o grito da mulher.

Será mesmo que aquela mulher teria matado um tigre?

De volta a si, Roberto começou a caminhar sob o sol quente até a praia. Seus pés gritavam por um calçado urgentemente. Apenas depois de sair de sua cabana ele começou a ouvir os sons das ondas, dos pássaros e do vento surgirem em segundo plano, como uma agradável música de elevador. O fato apenas confirmou sua teoria de que as músicas de elevador e o volume em que tocam são proporcionais: quanto melhor – ou menos pior – a música, mais baixo é o volume; quanto pior ela é, mais alto e intoxicante para seus ouvidos.

Flávia estava esperando por ele ao lado do refeitório, no sol, com cara de poucos amigos – Roberto não sabia se sua cara era sempre assim. Gérson estava de pé, cobrindo os olhos com as mãos. O olhar de felino predador da mulher acompanhou Roberto até ele se posicionar ao lado de Gérson.

– Obrigada por trazê-los até aqui, Gérson – disse ela, olhando fixo no mar. – Dispensado.

Gérson soltou o ar, aliviado, e saiu de perto de Roberto e Flávia.

– De você, eu cuido mais tarde – disse ela, olhando fixamente nos olhos de Roberto. – Que fique claro.

– Sim – conseguiu murmurar Roberto.

Apenas acenando com a cabeça, Flávia chamou Ticiana e Marcel, tirando-os do descanso na sombra refrescante do refeitório. Marcel parecia entediado e seria mais entediante ainda sair do descanso.

– Muito bem, Ticiana, Marcel e Roberto – começou ela. – Fico feliz de podermos conversar nós três.

Talvez Marcel não estivesse acordado ainda ou se dado conta de onde estava, mas ele parecia não se importar com a presença intimidante da mulher e bocejou.

– Fiquei sabendo que vocês querem ajudar a todos – disse ela, sem verificar se era verdade. – Estamos em busca de ajuda nas áreas de exploração, cozinha, construção e pescaria.

Todos continuaram em silêncio, exceto Marcel que bocejou novamente. Flávia o encarou.

– Me sigam, por favor – disse ela.

Ela caminhou em direção à abertura da rocha. Todos a seguiam ansiosos pelo que ela iria fazer nos próximos minutos.

Bastou um dos guardas a ver subindo pela estreita fissura que ambos começaram a abrir o pesado portão de madeira. Roberto ficou boquiaberto com o mundo após o portão. a subida continuava por mais alguns metros em terra batida e, então, uma densa floresta começava e expandia-se por todos os lados.

Flávia os liderou floresta adentro por clareiras, rochas enormes, árvores frutíferas, variadas pegadas de animais, plantas com aspectos curiosos e perigosos. Cada caminho diferente tomado por ela estava mapeado em sua mente.

Roberto sentia-se muito irritado consigo por ter jogado fora seus sapatos e agora estava com os pés esfolados e o esquerdo sangrava devido a um pequeno corte entre os dedos. A dor era insuportável e ele pensava em desistir. O medo de enfrentar Flávia era superior a qualquer incomodo físico, impedindo-o de tomar uma atitude.

Conforme caminhavam, o silêncio era desconfortável, ninguém tinha coragem de abrir a boca após Marcel levar uma encarada maligna depois de questionar Flávia sobre aonde estavam indo e se demorava muito.

Depois de quase vinte minutos caminhando na floresta com o percurso e o ritmo ditados por Flávia, eles chegaram a uma cabana caindo aos pedaços. Uma parte da parede estava caída, faltava um pedaço da porta de entrada e o telhado não estava presente em metade da cabana.

– Não moram serpentes aí? – perguntou Marcel.

Flávia decidiu ignorar. Para o bem dele.

A mulher parou diante da porta e a empurrou para dentro, revelando um espaço apertado, cheio de entulho por onde nasciam plantas daninhas. Ela saiu da frente da porta, indicando aos novos pescadores que entrassem na cabana. Após todos entrarem, Flávia entrou e se dirigiu a um canto onde jaziam alguns entulhos e uma sacola de couro. Quando ela abriu a sacola e derrubou seu conteúdo no chão, Roberto respirou aliviado: três pares de calçados de folhas idênticos aos de todos os moradores.

– Por favor, calcem – pediu ela.

Os três novos pescadores entreolharam-se para decidir quem tomaria a iniciativa e calçaria as sandálias. Ticiana, por ser mulher, foi a primeira e pegou as duas menores.

– Como eles sabiam o tamanho? – perguntou Roberto a Marcel, baixinho.

– Eu os vi medindo o tamanho das pegadas – respondeu Marcel. Roberto ficou na dúvida se o jovem havia sido irônico ou não.

Após Ticiana retirar as sandálias que trouxera consigo e vestir as novas, Marcel empurrou as costas de Roberto.

– Os mais velhos primeiro – disse.

Roberto parou diante das sandálias e pegou o menor par, felizmente Ticiana tinha pés menores que o dele. O par havia sido feito poucas horas antes e ainda exalava o cheiro de peixe idêntico ao que sentira na cabana de Nestor.

Será que é resistente o bastante? Terei direito a outro par?

Marcel foi o último a calçar suas sandálias e todos ficaram aguardando Flávia se pronunciar.

– Muito bem – disse ela. – Agora vou explicar a vocês como funcionam as áreas de trabalho disponíveis. Começamos com exploração – ela pigarreou –, talvez o único trabalho para o qual vocês terão permissão de passar pelos portões novamente. Graças a nossos exploradores encontramos esta cabana, materiais úteis, ferramentas e por aí vai.

Marcel sorriu.

– A segunda é construções – resumiu ela após respirar fundo ao ver a expressão facial de Marcel –, precisamos construir e reparar nossas cabanas, barcos, píeres, refeitório, entre outras coisas.

Serei útil à vila graças a minha habilidade de construção.

– A terceira e última disponível é pesca, acredito que o nome já esclareça sobre os objetivos e haverá uma chance remota de vocês pescarem deste lado dos portões, porém não se entusiasmem. O quarto, porém sem vagas no momento, é trabalho na cozinha e envolve coletar frutas em uma área deste lado do portão e auxiliar no preparo da comida, entretanto notificarei a todos os moradores caso abram vagas.

– Eles poderiam fazer uma competição para preencher a vaga que abrir – sussurrou Marcel para Roberto.

Atenta ao ambiente, Flávia ouviu e logo respondeu.

– Para abrir uma vaga, alguém deve parar de cozinhar. E aqui as pessoas só param de cozinhar quando morrem.

Marcel ficou sério.

– Eu gostaria de saber se há alguma área de interesse de algum de vocês – disse Flávia, olhando nos olhos dos três.

Como ninguém se pronunciou, Marcel ergueu a mão, pedindo permissão, e respondeu sem medo de sofrer represália.

– Gostaria de ser explorador.

– Com seu pulso assim? Vou ter de impedi-lo.

O desapontamento no rosto de Marcel foi óbvio.

– Sinto muito, Marcel – disse ela. – Mas, caso você machuque o punho, será apenas um problema para nós. Tempo, remédios e materiais serão usados em algo de fácil prevenção.

– Mas eu já uso esta proteção justamente para não acontecer algo...

– Sem "mas", Marcel – afirmou ela, firme em sua posição. – Não quero correr esse risco desnecessário.

– Mas...

– Chega.

Marcel retraiu-se visivelmente magoado.

– Ticiana? – perguntou Flávia.

– Eu gostaria de ajudar na cozinha – respondeu ela, decepcionada –, mas posso quebrar o galho na pesca até abrir uma vaga.

– Obrigada pelo apoio – agradeceu Flávia. – Nossa vila estaria em melhores condições se todos ajudassem um pouco, mesmo que não em sua principal função.

Roberto pensou ter visto um pequeno sorriso nascer no canto da boca de Flávia pela primeira vez.

– Eu me sentiria mal vivendo e comendo aqui de graça, sem mexer um dedo para ajudar nossos vizinhos – disse Ticiana.

Exatamente. Creio que o importante seja nos ajudar para melhorar o convívio entre todos os moradores, mas tenho minhas dúvidas se todos pensam dessa maneira.

– E você, Roberto? – O pequeno sorriso já sumira do rosto da mulher.

– Eu posso ajudar tanto em construções como na pesca – respondeu o homem. – Provavelmente não será sempre que terei de realizar trabalhos de marcenaria.

– Gostei da sua maneira de pensar – comentou Flávia. – Porém ferramentas são escassas, vou ter de ver você trabalhando antes de tomar uma decisão.

– Sem problemas.

– Agora venham comigo – ordenou Flávia.

O trio seguiu a mulher pela densa floresta sem questioná-la. E agora, com os pés protegidos por uma sandália de folhas que cheirava a peixe, Roberto finalmente pararia de agredir seus pés pisando em areia quente e pequenas pedras afiadas.

– Flávia – chamou Roberto.

A mulher parou por três segundos, apenas para olhar para o homem. Roberto não sabia o que o gesto significava e arriscou estender a conversa.

– Podemos tratar de assuntos da vila enquanto caminhamos?

– Não é uma boa ideia – respondeu ela, erguendo o pouco que restara do braço. – Explico na próxima parada.

Conforme caminhavam, Roberto sentiu a floresta ficar menos densa e dar espaço ao cheiro de mar. Logo estavam diante de um penhasco no canto leste da vila e a visão era de tirar o fôlego. Era possível ver toda a extensão da praia, acompanhar a invasão de cabanas sobre o mar, ver a casa de Nestor, sendo que o refeitório era a construção mais evidente.

– Apenas gostaria de mostrar-lhes o novo lar de vocês – disse Flávia. – Vamos deixar claro que o nosso lar é do lado de dentro dos portões e o quintal é deste lado. Tudo que vocês fizerem poderá ajudar ou prejudicar alguém ou a todos, então gostaria que vocês tratassem a todos como se fôssemos família. Fui clara?

– Sim – responderam Ticiana, Marcel e Roberto em um único som.

– Excelente. Roberto, agora podemos conversar.

– Ah, sim, sim. Gostaria de saber o motivo de nossas caminhadas serem tão silenciosas e o que acontece caso nossa sandália rasgue.

– Aprendi da pior maneira sobre como a floresta pode ser cruel se você está desatento – disse ela, olhando para o que sobrara do braço. – Uma simples risada pode abafar um galho quebrando, olhar para seus companheiros significa ignorar o ambiente agressivo ao redor e uma simples caminhada pode ser fatal. Não se preocupem em saber tudo sobre sobrevivência na floresta no momento. Prometo ensinar-lhes em breve, assim que seus corpos e mentes estiverem acostumados à ilha.

– E quanto tempo leva para nossos corpos se acostumarem? – perguntou Marcel.

– Obrigada por perguntar – respondeu Flávia, deixando o jovem confuso. – Uma média de sete dias. Nos primeiros dias nossos corpos sentem-se mais cansados e alguns relatam enxergar tudo como se fosse um sonho, sabe? Visão fora de foco e não conseguem distinguir características físicas de uma pessoa.

– Uau – agradeceu Marcel.

– Teve um caso, digo, talvez dois. Não me recordo agora, mas a pessoa jurou estar enxergando o estado de espírito dos moradores e ele apontou seu orientador como um monstro de cabelo cinza – riu Flávia.

Roberto espantou-se ao ver a mulher rindo pela primeira vez. Até estranhou como ela mantinha os dentes tão brancos na ilha. Flávia percebeu.

– Se vocês se lembrarem de usar a pasta de limpeza de dentes todos os dias, não vão precisar se preocupar com dentes podres.

Pasta? Que pasta?

– Pasta? – perguntou Roberto.

– Cara, você saiu muito cedo da festa ontem – intrometeu-se Marcel. – E talvez eu tenha um pouco de culpa, pois me esqueci de entregar para você um pouco da pasta.

– Como assim?

– Na cabana eu te explico com todo amor e carinho.

Agora foi a vez de Roberto ficar confuso.

– Tá bom.

– Vocês terão aula de como fabricar a sandália junto com as aulas de sobrevivência na floresta. Inclusive de como sobreviver a um ataque de tigre.

Finalmente.

Roberto sentia-se melhor com o novo comportamento menos formal de Flávia, aquele era o jeito de ela se comportar em diferentes situações que exigiam uma postura mais séria e, ao mesmo tempo, uma em que ela pudesse soltar-se completamente e ser ela mesma.

– Alguma pergunta?

– Existe algum jeito de voltar para casa? – perguntou Ticiana.

– Sinto muito, Ticiana, por mais que muitos não aguentem mais morar aqui, ainda não encontramos um jeito de voltar para casa.

Ticiana sentiu na alma a negação de sua pergunta; por mais que ela quisesse parecer forte diante de todos, as lágrimas escorreram pelo rosto.

Porém a conversa e o foco do grupo foram interrompidos quando sons vindos da floresta captaram toda a atenção. Os músculos de Roberto contraíram-se, Ticiana correu para perto de Flávia, Marcel escondeu-se atrás de uma árvore larga e ali permaneceu pronto para atacar. Os sons dos galhos quebrando e das árvores se mexendo foram ficando mais altos até uma sombra surgir pela floresta. Uma sombra humana para alívio de todos, menos de Marcel que não estava enxergando devido a sua posição.

Quando a figura humana entrou em contato com a luz, todos – exceto Marcel – viram Amanda correndo desesperada na direção dos quatro.

E nenhum deles a avisou do ser escondido atrás de uma árvore. E, por puro azar, Amanda passou correndo ao lado da árvore onde o jovem estava escondido.

Amanda chegou correndo de encontro aos quatro, esfregando o rosto no chão. Marcel a derrubara com um golpe rápido em suas pernas. Ela estava ofegante e parecia sangrar no canto da boca.

O sangue já estava ali ou a queda a machucou?

– Gérson… – disse ela, tentando puxar ar para seus pulmões. – Pegou Nestor.

Flávia deu um salto na direção da jovem e a ajudou a se levantar.

– Amanda, tenha calma e me diga devagar – instruiu a mulher.

Amanda olhou para ela enquanto tentava respirar. A jovem não percebeu o sangue escorrer da boca até o pescoço.

– Gérson pegou Nestor… E o amarrou em uma árvore para torturá-lo.

CAPÍTULO 11

ALEX 2

Depois de quase uma semana tendo sonhos esquisitos, Alex finalmente dormiu e acordou no seu sétimo dia de ilha sem sonhar. Ele acreditava ser o sexto, porém outros moradores insistiam que ele dormira durante um dia inteiro e ele, não acreditando na opinião pública, relevava tais fatos.

Ao focar os olhos ao seu redor, notou algo de diferente: tudo parecia ser real e aquele filtro de sonho havia sumido. Para piorar, o ambiente em que estava parecia muito mais claro do que nos dias anteriores, devido à presença de novas frestas que surgiram da noite para o dia.

Mas que merda! Recém-construímos!

Alex olhou atentamente para sua cabana – a qual ele e Carlos passaram a semana construindo com a ajuda de moradores – e parecia tão diferente. Seu coração deu um pulo e começou a bater mais rápido.

Não estou na minha cabana!

Ele levantou às pressas e saiu correndo da cabana, olhando em volta para tentar se localizar. Estava tudo diferente. A posição das cabanas era exatamente a mesma, porém pareciam ter envelhecido anos em apenas algumas horas. Muitas estavam desbotadas, algumas precisavam de um pequeno conserto. Alex estremeceu ao olhar para a própria cabana e ver que, mesmo nova, precisava de alguns ajustes, pois muitas frestas realmente apareceram da noite para o dia – não era algo de sua cabeça.

Mas que merda...

Buscando alguém para conversar sobre a mudança repentina em sua visão, ele caminhou apressadamente para o grande salão onde esperava encontrar algum de seus instrutores. Exceto Andressa, qualquer instrutor seria de boa ajuda.

Para seu azar, apenas ela estava lá. Ela carregava uma rede cheia de cadáveres de coelhos. Deve ter caçado durante a noite. Ela deixou a rede com um cozinheiro e notou Alex hesitando quando seus olhares se encontraram. Ela sorriu de uma maneira que deixou ele intimidado.

Então ele ficou chocado. Da noite para o dia, apareceram ainda mais cicatrizes profundas em seu rosto, deixando-a com uma expressão selvagem. Seus olhos pareciam adotar um tom de castanho tão claro que parecia âmbar. Já seus cabelos curtos, de cor combinando com seus olhos, estavam perfeitamente bagunçados, deixando-a com uma beleza exótica indescritível. Ela seria bonita, se não fosse o sorriso intimidador.

– Ora, ora, ora – disse ela, aproximando-se.

Alex engoliu em seco e não conseguiu responder.

– O que foi, Alex? – perguntou ela. – O gato comeu sua língua?

Ele não estava acreditando no que seus olhos lhe mostravam. Depois de uma semana, finalmente ele podia enxergá-la sem o filtro de sonhos. Ele enxergava seu rosto, ouvia claramente sua voz, sentia seu cheiro – de sangue e suor. Alex a encarava como se não acreditasse. Ela imediatamente percebeu o que se passava na cabeça dele.

– Você está me enxergando? – perguntou ela, aproximando-se. – Quem sabe finalmente está conseguindo identificar características físicas minhas?

Ela estava se aproximando muito de Alex. Ele conseguia sentir o cheiro de carniça em suas mãos. O ápice foi quando ela tocou nos ombros dele e sussurrou em seu ouvido com uma voz delicada e sexy:

– Quer sentir meu corpo no seu? – debochou ela.

Alex acordou e a empurrou para trás. Ela riu do desespero do jovem.

– Cara, fala alguma coisa! – pediu ela. – Você está me assustando.

Ele respondeu assentindo e murmurou entre os dentes:

– Que merda está acontecendo?

Ela sorriu e apontou um tronco para eles sentarem. Alex entendeu e sentou, uniu suas mãos e ficou apreensivo.

– Eu não tenho a menor ideia de por onde começar – disse ela, logo após se acomodar –, mas parece que nossos corpos sofrem um pouco com o teletransporte. – Então deu uma pausa e esperou Alex processar a informação. Assim que ele assentiu, ela continuou: – Geralmente dura sete dias, porém pode chegar a dez, então não se preocupe que você está na média. Aliás, foi mais rápido que a média. Você é ligeiro assim em tudo? Acho que teve sorte, ou não teria sido capturado em seu primeiro dia aqui.

Alex ouvia Andressa falar, porém não entendia aonde ela gostaria de chegar naquela conversa. Então resolveu falar.

– Sofrem como? O que acontece?

– Não sabemos o motivo real – respondeu ela, tentando ser delicada –, mas temos nossa visão prejudicada, como se estivéssemos sonhando, e não conseguimos enxergar características físicas das outras pessoas. Inclusive parece que enxergamos apenas aquilo que gostariam que enxergassem. Eu gostaria que minhas cicatrizes não fossem tão evidentes, então deve ter sido um choque para você me enxergar desta maneira, estou certa?

Alex assentiu. Ela fechou os olhos.

– Conversamos diariamente por uma semana – disse ela. – Você sabe dizer qual a cor dos meus olhos? Consegue notar algo diferente em mim?

– Não e não – respondeu Alex, confuso.

Andressa abriu devagar os olhos, revelando uma íris cor de âmbar.

– Eu tenho apenas duas vontades em relação ao meu corpo: uma é diminuir as cicatrizes, por isso elas cresceram quando você finalmente conseguiu enxergar direito. Já a outra é uma característica feminina, então não vou entrar em detalhes.

Os olhos de Alex desceram até seus seios. Foi seu erro. Ao olhar novamente para Andressa, seus olhos estavam injetados de desaprovação. Ela se lembraria daquilo por dias e Alex aprendera a não a irritar. Tal olhar permaneceu por muito tempo, apenas no dia do acidente que a fez perder toda a memória Alex deixou de vê-lo.

– Acho que estou começando a entender isso – disse Alex. – Eu não lembro de características físicas das pessoas e tenho certeza de que algumas mudavam no decorrer do dia.

– Então isso já acabou – disse ela, tentando ensaiar um sorriso. – Logo você vai conseguir identificar quem é quem dos gêmeos.

Então eles ficaram quietos por alguns momentos para Alex poder processar toda a informação e esclarecer alguma dúvida. Por fim, ele deu de ombros ao concluir que tentar entender a suposta ilha daria apenas dor de cabeça. Porém sua curiosidade lhe fez abrir a boca:

– E quanto às construções? – perguntou ele. – Por que estão diferentes?

Novamente Andressa ouviu e respondeu com uma gentileza que sem dúvida não era sua praia.

– Pelo que concluímos, parece que as construções são aquilo quc os construtores quiseram passar. Geralmente paredes bem sólidas sem frestas, tetos sem goteiras e por aí vai.

E o galpão?

– Preciso ver algo – disse Alex, antes de ficar de pé e correr pela vila até o grande galpão. Andressa corria silenciosamente atrás dele.

No meio do caminho, ele foi cumprimentado por uma mulher um pouco mais velha que ele. Nunca a vira antes, porém ela o conhecia muito bem.

– Tudo bem, Alex? – disse ela, ao ver a cara de espanto do jovem. Ele olhou de volta: uma mulher de estatura mediana, acima do peso, cabelo longo e ressecado, olhos castanho-escuros. Ele não tinha ideia de como eles se conheciam. Se Alex estivesse um pouco mais atento, teria reparado que era a única pessoa usando calças jeans na vila. Todas as outras pessoas usavam uma roupa padrão.

O grande galpão no qual os gêmeos trabalhavam estava idêntico, como sempre. Velho e em péssimo estado.

Por que está idêntico? Não faz sentido!

Uma mão tocou em seu ombro e o fez saltar para o lado e para a realidade.

– Tudo bem? – perguntou Andressa. Alex sentiu que ela havia estourado sua cota diária de conversas e a manhã mal tinha passado.

O jovem apontou um dedo trêmulo para o galpão.

– Está idêntico.

Não havia surpresa nos olhos de Andressa. Ela se lembrava de quando teve a mesma reação do jovem à sua frente.

– Não me pergunte o motivo – disse ela, calmamente. – Sempre foi a mesma reação de todos.

– E vocês nunca foram atrás de respostas? – perguntou Alex, indignado.

– Garoto. – Uma voz calma atravessou o ar e chamou a atenção dos dois jovens. – Como podemos obter todas as respostas se não sabemos nem quais perguntas devemos fazer? – Tadeu estava surgindo por entre o grande corredor formado entre as cabanas. Alex finalmente conseguiu ver o verdadeiro físico do idoso.

Tadeu não mudou da noite para o dia. Apesar de estar com algumas rugas a mais, menos fios de cabelo, mais névoa nos olhos castanhos e alguns anos a mais na bagagem, o idoso estava idêntico. Exceto por um detalhe: o sorriso.

Como se lesse o pensamento de Alex, Tadeu sorriu e, inexplicavelmente, o jovem sentiu-se mais calmo.

– Andressa tem sido uma boa professora? – perguntou Tadeu. A confusão no rosto de Alex respondeu. – Se você está confuso, então ela foi.

O idoso voltou a sorrir, contagiando dessa vez até a séria Andressa. Com uma leve troca de olhares, a jovem assentiu para ambos e deixou os dois sozinhos.

– O galpão já estava construído quando cheguei – disse Tadeu. – Mais um dos diversos mistérios deste lugar.

Alex começou a reparar melhor no lugar. Era um galpão tão reformado que não deveria mais existir o antigo. Logo começou a filosofar se aquele seria o mesmo galpão, já que fora todo remendado. A madeira em algumas áreas já tinha mais de década, felizmente não demonstrava risco para quem trabalhava lá dentro.

– Posso te ajudar em algo mais? – perguntou Tadeu. – Bem provável que novas dúvidas surgirão.

Alex olhou para os pés.

– Acho que vou ficar bem.

O idoso sorriu.

– Tive a ideia de implementar meu sorriso para tentar acolher melhor as pessoas que chegassem aqui. Vejo que foi uma boa escolha.

– Às vezes ele me assustava – disse Alex. – Impossível alguém sorrir falando em mortes. Só se você fosse um psicopata.

– Devo concordar com você, Alex. Mas está esquecendo de algo: a morte sempre foi algo natural e assuntos naturais não devem ser tratados com medo. Respeito sim, medo jamais.

– Mas com um sorriso no rosto? É assustador.

– Já falei que concordo. Agora não vou mais tocar nesse assunto. Já estou numa idade em que não sei se vou estar vivo daqui cinco minutos e não vou passar o resto da minha vida com alguém teimando.

– Se eu vou estar teimando, significa que você também estará teimando.

– Quem estará teimando é você. Eu vou estar certo – dito isso, o idoso afastou-se lentamente do jovem, deixando-o intrigado e com várias perguntas sem respostas.

Alex fitou o idoso afastando-se devagar enquanto a jovem de calças jeans vinha na direção contrária, em passos largos e apressados.

– Está tudo bem? – perguntou ela, de longe. Por um momento Alex pensou que ela falaria com Tadeu, porém o idoso continuou caminhando tranquilamente. Logo a jovem parou a dois metros de Alex e repetiu a pergunta: – Está tudo bem?

Alex tentou disfarçar que sabia quem era.

– Me desculpe, mas estou tendo um péssimo dia.

Ela riu.

– Você está tão feliz! Não parece que está tendo um dia ruim!

Eu não estou feliz! A não ser que...

Ele se concentrou muito e tentou dar a impressão de um rosto cansado e cheio de olheiras. Desejou que as pessoas o vissem cansado, como se o cansaço fizesse parte diária do corpo e estivesse estampado.

– Olhando melhor – disse ela –, você até parece meio cansado. Dormiu bem?

– Estou bem – respondeu. – Então, Daniela, como está a adaptação?

O resto do dia de Alex foi muito mais adaptação do que ele gostaria. Por um lado, ele pensava já estar adaptado, por outro, precisar se adaptar à adaptação fez o dia ficar mais cansativo e confuso do que o esperado. Muitas pessoas – talvez todas da vila – eram inseguras com o corpo e sempre desejaram passar uma ideia diferente de como estavam se sentindo. Muitas encolheram alguns centímetros da noite para o dia, os músculos atrofiaram, narizes e barrigas cresceram, barbas e cabelos antes coloridos adquiriram fios brancos e peitos, antes fartos, estavam menores.

Além de Daniela, Alex demorou mais para reconhecer algumas pessoas. A mudança do dia para a noite havia sido drástica, então ele preferiu contato com as pessoas que mudaram pouco sem o filtro. E Andressa era uma dessas pessoas. Claramente alguém que não se importava com a aparência, nem tentava fingir ser alguém que não era, deveria ser uma boa pessoa e, apesar de todos os defeitos, era com ela que ele mais se identificava. Era hora de outros contatos, levando muito em conta a mentira que fora a primeira impressão.

No dia seguinte, ele acordou com um grito na cabana ao lado.

Daniela!

Ele correu para fora em busca da mulher para tentar acalmá-la e explicar toda a situação. Nem se deu conta de que, pelo segundo dia consecutivo, Carlos não estava presente no quarto.

Como previsto, Daniela passou correndo entre alguns gritos e soluços. A cara do desespero estava estampada nela.

– Alex! – gritou ela ao ver um rosto familiar. – O que está acontecendo?

– Nem eu sei ao certo... – começou ele antes de ser interrompido.

– Que barulheira é essa? – perguntou Carlos, saindo da cabana. – Quem é você?

Pelo menos uma explicação para os dois ao mesmo tempo. E se os dois me reconheceram, deve ser porque não passo outra imagem.

– O pessoal me explicou – começou Alex, procurando as palavras certas que fariam mais sentido para ambos. – Na verdade, Andressa e Tadeu me explicaram um pouco. Nós víamos imagens falsas das pessoas e dos objetos que elas construíram.

Carlos olhou para a própria mão.

– Faz sentido – comentou ele, assentindo com a cabeça. – Não estou mais vendo tudo envolto por névoas. E qual a razão de ela estar tão diferente? – Ele apontou para Daniela, que não gostou.

– Ela quis que nós a víssemos com o corpo que sempre desejara – respondeu Alex. – Infelizmente a diferença é tanta que nem eu a reconheci ontem.

Alex tomou alguns breves segundos para observar bem Carlos. Um homem na casa dos trinta anos, começando a criar entradas no cabelo curto, uma barba falha que cresceu por oito dias seguidos – algumas pessoas corrigiriam Alex para nove, porém ele não daria ouvidos –, com físico esportivo e uma única pinta gigante alguns centímetros abaixo da orelha esquerda. Não lembrava muito dele com o filtro, mas achou que não havia aquelas entradas anteriormente.

– E por que enxergamos assim? – perguntou ele. – Não faz muito sentido.

– Eles não conseguiram me explicar. Falaram que acontece e não podemos fazer nada quanto a isso.

– Estou com medo de não identificar as pessoas – comentou ele.

– Eu também estava, mas são raros os casos.

– E agora? – perguntou Daniela. – Muda alguma coisa?

– Não – respondeu Alex. – Na verdade, será fácil de identificar pessoas que gostariam de ser outras. Mas, tirando isso, não deve mudar muita coisa.

– Na verdade, até explica por que pingava em mim – disse Carlos, analisando a própria cabana. – Vou dar um jeito de arrumar algumas coisas no nosso telhado.

– Eu ajudo – garantiu Alex.

– Só depois do almoço, pode ser? Preciso falar com Tadeu sobre tudo isso.

– Eu também preciso falar com ele – acrescentou Daniela.

– Nos vemos mais tarde então! – concluiu Alex, que permaneceu parado vendo Carlos e Daniela caminhando para longe.

– A vantagem de não saber as respostas é que as pessoas nunca te fazem perguntas. – A voz saiu de algum lugar perto de Alex. Ele procurou nos arredores para encontrar apenas cabanas.

– Sei que é você, Andressa – disse o jovem. – Venha aqui.

– Mas eu já estou ao seu lado – disse ela a poucos centímetros do ouvido de Alex. O jovem deu um pulo.

– Mas que merda é essa?! De onde você veio?

– Bem, Alex – disse ela, com um sorriso malicioso nos lábios. – Na floresta, você deve prestar atenção aos sons. Imagina se fosse um tigre!

– Não há tigres aqui!

Espero que não tenha.

– Talvez sim, talvez não. Creio que os ursos mataram todos – disse ela, rindo. – Ou algum monstro da floresta. Não sei realmente.

– Ursos? Monstros? – perguntou Alex, com medo na voz.

Que merda de lugar é este? Puta que pariu!

– Exatamente! – exclamou ela. – Dizem que os monstros gostam de pessoas recém-chegadas na ilha. Eles sentem o cheiro de civilização na roupa das pessoas e perseguem suas presas sem dó! Eles chegam devagar e agarram suas vítimas pelo braço antes de separarem a cabeça do corpo.

Nesse momento, algo agarrou o braço de Alex. O jovem deu um pulo enquanto gritava de susto. Os olhos de Andressa acompanharam o fiasco com precisão felina.

– Que merda é essa?! – gritou Alex para a pessoa ao seu lado.

– Andressa, você anda falando para as pessoas que sou um monstro? – perguntou uma voz calma, escondendo o riso.

– Claro que não, Tadeu! Eu deixo as pessoas descobrirem por conta própria – disse ela, com um sorriso mais malicioso ainda no rosto. Alex jurou ter visto caninos bem afiados por trás daqueles lábios.

O idoso sorriu de uma forma amigável. Então olhou para Alex.

– Preciso falar com seus amigos e depois do almoço quero mostrar algo para os três. Posso contar com sua presença?

– Claro – respondeu Alex, assentindo junto.

– Combinado então – disse o idoso e logo caminhou na direção para onde Carlos e Daniela correram. Já não havia mais sinais de Andressa por perto.

Logo após o almoço, Alex ficou empolgado com aquilo que Tadeu precisava mostrar. Talvez fosse algo inútil, mas poderia ser algo que responderia a algumas perguntas. As expectativas eram tantas que o deixaram ansioso por um tempo.

Finalmente Tadeu apareceu no refeitório e chamou os três apenas com um aceno de cabeça. Alex, na ansiedade, foi o primeiro a ficar de pé e dirigir-se a passos apressados até o idoso. Carlos e Daniela foram mais calmos, agindo como pessoas normais.

O idoso não abriu a boca enquanto conduzia os três para dentro do local onde haviam sido teletransportados. No dia em que acordara, Alex nem havia reparado em uma enorme porta de madeira no fim do corredor.

Atrás da porta, havia uma sala redonda. A luz entrava calculadamente por entre frestas no telhado de folhas, como se alguém tivesse posicionado exatamente as folhas sobre a estrutura para dar um ar místico ao lugar. A sala estaria vazia se não fosse por apenas cinco objetos cilíndricos cuidadosamente espalhados, Alex notou que todos eram troncos de árvores.

O mais grosso, porém mais baixo, jazia no meio da sala. Na parte superior estavam entalhadas diversas letras não relacionadas ao alfabeto romano, e algumas eram idênticas a letras do alfabeto grego e do nórdico.

Isso seria uma tentativa de escrever runas?

E, exatamente no centro, uma adaga estava cravada.

Já os outros quatro objetos eram todos idênticos: quatro troncos posicionados simetricamente na vertical, com entalhes imitando colunas gregas, em volta do tronco com a adaga.

– Já sei! – disse Alex, tentando tirar o tom irônico da voz. – Quem retirar a adaga vai ser coroado rei da vila!

– Que ideia mais besta! – exclamou Tadeu, irritado com a babaquice de Alex. – De onde você tirou essas merdas?

Então o idoso passou na frente dos três e retirou com a maior facilidade a adaga do tronco. Carlos segurou o riso.

– Aconteceu algo? – perguntou Tadeu. – Não mudou em nada.

– E essas coisas escritas? – perguntou Daniela. – É magia?

Carlos novamente fez um esforço para segurar o riso.

– Do que você está rindo? Isso aqui são aquelas coisas que escrevem em rituais! – disse Daniela.

– Isso é a letra ômega, essa outra aqui também é grega, porém não sei o nome – respondeu Alex. – Acho que a intenção era enganar mesmo.

Os três olharam para Tadeu ao mesmo tempo. O idoso limitou-se a sorrir. Logo depois adotou um tom sério e começou a falar.

– Esta adaga foi encontrada no peito de uma das mulheres com quem convivi alguns dias há décadas. Sempre respeitamos nossa história e tratamos com carinho aqueles que já foram – ele olhou para Alex –, por isso peço que tratem com zelo esta sala. Pode não ser nada, mas estranhamos a presença dessa arma nos assassinatos e pensamos que possa estar ligada a alguém que surgiu ainda antes de mim neste local e deve possuir respostas caso ainda esteja vivo ou viva. Sempre há espaço para esperança a quem está preso nesta vila há décadas, sem falar no luto por todos aqueles que já foram. Usem esta sala com sabedoria, pensem que a vida de vocês pode ser curta, já que não sabem o dia de amanhã, e nunca esqueçam que há aqueles em busca de perguntas e respostas para tudo! Tenham muito respeito por aqueles que já foram. O nome de todos está escrito nas paredes desta sala.

Alex engoliu em seco e olhou ao redor. Na madeira que foi utilizada para construir a sala, centenas de nomes estavam escritos.

– Não falamos os nomes dos mortos fora desta sala, mas aqui podem encontrar o respeito que merecem – falou o idoso.

Tadeu olhou para as pessoas diante de si. Encontrou pânico, apreensão e seriedade. Então continuou a falar.

– Vocês querem ver a adaga de perto?

– Quero – respondeu Carlos.

O idoso estendeu a adaga para Carlos, que a olhou como se inspecionasse algo muito valioso. O homem a girou, empunhou-a e até sentiu seu cheiro. Alex e Daniela estranharam a maneira como ele a olhava.

– Posso ver também? – pediu Alex.

Carlos, em um sobressalto, voltou a si e entregou o artefato a Alex.

O jovem pegou a adaga cuidadosamente e observou a luz refletida na parte larga. A lâmina parecia adotar um leve tom verde e refletia como um espelho. Com cuidado, ele passou o dedo na parte afiada e sentiu o aço frio entrando em sua pele, um corte milimétrico, porém profundo. Era tão linda quanto mortal.

– Qual a necessidade disso? – perguntou Carlos.

Alex não entendeu a pergunta.

– Precisava mesmo se cortar? – insistiu Carlos.

Alex olhou para sua mão e viu um risco vermelho no dedão, espalhando sangue por toda a adaga.

– Ah, que merda! – exclamou ele. – Não senti!

Ele não sentiu a lâmina penetrar na pele. A única coisa que entrou em Alex foi a curiosidade de saber mais sobre sua história.

– Você está bem? – perguntou Tadeu. – Alex?!

O jovem voltou a si.

– Sim, sim – afirmou. – Eu acho – murmurou enquanto passava a adaga para Daniela, que logo a recusou.

– Nem vou tocar nisso! – disse ela, olhando para o objeto com cara de desprezo.

Alex suspirou e deu uma última olhada no cabo. Era milimetricamente perfeito, com cinco aberturas para colocar os dedos, dando assim uma forte aderência no usuário. Além disso, o pomo era detalhado como uma pedra preciosa, porém feito de algum metal bem leve. Ao passar a mão no pomo, Alex sentiu que não estava firme no cabo da adaga e começou a mexer para desvendar o mistério, afinal não fazia sentido uma adaga ser tão bem trabalhada e possuir peças soltas.

Com um leve toque na traseira do pomo, Alex sentiu algo se mexendo por dentro, como uma mola se contraindo. Ele apertou forte e retirou o dedo. Após um clique, a adaga ejetou algo cilíndrico. Era idêntico ao cabo, porém um pouco menor, mesmo assim havia os cinco lugares para segurar com os dedos.

Mas que merda é essa?

Sua cara entregou sua dúvida. Olhou para os outros no aposento e encontrou olhares curiosos, exceto de Tadeu, que continuava olhando com um sorriso no rosto. Alex tentou retirar o cilindro por completo, porém uma trava impedia sua saída. Ele tentou segurar firme com ambas as mãos, porém a parte inferior não era estável e girava com facilidade.

– Para que serve isso? – perguntou ele.

Tadeu não respondeu. Já Carlos e Daniela apenas balbuciaram alguns pensamentos inseguros que cresciam em suas cabeças.

– Posso ver? – finalmente Carlos quebrou o silêncio.

– Claro – respondeu Alex, com certo alívio por ter se livrado daquela arma que o fizera sangrar. Ele não entendeu como o corte tão profundo não o fez gritar de dor. O sangue continuava pingando, porém de forma amenizada.

Carlos segurou a adaga pela lâmina e passou o cabo nas calças para limpar o sangue de Alex. Enquanto fazia isso, mandou um olhar feio para o jovem.

Foi mal.

Então Carlos analisou a nova empunhadura que jamais serviria para ser empunhada. Ele girou, tentou agarrar com força e fingir atacar algo na sua frente. Enquanto isso, a incerteza nascia em seu rosto. Por fim, foi vencido por um objeto inanimado.

– Desisto – disse ele. – Nunca vou entender quem foi o gênio que desenhou esta adaga. Um trabalho tão bem feito para ser estragado com isso.

– Vai ver quebrou com o tempo – disse Daniela –, talvez esteja assim porque ela é antiga.

– Pode ser. Apesar de não acreditar muito.

– Então, Tadeu – disse Alex. – Isso serve para algo?

O idoso limitou-se a sorrir em resposta e falou com sua voz calma.

– Desisti de tentar entender há anos. E sim, desde que eu a conheço, a parte interior é solta e inútil.

Ele esperou alguma reação além de dúvidas nos rostos dos novos azarados. Como nenhum deles falou, Tadeu achou que era hora de saírem da sala. Felizmente Daniela puxou a frente.

– Gente... Podemos sair daqui? Estou com uma sensação ruim e com calafrios.

– Claro – respondeu Tadeu imediatamente.

Nenhuma das quatro pessoas realmente queria sair da sala, as dúvidas sobre a adaga pairavam no ar e os atraíam como um buraco negro, porém permanecer lá seria inútil. Alex teve a sensação de que as respostas para todas as suas dúvidas jamais seriam encontradas ali, ele teria de ir atrás e seria bem longe, então concordou em sair.

O resto do dia foi mais normal e cheio de aprendizado para Alex. Como seu conhecimento de estudante de odontologia seria inútil na vila, ele teve de conhecer os diversos trabalhos executados pelos outros moradores, além de ter aulas sobre como manusear uma espada que estava lhe rendendo vários hematomas pelo corpo.

Depois de muitas aulas sobre equinocultura, ovinocultura, como caçar animais selvagens de tamanhos diferentes, primeiros socorros e até mesmo de como cuidar de uma horta gigante com comida suficiente para alimentar mais de duzentas bocas famintas, Alex optou por se tornar um pupilo de Andressa. Não por gostar de matar animais indefesos, mas as habilidades furtivas dela seriam muito úteis caso ele ficasse perdido na mata e precisasse se esconder e buscar comida.

Então era hora de encontrar Eduardo e contar sua decisão. Ainda havia um porém: ele encontrara somente Fernando e tinha certeza disso porque era aula de defesa pessoal, já Eduardo deveria ser alguém idêntico.

Felizmente para Alex eles não eram idênticos. Infelizmente para Eduardo a diferença era grotesca. O gêmeo possuía uma enorme cicatriz no canto da boca até a orelha; uma pequena parte do espaço permanecia aberta mesmo quando ele tocava os lábios, revelando dentes em perfeito estado.

– Tudo bem, Alex? – perguntou o gêmeo. – Ainda está dormindo vinte horas seguidas? Precisa de ajuda quanto a isso?

– Engraçadinho – murmurou Alex. – Estou aqui para avisar que estarei caçando animais com Andressa como minha função na vila.

– Muito bem! – exclamou Eduardo. – Ela já sabe disso?

– Ela precisa saber? Me falaram para escolher algo. Achei que iam obrigá-la a me ensinar a fazer tudo.

– Tecnicamente sim – respondeu Eduardo. – Porém você deve entender que seria bom pedir autorização para ela. Só vai e pede, ok? Sabe, é um trabalho complicado que alguém a mais pode atrapalhar.

– Entendo – afirmou Alex. – E não seria uma boa ideia atrapalhar ela. – Ele lembrou de Andressa matando um homem na sua frente logo no primeiro, talvez segundo, dia na vila.

– Vai lá e tente convencê-la de que uma segunda mão pode ser útil.

– Está bem – disse Alex, revirando os olhos.

Havia algo curioso sobre Andressa: quando alguém não esperava encontrá-la, ela estava virando a esquina. Porém, quando alguém precisava falar com ela, não havia sinais de sua presença. Possivelmente a jovem aprendera a sumir quando pressentia alguém procurando por ela.

Entretanto, Alex não se daria por vencido e a procuraria em cada canto da vila e seus arredores. Porém, caso ela estivesse caçando e ele atrapalhasse, era bem provável que acontecesse um "acidente". Nesse dilema, ele preferiu aguardar por ela perto da cozinha, onde ela fazia visitas diárias ao levar alimentos.

Após algumas horas esperando pacientemente por ela, ele foi recompensado por uma Andressa carregando carcaças de coelhos. Apesar do visual assustador, ela parecia bem feliz por estar coberta de sangue. Alex aproximou-se lentamente para ser notado.

– Diga – ordenou a caçadora. Não queria ser grosseira, era apenas ela sendo ela.

– Você pode me ensinar a caçar? – cuspiu Alex, atropelando as palavras.

Andressa o encarou com seus olhos cor de âmbar. Analisou o rosto de Alex por diferentes ângulos. Aproximou-se e até o cheirou como um animal selvagem cheira sua presa. Então ela sorriu. Um sorriso que não era muito habitual dela.

– Só se você cobrir meus horários para eu ter alguns dias de folga – respondeu ela. – Estou precisando relaxar um pouco.

Alex ficou com medo de perguntar como ela gostaria de relaxar. Então engoliu em seco e fez outra pergunta.

– Só isso? Você me passa tudo o que sabe para poder relaxar?

– Claro! – respondeu ela. – Vou precisar relaxar bastante depois de ensinar alguém como você a caçar! Mas vai valer todo o esforço! – E acrescentou friamente: – Caso você sobreviva.

– Quando começamos? – perguntou Alex, com vontade de fugir dali.

– Agora mesmo! – respondeu puxando Alex pelo braço enquanto corriam em direção à floresta. – Faça tudo o que eu disser, entendeu?

– Sim – respondeu ele, já ficando sem fôlego após correr apenas alguns metros. – Você deixou as carcaças lá atrás.

Andressa parou por um segundo e encarou a porta dos fundos da cozinha. Ela assobiou forte o suficiente para Alex sentir dor no ouvido e estremecer, além de concluir seu objetivo: ser ouvida por metade da vila.

– Ele vai saber que eu deixei a comida ali. – Então voltou a correr, mais arrastando Alex do que o fazendo acompanhá-la.

– Você costuma fazer isso? – perguntou ele, sentindo fadiga por anos de sedentarismo.

– Sim – respondeu ela, sem alteração na voz. Alex concluiu que Andressa poderia correr muito mais rápido e por longas distâncias. – Um assobio é comida e dois é "corram! Tem um urso invadindo a vila".

Com medo da resposta, ele preferiu não perguntar nem se era verdade ou mentira nem se ela já havia assobiado as duas vezes. Então preferiu uma pergunta completamente diferente:

– O que vamos caçar?

– Javalis – respondeu ela.

– Mas você sempre caça coelhos.

– São mais de duzentas bocas para alimentar. Isso dá cerca de cem coelhos por dia. E é melhor variar

– E tem muito javali por aqui? – quis saber Alex.

– Inúmeros. Podíamos criar um pouco, mas selvagem fica com sabor diferente.

– E qual é a melhor maneira de caçar?

– Armadilhas – respondeu ela. – Vou lhe ensinar dois tipos fáceis de fazer.

Enquanto caminhavam tranquilamente pela floresta, Andressa prestava atenção a cada detalhe a sua volta, quaisquer sons fora da sintonia musical da natureza era motivo para parar e olhar para sua fonte.

– Você acredita que a natureza é capaz de nos contar quando há algo errado? – perguntou ela, olhando para os arredores sem ter certeza de no que focar o olhar.

Alex olhou em volta e tentou ouvir o som das árvores, o piar dos pássaros e de outros animais. Encontrou o que sempre ouvia, nada de diferente.

– Ela parece estar tentando nos falar algo – sussurrou Andressa, atenta ao redor. Ela estava ficando desconfortável.

Alex forçou os ouvidos a ficarem cada vez mais atentos. Realmente não acreditava que a natureza poderia falar com eles, seja lá qual fosse a origem do som. Ele mudou de ideia quando o vento trouxe claramente um sinal para eles. "SE ESCONDAM!"

Andressa se jogou no chão no mesmo instante e puxou Alex para perto de si.

– Que merda foi essa? – perguntou ele.

Andressa limitou-se a encarar com olhos fulminantes e fez sinal para ele calar-se usando o dedo entre os lábios.

– O que estamos fazendo? – perguntou ele.

Dessa vez ela teve de se controlar para não agredir o homem ao seu lado. Felizmente ele entendeu o recado quando ela puxou a faca de caça presa à sua cintura e colocou no pescoço dele.

Eles permaneceram escondidos atrás de arbustos por um longo e inquietante minuto. Não fazia sentido o vento trazer uma mensagem para eles, porém nada era impossível de acontecer naquele lugar.

Quando Andressa fez questão de se levantar e concluir que aquilo fora um engano e não passara de um mal-entendido, algo se mexeu nas árvores na frente deles. Os dois trancaram a respiração e aguardaram um movimento diante deles.

Um coelho surgiu por entre as árvores e ambos ficaram aliviados.

Os dois voltaram a segurar a respiração quando uma faca de trinta centímetros cortou o horizonte e foi parar a poucos metros deles, junto com a cabeça do coelho. O corpo inerte do animal jazia criando uma poça de sangue quando surgiu um homem na direção da faca arremessada.

Alex e Andressa seguraram a respiração quando viram o homem vestido em uma túnica roxa caminhar calmamente até o coelho caído. Em sua túnica, havia um grande buraco circular no peito e o capuz impedia de ver seu rosto.

Com a mesma precisão e agilidade de arremessar a faca, o homem juntou e ateou fogo em alguns gravetos, limpou o animal e começou a cozinhá-lo sobre as chamas. Ele permaneceu sentado ao lado do animal pelo que pareceram horas até finalmente o animal estar bem cozido e começou a comer. Enquanto isso, Alex e Andressa não trocaram uma palavra, mal tinham coragem de se mexer.

O homem misterioso comeu o animal calmamente, apreciando cada mordida. Enquanto isso, cada minuto parecia se prolongar muito mais que sessenta segundos para Alex e Andressa, tão escondidos que respiravam o mais silenciosamente que podiam.

Após comer o animal inteiro, deixando apenas os ossos, ele jogou o resto em um canto, colocou terra por cima da fogueira e saiu caminhando calmamente.

– Isso aí! – disse ele, enquanto caminhava no sentido da vila. – Não se metam na minha vida que eu deixo vocês em paz! – Então gargalhou.

– Mas que merda foi essa? – cochichou Alex, ao ver o homem bem longe já desaparecendo entre as árvores, no que parecia uma distância segura para falar.

– Como vou saber? – retrucou Andressa, sendo indelicada de propósito. – E, na próxima vez em que você não calar a boca, eu te mato mesmo! Você precisa aprender a fazer silêncio! Como vai caçar fazendo barulho?

– Desculpa... – murmurou Alex.

– Você poderia ter nos matado! Agora entende por que necessito relaxar depois de te ensinar a caçar? – Andressa o fuzilou com o olhar. Ele ainda enxergava o olhar de reprovação do dia anterior estampado em seu rosto.

Então se ouviu um grito. Um grito carregado de pavor que cortou o horizonte, criando uma atmosfera densa sobre a floresta.

– Ele não foi na direção da vila? – perguntou Alex.

Andressa assentiu e saiu correndo na direção do grito. Era fisicamente impossível o homem misterioso ter chegado à vila em tão pouco tempo e o som ter se propagado até onde estavam, porém era possível ele ter encontrado alguém perambulando por aí. Com o coração na boca, Alex a seguiu.

Depois de alguns metros, ele se deu conta de que Andressa estava seguindo exatamente a trilha feita pelo homem – algo que jamais pensaria em fazer. E o caminho os levava até uma pequena clareira com uma pessoa desmaiada ao lado de uma cesta com frutinhas esparramadas.

Andressa correu na direção da pessoa caída e Alex a reconheceu como uma mulher com quem nunca conversara antes. Rapidamente ele correu para ver como ela estava.

Felizmente Andressa sabia um pouco de primeiros socorros e analisou a vítima estendida no chão duro de terra. Após algumas verificações, ela suspirou.

– Desacordada – concluiu. Porém Alex não precisava ter analisado tanto. Um simples galo enorme na testa da mulher já entregava como ela fora agredida. – Felizmente não deve ter sequelas.

– Mas como ele atacou ela e não nos atacou? – perguntou Alex.

– Simples – respondeu Andressa. – Ela viu ele se aproximando e gritou. Você não usa a cabeça, não? Ela não pode gritar estando desacordada!

– Acredito que precisamos ir à vila o quanto antes. Não adianta ficar aqui.

– Finalmente uma boa ideia! – ironizou Andressa.

Os dois começaram a correr de volta para a vila. Sabiam que chegariam atrasados, talvez o homem já tivesse feito algum estrago. Mesmo assim precisavam correr o mais rápido possível.

Correram por alguns minutos até chegarem ao destino. Estava tudo silencioso e tranquilo. Andressa desconfiou imediatamente do silêncio; não se ouviam os pássaros cantando, e muito menos o vento balançando as árvores. Ela estava certa: naquele lugar a natureza poderia avisar todos do perigo.

– Onde ele está? – perguntou Alex.

– Como vou saber? – retrucou Andressa, focando no ambiente ao seu redor. E Alex ficou quieto enquanto ela estava de olhos fechados.

– Ele está na vila, mas não entrou por aqui – confirmou ela.

– Pode me dizer como você sabe?

– Confie em seus instintos – respondeu ela.

Então ela foi andando na frente, em uma velocidade rápida fazendo o mínimo de barulho possível. Alex a seguia e percebeu o motivo de não fazer barulho: muitas pessoas estavam se preparando para o jantar após um longo dia de trabalho, se fizessem algo fora do normal, muitos moradores sairiam de suas cabanas para ver o motivo.

– Confie no silêncio também – disse ela. – O silêncio é seu melhor aliado.

Instintos e silêncio. Estou achando-a fora da casinha.

– O que seus instintos estão lhe dizendo?

– Ele veio em busca de algo aqui e quer fazer o mais sorrateiramente possível – respondeu ela, com total confiança. – Entretanto não tenho ideia do que pode ser.

– Não possuímos nada de valor. Realmente não entendo.

– Comida pode ser algo valioso aqui. Comida e água.

– Mas como ele soube que havia tanta comida aqui? Não vi o rosto dele, mas aquela roupa indica que ele não é daqui.

– Nós teremos de investigar mais depois, por enquanto fique atento.

– Certo!

A dupla correu até o refeitório, onde ficava guardada a maior quantidade de comida em toda a vila. Porém encontraram algumas pessoas esperando as refeições ficarem prontas e tudo parecia normal. Até o silêncio desaparecera lá.

– Vou verificar a cozinha – disse Andressa. – Não venha junto, pois pode levantar suspeitas.

A jovem caminhou normalmente até a porta onde ela sempre deixava as carcaças de animais, trocou algumas palavras com alguém lá dentro e voltou caminhando como se nada tivesse acontecido.

– Tudo normal lá dentro. Ele não veio aqui.

– A adaga? – perguntou Alex.

– Sério? Aquela coisa velha lá?

– Você disse para confiar em meus instintos e eles dizem para irmos lá.

Ela revirou os olhos.

– Tá bom.

Os dois andaram rápido até a cabana onde ficava a adaga. Conforme se aproximavam, o silêncio parecia ainda mais intimidador. Nem mesmo seus passos pareciam ecoar no chão de terra.

– Parabéns – murmurou ela.

– Obrigado – murmurou ele de volta, ainda mais baixo, mas o suficiente para ela ouvir. Andressa não percebeu, mas as bochechas dele coraram.

Aos poucos foram diminuindo o passo até caminharem sorrateiramente em direção à cabana, cada um assumindo um lado da porta de entrada.

Ouviam-se alguns barulhos lá dentro. Pessoas gemendo e alguns gritos de dor abafados. Quando ouviram o barulho de algo grande atingindo o chão, os dois entraram na cabana e correram até a sala dos fundos. Encontraram a porta fechada, porém os barulhos cada vez mais altos.

Andressa pulou na frente e escancarou a porta com um forte chute. Ao abrir com força, a pesada porta atingiu alguém nas costas, que caiu com o rosto no chão. Havia sete pessoas lá dentro, quatro jaziam no chão e duas lutavam contra o homem de túnica roxa. Andressa saltou pela pessoa que ela mesma derrubara, puxou a faca de caça da cintura e atacou o homem. Alex viu um sorriso se expandir sob o capuz.

Com um rápido movimento, ele puxou o braço da jovem e o torceu. Ela lutou bravamente até ser chutada nas costas. Já os outros dois homens não tiveram tempo de aproveitar a oportunidade criada por ela.

Alex foi entrar na sala e saltar por cima da pessoa caída no exato momento em que ela tentou se levantar. Sem querer, Alex chutou a nuca da pessoa, tropeçou e caiu no chão. A vítima do chute gemeu de dor e não conseguiu se levantar.

O homem do capuz se esquivou de alguns socos e reagiu acertando um gancho no queixo do oponente. Agora jaziam seis homens no chão. Alex e o outro homem conseguiram se levantar e partiram para cima do homem da túnica, porém ele foi mais rápido, se esquivando dos golpes sem tentar contra-atacar.

Andressa tentou usar a faca pela segunda vez. Dessa vez o homem se esquivou com facilidade do ataque e acertou uma joelhada no estômago dela. Com a dor, a jovem largou a faca e ele a pegou antes de cair no chão. Usando o pomo da faca da jovem, ele acertou a têmpora dela para fazê-la desmaiar imediatamente.

Os três homens restantes atacaram em sincronia. O primeiro caiu após levar um chute bem forte no rosto. O segundo, ainda tonto do chute de Alex, errou os socos e caiu fácil após o homem revidar com o pomo em sua nuca.

Então só sobrou Alex e o homem misterioso.

– Quem é você? – perguntou Alex.

O homem não respondeu, apenas caminhou com tranquilidade na direção do jovem. Seus olhos escuros refletiam na pouca luz do ambiente, entretanto Alex não conseguiu ver seu rosto.

– Eu disse para não se meter – disse o homem antes de acertar um soco no jovem. Bastou apenas um soco forte para Alex desmaiar.

Ao acordar, sua cabeça doía, principalmente na mandíbula onde fora agredido, e seu corpo todo parecia ter sido pisoteado. Os outros homens permaneciam na sala, todos confusos e tentando entender a situação, porém nenhum deles estava ferido além de hematomas pelo corpo. Alex girou sua cabeça em todas as direções, em busca da única mulher que estivera lá dentro, entretanto Andressa não estava mais lá.

Ele se levantou lentamente, buscando forças em seus braços e pernas atordoados. A força do soco parecia ecoar dentro de seu crânio. Até para se equilibrar parecia uma tarefa difícil. Conforme seus olhos se ajustavam melhor, Alex sentiu falta de algo mais além de Andressa. A adaga não estava mais lá.

CAPÍTULO 12

DENISE 2

Petrificada no mesmo lugar, Denise olhava para cima não acreditando no sumiço do corpo, inclusive do sangue. Restavam apenas os restos mortais das outras pessoas.

Após uma breve prece, caminhou para trás até encontrar uma pedra que indicava a última cova feita por ela um mês atrás; continuou por mais alguns passos e cravou a ponta da pá no chão, marcando a nova cova. Durante o breve trajeto até os corpos, Denise começou a ouvir os arbustos dançando.

É só o vento. Tenha calma.

O ataque do dia anterior lhe gerou um medo nunca sentido antes na vida, por isso ela apressou o passo para terminar o serviço. O estrago feito pelos lobos nos corpos dificultou o trabalho, tornando-o mais exaustivo física e psicologicamente porque o cheiro lhe causava ânsias, aumentando a vontade de desistir, porém ela continuou para dar paz aos que partiram sem um enterro decente.

Enquanto o sol já estava caminhando na direção do meio-dia, Denise limpou a testa e olhou para a pedra colocada sobre a terra remexida. Seu trabalho ali estava pronto, sua consciência estava mais relaxada, uma sensação de trabalho feito circulava em seu corpo e seu medo diminuía, já que nenhum lobo saltara dos arbustos.

Finalmente estava liberada de seu afazer e caminhou de volta à ala hospitalar. A essa hora, certamente Márcia permitiria visitas mais barulhentas aos seus pacientes. Na entrada da mina, encontrou Flávio, um guarda na casa dos trinta anos, muito ranzinza e sempre de mau humor. Denise não o culpava de ser assim. Denise não culpava as pessoas por serem do jeito que elas são. Por mais que não gostasse de alguém, mantinha sempre um sorriso educado e era vida que seguia, nunca se rebaixaria ao nível dela.

Flávio desencostou da parede que o segurava e abriu o portão.

– Ei – murmurou ele.

– Bom dia – respondeu Denise, sorrindo educadamente.

Ela se lembrava de quando ele havia sido teletransportado: o homem chegou calado e foi se isolando cada vez mais, agora ele se tornou aquele homem de mau humor de quem poucos gostavam. Entretanto, caso fizesse corretamente seu trabalho, Denise nunca falaria mal dele pelas costas.

Como Denise tinha outros problemas em mente, foi mentalizando energias positivas para Débora, Gustavo e Décio estarem acordados e sem dor. O caminho que a levava à enfermaria parecia mais comprido que o normal, até o ar parecia mais denso tamanha era a ansiedade de chegar logo. Ela foi percorrendo como uma pessoa normal pelos diversos túneis e bifurcações da mina. A vontade de ir correndo era enorme, já a vontade de subir em um carrinho e deixar os trilhos fazerem seu trabalho era maior ainda, porém Rodrigo certamente a mataria – ou talvez aplicasse alguma punição bem pesada, como lavar toda a louça da mina por um mês – caso a visse fazendo isso.

Seu coração disparou ao ver a porta da enfermaria e correu até a entrada. Por algum motivo, a estava escancarada. Ela pensou no pior e entrou no aposento. Caso ela estivesse correndo um pouco mais rápido, com certeza teria batido nas costas de um dos capangas de Rodrigo, mas, para sua sorte, conseguiu frear um pouco antes. A sala estava lotada e ela só enxergava costas de brutamontes, Débora e as pernas de Gustavo.

– O que está acontecendo aqui? – perguntou Denise em voz alta. Logo se arrependeu, pois Débora colocou o indicador entre os lábios pedindo silêncio.

– DENISE, VENHA AQUI! – gritou alguém lá na frente.

Denise engoliu qualquer retruca e seguiu o dono da voz, de cabeça erguida. Obviamente era Rodrigo, que estava mais preocupado que zangado.

– Pois não? – disse ela, preocupada com algo sem saber o quê.

Rodrigo a olhou com cara de más notícias.

– Preciso de um favor – disse ele. – E dos grandes.

O que ele está planejando?

– Diga – ela respondeu, tentando manter um sorriso amigável. Algum dia ela perderia esse sorriso, era só questão de tempo.

– Você precisa acompanhar sua amiga até seu quarto – respondeu ele.

– OI?! – espantou-se Denise.

Márcia surgiu sorrateira entre os dois.

– Exatamente – disse ela. – Ela está recebendo alta.

O coração de Denise pulou de felicidade e um enorme sorriso abriu em seu rosto, de orelha a orelha. Ela contornou rapidamente os brutamontes e deparou com a amiga sorrindo.

– Não foi tão sério assim – disse ela, com um leve sorriso no rosto. Algo ainda a preocupava. Esse algo estava deitado na cama ao lado.

– Parabéns, Débora – parabenizou-a Gustavo. As bochechas vermelhas indicavam que ele sentia muito calor.

– E você, Gustavo? – perguntou Denise.

– Vou ficar mais alguns dias aqui – queixou-se ele. – Aparentemente estou com febre graças à mordida.

– Pobrezinho – exclamou Débora, triste. – Mas eu venho visitá-lo.

– Obrigado.

– É muito chato ficar por aqui! Não tem nada para fazer!

– Mas você está aqui justamente para ficar sem fazer nada! – novamente Márcia surgiu do nada e entrou na conversa.

– Vou concordar com Márcia – disse Denise. – Você sabe o quão importante é descansar quando se está doente.

– Eu não estou doente! Eu estou com um leve machucado na coxa!

– Alguns milímetros de distância de sua artéria femoral – acrescentou Márcia.

– Nem deve ser tão importante assim! Ou é?

Denise e Márcia apenas trocaram olhares enquanto sentiam vontade de rir. Por fim, Márcia retornou ao assunto.

– Vamos levar ela?

– Eu te ajudo.

Conforme as duas ajudavam Débora a se levantar, os homens continuavam conversando ao fundo. Caso Denise não tivesse baixado a guarda e tivesse prestado atenção na conversa deles, ela agarraria Débora e as duas sairiam correndo das minas o mais rápido possível; para sua sorte, nenhuma das duas ouviu, pois não teriam sobrevivido mais do que algumas horas.

Finalmente em sua cama, Débora estava tensa conforme as duas médicas observavam a ferida e preparavam uma gosma para passar no machucado.

– Sempre troque o curativo depois de ela tomar banho – disse Márcia.

– Fácil.

– Faça-a lavar o machucado com água corrente limpa.

– Fácil.

– Todos os dias.

– Difícil.

– EI! – reclamou Débora.

– Onde eu consigo as folhas? – perguntou Denise, então rapidamente acrescentou, pois já sabia da resposta: – Caso falte no estoque.

– Ao sul daqui há uma colina. Atrás dessa colina há alguns arbustos de um metro de altura. As folhas crescem em plantas entre os arbustos – respondeu Márcia.

– Certo – disse Denise, soltando um leve suspiro. – Deixa que eu me viro.

– Qualquer coisa me chama.

– Certo – assentiu Denise. – E obrigada.

– De nada – respondeu Marcia, com um sorriso no rosto. E logo saiu pela porta, deixando as duas no quarto.

– Como você está? – perguntou Denise, já imaginando queixas gigantescas.

– Minha cabeça lateja, minha perna dói, minha garganta está seca, estou com fome, minha mãe sempre me fazia lasanha quando estava doente e...

– Já entendi – interrompeu-a Denise –, vou deixar você se queixando sozinha e ir almoçar.

– Não! Espera! – protestou Débora. – Eu te amo! Não me deixe!

Denise revirou os olhos.

– Vou buscar água então – prometeu a amiga.

As próximas horas passaram voando, porém carregadas de tédio enquanto Denise tentava fazer Débora se sentir mais confortável. Logo escurecia do lado de fora da mina e os moradores dirigiam-se ao grande refeitório para celebrar o primeiro mês de três novos moradores.

– Antes de eu ir – começou a perguntar Denise, com medo da resposta. – Precisa de mais alguma coisa?

Débora olhou ao redor e verificou a jarra com água, um prato com comida.

– Bolo – brincou ela.

– Vai comprar! – então Denise saiu do quarto, batendo a porta atrás de si.

"Mas eu não posso! Faz pra mim", ela pensou ter ouvido Débora gritar.

Finalmente aliviada por não precisar agradar a amiga, Denise caminhava lentamente enquanto se perdia em seus pensamentos. O sumiço do corpo a incomodava muito e lhe dava calafrios só de pensar em encontrar alguém com um buraco no lugar da barriga. Certamente não poderia ter ido muito longe e os lobos já o encontraram.

No grande banquete mensal – realizado no dia seguinte após novos azarados aparecerem –, Denise sentou-se junto a Charles para ele atualizá-la sobre suas novas descobertas, porém o homem permaneceu desconfortável sobre quaisquer assuntos durante a comilança.

– Acho que comi demais – reclamou ele, encarando restos de alimento na pedra redonda usada como prato.

Denise olhou para as sobras e parecia que uma seta de alface apontava para ela enquanto o número quatro estava formado por grãos de arroz.

– Já? – espantou-se ela. – Você parece ter comido tão pouco. Tenta comer mais.

– Não sei se eu aguento – respondeu ele, brincando com a comida. Logo algo que se parecia com um par de olhos formou-se em seu prato, fazendo-a estremecer.

– Se você não estiver com vontade, não come, mas acho que você comeu pouco. Além disso, você ficou muito tempo fora, precisa repor suas energias.

– Você está certa – respondeu ele, levando lentamente alguns grãos de arroz até sua boca.

Depois da breve conversa, quem ficou desconfortável e inquieta pelo resto da noite foi ela. Nem momentos de descontração, como quando Nicole, Renato e Geison escreveram seus nomes na pedra, foram suficientes para acalmá-la. Agora restava voltar ao quarto como se tudo estivesse normal e esperar Charles entrar sorrateiramente para conversarem.

– Fique apresentável – disse para Débora ao entrar no quarto.

– Por quê? – perguntou ela, encarando a amiga. – Eu estou doente e preciso descansar.

– Então se esconda sob a cama que o Charles logo vem.

Apesar de Débora relutantemente ter colocado sua roupa e Denise ficar deitada esperando-o chegar, Charles não apareceu naquela noite. Já era dia e um pouco de luminosidade entrava pelas escavações quando uma leve batida na porta atiçou os sentidos das duas. A porta abriu rapidamente sem fazer barulho e o homem tomou todo cuidado para não a bater na hora de fechar.

– Posso me virar? – pediu ele, praticamente cochichando.

– Sim – respondeu Denise. Débora apenas encarou a amiga.

Ele virou-se e encarou as duas, estava mais pálido que no dia anterior e com olheiras gigantes. Parecia que descobrira algo muito importante e pensava ser alvo de homens de ternos.

Caminhando lentamente até o centro do quarto com o indicador entre os lábios, pedindo silêncio, ele chamou as duas para irem até ele.

– O que foi? – sussurrou Denise. – Você está me assustando.

Em vez de responder, ele puxou dois pedaços de pano que trazia consigo em um bolso secreto dentro da bermuda. Um deles era um pedaço de uma calça jeans, o outro um embrulho feito a partir de uma camiseta verde-clara e marrom, ambos estavam sujos de sangue. Então, com delicadeza, ele abriu o pacote e os queixos das duas caíram imediatamente.

– Mas que merda é essa? – perguntou Denise, segurando-se para não gritar.

– Na minha última exploração encontrei um cara – começou ele. – Ele parecia estar me esperando, pois sabia até meu nome.

– QUEM? – perguntou Débora.

Charles balançou a cabeça negativamente e respondeu:

– Não tenho a mínima ideia. – Ele fez uma leve pausa e olhou sério para as duas. – Agora vou terminar e depois vocês fazem perguntas.

As duas assentiram.

– Ele não me disse muita coisa – Charles continuou –, apenas gritou meu nome e disse que meus dias tinham acabado. Não entendi muito bem o que ele quis dizer com aquilo, pois achei estranho. Entretanto ele puxou uma adaga e veio para cima de mim com uma velocidade incrível. – Ele olhou para Denise. – Mais rápido que você.

Obrigada, mas não sou lá muito ágil.

As jovens engoliram em seco, prestando atenção em cada detalhe da história.

– Quando ele estava a cerca de cinco metros de mim, praticamente pronto para me matar, pois eu não consegui esboçar reação, aconteceu algo digno de filme: a porra de uma colmeia cheia de abelhas caiu de uma árvore logo diante dele, fazendo-o tropeçar e ser atacado pelos insetos. – Ele olhou para a reação das duas. – Sim, vocês não acreditam, mas tem mais, então prestem atenção. Nenhuma abelha veio para cima de mim, elas focaram totalmente nele! – Ele se segurava para não falar alto. – Então, não sei como, o homem puxou um maçarico do bolso e começou a afastar elas! Mas elas estavam sedentas por ele e ele teve de fugir!

Débora passou de totalmente centrada para totalmente entediada.

– Então as abelhas me cercaram, porém sem tocar em mim! Elas fizeram uma meia-lua como se eu tivesse somente uma opção para seguir. Então eu caminhei na única direção possível e segui o caminho indicado por elas. E vocês não vão acreditar no que encontrei escondido ali perto! – Ele fez uma pausa dramática. – QUATRO PESSOAS AMARRADAS!

– Quê?! – espantou-se Denise. Débora estava centrada novamente.

– Sim! O filho da puta mantinha quatro pessoas presas, vendadas, com uma máscara na boca para não fazerem barulho, os braços estavam presos com um par de luvas de couro ligado a um cinto na barriga e desse cinto saía uma corrente de ferro que os unia! Elas não podiam ver, falar, mexer os braços e ainda estavam ligadas! Eu fiquei chocado com aquilo e fui correndo na direção delas! – ele estava falando em tom normal de voz. – Tirei a venda de todas e, quando olhei para trás, as abelhas estavam sendo queimadas pelo cara. Rapidamente peguei o galho mais resistente que pude e parti para cima dele! As abelhas estavam dançando em volta de mim e atrapalhavam o cara! Quando ele baixava a guarda, algumas o picavam, então voltava ao maçarico e queimava mais algumas; quando eu o atacava, ele se esquecia delas e era picado! Me senti fodão lutando com as abelhas ao meu lado! Um pouco depois, ele deve ter tido um choque anafilático e despencou ali mesmo, com o dedo ainda ativando o maçarico. Eu agradeci às abelhas e fui mexer nos bolsos dele, afinal ele estava de calça jeans e camiseta verde e marrom…

– ESPERA! – pediu Denise. – Como foi parar sangue nas roupas?

Charles corou e mostrou a parte de dentro da coxa, havia um corte já tratado.

– Eu resvalei numa pedra e me cortei – respondeu ele, ainda mais corado. – O sangue é meu.

Convívio com a Débora causa isso.

– Você foi muito corajoso matando o cara e ainda salvando as pessoas – disse Denise. – Não dá bola pra isso.

– Até parece que eu faria mal a alguém, né? – Denise assentiu, ela nunca o vira fazer mal a uma mosca. Apesar de ele matar inúmeros mosquitos por dia. Então ele continuou: – No bolso havia esse aparelho. – Ele estendeu o objeto do embrulho para as duas verem claramente um aparelho celular por satélite. – E a chave para libertar os prisioneiros.

– E cadê eles? – perguntou Débora.

– E se rastrearem o aparelho? – perguntou Denise.

– Infelizmente todos estão mortos. – Ele soltou um longo suspiro e algumas lágrimas pingaram de seu rosto. Era visível seu sofrimento. – Eu não sabia, mas quando usei a chave para soltar as máscaras, uma agulha injetou veneno neles. Só descobri depois quando olhei bem para uma e vi a agulha e um frasquinho.

– Que horror! – chiou Débora.

– Por pior que seja, temos de nos preocupar com algo mais sério – disse Débora, tentando não ser insensível com as mortes. – E se eles rastrearem o aparelho?

Charles respondeu à pergunta abrindo-o. Estava oco.

– Eu removi tudo de dentro e deixei lá no esconderijo.

– Esperto – disse Débora.

Muito esperto.

– Mas e toda essa paranoia?

– Deve ser coisa minha, mas com certeza a pessoa do outro lado da linha sabe que aconteceu algo e sabe que meu nome é Charles.

– O pessoal da porta de ferro?

– O pessoal da porta de ferro – confirmou Charles. – Não há outra alternativa. Ou há? Se existir, nem quero pensar nisso.

Nem eu. Entretanto devo considerar o pessoal da montanha.

Só de falar em porta de ferro Denise sentiu um calafrio na espinha. Lembranças que deveriam permanecer dormindo jamais devem vir à tona.

– Você está bem? – perguntou Débora, olhando para a amiga.

– Sim, sim. Estou – respondeu Denise, contando uma meia-verdade. – Podemos voltar ao assunto?

– Então... Como eu estava contando sobre a paranoia – Charles retornou ao assunto e Denise ficou aliviada. – Conforme eu voltava para cá, não podia deixar de pensar que cada mexida nos arbustos era alguém pronto para me atacar e foi uma longa caminhada, sabe?

– Entendo. – Denise se lembrou do dia anterior, enquanto ela enterrava os corpos. Os corpos. Ela precisava comentar aquilo com eles. – Tive uma experiência parecida ontem conforme caminhava de volta para as minas depois de ver algo que vocês não vão acreditar.

Conforme contava os detalhes do dia anterior, Charles e Débora prestavam atenção em cada palavra de Denise. Logo ela terminou sua história sobre o corpo sumido e o enterro dos demais.

– Ontem eu fiquei no hospital e foi bem empolgante também! – brincou Débora. – Aconteceram várias coisas inacreditáveis!

– Logo quando acreditava que nada mais iria me impressionar nesta maldita ilha! Preciso sair daqui o mais rápido possível! – disse Charles, com fogo nos olhos. – Espero que encontremos resposta na caverna!

– Hãã... Qual caverna? – questionou-o Denise.

– Vocês não sabem? – perguntou Charles, olhando para as duas e recebendo um balançar negativo das duas cabeças. – Rodrigo está escondendo algo de vocês... Mas eu conto! – Ele estendeu os dois polegares. – Durante minha viagem acabei encontrando uma caverna bem escondida, tive de rastejar para entrar e quando entrei fiquei maravilhado. Era uma caverna circular com apenas uma formação de pedras que parecia um vulcão, também havia um buraco enorme no teto, então o ambiente era bem claro. Algumas plantas pendiam pelo buraco, já outras nasciam ali no chão mesmo. Foi um dos lugares mais encantadores que já vi.

– Então eu escalei o "vulcão" e vi água da borda até as profundezas, porém não vi o fundo. Por dentro, o vulcão descia metros e metros, apesar de ser em linha reta, possuía muitas pedras. Então bem lá embaixo estava o fundo, oculto pelas pedras.

– O lugar era tão iluminado que você enxergava o fundo? – perguntou Denise.

– Não... – respondeu Charles. – Uma luz marrom vinha de baixo.

– Como assim? – perguntou Débora.

– Um brilho marrom surgia de algum lugar lá embaixo e permitia que eu enxergasse tudo. Cheguei a pegar um punhado de água e conferi que era cristalina. Havia algo lá. Tenho esperanças de que possa ser nossa saída daqui.

– Eu quero estar junto quando formos lá – afirmou Denise.

– Eu estou me perguntando qual é o motivo de Rodrigo não ter lhe contado sobre a caverna. Afinal, você deve ser a única com fôlego suficiente para chegar até a luz. Ele vai precisar de você!

– Eu sinto que ele está diferente desde que Décio foi parar no hospital.

– Não precisa mentir sobre Décio – disse Charles, sorrindo.

– Desde que Débora colocou Décio no hospital.

– FOI VOCÊ! – chiou Débora.

– Independente de como foi, algo estranho está acontecendo nos bastidores – afirmou Charles. – Tenho certeza de que havia pares de olhos sobre mim ontem durante a cerimônia.

– Vamos ficar atentos e ir logo a essa caverna – disse Denise.

– Seria bom irmos agora e estarmos passos na frente de Rodrigo e sua turma – acrescentou Charles.

– Eles vão precisar de você para encontrar a entrada da caverna? – perguntou Débora, concentrada pensando em um plano.

– Com certeza! Somente eu sei como entrar lá. E também sei que apenas Denise é capaz de ir até o brilho.

– Então vamos tomar café e fingir que nada está diferente – começou Débora. – Depois vamos passar rapidamente no hospital para Décio saber que nós nos importamos com ele e, por último, pegaremos cestas como se fossemos colher frutos e corremos até essa caverna!

– Ótima ideia! Mas como Charles entra nisso? – perguntou Denise. – Não quero que o peguem conspirando contra a mina. Se Rodrigo descobrir que ele nos ajudou, pode dar merda.

– Mas teríamos que descobrir o que Rodrigo está tramando – disse Débora. – Infelizmente não prestei atenção na conversa dele hoje de manhã.

– Creio que Rodrigo esteja mais preocupado com Décio e me deixe escapar por algumas horas – opinou Charles.

– Então vamos... – começou a falar Denise.

– FODA-SE! – interrompeu Charles. – Vamos com o plano da Débora e eu digo para Rodrigo que estou com muita dor e não posso caminhar.

– E se ele o procurar? – questionou-o Denise.

– Precisava de um ar e acabei indo passar a tarde no pomar com vocês.

– Combinado então – concordou Denise, olhando para Débora, que sorria por terem concordado com o plano dela.

– Me esperem lá no pomar daqui uma hora – disse Charles. – De lá vamos para a caverna. Agora eu vou tomar café e vocês esperem um pouco – finalizou ele, abrindo a porta e olhando dos dois lados para ver se ninguém estava bisbilhotando.

– Certo! – as garotas concordaram e assentiram juntas.

As meninas aguardaram quinze minutos e foram diretamente falar com Décio. Ele, Márcia e Gustavo estavam conversando sobre como o mundo lá fora mudara depois do senhor ter se mudado para a ilha.

– ... então as televisões foram ficando cada vez mais finas e finas – disse a médica.

– Incrível – murmurou Décio, antes de ver quem havia entrado no quarto.

– Bom dia – disse Márcia, levemente de bom humor. – O que traz vocês aqui logo cedo?

– Bom dia a todos! Viemos fazer uma visita! – respondeu Denise, torcendo para Débora não falar besteira, mas ela seguiu silenciosa na direção de Gustavo. – Como o senhor está? – perguntou ela, dirigindo-se a Décio.

– Bom dia – disse Gustavo. Ele parecia um pouco melhor se comparado ao dia anterior. Márcia estava fazendo um bom trabalho com as ervas e mantendo ele ali.

– Infelizmente não sei – respondeu Décio, com a voz fraca.

– Parece que os machucados não são a causa de tanto desconforto – comentou Márcia. – Ele já teria recebido alta se não fosse essa fraqueza.

– Mas algum outro sintoma? – perguntou Denise, colocando a mão na testa do senhor. A temperatura parecia normal.

– Ele está sob efeito de ervas analgésicas e antifebris – respondeu Márcia. – Não está sentindo nada de mais, apenas essa fraqueza.

– Está se alimentando corretamente? – perguntou Denise, mas já sabia da resposta.

– Com certeza! – afirmou Márcia. Denise perguntou-se se ela não ficou ofendida com a pergunta, pois ela mesma ficaria. – Estou cuidando da dieta dele.

– Você notou algo de diferente na água? – perguntou Denise, lembrando-se de rumores de envenenamento.

– Eu estou tomando também e estou bem – respondeu Márcia.

– Moças, relaxem – ordenou Décio. – Logo virão me buscar.

O pessoal da porta de ferro?

– Rodrigo disse que vai mandar alguém lá avisar que Décio está mal – comentou Márcia. – Talvez eles possuam um laboratório melhor.

Denise estremeceu com um flash de sua memória diante da porta de ferro.

– Espero que me ajudem – disse Décio.

Outra memória piscou em sua mente. Alguns gritos, uma enorme porta de ferro, uma fumaça tóxica e alguém morrendo em seus braços. Ela começou a suar frio. Tinha de sair dali antes que outras memórias voltassem. E ela desmoronasse. Desmoronasse sem esperanças e chorasse atrelada ao passado.

– Décio! Vamos buscar frutas para o senhor e trazer mais tarde! Fique bem! – disse Denise rapidamente enquanto caminhava para sair dali. – Débora, vamos!

Ela estava sentada nos pés da cama de Gustavo. E, com um único movimento, Denise puxou Débora pelo braço e a colocou de pé. Felizmente a mais nova entendeu o recado e a seguiu em silêncio pela porta.

– Vamos comer! – animou-a Débora. – Comida sempre faz bem.

– Você comprou o bolo ontem? – brincou Denise. – Cairia bem agora.

– Não – fingiu lamentar-se Débora. – Mas com certeza há frutas tão deliciosas quanto bolos de cenouras cobertos de chocolate.

– Vai sonhando – disse Denise, com seus pensamentos voltando ao presente.

Após tomarem um café da manhã reforçado, ambas pegaram cestas e seguiram até o pomar para dar início ao plano de conhecer a caverna com a água brilhosa. Agora era só coletar algumas frutas e esperar Charles chegar. Denise foi esperta e trouxe uma sacola para carregarem algumas, caso fosse necessário.

Entretanto, elas esperaram e esperaram o homem. Não havia sinais dele e o sol já se aproximava de seu topo, então o descontentamento com a demora tornou-se preocupação. Ele já havia dito estar sendo observado e apresentava sinais de paranoia. Poderia pôr todo o plano em risco caso não controlasse sua cabeça, mas ele teria todo o apoio de suas amigas se pisasse na bola.

Quando já havia passado do meio-dia, Denise ouviu algo e olhou a fonte do barulho. Era uma laranja que caiu longe do pé. Logo ela estranhou e se aproximou dela, observando sua volta. Outra laranja caiu a alguns metros dela, mas mesmo sua observação intensificada não enxergava a fonte. Ela olhou para Débora, que permanecera no mesmo lugar, sem mexer um dedo. Uma terceira laranja saiu rolando de um arbusto próximo a Denise. Ela caminhou relutante e chegou perto.

– Charles? – murmurou ela.

– Sim – murmurou uma voz de dentro do arbusto.

– O que você está fazendo aqui? – perguntou ela.

– Me escondendo dos homens de Rodrigo – respondeu a voz.

– Eles estão por aqui?

– Depende se eles me seguiram ou não.

– E como você sabe se estavam de olho em você?

– Eu usei isto – ele esticou o aparelho via satélite. – Eu usei a tela como espelho para enxergar sob a porta e sempre havia alguém do lado de fora do meu quarto. Quando não havia alguém, eu saí de fininho e cheguei aqui.

Denise fez um sinal para Débora ficar de olho nas redondezas.

– O que eles querem? – perguntou ela.

– Ainda não sei – respondeu ele. – Mas seria bom visitarmos aquela caverna logo. Talvez eles estejam em busca daquilo. E tem de ser agora. Dou os motivos no caminho, mas você não irá gostar de ouvir.

– Então vamos – concordou Denise.

– Me encontrem ao norte daqui quinze minutos – dito isso, o arbusto começou a balançar, então arbustos mexiam conforme o homem se esgueirava.

Ele não percebeu que não está nem um pouco escondido?

Conforme o combinado, eles finalmente estavam reunidos e prontos para ir à caverna. Foi uma caminhada com dois pares de olhos encarando cada movimento brusco. Ao menos Débora estava mais tranquila que sua amiga, pois Denise imaginava uma alcateia pulando e atacando-as.

Os uivos em sua mente eram tão realistas que a faziam olhar para todos os lados. Os galhos quebrando eram dezenas dos animais se aproximando sem piedade. Baixar a guarda uma vez significava ser trucidada por diversas presas sedentas por carne. Ela nunca mais poderia baixar a guarda.

Com Charles junto ao grupo, Denise ficou mais tranquila ao receber uma adaga. Precavidamente, ele levou três lâminas para se defenderem, porém não era de lobos que ele estava com medo.

– Denise – chamou Charles –, creio ter descoberto o motivo de Rodrigo não lhe contar sobre a caverna.

– Diga-me – ordenou Denise, sem hesitar.

– Simplesmente ele vai te pedir outro favor e não queria abusar.

– Apenas isso? – perguntou Denise, com um pé atrás.

– Não sei o tamanho do outro favor, mas ele não quer abusar.

– Não sei se me sinto pior ou melhor, mas obrigada.

– Deve ser algo tranquilo – respondeu Charles. Porém não era, ele estava mentindo e sabia que Denise iria recusar.

Após cerca de quinze minutos caminhando, a floresta nativa começou a ficar mais densa, diminuindo o ritmo de caminhada e provocando desconfortos sobre o que poderia estar se escondendo sob a grama. Serpentes, animais carnívoros, humanos, armadilhas e inúmeros outros perigos.

Então Charles parou e fez um sinal para todos pararem. Denise congelou instantaneamente, porém Débora continuou alguns passos antes de parar, fazendo barulhos desnecessários. O homem fez sinal para todos se abaixarem. O coração de Denise começou a bater rápido, poderiam ser lobos e todos os barulhos em sua mente eram reais; agora eles estavam cercados por diversos animais ferozes em busca de mais uma refeição. Mas o que ela ouviu foi pior que um rosnado.

– Eu disse para você vir de capuz – uma voz masculina cortou os zumbidos de diversos insetos. – Eu conheço o repelente e sei que ele não funciona.

– Vamos indo – disse outra voz, seguida de alguns estalos. – Quero achar ele e voltar logo para a montanha.

Denise parou de respirar e abriu bem seus olhos para acompanhar quem estava falando. Mesmo abaixada, ela conseguiu enxergar dois vultos caminhando entre as árvores. Ambos estavam de túnicas roxas, porém apenas um deles estava de capuz; o outro era loiro de cabelo comprido, chegando à metade das costas.

– O ruim do capuz é que ele tira sua visão periférica – disse o rapaz loiro, enquanto dava tapas em seu pescoço, possivelmente esmagando insetos.

– Você precisa aprender a ouvir antes de ver – comentou o de capuz –, pare de dar tanta importância ao seu sentido visual e comece a usar os cinco ao mesmo tempo. Confiar em apenas um é morte aqui na selva.

Denise não conseguiu mais escutá-los, depois não conseguiu mais enxergá-los, porém os três continuaram abaixados, esperando algum sinal que indicasse que a barra estava limpa. Entretanto, a natureza nunca daria o sinal, então os três permaneceram na mesma posição por minutos. Finalmente quando os músculos já doíam e os insetos cobriam seus corpos e ameaçavam entrar dentro da orelha. Ela já não sentia mais as picadas dos animais, após anos tendo o sangue retirado por aqueles seres voadores, ela acreditava que sua pele já estava tão dura que quebrava o aparelho bucal de qualquer inseto que ousava alimentar-se dela.

– Podemos nos mexer? – perguntou Débora, num sussurro quase inaudível sob os zumbidos dos insetos.

– Charles? – Denise recorreu ao amigo.

– Não sei – respondeu ele.

– Todo mundo andando sem fazer barulho na direção oposta a deles – sugeriu Denise, pensando ser a melhor ideia para aquela ocasião.

– Certo – murmurou Débora.

O trio começou a caminhar sorrateiramente para a esquerda, tomando cuidado com qualquer galho seco ou algo que pudesse fazer barulho. Era provável que a dupla nas túnicas roxas já estivesse a mais de meio quilômetro longe, mas todo cuidado era pouco.

– Falta muito? – perguntou Denise, apreensiva. Estava tão tensa que se esquecera dos lobos por todos aqueles minutos.

– Mais uns vinte minutos ainda para o norte – respondeu Charles.

– Eles estavam falando em repelente? – perguntou Débora. – Eu quero!

Ninguém lhe respondeu.

O grupo continuou caminhando pela floresta, passando por momentos mais calmos, nos quais Denise pôde aproveitar um pouco o contato com a natureza. Charles aumentou a distância e caminhava vinte metros na frente. Todo movimento do homem era observado pelas meninas.

– Como está a perna? – perguntou Denise.

– No início estava tudo bem – respondeu Débora –, porém agora o suor fez a folha escorregar e o machucado está exposto e ardendo.

– Na caverna você vai se deitar e descansar. Entendeu?

– Entendi – concordou relutante Débora. Denise não acreditou na amiga.

Depois de algumas longas centenas de metros, Charles parou e fez sinal para elas se aproximarem. Ele sorriu e apontou para uma enorme rocha solitária que mudava toda a paisagem do local. De centenas de árvores e plantas refletindo clorofila, o enorme pedregulho cinza criava um contraste, de certa forma, macabro.

– Se contornarmos pela direita – explicou Charles –, vamos deparar com um morro, e esse morro nos levará para o grande buraco que tem no teto. Mas a esquerda nos levará para mais rochas e árvores, mais alguns quilômetros e encontraremos cinco corpos escondidos.

– E a entrada dessa caverna? – perguntou Denise.

– Por aqui.

O homem seguiu como se fosse em direção ao morro. Denise olhava bem para os arbustos, pois poderia precisar saber como entrar no local sem a ajuda do amigo. Charles caminhou pelos arbustos, fazendo-os balançar e fazer barulho; Denise jogou o pensamento de serem lobos para o lado e focou-se na entrada da caverna.

Enquanto estava agachado, o homem deu um pulo para trás, assustando-as. Débora se escondeu atrás de sua amiga, que puxou uma adaga e ficou pronta para a luta.

– Essa merda não estava aqui antes! – gritou Charles, esquecendo-se de não fazer barulho. Ele jogou uma casca de banana na direção das meninas.

– Alguém veio aqui? – perguntou Débora. Denise começou a olhar em volta, em busca de qualquer movimento.

– Com certeza – respondeu Charles. – Porém a entrada da caverna é mais para frente. Talvez não a tenha encontrado.

– Mas quem viria até aqui para depois ir embora? Não faz sentido – questionou Denise, mais para si do que para os outros.

– Encontramos aqueles dois das túnicas roxas, será que foram eles? – perguntou Débora, sem perceber que apertava cada vez mais o braço da amiga.

– Ou foram eles ou foi alguém em busca do cara que me atacou – respondeu o homem, engolindo em seco. Sua resposta fez Denise suar frio e ela intensificou a vigilância. Apenas parou quando as unhas de sua amiga já estavam deixando marcas brancas em sua pele.

– Débora – chamou ela, indicando seu braço com a cabeça. A jovem soltou, porém aproximou-se ainda mais da amiga.

– Psiu! – chamou Charles. Ambas olharam para a origem da voz e viram o homem fazendo um sinal de positivo com o polegar.

Elas se aproximaram rapidamente e ele estava retirando alguns galhos que tapavam um buraco na pedra.

– Escondi bem a entrada – disse ele. – E não há sinais de terem sido movidos. Também deixei alguns galhos no meio do caminho, alguns inteiros e outros quebrados.

– Assim você saberia se alguém entrou aí? – perguntou Débora.

– Com certeza eu saberia, e não há sinais visíveis do lado de fora – respondeu ele. – Agora resta saber como está o túnel até lá dentro.

O homem acocorou e começou a retirar galhos e mais galhos de dentro do túnel. Conforme ia retirando, as amigas o ajudavam a limpar o caminho. Não foi tão fácil quanto parecia ser, pois o túnel estreitava-se conforme entravam mais e mais na caverna escura.

– Nenhum galho quebrado – resmungou Charles, indo na frente. – Nenhum galho fora do lugar. Definitivamente ninguém entrou aqui.

Que bom.

Débora o seguiu e Denise foi por último.

Após rastejar por mais de quinze metros no túnel, Denise começou a ficar preocupada. Ela não via sinais de luz no fim e a luz atrás de si ficava cada vez menor. Devido ao recente trauma, sua mente imaginou lobos entrando e atacando-os. Balançando a cabeça, ela jogou os pensamentos para longe e continuou seu caminho. Rezava para já estar no fim, porém sua preocupação não iria embora.

– Eu bloqueei a outra saída para não entrar luz – disse Charles. – Assim, se alguém olhasse, não veria nada além de escuridão.

– Como você pensou em tudo isso? – perguntou Débora.

– O medo – respondeu ele. – O medo que sentia de estar sendo perseguido evoluiu para a paranoia. Quando vi, já estava me enfiando nesse buraco e encontrei a água. Então pude respirar por alguns momentos antes de voltar para a mina.

– E como você está agora? – perguntou Denise, disfarçando a preocupação na voz. O homem olhou para trás e sorriu.

– Estou literalmente com duas guarda-costas – respondeu. – Impossível não me sentir melhor.

– Sua paranoia está fazendo você ver coisas – respondeu Denise. – Não estou vendo alguém que quebraria uma unha por você – brincou.

– Sem falar que podemos correr muito mais rápido que você – acrescentou Débora, descontraindo o clima. – Você salvaria nossas vidas.

– Vou me lembrar disso no Natal! – retrucou ele.

– Você nunca nos dá algo! – gritou Denise lá de trás.

– Este ano eu estava pensando – mentiu ele. – E chega disso, pois acabamos de chegar.

Denise ouviu um barulho de algo pesado sendo movido e uma luz começou a entrar no túnel. Charles havia escorado alguns galhos em uma grande casca de árvore para bloquear a entrada definitiva da caverna.

– Sejam bem-vindas! – exclamou ele, dando um último empurrão com o pé na porta improvisada.

Débora foi a segunda a sair do túnel e exclamou um breve "eita" conforme olhava para a beleza do lugar. Denise surgiu por último, queixando-se de dores nos cotovelos e joelhos, porém calou a boca ao olhar para o local.

Charles definitivamente não conseguiu descrever a beleza da caverna. No chão, apesar de ser de rocha, havia plantas crescendo e jazia uma enorme árvore que caíra lá de cima – de onde ele retirou a casca para improvisar a porta –, também estava coberto com folhas verdes e marrons que brilhavam com a entrada de luz solar por um enorme buraco no teto. O buraco era cercado por diversas plantas que escorriam e ficavam penduradas, balançando lentamente de acordo com o vento; algumas possuíam flores azuis que davam um toque ainda mais misterioso e exótico.

Por último, no meio, havia algo parecido mesmo com um vulcão, com cerca de três metros de altura, porém havia rachaduras que facilitaram a escalada. Denise encarou a água e o brilho. Não pôde deixar de estremecer ao ver a distância que teria de percorrer, porém tinha certeza de que voltaria sem muita dificuldade.

Ela tocou na água e viu sua mão aderir ao brilho marrom. Aquilo parecia ser água mesmo e estava em uma temperatura agradável. Ela olhou para seus amigos e começou a dizer suas ordens.

– Débora! Você fica deitada na frente do túnel vigiando algum movimento. Caso alguém apareça, tente sair do raio de visão e jogue uma pedra, de preferência na cabeça de Charles, para avisar.

– Ei! – queixou-se o homem. – O que eu fiz?

– Porque certamente ele vai tentar espiar – respondeu Denise.

– Vou espiar o quê? – perguntou o homem. Ele se deu conta quando sua amiga o fuzilou com o olhar; usar as vestimentas pesadas de couro para nadar iria atrapalhá-la. – Já entendi! Vou ficar com a cara colada na parede – garantiu.

– Não estou com paciência hoje – disse Denise, para intimidá-lo.

Com uma pedra na mão, Débora ficou em posição de vigia, onde apenas seus olhos e testa ficavam à vista da entrada do túnel já Charles ficou deitado encarando onde a parede encontrava o chão. Era ordem de Denise e nunca era uma boa ideia desobedecê-la – mesmo que ela não pedisse, ele iria respeitá-la, porém achou melhor obedecer. Assim que ela pulasse na água, o homem subiria o vulcão para checar se estava tudo bem com ela; os pudores nunca seriam superiores à segurança dela.

Ela largou a roupa na beirada do vulcão, olhou para cima e contemplou um céu azul cheio de brilho – algo naquele lugar fazia o céu ficar ainda mais belo – enquanto rezava. Ela não duvidava de suas habilidades e sabia que poderia descer e subir sem problemas, mas uma proteção divina sempre era bem-vinda. Então ela fez um breve aquecimento muscular na superfície, puxou o máximo de ar que pôde, avisou Charles que estava descendo e mergulhou.

Se algo acontecer, estarei ao seu lado. Te amo, Victor.

O brilho no fundo chamava sua atenção como uma lâmpada chama um inseto. Era perigoso ela ficar parada admirando um brilho tão belo e intenso, porém sem agredir os olhos. Conforme ia descendo, desviando de pedras, espremendo-se entre outras, ela sentia seu fôlego chegando ao fim, porém concentrou-se e desceu. Não poderia perder aquela chance, não poderia ir para casa de mãos vazias, tinha de descobrir o que era e rezava para ajudar em sua saída da ilha. Metros e metros submersa, ela enxergou a fonte do brilho: uma pequena pedra de tamanho aproximado a dois centímetros. Ela a agarrou e estranhou algo tão pequeno e insignificante emitir um brilho tão forte, mas não era hora para pensar, precisava voltar à superfície o quanto antes. Seus pulmões já ardiam e ela estava na metade do percurso. O brilho a acompanhava e sua companhia a acalmava. Era como se fossem apenas um. Os sentimentos da pequena pedra esquentavam sua mão, dando-lhe forças para continuar subindo. Logo ela ficaria sem ar e não estava nem na metade do retorno. Ela soltou ar três vezes e viu as bolhas subindo muito mais rápido que ela – e sentiu inveja, pois elas dançavam conforme subiam, desviando sem problemas das pedras, lugares estreitos eram nada. Mais acima, ela ouviu um barulho; era Charles que pulara na água para resgatá-la. Ver o homem nu a fez estremecer. Por mais que houvesse alguns sentimentos mútuos, ela não estava pronta para outro relacionamento; não depois daquilo que ocorrera na frente da porta de ferro no quarto de Décio. A sensação de falta de ar trouxe de volta as memórias escondidas em sua mente, ela teria de ser forte e lidar com aquilo apenas quando subisse. Por segurança, colocou a pedra em sua boca e preparou-se para perder a consciência; porém a recobrou quando alguém agarrou sua mão. Aquele toque forte, cheio de confiança, lhe trouxe de volta por mais alguns segundos e ela pôde ver o céu graças ao buraco; estava perto e não desistiria agora. Por fim, ela não lembrava como saiu da água, lembrava-se apenas de emergir e sair rolando vulcão abaixo, castigando sua barriga e costas, foi quando ouviu uma voz masculina gritando para alguém vesti-la. Uma voz feminina disse alguma coisa sobre não haver algo em suas mãos, o homem retrucou dizendo que a água estava escura. Então a voz feminina perguntou como fazia boca a boca e a voz masculina respondeu que não seria necessário, pois ela estava acordada, apenas zonza pela falta de ar.

Devagar, o mundo começou a fazer sentido para Denise. Primeiro seus olhos se adaptaram à luz e estavam conseguindo enxergar formas e cores, depois o zunido em seus ouvidos transformou-se em sons precisos de alguém soluçando. Por fim, ela ouviu algo:

– Ela já abriu os olhos! – a voz vinha de cima.

– AMIGA! – gritou alguém ao seu lado. Era Débora. Denise estava voltando ao normal e precisava apenas descansar, porém sua amiga a apertava.

– Ar... preciso de ar... – pediu a mulher deitada.

Alguns segundos respirando foram o suficiente para lentamente trazer Denise de volta. Logo ela estava aliviada por estar ali com seus amigos – Charles estava do outro lado do vulcão, com medo de apanhar caso a visse daquele jeito – e pronta para contar sobre sua descoberta, mas Débora gritou assustada.

– Corram!

– O quê? – perguntou Charles, dando a volta no vulcão. – Mas que merda é essa? Corre, Denise! – gritou ele, desesperado.

Denise não entendeu o que seus amigos quiseram dizer, porém viu eles correndo para o túnel. Sua amiga voltou para salvá-la, mas recuou ao deparar com a cena.

– DENISE! SAI DAÍ! – gritou ela, temendo se aproximar.

– VENHA! AGORA! – ordenou seu amigo.

Ela não entendia o que estava acontecendo. Estava paralisada olhando para sua mão enquanto memórias antigas voltavam: os gritos, a correria, a falta de ar, alguém morrendo em seus braços, uma fumaça devastadora que consumia a todos que ousavam respirá-la. Em sua mão estava uma babada e brilhosa pedrinha marrom que exalava uma fumaça tão escura quanto o céu noturno sem Lua e estrelas.

CAPÍTULO 13

JOÃO 2

João sentiu algo gelado caindo em seus curtos cabelos e ensopando suas roupas. O banho de água fria o despertou. Ao seu redor, sinistras luzes deixadas por apenas duas tochas engoliam as sombras nas paredes de pedra. Diante de si, uma mesa e, do outro lado, sentado segurando sua bengala com os dedos gordos, o rei.

Assustado, tentou erguer-se em um pulo, mas foi impedido por cordas nos punhos e tornozelos que o amarravam a uma cadeira gasta e cheia de marcas nos descansos de braços. Marcas deixadas por unhas.

– Garoto – disse o rei, tentando intimidar João –, você sabe o motivo de estar aqui?

Ao abrir a boca para responder, João sentiu algo escorrendo por entre os dentes. Imediatamente passou a língua e sentiu o gosto de sangue. Os últimos acontecimentos antes de despertar naquela cadeira não estavam muito claros.

– Nã... Não – gaguejou em resposta.

– Muito bem – disse o rei –, mas saiba que eu trabalho com resultados.

Ele abriu uma gaveta na mesa e puxou alguns objetos envoltos em um pano de couro. Então desenrolou devagar, revelando todos os objetos: alicate, tesoura de jardim, uma seringa com um líquido cinza dentro, algumas agulhas muito finas, navalha e soco inglês.

– Está pronto para falar? – perguntou ele, divertindo-se.

– Sobre o quê? – perguntou João.

– Você sabe muito bem – respondeu o rei enquanto verificava o fio da navalha. – Sobre a fuga vista aqui três dias atrás.

– Continuo sem saber sobre o que você está falando – retrucou João.

– Como não? – riu o rei. – Você estava lá, ajudou a identificar o problema e viu-o correndo pelo jardim até passar pelo portão.

– Sim – respondeu João, sem interesse. – Eu estava lá e acompanhei tudo.

– Então me diga como aconteceu tudo. Conte o que você viu.

– Não lembro muito bem – respondeu João sem fazer esforço para se lembrar. – Lembro-me dele correndo e logo o agarraram. Depois ele atravessou o jardim correndo, abriu e passou pelo portão.

– Exatamente! – bradou o rei. – Conte-me como ele abriu a porta e logo depois a trancou sem tocar nela.

– Pergunta para ele, ué – respondeu João.

O rei pulou da cadeira com uma agilidade surpreendente para alguém do tamanho dele e o atacou com a navalha. Alguns fios de cabelo molhado caíram no colo de João, mas sua testa permaneceu intacta.

EITA PORRA!

– Não me faça repetir a porra da pergunta! – gritou o rei batendo na mesa.

João olhou para os lados, procurando uma maneira de se soltar da cadeira. Entretanto viu algo que seus olhos não tinham captado momentos antes: uma fina faixa de luz atravessando horizontalmente a parede, não era suficiente para iluminar mais do que alguns centímetros da sala, mas ela estava ali.

Aqui deve ser a tal sala de reuniões ou estamos em alguma das torres.

– GAROTO! – o rei estava perdendo a paciência.

– Eu não sei! Eu juro!

– COMO ELE ABRIU A PORRA DO PORTÃO?

– Ele simplesmente abriu! Estava com as mãos vazias!

– Você viu algo suspeito?

– Eu não estou vendo nem as pessoas direito! Para mim todas têm cabelo escuro e pele tão pálida que chega a ser cinza!

O rei abriu os olhos de raiva e fechou a boca.

– Seis dias e você ainda está desse jeito?! – Então o rei riu. – Mas que fracote você é!

João ficou calado.

– Um fracote como você nunca seria escolhido pela ilha. – O rei riu mais alto. – Talvez você já esteja vendo-se de cabelo cinza.

Escolhido pela ilha? Hã?

João tentou não olhar para o rei, mas acabou sendo denunciado ao olhar.

– Você está? – O rei ficou vermelho e parecia enfartar de tanto rir. – Se você perder a cabeça e começar a matar as pessoas por aí, mate elas batendo suas cabeças nas pedras deste castelo. – João estremeceu. – Você estará fazendo um pequeno favor para mim.

– Não... vou matar... ninguém – conseguiu dizer João entre pausas.

– Você vai, garoto – disse o rei. – Você perdeu a cabeça em apenas seis dias e ainda não nos enxerga como pessoas normais.

– Não sei o que você está tramando, mas eu juro que vou descobrir.

– Fique à vontade – o rei respondeu com um sorriso malicioso –, mas antes disso eu preciso soltar você, não concorda?

João o encarou como resposta.

– Fico feliz por você ser apenas mais um fracote. – Então o rei se levantou e, em um movimento, pegou uma vara no chão ao lado de sua cadeira e acertou João três vezes. João se contorceu, enquanto o braço direito e o lado direito de seu pescoço eram agredidos, cravando suas unhas na cadeira já gasta.

– Só para você saber com quem está lidando – disse o rei caminhando lentamente para trás da cadeira de João que suava frio de medo.

Me mate logo, faz este favor, seu merda!

Para sua surpresa, o rei soltou as cordas e o deixou se levantar.

– Antes de ir – pediu o rei, que segurava uma navalha em sua mão direita. – Você não saberá o que fazer com isto, mas sabe que precisará logo.

João sentiu um ímpeto para pegar a navalha e tentou agarrá-la com as duas mãos. O rei a tirou de seu alcance.

– Só não esqueça que a causa da morte devem ser as pedras do castelo.

João pegou lentamente a navalha e observou as chamas das tochas dançando e refletindo na parte afiada.

– Vai lá, garoto! – disse o rei, abrindo uma porta que João não havia notado. – E nunca corra com objetos afiados.

João saiu da sala e deparou com uma escada circular para baixo. Ele enfiou a navalha na parte de dentro das bermudas e desceu com muita pressa.

– Pode abrir! – gritou o rei lá de cima. João ouviu um barulho de chave virando e a porta destrancando.

Ao chegar ao fim da escada, um guarda o aguardava e murmurou sem vontade:

– É para você ir para os campos de trigo.

João assentiu e saiu correndo do castelo como se sua vida dependesse daquilo – e ele também não gostaria de ser chamado novamente pelo rei caso ele tivesse se esquecido de fazer alguma pergunta.

No jardim, João diminuiu o ritmo e atravessou trotando o extenso caminho entre os gramados. Ao seu redor, pessoas conversavam e davam alegres risadas. Ele não entendeu como havia pessoas felizes naquele lugar, ou se todas fingiam muito bem. Entretanto naquele caso não havia como fingir: todas estavam de cabelos pretos.

Junto ao portão, dois guardas o encararam e um deles puxou a pesada porta de ferro o suficiente para João passar espremendo-se enquanto o outro segurou o cabo de uma espada ainda na bainha. Com as novas regras em vigor, apenas homens de confiança do rei podiam tocar no portão.

Como já havia se passado algumas horas desde o início do trabalho, João não correu em direção ao local de início habitual; ele cortou caminho pelo meio do trigo, torcendo para não ser repreendido por algum supervisor de mau humor.

Enquanto corria, sentia uma vontade enorme pegar outro caminho, mas o medo de o rei torturar seus novos amigos em troca de informação foi decisivo para ele continuar morando no castelo.

Felizmente, logo deparou com seu companheiro de quarto e as duas garotas que apareceram junto com ele naquele lindo castelo liderado por um terrível tirano. Eles estavam colhendo como sempre fizeram: as duas garotas cortando os grãos e os garotos carregando, porém naquele dia Luciano estava mais exausto que o habitual.

João observou os braços de Giovana e percebeu seus músculos definidos, seja por academia ou alguma arte marcial, enquanto Luciano ainda tinha braços finos de antes da puberdade. Certamente Giovana era mais forte, mas deixou o trabalho pesado com o menor. João sentiu uma pontada de raiva e o ainda gelado metal da navalha tremeu em sua nádega.

– Finalmente você está aqui! – exclamou Luciano, contente ao ver João. Algo sussurrou para João que o garoto não sabia aonde ele tinha sido levado.

– Estou bem – riu sem jeito em resposta.

– Ainda bem! – disse Luciano, estendendo seu cesto cheio de grãos. – Agora vá entregar estes enquanto nós continuamos com a colheita!

Luciano abaixou-se e pegou um segundo cesto, totalmente vazio.

– Vocês podem continuar com o trabalho – intrometeu-se Giovana. – Vou acompanhá-lo até o depósito.

João olhou sem jeito para Giovana e olhou rapidamente para Victória, que estava mais curiosa do que tímida atrás de Luciano, que estava indignado.

– Vê se não demora, hein! Quero almoçar no horário hoje.

– Pode deixar – respondeu João, pegando o cesto.

Com um leve toque no braço de João, Giovana o sinalizou para afastarem--se das crianças. Olhando para trás, João percebeu Luciano arrancando plantas daninhas do chão, já Victória parecia preocupada por estar sem Giovana.

– Aqueles dois quase me enlouqueceram esta manhã – comentou Giovana conforme caminhavam. João percebeu que esse não era o motivo de ela o estar acompanhando.

– Podemos tocar no assunto – respondeu ele, frio como a lâmina que trazia consigo.

– Está bem – disse Giovana revirando os olhos. – Só fiquei chocada com o que vi logo depois do café e passei a manhã preocupada.

– Ele me fez algumas perguntas – disse ele.

– E por que ele não nos interrogou também?

– Parece que eu era o último suspeito – respondeu João, tentando se lembrar da conversa nada amistosa com o rei. – Luciano e Victória são crianças e não teriam condição de planejar algo daquele jeito.

– E eu? – questionou Giovana.

– Eu disse que colocaria a mão no fogo por você – mentiu João. Ele nem tinha ideia do motivo de ela não ter sido interrogada.

– Ora! – exclamou ela. – Que fofo! – E deu um leve tapa no ombro de João que disfarçou um rubor olhando para o lado.

– EI! – gritou ela, espantada. – O que é isso? – perguntou ela, segurando a cabeça dele para enxergar melhor o machucado no pescoço.

– Não é nada – mentiu ele novamente. – Acho que é do travesseiro.

– Você tem nos braços também – ela disse. – Não minta.

– Você mentiu sobre o motivo de vir me acompanhar.

– Mas foi uma mentirinha inocente – retrucou ela, fazendo cara de desentendida.

Quê?!

– Uma mentira é uma mentira, independente do tamanho.

– Então me desculpe por estar preocupada com você e por querer saber o que pode estar me esperando daqui a uma hora dentro do castelo.

– Já falei! – João começou a perder a paciência. – Você não precisa se preocupar! Talvez o rei nem lhe interrogue! – Felizmente, para ele, já estavam chegando ao depósito de grãos.

O depósito de grãos era uma estrutura precária que protegia os grãos da chuva e apenas de chuva não acompanhada por vento. Havia apenas um teto de madeira sustentado por quatro pilares em cada ponta de um retângulo torto e sem graça. Durante a noite, cinco carroças eram colocadas sob o teto, durante o dia eram retiradas e deixadas ali por perto.

Entretanto, ao ver o organizador do depósito, Cássio, seu corpo estremeceu. O organizador era um homem presunçoso e preguiçoso, talvez colocasse a cabeça para trabalhar apenas para encontrar defeitos nos outros, tornando ele superior a todos. João queria evitar qualquer contato com gente estúpida nos próximos dias. A estupidez o irritava. A irritação lhe fazia sentir o fio da navalha.

Controle-se cara. Mantenha a calma.

– João? Não tinha te visto por aqui hoje – ele o cumprimentou.

– Estava tratando de assuntos pessoais – respondeu João sem vontade. Mesmo o conhecendo há pouco tempo, ele sabia que, quanto mais deixasse o homem falar, mais perguntas curiosas e estúpidas sairiam de sua boca.

Cássio o olhou de cima a baixo, com os olhos levemente maliciosos, procurando algum sinal de coisa errada. E encontrou.

– Você está bem? – perguntou. – Você está machucado?

– Alergia a algo na cama – mentiu João, sabendo que essa desculpa não funcionara da primeira vez. Cássio o olhou como se não acreditasse.

– Não é motivo de vergonha ser considerado suspeito pelo rei – disse Cássio. João pensou que ele queria tranquilizá-lo, mas certamente estava buscando informações.

João não respondeu. Apenas jogou o conteúdo do cesto na carroça que ele mesmo carregaria para o castelo mais tarde. Giovana acompanhava a cena em silêncio.

– Obrigado por ajudar – ironizou João.

Cássio apenas cruzou os braços e sorriu sem jeito.

– Aquele careca ainda vai ter o que merece – comentou João enquanto se afastavam de Cássio.

– Careca? – perguntou Giovana, olhando estranho para ele.

– Não o Cássio – respondeu João. – Estou falando do rei.

– João… – falou baixinho Giovana, olhando preocupada para ele. – Ele era careca apenas quando chegamos.

Merda.

Ele permaneceu em silêncio, gerando desconforto entre os dois.

– Você ainda está enxergando todos com cabelo preto? – perguntou ela, com medo de tocar no assunto. – Qual a cor do meu cabelo?

João olhou para ela e respondeu.

– Preto como uma noite sem estrelas.

– O meu sim – respondeu ela, sorrindo. – Mas é porque sou recém-chegada e ainda estou com a cabeça no lugar.

João desviou os olhos e grunhiu:

– Esquece isso.

De volta ao castelo após trabalhar sob o sol forte da manhã, João sentiu certo alívio ao ficar sozinho por alguns minutos no jardim sob a sombra de um gazebo antes do almoço. Tanto ele como o rei sabiam de seu estado de mal a pior e Giovana estava preocupadíssima com ele. Entretanto, respirar ar fresco enquanto fazia profundas reflexões poderia ajudar a manter a cabeça no lugar por mais alguns dias. Caso Luciano ou Victória sentissem preocupações quanto a ele, era só Giovana inventar alguma desculpa para não preocupar as crianças e logo tudo estaria resolvido.

Então ele a viu se aproximando e logo se arrumou no banquinho. Ela estava trabalhando no campo junto com os companheiros de teletransporte, agora estava indo para o almoço. Seu rosto estava encharcado de suor, cabelo preto como piche grudado na testa, bochechas tão vermelhas que se destacavam sobre a pele cinza, terra grudada em seus braços e rosto, simplesmente não dando a mínima sobre ter trabalhado no sol forte. Ela passava cumprimentando a todos os vizinhos, causando em João uma sensação de mal-estar, pois ele cumprimentava apenas os conhecidos, não todos com quem morava sob o mesmo teto. Depois de quase uma semana morando no castelo, ele pensou ter ouvido o nome dela por aí, variando entre Bruna, Bianca, Brenda e Alexandra – ele não sabia como pensou em ter ouvido o último nome, talvez o fato de todas as pessoas serem parecidas contribuiu.

Ela olhou para João e sorriu enquanto dizia um tímido "bom dia". Ele retribuiu num sorriso torto e sem jeito. Ela não pareceu se importar. Ao ver ela se afastando, ele se soltou e voltou a ficar na posição de amargura.

Seus olhos estavam fixos no nada enquanto sua mente viajava a mil nos acontecimentos da última semana e no que deixara para trás. Um brilho logo chamou sua atenção e o trouxe de volta para o mundo real – por mais que ele não gostasse de chamar aquilo de mundo real. Os guardas estavam mexendo no portão enquanto um deles segurava um pesado molho de chaves, eles estavam testando qual era a chave do portão para fechá-lo, e o sol refletia na superfície metálica das chaves.

Seria legal se os guardas deixassem aberto, assim poderia ir embora sem alguém ir correndo atrás de mim, nem de meus companheiros. Apenas eles mesmos seriam castigados.

Como se lesse seus pensamentos, a fechadura refletiu e brilhou como se piscasse para ele e lentamente o portão abriu.

– Porcaria – disse o guarda empurrando o portão para a posição anterior. – Tranca logo essa merda aí.

– Eu te disse para marcar qual era – reclamou o outro guarda.

– Só tem nove porcarias de chaves aí! – O guarda parecia perder a paciência com o companheiro.

– Eu já testei todas! – exclamou entredentes.

– Me dá isso aqui! – O guarda mais irritado tomou o chaveiro e inseriu uma chave na fechadura. A chave girou. – Viu só? Fácil!

O outro guarda permaneceu em silêncio e olhou para trás, evitando o contato visual. Então viu João sentado olhando para eles.

– Está olhando o quê?! – tentando recuperar a autoridade.

– Saia daqui! – expulsou-o o outro guarda.

João rapidamente se levantou enquanto lamentava toda sua vida na última semana. Desejou que deixassem o portão aberto e que alguém fugisse por ali apenas para vê-los sendo torturados pelo rei. Novamente a fechadura brilhou como se piscasse para ele.

Você só pode estar brincando comigo.

Como se respondesse, a fechadura brilhou, jogando o sol com mais intensidade em seus olhos. João fechou-os e virou o rosto para proteger-se da forte luz e saiu do gazebo indignado, como se alguém estivesse tirando com a cara dele.

Estou perdendo a cabeça. Ela não falou comigo. Objetos inanimados não falam nem pensam. Sou eu imaginando coisas. Deve ser fome e falta de sono.

Entretanto tais pensamentos perpetuaram em sua mente durante toda a tarde e voltaram com extrema intensidade durante a noite, logo na hora de dormir para mantê-lo ainda mais acordado.

Aquilo foi uma brincadeira da minha mente perturbada para deixá-la ainda mais perturbada. Objetos não se comunicam com humanos. Ou será que sim? Não, não... João, para de pensar em asneira. Aquilo ou foi coincidência ou um ato perturbado da sua mente.

Eu sei que não estou bem e ficar dando importância para isso só vai piorar meu estado! Vou dormir! Preciso dormir! Agora! Merda…

Seus olhos pesados estavam implorando para serem lacrados por algumas horas, porém seu coração apertado parecia explodir em seu peito. Mais uma noite tomada por ansiedade e pesadelos. Aqueles mesmos pesadelos com a mulher vampira desde a primeira noite depois do teletransporte ainda visitavam a mente de João durante seu curto período de sono.

Novamente ele estava no castelo, porém estava mais iluminado do que o habitual. Ele reconheceu o andar com a entrada para as torres, sala de reunião e demais salas. Uma mulher ruiva estava chorando em posição fetal na frente da porta norte. Como sempre naquele pesadelo, ele sentiu uma vontade enorme de ir conversar com ela. Quando estava a dois metros de distância da mulher, ela o olhava com os olhos inchados e lacrimejados, de sua boca saía um som fraco de "me ajude". Ele se sentia pouco à vontade perto de alguém chorando, então se deu conta de que a mulher estava nua e sentia-se menos à vontade ainda.

– O que aconteceu? – perguntou João, já sabendo da resposta.

– Ajude-me – respondeu ela, com as lágrimas caindo pelo seu rosto branco cheio de sardas. – Por favor.

– Mas como? – perguntou ele, inutilmente. Nesse momento, ela se transformou em vampira e começou a perseguir João pelo castelo.

Para sua surpresa, naquela noite ela respondeu antes de virar a vampira.

– Está frio aqui. – Ela deu uma pausa. – Não sinto meu corpo. Sinto apenas minha consciência flutuando no vazio.

– Como posso te ajudar?

– Fique comigo – implorou ela. – Eu a ouço. Ela vai me liberar em breve, até lá gostaria de companhia.

– Daí você vai me matar como sempre?

– Eu nunca o matei – respondeu ela. – Você sempre volta a seu corpo antes de minha consciência o agarrar.

– Volto ao meu corpo? – perguntou ele, espantado.

– Sim, João – respondeu ela calmamente. – Você não está sonhando, sua consciência e a minha estão se encontrando desde sua primeira noite aqui.

Agora minha mente está fazendo brincadeiras comigo enquanto eu sonho. Certo. MUITO OBRIGADO, MENTE!

A mulher o olhou espantada.

– Saiba que estamos na mesma sintonia e posso ouvir seus pensamentos.

João engoliu em seco, arrependido de certa forma.

– Posso ouvir os seus? – perguntou João, não acreditando que estava entrando na conversa da mulher.

– Não, pois meu corpo físico está longe – respondeu ela, com muita naturalidade. – Talvez você possa senti-los.

– Por que eu estou prestando atenção em você? – perguntou retoricamente João. – Preciso acordar logo e torcer para ser de manhã.

– João – chamou ela. – Ela está conversando comigo. Estou sentindo seus pensamentos e ela garante que falou com você hoje por volta do meio-dia.

– Ela quem? – perguntou João.

– Eu não sei – respondeu a mulher, acalmando-se. – Só sinto uma presença materna junto a mim há mais de mês quando acordei aqui.

– E o que mais ela diz?

– Que esta conversa está para terminar, pois logo irei me transformar em uma vampira e você deve seguir os planos dela com total confiança e sem medo.

– Quais os planos dela?

– Amanhã durante a noite você vai sair do quarto e realizará aquilo que mora no fundo da sua mente. Tem de ser amanhã durante a noite.

– Como vou escapar do quarto?

– Ela lhe deu dicas hoje. – A mulher ruiva já havia parado de chorar.

– Algo mais que preciso saber? – questionou João se lembrando do brilho.

– Se você sabe como os guardas comportam-se durante a noite – ela fez uma pausa para respirar entre tantas fungadas –, não haverá problema algum. Apenas confie nela e tudo dará certo.

João permaneceu em silêncio.

– Você não acredita em mim, certo? – perguntou a mulher.

Em resposta, João negou com a cabeça.

– Ela me disse para ensaiarmos agora sua fuga de amanhã.

– Você vai virar vampira e me matar, é isso? – preocupou-se João.

– Ela também me disse que hoje é nossa última conversa aqui e logo nos encontraremos no mundo físico, mas não entendi muito bem o significado disso.

– Mas nos encontrarmos no mundo físico é ir ao contrário do que está no fundo da minha mente, então não faz sentido.

– Concordo com você, mas ela pede para confiarmos nela e também me disse que a chance de eu não me lembrar de nossas conversas é muito alta.

– Entendi.

– Caso eu não lembre de nossas conversas – ela olhou diretamente nos olhos dele, com um sorriso sincero –, muita obrigada, João! Obrigada por sua companhia nesses dias solitários. – Ela lentamente fechou os olhos e disse com uma voz bem mais calma: – Está na hora de agirmos.

João olhou paralisado para a mulher que abriu lentamente os olhos, suas íris estavam brancas e seus caninos bem maiores.

– Confie nela, João – acrescentou ela, antes de atacá-lo. Com um rápido movimento de esquiva, João se livrou do ataque da mulher e saiu correndo em direção à escada. Logo ela se intrometeu entre ele e seu destino.

– Caminho errado – ela conseguiu dizer com uma voz cheia de raiva. – Amanhã a porta certa se abrirá para você!

Ele olhou para os lados e viu a maçaneta de uma porta piscando para ele. Não teve dúvidas e correu em sua direção. Ao abrir a porta, deparou com uma escadaria em espiral para cima e subiu sem olhar para trás.

No topo da escada, encontrou uma porta fechada e a voz da mulher ruiva ecoou em sua mente: "confie nela". João concentrou-se e pediu para ela salvá-lo. Como se respondesse ao seu pedido, a fechadura fez um leve estalo e a porta se abriu. Escutando passos da mulher subindo as escadas, ele entrou em uma sala com diversas camas e armários com frascos. Sua única escapatória era a janela.

– CONFIE NELA! – gritou a mulher parada no batente da porta.

Ele não pensou duas vezes e fez aquilo que estava morando no fundo de sua mente, confiando completamente nela. Só restava saber quem era ela.

Como planejado durante o dia, João se deitou na cama e aguardou o guarda passar conferindo se todas as portas estavam trancadas. Ele faria mais uma vez o mesmo trajeto naquela noite antes de sentar em uma cadeira e dormir.

Após testar a porta do quarto de João e Luciano, o guarda voltou ao início do corredor para confirmar com seu chefe que todas as portas estavam trancadas e os moradores quietos. João não ouviu a conversa em si, porém escutou os passos do guarda aproximando-se de sua porta.

Como o quarto de João e Luciano era de frente para o quarto das garotas e eram os últimos ocupados naquele corredor, o guarda mantinha sua cadeira a cerca de cinco metros das portas.

Em um fio de esperança, João relaxou e tentou dormir. Se dormisse bem e acordasse bem no dia seguinte, ele desistiria de sua ideia e esqueceria o sonho da noite anterior. Mas não ocorreu como planejado: ele estava novamente tendo seus pesadelos diários, acompanhados pela ansiedade. Seu coração palpitava e parecia querer explodir a qualquer momento. Após mais de uma semana tendo os sintomas constantes e noites cada vez piores, ele decidiu agir. Não foi uma decisão fácil, porém seu medo de machucar uma pessoa inocente o ajudou a decidir.

Ele não sabe por quanto tempo ficou deitado na cama tendo pesadelos horríveis e sem sentido. Cada vez que tinha aqueles sonhos, ele acordava e não conseguia se mexer. Seu corpo permanecia paralisado e o medo crescia dentro de si.

Após ocorrer pela quarta vez naquela noite, ele decidiu agir. Pegou a navalha e deixou sobre seu travesseiro, torcendo para Luciano pegar e usá-la para se proteger caso fosse necessário. Ou entregasse para Giovana; algo lhe dizia que por trás daquela moça em roupa de festa que ele conhecera dias atrás havia alguém disposta a tudo para se proteger e sair daquele lugar.

Caminhando na ponta dos dedos, João foi até a porta e encostou o ouvido para escutar o guarda. Após trinta longos segundos, o ronco vindo da traqueia do guarda ecoou pelo corredor.

Eita!

Entretanto ele escutou algo mais. Foi um leve som metálico seguido por um estalo. João recuou da porta e a encarou por alguns segundos. Ele sentia o coração pulsar na garganta, um suor frio escorrer por todo seu corpo e sua audição parecia aumentada, porém era apenas o medo lhe pregando peças.

Com um lento e silencioso giro na maçaneta, ele sentiu a porta se abrir devagar. Com muito cuidado para não fazer barulho e monitorando os roncos do guarda, ele abriu a porta o suficiente para passar e logo depois a fechou. Sem respirar, olhou para o guarda e soltou o ar aliviado, o homem ainda estava roncando enquanto uma linha de saliva escorria pelo canto da boca.

Então, torcendo para não encontrar ninguém, caminhou silenciosamente pelo corredor escuro de onde era possível ouvir pessoas roncando e algum casal empolgado demais. Ele contou os passos esperando ver algum sinal da escada e encontrou um brilho refletido na pedra no alto do lance de escadas. Finalmente pôde relaxar e soltar sua musculatura tensa.

Ainda faltava um longo caminho pela frente, mas ele acreditava que não teria problemas dali em diante. Subindo as escadas na ponta dos pés, contou o número de degraus até terminar o lance e então olhou para o lance seguinte. O luar invadia o castelo pelos vitrais e dava uma cor única a cada canto do refeitório e das outras escadas. João não se conteve e correu escada acima, permanecendo nas sombras enquanto olhava para toda a beleza do lugar, ele sabia estar correndo riscos, porém valia cada segundo.

Após permanecer mais do que havia planejado, ele subiu mais escadas até o andar de acesso às torres, foi quando se deparou com a parede externa da sala de reuniões, então pegou a esquerda e correu até a torre sul, porém parou ao tentar abri-la e descobrir que estava trancada. Faltavam cinco torres.

Com o coração na boca, João diminuiu o ritmo e o barulho caminhando mais devagar. Ele passou na frente das escadas e tentou abrir outra porta de acesso à alguma torre cuja função era desconhecida para ele – talvez fosse a que abrira no sonho da noite anterior –, porém a encontrou fechada. Restavam quatro.

Ele seguiu tateando a parede levemente iluminada pelo luar enquanto se afastava da porta trancada. João sentia sua ansiedade crescendo junto com seu medo e um certo pavor dentro de si. Desistir naquele momento era uma confirmação de covardia e algo assim o afetaria para sempre. Era naquele momento ou nunca. Ele tinha de confiar nela.

A alguns metros dali estava a terceira porta e caminhou mais depressa do que gostaria. Seu medo de chamar atenção estava sendo ignorado devido a sua crescente ansiedade. Então ele girou a maçaneta e soltou diversos palavrões em seus pensamentos. Restavam três portas.

As últimas portas eram as mais distantes das escadas, então ele se sentiu mais à vontade para caminhar e respirar normalmente. A porta norte estava do outro lado da sala de troféus e do depósito, uma tarefa fácil para ser cumprida. Após caminhar pelo corredor, sem medo de encontrar alguém, porém acompanhado pelo medo de seu destino, tentou abrir a porta e sentiu raiva dentro de si. A ilha não estava ajudando ou não era a porta correta. Ele tinha somente mais duas opções.

Um pouco mais à esquerda estava uma das opções. A luz da lua batia na maçaneta de metal e reluzia por todos os lados, fazendo João criar esperanças. Era como se a luz o chamasse para lá. Então em um único movimento ele girou a maçaneta e puxou a porta para si, falhando. Decidiu, então, tentar empurrar a porta e falhou novamente.

Será que tentei abrir todas as portas empurrando ao invés de puxar?

Ele tinha apenas uma porta contendo sua esperança. Seria a porta que acabaria com toda sua dor e sofrimento, também revelaria se seu sonho era verdade ou apenas sua mente delirante brincando com ele. Contornou a sala de carpintaria e deparou com o estreito corredor entre a carpintaria e a sala de reuniões. Ao final daquele escuro corredor estaria sua resposta.

Então seguiu em frente sem hesitar. Já estava com a mão esticada para a frente para girar a maçaneta sem perder tempo. Era abrir a porta, entrar na torre e subir até o andar mais alto.

Alguns passos antes de ele chegar à porta, escutou um barulho de metal mexendo e logo depois se ouviu um estalo. Era algo destravando aquela porta. Ele tinha certeza.

Então em um movimento ele girou a maçaneta, abriu a porta e entrou na torre. Objetivo concluído. Não estava louco. Seus sonhos eram reais, ele não era um covarde e o sentimento de realização o fez se sentir bem pela primeira vez na ilha.

Olhando ao redor, imediatamente estranhou as inúmeras tochas que iluminavam a escadaria que o levaria até o topo da torre. Então observou melhor a escada. Era tudo diferente do que já tinha visto até o momento naquele castelo: era antiga, porém limpa e conservada; não apresentava falhas na estrutura e parecia ser a estrutura mais bem construída de todo o lugar. A falta de janelas também chamou muito sua atenção, pois do lado de fora era possível enxergar janelas em todas as torres.

Ele colocou um pé sobre a madeira e, após se certificar de que não iria ranger, colocou o segundo pé para começar a subida. E, se a escada o encantava, as tochas o incomodavam. Elas não faziam barulho nem exalavam cheiro de queimado, fazendo João sentir algo estranho. Nos últimos degraus, ele se aproximou de uma para sentir seu calor, porém descobriu mais um motivo para se incomodar: as tochas não emitiam calor.

Um pouco receoso, porém certo de que nada lhe faria mal, ele colocou a mão sobre o fogo. As chamas tocavam e interrompiam-se em sua mão. Sua dança era bruscamente parada pela mão de João, que nada sentia.

Então sua curiosidade cresceu e oprimiu todos os seus outros sentimentos. Ele se aproximou da tocha e percebeu algo dentro do pedaço de pau:

havia um ponto de luz dentro de uma cavidade na madeira e outro do lado de fora.

Usando o dedo indicador, João tapou a cavidade na madeira. Ele se surpreendeu ao perceber que as chamas se apagaram, entretanto a luminosidade permaneceu como se nada tivesse acontecido.

Após brincar rapidamente com as falsas chamas e concluir que o ponto de luz dentro da cavidade emitia algo como um holograma de tochas, ele observou melhor o ponto de luz do lado de fora da cavidade e o tapou com o dedo. João percebeu o ambiente escurecer ao seu redor e permitiu-se sorrir. Por um breve momento, ele se sentiu feliz por desvendar o mistério das falsas tochas, entretanto percebeu que ninguém acreditaria nele porque ele estava em um lugar de acesso proibido. Também percebeu que ninguém se importaria com as falsas tochas e que não havia mistério algum, apenas dúvidas sobre quem colocaria aquelas tochas ali.

Sentindo-se sozinho e inútil, ele terminou de subir as escadas. Assustando-se ao ser cegado por luzes que acenderam automaticamente ao pisar fora da escada, João cobriu os olhos e sentiu-se capturado. Por algum motivo, permaneceu na mesma posição com os olhos escondidos atrás da mão. Voltando a si após alguns segundos, ele percorreu o lugar com os olhos.

As luzes fluorescentes iluminavam uma sala moderna e muito bem produzida com cozinha acoplada. O chão era revestido por um carpete vermelho. Sofás confortáveis estavam em volta de um aquário baixo que também servia como mesa. Na cozinha, geladeira e fogão brilhavam de tão novos, já a pia reluzia de limpa sem nenhuma louça por lavar. Porém o objeto que mais lhe chamou a atenção estava no meio da sala: um equipamento eletrônico com diversos botões e algumas luzes, no meio havia um cilindro vazio de vidro; com medo de apertar algum botão e tudo ir pelos ares, João sabiamente se afastou.

Ele não tinha a menor ideia de que lugar era aquele, só sabia que teria uma morte nada agradável se alguém o visse ali. Procurando por uma saída além das escadas, ele encontrou uma janela que dava para o castelo, com o teto a poucos metros do peitoril e uma porta de metal; para sua sorte, ela estava entreaberta, convidando-o para dar uma espiada.

Novamente sentindo o coração na boca, ele caminhou devagar até a porta e a abriu devagar para não fazer barulho. O espanto foi enorme. Atrás da porta havia uma escada de ferro em espiral para cima, levando para outro aposento, onde o luar entrava pelas janelas. Com uma última espiada para trás,

João deixou a sala luxuosa e subiu; não se esquecendo de deixar a porta atrás de si como estava.

Quando já estava na metade da escada, ele ouviu um leve estalo, seu coração voltou a bater forte, e olhou para baixo; por sorte, eram apenas as luzes que apagaram. Porém, quando chegou aos últimos três degraus, ele escutou passos subindo pela escada anterior e, logo em seguida, vozes:

– Finalmente podemos conversar em paz! – O susto foi grande e João não identificou se era de homem ou mulher.

Caraca! Quase enfartei.

– Aquela porta permanece trancada o dia inteiro – disse uma voz grave que João reconheceu sendo o rei, ignorando totalmente a outra voz. – Então é extremamente seguro se abrigar aqui se for o caso. Eles sabem que quem invadir morre.

João ouviu uma risadinha feminina ecoar pelas paredes.

– Nunca ninguém entrou aqui? – perguntou a voz. João se sentiu frustrado, pois a voz ecoava e ele não conseguiu identificar.

– Uma única vez peguei um intruso aqui dentro – respondeu o rei. – Ele arrombou a porta lá de baixo e subiu.

João começou a descer lentamente para ouvir a conversa.

– O que aconteceu?

– Arranquei a língua dele para me certificar de que nunca falaria sobre tudo isto e o executei nos jardins. – Então o rei riu com gosto. – Nunca mais tentaram invadir meus aposentos.

– E se alguém entrar?

– É impossível! – respondeu o rei. – Aquela porta de madeira possui uma armação de ferro por dentro e a fechadura parece como todas as outras, mas por dentro é um sistema antifurto muito seguro.

– Parecido com o portão principal? – ironizou a mulher.

– Aquilo foi algo surreal – respondeu o rei, com desgosto.

João já estava na base da escada, ouvindo com clareza toda a conversa.

– Porém, se aquilo aconteceu, pode acontecer com a porta daqui também!

– PORTAS NÃO ABREM SOZINHAS! – gritou o rei, assustando João. – VOU PEGAR O DESGRAÇADO QUE FEZ AQUILO.

– Algum suspeito? – A voz tinha um tom de provocação.

– Estou investigando, mas parece ter sido alguém do GCM.

– Grupo Contra Monarquia? Eu ouvi falar sobre eles. Aquela Duda estava entre eles, não?

QUÊ? Grupo Contra Monarquia?

João estava espiando pela fresta, porém a dona da voz não aparecia.

– Nem me fale sobre eles – suspirou o rei. – Mas, sim, ela estava. Aceita bebida ou algo para comer? Você precisa manter-se forte aqui.

– Tem algo alcoólico? Preciso de algo forte.

– Na minha idade tento não beber mais. – João viu o rei caminhando até a cozinha e abaixando-se diante de uma pequena geladeira. – Mas, às vezes, um vinho faz bem.

– Vai me seduzir com vinho? Seu tarado!

João não sabia se a voz estava brincando ou não.

– Vinho, refrigerante ou água?

– Refrigerante, por favor.

– Vou pedir para trazerem tequila para a novata – disse o rei enquanto pegava uma garrafa na geladeira.

– Acho bom.

João ouviu o som de uma lata de refrigerante sendo aberta. Sua curiosidade o mandava enfiar a cara e tentar enxergar a mulher. Já seu bom senso era mais forte e o ordenava a permanecer imóvel.

– Sabe... aquele dia em que você apareceu... – começou o rei, parecia indeciso. – Soube que era você assim que a vi. Sua marca não me deixou dúvida.

– Se você parar para pensar – respondeu ela –, é algo bem normal hoje em dia.

– Mesmo assim a identifiquei logo de cara e fiquei surpreso por ter visto logo a Número Cinco. Na hora pensei que estava tudo errado nas minhas ações.

A mulher riu.

– Pensa em mim como uma recompensa – respondeu com calma. – O Sete está nas selvas porque lá o Osvaldo atrasou o experimento e deixou o pessoal irritado, já o Seis está no deserto para recuperar o cristal que alguém roubou de Caetano e o escondeu em algum lugar. E, por último, o Oito foi deslocado para o subterrâneo onde tem aquelas pessoas esquisitas. De mim para baixo, fique feliz.

– Algum contato com eles? – perguntou o rei.

– Infelizmente perdi o contato com eles no dia do teletransporte e ainda não recebi notícias, porém acredito que cada um está fazendo sua parte.

– E qual será sua parte?

– Amanhã vou fazer algo que o irritará. – Ela suspirou. – E você deve me agredir, humilhar, fazer eu pedir seu perdão na frente de todos.

– Você quer ganhar a confiança deles?

– Exato! Vou tentar ser recrutada pelo GCM e acabar com eles por dentro. Sem eles, o senhor será cada vez mais cruel e vou formar um grupo de dispensáveis para nos mandar daqui. – Ela parou para pensar. – O cristal eu já encontrei, entretanto ainda não vi a arma.

– A espada está com um dos guardas lá no portão – garantiu.

– Entendi.

Eles permaneceram alguns segundos em silêncio até o rei quebrá-lo.

– O quê você vai fazer amanhã?

– Confie em mim – respondeu ela. – Eu vou me certificar de apanhar muito. Apenas sugiro que você fique parado após o tomate lhe acertar a cara. Um alvo em movimento é imprevisível.

– Vou me certificar disso. Pode ter certeza.

– Não pegue leve.

– Não vou – concordou o rei. – Agora me mostre aquilo.

– Aquilo o quê? Seu tarado!

– Aquilo com as mãos! Porra!

Do nada, o barulho de algo queimando ecoou por todos os lados e João via sombras dançando na parede.

– In… incrí… vel – balbuciou o rei, um pouco apreensivo. – Não machuca?

– Nem um pouco – respondeu a mulher. – E, com um pouco de concentração, posso unir meu fogo com o fogo de outro.

O que eles estão fazendo? O que são essas sombras dançando na parede? Parece que alguém acendeu uma lareira muito próximo a eles.

– Espero ver isso em ação algum dia – comentou o rei, sádico. – Gostaria muito de ver o estrago na cara de alguém.

Então as sombras na parede sumiram na mesma velocidade em que começaram.

– Falando em gostar muito de ver… O que há atrás daquela porta?

– Uma escada até meu quarto – respondeu o rei. – Se quiser ver, suba sozinha, não vou correr o risco de ser chamado de tarado e ter o rosto queimado.

João ouviu o barulho de alguém mexendo no sofá.

– Vou dar uma olhada – disse a mulher. – Preciso dar uma conferida nos arredores e de um bom ângulo.

– A torre sul é mais indicada para isso.

João ouviu alguns passos em sua direção e começou a recuar lentamente.

– Já bisbilhotei por lá e pela torre norte também. Apenas quero me certificar de algo na encosta. Talvez um ponto de fuga ou lugares para armadilhas.

– Existe um lugar no castelo que leva direto para a encosta e eu sou o único daqui que sabe.

– Vou precisar saber de tal lugar e percorrê-lo todo.

– Apenas saiba que não foi coincidência a escolha do seu quarto. Olhe sob uma das camas.

Os passos pararam a poucos metros da porta. João já estava subindo a escada.

– Por isso você foi recompensado! – ela exclamou. – Por isso eu estou aqui! Você foi o melhor anfitrião dos teletransportados.

– Só fiz isso em busca de poder. Os fracassados não desejaram o poder como eu, muito menos lutaram pelo que acredi...

– Houve apenas um fracassado até o momento – interrompeu-o. – E ele está com o Sete, então acredito que nada além da obrigação foi feita por aqui.

– Foi tudo feito com precisão e velocidade porque eu lutei para ser assim. Manipular pessoas não é tão fácil quanto parece.

– Talvez eu esteja manipulando você e você nem sabe. – Ela riu e seus passos recomeçaram em direção à porta.

João já estava no topo e deparou com uma pesada porta de metal que, para sua sorte, já estava aberta. Abri-la faria muito barulho e denunciaria sua presença.

– Cadê a bosta do interruptor? – perguntou a mulher.

– Você não enxerga no escuro? – perguntou o rei.

– Não quando estou perto de idiotas – retrucou a mulher.

O rei bateu palmas e as luzes se acenderam.

– Exibido e totalmente desnecessário – comentou a mulher. – Mas eu gostei.

João rapidamente entrou no quarto e olhou tudo em volta. Era muito menor do que a sala e possuía uma cama, uma escrivaninha com um notebook e uma cadeira confortável, uma porta estava fechada e janelas entreabertas permitiam que uma fresca brisa vinda do oceano adentrasse seus pulmões. Esforçando-se para ouvir os passos cada vez mais altos conforme a mulher subia a escada, João abriu lentamente uma janela e posicionou-se. Olhou bem para o luar que refletia sobre árvores, mar, rochas muitos metros abaixo e desejou ficar com aquela imagem gravada para sempre.

– Mas que porra? – ele ouviu a voz de alguém junto ao barulho do vento.

João olhou para trás e viu quem era a dona da voz. Ele imediatamente reconheceu a mulher pela voz e pelo semblante de um sorriso lindo naquele rosto. Aquela mulher fingiria lutar contra o rei e se aliar falsamente a um grupo para derrubá-lo do poder para deixar um rastro de destruição. Tal mulher era fria e desejava mais poder do que o rei.

Então João engoliu em seco.

– Espera – pediu ela, estendendo a mão, enquanto sorria gentilmente.

Ele negou com a cabeça e largou-se. Seu desejo de ter a paisagem gravada em sua mente durante a queda foi negado, por breves instantes ele foi obrigado a ficar com a imagem daquele sorriso.

CAPÍTULO 14

LIZETE 2

Engolindo todo seu medo em seco e contrariando o óbvio, Lizete segurou ainda mais forte as mãos de Bianca e Ronaldo. Os quatro continuavam a caminhada em direção ao desconhecido.

– Estou fraco – disse Ronaldo, afrouxando sua mão.

Todos pararam de caminhar.

– Pode ser efeito do teletransporte ou da caverna – disse Bóris.

– Você comeu algo? – perguntou Lizete.

– Foi mais uma tontura imediata, seguida por uma escuridão parcial – respondeu Ronaldo. Então seu estômago roncou tão alto que até Daniel poderia ter ouvido.

Imediatamente Bóris catou algo em sua mochila. Era um pedaço de sanduíche.

Quantos ele trouxe?

– Pegue, garoto – disse o homem, estendendo a comida.

– Não, obrigado. Estou me sentindo muito enjoado.

– Efeito do teletransporte – concluiu Lizete.

– Vamos aguardar um pouco. Combinado? – disse Bianca.

Todos balançaram a cabeça positivamente.

– Daniel! – berrou Bóris, usando toda a força de seus pulmões; o homem deveria estar longe, porém, se a caverna mantivesse o eco, ele ouviria sem problemas.

Alguns segundos se passaram até ser possível ouvir passos do outro lado do desmoronamento.

– O que foi? Aconteceu algo? – ele parecia assustado e preocupado.

– Nada disso! – respondeu Bóris, gritando o mais alto que podia, sem perceber que Daniel estava a menos de cinco metros de distância. – Temos um imprevisto aqui e vamos demorar mais do que gostaríamos.

– Eu já estou voltando à vila, porém não sei o caminho.

– É para o norte – berrou Bóris.

– Onde fica o norte? – perguntou Daniel.

– Veja o caminho por onde vocês vieram, torça o corpo em uns trinta graus e siga reto! É fácil! – berrou Bianca.

– Eu não tenho a merda daqueles trecos de plástico que não sei o nome! Como vou saber quanto é trinta graus?

– Peça para Júlio! E o treco tosco chama-se transferidor! – berrou Lizete de raiva porque Daniel não sabia o nome do instrumento.

– E se ele não souber? – perguntou Daniel.

– Então desenha a porra de um relógio no chão onde doze é a direção de onde vocês vieram e siga o caminho de uma hora! – berrou Bóris.

– Como vou desenhar a porra de um relógio no chão? – perguntou Daniel.

– DESENHA NA AREIA, CARALHO! – berrou Bianca.

– Vamos dar um desconto – pediu Lizete. – Ninguém aqui estava com o cérebro funcionando no dia do teletransporte.

– Estou indo! – disse Daniel, logo depois pôde-se ouviu seus passos se afastando.

O quarteto aguardou no local por dez minutos até Ronaldo sentir-se bem e estar pronto para continuar a caminhada. Então se deram as mãos e continuaram com o plano. Lizete até havia se esquecido do vento gelado em sua nuca.

No início foram passos lentos. O medo do desconhecido os atrasava. Adiante, um esqueleto vestindo uma túnica jazia com o crânio esmagado por uma pedra que caíra do teto. A visão os fez estremecer e todos diminuíram ainda mais o ritmo.

Bóris estava na terceira tocha quando ele a jogou para a frente.

– Não posso passar deste ponto – disse ele, estendendo a mão. Logo seus pelos ficaram arrepiados como se houvesse estática pairando sobre ele. – Boa sorte a vocês.

Sem dizer uma palavra, Bianca pegou a tocha do chão e continuou andando sem olhar para trás. Ronaldo apertou o passo para acompanhá-la, deixando Lizete sozinha com Bóris. O olhar dela reprovava tudo nele.

– Você tem de admitir que existe algo estranho aqui – disse ele, com um sorriso amarelo, porém estava escuro demais para Lizete notar.

– Se alguém morrer – ela disse, a voz carregada com um tom sério de aviso –, já sabe na consciência de quem vai pesar. – Então continuou a caminhar.

– Vou voltar ao desabamento e tentar liberar o caminho para todos.

Não vai ser você quem vai liberar o caminho. Eu sei disso. Eu tenho certeza disso.

Quando Lizete alcançou a dupla à sua frente, eles conversavam sobre como era viver no deserto. Ronaldo parecia horrorizado com várias coisas. E seu rosto iluminado pela tocha o deixava ainda mais com aparência de assustado.

Foi quando a mulher mais velha foi obrigada a ficar para trás. Um vento forte carregou as chamas da tocha na direção dela. Um pouco do seu rosto foi chamuscado, porém não a feriu.

– Você está bem? – perguntou Bianca.

– Estou! – respondeu Lizete, um pouco assustada. – Foi um susto! Vou ficar aqui. Boa sorte a vocês!

– Obrigada – respondeu Bianca.

Ronaldo limitou-se a balançar a cabeça positivamente.

– Ronaldo – chamou Lizete. – Se alguma coisa acontecer a ela...

– Entendi.

Ao ficar para trás, ela aguardou no mesmo local por vinte minutos até Ronaldo, seminu e com um brilho amarelo esquisito, aparecer segurando Bianca nos braços. Seu sangue imediatamente subiu à cabeça e avançou enraivecida contra Ronaldo. Ela parou quando Bianca abriu os olhos, fraca, e murmurou que estava bem.

Horas depois Bianca contava o desfecho da aventura. Ela estava sentada no sofá da casa dela, com pares de olhos curiosos que seguiam cada movimento dela. Suas duas mãos enfaixadas e seu nariz inchado com bolas de algodão nas narinas contavam uma história de dor, já o cristal amarelo cercado por cinco dedos queimados contava uma história de esperança, de luta, de perseverança.

Daniel, Bóris, Lizete, Ronaldo e até Júlio – todo enfaixado – estavam ouvindo cada palavra dela.

Após abandonarem Lizete, os dois caminharam cada vez mais fundo na caverna. Eles tinham impressão de que haviam caminhado por quilômetros e pensavam que a caverna era infinita. Começaram a questionar se deveriam voltar, pois Ronaldo ainda estava se sentindo fraco e seu estado parecia piorar a cada passo.

Então os dois chegaram a um grande portão de ferro. Era impossível passar por entre as barras e havia dois objetos esquisitos de cada lado.

Chegando mais perto e inspecionando-os, os objetos estavam sobre um pilar de pedra, possuíam um formato de meio círculo e um manete.

– Isso é uma coisa de barcos? – perguntou Ronaldo.

– Não sei – respondeu Bianca. – Nunca vi.

– Parece... Você empurra o manete para aumentar a velocidade e puxa para diminuir. Tem algo parecido em aviões também, mas este é muito mais antigo.

– Meus conhecimentos sobre barcos e aviões são nulos, então você está certo.

– Eu já vi em filmes, mas nunca pessoalmente, então não sei se estou certo.

– Como eu nunca vi, vou acreditar em você.

Os dois inspecionaram cada acelerador e perceberam serem idênticos.

– E agora? – perguntou Ronaldo.

– Você está perguntando para mim? – retrucou Bianca. – Como vou saber?

Ele segurou um manete e começou a acelerar. O grande portão começou a tremer e a subir alguns centímetros. Quando estava a uma altura para alguém poder passar sob a fresta, Ronaldo soltou o manete.

– Essa merda dá choque!

– Deixa eu tentar – disse Bianca.

Agarrando o outro manete com as duas mãos, ela começou a empurrar para cima. O portão começou a levantar, porém logo ela soltou devido à forte corrente elétrica.

– É mais difícil do que eu pensei.

– Vamos empurrar os dois ao mesmo tempo – sugeriu Ronaldo, agarrando outro manete. – E não vamos largar até empurrar o máximo, combinado?

Bianca assentiu.

– Um, dois, três e já! – falaram os dois em uníssono.

Ambos empurraram com ambas as mãos até onde conseguiram. A corrente elétrica passeava entre seus corpos, causando uma dor progressiva até suas pernas enfraquecerem, seus braços implorarem para soltar o manete. Bianca largou ao mesmo tempo de Ronaldo.

– Que merda! – exclamou Bianca.

– Tem algo errado nisso – disse Ronaldo, colocando a mão no queixo.

– O quê? – perguntou ela, curiosa.

– A corrente elétrica deveria fazer nossos músculos contraírem, porém conseguimos ter total controle sobre eles.

– Isso significa o quê? – perguntou Bianca, intrigada.

– Que talvez não seja uma corrente elétrica – respondeu ele.

– E que nós somos dois idiotas.

– Como assim?

– Me dá sua túnica – pediu ela, confiante.

Estranhando o pedido, Ronaldo recuou até a parte escura da caverna para retirar a túnica relutantemente. Ele não teve coragem de perguntar o motivo.

Bianca pegou a túnica que fora arremessada o mais perto possível dela e a embrulhou em volta das mãos para que o manete não tocasse na pele. Ela testou a improvisação antes de empurrar. Começou devagar, insegura, com medo de que sua ideia desse errado. Ela estava passando da metade quando a túnica resolveu pegar fogo, porém ela não se deu o trabalho de desistir. Agarrou o manete com ainda mais força e o empurrou o máximo que dava.

Assim que o manete chegou ao ponto máximo, ela ouviu o acelerador estalar. O portão estava aberto uma quantia suficiente para ela passar por baixo. Ela soltou e correu para passar por baixo dele.

Para sua sorte, o portão continuou na mesma altura.

– Minha túnica! – ouviu Ronaldo gritar do outro lado.

– Consegue passar? – perguntou ela, de costas para o portão.

– Eu sinto as grades ainda no lugar, como se ainda estivessem aqui – respondeu ele, batendo em algo invisível no ar sob o portão. – Talvez eu deva fazer o mesmo que você fez no outro manete.

– Não é tão difícil protegendo as mãos.

Ronaldo tentou mexer o manete, porém ele permaneceu no mesmo lugar, não fez questão de se mexer um milímetro.

– Deve ser só para quem é o escolhido – brincou ele.

– Vou seguir em frente – disse ela. – Se conseguir, me siga.

Em resposta, Ronaldo atirou a tocha para o outro lado do portão.

– Não morra ou a mulher me mata.

Bianca riu.

Depois de poucos passos, a caverna mudou completamente ao seu redor. As paredes, antes de rocha, deram lugar a várias pedras. O chão irregular agora estava plano e com as mesmas pedras. Bianca sentiu como se fosse o interior de um castelo. A mudança abrupta a assustou de vez quando uma escada de três degraus apareceu diante de si; cada passo pareceu levar mais tempo que o normal, mas nada ali dentro era normal.

Então a caverna transformou-se em uma grande sala. A luz da tocha não alcançava mais as paredes e Bianca estremeceu ao sentir um vento gelado vindo do fundo da sala. Foi a primeira vez na vida que sentiu medo. O medo verdadeiro. Aquele de penetrar nos ossos, paralisar os músculos, ouvir seu cérebro gritar para desistir e voltar. Entretanto ela não podia voltar. Precisava continuar cada vez mais. Por ela. Por Lizete. Por todos os moradores da vila no deserto.

Ela começou a contornar a sala lentamente pelo lado direito. Fez o contorno no canto e continuou avançando até chegar à parede oposta da entrada. Só havia pedras e sua tocha estava acabando. Ela sentia o gosto do medo solidificando na língua.

Então encontrou algo parecido com um altar. Havia dois pilares de frente para uma cúpula feita de metal. Em cada pilar havia uma corrente de ferro bem grossa que descia rente ao chão.

Bianca analisou uma corrente e percebeu que, se puxasse, a corrente saía por um buraco no pilar e a cúpula parecia se mexer lentamente.

Ai. Ótimo.

Ela deixou a tocha em frente à cúpula, agarrou uma corrente com cada mão e começou a andar em direção ao altar. Foram necessários três passos para ela sentir uma corrente elétrica vinda pelas correntes eletrocutar suas mãos.

Dessa vez era eletricidade de verdade. Foi como um choque que havia tomado quase vinte anos atrás enquanto brincava dentro de casa. Ela se lembrava de pisar em uma extensão velha de fio desencapado.

Porém houve algo estranho aquele dia. Um aprendizado na base da dor.

Vamos, Bianca. Lembre! Pode ser útil.

Ela se lembra da dor. De sentir algo vibrando a partir do seu pé logo ao encostá-lo no chão. Logo a dor fez tudo tremer dentro dela, antes que pudesse gritar por ajuda. Ela caiu no chão, atingindo o rosto sem poder se proteger, machucando o nariz. A dor a despertara e finalmente pôde gritar.

Sua mãe aparecera segundos depois e lhe deu um forte chute na perna. O chute foi a maior dor física que alguém já lhe causara. Ela não entendera por que sua mãe teve de fazer aquilo. Agora, em sua memória, ela lembra vagamente de sua mãe, um rosto vazio, com um cabelo que ora era amarelo como o seu, ora era escuro.

Sua mãe justificara o chute. Algo sobre eletricidade grudar. Talvez prender. O termo não importava. Se alguém levasse um choque, poderia ficar conectado na fonte. Essa foi a desculpa dada pela sua mãe pelo chute. E tal desculpa seria colocada em prática naquele momento.

Bianca caminhou para longe do altar até onde as correntes permitiam. Respirou fundo e correu com toda a velocidade em direção ao altar. Ela sentiu a eletricidade contraindo os músculos dos antebraços, então dos braços e logo chegou aos ombros, porém ela não desistiu e continuou correndo.

Quando seus braços tremiam e exalavam um cheiro de queimado, ela deu um último passo e encostou corrente com corrente. Uma nova energia passou por ela. Sentiu a corrente percorrer seu corpo inteiro, sentiu suas mãos pegarem fogo enquanto fazia força para unir as correntes.

Bianca conseguiu gritar de dor. Seus cabelos se levantavam em direção ao teto, seus braços rígidos doíam cada vez mais, porém ela não conseguia soltar as correntes.

Suas pernas desabaram. Novamente ela atingiu o chão com o nariz. A eletricidade cessara, porém Bianca continuava estuporada no chão, sem forças e sem vontade de reagir. A luz da tocha refletia em suas pupilas imóveis.

– Bianca? BIANCA? – gritava uma voz atrás dela, porém ela não ouvia. – Que luz foi essa? Onde você está?

Ronaldo encontrou a jovem esticada no chão. Ele gritou de desespero e a virou de barriga para cima, sentindo sua pulsação. Estava fraca e parecia diminuir cada vez mais. Para piorar a situação, a tocha finalmente apagara.

E, como se nada pudesse ficar ainda mais estranho, Ronaldo viu algo ainda mais estranho. Um brilho amarelo iluminava um altar a alguns passos dos dois. O brilho vinha de uma pequena pedra preciosa amarela. Sem saber o que fazer, ele pegou o cristal para enxergar Bianca melhor e, no momento em que ocorreu o contato, uma faísca saiu dos dedos dele.

Ela gritou, parecia ter acordado do estupor. Ronaldo tocou nela novamente, causando mais faíscas amarelas que pareciam reanimar Bianca a cada pequeno choque. Após a sessão de cura por choque, a jovem conseguiu-se sentar e encarar Ronaldo. Porém estava fraca demais para falar e esboçar quaisquer reações.

Ele ajeitou a pedra brilhosa dentro da túnica de Bianca, então a levantou e a carregou de volta. Seu medo consistia em encontrar o portão fechado ou novos bloqueios no meio do caminho, porém estava aliviado em perceber como seu medo era apenas na sua cabeça. O medo agora era encontrar Lizete. Entretanto, o cansaço e a fraqueza voltaram ao seu corpo e dessa vez não havia comida nem tempo para descanso, afinal Bianca poderia piorar a qualquer instante.

Ele implorou para seu corpo aguentar até encontrar Lizete, daí, sim, poderia pedir ajuda. Conforme caminhava, suas pernas tremiam mais a cada passo, seus braços ardiam de tanto segurar Bianca, sua visão ficava turva, porém ele não desistia. Estava tão acabado mentalmente que quando Lizete avançou contra ele, pensou em morrer ali mesmo.

O trio fez o caminho de volta devagar. Ronaldo estava tonto e fraco, Bianca já estava conseguindo se manter de pé, porém precisava andar escorada em algo, e Lizete não tinha forças físicas nem para ajudar Bianca e muito menos Ronaldo. Caminharam por muito tempo, secaram os cantis e decidiram que Bianca e Ronaldo deveriam descansar enquanto Lizete seguiria caminho até encontrar Bóris.

Bianca adormeceu enquanto via a amiga se afastar com o brilho amarelo.

Lizete continuou caminhando e enxergou Bóris parado diante do desmoronamento. Algumas pequenas pedras foram retiradas da pilha, porém não havia espaço para passarem.

– Que bom que está aqui – disse ele. – O que é esse brilho?

– Nossa chave para sair daqui – respondeu Lizete, sem olhar para Bóris.

Ela segurou forte o cristal na mão esquerda e encostou a mão direita em uma pedra na parte inferior da pilha. Ela sentia um poder emanando do cristal, porém não tinha ideia do que realmente poderia ser até a pedra explodir em vários fragmentos. Alguns cortaram sua túnica e causaram ferimentos superficiais na pele. Lizete repetiu o processo até liberar caminho para todos passarem.

Bianca acordou quando um barulho estrondoso veio da direção por onde Lizete havia ido.

– Que isso? – perguntou Ronaldo.

– Acho que foi um desmoronamento – disse Bianca, sem ter certeza.

Logo veio outro estrondo, seguido por outro e por outro até cessar por completo. Bianca e Ronaldo permaneceram deitados até enxergarem um brilho amarelo surgindo na escuridão. Ronaldo levantou primeiro e ajudou Bianca a se levantar. Os dois caminharam lentamente até a fonte da luz. Lizete estava acompanhada por Bóris, que já estava com sanduíches prontos para os dois.

Como a mulher mais velha estava com diversos arranhões causados por fragmentos de pedras, eles decidiram apertar o passo sem fazer pausas desnecessárias. Porém ela insistia que estava bem, algo despertara dentro dela ao sentir o poder necessário para explodir pedras, foi como se rejuvenescesse alguns anos. Ronaldo concordou que se sentiria foda se pudesse fazer o mesmo.

Do lado de fora da caverna, Júlio estava deitado sob a sombra da grande rocha. Ele parecia despreocupado, apesar dos ferimentos. Sua curiosidade definitivamente estava sobreposta à dor física que sentia naquele momento. O grupo voltou à vila respeitando o limite de velocidade de todos e logo encontraram alguns médicos que levavam uma maca para carregar Júlio, que também era quem mais tinha dificuldade para caminhar após o grande machucado na perna.

– Não me lembro de mais nada depois que os médicos apareceram – intrometeu-se Júlio enquanto Bianca finalizava a história.

– Os médicos daqui possuem uns medicamentos bem fortes mesmo – comentou Lizete. – Não estou mais sentindo irritação nos meus diversos cortes.

– Tenho algumas lembranças depois do machucado – disse ele. – Uma das últimas coisas de que me lembro é ver Bianca, toda confiante, puxando uma corda de dentro da mochila. Tipo? Eu morrendo lá e ela pega uma corda.

Todos riram. Menos Bianca, que ficou corada nas bochechas.

– Achei que poderia ser útil dentro da caverna – justificou, provocando mais gargalhadas. – Poderia até mesmo ser usada para retirar o corpo de um de vocês de lá!

– Tudo bem, querida! – disse Lizete. – Já passou! Pode ficar tranquila e feliz, pois foi você quem trouxe essa pedrinha aí para nós!

– Com certeza! – exclamou Bóris. – Agora, se vocês me dão licença, tenho de ir dormir. Não aguento mais ficar acordado. Foi um dos dias mais esgotantes que já tive aqui.

– Você pode me ajudar? – pediu Júlio. – Os médicos me obrigaram a dormir lá no hospital por algumas noites.

– Você não deveria ficar no hospital até ficar todo curado? – perguntou Ronaldo.

– Eles falaram isso – respondeu Júlio. – Porém acabei de chegar aqui e não vou me sentir bem se ficar confinado. Então me entupiram de remédios estranhos e disseram que não iriam me obrigar a nada. Claro que eu posso me dar muito mal se um desses vários ferimentos infeccionar, mas prefiro ter minhas primeiras impressões com vocês do que num hospital.

Ronaldo o ajudou a se levantar, depois Bóris colocou o braço do enfermo em volta de seu pescoço.

– Você sabe que estou com problema em apenas uma perna, né? – perguntou Júlio. – Não é necessária a ajuda dos dois.

– O pobrezinho está delirando – ironizou Bóris.

– A febre já está derretendo o cérebro – continuou Ronaldo.

– Espero que viva até amanhã – disse Bóris, com voz de choro enquanto fungava o nariz. – Um cara tão jovem partir dessa maneira.

– Eu não preciso da ajuda de vocês! – exclamou Júlio, porém não fez questão de se afastar de seus ajudantes. Mais cedo ele havia tentado caminhar com uma muleta, porém a areia fofa e desuniforme transformava uma simples caminhada em algo bem mais difícil.

– Caminhar só vai atrasar a cicatrização da sua perna – comentou Daniel.

– Eu sei – disse Júlio. – Porém ninguém se esforçou em pegar uma maca para me levar aos lugares, então tenho de caminhar.

– Quer que nós te abanemos e coloquemos frutas em sua boca durante o transporte também? – perguntou Bianca.

– Não seria má ideia.

O grupo riu em deboche enquanto os três saíam pela porta.

– Bem – começou Daniel –, acho que vou nessa também.

– Ainda não – disse Lizete.

– Não? – perguntou ele, estranhando a situação.

– Eu vi algo em seu braço hoje e gostaria de saber mais sobre sua história.

Daniel deu um sorriso amarelo e arregaçou a manga de seu braço esquerdo. Foi até Lizete e lhe mostrou o braço.

O braço possuía cinco cortes na vertical em locais espaçados e outro na horizontal que cortava do punho até o cotovelo como se estivesse contando utilizando riscos em vez de números.

– Anos de cadeia? – perguntou Lizete. Seu olhar estava sério e frio. – O que você fez no passado?

– Jamais fui para a cadeia e minha consciência está tranquila – respondeu ele. – E não preciso de você se metendo na minha vida.

– Daniel – chamou Bianca –, tenha calma. Só queremos saber o motivo de isso estar no seu braço. Não queremos encrenca aqui.

– Vocês me tomam por encrenqueiro enquanto eu sou a vítima aqui! Não pedi para vir aqui! E agora vocês acham que devo respostas para vocês? Vão pra puta que pariu!

Do lado de fora, Bóris estava escondido sob a janela. Ouvindo tudo e prestando atenção em casa barulho e movimentação dentro da casa. Apesar de não poder enxergar, ele sentia o clima ficar pesado lá dentro.

Ele e Lizete haviam combinado que fariam Daniel contar sobre suas cicatrizes. Eles queriam saber o que tinha acontecido. Não haveria julgamentos ou expulsão da vila desde que ele abrisse a boca numa boa. Aquilo era mais do que apenas cicatrizes, era uma marca na vida de Daniel que ele não poderia fingir que não existira.

– Apenas nos fale sobre sua cicatriz – pediu Lizete. – Não nos interessa se foi feita em prisão ou algo do gênero. Queremos saber a história e apenas isso.

– Daniel, por favor – pediu Bianca. – Esse corte na horizontal foi uma tentativa de suicídio, não foi? Não acha que há algo em seu passado que deva nos contar para nós te ajudarmos? E se você participava de alguma gangue que fazia marcações após cometer crimes? Nós vivemos todos bem aqui e não queremos encrenca.

– Nos conte – pediu Lizete. – E você será bem aceito por todos. Mantenha um mistério e logo as pessoas vão te olhar torto.

Vamos! Abra seu coração.

Daniel ergueu o braço esquerdo atrás do pescoço e fechou os olhos enquanto segurava a respiração. Então soltou um longo suspiro.

– Não devo algo a vocês – concluiu.

E, assim que saiu pela porta, Bóris entrou pela janela de outra parede.

– Nada bom isso – disse ele.

– Concordo – afirmou Lizete. – Até achei que ele poderia me agredir.

– Então ele esconde algo e não quer que saibamos – concluiu Bóris.

– Está na hora da vila inteira saber e pressionar ele – disse Bianca. – Não podemos deixar alguém que esconde o passado viver entre nós.

– Fico imaginando seus crimes e o que seria tão sério a ponto de não nos contar.

– Talvez ele não nos contou porque não somos tão próximos assim – disse Lizete. – Talvez seja um assunto delicado.

– Autoflagelação é um assunto bem delicado, na verdade – analisou Bianca. – Posso entender, se for o caso.

– Então vamos encerrar por aqui – concluiu Bóris. – Amanhã falo com Caetano e ele saberá bem o que fazer. O formato, o espaçamento e a simetria dos cortes realmente me preocupam! Pode ser algo de gangue ou satânico.

– E se for? – perguntou Bianca. – Não podemos deixar de pensar que há uma pessoa ali e ela pode estar precisando de ajuda!

– Vamos deixar Caetano investigar – disse Lizete. – Com certeza ele vai mandar algum psicólogo para ajudar agora nos momentos iniciais. É para o bem de todos na vila. Apesar de achar que Daniel não vai dar tanto problema quanto Júlio.

Lizete jamais imaginaria o quão errada estava.

– Júlio? – indagou Bóris. – Por quê? Por causa das tatuagens?

– Exatamente! Tatuagem sempre é um péssimo sinal aqui. Sem falar que é de extremo mal gosto e não possui significado algum.

– São apenas tatuagens tribais! – explicou Bóris. – Não tem nada demais! Você não pode fazer nada! E daí se os últimos tatuados realmente causaram transtornos e teve dois exilados? Já tivemos exilados que não possuíam tatuagens.

– Tudo bem! – exclamou Lizete. – Você pode defendê-los! Mas lembre-se de que tudo pode acontecer aqui! E eu vou rezar para estar errada, porém sei que estou certa.

Sabendo que a conversa poderia demorar ainda mais se começassem a tocar em outros assuntos que deixavam Lizete com o cabelo em pé, como piercings e cabelos de cores não naturais, Bianca fingiu um bocejo e deu boa noite a todos. Seu corpo deu uma leve estremecida, não de sono, mas sim de imaginar o que Lizete acharia quando descobrisse sobre piercings em áreas mais íntimas. Dois anos antes ela havia, sem querer, descoberto sobre tais piercings após ajudar uma nova tostada a vestir a túnica e, então, absorveu um conhecimento que jamais imaginaria sobre o que vem acontecendo no mundo.

A mulher com o piercing – e tatuagens – logo foi exilada por pequenos furtos, talvez Lizete tivesse razão, porém o medo era infundado.

Bóris logo se despediu de Lizete e terminou a conversa com "vamos deixar para amanhã, ela precisa descansar". Porém Bianca não queria descansar.

Lizete acordou no meio da noite ao ouvir um estrondo. Olhou em volta e não encontrou Bianca na cama. Estranhou um pouco, logo depois uma luz entrou no quarto seguida por outro estrondo.

Tempestades. Ela nunca gostou.

Depois de mais de uma semana com tempestades acontecendo todas as noites e ficando mais e mais fortes, Lizete decidiu ficar desperta aquela noite.

O dia havia sido movimentado para alguém de quase sessenta anos: Bóris trouxe notícias confidenciais de que haveria um julgamento para Daniel ter uma chance honesta de contar a origem de suas cicatrizes. E Bianca parecia esconder algo dela, evitando até mesmo contato visual em algumas horas para fingir não ter grandes bolsas sob os olhos.

Ela permaneceu deitada na cama, respirando lentamente, fingindo estar dormindo, esperando Bianca chegar. Porém ela não chegou e Lizete acabou dormindo. Foi acordar quando um trovão tão forte fez a casa tremer, ou fez parecer tremer. Ao dar um pulo de tão assustada, ela viu que Bianca não estava em casa e foi atrás da jovem. Pegou seus diversos agasalhos e saiu em busca da amiga no frio do deserto.

Com uma teoria em mente, e torcendo para não ser verdade, foi em direção à tempestade elétrica que acontecia a poucos quilômetros da vila.

Percorrendo o mais rápido que seu corpo permitia ir sob as condições adversas do deserto, ela caminhou até ver uma sombra no alto de uma das diversas dunas que surgiam no horizonte. Apesar da escuridão total do deserto, os raios que cruzavam o céu iluminavam o horizonte com um brilho amarelo assustador. Entre um clarão e outro, ela identificou os cabelos de Bianca esvoaçando bem no centro da tempestade.

– QUERIDA?! – berrou ela, não sendo ouvida, pois os sons de trovões abafavam quaisquer sons. Era hora de uma aproximação direta.

Lizete aproximou-se de sua amiga, que não a notara. Parecia concentrada demais para perceber qualquer movimento próximo. Com um toque no ombro, Bianca gritou assustada e diversos raios caíram perto de onde estavam.

– O que você está fazendo aqui? – perguntou ela.

– Eu pergunto o mesmo! – disse Lizete. – O que é isso tudo?

Bianca corou.

– Eu não sei direito – respondeu ela –, apenas sei que essa pedrinha pode fazer tudo isso. – Ela estendeu o cristal amarelo para a amiga.

Antes que Lizete pudesse tocá-lo, Bianca fechou os dedos e recolheu a mão. Seus olhos expressavam medo e insegurança.

– Está tudo bem, querida – disse Lizete.

Alguns raios explodiram no céu naquele momento. Os trovões foram ouvidos por vários quilômetros de distância.

– Está tudo bem? – perguntou Lizete.

– Me deixe em paz – retrucou Bianca. – Quero ficar um tempo sozinha.

No céu, as nuvens dançavam em volta de um único ponto.

– Vamos para casa? – pediu Lizete.

A boca de Bianca tremia, seus olhos estavam arregalados e emitiam um leve brilho amarelo, seus dedos estavam brancos de apertar forte o cristal.

– Estou preocupada com você. Podemos ir para casa?

Então Bianca gritou de dor e soltou o cristal.

– Levei um choque! – exclamou ela. Seus olhos estavam normais e todo o medo se dissipou de seu corpo assim como as nuvens no céu.

Ambas apenas se encararam por alguns segundos. Uma estava muito preocupada, outra com cara de quem fez arte e estava com medo da punição.

– Acho melhor você pegar ela – disse Bianca sem tirar os olhos do cristal.

Lizete hesitou um pouco antes de se abaixar para pegá-lo; ao toque, ele estava frio e inerte. Ela tentou sentir o poder vindo de dentro dele, o mesmo utilizado por ela para destruir as pedras, porém o cristal parecia vazio, estava tão morto quanto gelado.

– Será que gastei demais? – perguntou Bianca. Ela parecia estar mais ligada à realidade. – Eu me sentia tão poderosa com ela.

– Parece vazio... – disse Lizete – ... drenado.

– Não quis fazer isso!

– Vou guardar ele, está bem? – Lizete colocou o cristal no bolso.

– Está tudo bem sim – respondeu Bianca. E então murmurou: – Obrigada.

Depois da conversa, ambas voltaram à rotina de sempre e Lizete pôde dormir sem ser acordada por trovões.

Não demorou muito para que as bolsas sob os olhos de Bianca diminuíssem e fossem substituídas por marcas de expressão que sempre apareciam quando sorria, fazia esforço, franzia o cenho ou reclamava do calor do deserto.

Então, após duas semanas da chegada dos novos tostados, Daniel estava sendo julgado por suas cicatrizes no braço.

Bóris comentou que Caetano pediu a três psicólogas que fizessem um acompanhamento sem Daniel perceber. Nenhuma delas traçou o perfil de alguém perigoso ou explosivo, até concluíram o contrário. Porém, para ele permanecer na vila, teria de falar mais sobre as cicatrizes e não havia nada que pudesse fazer.

O julgamento foi realizado no refeitório previamente arrumado para um evento de tamanha importância e começou com Caetano perguntando a Daniel se ele sabia o motivo de estar ali e pediu sinceridade total nas respostas. Ele concordou em voz alta e disse que todos os presentes ali perderiam tempo.

Como Lizete foi a primeira pessoa a ver as cicatrizes, deram o direito de ela começar a fazer perguntas.

– Então, Daniel – começou Lizete. – Qual o motivo de ter escondido suas cicatrizes ao chegar aqui?

– Você está de sacanagem, né? – retrucou Daniel. – Eu estava dormindo e depois me deram túnicas de mangas longas! Não escondi nada!

– Então me explique o motivo de ter ficado tão zangado comigo quando o confrontei aquele dia.

Ele suspirou.

– São coisas do meu passado. Você pediu para eu contar uma parte dolorosa da minha vida e eu não sou obrigado a compartilhar nada com vocês!

– Então você não vai nos contar a origem delas?

– É claro que vou! A sorte de vocês é que minha chance de sobreviver no deserto é nula! Não vou correr o risco de morrer por idiotice minha.

– Por favor – pediu Lizete –, pode nos contar?

– Tudo começou quando eu tinha meus dezoito anos, há onze anos. Eu era recém-considerado maior de idade e poderia usufruir os meus direitos, porém meu pai tinha outra coisa em mente…

– O que tem isso a ver com as cicatrizes? – perguntou alguém na multidão que o observava. – Pode responder sem enrolar tanto?

– Eu falei que vocês iam perder tempo ficando aqui! – gritou Daniel para a multidão. – Onde eu estava? Ah, certo… Sim. Meu pai era um homem de negócios não muito, como posso dizer, talentoso. Digamos que era o contrário de Midas, se vocês me entendem. Ele se esforçava, porém algo sempre o atrapalhava, às vezes ele mesmo se atrapalhava e aconteciam coisas ruins.

"Quando eu fiz meus dezoito anos, ele estava com uma empresa no vermelho, fechando as portas e, nas palavras dele que eu lembro até hoje, 'uma oportunidade imperdível e à prova de falhas bateu na nossa porta'. Na hora não entendi muito bem o que ele quis dizer com aquilo, porém concordei e ele ficou feliz. E, claro, havia o porém: seu nome estava no vermelho, então ele pediu meu nome. Novamente não entendia muito bem o significado daquilo e respondi 'sim' para ele.

"Ele iniciou os negócios dessa 'oportunidade imperdível' e logo fez grande sucesso. Eu não acreditava na quantidade de dinheiro que estava entrando na nossa vida! Compramos um carro zero para cada membro da família, meus dois irmãos puderam começar uma faculdade e eu aprendi tudo na convivência com o material. Aprendi que possuía um grande amor por números e tocava esse negócio com afinco. Estava vivendo minha vida perfeita. Estava."

– Se me permite te interromper – uma mulher na plateia disse –, que tipo de negócio era esse? Era relacionado ao tráfico?

Daniel suspirou e segurou o riso.

– Abrimos uma rede de sorveterias. Fez muito sucesso no Mato Grosso do Sul, acabamos expandindo para outros estados e foi um sucesso total.

Ele pigarreou e organizou os pensamentos na cabeça.

– Ficamos muito bem por três anos, até a brilhante pessoa que nos deu a ideia aparecer. Ele pedia dinheiro, muito dinheiro, afinal a ideia era dele, todo o planejamento era dele e fazia sentido. O homem até tinha contratos que asseguravam uma porcentagem das vendas para ele.

"Meu pai disse não e ele ameaçou nos colocar na justiça. Eu li, reli, reli mais uma vez toda a papelada e percebi que ele tinha razão! Ele poderia nos tirar muito dinheiro, talvez até mais do que nós tínhamos, e isso poderia ser nossa falência. Comentei com meu pai sobre o assunto e esclareci que devíamos dar dinheiro a ele, fazer tudo de acordo com os contratos, mas claro que meu pai não quis fazer assim, pois poderia manchar o meu nome. Como se eu me importasse com isso. Eu só gostaria de fazer o que era certo, porém meu pai não, e conseguiu ter a pior ideia da vida dele: criar um caixa dois, assim uma parte das vendas continuaria nossa, porém não haveria como provar a existência dela e esse dinheiro viria todo para nós. E deu certo. Infelizmente deu certo por anos.

"Fizemos um acordo com o homem e uma parte bem alta das vendas seria dele por longos anos até concluir toda a dívida atual. Claro que nosso dinheiro diminuiu um pouco, mas dessa forma nós mantínhamos nosso padrão de vida. Estávamos vivendo o sonho de qualquer família até descobrirem o caixa dois.

"No dia seguinte da descoberta, eu estava conversando com meu pai na sede da empresa e, de repente, homens armados explodiram a porta de entrada e foram destruindo tudo o que encontravam pelo caminho até chegar ao meu escritório. Não deu outra, os seis homens se reuniram em volta de meu pai e o esfaquearam diante dos meus olhos. 'Um tiro na cabeça seria rápido demais', disse um dos homens, e eu reconheci a voz. Sim, era ele."

Daniel finalizou a fala. Seus olhos lacrimejavam um pouco, porém sua voz estava leve e ele parecia ter tirado um grande peso dos ombros.

– Passei os últimos cinco anos atrás de quem fez isso com meu pai. Cada vez que eu matava um, fazia uma cicatriz em mim mesmo para me lembrar de como a vingança é algo bom. A dor em mim era nada perto do sofrimento dos homens que eu torturei antes de matar. E, óbvio, o sexto seria meu suicídio. A polícia já estava na minha cola há meses e não faltava muito para ser preso, porém eu precisava matar todos eles. Então eu finalmente matei todos os seis! – Ele puxou a túnica para revelar a cicatriz. – E esse último corte deveria ter acabado com meu sofrimento! E sabem o que aconteceu? Eu acordei aqui! E pareço estar vivo ainda! Com o ferimento bem cicatrizado! Se eu estou no inferno, é melhor me dizerem agora, entenderam?

Com o tempo perfeito, um trovão ressoou sobre a vila. Lizete olhou para a multidão e não encontrou Bianca em lugar algum. Seu coração foi parar na boca e ela saiu correndo para fora do refeitório. O céu estava carregado de nuvens escuras, areia voava de todas as direções e prejudicava o alcance de visão dela. Precisava achar Bianca antes de ela fazer alguma idiotice com o cristal.

– BIANCA! – gritava Lizete entre um trovão e outro.

Ela foi correndo para casa, em busca do cristal que estava escondido sob o travesseiro, junto com uma carta que parecia fazer décadas que ela escrevera.

Então Lizete correu e correu. Seus olhos lacrimejavam devido à areia, suas pernas tremiam de fazer força para correr contra o vento, seus braços latejavam de mantê-los erguidos para proteger o rosto. Finalmente chegou em casa e correu para o andar de cima, meteu a mão no travesseiro e encontrou tanto a carta como o cristal.

Mas que merda. Então onde Bianca está?

Nisso a porta de entrada abriu com um estrondo e Bianca apareceu sem fôlego no andar de cima. Ela estava pálida de assustada e seus olhos vermelhos lacrimejando não a deixavam com a melhor aparência possível.

– A pedra – disse ela. – Onde está?

Lizete mostrou o cristal para a amiga.

– Você precisa para algo? – perguntou ela.

– Se ela é capaz de invocar tempestades, deve ser capaz de dissipá-las com a mesma facilidade – respondeu Bianca. – Se continuar desse jeito, o estrago pode ser grande.

Lizete mordeu os lábios e jogou o cristal para ela.

– Confio em você! Proteja-nos!

Sem pensar muito, ela desceu as escadas e correu para a tempestade, em busca de um lugar alto. Lizete a acompanhava cada vez mais de longe.

Ao leste da vila, havia uma aglomeração de dunas altas e foi para lá que as duas seguiram instintivamente. Os olhos de Bianca exalavam determinação na mesma proporção que lágrimas eram despejadas inutilmente para retirar a areia.

Subir na duna mais alta foi um desafio e tanto, porém nada pararia as duas naquele momento. E a visão foi algo assustador: uma grande tempestade de areia atingiria em cheio a cidade em poucos minutos. Tempestades de areia eram bem comuns, mas uma daquele tamanho, e ainda a presença de nuvens negras, deixava tudo muito mais assustador.

Bianca fechou os olhos e se concentrou. Ignorou toda a dor e o cansaço, prestou atenção apenas no cristal em sua mão. No início parecia inútil, ele continuava frio e inerte na mão dela. Então ela rezou, pediu por favor, pediu com jeito, implorou para o cristal ajudá-la. Suor escorria por seu rosto e pingava na areia.

Ela se concentrou ainda mais. Parou de sentir o vento no rosto, imaginou o cristal crescendo em sua mão, trazendo sensações boas por todo seu corpo; por último, imaginou o cristal vivo e emprestando sua força para ela fazer algo com um propósito.

Uma luz brilhou entre seus dedos. Ela abriu os olhos, que emitiam um brilho amarelo sinistro, e conversou com os elementos ao seu redor.

O cristal lhe dava forças, então invocou uma tempestade de raios longe da vila. Rapidamente a vila ficou cercada por duas tempestades de areia e ambas cresciam de forma assustadora. Felizmente para todos, as duas tempestades colidiram antes de tocar em qualquer construção na vila. Ambas sentiram a terra tremer sob seus pés e o céu rapidamente ficou azul. As duas tempestades estavam se anulando e seguindo um caminho diferente.

Bianca voltou a si.

– Preciso expulsar essa tempestade que surgiu do encontro das duas.

– Como você vai fazer isso? – perguntou Lizete.

– Estamos muito longe. Preciso ir até a vila. Posso proteger a vila de lá mesmo.

– Ter vindo aqui foi um esforço desnecessário?

– Não – respondeu Bianca. – Eu precisava ter uma visão do local.

As duas voltaram sem pressa à vila. A tempestade, mesmo rebelde, não dava sinais de retomar o caminho antigo e elas puderam aproveitar um tempo de como Bianca estava fodona sendo heroína da cidade.

– Não conte para as pessoas – pediu ela.

– Não vou – prometeu Lizete.

Com o cristal bem fechado na mão e sem o brilho dos olhos, Bianca caminhou na vila apreciando que nada estava destruído. Todas as casas estavam no mesmo lugar, com janelas intactas e paredes externas inteiras.

Aquilo a fez se sentir bem. Tão bem quanto a sensação boa que o cristal lhe dava.

"É um cristal, não uma pedra", ela ouviu Lizete dizer em algum momento.

O cristal seria seu novo amigo, e nada, absolutamente nada, faria mal a ela e às pessoas que amava. Agora sabia como controlá-lo e seriam inseparáveis.

Ela sentiu um toque no ombro: era Lizete com um enorme sorriso no rosto e um olhar orgulhoso. Estava tudo bem. Estava tudo muito bem.

As duas se abraçaram em uma paz e conexão que nunca tiveram antes.

A mais velha deu um beijo na testa da mais nova.

As duas apertaram o abraço e soltaram quando levaram um susto: um raio caiu perto do refeitório. Bianca balançou a cabeça negativamente.

– Não fui eu!

– Aquilo não foi um raio – disse Lizete.

Então Bianca entendeu e as duas foram correndo até a sala do teletransporte.

No exterior, curiosos reuniram-se para tentar entender o que acontecera.

Bianca, de propósito, soltou um orbe de luz intensa da ponta de seus dedos, brilhava tanto que parecia um segundo sol e todos viraram o rosto para proteger os olhos e elas entraram na sala.

Acendendo uma luz bem menos intensa que a anterior, Bianca conseguiu iluminar a sala. Ela não entendeu o que estava vendo diante de si, já Lizete abafou um grito: havia algo se mexendo sobre pilhas e pilhas de tecidos velhos e mal cortados.

CAPÍTULO 15

ROBERTO 3

Roberto estava envolto pelos últimos acontecimentos na sua vida. Ele focava seus pensamentos em tudo o que aconteceu quando a merda atingiu o ventilador – e não era pouca merda. Como os últimos dias dele naquele paraíso físico transformaram-se em um inferno perante os olhos de muitos: homens, mulheres e crianças.

Por um breve instante ele pensou em Ticiana e onde ela estaria agora, se Marcel estava gritando desesperado na praia, se Flávia teria forças para retomar o poder daquele psicopata do Gérson. Como seria a reação de Amanda, Camila e outros moradores da vila quando Marcel contasse o que acontecera?

De tantas formas de morrer, Roberto nunca teria imaginado ser arrastado por um peixe até o fundo do oceano. Queria estar pensando em sua família, mas o desespero tomou conta de seu corpo, que apenas se debatia em busca de ar.

Porém ele não conseguia concentrar-se em toda sua família enquanto o ar saía de seus pulmões ao mesmo tempo em que lutava para não respirar água. Em sua mente passava o filme de toda sua vida e, claro, os momentos após tudo virar um inferno.

Após Marcel derrubar Amanda no chão, Roberto pensara que aquele sangue estava escorrendo devido à queda. Estava enganado. A memória voltou à tona e o relembrou de todos os detalhes em um piscar de olhos: ele estava com Flávia, Marcel, Amanda e Ticiana observando a vila de cima.

– Gérson?! Como aquele desgraçado fez isso?! – quis saber Flávia com urgência, segurando-a pelo ombro.

– Ele capturou Nestor e disse para eu vir buscar vocês – respondeu Amanda.

– Espera um pouco… Como você nos encontrou? – perguntou Marcel, sem acreditar que acabara de derrubar a mulher no chão.

– Foi fácil rastrear um grupo de quatro pessoas pela mata – respondeu a jovem ainda muito ofegante.

– Você está bem? – perguntou Roberto. – Você está sangrando.

– O desgraçado me acertou um soco quando me neguei a vir buscar vocês – queixou-se enquanto lágrimas de raiva nasciam em seus olhos.

– Não foi quando eu te derrubei? – pediu Marcel, preocupado.

– Não foi, e isso é irrelevante!

Marcel respirou aliviado.

– E agora? – perguntou Roberto a Flávia.

Flávia fez uma cara pensativa e então respondeu, sem ter certeza de seus próximos atos.

– Vamos lá ver o que ele quer.

Flávia tomou a liderança e corria com facilidade entre as árvores da floresta. Os outros tinham certa dificuldade para percorrer o mesmo caminho e estavam ficando para trás. Já Marcel estava tentando acompanhar Amanda enquanto tentava se desculpar entre inspiradas violentas que o faziam parecer um animal. Após desistir e finalmente parar de passar vergonha, ele se entregou ao limite do corpo e ficou mais para trás, juntando-se a Roberto.

– Geralmente eu gosto de correr, mas não entendo como alguém meio fora de forma como você está me acompanhando – brincou ele.

– Agora não, Marcel, agora não – respondeu Roberto.

Os dois correram de forma decidida, porém o cansaço e a falta de preparo físico afetavam o ritmo da corrida. Nem quando começaram a descer o desnível o ritmo aumentou.

Já com metade do percurso percorrido, eles toparam com Amanda, que descansava sentada em uma larga pedra. Um simples sinal dela foi o suficiente para decidirem continuar o caminho.

Conforme a praia abria-se diante deles, a dupla viu os moradores aglomerados em frente à casa de Nestor, onde o idoso estava amarrado em uma árvore ao sol. Ao redor dele, mais de duas dezenas de homens e mulheres estavam armados com porretes e lanças, protegendo-o da multidão que queria salvá-lo.

Ao aproximarem-se da multidão, gritos eram deferidos com ódio contra Gérson e seus homens, que fingiam não ouvir toda a provocação. Entretanto, quando Roberto observou melhor a situação, eram poucas pessoas realmente nervosas, a maioria estava lá por curiosidade. Nestor não fizera muitos aliados, e quem estava lá pedia para acabar com a tortura.

Roberto contou cinco homens acompanhando Gérson, mais cinco em volta de Nestor e mais quinze – incluindo mulheres – formando uma barreira entre a multidão e a casa, totalizando vinte e cinco pessoas fortes e armadas para impedir a raiva de várias pessoas que estavam na multidão de mais de cento e cinquenta pessoas.

– Por que não atacamos? – perguntou Roberto.

– É simples: nem todos estão felizes com Nestor – respondeu Amanda. – Muitos querem ouvir Gérson antes de formar uma opinião.

– E aquele homem ficará amarrado contra uma árvore? – questionou Roberto, já temendo a resposta, e então gritou para todos ouvirem: – ISSO É DESUMANO!

– A multidão não conseguirá salvar Nestor se atacarem – intrometeu-se Marcel. – Os homens facilmente matariam Nestor e ninguém seria capaz de manter a ordem, muitos sairiam feridos.

– Exato – disse Amanda. – As baixas seriam muitas.

O que acontece com todos aqui?

– Amanda! – gritou uma voz familiar.

Camila estava na retaguarda da multidão, esperando por ela e pelos seus orientados. Ticiana estava junto dela. Os três aproximaram-se das mulheres. Do outro lado, Gérson sorriu e ergueu o polegar, indicando ter visto os três recém-chegados, entretanto seu gesto foi curto, logo ele substituiu pelas palmas das mãos, pedindo para todos se acalmarem.

Os mais curiosos calaram-se diante do gesto, entretanto os mais nervosos continuaram gritando, exigindo para Gérson soltar Nestor entre palavras de baixo calão. Como a algazarra da turba continuava, Gérson dirigiu-se até Nestor, pegou uma pedra e ameaçou agredi-lo diante de todos.

– SILÊNCIO! PORRA! – ele gritou. O brado funcionou para alguns, outros estavam pensando se avançariam sobre os homens armados para tentar salvar o idoso.

Algumas pessoas no meio da multidão começaram a gritar por silêncio, os poucos aliados de Nestor não gostaram de ver mais pessoas juntando-se ao time de Gérson e começaram a gritar, causando tumulto.

Após alguns momentos tensos entre os moradores, Gérson decidiu começar a falar, mesmo que poucos estivessem ouvindo.

– É o seguinte! – gritou ele. Algumas pessoas olharam para ele, outras não o ouviram e continuaram gritando. – Estamos trocando de líder!

Algumas pessoas o aplaudiram. Outras o vaiaram.

– Faremos o que quisermos fazer! Não haverá tarefas para cada um! Se alguém quiser passar por aqueles portões e NUNCA mais voltar, fique à vontade!

– Ele vai ganhar apoio popular – disse Amanda, ao vento.

– Vamos parar de depender desses dois! – o homem continuou gritando e apontou para Flávia, que estava deitada e amarrada na frente da casa.

– O que fizeram com ela? – perguntou Marcel.

– A agarraram quando chegamos – respondeu Ticiana. – E, depois, amordaçaram, amarraram suas pernas e a largaram na areia.

– Que horror! – exclamou Amanda. – Ela está bem?

– Acredito que sim – respondeu Ticiana. – Não a vi ser agredida.

– Nestor ficará nesta árvore até decidir obedecer a mim! Quem tentar salvá-lo terá o mesmo destino! – gritou Gérson para a multidão. – Já Flávia vai jurar lealdade a mim, estou certo? – Ele se aproximou com a pedra na mão.

Era impossível de ver lá do fundo da multidão, mas Flávia arregalou os olhos.

Gérson removeu a mordaça da mulher. E, em um sorriso malicioso, perguntou:

– Você concorda com o novo líder?

A mulher cuspiu na direção dele, faltando muito para atingir o alvo.

Ele agarrou a pedra com força e acertou na orelha da mulher que não gritou. Muitos na multidão gritaram por ela. A maioria com a mão na boca diante de tanta crueldade.

– Fiquem calmos! – gritou Flávia para a multidão.

– Eu só quero dar liberdade a todos! – gritou Gérson!

– Liberdade! – gritaram alguns de volta, fazendo Gérson sorrir.

– É tudo o que eu tenho para falar por ora! – Gérson terminou de se impor e entrou na cabana de Nestor. Alguns guardas agrediram ainda mais antes de soltarem Flávia e o seguiram, porém os outros continuaram ao lado do idoso.

Enquanto havia murmúrios dos moradores, Roberto olhou para além da cabana, onde o sol estava descendo e exibindo um brilho vermelho hipnotizante. Sua segunda noite nas ilhas estava começando e seu desejo de cair fora dali só aumentava.

Não conseguia entender como pessoas puderam ver tanta crueldade sem fazer nada. Ele ficou parado, com cordas imaginárias amarrando seus punhos.

Marcel estava certo: uma briga generalizada poderia deixar muitos feridos e alguns mortos, tudo para salvar uma única pessoa.

O clima ficou pesado naquele final de tarde nas ilhas, muitos grupos se formaram e logo gritos e brigas estavam transformando em caos aquela linda praia.

À noite, um grande grupo de setenta pessoas – incluindo Roberto e Marcel – se formou em volta da cabana de Nestor exigindo que soltassem o idoso. Depois de muito bate-boca e ameaças verbais, Gérson decidiu trocar o idoso de árvore, indo para uma ao lado de sua cabana, onde havia mais árvores que lhe davam sombra. Também concordou em soltá-lo por alguns minutos para caminhar e fazer suas necessidades e deixou um voluntário lhe levar água e comida sempre que o idoso pedisse.

O clima ficou mais leve, mas ainda era bem pesado e instável.

Depois de jantarem, os três novos pescadores ficaram com as pernas balançando atrás da cabana dos homens sem trocar palavras, apenas contemplando o mar e a lua, que estava cada vez mais no topo.

– Estou aqui só faz um dia – disse Marcel, quebrando o silêncio. – Não consigo entender o que Nestor fez para terem feito aquilo.

– Amanda disse que ele pode ser bem cruel às vezes – disse Ticiana.

– Ele me falou sobre tortura para quem cometesse crimes – disse Roberto. – Acredito que o mundo dá voltas.

– Com certeza – comentou Marcel. – Mas nada justifica aquilo.

– Nestor é o trofeuzinho dele – disse Ticiana. – Gérson vai fazer o possível para que o velho fique em exibição por dias.

– Você realmente acha isso? – quis saber Marcel.

– Claro – respondeu Ticiana. – Amanhã muitos vão embora e haverá ainda menos pessoas dispostas a brigar por Nestor. Acredito que Gérson vai soltar ele apenas quando todos concordarem que a liberdade é o melhor caminho.

– Mas por que Nestor não deixa as pessoas livres? – questionou Roberto.

– Os relatos de mortes além do portão começaram a crescer e crescer – respondeu Ticiana. – Ele queria proteger as pessoas. Pelo menos foi o que ouvi.

– Agora essas mesmas pessoas querem sua morte – disse Marcel.

– Apesar de que não tem como saber se realmente é muito perigoso lá fora – disse Ticiana –, e, se realmente há tigres ou algum animal que mate as pessoas além dessa praia, as pessoas podem correr esse risco.

– Acabamos numa ditadura onde o povo não pode sair – disse Marcel. – Ou é essa sensação que muitos têm.

– Exato! – concordou Ticiana. – Quando esfregarem na cara de Nestor que ele estava errado, vão soltar ele. Depois disso, ninguém mais vai lembrar do velho.

– Acho que é isso mesmo! – concordou Marcel. – Agora eu vou deitar. Pretendo estar descansado amanhã quando for explorar.

– Admiro sua coragem, mas não seria melhor você ter um treinamento para sobreviver na floresta? – perguntou Ticiana.

Os dois homens encararam a mulher.

– Vocês não tinham pensado nisso, né? – disse ela. – Vou falar com Camila ou Amanda para nos ensinarem o mais breve possível.

– Concordo – disse Roberto. – Flávia deve estar formando um grupo para liberar Nestor e voltar ao poder.

– Deixo isso para você, Ticiana – disse Marcel. – Agora me deem licença que vou me deitar. Boa noite.

– Boa noite – responderam Ticiana e Roberto.

– A saudade de casa é algo indescritível – disse Ticiana, enquanto uma única lágrima escorria por seu rosto. – E toda essa situação só me deixa mal.

– Nem me fala. Às vezes tenho vontade de dormir e acordar somente quando encontrarem a saída.

– Boa ideia – disse ela. – Vou ver se é possível.

A mulher bocejou, entretanto Roberto não sentia sono.

– Com licença, mas estou indo dormir.

– Fique à vontade – disse ele, mas ela não ouviu. Mais lágrimas escorriam e ela estava indo ficar só.

Daqui a pouco vou tentar dormir. Vai ser uma tremenda guerra entre o tédio e a insônia até eu conseguir dormir cedo.

Roberto levantou e deu uma última olhada no oceano antes de entrar em sua cabana. Algo grande fez um barulho estranho ao se afundar na água escura e captou a atenção de Roberto, assustando-o.

Não deveria haver peixes grandes tão perto da praia.

– Ei, Roberto – uma voz o chamou atrás de si, era Marcel falando com ele pela janela do quarto do homem mais velho.

– Diga.

– Vou deixar aqui aquela pasta de que a Flávia comentou. É só esfregar nos dentes e a deixar agir por alguns minutos.

– Obrigado.

O primeiro dia com as mudanças de Gérson estava começando e cerca de vinte pessoas estavam com pequenas trouxas no refeitório quando Roberto dirigiu-se para lá. No meio da multidão, ele captou o único homem que ainda estava vestindo roupas da civilização e o chamou.

– Bom dia, Marcel.

– Bom dia – respondeu ele, com cara de sono.

– O que está acontecendo aqui? – perguntou Roberto.

– Alguns homens e mulheres optaram pela liberdade e estão indo embora – respondeu o jovem. – Este é um almoço de despedida.

Almoço? Dormi até que horas?

– Você vai embora? – perguntou Roberto, tentando adivinhar o horário pela posição solar.

– Nunca – respondeu Marcel. – Morreria na selva!

– Você vai ficar? – perguntou Roberto.

– Com certeza!

– Mas se você for explorar, terá de sair.

– Eu sei, por isso esperarei as aulas de sobrevivência antes de tentar qualquer aventura sem noção por aí.

Concordando com o amigo, tudo o que restara a Roberto era esperar pelo almoço com seu grupo.

No almoço, Camila e Amanda não se juntaram a eles, estavam dividindo dois pratos com um casal – ambos com idade próxima a quarenta anos – que Roberto suspeitava serem Alberto e Luíza, seus orientadores. Já Ticiana não estava em lugar algum.

Talvez sem o Gérson, esses dois aceitem as duas.

Porém Roberto sentiu estar sendo observado. Olhando ao redor, não encontrou alguém suspeito, entretanto seus olhos arregalaram-se ao encontrar uma pessoa olhando a praia por cima, no mesmo lugar em que estavam no dia anterior. Pelas roupas, identificou Ticiana observando a todos. Concluiu que mais tarde falaria com ela.

Depois do almoço, Amanda se juntou com Marcel e Roberto, dando oportunidade ao jovem para pedir desculpas.

– Machuquei você? – perguntou Marcel, ainda se sentindo mal.

– Ah – riu ela, já havia esquecido. – Relaxa.

– A queda foi feia – comentou Roberto.

– Nem tanto. – Sorriu. – Já tive acidentes piores desde que cheguei aqui.

– Explique como foram – pediu Marcel, tentando aliviar o clima.

– Já fizeram comigo a mesma coisa que você fez – respondeu ela. – Só que o chão era mais duro, na queda bati o queixo e mordi a língua.

Marcel estremeceu.

– Novamente, peço desculpas por antes – disse ele.

– Tudo bem – disse ela –, porém a tendência é ficar com os instintos a mil após algumas semanas. Então relaxa e seja mais racional ou você pode machucar mais alguém.

– Sim, entendi. Vou me conter – murmurou ele.

– Já falei, está tudo bem – disse ela, sorrindo.

– E Ticiana? – perguntou ele.

– Vi ela hoje de manhã fazendo exercícios na areia – respondeu ela. – Ela tem um bom físico para alguém tão miudinha.

Havia um assunto sério que não poderia ser deixado de lado.

– E Nestor? O que vocês estão achando? – perguntou Amanda. – Péssimo jeito de começar a vida aqui, não? Eu sei que ele estava perdendo a sanidade com o tempo, segundo os moradores mais velhos. Parece que ele não queria que nós passássemos pelo portão para não correr o risco de alguém fugir.

– Mas como seríamos prejudicados se alguém fugisse? – perguntou Marcel.

– Não tenho ideia – respondeu ela. – Só sei que, a cada explorador que passasse pelo portão, ele dava um prazo de dois dias para retornar ou ele amarraria alguém e torturaria.

– Que horror! – o som saiu da boca de Marcel sem ele mexer os lábios.

– Ele logo parou de ameaçar torturar porque os exploradores ficaram com medo de sair, causando o déficit de materiais na vila.

Pode ser vila, mas nunca ilhas. Nem faz sentido chamar de ilhas!

– Uau. Déficit – debochou Marcel.

Amanda riu.

– Começou a faltar utensílios como facas, redes de pesca, panelas. Por incrível que pareça, muitos objetos vieram de fora.

Aquilo deixou Roberto pensativo. Não fazia sentido as pessoas abandonarem facas e outros materiais necessários para a sobrevivência.

– Algum explorador chegou a encontrar alguma dessas pessoas que abandonaram os materiais? – perguntou Roberto.

– Pelo que me disseram, nunca – respondeu a orientadora.

– Tem algo que não se encaixa nisso tudo. Quem são essas pessoas? Como surgiram na ilha? Como fabricaram tais materiais? – questionou Marcel.

– Não vá pensando que as facas são feitas de metal, né – riu Amanda. – As facas, garfos e colheres são de ossos de animais maiores que um coelho, o nosso azar é encontrar apenas coelhos pela região.

– Apenas coelhos? Mas e Flávia?

– Coelhos, outros pequenos roedores, macacos e veados são possíveis de se encontrar por aqui. Sobre Flávia, ela disse ter sido atacada numa floresta, mas não creio ter sido *nesta* floresta.

– Ela já veio para cá sem o braço e com a cicatriz? – perguntou Marcel.

– Alguns dizem que sim, outros dizem que não.

– Isso só me dá dor de cabeça! – queixou-se Marcel.

– Como existem tigres no Brasil? – perguntou Amanda.

– Será que estamos na África? – perguntou Roberto, mais para si.

– Tigres são da Ásia – disse Marcel, olhando para o céu.

– Mas e os safaris?

– Safaris em reservas ambientais que protegem animais correndo risco de extinção? Pode ser – Marcel continuava olhando inocentemente para o céu. – Maiores chances são em zoológicos.

– Estamos na Ásia? – Amanda arregalou os olhos.

– Não disse isso – respondeu Marcel, desta vez olhando nos olhos da jovem. – Só falei sobre tigres.

– E então, onde estamos? – perguntou Amanda.

– Flávia nos ensinou a nos orientar por estrelas e ela afirmou que existe uma constelação chamada Cruzeiro do Sul que só é possível ver no hemisfério sul.

– Hemisfério sul é muito vago – disse Roberto –, porém é um pequeno sinal.

– Espera aí. Você sabe se orientar por estrelas? – perguntou Roberto.

– Flávia dá aulas sobre isso – afirmou Amanda. – Esperem mais alguns dias, ela não combinou com vocês?

– Acho que ela disse algo sobre isso – respondeu Marcel –, mas ultimamente estou tão cansado que estou com problemas de memória.

Como era de costume após o almoço, Roberto e Marcel foram se recolher na cabana para esperar o sol perder a força do meio-dia, perdendo a despedida de mais de trinta moradores das ilhas. Novamente os dois conversaram apenas bobagens com direito a provocações.

O resto da tarde passou rápido pela primeira vez desde a chegada na ilha. Ele retornou à praia para conversar e interagir com diversas pessoas. Algumas queriam saber mais detalhes sobre a vida de Roberto antes de ser teletransportado, como estava o mundo lá fora e como ele estava se sentindo no terceiro dia consciente de ilha. Por um breve momento, chegou a se sentir em casa após ter tanto contato humano. Só faltava sua família, pescar, parar com a tortura de Nestor e arrumar sua cabana, então se sentiria em casa.

A noite caiu, tochas foram acessas no refeitório e no caminho para as cabanas.

– De onde vocês tiram pano para queimar nas tochas? – perguntou Roberto a Alberto e Luíza.

O homem quase careca e com uma barba escura simplesmente apontou para a camisa de Roberto enquanto sorria.

– Entendi. Obrigado. Mas três peças de roupa são suficientes para um mês?

– Nestor deveria ter entregado roupas a vocês no dia do lual – acrescentou Luíza. A mulher, de cabelos loiros e olhos azuis como de uma piscina, havia iniciado um relacionamento com Alberto na ilha. – Ele está ficando velho e esqueceu esse detalhe. – Ela não respondera à pergunta.

– E álcool para iniciar o fogo? – A curiosidade de Roberto era grande.

– São feitas bebidas alcóolicas com batatas e arroz – respondeu Alberto. – Você não estava no lual?

– Estava, mas saí antes.

– Não beba muito essas bebidas até se acostumar com elas – sugeriu Alberto.

– Não vá fazer como Alberto no lual de apresentação dele – riu Luíza.

– Querida, o que já falamos sobre isso?

Roberto riu enquanto o casal simulava uma discussão diante de várias pessoas.

Com o canto do olho, Roberto viu uma figura feminina usando roupas da civilização.

– Com licença – disse ele, correndo ao encontro de Ticiana.

– Ei – disse ele lhe dando um tapa no ombro.

Os reflexos de Ticiana foram rápidos e logo ela estava com o rosto diante do dele, encarando-o com um olhar fixo.

– Desculpa – murmurou ele.

Ela voltou a si, ficando vermelha enquanto balançava a cabeça.

– Desculpa digo eu – disse sem jeito. – Hã... O que você queria?

– O que você estava fazendo nos espionando?

– Vai para sua cabana e te encontro lá em dez minutos – respondeu ela, empurrando-o gentilmente.

Roberto dirigiu-se lentamente até sua cabana – apesar de estar longe da multidão do refeitório, o homem ouvia barulhos como se estivesse ainda na praia – e esperou por Ticiana em seu quarto.

Após mais de dez minutos, ela entrou na cabana e dirigiu-se até o aposento.

– Você me viu? – perguntou ela.

– Sim, mas o que isso tem a ver?

– Estava de olho em Nestor e de olho nos guardas – respondeu ela. – Eu não me importo com quem esteja no comando, mas não suporto ver alguém ser torturado.

– E foi possível chegar a alguma conclusão?

– Os guardas realmente deixam Nestor caminhar alguns minutos em intervalos, ele pode ir fazer as necessidades e alguém vai lá e dá água e comida para ele. Não é tão ruim quanto eu pensava. Entretanto deve parar.

– E você sabe como salvá-lo?

– Claro que não – respondeu ela. Além disso, como poderia agir?

– Deve haver um momento em que menos guardas estão com ele e...

– Ele sempre está com cinco guardas.

– Dá para quantos ficarem de tocaia entre as árvores atrás da cabana? – questionou Roberto.

– Não tenho ideia – respondeu ela. – Apesar de não serem poucas árvores, são todas finas e seria muito difícil alguém se esgueirar até lá sem ser visto.

– Você pensou em tudo isso?

– Sim, pois passei a tarde inteira lá em cima. Quando você me viu, eu tinha acabado de chegar e precisava escolher meu esconderijo. – Ela mordeu o lábio, pensativa. – Espero não ter sido vista por mais ninguém.

Enquanto conversavam, uma sombra esgueirou-se quarto adentro e soltou um grande bocejo.

– Roberto – chamou ela, bocejando –, estou muito cansado, tem como você me trazer comida?

– Marcel? – perguntou Ticiana. O quarto estava muito escuro para reconhecer a pessoa.

– O QUÊ? VOCÊ ESTÁ ACOMPANHADO? – disse ele, espantado. – DESCULPA! NÃO ME INTROMETO MAIS!

– Espere! – pediu Roberto indo atrás do amigo, porém em vão; o jovem já havia saído da cabana e, cambaleando, estava percorrendo o caminho de madeira até a praia.

– Ele está muito cansado desde que chegou – comentou Ticiana.

– Deve ser o tal cansaço de boas-vindas da ilha.

– Concordo – assentiu ela.

Roberto observou o amigo chegar na praia.

– Eu vou bisbilhotar agora durante a noite – disse Ticiana. – Faça seus afazeres normalmente e não confie em ninguém.

O dia seguinte de Roberto começou ao meio-dia e nada de sua mente dar trégua a saudade, dúvidas e sentimentos confusos. Durante o almoço, ele conversou com alguns cozinheiros sobre o estoque de comida. "Só temos mais para hoje à noite", disse um. Outro mais otimista comentou: "talvez chegue mais durante a tarde". Luíza respondeu secamente: "há homens deitados pela praia o dia inteiro, coçando a barriga e não trazem peixes". Foi o suficiente para Roberto começar a vida de pescador.

Sem conversar com Flávia, Roberto dirigiu-se diretamente a Alberto, o homem poderia ser mais prestativo do que suas orientadoras. Pela conversa, ambos tiveram a mesma ideia de iniciar Roberto à pesca e logo ambos estavam em alto-mar acompanhados por Geraldo e Ivânio.

Geraldo era o mais novo dos quatro, porém sua idade ultrapassava os trinta anos, seu tipo físico lembrava muito o de Roberto, entretanto mais músculos e menos gordura.

Ivânio tinha o perfil de pescador: bigode, cabelos cacheados, magro e uma pele avermelhada ressecada pelo sol, seus dedos cheios de cicatrizes finas indicavam vários acidentes com anzóis.

O pequeno barco utilizado por eles era apertado e não havia espaço suficiente para os quatro, mais comida, água potável e uma carga de peixes. Roberto analisou o casco e decidiu que poderia ser seguro o suficiente para quando o mar estivesse calmo, entretanto percebeu que poderia fazer alguns ajustes para torná-lo menos propício a acidentes.

Ao anoitecer, os quatro atracaram o pequeno barco com apenas oito peixes, seria útil apenas para eles. No jantar, Roberto deixou Ticiana e Marcel de lado e comeu o alimento que trouxera com seus novos companheiros de pesca, fazendo-lhe sentir-se muito bem.

O quinto dia consciente de Roberto começou da pior maneira para ele: cedo. Talvez dormira menos de quatro horas quando Alberto bateu em sua cabana, acordando Marcel, que soltou um grito agudo. O motivo era único: pegar iscas, comida e água para levarem a alto-mar e só voltarem ao anoitecer.

Por terem saído mais cedo nesse dia, conseguiram pegar um barco levemente maior. Roberto ficou mais aliviado porque teriam espaço para os quatro mais os peixes. Nele já estavam Ivânio – que estava orgulhoso ao mostrar um balde transbordando de minhocas – e Geraldo.

Os quatro seguiram rumo a alto-mar, como o fizeram no dia anterior, inclusive parando próximo ao mesmo local.

Na volta, atracaram o barco com mais de trinta peixes, fazendo a alegria de muitos e acalmando Luíza.

O sexto dia foi cheio de surpresas pela manhã. Alberto batera na porta de Roberto no horário habitual, porém em seu rosto havia uma expressão moldada por pânico.

– Você precisa ver isso – disse ele, antes mesmo de se cumprimentarem.

O ar misterioso de Alberto deixava Roberto muito apreensivo pelo caminho até a praia. Chegando ao local de grande aglomeração, próximo à cabana de Nestor, os homens se depararam com mais pessoas com a expressão facial moldada por pânico e medo. Em geral, todos estavam assustados.

Na varanda, ao lado da porta da cabana, um homem estava caído e seu sangue escuro tinha se espalhado em uma poça viscosa, a presença de sangue nas laterais da casa indicavam que ele havia sido assassinado ali, correndo para dentro da cabana. O corpo do segundo homem estava deitado na areia, manchando-a do escarlate sangue coagulado.

Por fim, o terceiro corpo estava escorado em uma árvore entre a cabana e a base do precipício, não havia sangue no chão, apenas uma profunda perfuração na lateral da cabeça. Uma morte rápida, eficiente e, talvez, indolor. De longe, Roberto identificou a barba e a roupa em forma de fralda de Nestor.

Caso alguém olhasse com atenção, encontraria um rastro de sangue saindo por entre as árvores até a lateral da casa, onde havia uma janela.

Alguém sobreviveu.

– Vamos ficar por aqui hoje – disse Alberto. – Pode ser que tiremos o poder de Gérson.

Então caiu a ficha para Roberto: um companheiro do homem ao seu lado foi morto por Gérson e possivelmente ele testemunhara.

– O que você sabe sobre Gérson? – perguntou timidamente Roberto.

– O cara é um filho da puta, psicopata total – respondeu Alberto, sem medo de outros ouvirem.

– Fiquei sabendo de algo. Veio mais alguém com você e Luíza?

– Sim... O desgraçado o matou na nossa frente – disse Alberto, cheio de repulsa na voz.

– E vocês não puderam fazer nada? – questionou Roberto.

– Nossa primeira ação foi matá-lo, mas Nestor sugeriu montar um tribunal para condená-lo como uma sociedade civilizada.

– E por que não o julgaram? Havia testemunhas.

– Porque também havia testemunhas passando a culpa adiante.

– Como assim?

– Você já deve ter ouvido sobre não acordar um novo pescador. – Alberto parou e esperou Roberto confirmar.

– Sim – assentiu Roberto.

– Pois bem. – Alberto fechou os olhos e explicou com detalhes os acontecimentos. – Eu fui o primeiro a ver o clarão do teletransporte, sendo assim fui dar uma pequena olhada neles. Lembro até hoje como Amanda, Camila e Gérson dormiam profundamente sem ter conhecimento do que acontecia ao redor.

"Minha primeira reação foi chamar Luíza para vê-los e bolar planos sobre quem cuidaria de quem. – Ele riu. – Naquela época ainda não namorávamos. – Então seu tom voltou a ficar sério. – Por uma estranha razão, sinceramente acredito que ela o tenha achado atraente, ela assumiu a responsabilidade por Gérson. Assim os homens cuidariam das mulheres e ela dele.

"No dia seguinte, Amanda e Camila acordaram logo após o almoço e ficamos conversando nós cinco. Entretanto, Luíza continuava incomodada por Gérson não ter acordado mesmo após tanto tempo dormindo".

– Não diga que ela o acordou – interrompeu-o Roberto.

– Pois bem – disse ele. – Infelizmente terei de dizer isso.

– E aconteceu algo?

– Havia algumas pessoas ao redor que tentaram impedi-la, porém sem sucesso. Você a viu, ela é teimosa. Gérson foi acordado e conviveu conosco tranquilamente por mais de duas semanas, sem nunca ter sido agressivo.

– E como aconteceu o crime?

– Foi uma brincadeira boba – respondeu Alberto. – Estávamos conversando bobagens e Raul disse algo na brincadeira. Minha reação teria sido xingar a mãe dele e esquecer isso cinco minutos depois. Porém Gérson não reagiu como eu ou como amigos fariam quando brincam entre si.

"Gérson simplesmente o agrediu com um soco, em seu único momento de fúria até então, e saiu de perto de nós, indo em direção à sua cabana. Como Raul não gostaria de ficar nesse clima, foi logo se desculpar com ele. Porém quando Raul tocou no ombro dele, para chamar sua atenção, ele o atacou novamente, derrubando-o e esmurrando seu rosto inúmeras vezes até eu e Flávia termos tido oportunidade de nos aproximarmos".

– Gérson bateu em Raul até ele morrer?

– Infelizmente não – respondeu Alberto. – Ao nos aproximarmos, Raul ainda estava consciente e tentando ficar em pé. Porém Gérson foi mais rápido que nós e o jogou na água. O grito de Raul quando a água salgada entrou em suas feridas ecoa em meus ouvidos até hoje. Obviamente eu pulei na água para salvar ele, mas foi em vão, seus gritos começaram a perder a força até se tornarem apenas murmúrios sobre a água que o levava cada vez mais longe da praia.

– E como um monstro desses não está preso? – perguntou Roberto, incrédulo.

– Porque veio o tribunal e ele foi absolvido.

– Absolvido? – espantou-se Roberto. – Mas como?

– As mesmas pessoas que tentaram impedir Luíza de acordá-lo foram em defesa dele, alegando que a culpa de Gérson ter se tornado um assassino era de Luíza, responsabilizando-a por seus atos.

– Por favor, me diga que isso não é verdade – pediu Roberto.

– Infelizmente é. – Alberto abriu os olhos e suspirou, parecia mais leve após ter compartilhado sua experiência com mais alguém. – Para piorar, começou a rolar boatos de levar Luíza ao tribunal, massacrando seu estado psicológico, fazendo-a entrar em depressão.

– Houve julgamento? – perguntou Roberto.

– Felizmente não – respondeu Alberto –, mas o estrago emocional já estava feito.

Se os babacas não tivessem absolvido ele, Nestor estaria vivo e nada disso teria acontecido.

– Não quero pensar nisso. Não agora.

– Alguma ideia sobre fazer algo além de esperar?

– Tentar descobrir quem matou Nestor.

Roberto apenas assentiu.

– Volte à sua cabana – sugeriu Alberto. – Vou em busca de informações e providenciar algumas redes para pescarmos.

Roberto deitou em seu quarto, porém, mesmo cansado por ter dormido pouco, não relaxou graças a sua cabeça a mil que insistia em pensar em como o evento ocorreu na praia.

Antes do meio-dia, Alberto voltou a bater na porta de sua cabana. Desta vez estava com o rosto normalizado, porém não mostrou entusiasmo ao apresentar Roberto a uma rede de pesca.

Apesar da pesca de rede não ser tão tediosa como pescar com caniços, Roberto sentiu falta da calmaria e da oportunidade de pensar em como estaria sua família. Entretanto, a puxada da rede lhe garantiu uma sensação boa ao ver dezenas de peixes pequenos sendo arrastados para a praia. Mesmo sabendo que precisaria repetir o ato inúmeras vezes para garantir o alimento de quase duzentas pessoas por apenas um dia.

Durante o jantar – acompanhado por Camila, Amanda e Marcel – Roberto sentiu falta de alguém.

– Vocês viram Ticiana? – perguntou ele.

– Não a vi hoje – respondeu Amanda. – Estou um pouco preocupada.

– Quando foi a última vez que vocês a viram? – quis saber Marcel, perguntando-se onde ela estaria.

– Eu a ouvi indo dormir logo após o jantar – respondeu Camila.

– Eu também a ouvi ir dormir, mas não a ouvi acordar – comentou Amanda.

– Muito estranho – comentou Marcel, colocando a mão no queixo.

– Espero que ela esteja bem.

Espero que seu sumiço não esteja relacionado aos assassinatos.

– Com certeza – afirmou Roberto. – Talvez ela só tenha ido passear um pouco além dos portões.

Como uma sombra, alguém surgiu diante do grupo.

– Roberto, Marcel e Ticiana – disse a sombra, chamando a atenção dos dois. – Amanhã de manhã será o início das aulas de sobrevivência na floresta e… Cadê a Ticiana?

– Boa noite, Flávia – cumprimentou-a Marcel, com um sorriso no rosto que a irritou. – Ticiana está desaparecida no momento.

– Bem, será uma semana difícil e não posso esperar para ensinar vocês. Caso Ticiana não apareça, ela pode aprender mês que vem com os novos pescadores.

– Obrigado, Flávia – agradeceu Roberto e perguntou: – Mas por que amanhã e não daqui cinco dias, como era o plano inicial?

– Nunca se sabe o dia de amanhã – ela respondeu e retirou-se.

– Que horas? Onde? – perguntou Marcel, sentindo-se confuso.

No dia seguinte, Flávia acordara os homens e conduziu-os mata adentro. Ticiana não havia ido para sua cabana na noite anterior.

Como era de suspeitar, as lições de Flávia eram completamente práticas e objetivas, envolvendo rastrear e caçar animais, preparar armadilhas e equipamentos de pesca, primeiros socorros, identificar plantas e insetos comestíveis, improvisar objetos como armas, acender fogueiras, abrigar-se durante uma tempestade, orientar-se em áreas próximas às ilhas, localizar e fazer uso dos pontos cardeais e, durante a noite, aprenderiam como se orientar pelas estrelas.

Durante uma das atividades Marcel tropeçou em uma raiz acima do nível do solo, fazendo-o usar seus reflexos para impedir a queda. Com sucesso, ele parou a queda utilizando suas mãos, esfolando seus joelhos, porém seu rosto permaneceu intacto.

O punho!

Roberto parou de caminhar, preocupado com o jovem.

– Marcel! – gritou ele.

– Só um pouquinho de dor, eu estou bem! – disse ele, levantando-se. – Ai meus joelhos.

– Tem certeza que você está bem? – perguntou Roberto. – E o punho?

– Tronco, punho e cabeça sim. Meus joelhos não – respondeu enquanto ensaiava alguns passos para testar os danos causados pela queda.

Flávia passou silenciosamente por eles, evitando o lugar onde Marcel caíra.

– Ela nem parou! – indignou-se Roberto.

Marcel ignorou ele e olhou para as palmas das mãos cheias de terra e levemente esfoladas.

– Depois eu limpo melhor, mas acredito que não sangrei – disse tirando o excesso de terra.

– E o punho?

– Está tudo bem – garantiu o jovem. – Calma, Roberto.

– Se você diz.

– Há muito para fazer ainda, podemos continuar? – pediu o jovem, com medo de sofrer represália de Flávia.

– Vamos no seu ritmo.

Marcel desviou os olhos.

– O meu joelho ainda dói, mas vamos logo – disse de forma fria e, então, retomou a caminhada.

Boa, Roberto, agora ele acha que você está com pena dele.

Todas as aulas de Flávia tomaram cinco dias dos dois, levando-os à fadiga física e emocional, pois muitas vezes precisaram buscar a própria comida na floresta cheia de alimentos venenosos. Porém, ao final de tudo, estavam aliviados de finalmente poderem retornar à sua cabana nas ilhas e reencontrar os conhecidos, rezando para Ticiana estar sã e salva.

A volta foi terrivelmente desconfortável para ambos os homens, Flávia os conduzira para um caminho errado de propósito e ordenou a eles para "escoltarem uma dama que nunca havia pisado em uma floresta de volta para sua casa, em segurança". De certa forma, a última lição teve muita serventia para Roberto e Marcel, que aprenderam como era de verdade ficar perdido na floresta, sem ter a quem recorrer.

Durante a caminhada eles tiveram o azar de se deparar com um cadáver. Roberto tinha certeza de ter visto o homem ir embora quando Gérson abriu os portões para todos. Finalmente, após passarem manhã e tarde caminhando ora sem rumo, ora sob instinto de Marcel, os dois sentiram os pés afundarem na areia fofa para a qual os dois começavam a dar muito mais valor.

– Dispensados da aula! – afirmou Flávia, fazendo os dois respirarem aliviados.

Como era esperado, Camila e Amanda estavam deitadas aproveitando os últimos raios solares do dia enquanto esperavam pelos dois.

– E aí? – perguntou Amanda enquanto se aproximava. – Como foram?

– Estou cansado, mas valeu a pena – respondeu Roberto.

– Agora eu me sinto mais confiante para ser um explorador – afirmou Marcel.

– Que bom! – sorriu Amanda, contagiando a todos.

Roberto percebeu a ausência de alguém.

– Alguma notícia sobre Ticiana? – perguntou ele.

– Infelizmente não – respondeu Amanda. Camila ficou com lágrimas nos olhos ao ouvir o nome. – Não sabemos se ela está viva ou se está morta, não encontramos sinais do desaparecimento dela na floresta.

– Sim – murmurou Camila. – É muito triste e ao mesmo tempo assustador.

– Me desculpem tocar no assunto.

– Tudo bem, nós também gostaríamos de um desfecho – Amanda estava tão sentida quanto Camila sobre o desaparecimento da nova amiga, porém ela não demonstrava.

– E algo sobre o assassino de Nestor? – perguntou Marcel, curioso.

– Um dos guardas sobreviveu e ele disse ter sido atacado por uma sombra que estava escondida nas árvores.

Ticiana? Não. Não é possível.

– Ele contou mais detalhes? – pediu Marcel.

– Sim. Ele disse que soltou Nestor para ele esticar um pouco as pernas, então ele e outros dois guardas acompanharam o idoso de perto, porém, ao entrarem nas árvores, um barulho chamou sua atenção e quando olhou para trás a sombra tinha enfiado uma faca no pescoço de um dos guardas. Os outros dois tentaram fugir, mas o sobrevivente levou uma facada no peito e outra no ombro, felizmente para ele não foram fatais. O terceiro guarda foi morto enquanto tentava entrar na cabana, infelizmente até outros guardas chegarem o assassino já havia sumido.

– E Nestor? – perguntou Roberto.

– Nestor foi a última vítima da noite – respondeu Amanda. – O guarda ferido disse que caiu no chão e fingiu-se de morto, então, após a sombra matar o seu amigo, ela voltou por Nestor. Diz ele que suas últimas palavras foram "eu sabia que era você assim que te vi. A maça está na terceira casa seguindo noroeste, já o cristal está com Letícia", porém o assassino não respondeu, apenas assentiu, então Nestor continuou: "arranque de mim esta miséria chamada vida e faça o trabalho que devíamos ter feito juntos". Preciso dizer o que o assassino fez?

– Descobriram se era homem ou mulher? Há algum suspeito? Cristal? Maça?

– O principal suspeito era Flávia, porém o guarda afirmou que o assassino ou a assassina tinha os dois braços. Sobre cristal e maça, ninguém entendeu.

– Letícia disse algo? – quis saber Marcel.

– Negou qualquer envolvimento – respondeu Amanda.

– E agora? Como Gérson reagiu? – perguntou Roberto.

– Gérson não gostou nem um pouco e chegou a agredir algumas pessoas, mas agora ele está calmo e faz três dias que não aparece em público.

Ao acordar em sua cabana, protegido da chuva e do vento, Roberto não pôde deixar de sorrir e seu dia começou com mais entusiasmo. Logo saiu de seu quarto e foi acordar Marcel para irem pescar com Alberto, Geraldo e Ivânio. O jovem, com cara de sono, xingou um pouco antes de levantar.

Desta vez, os moradores das ilhas estavam trabalhando juntos para garantir a pesca, então foram usadas todas as redes disponíveis enquanto outros pescavam em alto-mar. Roberto e Marcel ficaram na ponta de uma das ramificações das passarelas, onde era suficientemente fundo, porém perto da praia.

O que aconteceu após duas horas de pescaria foi muito rápido: Roberto atirou sua rede na água e fez sinal para seus companheiros prepararem-se para puxar a corda.

– Você atirou errado – comentou Marcel, apontando para a rede que entremeou nos pés de Roberto. – ESPEREM UM POUCO! – gritou para os companheiros.

Os dois começaram a desemaranhar a corda do pé de Roberto quando algo forte puxou a rede.

– AINDA NÃO! ESPEREM MAIS UM POUCO! – gritou Roberto.

A segunda puxada veio com mais força e o derrubou no chão.

Eles estão de brincadeira!

– PORRA! NÃO PUXEM!

– Calma – pediu Marcel, tentando livrar o pé de Roberto. – Falta pouco.

A terceira puxada deixou Roberto na borda da passarela, mais uma puxada e ele cairia na água com todo o peso da rede o puxando para o fundo.

– Vai me dar pé se eu cair? – perguntou Roberto, preocupado.

– Deve ter uns dois metros de profundidade aqui – respondeu Marcel, cortando a rede com um objeto afiado.

De onde ele tirou aquela faca?

Porém foi em vão, a quarta puxada levou a rede e, em consequência, Roberto para a água, fazendo-o ficar mais preso ainda.

– Estou indo! – gritou Marcel, pulando na água.

Marcel não encontro Roberto e, mesmo que continuasse procurando, nunca o encontraria. Roberto estava sendo puxado por algo e não havia como se soltar.

Roberto se lembrou de todos os momentos após a aparição de Amanda no alto do precipício e fechou os olhos, entregando sua alma para Deus. A escuridão surgiu rapidamente, tornando o afogamento indolor. Que sua família pudesse seguir em frente mesmo sem encontrar um corpo, pois logo seria devorado por diversos animais marinhos que estavam apenas esperando uma gota de sangue para serem chamados.

CAPÍTULO 16

CRIS 3

Cris estava sonhando, perdido no mundo do impossível onde o real raramente dá sua cara. Em seu sonho, algo o incomodava na lateral do seu corpo, era como se numerosos cutucões o atingissem em sequência perto do seu machucado quase totalmente cicatrizado.

Ao despertar, percebeu que os cutucões eram causados por uma grande vara que se estendia até depois da cama de Marcelo.

– O que você está fazendo? – perguntou Cris, tentando despertar.

O rosto de pessoa-touro surgiu por detrás da cama, com uma expressão preocupada.

– Eu não queria te assustar – respondeu Marcelo.

– Eu não me assusto mais. – Dito isso, um homem surgiu gritando do outro lado da cama de Cris.

– BU! – disse o homem que saltara.

Cris apenas o encarou com uma expressão séria.

– Vocês são feios, mas não me assustam mais.

O homem ao lado da cama de Cris ficou decepcionado, uma expressão triste tomou conta dele, que chegou a tombar os ombros para a frente. Apesar de sonolento e com dificuldades de entender o que acontecia ao redor, Cris reconheceu o homem ao seu lado.

– Alan? – perguntou ele. – O que faz aqui?

– Vim dar uma última conferida em você antes do seu primeiro dia de trabalho. – O homem estava sorrindo e se algo era esquisito era uma pessoa-touro sorrindo. Os lábios esticavam muito e pareciam incrivelmente finos como um elástico de borracha bem estendido, atrás deles havia uma boca cheia de dentes afiados como de um tubarão.

Pessoas-touro são esquisitas, felizmente não tomei a poção maldita.

– Posso examinar? – pediu Alan, indicando com a cabeça o machucado.

– Fica à vontade.

Cris fitava seu abdômen enquanto Alan removia as ataduras. Seu abdômen nu estava coberto de cascas de feridas e hematomas coloridos.

– Creio que dificilmente você vá reabrir as feridas – concluiu Alan –, mas talvez sangre um pouco.

– Irei sobreviver se o sangue começar a jorrar?

– Provavelmente sim, porém aconselho a pegar leve hoje para não ter problemas.

– Obrigado, Alan – agradeceu Cris.

Desde que concluíra sobre algum fator e como ele deixava todos sedentos por sangue, Cris começou a maneirar seus pensamentos, sendo mais educado para com todos.

– Alan – chamou o jovem –, qual o motivo de você não ter me chamado para conversar semana passada?

– É simples: eu estava muito ocupado na necrópsia de Borges. – Novamente o médico estava sorrindo daquele jeito esquisito.

– E descobriu algo de útil?

– Sim, fiz descobertas muito boas sobre a refrigeração no nosso corpo. Justificando a necessidade de beber menos água se comparar a vocês, humanos normais.

– E como é? – Cris não estava curioso, talvez nem um pouco interessado.

– Junto aos nossos vasos sanguíneos existem canais de água. Esses canais percorrem o corpo inteiro e seu único destino é o mesmo: a garganta.

– Isso não explica a regulação de temperatura.

– Não explica, entretanto encontrei uma espécie de filtro entre a união dos canais e a faringe. Esse filtro retém apenas água, permitindo a passagem do ar quente.

– Vocês transpiram pela boca que nem cachorrinhos?

– Pela boca e nariz.

– Como cachorrinhos.

Alan pressionou o dedo em um grande hematoma amarelo próximo ao umbigo de Cris, causando dor.

– Isso não muda o fato de vocês transpirarem pela boca em vez de utilizarem a pele como antigamente – disse Cris, calmamente. – Agora para com isso.

Alan retraiu o lábio e tirou o dedo. Por fim, concluiu sua visita:

– Apenas se cuide durante o dia, e à noite me visite para conversarmos.

– Obrigado, doutor.

A situação de Cris nos últimos dias tinha sido horrível, felizmente sua recuperação foi rápida. Passar o dia amarrado a uma cama, sendo solto apenas quando Marcelo ou outra pessoa-touro pudesse cuidar dele, não foi nada prazeroso. Nos primeiros dias, o remédio amargo com gosma o fazia dormir tranquilamente, porém penetrou fundo em suas células, agora ele desenvolvera uma dependência do líquido. Para complicar ainda mais seu período de recuperação, as ervas analgésicas pararam de fazer efeito no terceiro dia, fazendo-o sofrer a cada respiração quando seu abdômen subia e descia. Apenas no quinto dia ele foi desatado e pôde caminhar livremente pela vila. Agora, no sexto dia após a luta, ele estava livre e seu machucado dava indícios de uma boa regeneração.

Como planejado anteriormente, o jovem pegou algumas canecas de água suja, então se dirigiu à jazida e pediu uma picareta a Simon, uma pessoa-touro de altura próxima à de Cris, com tórax avantajado, pescoço grosso como um tronco, os trapézios exibindo-se e braços fortes que poderiam rasgar um dicionário apenas usando força bruta.

O período da manhã serviu para Cris aprender como minerar e aproveitar os minérios de ferro da parede da caverna. Como estava com dor no abdômen e sem qualquer tipo de preparo, suas mãos não demoraram a latejar e começaram o processo de criação de calos, suas costas estavam rígidas e doíam, assim como seu peito e membros superiores.

Quando finalmente soou o sino de dispensa dos trabalhadores, Cris desabou e ficou sentado encostado na parede. Uma rápida verificação em seus machucados indicou um leve vazamento de pus e de sangue. Juntando suas forças, o jovem não se dirigiu à arena para acompanhar as lutas da tarde, ele seguiu diretamente o caminho para a casa de Marcelo, onde descansaria.

Quando acordou, ele não sentia seus braços e mãos, seu corpo parecia estar entorpecido, como ficava após tomar o remédio gosmento, porém dessa vez era devido ao enorme esforço físico de trabalhar na jazida. Ao olhar para o lado, encontrou Marcelo dormindo profundamente – e emitindo um terrível som como de um berrante – em sua cama. Cris levantou a mão para socar a cama, entretanto a dor muscular o impediu.

Merda! Não pude falar com Alan.

Como seu dia já estava estragado, Cris comeu alguns cogumelos que estavam sobre seu criado-mudo e voltou a dormir.

Seu segundo dia de trabalho não foi tão cansativo quanto o primeiro, pois as dores em seus músculos queimavam quando a picareta era enfiada na parede cavernosa. Ele preferiu pegar bem mais leve, ainda mais se iria lutar depois. Novamente, Cris desabou quando ouviu o sino indicando o fim do expediente. O jovem esperou alguns minutos antes de sair correndo até a arena para inscrever-se nas lutas do dia: seria combate corpo a corpo, sem a permissão do uso de armas brancas.

Cris correu até a arena para encontrá-la com uma fila enorme diante da porta de entrada, era como faria a inscrição. Para conseguir lutar, ele fez a inscrição com um homem baixinho que mal olhava para os rostos dos participantes enquanto escrevia – em siglas – os nomes dos competidores em uma caixa de areia no chão da caverna por ordem de chegada.

– Você será o catorze A – disse o homem, indicando o caminho de acesso à sala de preparação à esquerda das portas.

Se eu sou o catorze A, há pelo menos mais vinte e seis competidores, vinte e sete se eu tiver um oponente.

Caminhando até a sala, o jovem calculou quatro lutas até a final, sendo que em nenhuma deveria ser agredido no abdômen ou correria riscos de abandonar a luta e ter de ficar de cama por mais alguns dias. Mas ele queria ganhar. Ele queria pedir liberdade. E não importavam as consequências.

Sentado em um canto na sala de preparo, Cris observava seus oponentes: todos pessoas-touro, alguns de colete, já outros com o peito nu, nenhuma mulher visível e todos musculosos e prontos para lutar. Quando um homem surgiu pelo portão de ferro para anunciar que as inscrições estavam encerradas e que o número um deveria ir lutar, Cris contou vinte pessoas lá dentro, sendo três médicos – infelizmente nenhum era Alan.

No momento em que o quarto competidor era convocado, o cansaço derrubou o jovem, fazendo-o dormir.

O jovem acordou em um salto quando foi chamado para a luta. Ele não sabia se acordara devido ao número chamado ou se alguém lhe havia dado um leve tapa na cabeça. Provavelmente nenhum, pois, pela dor exuberante que sentia, o tapa fora forte.

Ao caminhar até o centro da arena, Cris sentiu seu coração ir até a boca ao ver quem estava indo de encontro a ele: a mulher que ele assistira ganhar a luta antes da batalha contra Borges.

Fodeu.

Os sons das batidas de seu coração ecoavam livremente dentro de seus ouvidos até serem abafados pelo berro de um homem tentando fazer o papel de arauto anunciando para todos:

– Recebam os lutadores! Do lado A está Cris e do lado B está Jéferson!

Então ela esconde o nome.

A voz de Edgar cortou a arena:

– Que comece a luta!

Sem perder tempo, a oponente de Cris correu em sua direção. Parecia determinada a vencer a luta facilmente, porém dava a impressão de subestimá-lo.

Como não era uma luta de vida ou morte, Cris preferiu não utilizar seus poderes para não os gastar – ele tinha medo de usar tudo e não os ter quando precisasse –, porém logo se arrependeu: sua adversária era ágil e possuía estratégia de luta, ambas habilidades que Cris não tinha. A mulher o atacou com chutes baixos em sua perna esquerda, Cris só pôde dar alguns passos para trás a fim de não ser atingido. Com a agilidade de uma tartaruga de cem anos, Cris tentou atacá-la com uma joelhada em sua perna de ataque, porém caiu na finta da mulher. Com o mesmo ímpeto de quando começou a luta, ela apoiou a perna e girou, desferindo uma cotovelada no rosto de Cris, que caiu tonto.

– Já terminou? – perguntou ela com uma voz grossa, tentando, com sucesso para quem não sabia, se passar por homem.

O homem que fizera papel de arauto agora se aproximara dos dois. Estava fazendo também papel de juiz. Mal sabia ele que sua vocação era estar longe dali, provavelmente o homem gordinho e desajeitado estivesse melhor sentado em um escritório.

– Estou apenas começando! – berrou Cris, colocando-se de pé em um salto e logo gritando de dor com a mão no abdômen.

– Que patético – disse a mulher.

Não posso gastar, não quero desperdiçar, não preciso para vencer! Só por alguns segundos!

A fúria cresceu dentro de Cris, entorpecendo seus machucados e dores musculares. Ele colocou um limite de trinta segundos para utilizar a raiva crescente dentro de si. O mais estranho era que ele não estava com raiva, ele estava feliz. Estava feliz mesmo com o gosto de sangue na boca, mesmo com sua cabeça latejando, mesmo com seus ferimentos soltando pus. Aquilo era diversão para ele, aquilo o deixava feliz. Por um breve instante, imaginou-se lutando naquela arena por muitos anos. Foi um breve instante, pois logo afastou os pensamentos de sua cabeça, e chegou a ficar arrependido por ter pensado em algo assim.

Com um grito, suas mãos foram engolidas por chamas e sua visão mudou de cor. Cris avançou sobre sua oponente, que adquirira a cor inusitada devido às chamas – as partículas coloridas que dançavam diante de seus olhos eram verdes e percebeu que a cor representava felicidade –, e ela estava vendo que algo mudara em Cris. Se ela percebeu ou não as chamas verdes englobando as mãos do oponente logo antes de ele entrar em um frenesi com um sorriso no rosto, acabou não fazendo diferença. Cris partiu para cima dela com a agilidade não de uma tartaruga, mas de um felino atacando sua presa, e logo ela estava dando passos para trás e esquivando-se dos socos que logo a atingiriam no rosto.

Mais vinte segundos e deu!

Ela saltou para o lado após se esquivar de uma sequência de socos de Cris, rapidamente tentou acertá-lo pelo flanco, porém sem sucesso.

Felizmente para ele, se partículas da cor vermelha indicavam para onde a força do oponente estava se dirigindo, as de cor verde lhe permitiam prever os movimentos graças à dança leve e sutil que elas faziam milésimos de segundo antes do corpo da mulher acompanhá-las.

Quinze segundos.

Com medo de ficar sem tempo, Cris novamente atacou a mulher, porém sincronizando seus golpes com as partículas verdes. O resultado não poderia ser diferente: a cada interrupção do caminho original das partículas, elas dançavam bruscamente para trás, indicando o acerto de seu golpe. Em uma rápida sequência de socos e chutes, sua oponente estava caída no chão arenoso, próxima ao coração de Borges.

– Terminei – debochou Cris, dando quatro tapas, propositalmente, nos seios da adversária.

– Você sabia? – perguntou ela, com os lábios cortados.

– Sua voz não me enganou.

Ela fez um sinal para ele se aproximar.

– Meu nome é Mariana – sussurrou ela, segurando a nunca de Cris com a mão esquerda. – E o juiz ainda não acabou a luta! – Com a mão direita, ela o atingiu com um gancho bem no queixo. Cris tombou para trás, o soco o atingiu em cheio, porém não foi forte suficiente para apagá-lo. Sentado no chão de areia, o jovem piscava enquanto tentava identificar as sombras ao seu redor:

uma delas se pôs de pé em um salto e logo investiu para cima dele, sendo a última coisa de que ele se lembrava antes da dor e de, por fim, desmaiar.

Ao acordar, Cris não tinha a menor ideia de onde estava. O ambiente ao seu redor estava carregado por pessoas-touro e preocupações que pairavam sobre si como uma grande nuvem negra de tempestade.

– Onde estou? – perguntou ele, grogue.

A voz de Marcelo surgiu por entre as dos médicos e espectadores curiosos:

– Você está na sala de preparação – ele respondeu.

– Como vim parar aqui?

Marcelo segurou o riso.

– Foi um grande chute. Não sei como sua cabeça não saiu voando.

Cris tossiu e saiu um pouco de sangue de sua boca. Com a língua, verificou o estado da boca: todos os dentes estavam intactos, porém estava com um corte na parte interna da bochecha.

– Por quanto tempo eu apaguei?

– Por alguns minutos – respondeu um dos médicos –, mas nos deu um grande susto.

Cris tentou mexer o pescoço levemente para o lado, entretanto sentiu uma pontada e logo desistiu.

O dia seguinte começou cheio de dores para o jovem: nas costas, nos braços, no peito e no pescoço, o qual estava inchado e perdera a flexibilidade. Mesmo assim teve de ir trabalhar para manter sua palavra para com Edgar.

Durante a tarde, Cris aproveitou seu tempo livre para assistir às lutas na arena. Os lutadores estavam utilizando enormes, porém finos, bastões como armas.

No dia da luta com espadas, Cris optou por relaxar durante o trabalho, economizando esforço em seus braços para depois erguer eficientemente a arma e o escudo que ele utilizaria.

– Você é o vinte e um B – disse o homem enquanto fazia suas anotações na caixa de areia e indicou o caminho à direita da porta dupla.

Conforme o tempo passava e os lutadores iam fazendo as inscrições, a sala de preparação começava a ficar mais e mais lotada, logo já havia ultrapassado mais de trinta lutadores apenas de um lado da chave.

Enquanto a sala estava em um fluxo lento de entrada e saída de lutadores, Cris começou a ficar mais nervoso. Chegou ao ponto de sua visão se tornar cinza nos instantes de instabilidade emocional.

Por que eu tenho esta visão?

Aquele momento não era propício para mergulhar-se em dúvidas, entretanto algo em sua mente o deixava inquieto e impossibilitara-o de se concentrar na luta que estava por vir. Afinal ele nunca havia manejado uma espada antes, o que poderia acontecer de errado? O máximo seria apanhar feio como na luta desarmada. Tendo fé no que Marcelo lhe dissera sobre as armas serem cegas e não poderem machucá-lo além de alguns hematomas, Cris relaxou e voltou às perguntas em sua mente. O próximo passo para tentar entender sua visão era ouvir e debater a teoria das roupas com Alan.

– Você por aqui – disse uma voz familiar.

Cris olhou para a dona da voz e encontrou Jéferson – ou melhor – Mariana.

– Quero minha liberdade – respondeu ele.

– Nós todos queremos algo.

– E o que você quer? – perguntou Cris.

Ela o encarou nos olhos e sorriu de uma forma debochada.

– Apenas me divertir.

– Eu lutando pela minha liberdade enquanto você luta por diversão – Cris suspirou. – E consegui perder a luta.

– Não adianta lutar pelos motivos certos se você não sabe lutar. Ou você realmente achou que seria fácil lutar contra nós, pessoas-touro?

– Não pensei – respondeu Cris. – Fui dominado pelo desejo.

– Desejo, amor, vingança, ódio. São todos sentimentos fortes que facilmente o cegam diante de dificuldades.

– Eu estava tão cego a ponto de não acreditar em estar feliz lutando.

– E você lutará feliz hoje?

Cris não respondeu, estava encarando suas mãos ressecadas.

– Vinte e um! – chamou alguém no portão de ferro.

Cris levantou decidido. Agora ele venceria todas as lutas e pediria liberdade ou teria de esperar sua outra chance em cinco dias.

– Divirta-se – disse Mariana atrás dele. Cris apenas virou a cabeça e fez um gesto com a mão. Ele não se divertiria apanhando.

Enquanto seguia seu caminho pelo túnel até a arena, seu oponente fazia o mesmo. Era um homem de tipo físico como Cris, porém levemente mais baixo, entretanto ficava mais alto graças aos chifres; seus cabelos estavam completamente raspados e devia ter menos de vinte anos.

Só tenho de ganhar uma luta. Depois outra. Depois outra. Depois outra. Talvez umas seis no total para ser campeão. Preciso ir embora logo.

Logo após o término do túnel de acesso estavam sua espada cravada no chão e um escudo circular muito gasto.

– Recebam os lutadores! – a voz do pequeno arauto atrapalhado ecoou desengonçadamente pela arena. – André pelo lado A e Cris pelo lado B!

André ergueu os braços e soltou um brado que ecoou de verdade pela arena, humilhando o arauto.

– Que comece a luta! – o berro de Edgar humilhou ambos os gritos.

Sem tomar a iniciativa como fizera Mariana, André caminhou calmamente até a espada e a arrancou do chão. Cris fizera o mesmo movimento, como se estudasse o adversário.

Bastava o oponente dar um passo para frente e Cris o imitava, o período de estudar o oponente era essencial, infelizmente ele não sabia como fazer isso.

Como se soubesse do despreparo de seu oponente, André avançou sobre ele com o escudo protegendo seu flanco esquerdo e a espada pronta para fazer o movimento de arco com a mão direita. Cris investiu contra a espada, esperando que o golpe tivesse menos força logo no início do movimento e ele estava certo. A espada de madeira atingiu seu abdômen de forma patética sem causar dor. Então Cris acertou, com o escudo, a nuca do adversário, sendo o suficiente para ele perder o equilíbrio e tombar para trás. André caiu por cima do escudo e não conseguiu erguê-lo para proteger-se do golpe final de Cris. O homem-touro caído sentiu a espada do homem ainda humano encostar em seu pescoço e fazer uma leve pressão. Como se surgisse do nada, o juíz baixinho apareceu para encerrar a luta.

Foi fácil. Fácil até demais.

Por respeito, Cris deu dois tapas no peito de André e o ajudou a levantar-se. Alguns espectadores aplaudiram timidamente a luta.

– E aí? – perguntou Mariana quando se reencontraram na sala. – Como foi?

– A sorte estava comigo.

– Conseguiu aproveitá-la?

– Sim – respondeu Cris, ainda pensando na luta. – Um único golpe certeiro do escudo na nuca dele.

– E depois? – perguntou Mariana, realmente curiosa para saber como fora à luta.

– Eu o rendi com a espada no pescoço e o juiz terminou a luta.

– Sorte de principiante – comentou ela.

– Concordo.

Quando o homem do portão gritou por "trinta e três", Mariana ficou de pé e foi lutar. Cris a aguardou por mais de dez minutos e espantou-se quando a viu bastante machucada no rosto e nos braços.

– Ganhei! – disse ela, fazendo cara de dor enquanto uma gota de sangue escorria pelo canto da boca.

– E você conseguiu se divertir?

– SIM! – exclamou ela. – Usei o escudo para golpeá-lo no braço até ele soltar a espada e depois terminei o serviço com a espada.

– E como você apanhou tanto?

– Ele demorou a soltar a espada – ela riu sem jeito.

– Você poderia ter terminado a luta antes e sem apanhar?

– Com certeza! Mas a graça estava em utilizar o escudo.

– Ah bom… – disse Cris, revirando os olhos.

Após o número trinta e sete ser chamado para lutar, a contagem voltou a um. Depois alternava entre os vencedores. Por algumas vezes, ambos os lutadores estavam no lado B da chave; em outras, apenas no A.

– Vinte e um e vinte e dois! – chamou o homem no portão.

Tanto Cris quanto um homem mais velho levantaram-se ao mesmo tempo. Após uma breve encarada intimidativa, os dois caminharam até a arena para lutar. Todavia, as armas estavam com o arauto em vez de estarem no chão.

– Os rounds pares não têm escudo – murmurou o homem mais velho.

– Obrigado – respondeu Cris, em tom quase inaudível.

Ao chegar mais próximo do arauto, Cris percebeu que as espadas eram levemente maiores em comparação às da luta anterior. Ele não sabia se conseguiria adaptar-se à mudança.

– O número vinte e um dirija-se ao lado oposto! – disse o arauto, tentando gritar.

Cris apenas acenou e atravessou tranquilamente até metade da arena, quando foi chamado pelo arauto.

– Escolha uma arma – pediu ele.

– Tanto faz – respondeu Cris, estendendo a mão.

– Pega a de cima – disse o arauto, piscando para ele.

Cris deu um leve passo para trás e pegou a espada pela empunhadura.

Ele piscou para mim?

A espada, além de mais longa e grossa, era consideravelmente mais pesada, porém ainda era manejável com uma mão.

– Preparem-se para a luta! – berrou o arauto. – Número vinte e um, Humano! E número vinte e dois, Érico!

– Podem começar! – berrou Edgar.

O que eu faço? Não tenho ideia de por onde começar! Devo usar meu poder?

Seu oponente caminhou devagar até o centro da arena. Parou. Então sorriu.

– Pode vir – disse ele.

Cris levantou a espada até a altura que parecia ser adequada e caminhou até o centro, encarando-o o tempo todo. Enquanto isso, Érico apenas observou o jovem fazer seu trajeto: o jeito desengonçado de caminhar enquanto segurava a espada, a ponta da espada tremendo bruscamente – ou por falta de habilidade ou por excesso de medo, talvez ambos –, "vai ser fácil", pensou ele ao analisar seu oponente.

Com um salto, Érico buscou a vitória logo no início. A espada dele tentava atingir Cris nos ombros, porém sem sucesso. Ou o jovem desviava no último instante ou ele defendia com sua lâmina.

Dando um rápido giro para desviar de outro golpe, Cris percebeu a defesa aberta de Érico e jogou sua arma da mão direita para a esquerda, pegando a arma no ar e efetivando o movimento de arco. Por usar sua mão mais fraca, o golpe atingiu Érico nas costas e foi suficiente apenas para ele dar mais alguns passos antes de voltar a atacar. Cris teve uma leve impressão de seu golpe ter deixado uma marca de queimado nas costas de seu oponente.

– Que merda foi essa? – murmurou Érico, entre um golpe e outro.

– Não sei do que você está falando – respondeu Cris enquanto se defendia dos golpes.

– Você sabe sim!

Érico sentiu o golpe em suas costas e entrou em frenesi para terminar logo a luta. Cris apenas esquivava e defendia-se esperando por outra brecha deixada pelo homem enfurecido.

Após resistir por algum tempo, Cris percebeu que Érico sempre mantinha um padrão de ataque: esquerda, cima, esquerda. A variação apenas ocorria quando ele precisava encurtar o espaço entre os dois.

Como se uma lâmpada acendesse em sua mente, o jovem lutador agarrou sua espada com ambas a mãos. Subitamente percebeu a diferença de equilíbrio causada pela simples mudança e como tentaria usar isso ao seu favor. Ao bloquear um novo ataque de Érico, sua espada não tremeu tanto, mantendo-se firme em suas mãos; ali estava sua pequena vantagem recém-adquirida.

Uma nova sequência de ataque de Érico fez Cris atacar a espada de seu adversário com sua espada em uma tentativa de defender atacando. Como suspeitara, seu oponente percebeu a diferença entre utilizar uma ou as duas mãos e segurou firme a espada com ambas as mãos.

Érico fez o movimento para atacá-lo pelo lado esquerdo como estava fazendo desde o início da luta, porém deixou o próprio lado direito livre para qualquer contra-ataque de Cris.

Agora!

Cris jogou-se para o flanco aberto de Érico que, surpreso, tentou de qualquer maneira acertá-lo. Felizmente para Cris, seu oponente não pensou na diminuição de velocidade que utilizar a espada com as duas mãos lhe causaria. A espada de ferro cega entrou na lombar do homem mais velho e rasgou até a axila.

– AAAHHH! – berrou Érico de dor.

Fingido!

Cris não perdeu tempo e atacou novamente o homem ofegante com a mão na axila para estancar um suposto sangramento. Porém Érico revidou atacando a arma de seu oponente, faíscas brilharam no meio da arena. Cris e Érico pularam para trás e investiram dando seu melhor grito de guerra.

Érico estava segurando firme a espada com apenas uma mão, já Cris estava apostando na força e no equilíbrio de segurar com as duas. Nos olhos de cada um, a visão de seu oponente crescia.

Nossa! Como ele é feio!

As duas espadas chocaram-se. Os dois lutadores foram parar no chão e suas espadas estavam subindo lentamente em direção ao teto da caverna. Cris ficou boquiaberto observando as duas espadas caírem girando até atingir a arena fofa perto de Érico. Já seu oponente estava com a mão próxima a uma delas.

Sem pensar direito, Cris correu até sua espada e a agarrou. Um calor contagiou seus dedos quando Érico desceu sua lâmina para impedir seu oponente de pegar a sua. Ignorando o calor e uma leve dor, ele pegou sua espada e acertou a lateral da cabeça de Érico que, por algum motivo, estava com os olhos arregalados olhando para a mão direita de Cris. Para terminar a luta como fizera na luta passada, ele posicionou sua espada no pescoço de seu oponente. Entretanto algo estava errado. Na ponta da espada, gotas de sangue escorriam e pingavam, o sangue que estava escorrendo pela lâmina passava pela empunhadura e surgia dos dedos de Cris; ou melhor, da falta de dedos dele.

Havia três pedaços de dedos em uma poça de sangue ao lado de Cris, desses três dedos, contavam-se cinco falanges.

Com um pavor tomando conta de si, Cris largou a espada e olhou para sua mão ensanguentada: seu indicador estava sem a unha, já seus dedos médio e anelar estavam pela metade. Cris não pôde deixar de sentir um pequeno alívio ao ver seu dedo mínimo apenas com um corte, profundo, porém estava no lugar e respondia aos seus movimentos.

Antes de desmaiar na arena, Cris olhou para Edgar sem entender nada. Marcelo estava pulando a cerca para socorrer o amigo.

Cris acordou algum tempo depois em um lugar desconhecido. Não era a casa de Marcelo, muito menos a sala de preparação dos lutadores. Esse lugar tinha várias camas e cortinas de couro separavam-nas. Era a ala hospitalar do lugar.

Ao seu lado, Edgar, Marcelo, Mariana e Alan estavam preocupados com o jovem. Edgar parecia culpado de algo, Marcelo desesperado, Mariana preocupada e Alan estava mexendo em algumas ervas e fazendo chás.

– O que aconteceu? – perguntou Cris, com a voz fraca e distante.

– Você foi gravemente ferido – respondeu Marcelo, com pesar na voz.

Cris olhou para sua mão e viu que, ao redor do corte, seus dedos estavam negros e muito inchados.

– Uma espada cega não faria isso – Cris chegou à conclusão.

– Com certeza não – respondeu Mariana, com voz de homem.

– E agora? – perguntou Cris, temendo pelo pior.

– Alan está tentando encontrar um antídoto para você – respondeu Marcelo.

Edgar não conseguia olhar nos olhos de Cris.

– Foi culpa sua! – esbravejou Cris, olhando para Edgar. – Se eu estivesse do lado de fora desta caverna, nada disso teria acontecido!

Edgar baixou a cabeça, negando qualquer resposta.

– Seu desgraçado!

– Calma, Cris – pediu Marcelo –, colocar culpa nas pessoas não vai fazer seus dedos nascerem. E você não foi obrigado a lutar! Sua punição era trabalhar!

– Calma? Calma nada! Vocês deveriam ter me dado liberdade quando eu pedi!

Alan pegou a mão de Cris e mergulhou seus dedos em um líquido quente e gosmento. A dor suavizou na hora.

– Posso saber o que é isso? – pediu Cris.

– Infelizmente é apenas um anestésico – respondeu Alan. – Preciso bolar um antibiótico ainda – algo no jeito que ele falara fez Cris pensar que Alan escondia algo.

– Alan – Cris chamou-o calmamente –, uma bactéria fez minha mão estar desse jeito após alguns minutos?

– Você está em um ambiente novo e com bactérias novas – respondeu Alan. – Sem falar que você continua humano, então pode desenvolver alguma doença ainda não descoberta por nós.

– Pode ser apenas uma irritação pelo sangue de Érico ter entrado em contato com seu sangue – disse Mariana, numa falha tentativa de tranquilizá-lo.

– Sangue? – Então algo estalou na mente de Cris. – As espadas eram cegas!

– Estamos trabalhando na hipótese de troca de espadas. – A voz de Edgar estava tímida e fraca, diferente da habitual forte e mandona.

– Trocaram as espadas? – perguntou Cris, indagando-se o motivo de alguém as trocar.

– Uma das espadas estava levemente afiada – respondeu Edgar.

– LEVEMENTE AFIADA?! – Cris mostrou sua mão. – ISSO É LEVEMENTE AFIADA PRA VOCÊ?

– Hã…

– Cris – Marcelo chamou sua atenção –, ele estava referindo-se a nós. – Ele indicou seus chifres. – A espada estava levemente afiada a ponto de nos causar apenas cortes superficiais.

– Exatamente – concordou Edgar.

O que eles têm na pele?

– Algo que cortou meus ossos apenas arranharia vocês?

O que eles têm nas unhas que conseguem cortar a pele?

– Sim, Cris – Alan intrometeu-se na conversa enquanto misturava algumas pétalas rosadas a uma gosma verde. – Nossos corpos são muito resistentes.

– Eu já lhe falei sobre isso – intrometeu-se Marcelo.

– E por que alguém afiaria uma espada para me machucar? – Cris pensou, apoiando a mão esquerda no queixo.

Edgar engoliu em seco, estava prestes a dizer algo.

– Como eu lhe falei – Marcelo olhava nos olhos de Cris –, você tem seus poderes por algum motivo e alguém não gostou.

Alan soltou um grande suspiro e pegou a tigela com a gosma verde.

– Cris, tome isso – pediu ele.

Cris não pensou duas vezes e engoliu toda a gosma.

– Ele vai dormir agora – murmurou Alan para as pessoas-touro.

O quê? Ei!

Os olhos de Cris começaram a pesar e logo seus pensamentos embaralharam-se no mundo dos sonhos. Antes de dormir, ele pensou ter ouvido Alan afirmar: ele fora envenenado.

Ao acordar algumas horas após ter sido forçado a dormir, Cris olhou para sua mão e a visão o fez querer vomitar. A gangrena estava se espalhando e já atingira toda sua mão, era questão de milímetros até começar a se espalhar pelo antebraço. Felizmente sua mão estava dormente e não era capaz de sentir dor, porém o movimento estava limitado.

– Alan! – gritou ele.

Cris ouviu cascos batendo no chão cavernoso.

– Vejo que você acordou – disse ele, preocupado.

– Sim, estou acordado – respondeu Cris em tom irônico.

– Isso é bom – comentou Alan, analisando seu paciente.

– Por quê? O veneno já deveria ter me matado?

Alan riu. Riu de nervoso.

– Para falar a verdade, não sei – respondeu o médico.

– Pode me dizer algo sobre o veneno ou o porquê de alguém tentar envenenar-me?

– Os motivos estão sendo investigados por Edgar, Marcelo e Jéferson. – Alan parou, estava na dúvida se contava o apuramento da investigação, porém respondeu a outra pergunta: – O veneno utilizado foi o mata-vaca.

Cris riu. Não sabia se chorava ou se gritava com Alan.

– MATA-VACA?!

– Sim – respondeu Alan sério. – Em pouca quantidade ele pode matar quem tomou a poção.

– E em quem não tomou a poção?

– Você é o primeiro. – Alan baixou os lábios e mordeu o lábio.

O mundo de Cris desabou diante de seus olhos, ali naquela cama de hospital. Longe de sua família e amigos. Ele se sentiu um inútil, pois não gostava de trabalhar e estava enrolando seus pais há tempos. Agora seria desse jeito o modo de partir da Terra – se é que continuava na Terra; na verdade, ele sabia que estava na Terra por causa da gravidade, mas estar com as pessoas-touro fazia-o sentir-se em outro planeta: sozinho, sendo um peso para todos ao seu redor.

– E agora? – perguntou Cris.

– Vou ficar de olho em você e testar alguns medicamentos.

– E como você vai testar?

– Vou ter de usar ratos e coelhos – respondeu Alan. – Não gosto dessa ideia, mas ou é isso ou espero você ficar curado ou morrer.

– Você vai dar a poção para eles? – perguntou Cris, com pena dos animais.

– Pequenas doses não têm efeito, porém doses maiores os matam.

– Então eles não se transformam em coelhos-touro ou ratatouros?

Está aí um nome de um novo Pokémon. Ratatouro.

– A convivência com Marcelo é evidente – riu Alan.

– É óbvio que não – ironizou Cris.

– Mas respondendo à sua pergunta: eles não se tornam.

Alan e Cris riram. A ideia de um ratatouro permaneceu em sua mente por mais tempo do que gostaria e sempre sorria ao lembrar-se da imagem de um rato vermelho e chifrudo.

– Vou continuar me esforçando para te tirar dessa – prometeu Alan.

– Eu sei que vai – sorriu Cris, confiante.

– Mas, enquanto eu espero os remédios descansarem – Alan fez um tom misterioso –, me fale mais sobre suas roupas.

– Ah... Tá bom. – Cris parou e pensou sobre os momentos antes de acordar na caverna. – Eu estava em um almoço com amigos. Lembro-me de uma piscina e certamente eu pulei dentro. Ou seja, não estaria vestido com uma camisa social e calça jeans.

– E o que mais? – perguntou Alan, curioso.

Cris esforçou-se para lembrar.

– Droga! – lamentou. – Minha última memória é no almoço.

– Tudo bem – tranquilizou-o Alan.

– Não está tudo bem! Eu não sei como vim parar aqui! Perdi três dedos e ainda fui envenenado!

– Sabe de algo? Você tem poderes, impossível terem sido por acaso.

– Meus poderes são a prova de que tudo que é bom dura pouco.

– Por isso estou fazendo o possível para você melhorar e sair desta caverna logo. – Alan confortou-o com um sorriso desajeitado de pessoa-touro.

– Por favor.

Alan olhou para a mão machucada de Cris.

– Prometo.

O silêncio bateu na ala hospitalar, sendo quebrado por gemidos de outros pacientes.

– Agora você – pediu Cris.

– O quê? – perguntou Alan.

– Conte-me das suas roupas e da teoria.

– Claro, claro – disse ele, coçando a cabeça.

Como ele não arranca um pedaço de crânio?

– Eu estava no hospital durante um plantão – começou ele –, com certeza estava de jaleco enquanto atendia alguém. Para falar a verdade, eu penso que quem me trouxe para cá estava lá para ser atendido. A parte que me deixa inquieto é que não consigo ter uma ideia de como me tiraram de lá.

– Você se lembra de ter sido dopado ou algo do gênero?

– Não lembro.

– E como isso te liga ao fato de ter aparecido aqui vestindo pijama?

– Eu estava no início do turno – respondeu Alan. – Com certeza não estava dormindo em casa.

– E?

– Então pensei muito a respeito e surgiu minha teoria.

Alan deixou a palavra "teoria" ecoar pela ala hospitalar, criando um clima de suspense que deixou Cris ansioso.

– Diga – ordenou.

– Eu estava no hospital quando eles me levaram – começou Alan. – Então alguém entrou em minha casa e pegou algumas roupas, colocou-as em uma mala ou mochila, vestiu-me com as roupas que pegou e me largou aqui.

– Por que alguém faria isso?

– Simples: se você começasse a raptar pessoas por aí, os índices de sequestros aumentariam e a polícia estaria em busca do sequestrador. Certo?

– Até o momento, acho que sim.

– Mas, se você raptar alguém e sumir com algumas roupas da vítima, como seria para quem não estava envolvido no crime?

– Que a pessoa fugiu? – perguntou Cris.

– Exato! No momento estamos desaparecidos porque fugimos de casa, levando roupa e dinheiro.

– Isso evita atrair atenção para o sequestrador.

– Com certeza! – exclamou Alan. – Então eles continuam por aí e nem sequer são suspeitos dos sequestros.

– E qual o motivo de trocarem nossas roupas?

– Para nos confundir! Quando você afirmou que nunca usaria camisa e tênis de corrida, tudo fez sentido para mim!

Cris tossiu um pouco de sangue e olhou para sua mão. A gangrena causada pelo veneno já estava contaminando um quinto de seu antebraço.

– Alan? – chamou Cris.

– Sim – respondeu o médico, preocupado –, estou de olho.

O médico engoliu em seco.

– Algum remédio? Algo para impedir de crescer? Cortar meu antebraço fora?

– Quando surgir algo nas cobaias, um médico virá me avisar. Até lá estou de mãos atadas.

Alan parecia muito decepcionado consigo mesmo.

– Não é culpa sua. Você está tentando me salvar, Alan. E eu te agradeço muito por isso.

– Cris, não me agradeça ainda.

– E se você amputar meu braço?

O médico suspirou fundo.

– Não adiantará – respondeu ele. – Já está em sua corrente sanguínea.

Então Alan retirou os tênis de Cris. O coração do jovem deu um salto ao ver as pontas dos dedos pretas e espalhando-se para o peito do pé.

– Confio em você, Alan.

Poucas horas após deixarem Cris dormir, Mariana e Marcelo voltaram para ver o paciente. Eles estavam apressados, seus corações batiam fortemente no peito.

– Cris! – exclamou Marcelo ao ver o jovem deitado na cama. Seu braço direito estava totalmente negro, a mão esquerda estava tomada pelas toxinas do veneno, já o pescoço exibia veias negras que o deixavam com aspecto cadavérico.

– Ei, caras – disse Cris, esforçando-se para falar.

– Por favor, não fale muito – pediu Mariana.

– Isso mesmo – concordou Marcelo.

Cris, apesar da dor e de sua situação, conseguiu sorrir.

– Por favor, peguem o cara que fez isso comigo.

– Estamos em busca dele ainda – respondeu Marcelo. – Edgar está interrogando os principais suspeitos.

– Gostaria de queimar o rosto dele com meus poderes.

– Você fará isso – garantiu Mariana. – Alan ainda está fazendo testes em cobaias e encontrará a cura.

– Temo ser tarde demais para mim.

Cris tossiu sangue.

De certa forma, estava partindo em paz. Fizera as pazes consigo e Alan prometera encontrar sua família caso saísse da ilha. Agora ele estava esperando a escuridão eterna o abraçar e o obrigar a deixar toda a preocupação de lado. Infelizmente isso significava abrir mão de seus poderes, abrir mão de algo que o destacou dos demais, algo único para ele, algo que poderia servir para fazer a vontade dele. Entretanto, a época de sonhar acabara e faltava pouco tempo para ficar eternamente perdida na área imaginativa do cérebro apodrecido de um jovem de vinte e dois anos, junto com suas memórias, planos para o futuro e emoções. Morrer era um saco. Cris gostaria de morrer logo para evitar pensar na morte.

– Falta pouco – disse ele.

– A justiça será feita – garantiu Marcelo.

– Se depender de você, nunca será feita.

– Por que não?

– Você nunca me contou o que aconteceu com seu irmão.

Marcelo ficou boquiaberto.

– Desculpa, Cris.

– Tudo bem. Eu sei que Borges o matou e você não precisa tocar nesse assunto apenas por curiosidade minha.

– Para quem está morrendo, ele está bem falante – cochichou Mariana para Marcelo, porém Cris ouviu.

– É uma pena que não vou ter minha vingança na arena.

Ela se aproximou de Cris e pegou sua mão esquerda.

– Seria muito bom lutar contra você na arena – disse ela e acrescentou cochichando: – Gostaria de ter te conhecido melhor. – Então o beijou na bochecha.

Cris engoliu em seco. Porém sua saliva nunca desceu. Neste momento, mais sangue saiu pela garganta dele. As tosses tornaram-se insuportáveis e a dor em seu peito crescia cada vez mais. Marcelo saiu correndo gritando por Alan, mas era tarde demais. A vida de Cris, a vida a que Cris estava tão acostumado, com sonhos e emoções, estava acabando e ninguém podia fazer nada para impedir.

Após uma sequência de tosses e de sangue expelido para fora, Cris deitou na cama, totalmente sem forças, sua última inspirada puxou apenas sangue para seus pulmões.

CAPÍTULO 17

DENISE 3

A fumaça atingia a mina como um terremoto. Os moradores tinham de conviver com o medo de ela aparecer e sair engolindo tudo pela frente, infelizmente era um terremoto mensal e fazia diversas vítimas confiantes que não seriam pegas por ela. Porém, ao contrário de um terremoto, não era possível fazer qualquer tipo de previsão de quando ela iria surgir, pegando diversos moradores desprevenidos enquanto causava caos nas demais partes da mina. Após algum tempo – antes mesmo de Denise chegar – já havia marcações de até quanto a fumaça adentrava pelos túneis, então alguns cálculos foram feitos e concluíram que ela invadia mais de setenta por cento da mina. Os outros trinta por cento eram a ala hospitalar, o salão das refeições, apenas vinte quartos – incluindo o de Denise e Débora – e algumas áreas comuns.

Sempre precavida, ela evitava ir aos fundos da mina nos cinco dias antes de completar um mês da última vez que a fumaça entrou no lugar. Porém seu namorado, Victor, sempre se sentia confiante que poderia fugir da fumaça antes dela alcançar seus aposentos. Como forma de protesto, Denise dormia no quarto de Débora, um dos poucos aposentos livres da fumaça.

Ela se lembrava muito bem daquela noite. Apesar de fazer esforço para manter suas memórias guardadas, ela facilmente recorda o cheiro, a escuridão, o pavor, a correria, o desespero. A morte. Não era época da fumaça, faltava mais de dez dias para ela surgir e aterrorizar a mina, porém aquela noite foi diferente. Denise jantava com Victor e Débora, como sempre fazia todas as noites. Era uma noite comum, pessoas felizes e nem um pouco preocupadas, curiosas para conhecer melhor os novos azarados. Um quarto da população masculina da mina estava rodeando as duas novas azaradas, enquanto o novo azarado estava em um canto sendo deixado em paz. Alguma coisa mexia na cabeça dos homens quando chegavam azaradas, Denise achava curioso ver homens agindo como abelhas em volta da colmeia, porém nunca entendera muito bem isso; chegara à conclusão de que era algo provocado por hormônios.

Conforme a comida ia sumindo de seus pratos, o trio fortalecia a amizade falando muita bobagem e fofocas. Principalmente fofocas, o que deixava Victor irritado, pois ele gostava de inventar teorias doidas sobre a ilha e sobre a mina, porém esses papos deixavam Débora com sono, então era preciso intercalar. E Denise sabia muito bem como fazer isso.

Ela lembra muito bem como olhou para seu namorado e deu uma risada.

– Amor – disse ela –, você está com migalhas na barba.

Victor olhou para baixo e viu alguns pedaços de pão pendurados. Ele catou com os dedos e os devolveu ao prato.

– Você precisa cortar essa barba e esse cabelo – continuou Denise.

Ele passou as mãos entre os cabelos sebosos que desciam até passar os ombros.

– Por quê? – perguntou ele. – Eu gosto tanto deles.

– Eu sei que sim, amor – disse Denise. – Mas é ruim para a sobrevivência lá fora, já te falei mil vezes!

Ele revirou os olhos. Ela sentiu-se triste por seu namorado não lhe ouvir.

– Algum dia – murmurou ele, sabendo que nunca cortaria o cabelo tão cedo assim. Ela carinhosamente passou a mão no cabelo e lhe deu uma puxada com bastante força. Victor quase caiu para trás, balançando os braços para frente na tentativa de se agarrar em algo.

– Você que sabe – disse ela, com um sorriso maroto no rosto.

Sua memória deu um salto para algumas horas depois. Ela estava deitada na larga cama feita por Victor, esperando ele voltar. Ele disse que tinha de resolver alguns problemas de assunto geral – ela suspeitava que fosse vontade de ir ao banheiro. Como ele demorava a chegar, ela começou a pegar no sono. A tocha na parede começou a diminuir o brilho, deixando uma bela penumbra nos cantos do aposento. A chama refletida no suor de sua pele deixava-a com um tom único. Ela sabia que seu namorado ia adorar, bastava ele chegar antes da tocha perder sua força. Entretanto o sono chegava, algumas cochiladas a pegavam desprevenida e nem sinal dele.

Finalmente ela se irritou, colocou uma roupa, agarrou a tocha e foi em busca dele. Caminhou devagar pelos túneis principais até chegar ao salão de refeições, porém ele não estava lá. Seguiu rumo aos banheiros e, novamente, nenhum sinal dele. Passou no quarto de Débora e abriu lentamente a porta, sem bater. Encontrou um dragão de escamas negras lá dentro, deitado no espaço entre as duas camas vazias.

– Você viu Victor? – perguntou ela ao dragão.

O animal abriu lentamente um olho tão preto quanto piche e bufou, mostrando os dentes. Denise não sabia se estava sendo simpático e sorrindo ou pensando na janta: ela. Então o dragão simplesmente deu de ombros. Ela agradeceu e voltou a buscar seu namorado, mas durante a busca algo veio à sua mente.

Ei! Tem algo errado ali!

Ela voltou correndo até o quarto de Débora e abriu a porta, desta vez com força. O dragão se espantou e ficou em posição de ataque imediatamente. Apesar do tamanho e de parecer bem pesado, o ser mitológico era muito rápido.

– Cadê a Débora? – perguntou Denise, fazendo o dragão bufar. Ela viu a fumaça saindo por suas narinas.

O animal colocou-se nas patas traseiras e esfregou a dianteira esquerda na cabeça e a direita em movimentos circulares pela barriga.

– Banho?

O dragão confirmou com um aceno de cabeça. Novamente ela agradeceu e saiu de lá. Estava difícil de acreditar que Débora estava no banho, mas, como um dragão lhe contara aquilo, ficava impossível duvidar.

Ela continuou caminhando por diversos túneis até encontrar seu amado. Ele estava carregando uma tocha e parecia correr desesperado de volta para seu quarto.

– Amor! – gritou Denise. Ele não parou.

Ela continuou correndo atrás dele. Por mais que tentasse chamar sua atenção, ele não a ouvia. Como muitas pessoas vinham correndo pela direção oposta, acabavam dificultavam o caminho dele. Por ser mais rápida e ágil, ela conseguia desvencilhar-se das pessoas sem problemas, alcançando-o quando ele parou para entrar em seu quarto. Então ela congelou ao ver a cena: ela continuava deitada na cama de Victor enquanto ele a balançava para ela acordar. Subitamente, ela sentiu um puxão e voltou ao seu corpo.

– VEM! – gritou ele.

Denise não entendia o que estava acontecendo. Seu cérebro não entendeu nem quando três pessoas passaram correndo pela porta. Sua cabeça doía e ela gostaria de ficar dormindo, porém Victor a chacoalhava incessantemente enquanto a puxava.

– ACORDA! – ordenou ele.

Denise fez uma careta. Estava confusa e não entendia o que estava acontecendo nem a gravidade.

– O QUÊ?! – pediu ela.

– VAMOS! – berrou ele. – A fumaça!

– Mas que fumaça? – perguntou uma sonolenta e confusa Denise. – Do que você está fala…

Com um pulo que a deixou levemente tonta, ela colocou-se de pé e encarou seu namorado, que parecia exausto. Eles precisavam sair correndo de lá. Na sonolência bateu com o joelho no batente da porta e a dor a atrasou. Já Victor a havia empurrado para fora do quarto.

– Já me encontro com você! – gritou ele enquanto a empurrava em uma onda de pessoas desesperadas correndo para os locais seguros. Denise rapidamente criou espaço entre elas e se esgueirou até a porta que estava trancada.

– Amor? – berrou ela, desesperada. Ela já estava acordada e raciocinando, sabia muito bem o que estava acontecendo em volta dela, porém não sabia o que seu namorado estava fazendo. – Abre esta porta!

– Saia daqui! – gritou ele. – Já me encontro com você.

– Vamos, Victor! – berrou ela desesperada, com um frio na barriga e prevendo o pior. Tinham de sair de lá o quanto antes.

A porta se abriu em um único puxão que quase a tirou do lugar. Victor parecia ainda mais exausto e carregava um embrulho embaixo do braço que ela nunca vira antes.

Mas que merda é essa?

– O que tem aí? – perguntou ela, indignada por eles estarem correndo risco de morte por causa de alguma coisa.

Ele respondeu agarrando-a pelo braço e começando a fuga. Eles sabiam o caminho de cor, talvez pudessem fazer até de olhos fechados, porém Victor pegou a esquerda em um cruzamento que deveria ser para a direita. Denise sentiu sua mão escapar no ar e olhou para seu querido. Ele não havia dito uma palavra sequer, simplesmente trocara a direção. Ela, não acreditando no que estava acontecendo, parou de olhar por onde estava correndo e pisou em algo irregular. A dor a atingiu imediatamente, e subiu até sua boca, gritando bem alto. Victor olhou para trás e a viu ajoelhada com a mão no tornozelo. Ele sabia que Denise nunca fingiria algo para chamar sua atenção e foi em busca de sua amada. Passando pelo cruzamento, olhou para o caminho de onde vieram e ficou totalmente branco: a fumaça já estava se aproximando e engolia algumas vítimas. Rapidamente ele a agarrou no colo com uma força que nenhum deles sabia que ele possuía e correu na direção por onde estava indo. Denise queixou-se da decisão, mas a dor no tornozelo a fazia gritar mais para tentar aliviá-la do que para seu namorado ir pela direção correta.

– Quero que você me escute bem – pediu Victor. Ele colocou o pacote sobre o colo dela. – Isso DEVE chegar a Décio. Entendeu?

Em meio a caretas e caras ainda mais feias, ela balançou a cabeça positivamente e colocou o pacote dentro de sua bermuda, apertando bem o cinto para não escapar. Ele sorriu aliviado. Ela não entendeu por que ele sorrira. Nunca havia entendido.

Victor continuou carregando ela por mais túneis e túneis, por um momento parecia que estavam indo cada vez mais fundo na mina e logo seriam comidos pela fumaça. Ele parecia saber o caminho e isso a tranquilizava, porém a visão da fumaça chegando cada vez mais perto a deixava apavorada.

– Falta pouco – murmurou ele, ficando sem fôlego. Ela continuava com muita dor e seu tornozelo estava latejando. – Vamos! Falta pouco! Ele deve nos colocar em segurança.

Ele? Quem?

Literalmente como uma luz no fim do túnel, Denise viu aonde estavam indo. A porta aberta deixava escapar uma luz alaranjada como se muitas tochas estivessem acessas. Ela arremessou sua tocha na fumaça para ficar mais leve. Não adiantou muita coisa. A fumaça aproximava-se cada vez mais. Cinco metros, quatro, três, dois. Eles não chegariam a tempo. Ela puxou a maior quantidade de oxigênio que seus pulmões permitiam e trancou a respiração. Victor estava acabado, já superara seu limite.

A porta no fim do corredor abriu um pouco e Denise viu um homem, imaginou ser o dono do quarto, Décio, conferindo algo. Ele não parecia preocupado com a fumaça a meio metro do calcanhar de Victor. Ela já encarava a morte como realidade, então fechou os olhos e rezou. Escutou seu namorado puxar ar e os segundos seguintes vieram acompanhados de dores físicas e psicológicas.

Ela lembra-se de cair no chão duro, machucando ainda mais o tornozelo e batendo o cotovelo, e de ouvir uma porta batendo atrás dela. Ainda com medo, ela não abriu os olhos.

– PORRA! SEU ANIMAL! – gritou Décio. Então tosses, muitas tosses. Sentiu algo quente no seu rosto. Ela não se atrevia a abrir os olhos.

– Garota – disse o ancião, calmamente. – Feche os olhos e acorde somente amanhã. Não os abra hoje.

Teimosa e com orgulho demais para obedecer alguém, ela abriu e seu coração parou. Victor estava deitado no seu tórax com a boca vazando sangue e seus olhos esbugalhados. Ela não tinha forças para gritar. Até a dor do seu tornozelo sumira.

Então sentiu algo frio em seu braço. Era Décio lhe injetando alguma coisa. Antes de desmaiar, observou uma estranha porta de metal escondida atrás de onde era uma parede. Ela tentou abrir os olhos, porém não tinha mais forças. Desmaiou sob o corpo de seu amado.

Depois ela não sabe se sonhou ou se era realidade. O dragão estava ao seu lado, observando tudo. Ele a encarou com pena, inclusive escorriam lágrimas de seu rosto preto e escamoso. Denise não sabia como, mas podia jurar que ele lhe disse mentalmente: "Ela vai cuidar bem dele. Fique tranquila. Ninguém morre enquanto Ela olha por nós". Denise finalmente adormecera, sem esquecer um único detalhe daquela noite. Nunca esquecera o desespero, as dores, Décio, o pacote secreto, a porta de metal e o dragão. Victor morrera por causa do pacote, ela descobriria sua importância.

O dia seguinte chegara tão rápido quanto ela desmaiara no quarto de Décio. Ela abriu os olhos e reconheceu a ala hospitalar. Seu tornozelo estava imobilizado e havia algumas folhas em volta de seu cotovelo. Não havia mais ninguém lá, somente ouvia os roncos calmos e pacíficos de Márcia, que dormia com a porta aberta. Denise não a chamou, simplesmente ficou parada lá tentando se lembrar de cada detalhe da noite anterior. De tudo o que acontecera, inclusive de dois sonhos com um dragão negro. O dragão falara com ela. Ela sentia que aquilo não era um sonho.

E agora Denise estava recuperando lentamente sua consciência após seus amigos a abandonarem. E ela não os culpava por isso, era provável que faria o mesmo. Uma simples inspirada da fumaça poderia ser fatal; caso não fosse, causaria um desmaio, provocando mais inalações conforme o corpo ia se debatendo em busca de ar. A fumaça ao seu redor estava cada vez mais densa. E, com uma última inalada, já aceitando seu destino cruel, ela absorveu o ar em volta de si.

Denise aguardou a morte que não veio. Ela percebeu que estava na caverna, onde estava chorando e soluçando compulsivamente. A fumaça entrava em suas narinas e não causava mal nenhum a ela. Ela não percebia isso, ficando lá por minutos chorando pelo amor de sua vida e por estar morrendo da mesma maneira que ele.

Quando se deu conta, não havia mais fumaça. Tudo estava tranquilo ao seu redor. Suas roupas jaziam no chão ao seu lado, uma pedra marrom estava a poucos centímetros de seus pés, sua pele estava consideravelmente seca, desconsiderando lágrimas que pingaram em seu peito. Era uma visão de algum lugar atingido por uma bomba ou catástrofe natural: alguém, sem nada, apenas com a companhia de suas lágrimas salgadas. Ela decidiu levantar e mexeu nas roupas. Ainda podia tocar nelas.

Então não estou morta?

Com receio, agarrou-as e vestiu-se. Continuava interagindo com o mundo físico, não poderia estar morta. Ou tudo poderia ser um sonho. Ela subiu até o vulcão e meteu a cara na água. Podia sentir a temperatura dela, sorveu um pouco e apreciou-a. Não estava morta nem sonhando. Estava tão viva quanto há alguns minutos – não sabia quantos. Estranhou que seus amigos não vieram ver como ela estava, mas esperava que estivessem chorando sentindo a falta dela e como sua perda seria sentida pelo mundo.

Ao olhar para a maldita pedrinha, ela sentiu certo conforto. Algo a fazia sentir-se melhor, não sabia exatamente o quê. Sentia que a pedra lhe emitia conforto, segurança, amor e paz. Algo que possivelmente matara muitas pessoas estava fazendo isso com ela. Não pôde deixar de se sentir mal, mesmo assim fechou seu punho com força ao redor dela e saiu da caverna. Apenas para encontrar árvores, arbustos e plantas.

Talvez ficassem com medo de a fumaça pegá-los também.

Observou a vegetação em volta e observou onde galhos foram quebrados com maior intensidade e seguiu a direção. Os rastros estavam evidentes, sinalizando que correram desesperados. Galhos quebrados, pisadas fortes na grama, Denise chegou a observar uma grande área com grama achatada, riu ao imaginar Débora caindo naquele local.

Continuou seguindo por quase uma hora a tal trilha. Eles deveriam ter voltado à mina já. O calor começou a ficar insuportável e os mosquitos a rodeavam cada vez mais. Ela deu uma leve tossida e sentiu algo gosmento e amargo em sua boca e lábios, passou a mão no excremento e viu algo púrpura nas costas da mão.

Calma. Muita calma. Deve ser somente algum efeito da fumaça.

Começou a ficar com medo de desmaiar ou ficar muito fraca, então apressou o passo em direção à mina. Não importava se eles estivessem lá, ela apenas queria chegar a algum lugar seguro. Com raiva, apertou o punho sobre a pedra por deixá-la doente, porém sentiu apenas conforto e segurança. Devia haver algo errado em sua cabeça.

Logo os rastros humanos começaram a se tornar de lobos. Os sinais de uma alcateia eram evidentes conforme o medo se instalava na mente dela. Os passos recém-feitos na grama, excrementos quentes, uivos ao longe, últimos berros de presas desesperadas e galhos quebrando sob uma pata pesada e, ao mesmo tempo, macia.

Os sons ecoavam na mente dela. Sons imaginários tão reais que ela poderia tocar. Ela tinha de correr ou seria pega pelos animais famintos.

Começou apressando ainda mais o passo em direção à mina. Depois foi trotando e, finalmente, correu com todas as suas forças. Os animais atrás dela cada vez mais perto, sendo atraídos pelo cheiro de carne fresca e medo. Denise via alguns se escondendo entre arbustos, preparando o bote. Era só questão de tempo até ser atacada. Ela não reparou quando passou por dois homens vestindo túnicas roxas acampando a poucos metros dela. Eles olharam entre si e deram de ombros. Eles não estavam vendo sinais de animais selvagens, exceto de mosquitos.

Antes de chegar ao seu destino, ela correu até outro lugar. Ela sabia que ninguém o visitava e poderia muito bem esconder algo ali. Olhando muito sobre os ombros para ter certeza de não haver alguém – ou algo – escondido e a observando, ela escondeu a pedrinha marrom. E implorou para ninguém a achar. Então correu novamente. Correu na tentativa de não ser atacada pelos lobos que existiam apenas em sua mente. Em nenhum momento ela parou para respirar e se dar conta de que tudo não passava de sua mente lhe pregando peças. Ela havia adquirido uma fobia a lobos imaginários e sentiu-se tola. Tola, fraca e louca.

Finalmente ela chegou ao seu destino. A porta da mina estava aberta, porém uma sombra estava lá, observando-a chegar cada vez mais perto. O rosto arregalou os olhos ao ver quem estava correndo em sua direção.

– Abre esse portão! – gritou ela ao ver Flávio parado e sem reação.

Imediatamente o homem voltou a si e abriu a porta de ferro para ela passar.

– Você?! – gritou Flávio. – Mas que m…

Será que as notícias de minha morte já se espalharam? Quanto tempo fiquei perdida em minhas memórias?

– Lobos! – gritou ela, finalmente parando de correr, pois estava em segurança. O homem agarrou uma lança e espiou para fora da mina antes de fechar o portão. Ele apertou firme o cabo da lança ao ver que Denise o fez ficar desesperado por nada.

– Não havia nada lá fora – murmurou ele, ainda assustado. Porém ela não estava mais lá. Havia apenas uma mancha púrpura escorrendo pela parede.

A porta da enfermaria se abriu com um estrondo, assustando Gustavo e Décio. Márcia a olhou com cara feia e xingou mentalmente a pessoa parada ali, não sem antes ficar muito brava com Débora e Charles por terem lhe falado da morte dela.

– Preciso me deitar – disse ela.

– Está tudo bem? – perguntou Márcia. – Débora disse que você tinha sido engolida pela fumaça. É melhor que não seja mais uma de suas brincadeiras.

– Não sei. Acho que não estou bem – respondeu Denise antes de ter um ataque de tosse para expulsar mais secreção púrpura.

Márcia correu e jogou um cobertor de couro sobre uma cama.

– Deita aí – ordenou a médica.

Os três dias seguintes passaram lentamente para quem estava na ala hospitalar. Décio não parava de tossir durante a noite e acordava os demais pacientes. Gustavo ainda estava com dor, mas melhorava gradualmente todos os dias. Já Denise ficava cada vez mais assustada sempre que saía algo de cor púrpura de sua garganta durante um ataque de tosse.

Quatro dias depois ela acordou em mais um acesso de tosse, porém dessa vez foi de Décio. O estado de saúde dele se mantinha o mesmo, entretanto tinha seus altos e baixos. Já Denise melhorou após Márcia lhe dar bastante água e a tratar como se estivesse com pneumonia, dando-lhe alguns tapas nas costas em intervalos regulares. A única anormalidade era a secreção púrpura que insistia em aparecer.

– Tudo bem aí? – perguntou ela ao ancião.

– Com certeza não – queixou-se ele. Denise estava preocupada. Como estavam comendo a mesma comida e bebendo a mesma água, a suspeita de envenenamento já havia sido descartada, porém o homem continuava no hospital. – Acho que você me contagiou com essa tosse esquisita aí.

– Caso ela fosse contagiosa mesmo, Márcia teria sido contaminada, mas ela continua saudável.

– Parem! – uma voz surgiu do quarto de Márcia e logo apareceu a dona. – Agora é momento de descansar.

– Mas ele começou! – exclamou Denise.

Márcia revirou os olhos e perguntou:

– Como passaram a noite?

– Como todas as noites anteriores a esta – disse Décio rapidamente, assim sabia que Márcia o deixaria descansar mais um pouco. Falar lhe doía.

– Eu não estou vendo secreção aqui – disse Denise, verificando o estado da cama e do travesseiro. Torcia para ser um bom sinal, afinal poderia sair de lá o quanto antes.

Antes que Gustavo pudesse responder, uma batida na porta chamou atenção de todos. As três cabeças olharam e estranharam. Normalmente as pessoas batiam de leve e já entravam no aposento. Márcia estranhou e começou a caminhar na direção da porta, talvez tivesse se esquecido de destrancar, porém a trava jazia ao lado da porta.

Denise não soube muito bem o que aconteceu nos segundos seguintes. Alguém chutou a porta com toda a força, arrancando-a do batente. Rapidamente quatro homens vestidos de preto com capacete tático entraram no lugar, jogando forte luz de lanterna na cara dos quatro ali presentes. Gustavo chegou a bloquear a luz com a mão.

– NÃO SE MEXAM! – berrou um, apontando uma faca de caça para Márcia. Ela ficou mais branca do que já era. Denise viu suas pernas tremerem e imaginou a mulher desmaiando, felizmente ninguém perdeu a consciência.

Após a ordem, mais dois homens entraram na ala hospitalar carregando uma maca e rapidamente se posicionaram ao lado de Décio. Os outros homens permaneceram iluminando as mulheres.

Em questão de segundos colocaram Décio na maca e estavam partindo com ele.

– Se alguém perguntar – disse Décio, olhando fixo para o teto –, diga que estou com saudades do lugar onde dei meu primeiro beijo.

– Que merda foi essa?! – perguntou um homem com a lanterna apontada para Márcia. – Diga!

– Ele está delirando! – disse ela, na pressa, sem ter certeza.

– Bando de inúteis! Nem para cuidar de um homem! – berrou novamente o homem, antes de sua equipe bater em retirada.

Quando ficaram sozinhas, elas não ousaram se mexer. Apenas entregaram-se à atmosfera sinistra e confusa que permanecia no ambiente.

– Que merda aconteceu aqui? – perguntou Denise, torcendo para estar olhando para Márcia, pois enxergava apenas uma luz branca.

Ninguém soube responder.

Uma semana internada no hospital foi o que aguentou a paciência de Denise. Acordou já pedindo alta e falando sobre como seria mais feliz se pudesse ficar sob os cuidados de Débora – mesmo sabendo que sua amiga não tinha a menor ideia sobre como cuidar de alguém. Era mais provável que ficasse doente novamente. Ou que descobrissem uma nova doença nela.

Márcia apenas encarou seus dois pacientes e balançou negativamente a cabeça.

– Se eu mandar os dois embora, ficarei muito sozinha aqui – brincou ela. – Vou segurar vocês até os próximos pacientes chegarem.

– Não faz isso não! – pediu Gustavo.

– É! Não faz isso com a gente! – concordou Denise.

– Gustavo, você pode ir. Denise não – Márcia finalizou a conversa.

– Beleza! – comemorou o homem.

Denise sabia que ela estava brincando e que logo a liberaria, mas teria que aguentar mais algumas horas.

Mais tarde naquele dia, quando o sol já estava no topo, Márcia saiu do quarto e voltou acompanhada de Charles. Denise estranhou o súbito aparecimento dele, até porque nunca vira Márcia e Charles conversarem.

– Combinei com Márcia – começou ele. – Vou te levar para passear e te trazer de volta em uma hora. Caso você não tenha dificuldades para respirar, você está livre.

– Sério? – perguntou Denise, com um sorriso estampado no rosto. Não precisou ouvir a resposta para pular fora da cama e estar pronta para ir. A súbita levantada a fez ficar tonta por alguns segundos.

Os primeiros minutos foram na mina, onde conversaram sobre tudo o que aconteceu na semana em que Denise permaneceu internada, mais fofocaram do que falaram algo de útil. Porém o nível da conversa foi ficando mais sério ao saírem da mina. Os dois sabiam exatamente para onde ir: um local alto e com pouca vegetação ao redor, assim poderiam trocar muitas ideias sem ter o perigo de alguém bisbilhotar.

Denise caminhou até o topo de uma colina e observou atentamente ao seu redor: as árvores cresciam apenas a trinta metros de onde estava, o sol começou a descer no horizonte e brilhava nas diversas flores ali presentes. A localização era excelente para terem uma conversa sem alguém xeretando.

Charles permaneceu levemente distante, tanto física quanto mentalmente. Ele não queria dizer algumas coisas, então seus olhos encaravam o infinito, sem focar em algo. Ela percebeu algo errado e aproximou-se devagar. Tinham muito a conversar.

– Ei – disse ela, tentando quebrar o gelo. O fato de estarem sozinhos em um lugar levemente romântico fez seu coração dar uma pequena acelerada. – Algo de importante?

Charles não retirou os olhos do horizonte. Ela pensou que ele não a escutara até ouvir um pigarro saindo devagar da garganta do homem.

– Vou começar da maneira mais impactante. Em minha opinião – ele disse, fazendo o coração dela bater mais rápido –, Rodrigo precisava de alguém para chamar os homens da porta de ferro, e teria sido você. – Ele nem esperou uma reação. A tensão de Denise vibrou o ar ao seu redor. Charles sentiu e acrescentou: – Sim, baita filho da puta. Infelizmente a justificativa era boa: ele pensava que a fumaça invadiria os aposentos da mina caso alguém entrasse no quarto de Décio enquanto ele estava ausente. Felizmente a fumaça apareceu longe da mina e você estava bem. Em observação, porém bem. O que me fez pensar que talvez fosse seguro ir até lá.

Ele parou de falar e finalmente olhou para a mulher ao seu lado. Ela estava prestando atenção em cada palavra. Também estava pálida ao ter suas memórias saindo das camadas mais profundas de sua mente. Charles continuou falando.

– Eu me candidatei a ir até a porta. Assim não pediriam tal favor horrível à pessoa mais rápida da mina. Apesar da confiança, demonstrei nervosismo para não suspeitarem e corri até o quarto de Décio, achei um botão escondido atrás de um suporte de tocha e a porta de ferro apareceu por trás de uma falsa parede de rocha. Meu sangue gelou quando vi uma câmera de vigilância olhando diretamente para mim. Caminhei para os lados e a vi acompanhando cada movimento meu, logo falei que Décio estava muito doente e precisa de ajuda médica.

– Rodrigo pediria para eu ir até o quarto de Décio – murmurou Denise, como se apenas naquele momento a informação tivesse sido processada. – Talvez por isso não me contou sobre a caverna.

Charles sorriu levemente com a boca, porém sua alma sorriu de orelha a orelha ao perceber como ela captara tudo. Rodrigo não pediria dois grandes favores a ela. E qualquer menção à caverna seria o suficiente para ela ir correndo loucamente antes mesmo de receber qualquer indicação de sua localização.

– Algumas horas depois, acordei assustado por uma barulheira de passos, batidas e vozes passando pelo meu quarto – concluiu Charles.

– Algum sinal dele? – perguntou ela.

– Os últimos relatos foram dele sendo levado até a porta de ferro – respondeu ele. – Obviamente ninguém quis segui-lo muito para não apanhar daqueles soldados.

Então os dois ficaram satisfeitos com a conversa. Ainda existia o principal motivo de terem caminhado até a colina e nenhum dos dois queria tocar no assunto. Portanto, ficaram apenas encarando o horizonte e apreciando a natureza ao redor. Alguns pássaros cantavam acompanhando a melodia ditada pelo vento que fazia as árvores balançarem e arbustos dançarem. Em momentos como aquele, que apenas o convívio direto com a natureza podia ensinar, Denise sentiu o que estava por vir.

– Chuva – murmurou Charles, quase lendo seus pensamentos.

– E das fortes – acrescentou ela.

– Não gostaria de estar na floresta quando ela começasse. Nem mesmo que eu fosse alguma fonte de brilho misterioso. – Ele sorriu com o canto da boca.

Ela captou aonde ele queria chegar.

– Creio que se você fosse um objeto que iluminasse a água com um brilho marrom, você estaria seguro em um lugar que meus amigos poderiam te encontrar fácil.

Charles riu. Riu de nervoso. Mesmo estando longe de curiosos, ela falava por códigos. Talvez ela não confiasse nele tanto quanto ele confiava nela.

– MAS É CLARO! – gritou Denise. Arrependendo-se logo depois e cobrindo a boca. Charles a olhou com o canto do olho.

– Algo sobre um delírio de um senhor de idade?

Foi a vez dela de sorrir.

– Pelo visto Márcia quebrou o sigilo médico e paciente.

– Não sei se ela deveria – reclamou Charles. – Ela pode ter contado para mais pessoas.

– Agora você me deixou preocupada – disse ela, torcendo para Márcia ter conversado apenas com Charles.

– Ela não parece fofoqueira – ele tentou tranquilizar a amiga.

Porém ela não ouvia: estava pensando com a mão no queixo, olhando para o infinito. Ele estremeceu imaginando o que estaria por vir. Então ficou em silêncio, mexendo-se apenas para matar alguns mosquitos.

– Charles – chamou ela, após alguns longos segundos quieta. – E se aquilo na caverna está ligado com o que Décio disse para mim?

Charles olhou para todos os lados em busca de algo suspeito.

– E se for nossa chave para sair desta ilha? – ela concluiu. Seus olhos brilharam e nem piscaram quando um pássaro grasnou ali perto. – Uma garota pode sonhar com isso. – Ela olhou para o homem que encarava o horizonte com o sol batendo em seus olhos. Ele não fazia questão de franzir a testa.

Ele abriu a boca para falar, porém logo desistiu. Iria permitir que ela sonhasse. Uma jovem necessita de sonhos. Se dependesse dele, ela sonharia para sempre. Ele sentia os impactos de parar de sonhar. E sua alma lhe gritava para sonhar novamente, para voar novamente. Para viver novamente.

Denise o observou de maneira esquisita, do mesmo jeito como ele estava parado. Ela reconhecia o olhar como "estou viajando na minha mente e estarei fora por alguns instantes".

Naquela noite um visitante apareceu em seus sonhos. Apenas de relance, mas estava lá. Ela viu a cauda do dragão passar majestosamente por um túnel que a levaria até o quarto de Victor. Então despertou imediatamente, animada com a possibilidade de algo ainda estar escondido lá. Porém o quarto já pertencia a outros moradores e ela não gostaria de levantar suspeitas. Então rezou para que se o dragão tivesse algo importante para dizer, lhe falasse pessoalmente – ou melhor, telepaticamente – daqui a algumas horas, pois estava na hora de acordar.

Como se iluminasse uma lâmpada em sua mente, ela observou a entrada de luz natural em seu quarto, percebeu que ainda não havia amanhecido, levantou, vestiu-se da forma mais quieta possível, escondeu uma adaga sob o calção e saiu do quarto sem acordar Débora. O cheiro de chuva enchia seus pulmões e a fez ter noção de como seria ruim o dia.

Caminhou sem fazer barulho até o depósito, pegou uma cesta de frutas, uma pá e saiu de lá com confiança. Parou no portão ao encontrar um guarda entediado.

Só estou buscando frutas para a Débora que não está se sentindo bem.

O guarda deu de ombros e abriu o portão sem dizer mais nada além de murmurar "bom dia". Denise sentiu-se aliviada por não precisar mentir; afinal ela não tinha desculpas por carregar uma pá e Rodrigo certamente saberia sobre isso. Logo percebeu que ele não devia ter todo esse controle sobre ela, talvez se sentisse oprimida – ou desconfiada – apenas em sua cabeça e Rodrigo era apenas alguém xereta que queria saber tudo sobre todos; enquanto ele comandasse todos os homens mal-encarados da mina, ela seguiria comportada. O perigo poderiam ser aqueles homens. Ninguém conhecia o passado de ninguém. Assim como secretamente eles poderiam sentir medo dela. Ela sorriu ao pensar em causar medo nos brutamontes.

Caminhou até o local onde ela e Victor deram o primeiro beijo. Era um barranco bem enlameado. Sorrindo, derrubou algumas lágrimas quando parou no topo. As memórias felizes voltaram em cheio.

Estava chovendo e aquele barranco acumulava muita água, fazendo um lamaçal nas partes inferiores. Os dois foram pegos desprevenidos pela chuva e estavam correndo de volta para a mina depois de algumas aventuras sem sentido que nunca resultava em algo. As aventuras eram uma válvula de escape para passar algumas horas longe da mina e a faziam se esquecer de tudo que estava acontecendo. Geralmente corriam pelos bosques em busca de algum novo tipo de fruta e subiam em árvores – felizmente nunca caíram de uma altura elevada –, às vezes apostavam corrida, porém ele sempre ganhava, apesar de ser alto, corpulento e ter cabelos compridos.

Naquele dia, ele fingiu ter torcido o tornozelo em algum lugar próximo ao barranco. Ela não se deu conta de que não havia algo para ele ter se machucado, o local era totalmente plano, com exceção da ladeira.

– Está tudo bem? – perguntou ela, chegando perto. Pronta para aplicar os primeiros socorros no machucado.

– Não consigo mexer o pé – disse ele, fazendo cara de dor.

Ela aproximou-se e tocou no pé que ele estava segurando. Com um rápido movimento, ele a empurrou ladeira abaixo. Denise saiu rolando na lama, lambuzando-se toda e ficando com raiva e mais raiva a cada camada de lama que entrava em seus ouvidos e narinas.

Mas que filho da puta! Vou matar esse animal!

Ela finalmente parou de rolar e deslizou alguns palmos antes de parar, seus olhos estavam furiosos e encontraram os de Victor, parado de pé na frente do barranco. Ele sorria.

– GERÔNIMO! – gritou ele. Então pulou na lama e desceu rolando.

Ela percebeu que ele não iria parar tão fácil. Como era mais pesado, pegava mais e mais velocidade conforme descia descontrolado. Ela arregalou os olhos e tentou se mexer, mas apenas resvalava e não conseguia apoio em lugar algum. O choque era inevitável e iria doer.

Parabéns, Victor. Sério mesmo. IDIOTA.

Ele atingiu o rosto dela com o ombro. Denise se protegeu com o joelho e acertou seu abdômen. O rosto ficou imediatamente amortecido e quente. Apesar de não o sentir, ela conseguiu fazer a maior cara de brava de toda sua vida. Ela queria espancar Victor e deixá-lo ali para apodrecer – por alguns minutos, depois viria buscá-lo.

Ele retirou toda a lama do rosto dela e começou a rir ao ver toda a braveza da jovem coberta de lama. Ele escondia um sorriso sob toda a lama. Ele retirou a própria lama e ficou olhando para Denise. Então a beijou. Ela empurrou o rosto dele para longe, cuspiu um bocado de lama que havia em sua boca e o puxou para perto. Os dois pareciam afundar na lama conforme a água acumulava ao redor deles, porém não se importavam com o exterior, não se importavam com a ilha. Tudo se resumia ao beijo. Após um longo e molhado beijo, ela deu um tapa na cara dele com metade de sua força, foi o suficiente para ficar uma mão desenhada em sua bochecha.

– Idiota – disse ela, sorrindo.

Ela voltou para si no alto da ladeira. Lágrimas já encharcavam suas bochechas com tantas memórias calorosas. Lágrimas de felicidade de um tempo que jamais voltaria. Lágrimas de um tempo que marcou positivamente sua vida e fez a vida de Victor valer a pena até o último segundo.

Ao olhar barranco abaixo, enxergou algo ainda mais encharcado que seu rosto: a água da chuva da noite anterior ainda não havia sido absorvida pela terra. O lamaçal a fez estremecer. Após um longo suspiro de indignação com os responsáveis pela chuva, ela retirou as botas e começou a descer devagar pela ladeira escorregadia. Para complicar ainda mais a descida, o sol ainda não penetrava pelas escuras nuvens que flutuavam sobre sua cabeça e o vento gelado parecia cortar seu rosto.

Mas que jeito bosta de começar um dia. Não vou perguntar se pode piorar, pois sei que o universo está pronto para pregar peças.

Pisando na água gelada sobre a lama, Denise levou um choque o suficiente para acordá-la. Ela podia jurar que sentia cristais de gelo boiando na água, mesmo sabendo ser impossível. Então começou a cavar com a pá; seria trabalhoso procurar sob tanta lama. Depois de alguns minutos remexendo o solo em uma busca praticamente impossível, ela decidiu usar a parte de trás da pá para enfiar mais fundo na terra em busca de algo sólido. Mais alguns minutos empalando o solo inutilmente e logo começou a suar, apesar do frio que sentia nos pés. Em diversos momentos pensou estar errada e realmente poderia ter sido apenas um delírio de Décio, porém as coincidências que a levaram até ali eram fortes demais para serem ignoradas. E continuou perfurando o solo até sentir algo duro.

Com a parte propícia para cavar, ela retirou toda a lama e água de cima de algo muito esquisito. Era uma caixa de madeira bem vedada, parecia impossível fazer algo tão bem feito e daquela qualidade na ilha. Ela tentou retirar a caixa de onde estava enterrada, porém parou no peso; com facilidade passaria dos vinte quilos e seria impossível subir a ladeira com ela.

Dando outro suspiro e confirmando sua ideia de que seu dia seria terrível, ela decidiu bater na caixa até quebrá-la. Então ficou muito irritada quando percebeu algo de metal em duas extremidades opostas: um fecho e as dobradiças. Gentilmente, porém com toda sua força, ela abriu o fecho e jogou a tampa para trás, quase arrancando-a.

Mas que merda é essa?

Dentro havia um cofre. Um cofre de aço com uma tela digital e apenas dez botões: os dígitos de zero a nove. Ela estranhou, pois tinha certeza de já ter visto cofres assim, porém com mais botões. Sobre os dígitos, havia algo escrito no aço frio: "Parabéns! Hoje é seu aniVersário!". Ela leu e releu diversas vezes. Definitivamente o V estava maiúsculo.

Com dedos trêmulos e parecendo não responder à ordem em seu cérebro, digitou os seis dígitos do próprio aniversário. A tela digital mostrou asteriscos em vez dos números e piscou quando Denise terminou de digitar, indicando senha incorreta. Então digitou a data de aniversário de Victor. A tela permaneceu com os seis asteriscos por alguns instantes e então o cofre abriu.

Denise pensou que iria abrir com diversos bipes e até uma fumaça de gelo seco, porém sua expectativa foi em vão. Ela abriu completamente a porta do cofre e encontrou dois objetos: uma folha de papel e um embrulho que ela já havia visto meses atrás. Seu coração gelou e seus olhos arregalaram mais do que seu rosto permitia. Por alguns segundos desejou estar sonhando. Os dedos tremiam ainda mais conforme ela inseriu a mão lá dentro para pegar o papel. Uma folha de caderno estava dobrada e no interior havia algo escrito em caneta. Ela reconheceu a escrita e mais lágrimas caíram de seu rosto.

"Denise, se for você lendo esta carta, peço, por favor, não chore..."

O apelo de Victor não adiantou e ela chorou sobre a caixa de madeira. Seus músculos faciais já doíam de tanto chorar, seus canais lacrimais faziam esforço para produzir tantas lágrimas e o nariz já estava tão entupido que era difícil de respirar. Os joelhos pareciam congelar imersos na água gelada e seus dedos dos pés estavam entorpecidos.

Ela não sabe por quanto tempo ficou parada lá, chorando cada vez mais. Parou apenas quando um pássaro pousou perto dela e começou a cantar. Denise fingiu que ia jogar a pá nele e o animal voou para longe. Felizmente a ave a trouxe de volta para si. Com muito cuidado para não sujar o papel que leria mais tarde, Denise o colocou no fundo do cofre e pegou o embrulho. Era mais pesado do que parecia.

Desembrulhando com dedos trêmulos, um objeto pesado acabou caindo no chão. Era uma arma medieval. O cabo de madeira bem trabalhado tinha cerca de trinta centímetros e estava acoplado a uma corrente de elos bem grossos e pesados. No final da corrente, uma bola de metal cheia de espinhos brilhava. Denise lembrou algum jogo virtual onde havia uma arma daquelas. Não tinha certeza, porém acreditava que seu nome era mangual. E o amor de sua vida havia morrido por causa daquilo. O amor da sua vida morrera por causa de uma arma medieval idiota, estúpida e inútil. Com raiva, socou a arma no embrulho junto com o papel – agora não importava mais se ficasse tudo amassado –, trancou o cofre e começou a subir a ladeira.

Indignada com tudo. Com a vida, com a mina, com Victor, com ela mesma, com os pés gelados, com o mangual, com a carta. Ela caminhou sem rumo, só sabia para onde não ir: de volta à mina. Talvez até contasse com a sorte de finalmente ser atacada pelos lobos, por lobos reais – não aqueles de sua cabeça. Entretanto não foram os lobos que a encontraram. Muito menos animais de quatro patas.

Passando por uma clareira, de cabeça baixa, Denise viu algumas cascas de banana no chão. Então logo se jogou atrás de algum arbusto, fazendo ainda mais barulho do que o planejado.

Uma voz atrás dela fez congelar cada gota de suor em seu corpo.

– Ei, garota.

Fodeu. Fodeu. Fodeu.

Denise se recusou a olhar para trás e permaneceu imóvel.

– Sabia que estamos vendo você, né? – A voz era outra. Reconheceu as duas como dos dois homens que estavam usando túnicas roxas. – Não adianta ficar aí no arbusto. Aliás, fez tanto barulho que pensei que um elefante havia se escondido aí.

Suas pernas estremeceram, porém ela fez força para ficarem prontas para correr o mais longe e rápido possível.

– É uma longa história, mas… – começou a falar um deles.

– Você viu alguém com a túnica perfurada na frente e atrás? Como se estivesse sido empalado por algo cônico e gigante? – interrompeu-o o outro. – Seria bom você nos dizer.

O corpo que sumiu?

– Cara – disse o outro, tentando fazer o papel de bom policial –, ela precisa saber o que aconteceu.

– Garota, só nos diga se você o viu ou não.

– Você precisa confiar em nós.

– Igor, vamos embora – falou o outro após desistir de convencer Denise a falar. – Pelo menos a avisamos sobre ele.

Ele quem?

– Tchau, garota! – disse Igor.

– Esperem! – gritou Denise. – Eu vi.

Os dois pararam de caminhar.

– Eu vi o corpo dele! – disse ela. – Estava morto e no dia seguinte não estava mais lá!

Os dois se entreolharam.

– Ele pode ser perigoso – disse Igor. – Quer vir com a gente até capturarmos ele?

Sabendo que não era uma boa ideia caminhar com dois desconhecidos na floresta, muito menos sem saber se podia confiar neles, Denise recusou.

– Eu sei me defender!

– Tudo bem! Mas tome cuidado!

Denise ficou escondida assistindo eles caminharem cada vez mais para longe.

Conforme eles estavam se afastando, ela ainda podia ouvi-los.

– Eu senti uma vibração estranha naquele pacote.

– Também notei algo de estranho – concordou Igor.

A partir dali, as vozes viraram murmúrios e ela não conseguia mais ouvi-los. Foi sua deixa para correr o mais rápido possível de volta para a mina, onde poderia se sentir segura. Mas as dúvidas sobre os adultos de túnica roxa apenas aumentavam.

Eles não a atacaram. Apenas fizeram uma pergunta simples. E a deixaram em paz. Havia algo de errado. Ela não sabia explicar, mas talvez eles apenas quisessem conversar. E ainda falaram sobre um homem com a túnica perfurada, justamente como o corpo que desaparecera, mas seria impossível alguém estar vivo depois daquele ferimento. Denise afastou as dúvidas e se concentrou apenas em chegar viva à mina, mas antes faria uma parada em outro lugar.

Nunca passaria na cabeça dela que aqueles dois garotos seriam grandes amigos no futuro. E, principalmente, que ter dito para eles sobre o corpo empalado poderia amenizar uma série de eventos desesperadores que ocorreriam nos próximos dias.

Ao chegar ao seu desvio, ela se abaixou e retirou a pedra que jazia sobre o último corpo enterrado por ela logo após o descarte feito pelo povo da montanha. Em vez de encontrar o pequeno cristal, ela encontrou algumas minhocas rastejando calmamente.

Não pode ser! Cadê?! Que merda!

Então ela ouviu alguém se aproximando, fazendo barulho como se quisesse ser detectado. Ela olhou para uma sombra que crescia cada vez mais ao seu lado, respirou aliviada e sorriu.

– Débora – disse ela, com um tom de nervosismo na voz –, você quer me matar de susto?

A sombra continuou caminhando. Foi o suficiente para Denise tentar olhar para trás. Porém alguém foi mais rápido.

Antes de qualquer reação, Denise sentiu algo gelado em sua garganta. Havia uma adaga encostada em seu pescoço. O aço estava tão frio que crepitava o ar ao redor e ela sentiu o frio queimando sua pele. E o frio realmente queimou sua pele, quebrando-a onde foi feito o contato. Logo um filete de sangue começou a escorrer pelo pescoço sem a lâmina ter sido pressionada. Ela não enxergou, porém gotas que desciam pela lâmina congelavam quase imediatamente.

– Um pio e eu mato você – disse o dono da voz profunda e sem medo.

Denise concordou com um murmúrio e olhou levemente para quem estava atrás dela. Havia um homem cabeludo vestindo uma túnica roxa. Estava com um grande furo na frente. Ela engoliu um grito que poderia ter sido o último de sua vida.

CAPÍTULO 18

OSVALDO 3

O homem não conseguiu fechar os olhos para dormir. Já eram nove horas da manhã e ele estava tão cansado como se tivesse dormido apenas cinco – estava deitado desde antes das dez horas da noite. Seu cérebro estava sobrecarregado devido à alta seriedade de duas conversas na noite anterior. A imagem da mulher de cabelos brancos lhe assustava e estava impregnada em sua mente; era só piscar que Osvaldo voltava à conversa que tivera com ela no dia anterior.

Ela começou a conversa com um simples "precisamos conversar", e na mente de um homem isso já é o suficiente para o coração congelar por alguns segundos. Agora ouvir tais palavras proferidas por tal mulher era mil vezes pior. Ele não tinha ideia dos assuntos que ela iria tratar com ele, mas sua visita só significava que algo muito ruim acontecera ou estava por vir.

– Você foi o último a se livrar do cristal – disse ela lentamente. – Isso não foi uma boa ideia.

Osvaldo engoliu em seco.

– Eu tive de arrumar suas cagadas – continuou.

Osvaldo continuava sem palavras.

– Eu tive de matar um garoto de dez anos e sequestrar outros dois para apressar o cristal.

Novamente Osvaldo apenas a olhava, sem expressão.

– E sabe o pior? – perguntou ela, fria. – Com certeza não sabe. Ele ainda não está pronto! – Ela parou e esperou alguma reação. – Pela última análise do líquido, faltam duas mortes por animais ou quatro por outros fatores para atingir os cem por cento.

Ela sorriu. Então se dirigiu à geladeira, abriu e pegou uma garrafa de água mineral.

– Morna – queixou-se ela. – Nós forçamos a ilha a criar chuvas incessantes aqui, envenenamos a água desta vila, causamos desmoronamentos, usei o poder do cristal para controlar animais selvagens para atacarem a vila durante a noite. E adivinha? Os javalis que mandei foram capturados em armadilhas! As raposas atacaram os coelhos, porém fugiram quando ouviram o barulho dos javalis!

Ela parou para tomar um gole de água.

– Se você estivesse fazendo tudo certo conforme o cronograma, teria melhores condições de vida, sabe? Se essa cabeça pudesse imaginar os avanços tecnológicos feitos nas últimas três décadas...

– Como aquele garoto com uns trecos de metal na cara? Fico aliviado por não viver nesse avanço tecnológico.

Ela ignorou-o e não parava de sorrir, um sorriso enigmático que fazia Osvaldo tremer e ficar paralisado ao mesmo tempo.

– Então, Osvaldo. – Ela parou de sorrir e o encarou furiosa. – O que será de você agora? Eu vim até aqui para matar você.

Ouvir a palavra "matar" fez Osvaldo voltar a si. Ele olhou para os lados tentando encontrar algo que pudesse usar como arma.

– Claro que a sua morte aumentaria a contagem de mortes, mas não tenho como matá-lo utilizando o poder do cristal. Então a contagem continuaria em duas mortes por animais, porém três por outros fatores. – Ela voltou a sorrir. – Então você e outros três ou quatro inocentes?

Ela soltou uma risada maligna.

– Pobre Osvaldo. Parece que eu terei de tomar uma decisão por você.

Ela puxou uma adaga de dentro da capa.

– Espera – conseguiu dizer Osvaldo.

– Finalmente.

Osvaldo pensou em cada palavra a dizer.

– Você não tem motivos para me matar – disse ele, torcendo para ser verdade. – E, como você mesma me disse meses atrás, já perdemos um de nós; perder dois dificultaria nossa missão.

A mulher sorriu.

– O Número Sete vai me ajudar a matar esses dois restantes.

– Número Sete? – perguntou Osvaldo, mais para si. – Leonardo, então?

– Exatamente, Osvaldo! Estou orgulhosa de você – ela zombou. – Sete piercings no rosto. Tinha de ser alguém de alto escalão para me ajudar a arrumar a situação por aqui.

– E quais são os planos agora? – quis saber Osvaldo.

– Completar o cristal e reunir todos eles completos.

– E por que você não passou recolhendo todos em vez de eu entregá-lo a alguém?

– Você esqueceu?! Precisamos dos cristais e das armas sendo levadas voluntariamente pelo maior número de inocentes! Leonardo vai cuidar para levar o maior número possível ao ponto de encontro.

– Lembrei – resmungou Osvaldo para si. A ilha daria um jeito de sabotá-los caso sua equipe fosse ativar o poder dos cristais.

– Esteja pronto.

– Estou pronto há trinta anos.

– Suas ações não refletem isso.

– Olha... – começou ele para tentar justificar-se.

– Me poupe de desculpas baratas – ela o interrompeu. – Hoje, de duas a quatro pessoas vão sofrer um acidente em busca das crianças desaparecidas. Talvez cinco para termos certeza de que estará completo. – Ela olhou para o equipamento no centro da sala. – Não temos mais o cristal para saber.

– Você sabe que é difícil ocorrer mortes por animais aqui!

– PARA COM ESSAS JUSTIFICATIVAS! – gritou a mulher. – O cristal da vila do subterrâneo só é preenchido com mortes por fogo! O da vila do deserto necessita de mortes por eletricidade! E o da mina necessita de mortes por gases venenosos! Tente matar alguém queimado sem levantar suspeitas!

– Ele matava as pessoas ainda na sala do teletransporte! Por isso há pouco mais de cem pessoas naquele lugar. – Osvaldo se lembrou desse detalhe da vila do subterrâneo. – Ele entregava uma poção que levava à combustão quem bebia! Minha memória ainda funciona! Você me sugeriu abrir a sala do teletransporte e largar um lobo lá dentro para acelerar as mortes!

– E seu sofá estaria estofado, sua geladeira funcionaria, você teria alimentos para cozinhar em um fogão novo.

– Eu posso ter concordado em fazer parte desse experimento, mas nunca mataria pessoas inocentes.

– Todos morreram ao colocar os pés aqui! – Ela parecia feliz em dar a notícia. – Nem pense que não sujar as mãos vai te manter humano. Nossas mãos estão igualmente sujas. Você concordou com tudo trinta anos atrás.

Então ela não esperou resposta de Osvaldo, simplesmente virou as costas e caminhou em direção à parede. Parou diante de um teclado numérico e digitou uma sequência de oito dígitos tapando a visão do homem na sala. Então, em um *bip*, uma porta de metal abriu ao lado, revelando um extenso corredor iluminado por lâmpadas fosforescentes.

– Logo mais o cristal vai estar pronto – disse ela, antes de passar pela porta. – Mas deixe-o com o garotinho. – A porta fechou-se atrás dela.

O impacto da visita foi tão grande que Osvaldo ficou parado no mesmo lugar por alguns minutos. A mulher misteriosa, cujo nome ele já havia esquecido há anos – ou talvez ela nem lhe tenha dito –, não estava blefando: ela realmente estava ali para matá-lo.

Osvaldo respirou fundo e soltou lentamente o ar de dentro de seus pulmões. O ar estava pesado devido à presença da mulher e ele pôde sentir seu doce perfume impregnado em sua casa. O cheiro continuaria por mais dois dias antes de sumir por completo.

Então o homem caminhou até a geladeira e verificou as garrafas de água, uma a uma, por furos ou lacre aberto; não encontrando uma garrafa suspeita, sentou-se no sofá e tomou lentamente uma garrafa com água morna. Seu coração estava na boca. Desse jeito seria o descanso dele por dias. Ele esperava que a mulher mantivesse a palavra de não o matar e não o fizesse por envenenamento.

Ele subiu as escadas e colocou a cama escondendo a entrada secreta da sua verdadeira casa. Era hora de ficar deitado e torcer para Felipe voltar o quanto antes sem baixas no grupo.

Como já suspeitava, Felipe chegou quase duas horas após escurecer. Osvaldo estava deitado na cama de galhos e folhas na parte superior de sua cabana quando ouviu a batida na porta.

– Felipe? – perguntou Osvaldo.

– Sou eu – respondeu a voz do outro lado.

Osvaldo levantou da cama e abriu a porta para seu chefe de segurança. Ele parecia abalado, aliviado e assustado. O homem dentro da casa preferiu manter o silêncio, apenas gesticulou para ele entrar. Felipe acenou com a cabeça e deixou sua tocha pendurada do lado de fora da cabana.

– Como foi? – perguntou Osvaldo, curioso e ansioso.

Felipe travou, parecia ter realizado a conversa inúmeras vezes em sua cabeça, porém nenhuma palavra saía para explicar tudo o que acontecera desde a manhã.

– As crianças estão bem? – arriscou Osvaldo, tentando começar pelas notícias boas.

– Uma sim – respondeu Felipe quase inaudível –, as outras não sei.

Osvaldo não gostou da resposta de Felipe. No fundo de sua mente, ele não lembrava o real motivo de ter concordado com a experiência com a ilha, cristais poderosos e armas mágicas. Talvez sua ganância tenha falado mais alto trinta anos atrás, mas o tempo passou e ele logo percebeu ter sido um grande erro, porém, caso tivesse negado a oferta, outra pessoa estaria no lugar dele naquele momento. Então seu objetivo de vida mudara para tornar menos ruins os últimos dias das pessoas. Em alguns momentos, ele não se importava com as pessoas, depois de algumas horas sentia-se na obrigação de seguir seu código de ética de poupar as crianças.

– Estão em segurança? – tentou uma nova abordagem.

– Sim – respondeu Felipe, finalmente erguendo a cabeça. Osvaldo pensou em ter visto sangue no rosto dele, entretanto sua cabana estava muito escura para chegar a qualquer conclusão.

– Aconteceu algo? – perguntou Osvaldo.

– Lobos, ursos, cervos – respondeu Felipe.

– Como é? – Osvaldo espantou-se ao ouvir "cervos".

– Por volta das cinco da tarde, Leonardo encontrou uma pista que nos levou a uma caverna bem escondida cerca de meia hora de caminhada daqui. Era cinco e meia quando toda a equipe de busca se reuniu nos arredores para entrar.

– Você colocou todos em volta de uma caverna? – perguntou Osvaldo. – E se estivesse errado?

– Havia rastros de algo ter sido arrastado para dentro. Havia tufos de grama largados no meio desses rastros.

Só a imagem da mulher ou de algum capanga arrastando duas crianças, que lutavam pela vida, até a caverna fez o sangue de Osvaldo gelar.

– As crianças agarravam-se à grama na tentativa de resistir. – Felipe acabou soltando algumas lágrimas. – E nós aqui, sem poder fazer nada por elas.

Felipe permaneceu em silêncio por alguns segundos, Osvaldo apenas ouvia a respiração pesada do homem.

Finalmente o chefe de segurança soltou um longo e pesado suspiro e contou tudo, de olhos fechados, tentando não se deixar influenciar pelas emoções.

Ele escondeu bem os homens e mulheres da busca em diversos pequenos grupos de três em volta da caverna, preenchendo qualquer rota de fuga. E, por via das dúvidas, mandou outros dois grupos procurarem outra saída da caverna. A regra era simples: encontrou uma criança, o grupo leva de volta para a vila.

Quando todos estavam a postos, três grupos avançaram lentamente em direção à entrada da caverna, porém pararam surpresos com o aparecimento de uma pessoa armada com uma lança e vestindo uma capa com capuz que escondia o rosto.

– Tenho um acordo para fazer – disse a pessoa. Uma voz robotizada saía de um modificador de voz. – Gostaria que vissem minha oferta – Então ela olhou para a caverna e disse uma simples ordem: – Venham.

Quem estava na frente recuou alguns passos enquanto surgia um urso negro com manchas claras no rosto, porém voltava a ter a pelagem negra em volta dos olhos. Em sua boca havia uma corda arrastando uma criança desmaiada.

A figura na capa continuou fitando a caverna e repetiu:

– Venham!

Alguns segundos se passaram quando um segundo urso com outra criança surgiu.

– Uma troca justa – disse a pessoa. A voz robotizada ecoava dentro da floresta. – Um de vocês por uma criança.

O sangue de Felipe congelou. Sua respiração parou. Era decisão dele e as consequências também.

Enquanto pensava no que fazer, ele viu um dos novos selvagens subindo em uma árvore que possuía um galho sobre a cabeça da figura com a capa. O homem cabeludo, pela pressão do momento Felipe esqueceu o nome, subiu na árvore fazendo o menor barulho possível, porém as folhas balançavam e produziam uma sintonia diferente das outras. Era questão de tempo até a figura olhar para cima.

O novo selvagem esgueirou-se pela árvore, engatinhou no firme galho sobre o alvo e despencou de quatro metros de altura para atacar.

O ataque surpresa foi em vão. A figura de capa pulou para trás e atingiu, com a parte de trás da lança, o queixo de Leonardo. O novo selvagem caiu sem sentidos no chão de grama.

– Falta um – ecoou a voz robotizada. Então a figura deu um leve tapa no lombo de um urso que caminhou lentamente até o homem mais próximo e abriu a boca, derrubando a corda. O grupo do homem correu até a criança e a levou de volta para a vila. O urso retornou ao lado da pessoa com a capa. – Quem será o próximo?

Como toda a responsabilidade da busca era de Felipe, o homem tomou iniciativa e posicionou-se a poucos metros dos ursos.

– Quem é você? – perguntou ele, tentando não olhar para os ursos.

– Nomes não são importantes – respondeu a figura da capa.

– O que você quer?

A pessoa riu.

– Já falei: uma troca.

– Qual a razão de estar fazendo isso? – perguntou Felipe.

– Estou apenas me divertindo enquanto dou a possibilidade de você dar sua vida pela vida de uma das crianças.

Felipe notou coelhos correndo na grama alta. Eles estavam fugindo de raposas.

– Você e dois ursos não vão derrotar todos nós.

– Dois ursos? – A pessoa com o rosto escondido sob o capuz da capa riu. – Venha o terceiro!

Um terceiro urso avançou com outra criança. Felipe o reconheceu como o novo selvagem Pedro.

– Vou aumentar minha oferta: um de vocês por duas crianças.

Felipe notou uma raposa pular sobre um coelho, mordendo-o no pescoço.

A pessoa pareceu notar a indecisão de Felipe e ficou impaciente.

– Tudo bem, então. Duas crianças a menos neste mundo. – Ela girou nos calcanhares e começou a caminhar até a caverna.

Felipe notou que não havia sangue onde a raposa atacara o coelho. Também percebeu que o coelho estava vivo. Raposas e coelhos estavam brincando como animais da mesma espécie.

– O que está acontecendo aqui?! – ele gritou para a figura.

– Eu me perguntava quando você iria perceber. – Ela riu cobrindo com a mão a boca e respondeu: – Não é assunto seu.

– FELIPE! – Uma voz atrás dele chamou sua atenção.

Atrás dos grupos de exploração havia uma dezena de cervos trotando graciosamente entre as árvores e lobos. Os lobos não estavam interessados nos cervos, todos os pares de olhos estavam olhando fixamente o pescoço das pessoas.

– Vocês estão cercados – a figura riu. – E pedi somente um sacrifício.

O urso com a boca livre mordeu a calça de Leonardo e o arrastou para a caverna.

– CUIDADO! – berrou alguém. A confusão começara.

Os lobos pulavam sobre as pessoas para derrubá-las. Cervos acertavam coices em quem tentava fugir do local. Já as raposas e os coelhos mordiam os tornozelos e pernas expostos de todos.

Felipe olhou para o caos atrás de si e tomou a iniciativa de correr atrás dos grupos que mandara, porém sentiu algo quente e molhado na sua mão. Os três ursos levaram as duas crianças e Leonardo para dentro e estavam de volta ao meio do tumulto entre homens e natureza, um deles babou sobre a mão do homem.

Com um pulo para trás, o chefe de segurança saiu em disparada para o lado da caverna, desviando-se dos animais que atrapalhavam a vida de todos.

Após dez minutos correndo na selva para achar os outros grupos, Felipe encontrou os seis próximo à entrada da caverna, escondidos enquanto olhavam aterrorizados para os supostos dóceis animais atacando todos.

– O que está acontecendo? – perguntou uma mulher ruiva.

– Ela estava com três crianças, não duas, como achávamos. – Felipe parou para recuperar o ar. – Agora está com duas crianças mais o novo selvagem de cabelo comprido.

– E por que os animais estão agindo assim? – perguntou um homem. Felipe o reconheceu da cozinha.

– Vocês não irão acreditar se eu contar, mas parece que ela controla os animais.

Os seis ausentes da falha tentativa de resgate entreolharam-se.

– Parece loucura, não? Mas eu tenho certeza de ter visto coelhos brincando com raposas, cervos passeando entre lobos e ursos obedecendo a uma pessoa com uma capa.

Ao longe, ainda era possível escutar gritos de pessoas machucadas clamando por socorro.

– Precisamos ir – disse o homem da cozinha.

– Vamos procurar por vítimas fora do atual alcance dos animais – disse a mulher ruiva.

– Vamos voltar para a vila – pediu um adolescente, tremendo de medo. Felipe ouvia o coração do jovem bater.

– Voltar à vila está fora de cogitação – respondeu Felipe. – Temos de montar dois grupos para encontrar feridos.

Diante dos olhos das sete pessoas escondidas, lobos e cervos combinavam ataques para machucá-las. Já coelhos e raposas atacavam quem estava no chão.

– Felipe – chamou o cozinheiro. – Eu vou sozinho até a entrada da caverna procurar por vítimas no local.

– Infelizmente é uma boa ideia – concordou insatisfeito Felipe. – Pode haver vítimas em qualquer lugar por aqui e, talvez, uma única pessoa não perceba e acabe não as ajudando.

A menos de vinte metros deles, um cervo empurrou um homem careca no chão e pisou na cabeça dele com as patas dianteiras. Foi possível ouvir o estalo de ossos se partindo.

– Cadê a lança de vocês? – perguntou Felipe.

– As quatro estão empaladas em um lobo – respondeu a mulher. – A uns cem metros daqui.

– Merda – resmungou Felipe. – Muito longe.

– Eu posso dar cobertura ao Fabiano – disse a mulher ruiva, referindo-se ao homem da cozinha.

– Então vão vocês e esse garoto – Felipe indicou com a cabeça o adolescente – em busca de vítimas perto da entrada da caverna. Eu e os demais vamos passar por trás de vocês e procurar vítimas espalhadas fora do caminho até a aldeia.

Felipe olhou para os três homens restantes. Ele sabia o nome deles, porém a pressão do momento fez os nomes escaparem. Então ele apelidou cada um pela característica mais marcante.

– Barbudo, Cabeludo e Altão – disse Felipe apontando para cada um. – Me sigam.

– Eu sou mais alto que o Altão – problematizou o Barbudo.

Felipe suspirou.

– Agora não! – disse ele, entredentes.

Felipe se lembrou dos três selvagens que surgiram juntos havia apenas quatro meses. Desde então ficaram inseparáveis.

Os sete assentiram e começaram a se esgueirar até a entrada da caverna. No caminho, viram os animais colocando para correr os diversos selvagens que estavam em busca das crianças.

– Não acredito que o Coelho de Caerbannog é real – disse o adolescente.

– Espera – Osvaldo interrompeu Felipe. – Coelho de quê?

– Não tenho a mínima ideia sobre isso – respondeu Felipe.

– Certo... hã... Prossiga – pediu Osvaldo.

Então Felipe e seus grupos seguiram até o local onde começou a confusão. O primeiro grupo com a mulher ruiva, Fabiano e o adolescente com medo fez uma busca rápida por pessoas feridas. Enquanto isso, Felipe e seu grupo seguiram em direção à vila, porém serpenteavam o caminho para procurar pessoas caídas.

Na metade do caminho entre a caverna e a vila, Felipe deparou com um homem careca, vestido apenas com folhas em volta da cintura. O homem estava encurralado por cinco cervos. Ele avistou o grupo de apoio.

– Me ajudem! – gritou ele. Muito tarde. Os cervos revezavam qual deles seria o próximo a golpeá-lo. Felipe chegou já com o homem caído e seu crânio afundado. Os cinco cervos dispersaram-se um para cada direção.

Aquilo foi a gota d'água para o chefe da segurança. Todas as mortes daquele dia eram culpa dele por não ter tomado uma decisão diante da pessoa com capa. Ela estava com três crianças e exigiu dois sacrifícios. Pelo que ele pôde testemunhar, já era a sexta pessoa a perder a vida naquele dia. Até Leonardo conseguiu tomar alguma atitude e possivelmente estava morto, devorado pelos ursos.

Ele perdeu a noção de quanto tempo ficou ajoelhado ao lado do homem, em estado de choque. Ele não se importava com mais nada; gostaria de fugir dali e nunca mais ser visto pelas pessoas que ele decepcionou.

Surgindo do nada, Barbudo agarrou Felipe pelo colete fedido e o ergueu, colocando-o em movimento no mesmo instante. Atrás deles, o grupo de Fabiano estava correndo acompanhado por mais duas mulheres. Uma ele reconheceu sendo Sabrina: ela estava bem ferida e tinha dificuldades em correr sem apoio, a outra estava irreconhecível devido ao sangue que escorria de um profundo corte na testa.

– Corram! – gritou a mulher ruiva. Ao lado dela, corria um lobo procurando o melhor momento para atacar. Ela não precisou gritar outra vez. O grupo de Felipe correu em disparada de volta à vila, já o chefe de segurança ficou para ajudar o outro grupo.

Logo, os seis – Felipe, Fabiano, a mulher ruiva, o adolescente, Sabrina e a mulher ferida – estavam correndo no ritmo de Sabrina. O lobo penetrava cada vez mais com o olhar, contemplando suas futuras vítimas.

E atacou.

Ele pulou sobre Sabrina. A ágil mulher conseguiu desviar e enfiou um galho na coxa traseira do animal. Ele caiu no chão, batendo com o peito e grunhindo. Infelizmente para o grupo, isso apenas garantiu alguns segundos de vantagem antes de outro ataque. O galho atravessado parecia não incomodar o lobo, que atacou novamente. Dessa vez foi fatal: o animal avançou sobre a outra mulher, ela nem reagiu. O predador pulou diretamente em seu pescoço.

O sangue jorrou do pescoço dela, colorindo todos ao redor. A mulher ruiva estava com dois tons de vermelho nos longos cabelos, Felipe ficou com o lado esquerdo do rosto coberto por sangue, o adolescente quase vomitou ao receber sua parte. Então o ataque terminou, o lobo ficou contente por estar com uma presa e poder comer em paz antes da chegada de outros animais.

– Depois disso, não tivemos mais incidentes – concluiu Felipe.

– Qual a baixa total? – perguntou Osvaldo.

– Foram treze mortos contando Leonardo – lamentou Felipe. – Impossível ele ter escapado de lá.

Osvaldo sentiu um leve toque de esperança ao saber que o Número Sete estava fora da jogada. Torcia pela mulher ter mudado os planos e confiado nele. Ou algo em alguma outra vila ter dado extremamente errado para mandá-lo para lá, deixando-o em paz. Entretanto, talvez outro número viesse substituir Sete.

– E a criança resgatada? – perguntou Osvaldo.

– Ela está bem – respondeu Felipe. – Falta resgatarmos a outra criança e Pedro.

– Estamos fodidos – resmungou Osvaldo. O golpe de duas crianças estarem correndo risco real de morte o atingiu em cheio. E logo Pedro, o garotinho que o abraçou. – E os feridos? – perguntou Osvaldo, dando-se conta de que mais gente poderia morrer nos próximos dias.

– Sob cuidados há mais de trinta com algumas escoriações, arranhões e machucados superficiais – respondeu Felipe. – Mesmo assim não vou falar com Antônio nos próximos dias.

Osvaldo suspirou ao ouvir o nome. Se tratando de uma pessoa, ele já se sentia a pessoa mais importante da vila, imagina cuidando de vinte.

– E Beatriz?

– Está com a criança, tomando os cuidados necessários. Aparentemente ela não está machucada fisicamente. – Dessa vez foi Felipe quem suspirou. – Não entendo o motivo de ter a troca.

– Como assim?

– Qual a razão de ele ter sequestrado três crianças e pedido dois adultos em troca? Como ele controlava os animais? Se ele controlava os animais, por que um deles não respondeu na hora? Possuo inúmeras perguntas que me incomodam muito e nem consigo imaginar a resposta.

Osvaldo balançava a perna, inquieto. Ele duvidava que Felipe conseguisse uma resposta independentemente do quanto cavasse.

– Você está bem? – perguntou Felipe, olhando para o rosto inquieto de Osvaldo.

– Impossível depois de ouvir isso – lamentou ele.

– Descanse – disse Felipe. – Volto amanhã com seu café e alguns relatórios do pessoal.

Os dias seguintes foram tomados por um denso sentimento de luto na atmosfera, Osvaldo quase conseguia tocá-lo. O número de pessoas comendo no refeitório caiu para a metade, Douglas permitiu aos moradores levar comida para suas cabanas pela primeira vez desde que chegara ao local. A construção mais movimentada era a precária cabana hospitalar, Osvaldo entrou e imediatamente se arrependeu: havia espaço para quinze esteiras, Antônio conseguiu compactar trinta e duas na noite do acontecimento.

Felipe mentira na seriedade dos machucados. No quarto dia após a internação, ainda havia vinte e três camas improvisadas. Das vinte e três, apenas oito estavam vazias – os únicos com machucados nos braços ou peito tinham ordem de apenas dormir no hospital. Então havia quinze deitados com diversos ferimentos ou em situação com risco de morte. Antônio certamente os tratava como lixo, pois o lugar fedia a excrementos e sangue. Não havia alguém para limpar os feridos.

Como sempre fizera, Antônio percebeu a aproximação de Osvaldo e ignorou-o. Estava concentrado – ou fingindo estar – olhando a perna de um paciente. Ao lado dele estava uma mulher, uma ajudante com cerca de quinze anos, ela olhava aterrorizada para o ferimento e parecia estar mais pálida.

Quase desmaiando, a jovem caminhou para trás e pisou na mão de alguém deitado. Ouviu-se um grito.

– Desculpa – ela murmurou sem jeito.

– Me traga água – exigiu Antônio.

Ela se recompôs quase imediatamente e saiu da cabana.

– Ajudantes – queixou-se Antônio –, mais atrapalham do que ajudam.

– Tenho certeza de que ela está fazendo seu melhor. – Osvaldo não soube de onde veio tanta simpatia pela jovem. Talvez o local o tenha deixado mais propenso a ser simpático, ou até mesmo empático.

– Está tudo bem? – perguntou Antônio.

Osvaldo parou e pensou se morderia uma possível isca. Ele preferiu permanecer em silêncio.

– A situação aqui está feia – recomeçou Antônio.

– Fiquei sabendo – respondeu Osvaldo. – Mas estou aqui para tratar de outro assunto.

Antônio levantou uma sobrancelha.

– Aguarde uns dez minutos e já falo com você.

– Vou esperar do lado de fora.

Osvaldo sentiu-se aliviado por poder sair do local. Ao sair, a ajudante que entrava carregando um balde de água esbarrou nele. O balde caiu das mãos dela, molhando dois pacientes.

– PORRA! – gritou Antônio.

Osvaldo não esperou dez minutos, nem trinta. Ele esperou uma hora e meia do lado de fora e Antônio nem se preocupou em se desculpar.

– Diga – começou ele.

– Preciso das ervas com efeito sonífero mais potente – pediu Osvaldo.

– Eu estou utilizando para relaxar as pessoas lá dentro.

– Eu preciso para salvar duas crianças e um quase adulto.

– O que eu faço se alguém acordar com uma dor insuportável e não tiver nada para acalmá-la? – perguntou Antônio. – Eu preciso das ervas.

– Creio que você não entendeu a gravidade da situação – Osvaldo tentou argumentar o máximo possível pelas crianças. – São três pessoas sendo guardadas por ursos.

– Você nem sabe se estão vivas ou não – disse Antônio.

– Talvez sim, talvez não. Mas isso não muda o fato de eu precisar resgatá-las.

– Traga uma prova de que elas estejam vivas e eu verei se posso ajudá-lo.

– Vou trazer sim – garantiu Osvaldo. – E é melhor você nos ajudar.

– Você sabe onde me encontrar – disse Antônio, entrando na cabana.

Osvaldo seguiu caminho até a cabana de Felipe. Ele não esperava encontrar o homem lá, mas queria ver a lança com os próprios olhos.

De frente para a porta, olhou para os lados procurando por alguém. Não vendo uma pessoa passando, colocou a mão pela fresta na tentativa de achar a trava e abri-la. Foi fácil: a trava eram apenas dois pedaços de madeira fazendo um X, e bastou remover a que estava por cima que a porta abriu sozinha.

Como já era esperado, Felipe não estava na cabana, porém seu colete fedido estava estendido em frente à janela para pegar um pouco de sol. Além da cama, havia: um pequeno balde de madeira cheio de cascas de frutas em um canto, a tampa estava torta e caída para dentro; uma pequena mesa para duas pessoas e um tronco de árvore improvisado como banco, sobre o banco havia algo parecido com uma almofada feita de folhas em que Osvaldo se sentou. Não era confortável, mas um pouco melhor do que se sentar direto na madeira dura.

De frente para Osvaldo estava a lança presa e exibida como um troféu. Ela parecia chamar o homem para mais perto, como se tivesse um segredo para contar. Osvaldo caminhou lentamente até ela e a retirou do suporte. Sua ponta de aço continuava sem um risco sequer, o cabo de madeira estava suportando muito bem o passar dos anos; os buracos para os dedos continuavam intactos, exceto um. Ele parecia usado, porém não estava danificado ou sua função estava comprometida. O dedo continuava deslizando e firmando-se no local. Então Osvaldo percebeu algo: não eram buracos para dedos, eram buracos para os cristais. O cristal verde dado para Pedrinho estava sendo usado na lança e seu poder controlava os animais.

Agora tudo fazia sentido para Osvaldo. Quando a mulher começou a usar a lança e o cristal, ao qual ela tinha acesso pela entrada em sua casa subterrânea, com a carga completa, não havia mais necessidade de eles mandarem sinais para Osvaldo agir, por isso as chuvas pararam e não houve mais intempéries nem acidentes para atrapalhar a vida dos moradores na vila. Por fim, só faltava ele se lembrar de todos os detalhes para concluir o plano original de trinta anos atrás e descobrir se Felipe estava trabalhando para eles.

Eles. Só de lembrar em estar diante deles no recrutamento para o grande experimento da ilha, Osvaldo sentia um calafrio que percorria sua nuca até o cóccix. A grande sala oval, com Osvaldo trinta anos mais jovem sentado no meio, com luzes fortes atingindo-o no rosto e cegando-o, e cercado por vultos, explicando e respondendo suas poucas perguntas enquanto julgavam se ele era capaz ou não de fazer tudo o que seria mandado a fazer, inclusive matar, se fosse necessário. Então ele se lembrava do motivo de ter se candidatado para o grande Projeto A: o mapa da ilha era exposto por um retroprojetor atrás das sombras e seu nome estava escrito em grandes letras douradas, convidando diversos aventureiros a se candidatarem ao emprego conquistado por Osvaldo.

O mapa com diversos ecossistemas fazia a ilha parecer maior do que era: deserto, florestas, alguns rios, planícies, cercado por praias e até uma enorme montanha no meio. Do tamanho aproximado das Ilhas Maurício, era possível atravessar de uma ponta a outra em poucos dias.

Então Osvaldo retornou à realidade com o fim do calafrio. Ele estava na cabana de Felipe e tentava concluir se o chefe da segurança estava ou não trabalhando para os homens e mulheres daquela terrível sala. Osvaldo tentava se lembrar da conversa com a mulher de cabelos brancos, mas seu cérebro apresentava dificuldades em armazenar a memória curta. Ele com certeza iria lembrar se ela incluísse Felipe na conversa. Mesmo assim recorreu a uma conversa de dias atrás quando Felipe disse estar dormindo como uma pedra nos últimos dias; coincidência ou não, Osvaldo iria procurar algo em sua cabana.

Ele olhou para a cama junto à parede de folhas, então gravou sua localização e saiu da cabana, procurando algo no lado oposto. Como já era esperado: nada especial no lado de fora, apenas um arbusto e algumas flores coloridas. Osvaldo se aproximou do arbusto e tateou seu interior, encontrando apenas ramos e outras folhas, porém o chão levantou suspeitas por apresentar algumas falhas na grama: ou alguém estava pisando continuamente no mesmo local ou água da chuva empoçou e danificou a vegetação.

Então Osvaldo colocou os pés nas marcas e tateou a parede. Seu coração começou a bater mais forte quando percebeu um pequeno rasgo entre as folhas da parede que permitia a passagem de um braço. Para ajudar a localizar o rasgo, Osvaldo arrancou um ramo do arbusto, enfiou na falha da parede e entrou novamente na casa. Seu queixo caiu quando viu o ramo encostando-se à cama, um pouco antes da metade do colchão feito de folhas. Osvaldo concluiu que alguém estava dopando Felipe e roubando a lança. Felipe era inocente! Seu sangue subiu à cabeça e ficou esbravejando mentalmente com a mulher.

Osvaldo continuou xingando a mulher até se acalmar e tentou colocar os pensamentos em ordem: ele precisaria descobrir quem estava dopando Felipe e pegando a lança – provavelmente era a mulher de cabelos brancos –, talvez nem estivesse mais, mas era preciso ter certeza; descobrir o motivo de a lança ainda estar ali, sendo que a mulher poderia ter roubado para ela; descobrir onde Leonardo estava, aliás era o principal suspeito de estar ajudando a mulher a pegar a lança; descobrir como resgatar as crianças imediatamente. Eles o tiraram da jogada. Agora estava por conta própria ou seria utilizado e depois jogado fora.

Ele saiu da cabana de Felipe, procurando pelo homem. Acabou encontrando-o no refeitório enquanto conversava com Douglas. Um pensamento atingiu sua cabeça: Douglas já estivera preso, talvez seu espírito criminoso continuasse vivo e pronto para agir. Osvaldo decidiu ficar um pé atrás com ele.

– Felipe – chamou Osvaldo –, podemos conversar?

Após Felipe olhar para Douglas e assentirem, eles se afastaram.

– Me dê seu braço – pediu Osvaldo.

– Como? – repetiu Felipe.

– Tem algo de errado aqui e preciso da sua ajuda para resgatar as crianças.

– Eu vou te ajudar, mas estou sem ideias.

– Me dê seu braço e compartilho minha ideia.

Felipe hesitou com o pedido inusitado, mas sua esperança em salvar as crianças falou mais alto. Ele estendeu o braço.

Osvaldo agarrou e puxou para si, procurando qualquer marca ou sinal de perfuração. As únicas marcas eram picadas de insetos.

– O outro, por favor.

Felipe estendeu o braço. Novamente sem encontrar uma marca além de picadas de insetos, Osvaldo balançou a cabeça negativamente.

– Você está com marcas em algum lugar do corpo? Talvez nas costas ou em outra região?

Felipe hesitou e estendeu a mão direita.

– Você as tapou enquanto procurava.

Osvaldo se sentiu um idiota por não ter encontrado as picadas, depois congelou ao ver meia dúzia de picadas sobre a veia. Era a confirmação.

– Você está sendo dopado enquanto dorme – disse Osvaldo, sem tirar os olhos das marcas. – Talvez faça sentido se pensar que essas marcas surgiram quando você começou a dormir feito pedra.

Felipe não esboçou reação. Ficou olhando para as minúsculas picadas em sua mão.

– Agora posso saber que confio em você para meu plano para salvar as crianças.

– Qual plano? – perguntou Felipe, olhando com raiva para as picadas.

– Pedi para Antônio me dar um sonífero potente, mas ele se recusa.

Felipe levou alguns segundos para processar a ideia de Osvaldo.

– E quem está me dopando? – perguntou ele.

– Minha teoria é de que seja pessoa encapuzada que está com as crianças. Ela precisou da lança por algum motivo.

Felipe pensou nos depoimentos das crianças e em como um homem estava com uma lança que refletia o luar. Então assentiu e chamou a responsabilidade.

– Deixa comigo. Eu te encontro na sua cabana.

Enquanto se afastava, Felipe dava passos pesados e decididos em direção à cabana hospitalar.

Ele bateu na porta da cabana de Osvaldo vinte minutos depois. Seu olho estava roxo e os nós dos dedos sangravam.

– Espero nunca precisar de atendimento médico – ele sorriu, revelando sangue nos dentes.

– Não precisa entrar em detalhes – disse Osvaldo.

– Ele vai manipular as ervas. Daqui duas horas podemos pegar o sonífero e resgatar as crianças se ainda estiverem vivas.

Duas horas se passaram e, conforme o combinado, Osvaldo e Felipe entraram silenciosamente na cabana hospitalar. Osvaldo logo se arrependeu: vinte e três pessoas estavam lá e o cheiro de excrementos estava mais forte e mais nauseante do que na última visita. Antônio estava em uma mesa terminando de amassar algumas sementes em um pilão de madeira.

– Fiquei me perguntando a que horas vocês viriam – disse ele. – Minha vontade de ajudá-los era zero, mas eu fiz um juramento.

Ele inseriu as sementes em um líquido.

– Deixe decantar por duas horas e estará pronto – continuou.

Felipe agarrou o frasco com sementes.

– O frasco inteiro pode matar um elefante.

Os dois saíram da cabana sem dizer uma palavra e seguiram em direção à criação de animais. Sabrina os aguardava lá.

– Separei coelho, galinha e peixe – disse ela, apontando para pedaços de carne. – Algum deles terá de servir.

– Obrigado, Sabrina – disse Osvaldo. – Vamos trazer essas crianças de volta.

Felipe pegou os pedaços de carne e colocou-os em uma grande sacola de couro. Já Osvaldo imaginou os pedaços sendo preparados e assados.

O sol estava começando a descer entre as árvores no oeste quando a dupla alcançou alguns guardas armados – e que estiveram presentes no dia da tentativa de resgatar as crianças – a meio caminho da caverna. Conforme combinado, seguiram em silêncio pelo caminho restante.

Olhando para a posição solar, Felipe constatou já terem passado duas horas após Antônio lhe dar o frasco. Com cuidado, retirou a tampa improvisada de madeira com um prego de ponta redonda e esperou Osvaldo estender os pedaços de carne.

– Primeiro nós descobrimos o gosto alimentar deles – resmungou Felipe para si, enquanto repassava mentalmente o plano. – Depois damos a eles a comida batizada.

– Alguém sabe qual espécie de urso é? – perguntou Osvaldo, dirigindo-se aos guardas. Os guardas entreolharam-se e balançaram negativamente a cabeça. Osvaldo suspirou, porém os chamou de incompetentes em seus pensamentos.

– Espero que não sejam vegetarianos – resmungou Felipe. Depois se deu conta de que dissera muito alto e concluiu: – Não existem, né?

– Ursos vegetarianos? – perguntou Osvaldo. – Não são pandas!

– Se forem pandas pintados de preto com manchas brancas, estamos ferrados – disse Felipe, mais para si. Então pegou um punhado de carne de galinha e atirou próximo à entrada da caverna, logo depois arremessou o coelho e, por último, o peixe. – Só esperar.

Os ursos sentiram cheiro de comida e saíram da caverna. O primeiro cheirou todos os alimentos e contentou-se com um pouco de coelho. O segundo cheirou os peixes e as galinhas, porém desistiu de se aproximar dos coelhos enquanto o primeiro ainda comia. O terceiro simplesmente empurrou o primeiro e abocanhou toda a carne de coelho disponível. Os três voltaram para dentro da caverna sem tocar nos outros alimentos.

Então Felipe abriu o saco e retirou toda a carne de coelho de dentro. Alguns pedaços das outras carnes saíram junto, mas ele nem se incomodou em tirar. Então virou devagar o frasco com o sonífero em cima da carne até ser bem absorvido e ficar besuntada.

– Quem vai? – perguntou ele.

Os guardas olharam para ele, calando-se do assunto da conversa. Pela expressão dos guardas, parecia que Felipe pedira para todos irem morrer, mas só era perigoso caso desse errado.

– Ao menos entrem comigo – pediu ele, encarando seus comandados.

Os guardas assentiram em resposta e levantaram as lanças de madeira, preparando-se para uma possível luta.

O grupo se aproximou da caverna carregando três punhados de tamanho aproximado – os guardas carregando comida deixaram a lança junto com Osvaldo – e logo não enxergavam mais do que cinco metros adiante. Com uma espécie de bocejo ameaçador, um dos ursos percebeu a aproximação de estranhos, entretanto continuou deitado: estava com sono demais para reagir.

– Silêncio! – pediu uma feminina voz infantil, quase gritando. – Vocês vão acordá-los! De novo!

Como resposta ao pedido da criança, os guardas jogaram a carne na frente dos animais. Felipe permaneceu imóvel diante da cena: as duas crianças estavam deitadas encostadas nos ursos, confortáveis na presença deles.

– Vocês estão aqui para nos buscar? – perguntou Pedro.

– A moça disse que são ursos-de-óculos – disse a menina. – Também disse que são tão dóceis quanto os pandas.

– Estamos aqui para resgatá-los – disse Felipe.

– Finalmente, mas só tem um problema – alegrou-se Pedro, enquanto mostrava uma corda que os amarrava a uma argola na parede rochosa.

– Sem problema – respondeu um guarda, com um sorriso amigável. Ele cortou as cordas, soltando as crianças.

– Vou sentir saudades deles – disse a menina, abraçando o urso ao qual estava encostada. – Essa é a Fofinha. Pedi para Pedro batizar o urso dele, mas ele não quis.

O garoto ergueu os olhos para o teto da caverna e suspirou profundamente.

Já havia anoitecido quando Felipe despediu-se de Osvaldo e saiu da cabana do idoso. Havia tempo que os dois não se sentiam tão leves e aliviados como estavam naquele momento. Salvar as duas crianças sem nenhum machucado era muito além do imaginado, porém elas estavam intactas, alegrando a todos na vila.

Osvaldo deitou na cama da parte superior de sua cabana e tentou imaginar-se como um habitante normal. Tentou sentir o peso da morte de tantas pessoas e como a vila estava voltando ao normal dia a dia, agora com a volta das crianças talvez amanhecesse diferente. Ele não queria descer para sua cama confortável; era por medo de encontrar a mulher e medo de se sentir culpado por tudo aquilo que estava acontecendo. Ele sabia que tinha culpa, mas não se importava. Ele sempre soube o que teria de fazer e concordou com tudo para garantir seu lugar na ilha.

Contra sua vontade, ele cochilou e acordou irritado e com dor nas costas. Sendo assim, decidiu descer até seu quarto. Empurrou a cama desconfortável, abriu a passagem secreta e desceu lentamente a escada em espiral. Para seu alívio, estava sozinho lá. Porém uma única luz vermelha estava acesa na parede: ela indicava movimento nas proximidades, mas ainda longe da cabana. Osvaldo estremeceu e pediu para a luz apagar e ela obedeceu a seu pensamento antes de acender novamente.

A luz piscante indicava movimento capturado por uma segunda câmera de vigilância, mais próxima à casa. Alguém estava se aproximando. Osvaldo correu até as telas e identificou uma pessoa caminhando sorrateiramente por entre árvores e arbustos como se não quisesse ser vista por trás – pelas pessoas da vila.

Logo todas as luzes vermelhas acenderam-se: sinal para Osvaldo subir porque a pessoa estava se aproximando da casa. Osvaldo retornou imediatamente ao andar superior, fechando a porta secreta e a escondendo sob a cama. Ele estava irritado por causa da dor nas costas e agora mais irritado pela visita àquela hora.

Alguém bateu de leve na porta. Osvaldo fingiu não ouvir.

A pessoa bateu novamente na porta.

– Osvaldo, abra essa porta – pediu uma voz feminina.

Não acreditando nisso, ele levantou da cama e abriu a porta. Parada do lado de fora estava uma mulher com quase trinta anos. Osvaldo encarou-a sob o luar fraco e concluiu que nunca a vira antes. Entretanto algo chamou sua atenção: ela trazia uma marca entre os olhos, típica marca de um usuário de óculos.

Sem pedir licença, ela entrou na cabana.

– Quem é você? – perguntou ele.

Ela sorriu.

– Sou a Número Dois – e se aproximou, revelando um nariz fino, pontudo e levemente erguido que agraciava ainda mais seus traços delicados e belos –, mas pode me chamar de Ticiana.

CAPÍTULO 19

ALEX 3

Foi um longo caminho que Alex teve de percorrer após vergonhosamente perder a adaga para o misterioso da túnica roxa até encontrar Andressa. Ele caminhou por entre as cabanas vazias, onde toda a vida da vila estava centrada em um antro de curiosidade em volta da grande cabana. Todos os moradores eram atraídos até lá por um faro de curiosidade e por quererem saber o que havia acontecido.

Toda essa comoção deixou Alex irritado. Eram muitas pessoas que estavam coçando a barriga quando tudo aconteceu e agora comentários grossos eram proferidos a quem deixou o misterioso homem escapar.

– Se eu estivesse lá a história era outra! – gritou um morador.

– Não tinha um homem lá dentro! – gritou outra.

Aquilo ferveu o sangue de Alex. Além de ter apanhado, ouvir comentários de quem nem estava lá o fazia se sentir mal por dentro.

Logo os corredores estavam desertos, preenchidos apenas por alguns retardatários com cara de sono que corriam em direção à cabana.

Alex seguiu seu instinto, que o levou por um caminho atrás do refeitório. Mesmo verificando toda a área, não encontrou rastros ou sinais de atividade humana. Entretanto, ele entrou cegamente na floresta.

Mais adiante encontrou uma clareira, havia sinais de caça recente e rastros que o levavam ao leste. Porém ele continuou em sentido norte. Caminhou tentando não fazer barulho pelo que pareceu uma hora. Era óbvio que se sentia extremamente perdido e faminto, porém seus instintos o diziam para continuar.

"O que seus instintos estão lhe dizendo?". A voz de Andressa martelava em sua cabeça e ele podia ouvi-la como se ela sussurrasse a poucos centímetros de distância. Ele olhou ao redor, pois certamente era algo que ela faria sem hesitar.

A floresta começou a ficar mais densa e densa. Logo teria de voltar ou correria o risco de passar a noite no escuro. Porém seus instintos o diziam para continuar em frente.

Já estava chegando ao final da tarde quando ele ouviu algo perto de si. O simples som de um galho quebrando. Seu coração disparou e ele entrou em estado de alerta.

– Andressa? – perguntou ele. – Eu ouvi você.

– Sua amiguinha está longe – respondeu uma voz masculina que ele nunca ouvira.

Alex virou a cabeça devagar na direção da voz. Definitivamente não era alguém que ele conhecia. E o que viu foi desconcertante.

Suas pernas amoleceram e ele quase caiu, sem forças devido ao choque.

A alguns metros dele havia um homem carregando uma espada. O pouco de iluminação que entrava na floresta não lhe permitia enxergar muitos detalhes, só sabia que o homem estava de calça jeans, uma camiseta metade verde-escuro e metade marrom, uma jaqueta camuflada e luvas.

O homem mexeu na cintura, puxou algo parecido com um celular antigo, apertou alguns botões e disse:

– Ele está aqui.

Alex ficou parado. Suas pernas não tinham forças para correr.

– Certo – disse o homem, respondendo a quem estava do outro lado da linha. – Mantenham-na ocupada então. – E desligou o aparelho.

O homem riu com deboche.

– Sua amiga não irá lhe salvar.

Então avançou na direção de Alex com a espada em punho, pronta para cortar. Alex permaneceu parado até o último instante, quando conseguiu dar um salto para trás. – Suas aulas de luta com espadas estavam lhe rendendo hematomas enormes, porém seus reflexos estavam mais aguçados.

– Quem é você? – perguntou Alex, já sabendo que não obteria resposta.

– Não te interessa! – gritou o homem preparando outro ataque.

A espada do homem cortou o ar novamente, acertando superficialmente o braço esquerdo de Alex, que gritou de dor em resposta. Ao sentir a dor, sua força voltou e ele começou a correr na direção por onde viera.

– Abaixe-se! – gritou uma voz feminina.

Alex tropeçou e caiu no chão.

– Perfeito! – gritou a mesma voz.

Alex viu claramente Andressa sair de trás de uma árvore, saltar por cima dele e investir contra o homem que o atacava. Ela com sua faca de caça e ele com a espada. Os dois digladiavam, investindo e recuando conforme balançavam suas armas. De súbito, Alex pegou uma laranja podre que jazia perto de si e jogou no homem misterioso. Foi o suficiente para distraí-lo por um segundo, e Andressa soube aproveitar muito bem.

Com um golpe de cima para baixo, ela cortou profundamente o braço direito do homem, que soltou a arma e gritou de dor. Então ela o chutou no tórax para que ele caísse indefeso no chão.

– Últimas palavras? – perguntou ela, conforme aproximava sua faca da garganta de seu inimigo.

– Não é ela! – gritou o homem. – É uma armadilha! Não é ela!

Alex viu o homem mexendo no aparelho em sua cintura. Antes de conseguir gritar para Andressa não fazer nenhuma estupidez, ele teve de desviar o olhar instantes antes de ela terminar o serviço.

Era a segunda vez que ele via alguém morrer diante de seus olhos e a jovem foi a assassina em ambas as ocasiões. Ele tinha certeza de Andressa não ser uma pessoa que matava por prazer, mas era melhor tomar cuidado com alguém que poderia cortar seu pescoço sem remorso algum.

– Nós poderíamos ter feito perguntas! – gritou Alex.

Andressa o ignorou e limpou o sangue de sua faca na camiseta de duas cores. Ela pegou a jaqueta camuflada e a analisou, depois pegou as luvas de couro, pegou a espada, jogando na direção de Alex, que a segurou, e, por último, destruiu o aparelho usado na comunicação.

– Ele poderia ser útil! – gritou Alex, mas apenas pássaros ouviram seu grito. Andressa estava de corpo lá, enquanto sua consciência caía em um poço de desespero. – Andressa?! – gritou Alex novamente, buscando resposta.

Ele aproximou-se devagar da jovem, cuidando para fazer barulho de propósito para ela ouvi-lo. Com um toque gentil em seu ombro, ele trouxe-a de volta para o mundo. Ela soluçou e virou seu rosto para ele. Lágrimas corriam.

– Alex… – disse ela, sem saber como se expressar. – Estou tendo sonhos esquisitos nos últimos dias.

– Sim… – concordou ele, sem entender.

– Nós estamos fodidos, Alex. Fodidos!

– Como assim?

Lágrimas pesadas carregadas de puro desespero caíam de seu rosto. Alex sentiu um arrepio ao ter certeza de que havia um ser humano sob aquela carapaça dura e sem sentimentos. Andressa com certeza sabia disfarçar muito bem o que passava em sua cabeça. E, com os lábios tremendo, começou a falar:

– Algumas semanas atrás vieram alguns azarados e uma jovem não sobreviveu. Até aí normal, porém duas semanas atrás eu comecei a sonhar com ela e ela me contava coisas esquisitas. Algumas coisas sobre a ilha, sobre o futuro. Algo muito grande está por trás de tudo.

– Era apenas um sonho – tranquilizou-a Alex. – Não tem motivo para preocupação, todo mundo tem sonhos esquisitos.

– O ápice foi quando ela se transformou em um cavalo branco, com crina e rabo coloridos e um grande chifre na testa...

– Um unicórnio, não?

– Unicórnios não existem, Alex! Unicórnios não existem!

– Mas você descreveu um unicórnio em seu sonho.

– Era a porra de um cavalo parecendo um unicórnio!

– Tá, esquece isso.

– Então... – recomeçou ela. – Essa garota me contava histórias do que aconteceu antes de eu chegar e de como precisávamos confiar nos nossos instintos. Era algo bem esquisito, na verdade, pois eu sentia que ela falava tudo aquilo com o coração e eu sentia seus sentimentos se comunicando comigo. Mas aquela garota estava morta! Então eu perguntei o que aconteceria nos próximos dias. Meu maior erro.

"Ela claramente falou que chegariam três novos azarados e descreveu vocês com exatidão, inclusive disse para manter você vivo e perto de mim o tempo inteiro. Óbvio que não acreditei, porém os sonhos ficavam mais e mais realistas!"

Andressa parou um pouco para respirar. Alex ouvia tudo sem piscar.

– Então ontem à noite ela disse que eu deveria ficar com você o tempo inteiro, mas que eu tomaria a decisão mais difícil da minha vida! Ela disse que um homem numa túnica roxa iria aparecer na cidade, mas que eu não deveria me preocupar com ele, pois ele conseguiria completar o objetivo dele sem derramar sangue. A garota me explicou que o importante era criar uma distração usando alguém que se parecesse comigo e a mandasse para o sul, portanto fui atrás de uma garota que se parece um pouco comigo, tive de mudar o penteado dela e deixá-la mais como eu. E agora ela pode estar morta e é tudo culpa minha! Ela disse para eu escolher entre a vida dessa garota ou a sua vida, Alex!

Lágrimas caíram do rosto dela. Todas densas de desespero e angústia.

– Então vamos em busca dessa garota! – disse ele chacoalhando os ombros de Andressa. – Ela pode estar em perigo.

Andressa afastou os braços de Alex e chacoalhou negativamente a cabeça.

– Ela está longe, o máximo que podemos fazer é rezar para que a equipe de resgate chegue antes.

– Onde ela está? – perguntou Alex.

– Mandei ela seguir uma trilha para o sul! Já está há horas de caminhada – respondeu Andressa. E acrescentou baixinho: – Totalmente sem rumo. – Então finalizou com tom de voz normal: – Depois mandei algumas pessoas darem uma margem a ela e a seguirem. Não sei o que aconteceu.

– Entendi... Quando você fez tudo isso?

– Logo após o homem sair da cabana. Eu corri para a casa da menina, a arrumei e a mandei ir pelo caminho. Então encontrei alguns moradores curiosos e ordenei-os a fazer o mesmo...

Ela disse "mandou" e agora "ordenou", creio que ela os ameaçou.

"... para protegê-la. Depois fiquei escondida e te segui calmamente conforme as instruções da menina dos meus sonhos."

– Deve ser por isso que o homem disse que você estava longe e que tentou avisar sobre uma armadilha no rádio. Vão encontrar alguém que não é você e ainda com guarda-costas.

– Penso o mesmo. Por isso vamos voltar à vila, mas sem alarde.

Andressa ajoelhou-se para pegar a jaqueta, as luvas e a bainha antes de começar a caminhar de volta para a vila, porém Alex permaneceu parado olhando para o corpo do homem que tentara lhe matar.

– Você precisava mesmo pegar suas roupas?

– Mortos não sentem frio, Alex. Mortos não sentem frio.

Dito isso, a viagem de volta foi em completo silêncio. Alex sabia que havia mais previsões escondidas que Andressa preferiu esconder. Depois de poucos minutos, a escuridão na floresta começou a tomar forma e a pouca iluminação foi substituída por uma tocha improvisada que Andressa fez, sob o olhar atento de Alex. Assim como a temperatura foi baixando, um vento começou a balançar a copa das árvores, fazendo a temperatura parecer despencar ainda mais; Andressa sorriu com o canto da boca enquanto vestia a jaqueta do homem morto. Como as luvas não serviram, ela deu para Alex, que relutantemente aceitou e procurou por vestígios de sangue antes de vesti-la.

Agora estava usando um par de luvas e carregando uma espada na bainha de um homem morto.

Isso vai completamente contra qualquer comportamento ético que eu achava possuir. Talvez isso seja a chave da sobrevivência.

As luvas eram confortáveis e havia adereços de borracha para aumentar a aderência, facilitando muito segurar a espada com ela. Apesar de pertencerem ao homem morto, Alex decidiu ficar com o par.

– Como você recuperou sua faca? – perguntou Alex, lembrando que o homem a havia tomado durante a luta.

– O desgraçado deixou sobre meu corpo – respondeu ela, antes de correr ao ver as primeiras luzes da vila aparecendo no horizonte.

Quando chegaram já era bem noite. O coração de Alex bateu mais forte na expectativa de saber sobre a menina. Por isso, andaram rápido até a enfermaria e encontraram uma grande multidão do lado de fora.

Ai que merda. Agora EU sou o curioso.

– Que bosta... – murmurou Alex ao ver a multidão.

– Vamos chegar mais perto – disse Andressa.

Os dois foram se aproximando e se esgueirando por entre a multidão. Muitos estavam lá sem saber o que acontecia.

– Parece que houve um ataque – disse um dos curiosos.

– Deixem Andressa passar! – gritou uma voz conhecida na entrada da enfermaria. Era Fernando, e ele parecia preocupado.

A multidão começou a abrir desorganizadamente para a passagem dos dois.

– Estávamos caçando – murmurou Alex.

– Caçando o que com uma espada? – rangeu Andressa entredentes.

Ao entrarem na enfermaria, ambos suspiraram profundamente ao ver uma garota parecida com Andressa apenas com escoriações pelo corpo; apesar de uma gritante diferença de idade e alguns centímetros, as duas lembravam uma a outra. Os machucados eram provenientes de arranhões de galhos e de joelhos esfolados, como qualquer criança naquela idade. A garota parecia assustada, mas estava bem fisicamente.

Já outros dois homens estavam deitados nos colchões de palha e pareciam mais machucados. Um deles tinha uma enorme mancha de sangue no peito, originada por um profundo corte no braço.

Além dos enfermos, Tadeu e os gêmeos estavam conversando com outros quatro moradores. Andressa cutucou Alex.

– Todos estão aqui – murmurou ela. Alex sentiu uma pontada de felicidade que perdurou até olhar para o rosto de Tadeu. Não havia sorriso.

O idoso aproximou-se com a velocidade máxima que seu corpo permitia. Seus olhos estavam furiosos enquanto perfurava os dois novos presentes do local.

– Alguém pode me explicar? – perguntou ele. Alex percebeu um tremendo esforço feito por ele para não explodir.

Ele vai enfartar.

– Explicar o quê? – perguntou Andressa, com toda a inocência do mundo.

– Tudo! – gritou Tadeu.

– E eu vou saber? Eu estava treinando Alex! – gritou ela de volta. – Não acredito que você me chamou aqui para isso! Venha, Alex! Vamos embora.

Ela girou nos calcanhares e começou a sair da cabana. Quando Alex tentou fazer o mesmo, uma mão alcançou seu ombro.

– Vocês não vão embora sem responder algumas perguntas.

Merda.

– Javalis! – mentiu Alex, desesperado. – Ela estava me ensinando a caçar javalis!

Algumas pessoas riram atrás dele. Talvez todo o desespero fosse desnecessário, mas ele estava muito desconfortável com a situação.

– Vamos ouvi-la – pediu Tadeu, usando a cabeça para indicar a menina.

Fernando logo se abaixou para ficar no nível da menina.

– Pode contar tudo o que aconteceu? – pediu ele.

A menina assentiu, engoliu em seco e tentou falar algo, porém sua voz saiu falha.

Ela estava chorando.

Ela começou tímida. Não conseguia olhar para algo mais alto que as pontas de seus pés que balançavam sem tocar no chão. A história começou como Alex já sabia: Andressa indo falar com a garota que brincava com as demais. A menina disse que Andressa a ameaçou com coisas ruins que aconteceriam com suas amigas caso ela não a obedecesse. Por isso, se sentiu obrigada a cortar o cabelo, sujar-se com lama e depois teve de caminhar sem rumo sempre na mesma direção.

Então ela contou o que Alex jamais teria imaginado.

Conforme ela seguia para o sul, depois de algumas horas caminhando, contou ter ouvido vozes na floresta. Ela virou-se para encontrar a fonte, porém não encontrou, então pensou que era sua imaginação lhe pregando peças, entretanto seu instinto lhe disse para se esconder. Logo uma luz brilhosa chamou sua atenção para um tronco caído; ao se aproximar, percebeu um pequeno espaço pelo qual poderia se esconder e uma estranha pedrinha jogada no fundo, então deduziu que ela poderia permanecer quieta lá e esperar algum tempo antes de voltar para a vila.

Após se espremer e esperar o tempo passar, ela ouviu as mesmas vozes chegando perto e mais perto. Seu coração pulsava mais e mais forte enquanto os passos pisoteavam a grama perto de sua cabeça. Infelizmente ela não reconheceu nenhum dos homens com camisetas metade verde e metade vermelha. Um deles puxou um aparelho celular da cintura e conversou com a outra pessoa da linha. "Ela está por aqui, mas perdemos de vista". Nesse momento um dos homens espiou sob o tronco e a encontrou.

Não demorou para que os homens começassem a atacá-la com espadas pelo buraco. Apesar de estar protegida, as lâminas arranhavam superficialmente sua pele.

– Saia daí! – disse um dos homens, enquanto fazia estocadas ao vento.

A menina podia apenas gritar e chorar bem alto. O sangue escorria de seus dedos e braços enquanto ela fazia esforço para se proteger. Estava assustada demais para perceber que seus machucados não doíam.

A agressão parou quando um aparelho fez barulho. Era um aparelho celular, ao menos que ela lembrava, já tinha visto sua mãe usando algo parecido com um daqueles muitos anos antes. Um dos homens atendeu com tranquilidade, porém logo sua face mostrou preocupação. "Armadilha?", ele murmurou. Então vários objetos o acertaram na cabeça. Várias pedras foram jogadas com força o suficiente para começar um sangramento em quem atingiam. Logo alguns homens com a camiseta bicolor estavam com sangramentos superficiais no rosto.

Mais passos foram ouvidos, seguidos por gritos de guerra. Sobre o tronco, saltaram alguns homens vestindo roupa da vila, fazendo a menina sorrir de felicidade. Todos estavam carregando algum tipo de arma, seja de metal ou madeira, e partiram para cima dos homens que a estavam atacando. De olhos fechados, ela ouvia o barulho das armas se batendo, gritos, berros de dor, armas atacando o ar, armas acertando o alvo. Os barulhos continuaram por mais alguns instantes antes de cessarem e serem substituídos por ofegos constantes.

– Está tudo bem? – disse alguém.

A menina abriu os olhos e encontrou um de seus vizinhos falando com ela. Ele a ajudou a sair de seu esconderijo, tapando os olhos dela, protegendo-a de toda a violência atrás de si. Apesar de toda a sujeira em seu rosto, o homem procurou ferimentos na garota. Encontrou apenas escoriações nos joelhos que surgiram quando ela saiu do esconderijo.

– Você está bem? – perguntou o homem.

A garota assentiu.

– Sim – disse ela, um murmúrio inaudível pesado por tanto agradecimento.

– Então vamos voltar.

De volta à cabana, agora Alex enxergava com outros olhos o motivo de todos estarem ali. Apenas dois homens seriamente machucados, uma garota que poderia ter morrido facilmente e espólios de guerra bem esquisitos: o aparelho de comunicação, espadas de metal, luvas, jaquetas e botas. Porém algo chamou atenção em sua mente.

– O que seria aquele brilho sob o tronco? – perguntou ele.

– Não sei – respondeu um dos homens. – Nós não vimos. Apesar de ela insistir que havia algo lá.

Andressa rapidamente virou-se para Alex. Seus olhos estavam espantados e seus lábios diziam algo que ele não conseguia ler.

Ela agarrou o braço dele e correu para fora da cabana.

Os dois correram em disparada para o sul.

Apesar de não entender o que se passava na cabeça de Andressa, só poderia ser algo sério relacionado aos sonhos esquisitos.

– O que é aquele brilho? – perguntou Alex, ofegante.

– Nossa salvação – respondeu ela.

– Você não respondeu.

– Você jamais compreenderia. Você precisa sentir antes de entender.

– Mas do que você está falando?

– Viu só? Você não consegue sentir, não vai entender.

Alex revirou os olhos. Brigar com Andressa não era uma boa ideia, ainda mais no meio de uma floresta escura. Ela poderia deixá-lo ali e só vir buscá-lo em semanas.

– O que eu preciso sentir? – perguntou ele.

– Você confia em mim?

– Claro! – ele respondeu segundos antes de se arrepender.

Andressa cravou sua faca no ombro dele. O corte penetrou tanto que a ponta da lâmina pinicou a pele do lado oposto.

– Que bosta! – gritou ele, enquanto caía no chão se contorcendo de dor.

– Você disse que confia em mim. Vou trazer a salvação. – Ela lhe estendeu a mão. – Vamos sair desta ilha, Alex.

– Não vejo como você cravar uma faca em mim vai ajudar!

– Se meus sonhos estão corretos... – Ela fez uma pausa sinistra. – Eu estou lhe preparando para o pior. Se acostume com a dor, ela lhe moldará da forma correta.

– Eu não quero ser moldado pela dor! – gritou Alex, olhando para sua mão ensanguentada.

– Então eu deveria ter deixado você morrer hoje.

Andressa simplesmente girou nos calcanhares e continuou a correr como se nada tivesse acontecido. Alex permaneceu de joelhos no chão, com a mão estancando o sangramento. Ele a via se afastando como se tivesse algo maior para fazer e ele não passava de um peão.

Irritado, permaneceu no mesmo lugar. Logo ela já não estava mais em sua vista e a escuridão da floresta o abraçava com forças sombrias. Agora todo o ambiente o sufocava com sons de pássaros, galhos quebrando, insetos, e árvores balançando.

Alex, acorda. Galhos não quebram do nada.

Em um sobressalto, ele ficou de pé, tirou a espada da bainha e encarou a direção por onde veio o som de galho quebrando. A faca em seu ombro ainda latejava e ele não podia mexer o braço direito. Ele finalmente poderia dizer que alguém literalmente lhe esfaqueara pelas costas.

Mais um galho quebrou, desta vez em outra direção. Ele rezava para que fosse algum coelho ou raposa, mas sabia que animais diurnos não estariam passeando pela floresta àquela hora. O terceiro galho quebrou e ele se sentiu cercado. Então viu uma sombra passando por trás dele antes de atacá-lo.

Alex conseguiu se defender com a espada e viu quem era sua agressora.

– Vim buscar minha faca – disse ela. – Mas eu tenho um pequeno problema: talvez você morra se eu retirar ela agora.

– Vai se foder.

– Bem que eu gostaria, mas preciso salvar sua vida agora. Venha.

Ela o pegou pela mão e começaram a caminhar juntos. Mesmo andando devagar, ela não parecia se importar. Já ele gostaria de chegar o quanto antes em um hospital.

– Você foi testado quando chegou aqui – disse ela. – Tadeu lhe contou duas versões da mesma história, você percebeu?

– Como assim?

– Quando você chegou, ele contou como encontrou duas mulheres mortas, apenas com um buraco no peito. Já alguns dias atrás ele contou que a adaga foi encontrada no peito de uma delas.

– Não percebi.

– Eu sabia que não – ela riu. – Ele testa as pessoas. Você falhou.

– Mas por quê? – perguntou ele, confuso.

– Você precisa ter certo tipo de percepção aqui. Notar os pequenos detalhes em tudo e como eles podem afetar seu dia a dia. Por isso te agarrei e começamos a correr nesta direção.

– Entendi, mas não podíamos esperar até amanhã?

– Aí que você se engana. Eu tenho a vantagem dos meus sonhos e a garota disse para buscar algo verde, inclusive me trouxe aqui diversas vezes até eu decorar o caminho. Seria a salvação. E se eu não acreditasse, era para observar tudo ao meu redor e prestar ainda mais atenção.

– Então você percebeu algo.

– A menina disse ter se protegido com os braços, porém só havia esfoliações em seus joelhos. Havia algo estranho na história dela e certamente Tadeu se ligou. Logo seus homens estarão em busca do brilho verde e precisamos chegar antes.

– Mas se, é a salvação, não podemos deixar Tadeu pegar o brilho?

– Acontece que Tadeu escondeu o objeto lá. Ele está nos manipulando para conseguir o objetivo dele.

– E qual seria?

– Pelo que eu entendi, há mais de um objeto brilhoso espalhado pela ilha e eles têm poderes mágicos. Eles também são a chave para sair deste lugar.

– Então Tadeu jogou fora a chave para sair daqui?

– Sim e não. Faz parte da manipulação. Ele gostaria que alguém encontrasse, então ele lideraria toda a vila para a saída e seria visto como herói.

– Mas não é o objetivo de todos?

– Sim, porém tem algo a mais. Você se lembra da adaga?

– Claro. Tem uma parecida com ela cravada nas minhas costas.

– Pois é... Nós devemos recuperá-la e guardar conosco até nossa saída. Essa adaga e outras armas DEVEM sair desta ilha conosco. O objetivo de Tadeu é nos guiar para a saída e deixar as armas na ilha. Então já era.

– E essas armas fazem o quê?

– Elas canalizam os poderes dos cristais, tornando-os ainda mais fortes.

– Você sonhou com tudo isso?

– Sim, a Juliana me contou e algumas coisas fizeram sentido. Algumas coisas ainda me assustam, me assustam muito.

– Juliana?

– A garota dos meus sonhos. Tudo o que ela disse até agora tem se tornado realidade. Então no momento em que virmos um cavalo com chifre, você tem de estar preparado para o que der e vier.

– O unicórnio?

– NÃO EXISTEM UNICÓRNIOS!

– Tá bom... – murmurou Alex.

Os dois continuaram caminhando pela floresta por algumas horas. Já era tarde da noite quando o rastro feito pelos homens em busca da menina se bifurcou em vários. Isso significava que eles haviam se dividido para surpreender o inimigo.

– Chegamos – afirmou Andressa, ensaiando um sorriso.

Alex e Andressa se separaram em busca de algo brilhoso sob um tronco caído. Foi ela quem assoviou bem forte, chamando a atenção dele.

Ele caminhou lentamente até o lugar. A faca em seu ombro lhe drenava todas as forças e ele se sentia prestes a desmaiar. Ao finalmente encontrar Andressa, ele permitiu-se desabar, estava entregando seu destino nas mãos dela.

O objeto brilhoso era algo parecido com uma joia preciosa. O brilho que ele emitia fazia o sorriso de Andressa ser uma das coisas mais assustadoras que ele já vira. Um sorriso macabro levemente iluminado por uma luz verde que deixava seus olhos no escuro.

– Vou retirar a faca das suas costas antes. Ok?

– Me dê algo para morder – pediu ele.

Com um galho na boca, ele se preparou para ter o objeto retirado de suas costas. A joia, que Andressa lhe explicara que era um cristal, estava ao seu lado. A instrução era de encostar-se a ele assim que a faca saísse completamente de suas costas.

– Pronto? – perguntou ela.

Ele apenas acenou.

– No três, ok? Um, dois... – Ela puxou a faca no dois.

Ele ficou tão irritado que se esqueceu de pegar no cristal.

– Vai tomar no cu! – gritou ele.

Andressa pegou o cristal e pressionou nas costas dele.

Ele sentiu um calor vindo do objeto. Era um calor reconfortante que fez sua dor diminuir ao menor toque. Conforme a dor diminuía, ele se sentia cada vez melhor e renovado. Ficou encantado com a sensação e poderia senti-la por horas, porém não durou um minuto. Assim que a dor parou, a sensação reconfortante desapareceu.

Andressa lhe deu um tapa nas costas.

– Novinha em folha! – disse ela, com felicidade na voz; algo que Alex nunca pensou em ouvir. – Inclusive nem ficou cicatriz e seus hematomas sumiram.

Era bom estar sem dor, aquela sensação boa lhe trouxe de volta à vida e lhe deu uma nova perspectiva. Parecia que todo o desespero em seu coração tinha sido mandado embora. Havia esperança.

No dia seguinte ao encontrarem o cristal Tadeu mandou um grupo para buscá-lo sob o tronco, mas encontraram apenas os corpos da batalha. As dúvidas sobre o que acontecera com o cristal só aumentaram após alguém ter revirado tanto a cabana de Alex quanto a de Andressa. As teorias mais absurdas eram criadas pelas pessoas da vila, algumas falavam em alienígenas, fantasmas e vampiros.

Alguns dias se passaram e Andressa e Alex ficavam mais tempo juntos. Ela lhe ensinando como caçar, preparar armadilhas, carnear animais e até dicas de culinária. Ele se sentia muito grato por tudo. A ilha mexia dentro dele de uma forma tão positiva que era difícil de acreditar que ele poderia estar mais feliz confinado lá do que em sua vida anterior. Sentia um propósito para estar vivo e tudo graças às boas energias vindas do cristal. Muitas vezes tentava reproduzir a sensação em sua cabeça, porém era impossível; então geralmente olhava fixamente para onde o cristal estava.

Para escondê-lo de curiosos e poder manter a mentira de que não o acharam, Andressa teve de improvisar da maneira mais dolorosa: ela fez um corte profundo em sua coxa direita e, enquanto segurava aberto o corte, Alex largou o cristal lá dentro. O ferimento cicatrizou quase imediatamente, mas a cena nunca sairá da cabeça dele; muitas vezes provocando ânsias inesperadas ao decorrer dos dias.

Após quatro dias com o objeto na perna, ela estava aliviada por deixar de ser o centro das atenções. Ainda era o principal foco das fofocas da vila – o convívio diário com Alex gerava fofocas cada vez mais grossas e inúteis –, mas o assunto mais comentado era sobre o homem da túnica roxa e seu objetivo com a adaga.

Obviamente alguns "filósofos" da vila chegaram à conclusão de que aquela adaga era importante para algo, talvez estivesse relacionado com o brilho visto pela garotinha, porém havia apenas duas pessoas que sabiam de tudo e elas não falavam do assunto com outros.

Uma era Andressa. Ela sabia sobre o futuro e todas as suas previsões até o momento haviam dado certo. Seu medo crescia logo de manhã, após ter mais sonhos premonitórios. As ocasiões em que ela compartilhava o conteúdo eram cada vez mais raras, até o dia no qual ela se calou de vez. O medo estampado em seu rosto e uma desistência tomaram conta de sua mente.

Já Tadeu continuava usando sua estratégia de fingir não saber sobre o cristal. Ele pedia informações para os moradores sobre o paradeiro tanto da fonte do brilho como do homem de túnica roxa. Logo ele conseguiu alguns aliados em suas missões.

Infelizmente para Alex, um desses aliados era Carlos. Os dois haviam se aproximado ao dividirem a mesma cabana, porém o homem começou a fazer muitas perguntas para o jovem. Mesmo ele alegando não ter encontrado algo aquela noite, o homem insistia nas perguntas e o clima ficou pesado entre os dois.

Enquanto isso, Daniela estava mais preocupada com a caça de coelhos e sobre como matar animais fofos não era algo civilizado – matar porcos era.

No quinto dia, pela manhã, Alex foi ao encontro de Andressa e, antes de abrir a boca, ela disse curta e grossa:

– Não.

– Eu não pergun…

– Você vai perguntar se pode morar comigo e a resposta é não.

– Como você sabe?

– Juliana.

– Ah, sim... – murmurou Alex. Aparentemente ela poderia prever até conversas.

– Muitos sonhos com ela? – perguntou ele, esperançoso de saber mais sobre o futuro. Pelo menos o que comeria no almoço.

– Todas as noites – respondeu Andressa –, mas estão ficando repetitivos. Agora falamos mais sobre coisas do dia a dia, porém somos muito diferentes. Logo ficamos sem assunto e começamos a vagar por aí.

– Por aí?

– Sim. É como se fosse nossa alma ou algo assim, então podemos vagar pela vila e tudo o mais. São sonhos bem estranhos.

– E aonde vocês vão?

– Ela disse que há uma barreira invisível que não podemos atravessar. Eu duvidei e ela me levou até lá. Não havia nada de mais no local, mas ela tocava em algo no ar, como se fosse vidro. Eu experimentei tocar e acordei imediatamente.

– Estranho – comentou Alex. – E tal barreira existe onde?

– Por todo um perímetro em volta da cidade – respondeu ela. – Acordada eu consigo passar por ela sem problemas, porém sonhando não podemos explorar muito.

– Então vocês apenas conversam?

– Exato – respondeu Andressa, torcendo para Alex entender que não queria mais conversar.

O dia seguiu normal para Alex e Andressa. Os dois foram para a floresta verificar se as armadilhas haviam pegado algo durante a noite, fizeram e instalaram novas para pegar animais maiores que coelhos, durante a tarde ele teve aulas de luta com Fernando.

O intensivo de Alex estava rendendo mais comida que a população da vila poderia dar conta, logo diversas carcaças de animais ficavam penduradas em locais cobertos para conservá-las, e isso gerou revolta de um pequeno grupo comandado por Daniela.

Porém nada inquietava mais Alex do que o silêncio de Andressa. A jovem estava com olheiras enormes e parecia cochilar quando se escorava em uma árvore. Após alguns olhares pedintes, ela conseguiu se abrir para ele e confessou estar com medo de dormir para não ter os sonhos. Apesar de os sonhos estarem parados, sem novas revelações, ela parecia cair cada vez mais e mais no futuro conhecido por ela.

– Nesse futuro – tentou conversar Alex. – Qual o pior que pode acontecer?

Andressa riu. Não foi uma risada agradável.

– Eu vejo cidades destruídas, Alex – respondeu ela. – Cidades gigantes como São Paulo, Paris, Sydney. Todas devastadas por nós.

– Mas não é nossa culpa! Foi de quem nos colocou aqui!

– Eu vejo essa garota, Débora. Ela grita de felicidade ao ver uma parte de Tóquio ser aniquilada do mapa.

– Mas então ela faz parte dos caras maus!

– Alex, você está do lado dela e comemora junto.

– Deve haver uma explicação!

Mas que porra de futuro é esse?

– Se existe uma, eu nunca acreditarei. – Dito isso, ela deu as costas a Alex e voltou a fazer mais armadilhas.

Trabalhar com Andressa sempre significou trabalhar em silêncio. Alex já sabia exatamente qual tipo de silêncio era o da situação. Havia o silêncio "cala a boca, Alex", em que ela estava tão focada em algo que até a respiração dele a tirava do sério; o "se abrir a boca, eu te mato" geralmente era durante caçadas e o silêncio era primordial para conseguir alimentos; e o simples "não estou a fim de conversar" que era seu estilo padrão de vida.

Porém, naquele dia, o silêncio dela era algo ainda pior. Era como se uma nuvem densa rodeasse e protegesse Andressa de qualquer som e fosse soltar um raio mortal em quem dirigisse uma palavra a ela.

Alex sentia sua dor mental. Ele absorvia a falta de interesse dela em viver, absorvia sua dor, absorvia seu sofrimento apenas olhando em seus olhos. Entretanto, algo a fazia seguir em frente, afinal devia haver algum motivo para ela não desistir e simplesmente entregar o jogo. Sabendo que nunca tiraria mais palavras dela, ele mudou seu foco para o que realmente importava naquele momento: caçar.

O resto do dia passou apenas com murmúrios de "ali", "mais para o lado", "aperta firme", "o nó está errado", "Alex, você está fazendo isso errado" – porém ela fez questão de não murmurar – e "nem o mais burro dos coelhos iria cair nessa armadilha" – também não era murmurado.

Era difícil equilibrar o silêncio com manter o foco. Alex instintivamente gostaria de rir, fazer piadas, tentar alegrar Andressa, porém a nuvem trovoava ao redor, fazendo-o ficar quieto apenas ao olhar para ela. E o que mais o deixava intrigado era o cristal escondido na perna dela – ele a viu curar os homens seriamente machucados na enfermaria durante a calada da noite fazendo várias visitas de alguns segundos por alguns dias –, que parecia não curar os abalos psicológicos. O que mais aquele cristal tão poderoso não poderia fazer? Ele preferiu não pensar no assunto, mas estava com o pé atrás sobre o real poder da grande esperança de sair da ilha.

Talvez com uma das armas que canalizam os poderes seja possível.

Em todos os outros dias, ambos começavam a caçar e preparar armadilhas até perderem a noção do tempo e voltarem para a vila conforme o céu escurecia. Porém naquele dia Andressa estava inquieta e puxava algo do bolso. Primeiro Alex perguntou-se como havia bolsos em suas roupas, entretanto logo percebeu que não era algo para se perguntar, pois o que vira logo depois chamou sua atenção.

Eram dois objetos: um pequeno pedaço de madeira circular e algo pontudo, bem parecido com um triângulo feito de madeira, que se encaixava no primeiro objeto. Ambos cabiam na palma da mão e não pareciam ser um tipo de arma.

Cada vez que Andressa pegava no objeto, ela caminhava lentamente até algum ponto de luz direta de sol e olhava para sua mão. As verificações passaram a se tornar bastante frequentes com o passar da manhã, em intervalos cada vez menores. Cada olhada aumentava ainda mais sua inquietação e a deixava com ar de preocupada.

– É um relógio solar? – perguntou Alex.

Andressa apenas balançou a cabeça positivamente.

Ele ficou surpreso por ela conseguir usar um relógio solar portátil. Até onde sabia, era necessário saber a posição exata do sul e até mesmo a latitude para maior precisão.

Alex, sua anta. Não há necessidade de precisão aqui. Ela só quer ter uma noção do horário. Alguns minutos de diferença não importam.

Depois da décima conferida no horário, Andressa juntou suas coisas e balançou sua cabeça para Alex. Era o sinal para terminar o dia. Ele não entendeu o motivo de terminarem tão cedo, pois havia passado pouco do meio-dia, porém preferiu segui-la sem fazer perguntas.

Geralmente os dois discutiam como havia sido o dia, ela dava dicas e ele a enchia de perguntas. Naquele dia a nuvem de silêncio os acompanhou de volta até a vila. Eles entregaram os animais na cozinha e, guardaram seus equipamentos de caça e Andressa pediu um tempo sozinha.

– Preciso aproveitar essa refeição – pediu ela, antes de se servir um prato estranhamente gigante para alguém do tamanho dela.

Alex estranhou mais ainda o comportamento dela, porém já não estava mais surpreso com nada. Preferiu apenas se servir e comer afastado dela.

Após o almoço, Andressa o chamou para sentar-se em frente a ela.

– Está pronto? – perguntou ela.

– Para o quê?

– Para tudo o que conversamos nos últimos dias.

– Você não disse muita coisa.

– Eu não disse, mas você sente que há algo de muito grande para acontecer.

– Na verdade não sei – disse ele. – Só conheço aquilo que você diz, mais nada.

– Então o real desespero começará daqui a alguns minutos e é melhor que você esteja pronto.

– Vou levar outra facada?

– Na verdade, uma espadada na barriga, três porretadas na cabeça, alguns socos e um chute no saco – ela respondeu, com a face séria.

– Quem vai me dar um chute no saco?

Andressa lhe deu o chute com toda a força.

Ele agarrou a panturrilha dela para amenizar a dor. O calor vindo do cristal era reconfortante.

– Você aprendeu – disse ela, ensaiando o único sorriso do dia. – Embora seus reflexos continuem horríveis.

– O bom é que até picadas de mosquitos e hematomas das aulas somem.

– Esse vai ser nosso segredo, entendido?

Alex não teve alternativa a não ser concordar. Ele sentia uma lâmina gelada rasgando sua garganta caso pensasse o contrário.

– E qual o plano a partir de agora? – perguntou ele.

– Vamos caminhar.

Os dois seguiram sem rumo entre as cabanas da vila. Conversaram sobre coisas antes de estarem na ilha. Ele descobriu que Andressa estava presa havia mais de cinco anos, desde os 16, antes disso morava em uma cidade no interior do Paraná e já estava acostumada com essa vida no campo.

Milagrosamente, falar sobre assuntos passados a fazia sentir-se bem. E Alex demorou quase duas semanas para perceber. Ela falava com leveza sobre sua criação e de como adorava cuidar de galinhas e bovinos desde que se entendia por gente.

Sua paixão por objetos afiados foi descoberta quando ganhou uma linda faca personalizada ao fazer quinze anos. Desde então mostrou interesse e buscou aperfeiçoar técnicas de caça e de defesa pessoal vendo tutoriais na internet. Os anos a transformaram na pessoa fria e calculista que estava ali.

Então simplesmente ela olhou para o céu e permitiu algumas lágrimas caírem.

– Deve estar chegando a hora.

Alex ficou quieto.

– Gostaria muito que você soubesse que é uma pessoa importante para mim e foi meu primeiro grande amigo em anos.

Ela o abraçou e apertou suas costelas com uma força descomunal para alguém daquele tamanho. Algumas lágrimas molhavam o chão de terra batida.

Ela lhe deu um beijo bem molhado na bochecha.

– Engraçado como o cristal pode curar ferimentos físicos, mas não os psicológicos, né? – Ela riu sem jeito.

Nem um pouco engraçado, na verdade.

Os dois permaneceram parados se olhando sem jeito por alguns minutos.

– Então foi isso – finalizou ela.

Algo na direção da cabana principal explodiu em luz. Uma luz branca surgiu e contaminou o céu por menos de um segundo. Foi como um grande trovão.

– Vamos! – disse ela, pegando-o pela mão.

Os dois seguiram rumo à luz misteriosa.

– Essas luzes aparecem sempre que alguém surge na ilha – explicou ela.

Chegando ao destino e no meio da confusão toda, Alex viu algo que fez seu sangue gelar. Era a prova definitiva das previsões de Andressa.

Deitado no gramado, um quadrúpede muito parecido com um cavalo estava deitado, dormindo um sono profundo.

O cavalo possuía crina e rabo com as cores do arco-íris. Possuía um chifre também.

CAPÍTULO 20

MIGUEL

Se havia algo detestável para Miguel era sentir frio. E o frio que o homem sentia naquele momento era o pior que já sentira na vida, ele penetrava além de seus ossos; Miguel sentia-o na alma, sua alma tremia de frio. E, como se não bastasse sentir o maior frio que sentira, ele também estava sentindo o maior calor de todos. Algo em seu interior queimava a ponto de o ar de suas narinas sair cinza como se carvão queimasse em seus pulmões. Basicamente seu interior fervia, a hipoderme estava congelada e a epiderme recebia um calor abafado.

Miguel não tinha ideia de quanto tempo permaneceu nesse estado, se foi mais de um dia, poucas horas ou apenas alguns segundos. Parecia que o tempo não funcionava corretamente naquele estado de estupor causado por nenhum motivo aparente – ou que ele lembrasse.

Ao abrir lentamente os olhos, por algum motivo, eles se adaptaram à escuridão do local onde estava, dando condições de enxergar ao seu redor.

Eu estou em uma caverna?

O chão, a parede diante de seus olhos e o teto eram rochosos. Só havia dois diferenciais: alguém construíra uma parede de madeira à sua esquerda, o outro diferencial eram dez guerreiros vestindo armaduras pesadas, elmos chifrudos e carregando enormes lanças apontadas para a cabeça de Miguel. Graças ao susto que levara, ele demorou a perceber que os guerreiros não eram humanos, eram seres vermelhos, com olhos negros de íris amarelas, unhas negras e compridas.

– Hãã – soltou Miguel pela boca.

Os guerreiros assustaram-se com o movimento de Miguel e alguns pularam para trás, outros deram um passo à frente, com a lança pronta para atacar.

– Olá – disse Miguel, em um tom amigável.

Um guerreiro que havia pulado para trás engolira em seco. Outros, mais corajosos, adiantaram-se como fizera o grupo que se aproximou de Miguel.

– Meu nome é Miguel.

Nenhuma reação dos guerreiros.

– Tenho certeza de que tudo é um mal-entendido – arriscou Miguel.

Agora todos os guerreiros estavam em linha.

– Quem são vocês?

Mais silêncio.

– Alguém chama Marcelo – ordenou um guerreiro, fazendo outro sair correndo por uma porta na parede de madeira.

– Posso falar com esse tal de Marcelo? – pediu Miguel.

Ao perceber que continuava deitado, Miguel levantou-se lentamente e encarou os nove guerreiros, porém estava em um nível muito inferior de todos. Parecia que ele era, no mínimo, um metro mais baixo que o maior guerreiro.

Nossa! Como eles são altos.

Os guerreiros assustaram-se com Miguel ficando de pé, cinco estavam tremendo muito e pareciam estar prontos para sair correndo da sala.

– Eu não quero confusão – disse Miguel, gesticulando com os braços na frente de seus olhos. Então seu coração parou e seu sangue congelou. Os braços não eram mais braços humanos. A grossura dos braços era a metade do tamanho habitual, no lugar da pele havia algo parecido com uma membrana estranha e preta – Miguel tinha certeza de que poderia enxergar através dela caso a esticasse –, seus dedos foram substituídos por garras compridas e finas, porém mais afiadas que uma navalha.

Com medo de olhar o resto, Miguel baixou devagar a cabeça e encontrou um peito com a membrana preta e duas pernas finas como seus braços. Para piorar a situação, ele enxergou uma cauda, ou melhor, sua cauda fina e mole como a de um bovino, porém a ponta balançava como um chicote.

Miguel espantou-se e deu um salto para trás, atingindo a parede atrás de si com algo estranho: sua asa direita.

– E agora? – perguntou ele, fitando os guerreiros.

Aposto que eles estão tão assustados quanto eu.

O clima de silêncio permaneceu no ar enquanto os guerreiros apenas apontavam as lanças para o monstro diante deles. Já Miguel gostaria de receber alguma resposta dos guerreiros. Felizmente, entrou um ser vermelho pela porta. O ser vermelho devia ter quase dois metros de altura, não incluindo os chifres, e quase quarenta anos, caso envelhecessem como os humanos. Então Miguel percebeu que os elmos não eram chifrudos: os chifres vinham das cabeças dos seres.

– Você pode me ouvir? – perguntou o homem que supostamente se chamava Marcelo.

– Sim – respondeu Miguel.

Marcelo colocou a mão no queixo, pensativo. Além de pensativo, o homem parecia estar muito abatido com algum acontecimento. O olhar de perdido e a vontade zero de estar ali indicavam que algo grave acontecera.

– Você pode balançar a cabeça para indicar "sim" ou "não"? – perguntou ele.

Miguel assentiu verticalmente.

– Você pode me enxergar?

Novamente Miguel assentiu.

– Pode dizer seu nome? – pediu Marcelo.

– Miguel.

– Você tem ideia de como veio parar aqui?

Miguel balançou a cabeça negativamente.

– Sinto muito, mas vou insistir nisso. – Marcelo parecia preocupado em achar uma solução. – Você me ouve, compreende e raciocina?

Miguel assentiu.

– Os guerreiros aqui são necessários?

Miguel balançou a cabeça negativamente e estendeu lentamente sua mão direita, tentando fazer um sinal de "não" com o indicador.

– Baixem as armas – pediu Marcelo.

Os guerreiros suspiraram aliviados e recuaram para perto da porta, deixando as lanças em posição vertical.

– Você consegue gesticular ou fazer mímica? – perguntou Marcelo.

Miguel deu de ombros, indicando que não sabia se conseguiria realizar gestos complexos. Esperava que Marcelo entendesse o gesto.

– Talvez?

Miguel assentiu.

– Consegue dizer alguma palavra?

Miguel soltou um sonoro "sim" de sua boca. Alguns guardas distraídos pularam para trás. Marcelo recuou alguns passos.

– Você gane ou o que quer que seja o som emitido por seres como você em vez de saírem palavras de sua boca.

SERES COMO EU?! COMO ASSIM?!

– SERES COMO EU? – ganiu Miguel, mais espantado do que agressivo.

Os guardas pegaram em lanças e deram alguns passos em direção ao ser estranho na pequena sala da caverna.

– Calma, gente – pediu Marcelo. – Acalmem-se, por favor.

– Diga para eles pararem! – ganiu Miguel, fazendo os guerreiros aproximarem-se ainda mais.

Marcelo correu em direção a Miguel e parou entre o ser esquisito e os guerreiros.

– Recuem!

Os guerreiros ficaram na dúvida. Não queriam baixar a guarda e depois serem surpreendidos pelo ser.

– Por favor, não grite – pediu Marcelo, encarando o ser nos olhos.

– Eu não controlo minha voz! – ganiu Miguel.

– Vou considerar que você entendeu – riu Marcelo ao ver o ser soltar uma espécie de lamento no meio do ganido. – Agora vamos voltar ao sim ou não com a cabeça?

Miguel assentiu e apontou para as lanças próximas aos dois.

– Baixem as lanças – pediu Marcelo. – Último aviso.

– E o que você vai fazer? Ninguém vai te defender – debochou um dos guerreiros. – Fiquei sabendo que seu amiguinho loiro morreu.

– Isso é assunto meu e de Edgar, não se intrometam.

– Coitadinho! Ele perdeu o irmão e agora o amigo!

– Sandro – disse Marcelo calmamente. – Não é minha culpa que seu primo era um assassino.

– Vou me deliciar ao ver o corpo daquele sujeitinho – retrucou Sandro, com malícia. – Achava que era especial. E agora está especialmente morto. – Três guardas soltaram risadinhas.

Miguel soltou um leve ganido para atrair a atenção para si. Alguns guardas riram da sua voz fina. Estava cansado de ver um grupinho que se achava superior a todos querer tirar sarro de alguém; após apenas cinco anos dando aulas de química em escolas públicas e privadas, ele sabia identificar de longe as crianças que gostavam de causar problemas.

– Muito bem – disse Marcelo, voltando ao seu estado de abatimento. Agora Miguel entendia o motivo. – Onde estávamos? Ah, sim... Desculpe-me. Hã... Você é humano?

Sandro e seus três amigos caíram na gargalhada com a pergunta feita por Marcelo, pois consideravam uma pergunta muito estúpida a ser feita para um ser esquisito. A resposta de Miguel foi um positivo balançar de cabeça, fazendo-os calaram-se.

– Consegue voltar à forma humana? – arriscou Marcelo.

Miguel balançou a cabeça e deu de ombros. Era o seu jeito de dizer "não sei".

– Pode tentar? – pediu Marcelo.

Miguel não sabia o que fazer. Concentrou-se na forma humana, pensou em seu corpo de ser esquisito aumentando e voltando a ser humano, desejou voltar a ser humano, um grito de "quero voltar" estava preso em sua garganta, seus músculos da face doíam tamanha a concentração e o desejo. E nada. Miguel continuava um ser de um metro de altura e aparência tenebrosa.

Vou conseguir! Concentre-se! Tenha calma! Quero voltar. Isso.

Marcelo olhava admirado para o ser diante de si. Ora parecia um ser incrível, ora parecia rasgar a pele de todos ali naquela sala apenas com suas garras, caso elas fossem afiadas o suficiente.

Miguel abriu lentamente os olhos e decepcionou-se – *droga!* –, continuava na forma de ser estranho e baixinho. A decepção estava estampada em seu rosto, fazendo-o sentir-se patético pela imagem provocada.

– Não desista – pediu Marcelo, com um sorriso no rosto, tentando passar confiança –, logo você volta ao normal.

Miguel suspirou. Para seu espanto, algumas cinzas saíram de suas narinas, fazendo Marcelo dar alguns passos para trás. Como se fosse uma ideia brilhante em sua cabeça, o homem diante do ser olhou para os guerreiros e os dispensou. Ele já entendera que havia um ser humano – talvez inofensivo – sob toda a pele esquisita do ser.

Antes de sair, um guarda chamou a atenção de Marcelo.

– Diga – disse Marcelo sem olhar com quem estava falando.

– Se minha memória está boa – começou ele, meio tímido –, estamos diante de um diabrete. – E saiu pela porta.

Diabrete? Aqueles seres demoníacos parecidos com gárgulas?

– Vamos tentar novamente? – perguntou Marcelo, não dando atenção para o guarda, quando estavam apenas os dois na sala. O ser suspirou e fechou os olhos. Por precaução, Marcelo distanciou-se do ser de aparência demoníaca.

Dessa vez Miguel permitiu-se ser o diabrete, ele não gostaria de voltar à forma humana. Não por enquanto, ele ainda nem voara. Gostaria de explorar os céus, voar sobre o mar, apostar corrida contra pássaros que não entenderiam a presença de um ser tão grande dividir espaço com eles no enorme céu azul. Miguel estava em um corpo majestoso, nunca antes visto por um ser vivo, já que diabretes eram apenas mitos – não mais a partir daquele momento.

Miguel fingiu tentar, fingiu concentrar-se e fingiu desistir. Fingiu estar cansado mentalmente de tanto tentar.

– Eu tenho uma péssima notícia para você – disse Marcelo, torcendo para o diabrete não arrancar sua cabeça. – Estamos em uma caverna, como você já deve ter notado. E eu estou certo de que você já pensou em derrubar essa porta de madeira, mas você nunca sairá daqui.

Marcelo fechou os olhos, esperando o pior. Miguel tentou ganir em um tom confuso. O som que saíra de sua boca ecoou pela sala, fazendo Marcelo estremecer; ele abriu os olhos devagar, com medo de ver as garras do diabrete diante de seus olhos, entretanto Miguel continuava no mesmo lugar.

– Os corredores por aqui são largos – disse Marcelo. – Porém, mais perto da superfície, os corredores e túneis são estreitos e você não passaria por alguns caso suas asas continuem esticadas, podendo ficar entalado ou quebrá-las. – Marcelo riu sem jeito.

Miguel ganiu de decepção.

– Você gostaria de voar antes de tentar voltar à forma humana?

Como um filhote de cachorrinho, Miguel balançou freneticamente a cabeça positivamente sem perceber que estava abanando o rabo. Marcelo achou aquilo fofo.

– Me dê alguns segundos – pediu Marcelo e saiu da sala. Miguel pôde ouvir alguns gritos vindos do lado de fora da sala. Então Marcelo abriu a porta e fez um sinal de positivo com o polegar.

– Pode derrubar! – gritou ele.

Eu?

Miguel ganiu.

– Sim! Você mesmo! – confirmou Marcelo.

Sem pensar em consequências, Miguel investiu contra a parede de madeira. De início foi difícil para movimentar o corpo inteiro do diabrete, mas bastou aproximar-se da parede e lhe acertar com as garras que conseguiu rasgá-la como isopor. Então ele recuou para a parede oposta e investiu com todo seu peso. A parede quebrou em diversos pedaços e Miguel conseguiu atravessá-la sem enroscar suas asas.

– Nada mal – comentou Marcelo.

Miguel não sabia o que pensar. Nunca havia derrubado uma porta antes e agora derrubara uma parede apenas usando seu ombro. Diante da hesitação dele, Marcelo tomou iniciativa.

– O caminho mais curto é o mais estreito – disse ele –, porém vamos usar o mais longo e tomar cuidado para não rasgar suas asas com estalactites.

Miguel encarou suas asas e assentiu, sorrindo. Era estranho pensar na forma de diabrete, parecia impossível formar frases com mais de três ou quatro palavras. De qualquer modo, ele compreendeu como era ser um animal movido a instinto e não ao raciocínio; ele entendia tudo ao seu redor, porém sentia sua mente debilitada para si.

Logo os dois estavam diante de um enorme espaço dentro da caverna. O teto era alto e estendia-se muito além de diversas construções retangulares. As construções eram as casas dos moradores da vila, todas de cerca de três metros de altura e sem telhados, dentro eram estupidamente sem graça, tendo apenas mesas, cadeiras e camas.

– Existe um lugar com uma visão melhor – disse Marcelo –, mas o caminho é muito estreito.

Miguel assentiu e esticou ainda mais suas asas. Cada asa possuía dois metros de comprimento, fazendo sua envergadura chegar a quatro metros. As asas possuíam a mesma membrana preta cobrindo o principal osso de sustentação, então uma grossa membrana cinza-clara percorria conforme cinco longos ossos afastavam-se da ponta do osso principal – era formado um aspecto de mão com os cinco dedos incrivelmente longos. A membrana estendia-se até o dorso do diabrete.

Sua mente só conseguia concentrar-se em movimentar seu corpo; quanto mais tempo permanecia daquele jeito, mais incapaz de pensar racionalmente ele ficava. Responder com um simples sim parecia uma tarefa cada vez mais impossível, porém seus sentidos estavam tornando-se mais e mais aguçados em relação ao seu exterior.

– Tenta não matar ninguém de ataque cardíaco – disse Marcelo, dando um tapinha perto de seu rabo.

Miguel bateu as asas e saltou no ar. Seu salto o ergueu um metro do chão antes de voltar a cair, fazendo um leve baque na aterrissagem. Se alguém pudesse ver sua expressão facial, seria algo muito parecido com decepção e vergonha. Em algum lugar dentro de Miguel, ele teve um vislumbre de ser a mesma sensação de estar somente de cueca na escola durante um sonho.

– Continua tentando! – gritou Marcelo.

O diabrete começou a bater as asas mais rápido que antes, em uma esperança de levantar voo apenas com a força delas. O vento batia no chão ao redor de Miguel, levantando poeira e pequenas pedras, Marcelo fechou os olhos, as pessoas na cidade olharam para cima para identificar a origem do barulho, algumas gritaram. Então Miguel pulou de onde estavam para uma queda certa.

Agora quem estava decepcionado e sentindo vergonha – alheia – era Marcelo. O diabrete fizera uma cena espetacular que ninguém jamais vira para decidir jogar-se e, quem sabe, morrer.

E então Marcelo sorriu.

O diabrete passou diante de seus olhos, abrindo e fechando majestosamente suas enormes asas, o rabo roçando a pedra logo se esticou e balançou livremente. O diabrete estava voando a cinco metros dele.

A mente de Miguel não estava mais humana, agora fora toda dominada pelo diabrete. A sensação de estar voando, o ar batendo em seu rosto, as pessoas apontando para ele, infelizmente o teto não era tão alto como pensara, mas poderia voar em linha reta por alguns segundos sem bater em nada. Então a pacata vida de Miguel se resumiria àquele momento mágico que nunca antes alguém experimentara; antes ele acordara em um lugar desconhecido e corria risco de morte, agora estava sobrevoando uma pequena vila dentro de uma caverna.

Como marca registrada dos diabretes, faltava cortar algo com suas garras afiadas e pregar peças, ele não sabia o motivo de tanta vontade de fazer isso. Miguel não sabia como reproduziria tal fato e se ele era capaz disso, mas precisava tentar. Ele respirou fundo e atacou uma estalactite.

Dessa vez a decepção não o atingiu.

Suas garras atravessaram a estalactite como se fosse uma placa de isopor. As cinco partes cortadas caíram lentamente até atingir o solo. Sua brincadeira não teve graça, pois não teve vítima, mas para ele não fazia diferença, o fato de ser um diabrete e estar voando era o suficiente, mesmo que uma única vez na vida.

Conforme passava o tempo no ar, o diabrete estava mais ágil e fazia seus movimentos mais precisos e fluidos. A mente de Miguel estava totalmente focada no diabrete e não na pessoa; ele não lembrava o próprio nome, muito menos o que estava fazendo ali, era apenas um diabrete que precisava de comida para sobreviver. Comida.

O diabrete olhou para baixo em busca de algo para comer e encontrou seres vermelhos com chifres que pareciam deliciosos. Seu estômago roncou, sua boca salivou. Era hora da caça.

O diabrete apontou sua cabeça para baixo e investiu em direção ao chão, tentando achar a maior concentração dos tais seres vermelhos. Felizmente para eles, Miguel sentiu uma dor em seu peito e todo o ar de seus pulmões saiu. A dor o fez balançar e cair em queda livre em direção ao chão, suas asas debatiam-se na esperança de retomar o equilíbrio em pleno ar. Segundos antes da aterrisagem fatal, o diabrete conseguiu tomar um rumo horizontal e caiu rolando desesperadamente pelo chão enquanto levantava uma poeira escura.

Miguel estava de volta à sua mente. Finalmente conseguia raciocinar como ser humano e sentiu-se mal por tentar atacar os seres vermelhos. Seus olhos, que estavam inchados e lacrimejando devido à poeira, só enxergavam a mais pura escuridão. Ele socou o chão e sentiu sua mão humana doer, pelo menos seu peito não doía mais. Conforme a poeira baixava para todos, Miguel ouviu várias vozes chamando a atenção para ele, então percebeu estar cercado por diversos dos tais seres vermelhos e seu pior sonho de infância virara realidade: ele estava nu diante de várias pessoas.

Marcelo surgiu empurrando diversas pessoas até chegar ao centro do tumulto que atraía cada vez mais curiosos. Em sua mão estava um enorme pedaço de couro cru, recém-tirado de algum bovino. Ele o jogou para Miguel, que logo o enrolou em volta da cintura, deixando um pedaço da lateral da perna aparecendo.

– Miguel – disse o homem nu, estendendo a mão para Marcelo.

– Prazer, Marcelo – disse o ser vermelho, olhando com curiosidade Miguel.

Ao estender o braço, Miguel notou que a aterrissagem esfolara seu braço, sangue escorria em alguns pontos, mas nada preocupante.

– Circulando! Circulando! – Marcelo espantava as pessoas que foram atraídas como moscas a um cadáver.

Malditos curiosos! E que bom que finalmente consigo pensar!

Marcelo conduziu Miguel para dentro de uma das construções. Ele sabia disso em razão de ouvir uma porta abrindo e depois fechando.

– Onde estou? – perguntou Miguel.

– Na minha casa – respondeu Marcelo. – Você enxerga algo?

– No momento não, mas antes sim.

– Antes quando?

– Estou com medo de falar – Miguel riu.

– Será que alucinamos?

– Eu alucinei que era um diabrete e você um ser vermelho com chifres e olhos pretos – respondeu Miguel, sem certeza na voz.

– Você enxergou enquanto era um diabrete?

– Se eu era um diabrete e vocês são seres vermelhos, então sim!

Miguel riu. Marcelo sorriu.

– Este lugar surpreende-me cada vez mais! – pensou Marcelo, em voz alta.

– Que lugar? – perguntou Miguel.

Marcelo respirou fundo para encontrar paciência com o intuito de explicar todos os detalhes para Miguel: o fato de estarem em uma ilha, de ninguém saber como tinham ido parar naquele local e muito menos como sair, as vantagens de beber a poção que os transforma em pessoas-touro – que Marcelo ofereceu, mas Miguel não quis tomar com medo de não poder transformar-se em diabrete novamente –, como trabalhavam minerando ferro para produzir armas e depois usá-las na arena, como as pessoas divertiam-se e como alimentavam-se, deixando por último uma breve introdução de Edgar.

– Acho que entendi – disse Miguel, encarando a escuridão.

– Faça um favor para si mesmo e tente não entender.

– É tão ruim assim?

– Na verdade, não – respondeu Marcelo. – Não consigo definir algo que me fascina, deixa-me curioso e do qual gosto de fazer parte. Isso me irrita.

– O inexplicável irrita a muitos – concluiu Miguel.

– Então viva cada dia aqui e finja que está tudo bem.

– E não é assim no mundo real? – perguntou Miguel.

– Um pequeno mundo de magia isolado desse tal mundo real? Aqui é o mundo real.

– Um mundo com diabrete e pessoas-touro não é real.

– Defina mundo real.

– Cidades, liberdade, empregos, pessoas.

– Você encontra tudo isso aqui.

– Qualquer mundo onde mitologia é real não é real.

– Eu sou real. Você é real. Todos somos reais. Um diabrete é real aqui.

– Como eu posso ter me transformado em um diabrete? Existe matéria no mundo real e matéria não se cria do nada.

Marcelo sorriu e colocou a mão no ombro de Miguel, assustando-o.

– Magia.

Miguel perdeu a paciência, porém manteve a compostura. Ele lembrava-se de Marcelo ter quase dois metros de altura com os chifres e possuir massa muscular superior à dele. Miguel fez os cálculos de seu um metro e setenta e sete centímetros e adicionou ao fato de possuir poucos músculos. O resultado era único: apanhar.

– Quero ir embora daqui – disse Miguel, retirando a mão de Marcelo.

– Posso conseguir algumas roupas e marcar um horário com Edgar.

– Por que eu precisaria falar com Edgar?

– É norma, apenas isso – respondeu Marcelo. – E, com certeza, ele vai gostar de conhecer um diabrete.

– E se eu não conseguir me transformar? Vou ficar aqui para sempre?

– Não se preocupe com ele – garantiu Marcelo. – Ele é justo.

Contrariado, Miguel foi conduzido por Marcelo até a sala de Edgar. Marcelo o preparara com a descrição do local: alguns degraus, muitos homens armados, um trono de ferro e muitos homens armados. Se Miguel tentasse transformar-se em diabrete, Marcelo deixou claro que havia muitos homens armados.

Caminhou arrastando os pés dentro do local enquanto ouvia a respiração pesada de várias pessoas-touro. O caminho até lá fez Miguel perceber que, às vezes, conseguia tocar com as duas mãos nas paredes opostas e logo decidiu não se transformar em diabrete no interior da caverna porque ficaria preso nos túneis estreitos.

A sala parecia enorme pelo eco proporcionado por uma simples batida de pé. E o primeiro som que ouvira gelou sua espinha; Miguel não estava preparado.

– Até aí! – esbravejou Edgar, fazendo-o congelar no local onde estava.

A garganta também congelou, ele ficou completamente paralisado diante do homem da voz grossa.

– Qual seu nome? – perguntou Edgar, em uma voz um pouco mais amistosa.

– Mi... Miguel.

– Disseram-me que você apareceu hoje.

Miguel ficou calado.

– Responda!

Não foi uma pergunta.

– Si... Sim. Faz algum tempo já.

– Também me disseram que havia um diabrete.

– Suponho que era eu.

– Você?! – Edgar bateu com o punho no descanso de braço do trono.

Miguel recuou alguns passos.

– Sim, senhor – respondeu ele ao se recompor. – Porém não tenho ideia de como isso aconteceu.

– Há alguma chance de isso acontecer novamente?

– Não tenho ideia.

Edgar pousou a mão no queixo, pensativo. Não seria uma boa ideia manter preso alguém que pudesse transformar-se em diabrete a qualquer momento, mas Miguel parecia ser alguém sensato que não usaria os poderes para o mal. Ou usaria?

– Você deseja algo? – perguntou Edgar. – Acredito que Marcelo já tenha lhe contado tudo sobre nós.

– Na verdade, sim. – Miguel hesitou. – Gostaria de ir à superfície.

Edgar não pensou muito antes de dar sua resposta:

– Eu quero ir junto.

Marcelo, Edgar, Miguel e três guardas caminhavam pelos túneis que insistiam em ficar mais estreitos conforme subiam em direção à saída. Se aquele fosse o único caminho, um diabrete nunca sairia.

Após diversas retas, curvas, descidas e subidas, o grupo finalmente chegou a uma porta de madeira revestida com ferro na parte de dentro da caverna; a grade continuava por cima da porta para permitir entrada de luz. Miguel sentiu-se feliz ao enxergar algo e sentir ar fresco e úmido, o que levou embora a sensação de abafamento.

Um guarda junto à porta girou uma manivela na parede que recolheu as barras de ferro do lado direito. Então ele mesmo girou uma chave na fechadura da porta, destrancando-a.

– Vou ficar aqui por algumas horas – disse ele a Edgar, que apenas assentiu.

Eles saíram da caverna e começaram a caminhar na grama alta. Ao redor de Miguel havia inúmeras árvores de diversas formas e tamanhos, a entrada da caverna ficava escondida ao lado de um muro de árvores baixas, do outro lado era apenas uma inclinação natural do terreno. O céu resplandecia e ardia os olhos de Miguel, o sol estava no topo, indicando ser próximo ao meio-dia. E Miguel viu algo tão magnífico quanto um diabrete: havia uma árvore colossal, a grossura do tronco era do tamanho do de cinco árvores e erguia-se, no mínimo, duas vezes a mais que a árvore mais alta do local. As folhas verdes pareciam emitir um brilho dourado e cheio de vida para quem a olhava diretamente.

– A Árvore – disse Marcelo, orgulhoso.

– Vocês comem raízes dela? – perguntou Miguel.

– Exatamente.

Marcelo seguiu guiando o grupo até chegarem em uma enorme clareira na floresta, onde teriam espaço para esperar na sombra e Miguel poderia tentar transformar-se em diabrete sem derrubar árvores.

Miguel parou e olhou para Marcelo.

– Impressão minha ou vocês querem que eu me transforme?

– Isso mesmo – respondeu Edgar.

O homem preparou-se e ficou no meio da clareira. Era óbvio que ele não sabia como se transformar em diabrete e muito menos se ainda era possível, mas nunca alcançaria a resposta caso não tentasse. E tentou. Primeiro se imaginou adquirindo forma e características de diabrete, não funcionou. Depois se concentrou em simular uma imagem dele na clareira em que seu corpo lentamente crescia e se tornava um diabrete, falhou novamente. Em sua terceira tentativa, Miguel começou a gritar, prendendo o grito na garganta: diabrete! Quero ser um diabrete! Agora! Diabrete! Fracassou na terceira tentativa.

Ele estava sem ideias.

Miguel decidiu olhar ao redor para encontrar alguma inspiração. Apenas encontrou um Edgar impaciente, de braços cruzados enquanto fazia cara feia.

– Falta muito? – ele gritou.

Miguel viu Marcelo tentando acalmá-lo.

Vamos, Miguel. Continue tentando.

Então ele se lembrou do momento antes de voltar à forma humana: a dor no peito. Miguel fechou lentamente os olhos e concentrou-se em seu tórax. Mentalmente ele criou uma energia no local que armazenava toda a magia e essência de diabrete. Essa energia estava concentrada em um único ponto de seu corpo e ele a expandiu lentamente, atingindo seu pescoço e barriga, braços e pernas, cabeça e pés, certificou-se de estar banhado em toda a energia e a inseriu dentro de sua mente.

Ao abrir os olhos, ele percebeu que pálpebras de diabrete eram muito mais grudentas que as humanas. Agora ele estava diante de Marcelo, Edgar e alguns guardas, e todos haviam testemunhado a incrível transformação. Agora era hora de voar.

O diabrete, com Miguel totalmente no controle, começou a bater as asas sem ritmo e muito sem jeito. Ele precisaria de muita prática antes de sair se aventurando por aí. Como era esperado, após tentar diversas vezes, Miguel ergueu-se timidamente do solo e deu voltas a poucos metros do chão, erguendo-se cada vez mais conforme sua confiança crescia. Em poucos minutos Miguel já estava mais alto do que quando voara dentro da caverna e era só questão de tempo até conquistar o céu.

Ninguém nunca tiraria dele a sensação do ar batendo em seu rosto, a sensação de ser livre, a sensação de ser um diabrete. Era tudo maravilhoso e mágico. Talvez Marcelo tivesse razão: aquele mundo era real e magia fazia parte dele.

Logo Miguel estava voando com os pássaros e teve uma excelente visão do lugar em que estava. Guiando-se pelo sol, ele descobriu estar no sul da ilha; mais ao norte, árvores davam lugar a uma planície com pastos; a noroeste, havia uma grande – grande até demais para o tamanho da ilha – montanha que rasgava o céu, ao lado dela, havia uma formação rochosa muito menor, mas Miguel percebia a existência de algo ali. Infelizmente o alcance de sua visão não permitia enxergar até os finais norte e oeste da ilha.

Porém Miguel não ligava para saber como a ilha terminaria, possivelmente seriam apenas florestas até chegar a alguma praia e pronto. Ele estava muito enganado: nunca passaria pela sua cabeça que a oeste dali as árvores dariam lugar a um deserto seco e a noroeste, escondido por trás da montanha, um castelo fora erguido.

– O que você vê? – gritou Edgar lá de baixo.

Novamente Miguel viu Marcelo conversar com Edgar; possivelmente o chefe pensava que o diabrete podia falar.

Após cruzar mais um pouco o céu azul com poucas nuvens e sentir o sol forte nas suas costas, Miguel olhou para o rio que passava por dentro da caverna, o rio marrom continuava seu trajeto sob a mina em um ponto próximo à entrada da mina e saía pelo oeste, ainda mais marrom, não cintilava nada comparado ao oceano azul. Tudo ao seu redor era lindo e lhe dava uma ótima vista. A natureza intocada era infinitas vezes mais bela se comparada a construções cinza e sem graça de sua cidade.

E então Miguel decidiu pousar. Nunca fizera isso propositalmente, então desceu devagar até suas quatro patas tocarem o chão. Agora era hora de voltar à forma humana. Miguel fechou os olhos e imaginou toda a energia de seu corpo voltando a um único ponto em seu peito, por último, removeu a energia presa no fundo da sua mente. Ao abrir os olhos, percebeu estar nu diante de cinco homens.

– Foi incrível! – exclamou Marcelo, indo ao encontro de Miguel após ele vestir as bermudas.

– Foi mais do que isso. – Miguel não parecia acreditar no que acabara de fazer.

– E como é lá em cima? – perguntou Edgar. No fundo, ele realmente achou aquilo tudo incrível, mas preferiu não demonstrar.

– Eu apenas vi a ilha de cima e como é mais adiante.

– E como é? – perguntou Edgar.

– Ao sul, leste e oeste há apenas mar – respondeu Miguel apontando para as direções –, as florestas acabam ao norte e dão espaço a um campo aberto, mas não enxerguei o fim da ilha. A montanha é alta, mas a base é fina.

– Como assim? – perguntou um dos guardas.

– Eu esperava que a base tivesse o mesmo comprimento que a altura, mas não – respondeu Miguel. – A altura deve ser o dobro da base.

– Você esperava algo como uma pirâmide, mas percebeu ser algo mais parecido com um arranha-céu? – Marcelo estava com a mão no queixo, pensativo.

– Por aí – respondeu Miguel.

– E isso é possível? – Marcelo estranhava a forma da montanha.

Todos se entreolharam em busca de alguém que pudesse saber da resposta.

– Tudo bem – respondeu Marcelo, insatisfeito com sua pergunta sem resposta. – Quando iremos até lá?

– O quê?! – exclamou Edgar.

– Eu gostaria de ver pessoalmente.

– Por quê? – perguntou Edgar.

– Nós nunca exploramos a ilha além do que Miguel nos falou. – Ele olhou para Miguel. – Sinto muito, mas nossas explorações a pé já haviam nos levado até a área desmatada.

– Tudo bem – disse Miguel.

Seriam muito preguiçosos se não saíssem explorando por aí.

– Edgar – chamou Marcelo. – Por favor, monte um grupo de exploração para irmos até a montanha ver se encontramos algo.

Edgar olhou para Miguel.

– Vou pensar a respeito.

– Você sabe quem pode ir conosco!

– Você vai pedir o grupo mais importante da caverna?

– Precisamos de um médico, alguém que saiba sobreviver lá fora, dois guerreiros, armas, mantimentos, de mim e de um diabrete! É óbvio que qualquer médico e qualquer lutador decente são importantes.

Miguel riu. Não esperava ser chamado.

– Já falei: vou pensar a respeito.

– Nós não temos nada a perder! – gritou Marcelo.

– E Cris tinha? – perguntou Edgar, encarando Marcelo nos olhos. – Nós orquestramos um plano de nos tirar desta ilha e deu tudo errado! Olha o que aconteceu com ele! A ilha nos mantém aqui!

– Não foi culpa da ilha! O que aconteceu com Cris foi um acidente! E agora a ilha nos deu um diabrete! – Uma veia pulsava da testa de Marcelo.

– E a ilha vai tirar de nós um diabrete! Você está querendo morrer?!

Marcelo quer ir embora? Ele disse que gostava daqui ou de fazer parte. Algo assim. Concluí que ele gostaria de ficar.

– Nós não vamos tentar fugir daqui! Só vamos explorar! E qual o melhor jeito de explorar? Que tal voando?

– E Miguel vai carregar vocês nos braços? Seus preguiçosos!

– Preguiçoso é quem fica com a bunda num trono o dia inteiro!

Os guardas atrás arregalaram os olhos.

– Eu tenho diversos assuntos a cuidar naquela caverna! Você só faz algo quando aparece alguém!

– Gritar "lutem!" para os lutadores na arena não é assunto a cuidar!

– Hoje aquele gordinho inútil tá fazendo isso! Se alguém morrer de rir, a culpa vai ser toda sua! Tive uma ótima ideia! Vão vocês dois explorar esta ilha inteira!

Miguel não sabia se a briga era séria. Talvez fosse séria, mas eles não pareciam se importar em elevar os ânimos. Talvez até se divertissem.

– Se ele é o gordinho inútil, você é o pai dele: o gordo inútil!

Um dos guardas atrás não conseguiu segurar a risada e gargalhou. Calou-se quando Edgar encarou dentro de sua alma.

Miguel chegou à conclusão de que a briga não era séria. O assunto era, mas talvez eles nem lembrassem mais qual era.

– Vamos lá! Os três inúteis a explorar a ilha!

Lembravam.

– Melhor do que nada!

Os dois se calaram e esperaram alguma definição. Quando os ânimos acalmaram, Edgar tomou a iniciativa.

– Não quero perder um médico.

– Você não está preocupado comigo?

– Um médico é útil, você não.

– Beleza. Sou o magro inútil.

– Foi o que falei antes – disse Edgar, mantendo a calma. – Você era o terceiro inútil. Ou seu cérebro inútil não fez você perceber isso?!

– Me deixe ir em busca de algo para nos tirar daqui – Marcelo quase implorou. – Vou precisar de recipientes para água, uma lança e uma sacola com comida. Mais nada.

– Eu não deixaria meu amigo sair por aí sem um médico por perto – disse Edgar. Marcelo sorriu com o canto da boca.

– Então um médico – pediu Marcelo.

– E correr o risco de perder um amigo e um médico?

– Vou precisar de mais um guarda, então – arriscou Marcelo.

– Marcelo – disse Edgar calmamente –, a ilha vai conspirar contra vocês e logo vocês falharão.

Miguel teve vontade de se transformar em diabrete, tentar voar enquanto carregava Marcelo e irem juntos até a montanha, mas a falta de mantimentos seria fatal para o homem ainda humano. Havia também o risco de serem atacados por animais selvagens. Não valia a pena correr o risco de morte por bobagem e ainda uma conversa com Edgar poderia agregar mais seres vermelhos à causa.

– Eu posso ir junto – convidou-se Miguel.

– É arriscado deixar você ir – disse Edgar.

– Concordo – disse Marcelo sem o olhar nos olhos.

– É assunto para outra hora, mas é um dos motivos de acharmos que a ilha conspira contra aqueles que possuem coragem e determinação suficiente para sair daqui – explicou Edgar.

– Nós tínhamos tanta certeza! – afirmou Marcelo, dando um soco na mão.

– O que aconteceu com ele? – Miguel tinha certeza de que falavam sobre o tal Cris.

– Ele foi envenenado – respondeu Edgar. – Mesmo com intensa investigação ainda não encontramos um suspeito.

– E ele era tão especial assim? – perguntou Miguel curioso. – Especial tipo eu?

Marcelo deu uma risada sem sentido carregada de tristeza.

– Ele enxergava no escuro e conseguia atear fogo nas mãos – respondeu ele. – Estávamos tão felizes que pensávamos ser um sinal da ilha indicando que, finalmente, tudo iria melhorar.

Edgar balançou a cabeça, parecia atordoado.

– Tive a brilhante ideia de mantê-lo preso na caverna para ser justo com todas as pessoas que apareciam. – Edgar suspirou. – Péssima ideia.

– Tudo conspirou para dar errado para nós. – E então Marcelo lembrou-se de algo. – Bem, quase tudo. – Então algumas lágrimas desceram pelo seu rosto.

Edgar rapidamente fez sinal para Miguel mudar de assunto e mais um sinal para continuarem a conversa mais tarde. Miguel simplesmente assentiu. Mal sabiam que nunca mais se veriam depois desse dia.

– Quem você quer levar? – perguntou Edgar, tentando tirar os maus pensamentos da cabeça do amigo.

Ele olhou para os guardas antes de responder.

– Podemos ir eu, o médico Alan, o lutador Jéferson e – Marcelo parou – não acredito que vou dizer isso, mas gostaria de levar Miguel.

– Quem é o segundo lutador?

– Eu mesmo – garantiu Marcelo, sorrindo.

– Você pediu um grupo de seis pessoas – explicou Edgar. – Mas quatro pode ser melhor.

– Miguel – disse Marcelo, dirigindo-se ao professor de química –, você sabe se virar na natureza? Pois nós não precisamos comer nem tomar tanta água quanto você.

– Existe algo que eu possa levar daqui? – perguntou ele.

– É óbvio que sim – respondeu Marcelo. – Raízes e cogumelos, o mesmo que nós.

– Vamos partir amanhã de manhã.

No dia seguinte, no horário combinado, no instante da alvorada, Miguel estava sentado no portão da caverna, aguardando seus companheiros de viagem. Junto com ele estava um guarda, encarando-o.

– Sabe – disse o guarda, quebrando o silêncio após um longo tempo. – Eu gostaria de estar indo com vocês.

Miguel o olhou, estava nervoso e dormira muito mal na noite passada; ele estava de mau humor e cumprimentara o guarda de maneira estúpida. Agora se sentia mal.

– Porém eu não poderei – continuou ele –, então eu peço a vocês que façam de tudo para nos tirar daqui.

Miguel levantou-se e olhou nos olhos do ser vermelho. Os olhos pretos com íris amarela lhe intimidavam e davam um leve calafrio.

– Qual seu nome?

– Érico.

– Érico – disse Miguel –, vou fazer o possível para nos tirar daqui. Prometo.

– Obrigado, Miguel.

Ele já sabia meu nome. E meus amigos estão atrasados.

Mais alguns minutos passaram-se antes de os primeiros ecos de cascos atingindo o chão duro da caverna começarem. Miguel tentou contá-los, mas não decifrou o número de seres vermelhos dirigindo-se à saída.

O primeiro a surgir da escuridão foi Marcelo, ele carregava uma lança e uma pequena mochila em uma mão, na outra estava uma enorme e pesada mochila. Ele estava rindo indicando a mochila maior com a cabeça: era a de Miguel.

Atrás dele estava um ser vermelho alto, porém não possuía tanta massa magra quanto os outros seres. Miguel achou estranho, mas ele sentiu uma leve atração. Ele vestia um colete e, carregava uma lança em uma mão e na outra estava uma mochila.

O terceiro, e último, caminhando era um ser vermelho não tão forte quanto Marcelo, porém era mais forte que o homem do meio. O ser possuía um cabelo loiro quase totalmente raspado.

– Miguel – disse Marcelo – estes são Jéferson, um dos nossos melhores lutadores, e Alan, um dos nossos médicos.

– Prazer – disse Miguel, jogando o sono e o mau humor para o lado.

– Érico, por favor, abra a porta – pediu Marcelo.

O guarda girou a manivela para recolher barras de ferro e destrancou a porta.

– Estamos indo? – perguntou Miguel apreensivo.

– É óbvio que estamos indo! Já chegou todo mundo! – Marcelo praticamente gritou sem necessidade, todos estavam ali.

Alan e Jéferson riram.

– Estamos indo! – dessa vez foi Jéferson quem gritou.

Os três gargalharam. Miguel e Érico ficaram olhando-se sem entender.

– Só falta fechar a porta!

Os três riam, até que uma voz grossa cortou o ar.

– PORRA! – Miguel não conhecia o dono da voz. – Esperem por mim! – Agora a voz era totalmente humana, não parecia ser de uma pessoa-touro.

– Alguém disse alguma coisa? – perguntou Marcelo em voz alta.

– Vão se foder!

Os três riram.

E surgiu o quinto membro do grupo. Ele estava carregando duas lanças e uma mochila, tendo dificuldade em caminhar carregando todo o peso. Miguel ficou boquiaberto ao ver um ser não vermelho, porém não humano. Ele tinha a pele ficando vermelha; o pé direito era quase um casco, mas o esquerdo ainda tinha os cinco dedos; os chifres eram curtos, como se fossem recém-nascidos; a mão esquerda tinha dois dedos humanos e três com as unhas negras e compridas; já a direita tinha apenas dois dedos humanos.

– Miguel, não se assuste – disse Marcelo, segurando uma risada –, mas aquela coisa ali tem nome.

– Engraçadinho – disse o ser meio vermelho meio humano.

– Atende pelo nome de Cris.

ENQUANTO ISSO ALI PERTO

Um homem de pé estava observando o grupo de cinco pessoas sair do esconderijo e seguir caminho na direção noroeste. Escondido atrás de uma árvore, ele observava o grupo formado por pessoas de pele vermelha, chifres e cascos; todos carregavam uma mochila cheia de equipamentos e até armas.

O homem puxou um telefone via satélite do cinto.

– Pai? – disse ele quando o outro lado atendeu.

Um silêncio intimidador foi ouvido do outro lado.

– Eles estão indo em direção à montanha, estão em um grupo. Devo impedi-los?

O outro homem falou do outro lado da linha. O filho aumentou o zoom em seus binóculos e observou melhor o grupo.

– Tem algo estranho aqui. Parece que um deles não possui três dedos na mão direita... Ele tomou a poção recentemente e está todo deformado! Não consigo enxergar se é o Número Oito ou não. Sim. Sim. Alto, cabelo loiro e faltando dedos. É impossível de identificar sem chegar mais perto, vou me aproximar deles. Fico de olho neles, sim, pai.

O homem do outro lado da linha agradeceu.

O filho guardou o aparelho no cinto enquanto seus olhos seguiam a maior esperança da ilha caminhar lentamente.

Vou fazer tudo dar certo, pai! Vou sair desta ilha conforme o prometido.

ENQUANTO ISSO ALI PERTO 2

No alto da montanha, no meio de uma grande tempestade de neve, uma mão surgia sob uma camada espessa de neve. A mão ensanguentada de tanto cavar agarrou um cajado que estava abandonado na neve. Logo toda a neve começou a derreter em volta dele.

Do meio disso tudo, uma mulher controlava a neve para formar degraus que saíam do seu túmulo congelado.

ELE ME PAGA.

Subindo a escada de forma devagar, ressurgindo das profundezas de camadas e mais camadas de neve, Marília procurava seus amigos felinos.

Ares e Dio. Os dois tigres – Ares alaranjado e intimidador, Dio branco e sorrateiro –, esperavam-na ao lado de onde o cajado estava.

Sua fúria fazia a neve derreter. Cada passo transformava um punhado de neve em água líquida efervescente. Seus olhos, geralmente azuis como piscina, estavam vermelhos da cor do fogo do inferno.

Ela subia as escadas movida a raiva e vingança.

Parou no topo e olhou em volta. Viu seus amigos, porém os ignorou. Estava furiosa com eles e eles sabiam muito bem disso.

Com a ajuda do cajado, ela começou o percurso em direção à sua vila, onde era a rainha. Onde tinha todos os seus servos que lhe obedeciam sem hesitar. Ninguém hesita quando há dois tigres no mesmo ambiente.

Agora ela precisava da vingança. Mataria a todos do maldito grupo. E ela tinha certeza de que aquele filho da puta não havia morrido na queda.

Conforme caminhava, seus amigos felinos a seguiam.

Os maiores felinos do mundo, caçadores insaciáveis, determinados e fortes a seguiam sem ousar fazer barulho.

FONTE: Garamond

#Talentos da literatura brasileira
nas redes sociais

grupo novo século
www.gruponovoseculo.com.br

AS CRÔNICAS DA ILHA DOS CRISTAIS